Isabell Pfeiffer

Die Puppennäherin

Isabell Pfeiffer

Die Puppennäherin

Roman

Wunderlich

1. Auflage Juli 2009

Satz aus der Bembo PostScript bei
hanseatenSatz-bremen, Bremen
Druck und Bindung GGP Media GmbH, Pößneck
Printed in Germany
ISBN 978 3 8052 0872 7

Für Marlies

Teil I · 1515

1

«Komm jetzt, Barbara!» Energisch griff Gertrud Spaichin nach der Hand des Mädchens, aber das Kind riss sich los und lauschte: Sie hatten schon angefangen.

«… ne nos inducas in tentationem, sed libera nos a malo …» Der Singsang der Schüler drang an ihr Ohr, vertraut, so vertraut wie ein Wiegenlied. Sie würde ihre schäbige Wachstafel nehmen, wie an jedem Tag, leise die Tür zum Schulsaal öffnen und sich in ihrer Ecke zusammenkauern, sich unsichtbar machen wie eine Maus, während vorn der Magister die Bücher zurechtrückte und mit seiner tiefen Stimme sprach, die sie umfing wie eine warme Decke. Er würde durch die Reihen gehen und dem einen das Haar raufen, den anderen zurechtweisen, um sie dann schließlich doch zu finden und überrascht zu rufen: Da ist ja meine Barbara! Noch einmal, noch einmal jetzt und immer wieder …

«Lass das, Kind. Wir haben doch darüber gesprochen. Hier, du kannst den Beutel nehmen.» Hastig hängte die Mutter Barbara ein Leinensäckchen um und griff dann selbst nach der großen Kiepe. Das Gestell war schwer; es dauerte eine Weile, ehe sie es auf den Rücken gewuchtet und festgeschnallt hatte. Schließlich packte sie den Gehstock und wandte sich zur Tür. Barbaras Unterlippe begann zu zittern.

«Wollen – wollen wir nicht auf Wiedersehen sagen? Und Gottes Segen?» Sie sah die Mutter mit großen Augen an, in denen schon die Tränen schimmerten. Gertrud kniff die Lippen zusammen und schüttelte den Kopf. «Nein», sagte sie barscher als beabsichtigt.

Sie öffnete die Tür und machte sich daran, die steile Stiege hinabzuklettern. «Ich will hierbleiben», flüsterte das Kind. Aber da waren sie schon auf dem Weg zum Stadttor hinaus und durch die Gärten, am Fluss entlang, wo das Tal enger wurde und die Weinberge steiler, vorbei an überschwemmten Wiesen und kleinen Weilern bis ans Ende der Welt.

Das Dorf lag in der Talaue des Flüsschens Glatt, das westlich von Dornstetten im Schwarzwald entsprang und sich zunächst an Neuneck, Leinstetten und Hopfau vorbeischlängelte, um schließlich keine halbe Meile entfernt von hier zwischen Horb und Sulz in den Neckar zu münden. Zwei Tage hatten sie gebraucht, um von Rottenburg neckaraufwärts herzugelangen, und schon von weitem hatten sie den klobigen, viereckigen Bau der Wasserburg gesehen, die mit ihrem großen Wehrturm das Bild beherrschte.

«Das ist Glatt», erklärte Gertrud und blieb für einen Augenblick auf der schmalen Holzbrücke stehen, die sie von Norden her über den Fluss führte, wo die Hänge dicht mit Weinreben bewachsen waren. «Hier in diesem Dorf bin ich geboren und aufgewachsen.» Barbara folgte mit den Augen der ausgestreckten Hand: Eine bescheidene Ansammlung von Höfen drängte sich zwischen Kirchlein und Burg wie Gänse zwischen den Stecken der Hütekinder. Wo noch Platz war neben Strohdächern, Schuppen und Fachwerk, lagen kleine Gärten eingestreut, in denen sich schon das erste Grün des Frühlings regte. Ein mannshoher Flechtzaun umschloss das ganze Dorf. Dahinter erstreckte sich ein Streifen Grünland, bevor das Gelände an der gegenüberliegenden Talseite wieder steil zu den bewaldeten Höhen anstieg. Schafe und Kühe weideten dort träge in der Abendsonne.

«Schau mal, da drüben am Ufer haben wir als Kinder immer gespielt. Jetzt ist natürlich viel zu viel Wasser da, weil im Schwarzwald oben der Schnee schmilzt, aber im Sommer kann man sogar durch den Fluss waten. Und wenn du ein Stöckchen hineinwirfst, dann schwimmt es mit der Glatt zum Neckar und kommt in ein paar Tagen in Rottenburg vorbei.» Gertrud versuchte ihrer Stimme einen heiteren Klang zu geben.

Sie waren mittlerweile am Ende der Brücke angekommen. Irgendwo kläffte ein Hund, es roch nach Mist und verbranntem Holz. Die Mutter nahm Barbara fest an die Hand, wich den Schweinen aus, die mit ihren Schnauzen den weichen Boden des Dorfplatzes nach Schnecken und Würmern durchwühlten, und machte vor einem niedrigen Bauernhaus halt. Die Sonne stand schon tief im Westen. Barbara kniff ihre Augen zusammen und blinzelte.

«So, Barbara. Jetzt sei schön brav und sprich nur, wenn du gefragt wirst, verstanden?» Das Kind nickte, während Gertrud auf ihren Rockzipfel spuckte und ihm damit über das Gesicht wischte. «Wie siehst du nur wieder aus ... So.» Sie hob die Hand und klopfte. Stimmen waren von innen zu hören, dann kräftige Schritte. Schließlich öffnete sich die Tür. Ein Mann stand ihnen gegenüber und musterte sie von oben bis unten.

«Gertrud?» Er war vielleicht Mitte dreißig, mit wirrem Haar und einem stoppeligen Bart und Wangen, die von staubgrauen Furchen zerklüftet wurden. «Was machst du hier? Wir haben dich nicht erwartet.» Er sprach nur mit den Lippen, ohne den Kiefer dabei zu bewegen. Aber die Augen wanderten unruhig hin und her und streiften immer wieder Barbaras Gesicht.

«Ich weiß.» Die Mutter nickte. «Ich habe erst vor ein paar Tagen beschlossen, wieder zurückzukommen. Das hier ist Barbara, meine Tochter. Sie ist neun.» Der Mann beugte sich hinunter, legte Barbara die Hand unter das Kinn und hob es hoch. Sie spürte die kratzigen Schwielen an seinen Fingerkuppen, die abgebrochenen Fingernägel.

«Barbara also. Sieht aus wie du, als du klein warst.» Er richtete sich wieder zu seiner vollen Größe auf. «Zurückzukommen? Wie meinst du das?», fragte er dann. Der Griff um Barbaras Hand wurde fester.

«Balthes, ich – es war besser so.» Die Finger der Mutter waren nass geworden, sie pressten Barbaras kleine Hand so fest zusammen, dass es wehtat.

«Haben sie dich rausgeworfen? Oder was?», fragte der Mann. Barbara versuchte, an ihm vorbei ins Hausinnere zu spähen. Irgendwo hinten hörte sie jemanden mit Kesseln und Töpfen hantieren – vielleicht jemand, der diesen kantigen Mann einfach wegschicken und sie hereinbitten würde zu einer heißen Suppe und einem Stück Brot? Sie war so schrecklich müde nach diesem langen Weg.

«Oder was?» Die Augen des Mannes hatten sich verengt, seine Stimme war jetzt schneidend. Er schien noch viel fragen zu wollen, aber in diesem Augenblick wurde er zur Seite geschoben, und eine hagere Frau erschien an seiner Seite. Sie beugte sich zur Mutter hinüber und küsste sie auf die Wange.

«Willkommen, Gertrud. Wie schön, dich nach all der Zeit wiederzusehen! Und? Willst du deine Schwester nicht hereinlassen?» Langsam und unwillig löste sich Balthes von den Türpfosten und gab den Eingang frei.

Barbara saß auf der schmalen Bank neben ihrer Mutter und löffelte dankbar die dünne Suppe, die Tante Mia aufgetischt hatte. Unter gesenkten Lidern betrachtete sie die Familienmitglieder. Balthes Spaich duckte sich über seinen Teller, als müsste er ihn verteidigen. Er war kräftig und braun gebrannt von der Arbeit im Freien, und doch ging von seinen trüben Augen, seinen gespannten Zügen etwas Ungesundes aus. Feine rote Äderchen liefen von seiner Nase über beide Wangen, und die Lippen waren so schmal, als würde er sie beständig nach innen ziehen. Er aß wie jemand, der noch nie im Leben wirklich satt geworden war: hastig, gierig, ohne ein Wort. Obwohl seine Augen seinen Teller keinen Moment losließen, hätte Barbara geschworen, dass er genau zählte, wie viele Löffel Brei jeder andere am Tisch zu sich nahm. Tante Mia mit den strähnigen Haaren und den wässrigen Augen, die jeden Moment überzulaufen schienen, wagte in seiner Gegenwart kaum hochzuschauen, und ihre Bewegungen waren fahrig und schuldbewusst. Jeden Augenblick schien sie kurz davor, etwas zu verschütten oder umzukippen, und murmelte eine Entschuldigung vor sich hin, während sie Liesbeth, der Jüngsten, den Brei mit dem Löffelchen in den Mund schob. Die Kleine brabbelte vor sich hin; Brei hing an ihrem Mündchen, Brei klebte an ihren Händen und sogar in ihrem Haar, und die Fliegen hatten es darauf abgesehen. Das Mädchen mit den langen braunen Zöpfen, der kecken Nase und den Zahnlücken, das ihr gelegentlich einen Blick zuwarf und verhalten lächelte, hieß Gunda. Sie war wohl nur wenig älter als Barbara selbst, während Hans, der ihr gegenübersaß, vielleicht drei, vier Jahre jünger war. Er war ein gedrungener kleiner Kerl und schnaufte beim Essen, als müsste er schwere Arbeit verrichten. In zwei fetten grünen Bändern lief ihm der Rotz aus der Nase, obwohl er ihn sich immer wieder mit dem Ärmel abwischte.

«Los, raus mit euch. Wir haben zu reden, da können wir euch nicht gebrauchen. Und sperrt die Hühner in den Stall!» Balthes Spaich war aufgestanden und gab seinem Sohn einen leichten Klaps. «Marsch jetzt.» Gunda warf einen fragenden Blick zu ihrer Mutter, die kaum merklich nickte, packte Liesbeth am Ärmel und lief zur Tür. Zögernd rutschte Barbara von der Bank herunter und folgte ihr.

Auf dem Dorfplatz war schon eine ganze Schar Kinder versammelt. Nur noch wenige Schritte, und alle würden sich zu ihr umdrehen, würden zu ihr herübersehen, neugierig, abschätzig, würden anfangen, zu tuscheln und zu kichern, und Gesten machen, deren Sinn sie nicht verstand. Ihr Herz schlug schneller. Sie stolperte und starrte auf den Boden.

«Hierher, los. Setz dich hin.» Staubige Füße traten zur Seite, verschlissener Stoff schabte über ihren Arm. Aber niemand schien auf sie zu achten, schien überhaupt zu bemerken, dass eine Fremde unter ihnen war. Die Aufmerksamkeit der Dorfkinder ruhte auf einem hoch aufgeschossenen blonden Jungen in ihrer Mitte.

«Lass ihn springen, Simon, noch einmal! Bitte, lass ihn springen!» Der blonde Junge lachte und warf seine wilden Haare zurück. Um die Stirn hatte er sich ein buntes Tuch gebunden, was ihm ein verwegenes Aussehen verlieh, und in der Hand hielt er eine lange Haselrute, mit der er einen scheckigen kleinen Hund hin und her dirigierte. Der Hund stand auf den Hinterpfoten und hüpfte, sobald der Junge die Stockspitze hob, als hinge er an einem unsichtbaren Faden.

«Brav, Fex, braver Hund. Bist ein ganz Braver.» Der Junge ließ den Stock sinken und fuhr dem Tier mit seinen langen Fingern durch das Fell. Dann zog er einen Happen aus der Tasche; das Tier schnappte glücklich danach und ließ sich den Bauch kraulen.

«Weiter! Was soll er weiter tun?» Fragend blickte er in die Runde und richtete sich auf.

«Springen! Simon, er soll über den brennenden Stock springen, wie letztes Mal!» Simon runzelte die Stirn und setzte eine bedenkliche Miene auf.

«Über den brennenden Stock ... das ist schwierig. Sehr schwierig! Was meinst du, Fex?» Er schnippte mit den Fingern. Der Hund sprang auf, leckte kurz die ausgestreckte Hand des Jungen und schlug dann einen Purzelbaum. Die Kinder lachten, Barbara saß wie verzaubert. «Einer muss das Feuer holen.» Er streckte den Stock aus; gleich rannten zwei Kleine zu ihm hin und prügelten sich fast um die Ehre, die Haselrute am Kochfeuer eines Herdes anzünden zu dürfen. «Und jetzt ... wer hält den Stock, während ich ihn anlocke?», fragte er lächelnd.

«Ich, Simon, ich! Nimm mich!» Alle schrien gleichzeitig los, rissen die Hände in die Höhe, schubsten, knufften. Hohheitsvoll betrachtete der Blonde sein Publikum und ließ den Blick über die aufgeregten Köpfe schweifen.

«Nein, du nicht ... und Georg, du bist so ein Schisser, du lässt nur den Stock fallen ... Martin war's schon das letzte Mal ...» Wie sie sich aufplusterten, während er an ihnen vorbeischritt, wie die Gesichter rot anliefen und die Hälse immer länger wurden! Plötzlich blieb er vor Barbara stehen.

«Du.» Er nahm ihre Hand und zog sie auf die Füße. «Wie heißt du?»

«Ich ... Barbara.»

«Barbara, du machst es.» Wie eine Puppe ließ sie sich hinter ihm herziehen, die brennende Haselrute in die Hand drücken und in die richtige Position bringen. Die Dorfkinder sahen sie neidisch an. Die Rute zitterte in ihrer Hand.

«So.» Simon setzte den Hund ein paar Schritte von Barbara entfernt auf die Erde. «Da bleibst du sitzen, bis ich pfeife, verstanden?» Der Hund sah ihn mit großen Augen an und wedelte mit dem Schwanz, und dann tänzelte Simon an ihm vorbei auf die andere Seite.

«Jetzt!» Er hob die Hand, hielt ein kleines Stück Fleisch hoch und pfiff. Der Hund rannte und sprang, aber Barbara sah, dass er zu kurz springen würde. Er hatte Angst, das konnte sie spüren, die Angst lähmte ihm die Beine, er war hin- und hergerissen zwischen der Liebe zu seinem Herrn und der Angst und würde sich das Fell verbrennen. Im letzten Augenblick ließ sie den Stock fallen.

Die Dorfkinder schrien auf vor Enttäuschung. Barbara hörte sie böse zischen, spürte die wütenden Blicke auf ihrem Gesicht und zog den Kopf ein. Jetzt, jetzt würden sie sich auf sie stürzen und sie in den Dreck werfen, würden sie verprügeln, weil sie ihr Spiel verdorben hatte ... Schon fasste eine Hand nach ihrer Schulter, und sie zuckte zusammen.

«Du hast ihn gerettet», sagte Simon feierlich. Er zog sich das Tuch vom Kopf, verbeugte sich feierlich und überreichte es ihr. Das feindselige Gemurmel verstummte augenblicklich.

«Er war einfach schon zu müde. Wenn du nicht aufgepasst hättest, hätte er sich verbrannt.» Es war inzwischen fast schon dunkel geworden, und sie konnte nicht erkennen, ob es nur der Schalk war, der aus Simons Augen blitzte. Bevor sie noch etwas sagen konnte, hob er den kleinen Hund auf und hielt ihn hoch.

«Wollt ihr nicht klatschen für den besten Hund der Welt?» Gehorsam klatschten die Dorfkinder, und Simon nickte zufrieden. In diesem Augenblick drängte sich ein Halbwüchsiger nach vorn und blieb knapp vor Simon stehen. Er war ein kräftiger Bursche, fast schon ein Mann, und der verbissene Ernst in seinem Gesicht stand in merkwürdigem Gegensatz zu den weichen, dunklen Locken, die ihm ungebändigt in die Stirn fielen.

«Schluss mit den Faxen, Simon», sagte er scharf. «Du kommst sofort nach Hause, verstanden? Vater ist fuchsteufelswild, weil du das Holz nicht klein gemacht hast.» Verblüfft schaute Barbara von einem zum anderen: So unterschiedlich sie waren, es gab doch eine Ähnlichkeit. Und natürlich, wenn man es wusste, war es nicht zu übersehen, auch wenn Simon blond, der andere aber dunkelhaarig war: dieselbe kräftige Gestalt, bei Simon etwas mehr in die Länge gezogen, dieselben eindringlichen, weit auseinanderliegenden Augen, dieselben kantigen Gesichtszüge mit der vorspringenden Kinnpartie. Sie mussten Brüder sein. Simon schien ein bisschen geschrumpft zu sein, seit sein Bruder die Bildfläche betreten hatte. Er setzte den kleinen Hund vorsichtig wieder auf die Erde, zuckte mit den Schultern und murmelte eine Entschuldigung. Die Dorfkinder standen langsam auf und machten sich davon. Heute würde es nichts mehr zu sehen geben. Barbara beeilte sich, hinter Gunda herzulaufen, die mit der kleinen Liesbeth auf dem Arm schon ungeduldig auf sie wartete.

Barbara lag in der winzigen Nebenkammer auf ihrem Strohsack und konnte nicht einschlafen. Die drei Kinder des Onkels neben ihr waren schon lange ruhig, wenn man von Ruhe sprechen konnte: Der kleine Hans schnarchte zum Gotterbarmen und warf sich hin und her, weil er durch seine verrotzte Nase nicht genug Luft zum Atmen bekam. Die Stimmen der Erwachsenen aus der Stube wurden lauter; Barbara zog sich die Decke über die Ohren, aber sie konnte trotzdem jedes Wort verstehen.

«… lässt dir noch ein Hurenkind machen und bringst es

in mein Haus, damit ich es durchfüttern soll! Als ob das eine Balg nicht genug gewesen wäre …»

«Bitte, Balthes! Sie ist doch deine Schwester.» Das war die Tante.

«Ach, halt's Maul! Meine Schwester! Eine gottverdammte Pfaffenhure ist sie, die nicht schnell genug zu diesem Tintenpisser unter die Decke kriechen konnte! Soll sie doch sehen, wie sie zurechtkommt mit ihren Bastarden!»

«Balthes, um Gottes Barmherzigkeit …! Wo soll ich denn sonst hin? Du kannst uns doch nicht vor die Tür setzen», sagte ihre Mutter flehend. Barbara biss in ihre Decke; Sandkörnchen knirschten zwischen ihren Zähnen. Mutter wollte, dass sie hierbleiben sollten, für immer hierbleiben; für immer bei diesem übellaunigen Mann, vor dem sie jetzt schon Angst hatte und der nach Alkohol roch. Mach, dass wir morgen wieder zurückgehen, lieber Gott, betete sie. Ich will auch immer zur Frühmesse gehen und alle Gebote halten und mein ganzes Geld den Armen spenden, aber lass uns nicht hierbleiben, hier unter diesem Dach.

«Ich kann dir hier auf dem Hof helfen, Balthes, bestimmt, so wie früher … weißt du nicht mehr, dass ich die beste Milchmagd im ganzen Dorf war? Weißt du's nicht?» Der Onkel knurrte irgendetwas; es schepperte, und eine Frauenstimme jammerte schrill auf.

«Balthes, nicht! Balthes! Lass!»

«Im Kuhstall hast du's getrieben, das weiß ich noch! Und wie ich das weiß! Das werd ich wohl nie vergessen! …» Barbara steckte sich die Zeigefinger so fest in die Ohren, dass sie nichts mehr hörte als das Pulsen ihres eigenen Blutes.

In der Dunkelheit der Stube lehnte Gertrud sich gegen die Wand. Auf der anderen Seite lag der Küchenherd, und die Steine gaben eine tröstliche Wärme ab. Sie schob sich die

Hände unter ihren Rock und streichelte sanft über ihren Leib, dem man noch nicht ansah, dass ein Kind darin wuchs. Sie konnte seine Bewegungen noch nicht fühlen, aber sie wusste ja, dass es da war. In einem halben Jahr würde es zur Welt kommen, hier, in diesem Haus, in dem sie selbst aufgewachsen, aber jetzt nur noch geduldet war.

«Was hätte ich denn tun sollen?», flüsterte sie der Dunkelheit zu. «Ich konnte doch nicht länger dableiben.» Wie dumm war sie gewesen, wie dumm! Natürlich konnte der Magister keine schwangere Magd in seinem Haus dulden: Nicht den Hauch eines Zweifels hatte er daran gelassen. Wollte er nicht Rektor der Lateinschule werden? Da durfte es keine verdächtigen Punkte in seinem Lebenswandel geben. Sie hatte ihm gestanden, dass sie guter Hoffnung war, als sie miteinander im Bett lagen. Kaum wieder angezogen, war er zu seiner Truhe gegangen, hatte sie aufgeschlossen und dreißig Gulden in ein Holzkästchen abgezählt. Das sollte wohl reichen, nicht wahr, bis sie etwas Passendes gefunden hätte? Und Gottes Segen, auch für das Kind! Und dass sie es gottesfürchtig erziehen sollte.

Gertrud lächelte böse. Der Gedanke an den Magister hatte sie wenigstens abgelenkt von ihrer schmerzenden Lippe, die inzwischen deutlich angeschwollen war. Sie leckte mit der Zunge darüber. Dreißig Gulden. Es war nicht gut, das Geld hier im Haus ihres Bruders aufzubewahren. Früher oder später würde er es finden und nicht mehr herausgeben. Sie musste es in Sicherheit bringen. Plötzlich hatte sie wieder Barbara vor Augen. Wie verängstigt hatte das Kind ausgesehen, als Balthes es ins Bett geschickt hatte! Barbara hatte den Magister gemocht. Sicher vermisste sie ihn und den Unterricht, an dem er sie augenzwinkernd hatte teilnehmen lassen. Für Barbara würde es eine große Umstellung sein: als kleinste und jüngste Magd auf einem

Hof, der vermutlich gerade genug abwarf, dass seine Bewohner nicht verhungern mussten. Sie würde mit dem zufrieden sein müssen, was die anderen übrig ließen. Gertrud ballte die Fäuste. Dreißig Gulden. Das war nicht genug, um ihnen anderswo ein sorgloses Leben zu ermöglichen.

Missmutig wies der Onkel ihnen einen Verschlag neben dem Hühnerstall zum Schlafen zu. Darin bewahrte er alte Gerätschaften und allerlei Gerümpel auf. Sie räumten den Kram zur Seite, so gut es ging, legten ein paar Bretter auf dem Boden aus und machten sich mit ihren Decken und Strohsäcken ein Bett zurecht. In den ersten Nächten träumte Barbara regelmäßig, wie sie wieder nach Hause zurückgingen. Immer war es in ihren Träumen Winter. Sie wanderten unter kahlen Bäumen und zwischen abgeernteten Feldern entlang, bis sie endlich die Stadt erreichten, das vertraute Haus, in dem sie ihr ganzes Leben verbracht hatte. Voller Freude machte sie sich daran, die Stufen hinaufzusteigen. Aber die Treppe war entsetzlich hoch, viel höher, als sie früher jemals gewesen war. Es kostete Barbara all ihre Kraft, zumal die Stufen nach oben hin immer steiler wurden und der Gepäcksack auf ihrem Rücken immer schwerer. Endlich hatte sie es geschafft: Da war die Diele, da die Tür zur Schulstube. Mit letzter Kraft schleppte sie sich über die Schwelle. Vorn an der Tafel stand ein Mann und wandte ihr den Rücken zu. Er schrieb etwas, was sie nicht lesen konnte, und sie kam näher heran, um es besser zu sehen. Da drehte der Mann sich zu ihr um: Es war nicht der Magister, sondern Balthes Spaich. Er fletschte die Zähne und grinste. Dann griff er nach dem Korb, den sie auf dem Rücken trug, und nahm ihn ihr ab. Er kippte den Inhalt auf den Boden: Steine waren darin, sonst nichts. Schmutzige Steine hatte sie mit letzter Kraft hier hochgeschleppt.

Balthes stemmte die Hände in die Hüften und lachte, genau wie die Mutter, die plötzlich neben ihm stand, sie lagen sich in den Armen und lachten und lachten …

Schon am ersten Morgen, als Barbara versucht hatte, ihrer Mutter nicht von der Seite zu weichen, hatte Gertrud sie sanft, aber bestimmt zurückgewiesen.

«Ich gehe mit aufs Feld, wir wollen Unkraut hacken. Dafür bist du noch zu klein. Sieh zu, dass du dich hier im Haus und bei den Tieren nützlich machst, verstanden? Es soll keiner denken, wir wären nur zwei Esser mehr!» Auch ohne den warnenden Blick hätte Barbara genau verstanden, was das bedeutete: Balthes Spaich würde sie kaltblütig aus dem Haus werfen und den lieben Gott einen guten Mann sein lassen, wenn sie ihm nur einen Vorwand dafür lieferten.

«Soll er doch!», dachte sie ein paar Tage später. Balthes war ein furchtbarer Mann, vor dem sie Angst hatte, seit sie ihn zum ersten Mal gesehen hatte, seine Frau und die Kinder waren verschreckte Mäuse, die nicht wagten, auch nur ein Wort gegen ihn zu sagen. Und die Mutter ließ sich behandeln wie ein Stück Dreck. Von ihr konnte sie keine Hilfe erwarten, wenn Balthes ihr ins Gesicht schlug, so wie gerade eben, nur weil sie ein Schälchen Molke verschüttet hatte. Sie blieb stehen und lauschte: In der Stube war es still. Balthes war wahrscheinlich ins Wirtshaus gegangen, während seine Frau mit den Kindern in der Kirche die Abendandacht betete. Sie nahm sich den Leinenbeutel, stopfte eine Decke hinein und schlich dann auf Zehenspitzen hinüber zum Herd. Oben im Kamin hingen ein paar Stücke getrocknetes Fleisch, mehr brauchte sie nicht. Der Magister würde ihr alles kaufen, was noch fehlte. Wenn sie nur erst dort war. Zuerst musste sie den Fluss finden, dann war es leicht: immer flussabwärts, dann würde sie irgendwann die Stadt sehen.

«Was machst du da, Barbara?» Erschreckt sah sie sich um. Die Mutter stand plötzlich hinter ihr und nahm ihr den Beutel aus der Hand. Mit einem Blick sah sie, was darin war, und ihre Lippen wurden schmal. «Was hat das zu bedeuten? Na?», schrie sie. Trotzig verschränkte Barbara die Arme vor der Brust.

«Ich gehe zurück nach Rottenburg», sagte sie mit fester Stimme. «Du kannst ja hierbleiben, wenn du so gern willst, aber ich nicht. Mit mir war der Magister nicht böse, und ich mag ihn viel lieber als den Onkel. Viel lieber.» Gertrud nahm ihr die Decke ab und warf sie auf die Wandbank, dann griff sie nach dem Trockenfleisch.

«Woher hast du das? Du darfst nicht einfach etwas wegnehmen, das weißt du doch», schalt sie ihre Tochter. Plötzlich fing Barbara an zu schreien: «Ich gehe weg, hörst du? Ich will nicht hier sein! Du bist schuld, dass wir hierherkommen mussten, in dieses schreckliche Haus! Ich will zurück. Ich will zurück!» Mit hartem Griff packte Gertrud ihre Tochter bei den Armen und schüttelte sie, bis sie ruhig wurde.

«So spricht man nicht mit seiner Mutter», sagte sie streng. «Sei jetzt ruhig und hör mir zu, sonst hole ich den Balthes, und du weißt, was dann passiert.» Barbara starrte sie fassungslos an. So hatte die Mutter noch nie mit ihr gesprochen! Sie wollte den Onkel zu Hilfe holen und zusehen, wie er ihr eigenes Kind verprügelte! Sie wich zurück und drückte sich in die hinterste Ecke der Kammer.

«Hör jetzt zu», wiederholte Gertrud und versuchte, Barbara an sich zu ziehen, aber das Kind ließ es nicht zu. Nie wieder würde sie sich von dieser Mutter anfassen lassen, die sie an den Onkel verraten wollte, nie wieder!

«Wir können nicht zurück, Kind, glaub mir das.» Sie würde ihr nie mehr glauben, kein einziges Wort! «Der Magister selbst hat uns fortgeschickt, dich auch. Er wollte uns nicht mehr bei sich haben. Wenn du zu ihm gehst, wird er dich wieder fortschicken.» Die Stimme der Mutter war betont ruhig jetzt. «Wenn dein Onkel uns nicht bei sich aufgenommen hätte, dann müssten wir auf der Straße leben und betteln. Du musst ihm dankbar sein.»

«Ich hasse den Onkel», flüsterte Barbara. Wut und Schmerz ließen ihre Augen endlich überlaufen, und sie begann zu schluchzen. «Ich hasse euch alle!»

Gertrud schloss die Augen, als sie das Kind so vor sich sah, mit zusammengeballten Fäusten, das Gesicht eine einzige Anklage. Sie wollte das nicht sehen. Sie hatte doch nur getan, was sie tun musste!

«Barbara, mein Mädchen», flüsterte sie. «Komm, ich zeig dir was. Komm her, Kind.» Sie zog das Mädchen in ihre gemeinsame Kammer und beugte sich über ihren Strohsack. Dann löste sie das Band und griff mit beiden Händen ins Stroh. Schon nach wenigen Augenblicken hatte sie gefunden, was sie gesucht hatte. Sie holte das Kästchen heraus und legte es Barbara in den Schoß, dann nahm sie den winzigen Schlüssel von der Kette, die sie unter ihren Kleidern um den Hals trug, und reichte ihn ihr.

«Mach es auf», sagte sie. Zögernd nestelte Barbara mit dem kleinen Schlüssel herum, bis sie endlich das Kästchen geöffnet hatte. Sie griff hinein und holte staunend eine der goldenen Münzen heraus.

«Es sind dreißig Gulden. Der Magister hat sie mir gegeben, als Bezahlung für –» Sie stockte. Bezahlung für die Nächte, die er mit mir verbracht hat. «Für die Dienste, die ich ihm all die Jahre geleistet habe», vollendete sie den Satz.

«So viel Geld!» Barbaras Stimme klang ehrfürchtig, als sie mit den Händen vorsichtig in das Kästchen griff, als hätte sie Angst, die Münzen würden sich vor ihren Augen in Luft auflösen.

«Es ist nicht genug, um damit in der Stadt leben zu können», murmelte Gertrud. Nicht als alleinstehende Frau mit zwei unehelichen Kindern. «Aber es ist genug, um dich gut zu verheiraten hier im Dorf. Du wirst nicht immer hier unter diesem Dach bleiben müssen, das verspreche ich dir.» Sie nahm das Kästchen und verstaute es wieder sicher in seinem Versteck. «Dein Onkel darf nichts davon erfahren, verstanden?» Barbara nickte. «Und dass du mir nicht noch einmal solche Dummheiten machst, Kind.»

Barbara sah die Mutter unverwandt an. Das eine musste sie noch wissen.

«Hättest du – hättest du wirklich den Onkel geholt?», fragte sie. Gertrud hielt mitten in ihrer Bewegung inne.

«Nein», sagte sie schließlich leise und küsste das Kind auf die Stirn. «Bestimmt nicht.»

2

Gertrud saß unter der Linde am Dorfplatz und beobachtete die Kinder, die am Fluss spielten. Sie lehnte sich zurück und strich sich mit den Händen über ihren Leib, der sich inzwischen deutlich rundete. Die Schwangerschaft ließ ihren Körper aufblühen wie den eines jungen Mädchens, machte ihre Haut wieder rosig und weich und das Haar dick und glänzend. Als wollte der Herrgott einen entschädigen für die Last, die man zu tragen hat und die mit jedem Monat schwerer wird, dachte Gertrud. Aber vielleicht machte er sich ja auch nur seinen Spaß. Sie wusste schließlich, was es hieß, ein Kind zu gebären: unter Schmerzen, so wie alle Frauen seit der Vertreibung aus dem Paradies. Und hatte man sich glücklich wieder aus dem Wochenbett erhoben, dann fielen sie aus, all die schönen Haare, in großen Büscheln, sodass man Angst haben musste, kahlköpfig zu werden. Sie wünschte, sie hätte all das schon hinter sich.

«Und, Gertrud? Wie kommst du so zurecht? Ist sicher nicht ganz leicht für dich und die Kleine, nicht wahr?» Wie kommst du zurecht? Was sollte sie darauf schon sagen! Sie warf Georg Breitwieser, der sich neben ihr niedergelassen hatte, einen schrägen Blick zu. Er war einer von denen, an die sie sich noch gut erinnern konnte, sehr gut erinnern. Ein großer, starker Bursche war er gewesen, und jetzt war er ein kräftiger Mann. Für einen Augenblick gab sie der Versuchung nach, sich vorzustellen, der Mann, der hier neben ihr saß und sich mit ihr unterhielt, sei ihr Mann und ihr Gespräch der Austausch von Alltäglichkeiten zwischen vertrauten Eheleuten. Sie seufzte. Niemals hätte sie geglaubt, dass es so schwer wäre, wieder in ihr altes Leben zurückzukehren. Die Herbstsonne schien ihr freundlich ins Gesicht, und sie schloss die Augen. Heute war der Festtag des heiligen Michael, und selbst hier in Glatt ruhte die Arbeit, soweit es sich nicht um Dinge handelte, die unbedingt getan werden mussten. Die Tiere wussten schließlich nichts von den Feiertagen der Menschen.

«Nein, es ist nicht leicht», antwortete sie schließlich. «Du kennst ja meinen Bruder. Er ist keiner von denen, die es einem leichtmachen.»

«Weißt du, auch Balthes hatte eine harte Zeit», beeilte sich Breitwieser zu versichern. Sie lächelte ein wenig schief.

«Brauchst ihn nicht zu entschuldigen, Georg. Ich weiß noch ganz gut, wie's war, als ihr beide junge Burschen wart, mit kaum was zu erben und nichts außer eurer Kraft und eurem Verstand. Und sieh dir an, wie's heute ist! Du sitzt auf dem besten Hof im Dorf, Stall und Scheune sind voll, und deine Söhne sind stark und tüchtig und nehmen dir die Arbeit ab, während Balthes immer noch in seiner alten Bruchbude hockt und säuft.»

Breitwieser zuckte mit den Achseln. «Du glaubst es vielleicht nicht, aber bei uns könnte auch das eine oder andere besser sein. Nicht, dass ich klagen wollte, weiß Gott nicht. Die Agnes ist eine gute Frau, eine bessere könnt ich nicht finden. Aber du hast sicher – sicher hast du inzwischen von unserem Ältesten gehört, von unserem Bernhard.» Vom Flüsschen kamen jetzt laute Stimmen zu ihnen herübergeweht, und Gertrud sah, wie sich eine Gruppe von Kindern um einen blonden Kopf scharte, der alle überragte; auch Barbara war dabei. Bis hierher konnte sie Simon Breitwiesers Lachen aus den anderen Stimmen heraushören.

«Ja, Mia hat mir von ihm erzählt … ich kann mich noch gut an ihn erinnern, er muss damals acht oder neun Jahre alt gewesen sein, als ich fortgegangen bin. Es war ein Unfall, nicht wahr?»

«Ein Unfall, ja.» Breitwieser atmete jetzt schwer. «Es war im November, weißt du, wenn die Flößer kommen … Sie hatten schon das Wasser hochgestaut, wie sie's immer machen.» Gertrud nickte. Die Flößer, das war immer eine willkommene Abwechslung im eintönigen Dorfeinerlei: weit gereiste, wilde Gesellen mit braungebrannten Körpern und bärenstarken Armen, die vom Spätherbst an das Holz aus dem Schwarzwald auf den Flüssen herunterbrachten bis an die großen Städte an Neckar und Rhein. Im Dorf selbst hatte die Glatt nicht genug Strömung, sodass die Flößer Schwellbretter auslegen mussten und der Wasserstand oft um mehr als das Doppelte anstieg. Und abends saßen die Fremden in der Schänke und erzählten haarsträubende Geschichten von den Abenteuern, die sie Gott weiß wo erlebt haben wollten, und mehr als eine hockte mit weit aufgerissenen Augen dabei und ließ sich den Kopf verdrehen.

Aber das war nicht klug, gar nicht klug. Denn nach ein paar Tagen schon waren die Flößer wieder weg, nicht zu halten, wie die Strömung selbst, und sie dachten nicht mehr an die Mädchen, denen sie vielleicht ein Andenken im Schoß zurückgelassen hatten. Gertrud lächelte bitter.

«... die Jungen wollten natürlich runter ans Wasser. Und irgendwie sind sie bis auf die Schwellbretter rausgeklettert.» Georg Breitwieser knetete seine großen Hände. «Plötzlich muss Andres hineingefallen sein. Die anderen Kinder schrien und riefen um Hilfe, und Bernhard sprang hinterher. Er konnte schwimmen, Andres aber nicht.» Er brach ab und wischte sich über die Augen. Es dauerte einige Zeit, bis er fortfahren konnte. «Ich weiß es noch wie heute. Wie ich endlich an den Fluss kam, und überall das gurgelnde Wasser, eine Strömung, die man sich an einem Tag wie heute gar nicht vorstellen kann. Andres hatte es irgendwie wieder herausgeschafft, er kniete am Ufer und spuckte Wasser, aber Bernhard konnte ich nirgends sehen. Ich watete in den Fluss, aber ich konnte ihn nicht finden.» Die Tränen liefen ihm jetzt über das Gesicht, und Gertrud legte ihm tröstend die Hand auf die Schulter. «Diese Strömung! Selbst mich hätte sie fast umgerissen, und gleich hinter dem Wehr muss es noch schlimmer gewesen sein. Wir haben ihn mehrere hundert Schritt weiter flussabwärts gefunden, erst Stunden später.»

«Was für ein furchtbares Unglück!», flüsterte Gertrud. Breitwieser nickte.

«Ja. Der alte Pfarrer hat versucht, uns zu trösten, aber ich sag dir, monatelang hatte ich Angst davor, schlafen zu gehen, weil ich's jede Nacht wieder erlebt hab, jede Nacht. Die Agnes ist grau geworden in dieser Zeit. Und der Andres – nicht, dass wir je ein Wort des Vorwurfs gegen ihn gesagt hätten, glaub das nicht!»

«Er war ja auch noch ein Kind.»

«Aber von dem Tag an hat er damit aufgehört, Trudchen. Er war kein Kind mehr. Zwölf Jahre alt, aber kein Kind mehr.»

«Er ist ein verantwortungsvoller junger Mann geworden, einer, auf den du stolz sein kannst, das hab ich gleich gesehen», murmelte Gertrud. Auf seine Art fiel Andres Breitwieser in einer Gruppe von jungen Leuten ebenso auf wie sein Bruder Simon: ernst, zuverlässig und pflichtbewusst, ein Bursche, der nur selten lachte oder trank. Jeder sah das. «Sei froh, dass du jemanden hast, an den du später beruhigt deinen Hof weitergeben kannst, Georg. Auf den Andres kannst du dich verlassen.»

Plötzlich war ein lautes Klatschen zu hören: Simon Breitwieser war ins Wasser gesprungen und schüttelte sich wie ein nasser Hund. Die anderen lachten, aber Georg Breitwieser kniff missmutig den Mund zusammen.

«Sie sind so verschieden», murmelte er. «Ich frag mich immer: Wie können zwei Brüder nur so verschieden sein? Und sie verstehen sich nicht. Das ist das, worüber ich mir wirklich Sorgen mache. Was wird, wenn ich mal nicht mehr da bin? Der Andres kriegt den Hof, das ist schon recht, aber der Simon –»

«Sicher wird Andres ihn nicht aus dem Haus jagen! Nicht einmal mein Bruder hat das mit mir getan.»

«Sie vertragen sich nicht», wiederholte Georg und starrte auf den Boden. «Das nimmt kein gutes Ende, wenn die beiden unter einem Dach leben sollen als Herr und Knecht. Am liebsten wär mir, ich könnt den Simon wegschicken in die Stadt, dass er irgendein Handwerk lernt.»

«Das kostet viel Geld.» Gertrud spürte plötzlich ein Kribbeln in den Fingerspitzen, denn ihr war ein Gedanke gekommen. Das war sie, die Gelegenheit! Sie musste nur ganz ruhig bleiben und auf den entscheidenden Augenblick warten.

«Ich weiß. Verdammt viel Geld, für den Meister, und dann die Lösegebühr für den Grundherrn. So viel Geld habe ich nicht.»

Gertrud griff nach seiner Hand.

«Ich weiß, was du tun kannst», sagte sie leise.

«Agnes?» Agnes Breitwieserin blickte flüchtig hoch. Seit dem frühen Morgen war sie dabei, die Äpfel zum Dörren vorzubereiten; sie zu schälen, in Scheiben zu schneiden, auf Schnüre aufzuziehen. Es war ein gutes Apfeljahr gewesen, und sie hatten immer noch Körbe voller Früchte draußen stehen, die verarbeitet werden wollten. Und dann waren die Zwetschgen an der Reihe: Die Bäume hingen voll davon.

«Agnes, wir müssen etwas besprechen.» Schwer ließ sich Georg Breitwieser auf dem Hackklotz nieder.

«Dann sprich.» Sie griff nach dem nächsten Apfel.

«Du weißt doch, dass ich mir immer Gedanken gemacht hab, wie das mal werden wird mit dem Andres und dem Simon.»

«Womit du dich nur immer quälst! Sind gute Söhne, alle beide.»

«Sicher.» Breitwieser griff nach der Axt und strich gedankenlos mit dem Finger über die Schneide. «Sicher, das weiß ich. Solange sie nicht zusammen sind.»

«Wie meinst du das?»

«Sobald sie aufeinandertreffen, fangen sie an zu streiten. Das ist nicht gut.»

«Werden sich die Hörner schon noch abstoßen, die zwei. Lass sie nur erst erwachsen werden.»

«Der Simon, der würd einen guten Schreiner abgeben,

oder einen Zimmermann. Der hat ein Gespür für das Holz. Weißt du noch, die Truhe, die er dir mal gebaut hat?»

Agnes legte Apfel und Messer aus der Hand und fasste ihren Mann scharf ins Auge.

«Schlag dir das aus dem Kopf! Ein Handwerk lernen!? Wo soll das Lehrgeld dafür herkommen?, frag ich dich. Und du weißt doch genau, dass der Renschacher keinen einfach ziehen lässt! Der will für jeden seiner Fronbauern fünf Pfund Pfennig, das war schon immer so!»

Unruhig rutschte Georg Breitwieser auf dem Klotz hin und her.

«Die Gertrud hat dreißig Gulden aus Rottenburg mitgebracht», sagte er schließlich leise.

«Na und? Was nutzen uns dreißig Gulden, die uns nicht gehören?»

«Sie hat doch die Tochter, die Barbara. Und da dachte sie –»

Fassungslos starrte Agnes ihren Mann an. Dann ging ein Ruck durch sie hindurch.

«Du willst uns doch wohl nicht ernsthaft dieses Mädchen ins Haus holen, von dem keiner weiß, wer der Vater ist? Das als Mitgift das zusammengeluderte Geld ihrer Mutter mitbringt? Auf keinen Fall, Georg! Auf gar keinen Fall!»

Breitwieser biss die Zähne zusammen.

«Die Gertrud ist nicht schlechter als andere hier im Dorf, die mehr Glück gehabt haben», sagte er rau. «Und die Kleine ist ein hübsches Ding, anstellig und fleißig und gottesfürchtig. Ich bin sicher, dass sie unserem Andres ein gutes Eheweib wird.»

Agnes Breitwieserin sprang auf und warf wütend den letzten Apfel auf die Erde.

«Du kannst doch deinen Sohn nicht an ein Hurenkind verschachern! Der Apfel fällt nicht weit vom Stamm, hast du das noch nicht gehört? Das darfst du nicht tun! Ich lasse das nicht zu!»

Schweigend zog Breitwieser einen Lederbeutel aus der Tasche und stellte ihn vor sich auf den Tisch. Die Münzen klimperten leise.

«Wir machen es so, wie ich es sage, Agnes. Ich habe alles mit Gertrud besprochen, wir haben uns die Hand darauf gegeben und Schluss. Ich bin sicher, Andres wird sich freuen, dass ich ihm eine Braut gefunden habe. Und nächste Woche gehe ich mit Simon nach Horb und versuche einen Meister zu finden, der ihn als Lehrjungen aufnimmt.» Versöhnlich griff er nach Agnes' Hand. «Schau dir das Mädchen doch erst mal an! Das ist ein echter Schatz, sag ich dir, so eine findet man nicht nochmal im Dorf. Und die dreißig Gulden –»

Mit verkniffenem Gesicht machte Agnes sich los und trat einen Schritt zurück.

«Dreißig Gulden», zischte sie. «Für dreißig Silberlinge hat Judas den Herrn Jesus Christus verkauft! Ich spucke auf das Geld, hörst du? Es wird uns nur Unglück bringen, denk an meine Worte! Genau wie dieses Mädchen.» Sie drehte sich um und stampfte zornig davon.

Teil II · 1523/24

1

Barbara schreckte aus ihren Träumen auf. Irgendetwas hatte sich verändert, irgendetwas war nicht mehr so wie zuvor. Noch halb benommen hob sie den Kopf und verlagerte ihr Gewicht. Die Haut an ihren Knien war rot und aufgeschürft nach diesen endlosen Stunden der Wache, und sie spürte jedes der kleinen Sandkörnchen, die auf die blankgescheuerten Dielenbretter gestreut waren. Die Stimmen der Frauen hatten nicht nachgelassen, ebenso wenig wie das Gesumm der Fliegen, die durch die Stube schwärmten und gierig über schweißfeuchte Nacken krochen. «Jetzt und in der Stunde unseres Todes ...» Die alte Kathrein schmatzte die Worte zwischen ihren zahnlosen Kiefern hervor, während ihr der Speichel in langen Fäden aus den Mundwinkeln troff. Plötzlich brach sie mitten im Satz ab und lauschte mit offenem Mund. Das Röcheln, das schwere, beklemmende Röcheln, war verstummt.

«Hol den Andres, Mädchen», sagte die Frau neben ihr dumpf. «Er soll herkommen. Sein Vater stirbt.» Hastig, mit gefühllosen Beinen, stolperte Barbara zur Tür, über den Hof und zum Stall hinüber. Schon von draußen hörte sie die Kuh gequält brüllen.

«Du musst kommen, Andres! Es – es ist so weit.»

«Gnade uns Gott.» Der junge Bauer sah erschöpft zu ihr hoch. Er war purpurrot vor Anstrengung: ein schwerer, breitschultriger Mann, dem das dunkle Haar in nassen Strähnen an der Stirn klebte, während er neben dem stöhnenden Tier auf dem Boden kniete, den Arm bis zum Ellbogen in dessen Eingeweiden versenkt. Hastig zog er seine Hand heraus und wischte sich Blut, Schleim und Fett an seinem Kittel ab.

«Wir werden beide verlieren», flüsterte er bitter. «Die Kuh und das Kälbchen.»

«Andres, bitte, du musst dich beeilen!» Das Mädchen legte ihm die Hand auf die Schulter und spürte, wie er unter seinem Hemd zitterte.

«Was für ein Tag!» Schwer atmend stand er vor ihr. «Als ob ein Unglück nicht genug wäre!» Sie hob die Hand, um ihm tröstend über die Wange zu streichen, aber er wich kaum merklich zurück.

«Komm jetzt», forderte sie ihn auf. Andres murmelte leise vor sich hin und stolperte nach draußen. Das Töpfchen voll Schmalz, mit dem er sich den Arm eingerieben hatte, zersprang unter seinem Schritt. Mit lautem Krachen flog die Tür zu; Staub wirbelte hoch, und die Kuh stieß ein markerschütterndes Gebrüll aus.

Zögernd ging Barbara zum Wohnhaus zurück. Die frische Luft hier draußen tat so gut! Nie würde sie den Todesgeruch vergessen können, der sich im Lauf der letzten Stunden in der Krankenstube angesammelt hatte, seit sie Georg Breitwieser vom Faselstall hereingetragen hatten: diese Mischung aus Dreck und Blut, Fäulnis und Verzweiflung, so als hätte die Hölle schon ihre Pforten weit geöffnet, um die verdammte Seele willkommen zu heißen. Heute Morgen war der Zuchtbulle auf den Alten losgegangen, hatte ihn gegen die Stallwand gedrängt und ihm mit seinem Horn den Unterleib aufgeschlitzt. Die Erinnerung an die rotgraue Masse, die aus der Wunde hervorgequollen war, drehte Barbara den Magen um. Keiner, der den Alten so gesehen hatte, konnte auch nur den Hauch eines Zweifels haben, dass sein Ende bevorstand. Mit leichenblassem Gesicht und flatternden Lidern hatte er den ganzen Tag gegen den Tod gekämpft. Seine Schreie waren durch das ganze Dorf gegellt und hätten wohl jeden in die Flucht geschlagen, nur den einen gerade nicht: Gevatter Tod, der schon geduldig seine Sense schärfte.

Barbara biss die Zähne zusammen und wollte gerade wieder zurück ins Haus gehen, als sie jemanden den Hof betreten sah, einen jungen Mann, der sich lässig einen Sack über die Schulter geworfen hatte. Sie konnte ihn bis hierher vor sich hin summen hören: Es war Simon Breitwieser.

«Simon! Wie gut, dass du hier bist!» Da hatte auch er sie gesehen, tänzelte heran und winkte.

«Barbara, meine Hübsche! Was für eine angenehme Überraschung, dich hier zu treffen! Bist du nur zu Besuch hier, oder habt ihr etwa schon geheiratet, während ich nicht da war?» Er grinste sie an, fasste sie um die Taille und schwenkte sie herum, noch bevor sie ein weiteres Wort sagen konnte. «Und, sag mir, willst du dich nicht lieber für mich entscheiden?» Sie wurde rot, machte sich los und schob ihn von sich weg.

«Geh schnell hinein, Simon. Es ist etwas Schreckliches passiert, ein Unfall. Dein Vater liegt im Sterben», sagte sie. Das heitere Lachen, das gerade noch über seine Züge gezuckt war, erstarb plötzlich. Seine Augen weiteten sich, die Lippen wurden schmal.

«Im Sterben?», fragte er ungläubig. Sie nickte ernst.

«Der Stier hat ihn angegriffen und schwer verletzt, heute Morgen», erwiderte sie.

«Im Sterben ...» Simon sah sie an, als begegneten sie sich heute zum ersten Mal. Für einen Augenblick war sie nicht sicher, ob er überhaupt verstanden hatte, was sie ihm gerade gesagt hatte, aber dann stieß er einen lauten Schrei aus und stürzte in die Stube. Sie folgte ihm zögernd, während sie noch die Berührung seiner kräftigen Hände auf ihrem Körper fühlte.

Die Gegenwart des Todes war im Raum so deutlich zu

spüren, dass Barbara sich nicht gewundert hätte, wenn er ihr plötzlich leibhaftig entgegengetreten wäre. Inzwischen hatte jemand Kerzen angezündet und dem Alten ein Kruzifix in die gefalteten Hände gesteckt. Zwei Frauen waren dabei, ihm das Haar zu kämmen und das Kinn hochzubinden. Aber nichts konnte die Spuren des verzweifelten Kampfes aus seinem Gesicht löschen. So, mit diesen verzerrten Zügen, würde er vor seinen Richter treten müssen. Barbara bekreuzigte sich. Die Hände krampfhaft ineinander verklammert, stand Andres am Fußende des Totenbettes, während Simon an seiner Seite haltlos schluchzte. Daneben hockten in einer Gruppe die Frauen am Boden um die alte Bäuerin herum wie eine Schar schwarzer Hühner und stießen abwechselnd hohe Klagelaute aus. Die weißhaarige Kathrein wiegte ihren Oberkörper rhythmisch hin und her, als wäre sie nicht ganz bei Verstand. Im Hintergrund warteten die Männer, Verwandte, Nachbarn, Dorfbewohner, schließlich der junge Pfarrer, der sich mühte, mit seiner dünnen Stimme gegen das Wehklagen der Frauen anzukommen.

«Lasst uns gemeinsam das Paternoster sprechen für den Verstorbenen! Pater noster, qui es in caelis …» Die Seele musste hinausgeleitet werden auf ihrem Weg in die Ewigkeit, vorbei an den Dämonen, die der Teufel ausgesandt hatte. Die Männer stießen die Fensterläden auf, bevor sie in das Gebet einstimmten.

Drei Tage lang würden sie Wache halten, drei Tage, in denen das Leben im Dorf durch die Anwesenheit des Todes gedämpft wurde. Georg Breitwieser war ein angesehener, fast wohlhabender Mann gewesen, dessen Wort in der Dorfgemeinschaft Gewicht gehabt hatte. Es wäre nicht anständig gewesen, ihn die letzte Schwelle allein überschreiten zu lassen. Abwechselnd knieten die Männer und Frauen an der Seite des aufgebahrten Leichnams nieder und sprachen ihre Gebete, und nur die Kerzen zählten die Stunden, in denen der Tod noch zugegen war.

Auch die Kuh war gestorben. Noch am Abend des Sterbetags hatte Andres selbst sie geschlachtet, mit unsicheren, abgehackten Bewegungen, sodass man fürchten musste, er würde sich selbst verletzen, aber es war gutgegangen. Wenigstens würde es reichlich frisches Fleisch geben zum Leichenschmaus, dachte Barbara, als sie am nächsten Tag damit beschäftigt war, eine Salzlake anzusetzen, die sie zum Einpökeln der Reste verwenden würden. Das ausgeblutete Tier hing noch, an den Hinterläufen hochgezogen, am Gerüst; die alte Kathrein und ihre Tochter waren dabei, ihm das Fell abzuziehen. Sie arbeiteten in völligem Gleichklang und sangen dabei beständig leise vor sich hin, als müssten sie mit ihrer Litanei den Rhythmus vorgeben. Es war wichtig, das Fell möglichst unversehrt und in einem Stück abzulösen, um seinen Wert nicht zu mindern. Die Alte sah kaum hin und folgte nur dem Gespür ihrer Finger, die nach jahrzehntelanger Übung blind das Messer führten. Kathrein und die trauernde Witwe waren Schwestern, mit dem gleichen Buckel und den gleichen ein wenig schief stehenden Augen, und schon in wenigen Tagen würden ihre Männer nebeneinander auf dem Kirchhof liegen und zu Staub zerfallen. Barbara legte einen Deckel auf das Fass mit der Salzlake und ging hinüber zum Haus, um nach der Bäuerin zu sehen.

Aus der Stube mit dem aufgebahrten Leichnam drangen Stimmen, und sie verhielt ihren Schritt. Andres und Simon stritten so laut, dass sie jedes Wort verstehen konnte.

«... Vater hätte mich verstanden! Wie würde es dir gefallen, immer nur verächtlich und von oben herab behandelt zu werden?» Simons Stimme war laut und erregt und schien sich bei jedem Satz überschlagen zu wollen. «Denk nicht, die würden auch nur eine Sekunde vergessen, dass einer aus dem Dorf kommt!»

«Na und? Dann muss man eben die Zähne zusammenbeißen! Weißt du nicht, was es Vater gekostet hat, dich in die Stadt zu schicken? Der Erste aus dem Dorf, der in Horb ein Handwerk lernt! Ha! Wenn ich daran denke, wie stolz er darauf war! Und du wirfst den Bettel einfach hin! Fast bin ich froh, dass er das nicht mehr erleben muss.» Jemand schluchzte laut auf, es musste wohl Agnes sein. Barbara biss sich auf die Unterlippe. Da hatte Simon also seine Lehre aufgegeben, nach all den Jahren! Sie konnte sich noch gut an die wenigen Besuche im Dorf erinnern, die er in den letzten acht Jahren gemacht hatte, an seine ausweichenden Antworten, daran, dass er zweimal den Lehrherrn gewechselt hatte, und an Georgs verbitterten Gesichtsausdruck, mit dem er den Sohn verteidigte, diesen Sohn, der mit der Lehre einfach nicht fertig werden wollte. Und jetzt hatte Simon offenbar endgültig aufgegeben.

«Vater ist noch nicht unter der Erde, und ihr könnt keinen Frieden halten! …», ließ sich Agnes' Stimme vernehmen.

«Das hat nichts damit zu tun! Ich will nur wissen, wie er sich das in Zukunft vorstellt. Ob er jetzt mir auf der Tasche liegen will. Glaub nur nicht, dass du von mir auch nur einen Heller mehr bekommst, als ich dir geben muss!»

«Und ich dachte, du bist mein Bruder. Ich dachte, auf dich kann ich mich verlassen, wenn ich in Not bin! Ich dachte …»

Jetzt ist es genug, sagte sich Barbara, öffnete die Tür und trat in die Stube. Mehr als genug.

Die Brüder standen sich mit gesenkten Köpfen gegenüber und atmeten schwer. Simon hatte die Fäuste geballt,

Andres umklammerte seine verschränkten Arme, als müsste er sich selbst festhalten. Sie waren bereit zuzuschlagen, alle beide, und einen Augenblick lang zögerte Barbara, zwischen sie zu treten.

«Ich wollte nach eurer Mutter schauen», sagte sie leise und sah von einem zum anderen. Wie konnten zwei Menschen sich so ähnlich sehen, in gleicher Weise ihre Augen verengen und die Mundwinkel verächtlich nach unten ziehen, und doch so gegensätzlich in ihrem Wesen sein? Alles, was an Andres schwer war, war an Simon leicht geraten, zu leicht vielleicht. Simon war die Wasserfläche, die in der Sonne flirrte, Andres die dunkle Tiefe darunter.

Agnes Breitwieserin kam dankbar zu ihr herüber, mit dem ersten freundlichen Blick, den sie seit langem für ihre zukünftige Schwiegertochter übrig hatte. Sie streifte mit der Hand die Wange des Verstorbenen und führte dann den Rosenkranz an ihre rissigen Lippen; die Perlen klackten leise. Mitleidig betrachtete Barbara die gebeugte Gestalt. Die alte Bäuerin war am Ende ihrer Kräfte. Seit dem Tod ihres Mannes hatte sie nur ein paar Schlucke Wasser zu sich genommen. Ihr Gesicht war gelblich und eingefallen, und unter ihren verschwollenen Augen lagen dunkle Schatten. Barbara fasste sie behutsam am Ellbogen und schob sie vor sich her.

«Komm, ich bring dich ein bisschen an die frische Luft», sagte sie leise. «Du setzt dich auf die Bank unter der Linde, und ich hole dir einen Becher Wein.» Widerstandslos ließ sich die Alte nach draußen bringen. Als Barbara in die Stube zurückkehrte, war Andres nicht mehr da. Nur Simon lehnte am Kamin und zerbröselte gedankenlos die getrockneten Kräuter, die an einem Bindfaden an der Wand hingen. Ein schwacher Duft nach Pfefferminz mischte sich mit dem Geruch von Rosmarin und Thymian. Die Frauen hatten kleine duftende Kräutersträußchen auf Georg Breitwiesers Totenbett gelegt.

«Warum hast du das nur getan, Simon? Deinem Vater war es so wichtig …» Die Gegenwart des Verstorbenen ließ Barbara leise sprechen. Sie bemerkte, dass Simon es vermied, seinen Vater auf dem Totenbett anzuschauen. «Er hat immer so gehofft, aus dir einen Schreiner zu machen. Einen Meister», fuhr sie fort.

Ungeduldig schlug Simon mit der flachen Hand gegen den Kaminsims. «Herrgott, was sollte ich denn tun? Früher oder später hätte der Alte mich sowieso an die Luft gesetzt! Ich bin eben kein Handwerker. Ich bin ein Bauer», rief er.

«Deshalb lässt man doch nicht alles stehen und liegen.»

Simon sah sie nicht an; er blickte aus dem Fenster und fixierte einen Punkt irgendwo weit in der Ferne.

«Ich habe mir Geld aus seiner Kasse geliehen», sagte er endlich tonlos. «Ich bin ein geschickter Würfelspieler, du weißt es ja. Ich war sicher, ich könnte meinen Einsatz an einem Abend verdoppeln. Aber der andere war besser.»

«Du hast deinen Meister bestohlen», flüsterte Barbara fassungslos.

«Nicht bestohlen, nein. Ich hab's zurückgelegt, jeden einzelnen Heller. Ich musste alles zu Geld machen, was ich hatte, sogar meine Stiefel, damit ich's zurückgeben konnte. Aber in dem Augenblick hat er mich erwischt.»

«Wie konntest du nur so – so dumm sein!» Sie war maßlos enttäuscht. Am liebsten hätte sie ihm ins Gesicht geschrien.

«Ich weiß es nicht, Barbara. Ich weiß es selbst nicht. Wenigstens gab er mir einen Tag Zeit, um zu verschwinden, bevor er mit der Zunft sprechen wollte. Sie werden dafür sorgen, dass mich kein Meister mehr nimmt. Deshalb bin ich zurückgekommen. Ich konnte ja nicht wissen, dass Vater –» Seine Stimme zitterte kaum merklich, und er verstummte.

«Hast du es Andres gesagt?»

«Nein.» Plötzlich kam er auf sie zu und fasste sie an den Schultern. Seine Augen schwammen. «Du sagst es ihm auch nicht, Babeli, nicht wahr?», bat er.

«Nein, ich glaube nicht. Es wird schwer genug werden», entgegnete sie.

«Kannst du nicht mit ihm sprechen und ein gutes Wort für mich einlegen? Was ich sage, ist ihm ja gleichgültig, aber auf dich hört er bestimmt.» Simon sah sie an wie ein kleiner Junge, der etwas ausgefressen hat und sich vor Strafe fürchtet. Sie nickte unsicher.

«Ich kann es versuchen, Simon, mehr nicht.» Aber Andres würde nur tun, was er selbst für richtig hielt, und wenn ein Engel vom Himmel herunterstiege, um ihn zu bitten. Das wusste sie. Sie griff nach dem Krug, füllte einen Becher mit Wein und ging hinaus.

Die alte Bäuerin saß bei der Linde und murmelte in ihrer Trauer vor sich hin. Barbara brachte ihr den Becher, Agnes griff mit zittriger Hand danach und begann zu trinken. Wein tropfte von ihrem Kinn auf den Kittel. Es schien, als wäre sie durch den Tod ihres Mannes von einem Tag zum anderen zu einer Greisin geworden. Ihre Augen waren trüb, die Haut grau. Barbara war erleichtert, als sie Andres mit dem Pferd aus dem Stall kommen sah. Er führte einen dreijährigen Fuchs mit schlanken Fesseln und einem schwarzweißen Flecken auf der Stirn am Zügel, der noch nie einen Pflug gezogen hatte.

«Ich bin gleich wieder bei dir», sagte sie hastig zu Agnes und stand auf.

Andres hatte gerade begonnen, dem Fuchs mit einer Bürste das Fell zu striegeln. Für gewöhnlich verwandte er deutlich mehr Sorgfalt auf seine Tiere als auf sein eigenes Äußeres, aber heute arbeitete er in ungewohnt groben Strichen, fahrig und unkonzentriert. Der Streit mit seinem Bruder schien ihm noch nachzugehen. Sie musste ihre Worte sorgfältig wählen, um nicht noch mehr Schaden anzurichten.

«Andres?»

Er blickte kaum auf. «Ich habe zu tun.»

Sie biss sich auf die Lippen. Es war genauso schwierig, wie sie befürchtet hatte. Nur das Pferd schien zu spüren, wie ihr zumute war. Es beugte den Kopf zu ihr herunter und rieb sich an ihrer Schulter. Dankbar hob sie die Hand, um ihm über die weichen Nüstern zu streichen.

«Kannst dich schon mal verabschieden von dem Gaul», knurrte Andres unfreundlich.

Verwirrt hielt sie mitten in der Bewegung inne.

«Was meinst du damit?», fragte sie.

«Na, irgendwann kommt der Vogt vorbei, vielleicht heute schon, denk ich, und schaut sich den Stall an», presste der junge Bauer zwischen zusammengebissenen Zähnen hervor. Er blickte auf, um seine Mundwinkel zuckte es. «Jetzt, wo unsere beste Kuh gestorben ist … du weißt doch. Er wird das Pferd nehmen. Ich – ich will ihn noch einmal striegeln …» Seine Stimme war plötzlich weich geworden. Abrupt wandte er sich ab.

«Kuh und Pferd sind dir wichtiger, als der Vater es war!» Unbemerkt war die alte Agnes herübergewatschelt und fiel ihm jammernd ins Wort. «Achgottachgottachgott, was für Söhne! Was für Söhne sind mir geblieben! Herrgott und alle Heiligen, wie habt ihr mich gestraft, und ich hab doch nie …»

«Ruhig! Sei ruhig und setz dich wieder dahin!», befahl Andres unbeherrscht. Barbara schob die Alte auf die Bank zurück. Hilflos sah sie in das verbitterte Gesicht des jungen Bauern, in seine verdunkelten Augen. Das Pferd war Andres' ganzer Stolz; sie konnte sich noch gut an den ungewohnt übermütigen Ausdruck auf seinem Gesicht erinnern, als er es zum ersten Mal in den Stall geführt hatte. Und nicht nur das: An diesem Tag hatte er ihr vom Markt in Horb ein Geschenk mitgebracht, ein buntes Band für ihr Haar, und sie hinter dem Stall unbeholfen geküsst. An diesem Tag hatte sie zum ersten Mal wirklich daran geglaubt, dass sie schon bald seine Bäuerin sein würde, dass das Schicksal sie tatsächlich aus der düsteren Gegenwart ihres Onkels herausführen wollte. Und heute musste sie ihm beweisen, dass sie es auch wert war, dass sie ihn in dieser schmerzlichen Stunde nicht alleinließ. «Du musst sein Herz gewinnen, Kind, dann wird alles gut werden!», hatte ihre Mutter gesagt.

«Du könntest – du könntest das Pferd in den Wald bringen, hinten an die Brunkelwiese», hörte sie sich plötzlich selbst flüstern, ohne zu wissen, wer ihr diesen Gedanken eingegeben hatte. «Da wird's der Vogt nicht finden.»

Unruhig zerrte Andres an einem Knoten in der Mähne, der sich nicht lösen wollte.

«Das ist gegen das Recht, Barbara», murmelte er. «Wenn der Bauer tot ist, dann kommt der Vogt und holt für den Herrn das beste Stück Vieh aus dem Stall, das weißt du so gut wie ich. Für den Herrn von Renschach.» Er sprach den Namen aus wie einen Fluch; in seinen Zügen arbeitete es. «Mein Pferd, für das ich selbst geschuftet habe wie ein Ochse.» Er schaute über den Hof und den Dorfplatz hinweg, bis sein Blick an der Wasserburg hängen blieb. Im ganzen Dorf gab es keinen Ort, von wo aus man sie nicht hätte sehen können.

«Vielleicht weiß der Vogt gar nicht so genau, was die Bauern im Stall stehen haben.» Sie konnte kaum glauben, dass sie selbst das gesagt hatte. Ein Gedanke brachte den nächsten hervor. «Er ist doch erst seit Lichtmess auf der Burg und oft unterwegs.»

«Vielleicht weiß er es nicht», wiederholte Andres langsam und ließ die Bürste sinken. Plötzlich ballte er die Fäuste. «Gut, ich werd's tun», stieß er hervor. «Ich tu's. Soll er sich doch die alte Sau mit in seinen Schweinekoben nehmen!» Brüsk griff er nach dem Zaumzeug, das an einem Haken an der Stallwand hing, und legte es dem Fuchs um. «Soll er doch zur Hölle fahren mit seinem ganzen Gesindel!» Der Fuchs wieherte leise. Andres knüpfte noch einen langen Lederriemen an das Geschirr und schnalzte mit der Zunge. «Los, Roter!» Gehorsam setzte sich das Pferd in Bewegung.

Barbara blickte ihnen nach, als sie in Richtung auf den Waldrand verschwanden. Ihr Herz klopfte gegen ihre Rippen wie ein ungebetener Gast. Wie mochte es sein, mit so einem Mann verheiratet zu sein: Tag für Tag und Woche für Woche und Jahr für Jahr mit ihm zusammen?

«Komm zu mir rüber, Kind», krächzte da die alte Agnes. Barbara beugte sich über sie und sah, dass ihre Augen schon wieder voller Tränen standen.

«Denk nicht, er wär ein schlechter Mann, mein Andres. Das ist er nicht, kein schlechter Mann.» Die Alte war kaum zu verstehen. Barbara nahm ihre Hand.

«Nein, ich weiß», antwortete sie, während ihre Augen unruhig nach Andres' sich entfernender Gestalt suchten, die in der Ferne kaum noch auszumachen war. «Mach, dass es gutgeht, lieber Gott», murmelte sie leise. «Lass es nur gutgehen.»

«Das wird ein anderes Leben da für dich werden als hier bei uns.» Gertrud stand in ihrer kümmerlichen Kammer über die Truhe gebeugt und kramte darin herum, als Barbara nach Hause kam. «Ein besseres Leben. Sie haben den großen Hof, du hast's ja gesehen, und alles geht jetzt an den einen Erben, den Andres … Natürlich, für den Bruder ist es bitter. Aber Georg hat immer gesagt, der Junge will ja gar nicht. Der will hinaus in die Welt, hat nichts als Flausen im Kopf … ach, dass der Alte so gestorben ist, ich kann's immer noch nicht glauben!» Sie richtete sich triumphierend auf und legte Barbara das feine Kettchen um den Hals, das sie seit dem Verlöbnis sorgfältig in ihrer Truhe verwahrt hatte wie eine Reliquie: das Unterpfand einer besseren Zukunft.

«Das solltest du ruhig tragen jetzt, Bärbchen! Zeig, wo du hingehörst. So eine hübsche Kette, Kind … Und, was sagst du?» Barbara wich dem erwartungsvollen Blick aus. Das Metallkettchen, der erste Schmuck, den sie je besessen hatte, lag ungewohnt kühl auf ihrer Haut.

«Ich – ja. Es ist ein großes Haus.»

«Mit einer eigenen Schlafstube! Freust du dich denn gar nicht?»

«Doch.» Barbara nickte. «Es geht nur jetzt so schnell auf einmal. Ich dachte, mir bleibt noch mehr als ein Jahr.»

Die Mutter strich ihr aufmunternd mit dem Zeigefinger über die Wange.

«Ich hab's auch gedacht, Bärbchen, aber jetzt, wo der Georg nicht mehr ist … der Andres übernimmt den Hof, da braucht er eine Frau. Und die alte Agnes, na ja, du hast sie ja gesehen … Von der kann er keine große Hilfe mehr erwarten.»

Das war nun allerdings nichts, was eine künftige Hausfrau beruhigen konnte: eine wacklige Alte auf dem Hof, mehr Last als Hilfe. «Außerdem, du weißt ja … es war ein schweres Stück Arbeit, bis sie damals endlich eingewilligt hat in die Hochzeit. Wenn der Georg das Geld nicht so nötig gebraucht hätte … Und jetzt ist er nicht mehr da. Ihr müsst Hochzeit machen, bevor die Alte es sich wieder anders überlegt und versucht, den Andres gegen uns einzunehmen. Wenn ich du wär, ich würd mich für jeden Tag bedanken, den der Herrgott mich früher aus diesem Dreckloch hier herausholt.» Sie machte eine ausfahrende Handbewegung, die den gesamten Hof mit einbezog, und Barbara nickte. Sie wusste ja, wie sehr ihre Mutter unter dem kümmerlichen Leben litt, das sie führte, seit sie bei ihrem Bruder vor Jahren Unterschlupf gefunden hatten. Kein einziges Mal allerdings hatte Barbara sie sagen hören, dass sie ihre Entscheidung bereute, nicht einmal damals, als das Kind gestorben war, noch bevor es von der Brust entwöhnt worden war. ‹Ein Esser weniger› war alles, was Balthes dazu gesagt hatte, und Barbara war sicher, er hätte das kleine Körperchen, ohne mit der Wimper zu zucken, in die Jauchegrube geworfen, wenn man ihn gelassen hätte. Barbara hätte auch den Gottseibeiuns persönlich geheiratet, um nicht länger unter diesem Dach leben zu müssen.

«… ja, der Andres ist ein guter Mann», plapperte Gertrud weiter. «Niemand braucht Angst vor ihm zu haben. Da wird's anders zugehen als hier.» Unwillkürlich sträubten sich Barbara die Nackenhaare. Der Onkel war ein gewalttätiger Rechthaber, der Frau und Kinder schlug, wann immer es ihm passte. Auch sie selbst hatte schon den einen oder anderen Hieb abbekommen und konnte sich noch gut an eine Nacht erinnern, in der sie sich zitternd im Stall versteckt hatte, weil Balthes zu viel getrunken hatte und die Stube demolierte. Wenn es nach ihm gegangen wäre, hätte sie sich schon längst irgendwo eine Stellung als Schweinemagd suchen müssen. Aber ihre Mutter hatte das nicht zugelassen und sich mit Händen und Füßen dagegen gesträubt. Und die dreißig Gulden waren eine Mitgift, die sich sehen lassen konnte, wesentlich mehr, als Balthes seinen Töchtern mitgeben würde. Gertrud hatte die Angelegenheit mit dem alten Georg ins Reine gebracht, schneller, als ihr Bruder denken konnte. Balthes war fast geplatzt vor Wut, als er erfuhr, dass seine Schwester über eine so große Geldsumme verfügt und ihm nichts davon gesagt hatte. Aber es war geschehen, mochte er toben und schreien, so viel er wollte. Barbara wusste, dass sie ihrer Mutter ewig dafür dankbar sein musste.

«… Männer sind anders, Bärbchen, sie denken anders, fühlen anders, bewegen sich anders … aber da gewöhnst du dich schon dran, wenn ihr erst jeden Tag zusammen seid.» Gertrud zog ein wenig die Augenbrauen zusammen. «Und in der Nacht natürlich … aber auch das ist nichts, wovor man sich fürchten muss. Schließlich sollt ihr viele Kinder haben, die euch im Alter versorgen können.» Barbara nickte und schlug die Augen nieder. Sie wünschte sich so sehr, das Pferd stünde schon wieder friedlich in seinem Stall.

«Ich sag euch mein Mitgefühl, besonders dir, Agnes. Dass das so schnell gehen musste … Die nächste Zeit wird nicht leicht sein für dich, aber mit Gottes Hilfe wird es weitergehen. Du hast deine Söhne, die werden dir beistehen. Und bald kommt ja auch wieder eine junge Frau ins Haus, hab ich gehört.» Der Vogt stand in der Stube, wo gestern noch der Leichnam gelegen hatte, und drehte seine Mütze in der Hand. Er war ein vierschrötiger Kerl aus einem der Dörfer am oberen Neckar, die auch dem Renschacher gehörten, und hatte sein Amt erst seit dem vergangenen Frühjahr inne, als der frühere Vogt an einer schlimmen Durchfallerkrankung gestorben war.

«Ihr habt ihn gestern beerdigt?», fragte er. Die alte Bäuerin nickte. Sie saß neben Barbara auf der Wandbank und betrachtete ihre Hände. Die Finger bewegten sich unablässig wie ein Haufen Würmer. Ihre Augen waren immer noch so verschwollen, dass sie kaum geradeaus schauen konnte.

«Ja, auf dem Kirchhof, gleich neben seinem Bruder», flüsterte sie.

«Gott sei seiner Seele gnädig!» Der Vogt sah sich anerkennend in der Stube um, sah den mit duftenden Zweigen bestreuten Boden, die solide gezimmerten Holzbänke, den kleinen Druck mit der Jungfrau von Heiligblut an der Wand und nickte freundlich. «Ihr habt gut Ordnung gehalten, du und dein Mann. Dein Sohn kann froh sein, einen so gut geführten Hof zu übernehmen.» Barbaras Blick wanderte verstohlen zu Andres hinüber, der sich im Hintergrund hielt, die Lippen fest aufeinandergepresst, als müsste er sich mit Gewalt zurückhalten, etwas zu sagen. Auch der Vogt wandte sich jetzt dem Hoferben zu und zeigte nach draußen auf den Knecht, den er mitgebracht hatte und der schon ungeduldig den ledernen Riemen gegen seinen Oberschenkel schnalzen ließ.

«Wir wollen das Pferd gleich mitnehmen. Lass uns doch in den Stall hinübergehen.» Andres machte einen langsamen Schritt nach vorn. Das dunkle Haar hing ihm weit ins Gesicht.

«Wir haben das Pferd nicht mehr», sagte er rau. «Es ist gestorben. An – an der Kolik.»

«Oh», antwortete der Vogt überrascht. «Ja, das gibt es manchmal … Kolik, sagst du?»

«Ja.» Andres stand ihm inzwischen genau gegenüber, das Gesicht eine ausdruckslose Maske. «Muss was Falsches gefressen haben.»

Der Vogt kniff die Augen zusammen.

«Und vor ein paar Tagen habt ihr die Kuh verloren, hab ich gehört … das ist aber viel Unglück auf einmal.» Die Stimme klang kühl jetzt. Barbara presste den Rosenkranz in ihrer Rocktasche zusammen. Andres' Wimpern zuckten, und an seiner Schläfe pochte sichtbar eine Ader.

«Das gibt's», murmelte er knapp.

«Manchmal. Kommt.» Ohne ein weiteres Wort setzte der Vogt seinen Hut wieder auf und ging dem Bauern voraus nach draußen. Die Sonne stand schon tief, ein paar Kinder jagten hinter einer Schar gackernder Hühner her, um sie für die Nacht in ihren Verschlag zu sperren.

«Dein übriges Vieh ist wohl auf der Weide?», fragte der Vogt schließlich. Andres nickte.

«Drei junge Kühe, ein paar Schweine. Schick den Knecht, er kann sich ja die Mastsau holen.» Der Knecht zögerte und wartete auf ein Zeichen, aber der Vogt schien noch unentschlossen. Lass ihn doch das Schwein nehmen, dachte Barbara, die den Männern nach draußen gefolgt war. Nimm das Schwein und sei zufrieden.

«Warum hast du das nicht in der Burg gemeldet, die Sache mit eurem Pferd?», hörte sie.

«Bin nicht dazu gekommen … und außerdem, das Pferd hab ich gekauft von den Einnahmen, die wir nach der letzten Ernte erwirtschaftet haben. Ich hab verdammt hart dafür gearbeitet.» Andres' Stimme sollte wohl ruhig klingen, aber der allmählich erwachende Groll darin war unverkennbar. Barbara ballte die Hände hinter ihrem Rücken.

«Und? Was willst du mir damit sagen?» Der Vogt war nicht dumm. Lange genug war er selbst ein Bauer gewesen, und es war nicht das erste Mal, dass er das Besthaupt einzog.

«Also, willst du jetzt mein Vieh anschauen oder nicht?» Einen unendlichen Augenblick lang zögerte der Vogt, dann gab er dem Knecht mit den Augen ein Zeichen. Der Knecht grinste, schlang sich seinen Riemen um die Hand und schlenderte zur Weide hinüber.

Plötzlich kam hinter dem Haus Unruhe auf. Man hörte mehrere Leute gleichzeitig reden, jemand lachte. Der Vogt warf den Kopf zurück wie ein witternder Wolf, der Knecht blieb stehen. Dann wieherte ein Pferd. Blitzschnell, bevor jemand anders etwas sagen oder tun konnte, war der Vogt um die Ecke. Simon stand da, den Fuchs am Halfter, ein breites Lächeln im Gesicht.

«Er war im Wald», sagte er nach einer kleinen Pause und blickte fragend von einem zum anderen. «Ich dachte, was macht er im Wald? Ich bring ihn lieber nach Hause ...» Er verstummte. Barbara wurde es eiskalt. Er hat es seinem Bruder nicht gesagt, dachte sie. Er hat nicht mit ihm darüber gesprochen. Simon wusste nicht Bescheid. O Gott, warum musste es ausgerechnet sein Bruder sein, der das Pferd fand?

«Kolik also, sagtest du?» Schneidend kam die Frage des Vogts. «Es ist wieder auferstanden, dein Pferd, oder was?» Andres war kreideweiß geworden. Er sagte kein Wort, starrte dem Vogt reglos ins Gesicht.

«Du wolltest deinen Herrn um das Besthaupt betrügen, Bube! Weißt du, was man mit solchen Betrügern macht?» Der Vogt stieß Andres vor die Brust, sodass der zurückstolperte; dann winkte er den Knecht heran. «Fesseln und auf die Burg bringen! Ich nehme das Pferd mit.» Widerstandslos ließ der junge Bauer sich die Hände auf den Rücken binden und abführen. Als er an seinem Bruder vorbeikam, spuckte er aus.

Wie gelähmt blickte Barbara Andres hinterher. Nichts fiel ihr ein, was sie zu seiner Rettung hätte sagen oder tun können, nichts. Da stand auch der Vogt schon vor ihr, legte ihr die Hand unters Kinn und hob ihr Gesicht, sodass sie seinen Augen nicht ausweichen konnte.

«Denkt nur nicht, dass ihr damit durchkommt, ihr gottverdammtes Bauernpack», zischte er. «Das lässt der Herr nicht mit sich machen, glaub das nur nicht. Bete zu Gott, dass du deinen Bräutigam nochmal wiedersiehst.» Er versetzte ihr einen Nasenstüber, drehte sich um und zerrte das Pferd mit sich fort.

2

«Ach, ach, was wird denn nun! Was soll denn nun werden!» Die alte Agnes hatte das Gesicht in den Händen vergraben und schaukelte ihren Oberkörper wehklagend hin und her. «Achachach! Mein Andres, mein Junge …» Ihr Geheule ging Barbara durch Mark und Bein und erstickte jeden klaren Gedanken.

«Hör endlich auf damit! Er ist ja nicht tot!», entfuhr es ihr schließlich. Die Alte hob ihren Kopf und sah sie giftig an.

«Du halt den Mund», zischte sie. «Noch bist du nicht die Bäuerin hier auf dem Hof, noch nicht. Du hast wohl schon vergessen, wer ihn dahin gebracht hat?! Wenn du ihn nicht angestiftet hättest, wäre er noch hier!» Mühselig kam sie auf die Füße. «Dieses Mädchen bringt nichts als Unglück, hab ich meinem Georg gesagt, nichts als Unglück. Schau dir doch die Mutter an! Was soll da Gutes von kommen?, frag ich dich. Aber er muss ja unbedingt das Geld haben. Verkauft den eigenen Sohn für eine fette Mitgift …» Sie schlurfte in Richtung Kirche davon.

Simon stand noch immer an der gleichen Stelle im Hof, wo der Vogt ihm die Zügel aus der Hand genommen hatte. Seine Unterlippe zitterte.

«Ich wusste es doch nicht! Wie hätte ich es denn wissen sollen? Andres spricht ja nicht mit mir über das, was er macht!» Er griff nach ihrer Hand und hielt sich daran fest. «Bitte, Barbara, wie hätte ich das nur wissen sollen?»

«Ich weiß es auch nicht», flüsterte sie. Sie fühlte sich mit einem Mal entsetzlich müde. Wie sollte sie Andres jemals wieder unter die Augen treten? Seine Mutter hatte recht. War sie nicht schuld an allem Unglück? Als sie ihn weggeführt hatten, hatte er ausgesehen wie ein gefangener Wolf. Sie hob den Blick und sah zur Wasserburg hinüber: ein mächtiger Klotz, eher Festung als Schloss, in dem mehr Steine verbaut waren als im ganzen restlichen Dorf zusammen. Mehrere Klafter dick sollten die Mauern sein, vor allem am Fuß des Turmes, wo der Renschacher erst vor wenigen Jahren ein paar missliebige Bauern festgehalten hatte.

«Der Renschacher wird ihn eine Zeitlang einsperren und dann Urfehde schwören lassen», sprach Simon ihre eigenen Gedanken laut aus. «Und dann wahrscheinlich noch eine Geldbuße ...» Hilflos zuckte er mit den Schultern.

«Wir müssen für ihn bitten, dass der Ritter ihn gehen lässt», sagte Barbara leise. Die Worte gaben ihr Kraft. «Ihr braucht den Andres doch auf dem Hof, jetzt, wo euer Vater nicht mehr da ist ... Sprich du mit dem Schultheiß, er soll für ihn bürgen. Ich gehe zum Pfarrer.» Simon schien erleichtert, dass jemand ihm sagte, was zu tun war. Er nickte.

«Du hast recht. Der Schultheiß wird uns nicht im Stich lassen.» Er wischte sich mit seiner Mütze über die Augen und sah ihr dann noch einmal voll ins Gesicht. «Du weißt, dass es nicht meine Schuld war, nicht wahr?», flüsterte er. «Du weißt es? Barbara?»

Sie nickte stumm und legte ihm kurz die Hand an die Wange. «Geh jetzt, Simon.»

Er drehte sich um und begann zu laufen, während sie ihm hinterherstarrte. Schuld. Wer war schuld, wenn einer das Recht hatte, dem anderen sein Eigentum abzunehmen? Wenn einer als Herr geboren wurde und der andere als Knecht?

Die alte Wasserburg an der Furt durch die Glatt befand sich schon seit Menschengedenken im Besitz der Herren von Renschach, Ritter zu Glatt, ebenso wie das Dorf Glatt selbst mit seinen Äckern, Wiesen und Weinbergen. Drei schmucklose, eckige Flügel umgaben den Burghof, der sich auf der vierten Seite zu einem Tor aus Buckelquadern öffnete. Rund um die schlichte Anlage erstreckte sich ein vielleicht sieben oder acht Fuß tiefer Wassergraben, der über einen Stichkanal mit der Glatt verbunden war und von dieser gespeist wurde. Einmal im Jahr, während der trockenen Sommermonate, ließ der Burgherr diesen Kanal verschließen und den Graben trockenfallen, und alle Bewohner des Dorfes hatten ein paar Tage lang damit zu tun, ihn von Schlamm und Unrat zu befreien. Ebenso gehörte auch die Instandhaltung des äußeren Palisadenzauns um den Wassergraben herum zu den anfallenden Fronen in der Herrschaft Glatt; dafür hatten die Bauern das Recht, im Falle eines Angriffs Schutz im Burghof zu suchen. Bisher allerdings war der Ort von Angriffen verschont geblieben, und nicht wenige Dorfbewohner murrten hinter vorgehaltener Hand über die ungeliebte Arbeit, die sie meist zur besten Erntezeit von ihren eigenen Feldern fernhielt. Zumal es fraglich erschien, dass die in den letzten Jahren auf über hundert Köpfe angewachsene Bevölkerung des Ortes tatsächlich innerhalb der Burgmauern Platz gefunden hätte.

Der jetzige Burgherr, Ritter Heinrich von Renschach zu Glatt, lebte erst seit wenigen Jahren ständig auf der Burg.

In vielfältigen Fürstendiensten unterwegs, hatte er die Aufsicht über seinen Grundbesitz lange Zeit in die Hände seines jüngeren Bruders gelegt, um sich erst jetzt im Alter in Glatt zur Ruhe zu setzen. Die zahlreichen Erbteilungen des Familienbesitzes in den vergangenen Generationen hatten ihm nach dem Tod seines Vaters nur ein geringes Grundkapital gelassen. Aber statt auch noch diesen Rest durchzubringen, wie viele seiner Standesgenossen, hatte er es verstanden, sein Vermögen durch kluges Wirtschaften und geschickte Darlehensverträge mit den notleidenden Adligen der Umgebung wieder zu vergrößern. Sogar die Habsburger Fürsten zählte er zu seinen Schuldnern. Als erste Neuerung, nachdem er die Burg dauerhaft bezogen hatte, ließ er an der Grenze der Gemarkung einen Galgen errichten; Kaiser Karl V. hatte ihn nämlich in Anerkennung seiner vielfältigen Verdienste 1521 mit der alleinigen Hochgerichtsbarkeit für seine fronpflichtigen Dörfer am Neckar belehnt. Allerdings hatte seither noch kein Missetäter die Festigkeit des Holzgerüsts erproben müssen: Die schlimmste bisher verhängte Strafe war eine zweiwöchige Turmhaft gewesen, die der Verurteilte im Schloss Glatt abgesessen hatte.

In ebendiesen muffig-düsteren Raum in einem der alten Burgtürme stieß jetzt der Vogt den Gefangenen, ohne sich die Mühe zu machen, dessen Fesseln zu lösen. Grollend schob er den Riegel vor. Dieser aufsässige Bauer hatte versucht, ihn zu betrügen – ihn, den Vogt, der doch selbst in einem Bauernhaus auf die Welt gekommen war! Der dem Ritter gegenüber die Anliegen der Bauern vortrug und oft – allzu oft! – im Widerspruch zu seinen ureigenen Interessen in ihrem Sinne redete und handelte.

«Gottverfluchter Halunke!», murmelte er. Aber dem würde das Lachen noch vergehen. Er würde dem alten Renschach Bericht erstatten, o ja, wie sich alles zugetragen hatte, wie hinterfotzig man ihn an der Nase hatte herumführen wollen, und dann würde man ja sehen. Der Alte war ein schlauer Fuchs. Der war nicht zu seinem Vermögen gekommen, indem er sich von jedem Hinz und Kunz das Fell über die Ohren ziehen ließ. Der würde wissen, wie man mit solchem Pack umzugehen hatte!

«Der Breitwieser wollte Euch um das Besthaupt bringen, Herr», erklärte er kurze Zeit später, als er dem Ritter im Burgsaal gegenübersaß. Der sogenannte Saal war der größte Raum der Burg und der einzige, der mit Wandteppichen, einigen geschnitzten Möbeln und einem Kachelofen ausgestattet war. Er diente als Arbeits-, Empfangs- und Repräsentationsraum in einem, während die Schlafkammer des Burgherrn nur ein bescheiden möblierter Verschlag unter dem Dach war, um nichts besser als die Kammern der wenigen Knechte.

«Er hatte ein gutes Pferd und hat's vor mir im Wald versteckt. Nur durch Zufall bin ich ihm auf die Schliche gekommen.» Ritter Heinrich zog die Augenbrauen hoch. Jetzt, hier an dem großen Eichentisch, machte er einen müden und schwerfälligen Eindruck. Aber wenn er auf seinem Pferd saß, konnte man erkennen, dass er ein Kriegsmann war, einer, der das Waffenhandwerk gelernt und schon an vielen Kämpfen teilgenommen hatte. Seine Stirn wurde durch eine wulstige Narbe in zwei Hälften geteilt. Wie er gern erzählte, war er damals in Ungarn nur knapp dem Tod entkommen, als ein türkischer Reiter ihn mit seinem Säbel getroffen hatte. Auch jetzt wieder griff er mit seiner Hand nach der Narbe und betastete sie, wie es seine Gewohnheit war, während er dem Vogt bedächtig antwortete.

«Bist du dir sicher?» Der Vogt nickte. Diese Bedächtigkeit hatte nicht viel zu bedeuten, das wusste er genau; der

Ritter war jähzorniger Natur, wenn er auch im Lauf der Jahre gelernt hatte, sein Feuer zu zügeln. Man war gut beraten, ihn nicht über die Maßen zu reizen.

«Einer meiner eigenen Leute ... Und es ist kein Irrtum möglich?»

«Nein, Herr.»

«Was hast du mit ihm gemacht?»

«Er sitzt im Turm ... das Pferd habe ich hergebracht. Ein schöner Fuchs! Könnte sein, dass er sogar für die Jagd taugt.»

«Was will ein hergelaufener Bauer mit so einem Tier, frage ich mich!» Ritter Heinrich ließ plötzlich die Faust auf den Tisch krachen und sprang auf. «Demnächst wollen sie noch gegen uns im Turnier antreten! Freches, aufsässiges Pack, das uns unsere Rechte streitig machen will!» Er stampfte wütend durch den Saal und blieb schließlich unter einem düsteren Porträt seines Urgroßvaters stehen, des ersten Heinrichs von Renschach, der die heruntergekommene Burg hatte instand setzen und in einen erträglichen Wohnsitz umwandeln lassen. «Da kommt man ihnen entgegen, wenn sie hier stehen und winseln: ‹Die Ernte war schlecht, der Regen hat gefehlt! Die Schweine sind krank, und der Mann versäuft das Marktgeld!› Immer bin ich großzügig gewesen, immer voller Verständnis, und dann das! Aber das lass ich nicht durchgehen, so was nicht!» Schwer atmend ließ er sich wieder auf die Bank fallen. «Das ist gegen die rechte Ordnung.»

«Soll ich das Dorfgericht zusammenrufen?», fragte der Vogt.

«Ach was.» Der Alte zog sich den Krug herüber und schüttete sich einen Becher Wein ein. «Wozu brauch ich da das Dorfgericht! Das kann ich schon allein regeln, verlass dich drauf.» Er hob den Becher und leerte ihn in einem Zug.

«Und, was soll jetzt geschehen mit dem Mann?» Befriedigt betrachtete der Vogt, wie der Ritter die Fäuste ballte.

«Lass ihn ruhig schmoren da unten. Soll mal sehen, wie das so ist als Gast in meiner besten Kammer. Lass ihm Wasser bringen, aber nichts sonst. Und übermorgen will ich ihn vernehmen.»

Fünf Schritte in die Breite, vier längs. Kein Licht. In der hinteren rechten Ecke ein unerwarteter Mauervorsprung in Kopfhöhe, an dem man sich den Schädel aufschlug. Andres Breitwieser marschierte über den gestampften Boden, seine Füße raschelten in der dünnen Lage Stroh. Es war kühl hier unten, man musste sich bewegen, so lange es ging. Genauso, wie wenn man in aller Herrgottsfrühe schon draußen auf den Feldern war, auf denen die Schritte noch vom Reif knirschten und der Atem einem kalt in die Brust fuhr. Er kniff die Augen zu und versuchte sich den Acker vorzustellen, den er morgen hatte pflügen wollen. Von irgendwo draußen hörte er ein Pferd wiehern. Sein Pferd, seinen Fuchs. Gestern noch hatte er daran gezweifelt, ob es recht gewesen war, das Tier zu verstecken, aber heute, nach dem herrischen Auftreten des Vogts, war er sich sicher. Gestohlen hatten sie das Pferd, für das er monatelang, jahrelang hart gearbeitet hatte, härter als jeder andere im Dorf! Noch aus dem letzten Fußbreit Boden hatte er alles herausgeholt. Hatte den wertlosen Felsenacker, den keiner bearbeiten wollte, so lange gepflügt, bis kein Stein mehr darin zu finden gewesen war, hatte Jauche ausgebracht und Unkraut gehackt, während die anderen schon im Wirtshaus saßen und ihre paar Münzen versoffen, war sich für keine Arbeit zu schade gewesen. Niemand hatte ein gottverfluchtes Recht auf diesen Fuchs außer ihm selbst, kein Papst und kein Fürst, kein Pfaffe und kein Ritter! Er trat gegen die verriegelte Holztür, so fest er konnte, zerrte wie besessen an seinen Handfesseln und fing an zu schreien.

«Gib mir mein Pferd zurück, hörst du? Gib es zurück! Diebsgesindel, vermaledeites Dreckspack! Lasst mich raus!» Schließlich hielt er inne und lauschte. Alles blieb ruhig; die Dunkelheit antwortete nicht. Plötzlich spürte er wieder die Kälte und das Pulsieren an der aufgeschürften Schläfe und die Riemen um seine verkrampften Handgelenke. Warm rann es an seinen Schenkeln hinunter. Er spürte die dicken Steinmauern der Burg, als würden sie auf seinen Schultern liegen und ihn zu Boden drücken. Mühsam holte er Luft und stolperte zur Wand hinüber, begann sie abzutasten, so gut es ging, mit gefesselten Händen. Eine Spitze, ein herausstehender Nagel, und ich kann die Riemen durchscheuern. Ich muss mich befreien. Ich kann hier nicht gefesselt bleiben wie ein Verbrecher, wie ein wildes Tier.

Abschätzig musterte Heinrich von Renschach das Grüppchen von Leuten, das da vor ihm im Burghof aufmarschiert war, die Frauen in ihren besten Schürzen, die Männer mit den Mützen in der Hand, selbst der Pfarrer. Der immerhin hatte also noch nicht vergessen, wem er Amt und Pfründe zu verdanken hatte. Schließlich war es niemand anders als der Herr über Glatt selbst, der das Recht hatte, dem Bischof von Konstanz einen Geistlichen seiner Wahl für die Pfarrkirche vorzuschlagen. Den jungen Bernhard Locher hatte er sich aus dem Oberschwäbischen mitgebracht, wo er eine Zeitlang als Vogt in neupfälzischen Diensten tätig gewesen war. Der Geistliche war zwar noch grün hinter den Ohren, zeigte aber ein bemerkenswertes Geschick bei der Abfassung juristischer Dokumente, eine Fähigkeit, die Heinrich ausgiebig für seine Darlehensgeschäfte zu nutzen gedachte. Jetzt stützte der hochgewachsene Pfarrer die alte Bäuerin an seiner Seite, die hemmungslos schluchzte und nicht weit davon entfernt schien, hier vor seinen Augen zusammenzubrechen. Heinrich nickte einem seiner Knechte kurz zu; der Mann holte einen Hocker und schob ihn der Breitwieserin hin, die sich gleich so erschöpft daraufsinken ließ, als wollte sie nie wieder aufstehen. Natürlich kannte der Ritter die Alte, aber in sein Mitleid für sie – schließlich hatte sie gerade den Mann verloren – mischte sich unwillkürlich Ärger. War sie nicht die Mutter dieses aufsässigen Burschen, der versucht hatte, ihn um sein gutes Recht zu bringen? Respekt hätte sie ihn lehren sollen, Anstand und Respekt, dann bräuchte sie sich jetzt nicht die Seele aus dem Leib zu heulen.

«Und?», fragte er schließlich knapp und nahm die beiden anderen ins Visier: einen schlaksigen Burschen, den er als den jüngeren Breitwieser erkannte, und das Mädchen, das mit seiner Mutter vor ein paar Jahren Unterschlupf auf dem Spaichhof gefunden hatte. Der Pfarrer räusperte sich.

«Grüß Euch Gott, Herr. Wir sind gekommen, um Euch zu bitten für den Breitwieserbauern. Er hat sicher ein Unrecht getan, aber er ist kein schlechter Mann. Der Schmerz um seinen Vater ...»

«So?» Heinrich von Renschach hob den Kopf. «Schmerz nennst du das?»

«Sein Vater ist gerade erst unter der Erde, Ihr wisst vielleicht nicht –»

«Ich nenne es eine Büberei, einen hundsgemeinen Diebstahl an meinem Besitz! Ich bin wahrhaftig großzügig, wenn einer meiner Leute mich bittet, aber wenn einer versucht, mich zu bestehlen, kann ich auch anders. Einer meiner Bauern ist gestorben, und seine Arbeitskraft geht mir verloren. Als Ersatz steht mir das Besthaupt zu und basta, und wer mir das vorenthalten will, ist so schlimm wie einer, der nachts in mein Haus einbricht.»

«Bitte, Herr.» Das war das Mädchen. Sie hatte die Finger ineinander verschlungen, sodass ihre Knöchel weiß herausstanden. Ihr Gesicht unter den dunklen Haaren war schmal, zu schmal für seinen Geschmack, und ihre Augen huschten hin und her, ohne sich einfangen zu lassen. «Der Andres ist noch jung, der wusste doch gar nicht, was er getan hat!»

«Was hast du überhaupt mit ihm zu schaffen? Hast was mit dem, he?» Die Röte schoss dem Mädchen in die Wangen. Jetzt endlich sah sie ihn an, sodass er den Trotz in ihrem Blick erkennen konnte, den er schon auf so vielen Bauerngesichtern gesehen hatte, den kleinen Bruder des Aufruhrs. Es gab keinen Grund zur Milde.

«Sie sind sich versprochen, Herr.» Das war wieder der Pfarrer, der einen Schritt vorgetreten war. «Ich bitt Euch, Herr, um christliches Erbarmen … ist doch ein frommes Pfarrkind, der Breitwieser.» Der Ritter beugte sich vor; die Narbe auf seiner Stirn glänzte rot und fettig.

«Du hättest ihn hören sollen, wie er geflucht hat, dein frommes Pfarrkind», fauchte er. «Verflucht hat er mich, dieser undankbare Hund! Der kommt mir nicht so leicht davon, und wenn das ganze Dorf auf den Knien hierhergerutscht kommt und flennt. Der muss erst lernen, wo sein Platz ist, und ich schwöre euch, das wird er.» In dem Augenblick warf die alte Bäuerin sich vor dem Ritter auf den Boden.

«Ihr dürft ihm nichts tun, Herr, meinem Andres, meinem Sohn! Ihr dürft mir doch den Sohn nicht wegnehmen, wo gerade erst der Mann tot ist, bitte, Herr! Ich …»

«Ruhig, Alte!» Renschach wartete, bis der Pfarrer die Frau wieder auf die Füße gestellt hatte und er ihr ins Gesicht sehen konnte. «Ich werd doch die Hand nicht abhacken, die mir noch jahrzehntelang Abgaben leisten soll … Er wird schon unversehrt zu dir zurückkommen.» Die Bäuerin schluchzte und murmelte unverständlich vor sich hin. Renschach wandte sich an das Mädchen und fasste es an der Schulter. Das hatte er schon die ganze Zeit tun wollen.

«Und du, Mädchen, überleg dir gut, ob du dir Kinder machen lässt von so einem. Das nimmt kein gutes Ende, ich sag's dir. Und jetzt raus, alle.» Er drehte sich um und verschwand im Wohngebäude.

Hans Heinrich von Renschach stand an seinem Lesepult und blätterte in der Familienbibel, wie er es jeden Morgen machte. Fast zärtlich strich er mit der Hand über den dicken Ledereinband und roch den vertrauten Geruch der brüchigen Seiten, auf denen ein frommer Mönch aus dem Hirsauer Kloster die Wundertaten des HERRn aufgezeichnet hatte. Und hier, auf der ersten Seite, waren sie genannt, all die Ritter von Renschach, die ihm vorangegangen waren und jetzt kalt und bleich auf dem Kirchhof vermoderten und wieder zu Staub wurden, wie der HERR es gewollt hatte. Gestorben, aber unvergessen, weil ihre Namen hier der Ewigkeit anvertraut waren. Es tat so gut, sich als Glied dieser langen Kette von ehrenwerten Männern zu sehen, die alle Herz und Hand für dieses Land eingesetzt hatten, um es den Söhnen größer und schöner weiterzugeben. Anders als die Bauern, die gedankenlos ihre Äcker erschöpfen, die Wälder abholzen und auch noch den letzten Fisch aus dem Wasser ziehen würden, wenn man sie nur ließe. Das kam davon, wenn man nicht weiter dachte als bis zu der nächsten Hochzeit, wo man fressen und saufen und über die Stränge schlagen konnte, und einem die kommende Generation gleichgültig war.

Unwillkürlich wanderten Heinrichs Gedanken wieder zu dem Kerl, den sie gestern ins Loch gesperrt hatten. Natürlich kannte er den jungen Breitwieser, so wie er all seine fronpflichtigen Bauern kannte. Ein heller Kopf, hatte er gedacht, ein Anführer, aus dem mach ich was. Schultheiß vielleicht, wenn er sich erst die Hörner abgestoßen hat. Der kann mir von Nutzen sein. Aber genau diese Eigenschaften waren es natürlich auch, die den Mann gefährlich machten. Dem würden die anderen zuhören, wenn er das Maul aufriss und seine aufrührerische Meinung zum Besten gab. Der war schlimmer als einer, der nur den Dreschflegel schwang. Man hatte es ja gesehen vor ein paar Jahren, was dabei herauskam, gesehen und erlebt. Nur ein paar Meilen von hier entfernt hatten die Bauern sich zusammengerottet gegen die Obrigkeit, hatten die Abschaffung des Zehnten gefordert und der Todfallabgabe, freie Jagd und Fischfang. Der arme Konrad! Drei Kreuze hatte er geschlagen, dass der Funke ausgetreten worden war, bevor das Feuer auf seinen eigenen Besitz übergreifen konnte, und sein Gefängnis zur Verfügung gestellt, um drei der Aufrührer in Haft zu halten, bis sie Schadenersatz leisten konnten. Mit dem Besthaupt fing es an, und eh man sich's versah, brannten sie einem Haus und Hof ab und jagten die Herren in die Wüste. Aber nicht mit ihm!

Der Ritter glitt mit seinem Finger an den Namen vorbei: Hans Heinrich, der den letzten Kreuzzug mitgemacht und dort eine Hand verloren hatte; Wildhans, in dessen Zeit der Erwerb mehrerer Dörfer am Neckar fiel; Hans Ulrich, sein Vater, der der Pfarrkirche den Reliquienschrein gespendet hatte. Jahrhundertelang hatte seine Familie hier ihren Besitz aufgebaut, hatte die Wildnis urbar gemacht und die Bauern geschützt vor Mord und Eroberung. Hatte er selbst nicht Gesundheit, Vermögen und fast das Leben eingebüßt, nur um die Türken vom deutschen Reich fernzuhalten? Er hatte Gefahren getrotzt, deren bloßer Anblick die Bauern schon in tödliche Furcht versetzen würde. Ohne die schützende Hand, die er über sie hielt, wären sie verloren, und jedem räudigen Hund, der nach dieser Hand schnappte, würde er einen Tritt geben, den er nie wieder vergaß.

Dieser Breitwieser-Bauer also. Nun, er würde sehen, wie mit ihm zu verfahren war. Er lehnte sich zurück und rief nach dem Burgvogt.

Zwei Tage Turmhaft ohne Licht und Essen hatten aus Andres Breitwieser ein stinkendes Lumpenbündel gemacht. Er taumelte nach draußen, schloss die Augen vor dem hellen Licht und hatte Mühe, sich auf den Beinen zu halten.

«Los, komm mit!» Der Burgvogt packte ihn widerwillig am Arm. «Der Herr will dich sehen. Und überleg dir gut, was du ihm sagen willst.» Andres schüttelte den Kopf. Sagen? Es gab nichts zu sagen. Er presste die Lippen aufeinander und stolperte hinter dem Vogt her, über den ungepflasterten Innenhof, die Stiege hinauf bis in den Rittersaal. Der Grundherr erwartete ihn, auf seinem geschnitzten Holzsessel sitzend und in seinem Jagdgewand, die Füße in den schenkelhohen Lederstiefeln fest auf den Boden gestemmt, eine Reitgerte über den Knien. Mit zusammengezogenen Augenbrauen starrte der Ritter ihm entgegen, und Andres musste sich zwingen, den Blick zu senken. Fordere ihn nicht heraus. Du willst zurück auf deinen Hof, vergiss das nicht.

«Ich hoffe, meine Gastfreundschaft ist dir gut bekommen», schnarrte Renschach, und ein verächtliches Lächeln spielte um seine Lippen. «Wie schade, dass deine Liebste dich nicht so sehen kann, und erst recht riechen. Du stinkst wie ein Schwein.» Er machte eine Pause, schien auf eine Antwort zu warten, aber der Bauer vor ihm blieb stumm.

«Du hast versucht, mir das Besthaupt zu stehlen, nachdem dein Vater gestorben war.» Der Ton war anders jetzt, nüchtern, kalt, gefährlich. «Gibst du es zu? Gibst du zu, dass du dich gegen die rechte Ordnung vergangen hast und mich, deinen Grundherrn, betrügen wolltest?» Wie eine Schlinge legten die Worte sich Andres um den Hals und machten ihm das Atmen schwer.

«Ich bin ein ehrlicher Mann», brachte er schließlich heiser heraus. «Hab meine Fronen immer geleistet und den Zehnten gegeben, wie's gesetzt ist, und mehr geschafft als die meisten.»

«Ein ehrlicher Mann also, der sein Pferd im Wald versteckt! Der seinem Vogt ins Gesicht lügt und seinen Grundherrn bestiehlt! Ein ehrlicher Mann!» Heinrich von Renschach war aufgesprungen und schlug im Takt seiner Worte mit der Gerte auf den Boden, das Gesicht vor Wut rot angelaufen. «Ich sag dir, was du bist! Ein hinterfotziger Bauernlümmel bist du, ein Hundsfott und niederträchtiger Bube! Aber glaub nicht, dass du damit durchkommst. Dich krieg ich noch klein, dich koch ich weich wie eine gottverdammte Steckrübe!» Erregt marschierte er hin und her und blieb plötzlich vor dem Vogt stehen, der erschreckt zurückwich. «Zurück mit dem Burschen. Der kann hier sitzen, bis ihm der Arsch verschimmelt.»

Schweißgebadet von seinem Auftritt, blieb der Ritter zurück, während der Vogt den Gefangenen in den Turm zurückbrachte. Was sollte er nur mit dem Burschen anfangen? Dieser Breitwieser war eine harte Nuss, anders als die meisten Bauern. Die brachen beim ersten lauten Wort zusammen und krochen winselnd zu Kreuze, wenn man sie allein vor sich hatte, vollgepisst und mit knurrendem Magen. Der Breitwieser dagegen hatte nur dagestanden mit seinem verkniffenen Gesicht und die Zähne nicht auseinandergekriegt. Der fühlte sich im Recht! Als ob ein Bauer wissen konnte, was Recht ist! Renschach fluchte leise. Am besten wäre es, man könnte den Mann einfach ausweisen und müsste ihn nie wiedersehen. Aber so einfach war das nicht, wenn man nur über ein paar Dutzend Bauern verfügte. Da musste man im Gegenteil versuchen, sie immer fester an die Scholle zu binden, damit sie sich nicht einfach davonmachten und ihr Glück irgendwo in der Stadt suchten. Und der Breitwieser war ein junger Kerl, der hatte noch viele Jahre vor sich. Renschach kratzte sich nachdenklich am Kinn und fingerte dann an seiner Narbe herum. Manchmal wünschte er sich wirklich, er wäre zurück auf dem Schlachtfeld, wo man Freund und Feind leicht auseinanderhalten konnte und wusste, dass jeder gutgeführte Schlag das Ziel näher brachte. Bei den eigenen Bauern wusste man das nie. Seine Gedanken wanderten weiter zu dem Fuchs, der inzwischen in seinem eigenen Stall stand. Ein schönes Tier, von edlem Körperbau und Temperament, kein Ackergaul. Wer den ritt, der fühlte nicht mehr wie ein Knecht. Und plötzlich wusste der Ritter, was er zu tun hatte. Dem Breitwieser würde sein Stolz schon vergehen!

Der Morgen vor dem Michaelistag war kalt und grau. Von der Glatt stieg der Nebel auf und hüllte die Weiden in graue Fetzengewänder, bevor er sich weit oben mit dem Nebel aus dem Neckartal zu einer einzigen formlosen grauen Masse verbündete. Man wird es nicht so gut sehen können, dachte Barbara, als sie den Laden aufstieß, vor allem nicht von weitem, von dem Weg her, der von Sulz das Tal hochkommt.

«Zieh dich warm an, Kind.» Schroff warf die Mutter ihr ein weites wollenes Umschlagtuch zu, faltete die Schlafdecken zusammen und schob ihre Strohmatratzen mit dem

Fuß in die Ecke, um sich in ihrem kleinen gemeinsamen Kämmerchen ein bisschen mehr Platz zu verschaffen. «Niemals hätte ich geglaubt, dass der Andres so ein Unglück über uns bringen würde, nie.» Jede ihrer eckigen Bewegungen, ihr ganzer Körper strahlte Missbilligung aus. «Das ist mal ein richtiger Mann, hab ich gedacht. Der weiß, was sich schickt für einen, der bald heiraten will! Aus dem wird mal was. Und dann so was! Führt sich auf wie ein dummer kleiner Junge. Das hat er jetzt davon. Ich hab ja gleich gesagt –»

«Bitte, lass das doch jetzt, Mama.» Barbaras Finger waren so zittrig, dass sie es kaum fertigbrachte, die Bänder an ihrem Kleid zu verschließen, dem Festtagskleid mit dem eng anliegenden Mieder. Im besten Kleid sollten sie kommen, hatte es geheißen, alle, auf den Dorfplatz an der Kirche, und Zeugen sein. Das dünne Bändchen zerriss zwischen ihren kaltschweißigen Händen. Sie fror jetzt schon, obwohl sie noch keinen Schritt nach draußen gemacht hatte. Noch nie war ihr der kümmerliche Raum so behaglich vorgekommen wie gerade heute. Verstohlen musterte sie unter halbgeschlossenen Lidern ihre Mutter: Hager und faltig war sie geworden in den letzten Jahren. Ihr bestes Kleid, schon ungezählte Male geflickt und gewendet, schien für eine stattlichere Frau gemacht worden zu sein und hing ihr lose wie ein Lappen um den Körper. Das Leben hatte es nicht gut gemeint mit ihr, und gerade jetzt, wo sie endlich die Hoffnung gehabt hatte, es könnte bald wieder aufwärtsgehen, musste so etwas passieren. An jedem anderen Tag hätte Barbara Mitgefühl verspürt und Verständnis, nur heute nicht. Immer wieder sah sie sich neben Andres vor dem Stall stehen, hörte ihre eigenen Worte: Du könntest das Pferd in den Wald bringen. Was mochte Andres jetzt wohl von ihr denken, Andres, der gerade darauf wartete, dass die Burgknechte ihn holten? Würde er sie überhaupt noch wollen, nachdem sie ihm das angetan hatte? Der Gedanke griff nach ihrem Herzen wie eine geharnischte Hand und ließ es schneller schlagen. Warum nur hatte sie den Mund nicht halten können, wenigstens dieses eine Mal!

Draußen begannen sie das kleine Glöckchen zu läuten: Das war das Zeichen. Sie zog sich die Haube weit in die Stirn, legte das Tuch um die Schultern und lief los, ohne auf die Mutter zu warten. Aus allen Hütten kamen sie jetzt heraus, geduckte Gestalten, die sich nicht ansahen, nicht grüßten wie sonst, die sich schweigend vorwärts schoben, die Köpfe eingezogen, die Füße schwer, jeder für sich, jeder allein. Schritte schmatzten durch den feuchten Lehm. Da vorn war schon der Dorfplatz, da hatten sie es aufgebaut: eine einfache Vorrichtung, die der Dorfschmied selbst hergestellt hatte, mit einem Ring für den Hals und zwei Ringen für die Hände. Ritter Heinrich von Renschach saß zu Pferd, auf seinem Fuchs, neben ihm mit gefesselten Händen der Breitwieser: Er starrte vor Schmutz, seine breiten Schultern hingen kraftlos herunter. Barbara sah die Fliegen, die über seine besudelten Hosenbeine krochen, sah die verklebten Haare und die fleckigen Bartstoppeln und jede einzelne Falte in seinem Gesicht und war darauf gefasst, dass er plötzlich laut aufschreien und den Ritter Heinrich vom Pferd stoßen würde. Aber alles blieb ruhig. Auf der Schafkoppel heulte der Hütehund. Der Ritter nickte dem Vogt zu: Fang an.

«Ich verlese euch den Urfehdebrief des Andres Breitwieser, Sohn von Georg Breitwieser, Bauer aus Glatt.» Der Vogt räusperte sich und las dann stockend weiter. «Ich, nachbenannter Andres Breitwieser, bekenn und tue kund mit diesem Brief: Ich habe dem strengen und edlen Herrn Hans Heinrich von Renschach, Ritter zu Glatt, meinem gnädigen

Herrn und Junker, wider göttlich und weltlich Recht mutwillig und gegen alle Billigkeit das Besthaupt vorenthalten und ihm damit merklichen Schaden zugefügt. Deshalb soll der genannte Herr und Junker das strenge Recht gegen mich gebrauchen und mich hart strafen mit einer Buße von zehn Pfund Hellern an meinen gnädigen Herrn. Und soll ich keine Waffen tragen außer dem kurzen Messer, für zwei Jahre, und am Pranger stehen den halben Tag vor Michaelis. Ich gelobe aus freiem Willen und wohlbedachtem Sinn, ungezwungen und ungedrungen, einen Eid zu Gott und den Heiligen, dass ich diese Verhandlung und Strafe nicht rächen werde, weder mit Wort noch Tat, weder offen noch heimlich, weder gegen meinen gnädigen Herrn und Junker noch gegen seine Erben, Amtsleute und Diener, sondern dass ich fürderhin der Obrigkeit gehorsam und treu sein werde, wie ich schuldig und pflichtig bin. Und wenn ich diesen Eid breche, so soll mein gnädiger Herr gerichtlich oder ohne Gericht mit eigener Gewalt ungefrevelt gegen mich vorgehen.»

Zwei Knechte schoben Andres zu dem Schandpfahl und machten sich daran, ihn festzuschließen. Es war ihnen ungewohnt, und Barbara konnte sie leise miteinander flüstern hören. Breitwieser wehrte sich nicht, aber er straffte seinen Körper und hob den Blick, ließ ihn über die Gesichter der Dorfbewohner wandern, bis er schließlich an seinem Bruder hängen blieb. Simon schlug die Augen nieder. Er schluckte krampfhaft, und sein Adamsapfel stieg auf und nieder. Die alte Agnes schluchzte wieder herzzerreißend. Barbara wünschte nur noch, dass es bald vorbeigehen möge. Alles Geld der Welt hätte sie dafür gegeben.

«Ihr alle, jetzt hört mir gut zu!» Heinrich von Renschach stellte sich in seinen Steigbügeln auf und wandte sich an die Dörfler. «Ihr seht jetzt, wie's einem geht, der versucht, mich zu betrügen und zu hintergehen. Also lasst euch das eine Lehre sein! Und noch etwas: Die Schulden, die ich euch gestundet hatte wegen des Hagelschlags im letzten Sommer, die werde ich an Martini eintreiben. Ich werd's mir in Zukunft zweimal überlegen, ob ich einem von euch nochmal großzügig entgegenkomme.» Er ließ sich zurück in den Sattel fallen und wendete sein Pferd. Ein Raunen ging durch die Reihen der versammelten Dorfbewohner, und eine Alte löste sich aus der Gruppe und lief mit erhobenen Händen auf den Grundherrn zu. Aber noch bevor sie anfangen konnte zu jammern, brachte er sie mit einer harschen Bewegung zum Schweigen.

«Ihr habt gehört, was ich gesagt habe. Vielleicht denkt ihr daran und bringt euren jungen Leuten demnächst mehr Respekt vor der Herrschaft bei.» Er lenkte sein Pferd an Breitwieser vorbei, maß ihn mit einem letzten verächtlichen Blick und ritt zurück zur Burg, ohne sich noch einmal umzusehen. Einer der Knechte blieb als Wache neben dem Pranger zurück.

Das Gemurmel der Bauern um sie herum schwoll weiter an wie die Glatt im Frühling, und hilflos musste Barbara erleben, wie der Strom der Empörung langsam seine Richtung änderte, als hätte der Ritter mit seinen harschen Worten irgendwo ein Wehr geöffnet. Hatte sich ihr Ärger zuerst in stummem Einverständnis gegen den Ritter gerichtet, so kehrte sich die Stimmung jetzt gegen den unbotmäßigen Breitwieser selbst. Natürlich, der Verlust des Fuchses war bitter, wer wollte das bestreiten! Aber wozu auch brauchte ein Bauer so ein Pferd, das er kaum durch den Winter füttern konnte? Und der Renschacher war ein umgänglicher Herr, nicht so unberechenbar und geldgierig wie viele andere!

«Eine Dummheit war's, den Alten so zu verärgern»,

schnaubte Caspar Bentzinger, der reichste Bauer im Ort. «Das hat er jetzt davon ... Und wir alle müssen darunter leiden, obwohl wir uns nichts haben zuschulden kommen lassen.» Er warf einen giftigen Blick in Richtung Pranger.

«Danke, Andres, vielen Dank. Das hast du gut gemacht.» Einer der Seldner, Kleinstbauern, die nicht viel mehr verdienten als die Tagelöhner und die deshalb die Ankündigung des Renschachers am härtesten traf, spuckte kräftig aus, dem Breitwieser genau vor die Füße. «Ich komm dann zu dir, wenn der Vogt bei mir in der Tür steht und den Beutel aufhält.» Keiner der Zuschauer regte sich, als er noch einen Schritt auf den Verurteilten zu machte und ihn plötzlich am Hemd packte. «He, ich rede mit dir, Breitwieser! Und du wirst mir antworten, verstanden? Du wirst –» Weiter kam er nicht, denn während Barbara noch vergeblich versuchte, sich aus dem festen Griff ihrer Mutter zu befreien und nach vorn zu stürzen, sprang Simon schon mit einem lauten Schrei auf den Seldner zu und stieß ihn mit den Fäusten vor die Brust, sodass der Mann taumelnd zu Boden ging. Er packte den Bauern an den Schultern und zerrte ihn zur Seite. Tränen glitzerten auf seiner Wange.

«Verschwinde!», kreischte er wie von Sinnen. «Hau ab! Haut alle ab!» Der Seldner wischte sich den Dreck aus dem Gesicht und murmelte etwas Unverständliches, bevor er sich durch die Reihen der Dorfbewohner verdrückte.

«Worauf wartet ihr noch? Ihr sollt gehen, hab ich gesagt!» Simons Stimme überschlug sich. «Weg mit euch! Weg!» Er stierte mit weit aufgerissenen Augen auf die Bauernfamilien, und Barbara war sich sicher, dass sein Blick leer war und er niemanden erkannte, nicht seine Freunde, nicht seine Nachbarn, nicht seine Familie. Schließlich hob der junge Pfarrer die Hand.

«Kommt, Leute. Wir waren hier, wie es befohlen wurde,

aber jetzt lasst uns gehen. Es gibt genug zu tun.» Die Menge zerstreute sich. Nur Simon blieb zurück und hockte sich auf den Boden neben seinen Bruder. Andres Breitwieser sagte kein Wort.

3

«Ob das so gut war, mein Lieber? Ich weiß es nicht.» Sorgfältig pflückte Johannes von Renschach eine Beere von den Weintrauben in seiner Hand, warf sie in die Höhe und fing sie mit den Lippen wieder auf. «Hast du seinen Gesichtsausdruck gesehen? Mit dem Kerl hast du dir einen Feind fürs Leben gemacht, ich sag's dir.» Die nächste Traube flog. «Wird einen guten Wein geben heuer.» Mit zusammengekniffenen Augen sah Heinrich von Renschach auf seinen jüngeren Bruder, der jetzt eine Traube, die ihm zu Boden gefallen war, mit dem Stiefelabsatz zertrat. Wie immer waren seine Bewegungen von einer ausgesuchten Eleganz, genau wie seine Kleidung. Niemals schien er sich zu fragen, ob so kostbare Stoffe und Pelze einem kleinen Adligen vom oberen Neckar gut zu Gesicht standen, einem Landjunker, der es noch auf keiner Stelle länger als zehn, zwölf Monate ausgehalten hatte und der gerade mal ein paar Dutzend Morgen gutes Weideland sein Eigen nannte. Es erboste ihn immer noch maßlos, wenn er sich daran erinnerte, in welch heruntergekommenem Zustand er seinen Besitz vorgefunden hatte, nachdem Johannes darauf gewirtschaftet hatte. Seinen Besitz, der sie schließlich alle ernährte. Schroff wandte der ältere Ritter sich ab.

«Erspar mir dein Gerede von Dingen, von denen du keine Ahnung hast.»

«Oh, vom Wein verstehe ich was», grinste Johannes. «Hab insgesamt sicher schon mehr als ein Fass allein leer gemacht. Und was deine Bauern angeht: Die kenne ich besser als du. Stell sie vor mir in einer Reihe auf, und ich erkenn sie mit verbundenen Augen allein am Geruch.»

«Weil du jeden von ihnen schon unter den Tisch gesoffen hast.» Heinrich von Renschachs Mundwinkel waren verächtlich nach unten gezogen. «Kein Wunder, dass das Bauernvolk nicht mehr weiß, wo sein Platz ist, wenn solche Exemplare wie du sich gemeinsam mit ihm im Dreck wälzen.»

«Oh, ich wälze mich nicht mit jedem. Er sollte schon Röcke tragen», antwortete Johannes geschmeidig. «Du wirst mir nochmal dankbar sein, dass ich so ausgezeichnete Verbindungen zu den Leuten habe. Ich könnte dir da bei Gelegenheit ein paar gute Ratschläge geben.»

«Deine guten Ratschläge kannst du dir sonst wo hinstecken!»

Johannes lachte.

«Lieber nicht. Diese ganze Strafaktion mit dem Pranger geht nach hinten los, wart's ab. Statt deine Leute ein bisschen zu streicheln, dass sie dem armen Konrad die kalte Schulter gezeigt und sich brav um nichts anderes gekümmert haben als um ihre Äcker, Wein und Mist, hast du nichts Besseres zu tun, als den Herrn herauszukehren.»

«Ich *bin* der Herr», spuckte Heinrich. «Geht das nicht in deinen Kopf? Ich bin der Grundherr, mir stehen die Abgaben zu, und Schluss. Wenn ich da auch nur ein Mal nachgebe, kann ich in ein paar Jahren die Burg verkaufen und du hütest Schafe.»

«Weißt du, so ein Schäferdasein ist vielleicht ganz idyllisch.» Johannes streckte sich und zeigte seine weißen Zähne. «Verglichen mit dem, was sonst noch auf einen zukommen könnte ... Da sitzt du also fett und feist in deinem Schloss mit den paar Männern der Burgbesatzung und einer Handvoll Hakenbüchsen. Hast du dir schon mal überlegt, was passieren würde, wenn deine Bauern sich zusammentun, eines Tages hier vor dem Tor erscheinen, jeder mit einem Dreschflegel in der Hand oder der Mistgabel, und dich freundlich bitten, deinen Weinkeller, den Getreidespeicher und die Geldtruhe zu öffnen und den Inhalt mit ihnen zu teilen?»

«Unsinn. Meine Bauern haben schon die Hosen voll, wenn sie bloß ein Pulverhorn sehen.»

Unbeeindruckt nahm Johannes die restlichen Trauben, legte sie sorgfältig auf die Tischplatte und schlug mit der Faust darauf, dass der Saft spritzte.

«Das wird passieren, genau das.» Er leckte seine Hand sauber. «Da denkt man immer, man ist derjenige, der die Presse bedient, und plötzlich findet man sich als Traube wieder.»

«Ach was.» Heinrich nahm die zerquetschten Beeren mit seinem Taschentuch auf und warf sie seinem Jagdhund zu. «Davon verstehst du nichts. Sieh dich doch selbst an! Wenn man dir beizeiten das Fell gegerbt hätte, wärst du heute nicht so ein Taugenichts und würdest nicht deinem Bruder auf der Tasche liegen. Wer die Rute spart, dem tanzen die Kinder auf der Nase herum, und das ist bei den Bauern nicht anders. Nur die harte Hand kann ein Gespann führen.»

Johannes von Renschach brach in schallendes Gelächter aus.

«Was für ein Pfaffe ist an dir verlorengegangen! Was für ein Prediger! Ich bin sicher, der gute Lululudwig könnte dir nicht das Wawawasser reichen.» Der gute Ludwig konnte allerdings keinem Prediger das Wasser reichen, wie Johannes genau wusste. Denn der mittlere der Brüder Renschach, den die Eltern für den geistlichen Stand bestimmt hatten, würde aufgrund seines Sprachfehlers wohl niemals eine Predigt halten. Heinrich von Renschach dankte seinem Schicksal, dass es ihn vor einer Eheschließung und solchen Söhnen bewahrt hatte, wie es der Stotterer Ludwig und der Geck Johannes waren.

«Geh jetzt in den Stall und schau dir lieber den Fuchs an, und sag mir dann, was du von ihm hältst», knurrte der Ritter schließlich. Auf Johannes' Pferdeverstand konnte man sich verlassen. Das war aber auch das Einzige. «Kann ich ihn auf der Jagd reiten, oder sollte ich ihn besser verkaufen? Und wenn ja, für welchen Preis?»

Johannes sprang von der Tischplatte herunter und versank in einer übertriebenen Verbeugung.

«Ich werde Bericht erstatten, wie du befiehlst, Herr. Ich gehe und gehorche, bevor du die Rute auspackst.» Unwillig sah der Herr von Glatt seinem Bruder hinterher. Höchste Zeit, für den Burschen eine angemessene Stellung zu finden, irgendwo im Dienste der Württemberger oder des Pfalzgrafen. Ein paar Jahre als Vogt auf einer gottverlassenen Burg auf der Alb, wo sich im Winter die Füchse gute Nacht sagten, die Bauern sich gemeinsam mit ihren Schweinen im Stroh wälzten und die Weiber auf hundert Klafter gegen den Wind aus dem Hals nach Zwiebeln stanken, würden dem Jungen die Flausen schon austreiben und vielleicht endlich einen Mann aus ihm machen, einen echten Renschach – schließlich ging er schon auf die dreißig zu. Oder aber, er würde ihn geschickt verheiraten. Eine gute Verbindung mit dem Adel der Umgegend, das wäre etwas. Für sich selbst konnte der Ritter dem Gedanken an eine Ehe zwar nichts Gutes abgewinnen, aber Johannes war da ganz anders. Und einer musste schließlich dafür sorgen, dass der Besitz in der Familie blieb. Heinrich begann sich für den Gedanken zu erwärmen. Verantwortung für Frau und Kinder, daran hatte sich schon so mancher Springinsfeld die Hörner abgestoßen. Andererseits war die alte Burg nicht in einem Zustand, dass man eine junge Edelfrau angemessen darin hätte empfangen können. Er sah sich um: rußgeschwärzte Steine in der Nähe des Ofens, winzige, nur teilweise verglaste Fenster, Eichenmöbel, an denen schon Generationen von Renschachs die Schärfe ihrer Messer erprobt hatten. Nun, das alles ließ sich ändern. Er lächelte zufrieden vor sich hin. Entgegen seinem ständigen Jammern war es um seine Finanzen nämlich überaus günstig bestellt, seit er vor einigen Jahren begonnen hatte, ins Darlehensgeschäft einzusteigen. Außerdem könnte er die Weinanbaufläche vergrößern. Die Gewinne beim Weinhandel stiegen seit Jahren. Am besten, er ritte gleich morgen nach Horb, um sich nach geeigneten Bauleuten für die Renovierung der alten Burg umzuhören.

Niemand sprach ihn an, als ihn die Knechte unter Aufsicht des Vogts nach dem Mittagsläuten wieder losschlossen, keiner trat ihm in den Weg, als er quer über den Dorfplatz auf sein Haus zuhumpelte. Selbst Simon war endlich ruhig. Hart starrte Andres jedem ins Gesicht, bis ihm die Blicke der anderen auswichen. So war es gut. Er schloss die Tür hinter sich, ehe Simon auch nur einen Fuß über die Schwelle setzen konnte, und riegelte ab. Dann beugte er sich zu der Feuerstelle hinunter, in der noch die Glut schwelte, warf ein paar dünne Zweige darauf und blies geduldig hinein, bis endlich ein paar kleine Flämmchen hochzüngelten. Langsam zog er sich aus: Wams, Hemd, Gürtel, Bundschuhe, Hosen, Bruch. Schließlich stand er nackt vor dem Feuer, packte die Kleider und warf sie hinein: So. Nur

Gürtel und Schuhe legte er zur Seite; er würde sie später draußen vergraben. Das Feuer flackerte fröhlich.

«Andres. Es gibt noch die hintere Tür.» Unwillig sah er sich um: Tatsächlich, Simon stand in dem niedrigen Durchgang zum Garten und kam jetzt zögernd näher.

«Ich wollte dich nicht einfach allein lassen ... ich dachte –» Ohne eine Antwort schob Andres ihn zur Seite und ging an ihm vorbei, an den Gemüsebeeten und den Kletterbohnen entlang, den kleinen Pfad hinunter an die Glatt. Hier vor dem Stauwehr hatten sie schon manches Mal nachts heimlich gefischt, fiel ihm plötzlich ein. Die Fischerei in der Glatt gehörte dem Ritter von Renschach. Nun, in Zukunft würde er so oft fischen, wie er wollte. Er bückte sich hinunter. Das Wasser war eiskalt, aber was machte das schon.

Barbara sah ihn kurze Zeit später mit geröteter Haut wieder aus dem Wasser steigen. Zögernd löste sie sich aus dem Schatten der großen Weiden und ging ihm entgegen.

«Hier, nimm das Tuch ... du kannst dich damit abtrocknen, wenn du willst.» Mit ungeschickten Fingern löste sie die Schließe an ihrem Umschlagtuch und hielt es Andres hin. Einen Augenblick lang schien er nicht zu wissen, ob er es annehmen sollte. Er rieb sich das Wasser von Brust und Armen, öffnete den Mund und schloss ihn wieder. Schließlich griff er nach dem Tuch und riss es ihr grob aus der Hand, ohne ihr in die Augen zu sehen.

«Gib schon her.» Jede seiner Bewegungen hatte etwas Heftiges, und plötzlich hatte sie Angst, er könnte sie unvermittelt schlagen. Sie wich einen Schritt zurück.

«Bitte, Andres ... Es tut mir leid. Ich hätte nicht –»

«Was? Was tut dir leid?»

«Ich bin schuld. Es war nicht richtig, dich zu überreden,

das Pferd zu verstecken. Wir hätten –» Er griff hart nach ihren Oberarmen. Das Tuch landete im Dreck.

«Sag das nie wieder, verstanden? Du hast mich nur daran erinnert, dass ich mein Eigentum verteidigen muss. Ich schäme mich, dass ich nicht von selbst daran gedacht habe.» Erschrocken starrte sie ihn an. Etwas Fremdes, Wildes funkelte in seinen Augen. Das war nicht mehr der Mann, der noch vor wenigen Tagen am Totenbett seines Vaters geweint und ihr verstohlen über den Rücken gestrichen hatte.

«Von nun an lasse ich mich nie wieder wie einen gottverdammten Bauerntrottel behandeln, einen Hanswurst, vor dem die eigenen Kinder später keine Achtung haben. Mit dem man machen kann, was man will, weil er sich doch nicht wehrt.»

«Aber, Andres! Du hast doch gesehen heute, wohin das führt! Was willst du denn machen, wenn er seine Bewaffneten ausschickt?»

Er lachte böse.

«Ich werd ihnen sagen, dass sie selbst Bauern sind.» Abrupt ließ er sie los und wandte sich zum Haus. «Ich muss mir was überziehen.» Sie hatte Mühe, seinen Schritt zu halten.

«Andres, bitte, denk nochmal darüber nach … es ist doch immer so gewesen, und du konntest gut damit leben, warum willst du jetzt alles aufs Spiel setzen?» Genauso gut hätte sie auf einen Schrank einreden können. Ungeduldig riss er die Tür auf und ging ins Haus. Aus dem qualmenden Herd stank es immer noch unerträglich nach verbrannter Wolle, und ohne darüber nachzudenken, nahm Barbara den Schöpfeimer mit Wasser und kippte ihn auf die schwelende Glut, in der noch ein paar Fetzen zu erkennen waren. Andres öffnete die große Truhe, holte sich die alten Kleider seines Vaters heraus und zog sie über. Barbara war den Tränen nahe. «Antworte doch wenigstens!», flehte sie. Langsam drehte er sich zu ihr um. Der Leinenkittel seines Vaters spannte um seine Schultern.

«Barbara.» Er sprach leise und konzentriert, als müsste er sich selbst beruhigen. «Du und ich, wir werden heiraten und bald schon Kinder haben. Willst du, dass unsere Kinder zusehen müssen, wie ihr Vater vor aller Augen gedemütigt und in den Dreck geworfen wird, nur weil er sein Eigentum verteidigt? Willst du das?» Seine Stimme zitterte jetzt vor unterdrückter Wut. Die Stunden am Pranger waren nicht spurlos an Andres Breitwieser vorbeigegangen. Barbara betete im Stillen, dass er dem Grundherrn nicht so bald persönlich wieder würde gegenübertreten müssen.

«Und ich bin ja nicht der Einzige, der so denkt. Du hast doch vom armen Konrad gehört und vom Bundschuh! Überall haben sich Bauern zusammengeschlossen und sind gegen unrechte Belastungen aufgestanden …»

«Ich hab nur gehört, wie viele sie gehängt haben», flüsterte Barbara. «Andres, du musst doch wissen, was aus diesen Aufrührern geworden ist! Sie haben sie alle umgebracht. Denk doch mal nach!»

«Ich hab genug nachgedacht. Im Turm. Zeit hatte ich ja. Ich konnte hören, wie sie mein Pferd für die Jagd zugeritten haben.» Er bückte sich und schnürte sich die Bundschuhe. Dann kam er auf sie zu und legte ihr die Hand an die Wange.

«Mach dir keine Sorgen, Barbara. Ich weiß schon, was ich tue.» Es sollte freundlich und beruhigend klingen, aber der harte Zug um seinen Mund und die kantigen Bewegungen, mit denen er nach dem Holzspaten griff, ließen ihr Herz nicht zur Ruhe kommen. Warum hatte sie nur nicht den Mund halten können an diesem unglückseligen Nachmittag, dann wäre noch alles wie früher, und sie bräuchte nicht ängstlich auf alle Schritte vor der Tür hinauszulauschen.

«Geh jetzt nach Hause. Ich hab noch was zu tun.» Mit einem leichten Nicken verließ Andres das Haus, und Barbara hörte, wie er mit wütenden Schlägen den Spaten in den ausgetrockneten Boden trieb.

Pfarrer Bernhard Locher eilte noch vor dem Morgengrauen in die kleine Dorfkirche. Diese Stunde war ihm die liebste am ganzen Tag, selbst jetzt im Oktober, wo es schon empfindlich kalt war und der Tau im hohen Gras ihm die dünnen Hosen durchnässte. Ein Pfarrhaus gab es nicht in dem kleinen Glatt. Früher hatten die Pfarrer immer in der Burg gewohnt. Aber Locher hatte seinen Patronatsherrn darum gebeten, in einem der Bauernhäuser Quartier nehmen zu dürfen.

«Der Hirte soll seinen Schafen ganz nahe sein!», hatte er schwärmerisch verkündet und damit ein ironisches Lächeln auf Ritter Heinrichs Gesicht hervorgelockt.

«So, dann bin ich also kein Schaf. Das hast du gut erkannt. Also zieh in den Stall, wenn du willst.» Und tapfer hatte Locher die alte Knechtskammer beim Bauern Bentzinger bezogen und dort sein Kreuz an die Wand genagelt, und wenn er wieder einmal morgens von der klammen Kälte geweckt wurde, tröstete er sich damit, dass auch in der Burg nur der große Saal beheizt werden konnte. Allerdings fror es sich zwischen Pelzen und Federbetten wahrscheinlich weniger als unter den dünnen Wolldecken, in die er sich jede Nacht einwickelte. Noch war der Winter ja nicht da, sagte er sich, als er über den schmalen Pfad zur Sakristei hastete. Dankbar sollte er sein für jeden Sonnentag, den Gott schuf. Er durchquerte die Sakristei, betrat den Altarraum, der in kurzer Zeit schon vom Licht der aufgehenden Sonne durchstrahlt werden würde, und ließ sich vor dem Altar auf die Knie nieder. Dieser eine Augenblick an jedem Tag war ihm heilig. Er allein hielt Zwiesprache mit seinem Gott. Er war IHM nahe wie sonst nie und spürte seine schützende Hand ... Er schloss die Augen.

«Grüß Gott, Pfaffe.» Locher schrak zusammen, als hätte der Teufel höchstpersönlich ihn angesprochen. Aber es war nur Heinrich von Renschach, der schwergewichtig in seinem Gestühl saß, die Hände um sein kostbares Gebetbuch gefaltet.

«Ich habe auf dich gewartet ... eine wunderbare Tageszeit, nicht wahr? So unschuldig und friedlich.»

Locher stand auf, nickte und ging dann langsam zu Renschach hinüber.

«Grüß Gott, Herr Heinrich. Ja, es ist auch meine liebste Zeit, in der ich gern hier allein bete und nachdenke.» Sinnlos zu hoffen, den Ritter könnte die Betonung von ‹allein› zum Gehen bewegen. Wahrscheinlich war sie ihm nicht einmal aufgefallen. Renschach lockerte die Glieder und setzte sich etwas bequemer hin.

«Lange im Bett zu faulenzen ist nur etwas für Höflinge und alte Weiber. Bin selbst immer im Morgengrauen munter.» Der Ritter lächelte kumpelhaft und winkte seinen Pfarrer näher heran. «Wie lange bist du jetzt hier? Zwei Jahre? Drei Jahre?»

«An Martini genau drei Jahre, Herr Heinrich.»

«Und? Gefällt dir die Kirche?» Pfarrer Locher nickte etwas verwirrt.

«O ja. Es ist alles sehr schön.»

«Ja, nicht wahr?» Überraschend geschmeidig erhob sich der Ritter und ging zu dem Altarbild hinüber. «Die Anbetung durch die Heiligen Drei Könige ... es ist eine meiner Lieblingsgeschichten. Mein Vater hat es malen lassen, damals, als er von der Wallfahrt ins Heilige Land zurückgekommen war, mit dem Grafen Eberhard. Und hier, du weißt es vielleicht gar nicht» – er beugte sich vor und wies mit dem Finger auf einen untersetzten Mann im Hintergrund –, «das ist ein Bildnis meines Vaters.» Locher nickte erneut. Der Ritter hatte ihn gleich bei seinem ersten Besuch der Kirche darauf aufmerksam gemacht. Aber das hatte er offenbar vergessen.

«... lass uns noch weitergehen zum Schrein.» Ein paar Schritte weiter stand der vergoldete Kasten, der den kostbarsten Besitz der Kirche barg: zwei Locken der Heiligen Jungfrau Maria und ein Stück der Sandale, die der heilige Stephanus bei seiner Steinigung getragen hatte.

«Es hat meinen Vater ein Vermögen gekostet, diese Stücke in Palästina zu erwerben», flüsterte Renschach ehrfürchtig und strich fast zärtlich mit der Hand über das kostbare Schnitzwerk. «Ein Drittel seines damaligen Besitzes. Aber dieser Kauf war es auch wert, denkst du nicht?»

Locher zerrte unruhig an dem Messgewand, das er sich übergeworfen hatte.

«Ja, sicherlich ... sicher, es sind wertvolle Reliquien.» Ritter Heinrich von Renschach legte dem jungen Pfarrer die Hand auf die Schulter und schaute ihm fest ins Auge.

«Weißt du noch, Bernhard, wie ich dich weggeholt habe, damals, aus deinem kümmerlichen Vikariat, in dem du heute nicht wusstest, was du morgen essen solltest?»

Wieder nickte der Pfarrer.

«Ich habe großes Vertrauen in deine Fähigkeiten, und ich bin sicher, du wirst dieses Zutrauen nicht enttäuschen.»

«Ich – nein, ich hoffe nicht. Ich will mich würdig erweisen, das Wort Gottes zu verkünden.» Locher erhob fast trotzig den Kopf; die Hand des Ritters lastete schwer auf seiner Schulter.

«Weißt du, Bernhard, dieses viele Predigen – das macht doch die einfachen Leute nur irre in ihrem Glauben. All diese Spitzfindigkeiten über die Heilige Schrift und ihre Auslegung sind doch nur etwas für die Theologen! Ich denke, du tust gut daran, die Sakramente zu spenden und die Messe zu lesen, wie es deine Vorgänger auch getan haben, und die Bauernköpfe nicht mit so einem langen Sermon zu verwirren. Die Freiheit eines Christenmenschen! Ich glaube, das übersteigt die Fähigkeiten der Leute hier doch ganz beträchtlich.» Plötzlich war der Blick des Ritters kalt, fand Locher, kalt und bedrohlich. Trotzdem schwitzte der Pfarrer jetzt unter seinem Gewand.

«Doktor Luther – er setzt sich für die Erneuerung des Glaubens ein, für eine neue, tiefe Frömmigkeit», brachte er hervor. «Ihr selbst habt doch auch schon gewettert über das liederliche Leben in den Frauenklöstern ...»

«Luther ist in Acht und Bann», unterbrach ihn Heinrich. Er zog sein Schnupftuch heraus und wischte ein paar Staubflöckchen von dem Schrein. «Er ist ein Feind unserer heiligen Kirche und des Reiches. Ich will keins seiner Worte mehr in meiner Kirche hören, hast du verstanden?» Der Pfarrer machte eine unsichere Bewegung mit dem Kopf, in der man vielleicht ein Nicken erkennen konnte. «Außerdem habe ich noch einmal darüber nachgedacht ... Ich glaube, du solltest doch zu mir in die Burg umziehen. Es ist nicht gut, sich gemeinzumachen mit Leuten, die Respekt vor einem haben sollen.» Renschach trat einen Schritt zurück.

«Ich glaube, du hast mich verstanden, Bernhard. Und morgen schicke ich einen der Knechte, dass er deine Sachen holt.»

«Ich – ich danke für den Besuch, Herr Heinrich», erwiderte Bernhard Locher mit trockenem Mund. Er sah seinen

Patronatsherrn ein Kreuz schlagen und die Kirche verlassen. Er streifte das Messgewand ab und warf einen bittenden Blick auf den geschundenen Heiland, der an seinem erhöhten Platz über dem Altarraum hing.

«Herr, was soll ich tun?», flüsterte er. Aber Christus blieb stumm.

Es war schon dunkel, und er wollte gerade schlafen gehen, als es an seiner Kammertür klopfte. Lass mich schlafen, dachte der Pfarrer und blieb ruhig liegen. Es ist spät genug, du kannst morgen wiederkommen. Da klopfte es erneut.

«He, Pfarrer! Bernhard! Lass mich rein!» Bernhard Locher seufzte, griff nach seinem Überwurf und schlüpfte hinein. Vielleicht lag ja jemand im Sterben, oder eine arme Seele ächzte gequält unter der Last ihrer Sünden und verlangte die Absolution ... Er öffnete die Tür. Draußen stand Andres Breitwieser, eine Tranfunzel in der Hand, und drängte herein.

«Ich dank dir, Pfaff, dass du so spät noch Zeit für mich hast.» Locher knurrte etwas Unverständliches.

«'s ist nur – du hast da was gepredigt, das geht mir nicht mehr aus dem Kopf», sagte Andres. Der junge Pfarrer dachte an seinen Besucher vom Morgen und schwieg.

«Es war über eine Schrift von diesem Doktor Luther ... Ich wollt dich bitten, es mir noch einmal vorzulesen.» Breitwiesers Augen leuchteten erwartungsvoll, wie er dasaß mit dem Licht in den kräftigen Händen. Wie eine biblische Gestalt, fiel es Locher ein, wie einer der Hirten auf dem Felde.

«Ich will nicht mehr davon sprechen», sagte er schroff und drehte sich zum Bett, um dem Besucher deutlich zu machen, dass er schlafen wollte. Aber Breitwieser war nicht so leicht fortzuschicken.

«Ich hab gesehen, wie der alte Renschach heute Morgen bei dir in der Kirche war», sagte er leise. «Hat er dich so eingeschüchtert, dass du dich nicht mehr traust, das Maul aufzumachen?»

Dem Pfarrer stieg das Blut ins Gesicht.

«Was weißt denn du schon!»

«Oh, ich weiß, wie er's macht! Macht's bei uns ja nicht anders. Droht ein bisschen mit der Peitsche, und schon springen alle. Aber ich nicht. Nicht mehr.» Breitwieser fasste den Pfarrer an den Schultern und sah ihm eindringlich in die Augen. «Verstehst du denn nicht?», flüsterte er erregt. «Genau das ist es doch, worum es geht! Wir sind frei geboren, nur Gott verantwortlich, sonst niemand. Lies es mir vor!» Widerstrebend griff Locher nach dem kleinen Heftchen, das auf seinem Wandbord lag, gerade unter dem Kreuz. Denk auch an dich selbst, dachte er. Willst du demnächst auf der Straße stehen?

«Renschach hat mir verboten, weiter darüber zu predigen», sagte er tonlos und reichte Andres das Büchlein herüber. «Ein Wort von ihm, und ich bin diese Pfarrstelle los.» Unbeholfen blätterte Breitwieser in den Seiten, betrachtete die Buchstaben.

«Bring's mir bei, Pfaff», sagte er schließlich heiser. «Ich will's selber lesen.»

«Frag doch die Barbara.» Der Pfarrer gähnte. Vielleicht würde Breitwieser dann endlich gehen. «Wollt ihr nicht schließlich heiraten? Sie kann lesen und schreiben, hat sie mir selbst erzählt. Sie wird's dir schon zeigen. War ihr Vater nicht Magister irgendwo in Rottenburg?»

«Ihr Vater nicht, aber sonst ist's schon richtig, Bernhard, ist richtig … Aber 's ist was anderes, ob ich mir von dir den Hintern gerben lasse, weil ich nicht gut lerne, oder von ihr.» Er grinste vertraulich, und Locher nickte. Wer von diesen

Bauern gab schon freiwillig zu, dass ein Weib etwas besser konnte als er selbst!

«Also gut.» Er nickte ergeben. «Du kannst immer morgens nach der Frühmesse in die Sakristei kommen. Hier wird's nicht mehr gehen. Ich muss in die Burg umziehen.» Breitwieser zog erstaunt die Augenbrauen hoch.

«In die Burg, so ... Will er dich im Blick haben?»

«Es scheint so. Geh jetzt, Breitwieser. Ich bin müde und will endlich schlafen.»

Unzählige Stunden dauerte es, bis sich vor Andres Breitwiesers Augen endlich die Buchstaben zu Wörtern, die Wörter zu Sätzen zusammenfügten: *Also sehen wir, dass an dem Glauben ein Christenmensch genug hat; es bedarf keines Werkes, dass er fromm sei.* Schwielige Finger, die sich an der Zeile entlangtasten; spröde Lippen, die Worte formen, ungeheure Worte, nie zuvor gesprochen: *Bedarf er denn keines Werkes mehr, so ist er gewisslich entbunden von allen Geboten und Gesetzen; ist er entbunden, so ist er gewisslich frei.*

«Frei», murmelte Andres Breitwieser, während er die Worte nachsprach und auf das Blatt starrte.

4

Es war noch weit vor Mitternacht, als Barbara und Andres die Schlafkammer betraten. Von irgendwoher drang das Schnarchen der alten Bäuerin herein; sonst war es ruhig im Haus. Simon fand wohl, dass er noch nicht genug auf das Glück des Hochzeitspaars angestoßen hatte, und hockte mit ein paar anderen Männern in der Schänke. Morgen früh würden sie dann vor der Tür poltern und brüllen, bis der Bräutigam ihnen öffnete und das fleckige Jungfernlaken vorwies, und dann würden sie das Fässchen mit dem Hochzeitswein herausrollen und weitertrinken. Barbara hoffte wenigstens, dass es so sein würde, wie es nach altem Brauch üblich war, selbst bei dieser Hochzeit, bei der es so leise zugegangen war wie bei einem Leichenbegängnis. Keiner im Dorf, so schien es, hatte vergessen, dass der Bräutigam nur Wochen zuvor am Pranger gestanden hatte – nicht, als sie gemeinsam Hand in Hand durch das Dorf gezogen waren, um zu der Feier einzuladen und sich die traditionellen Segenswünsche abzuholen, nicht bei der Brautmesse, zu der die Kirche gerade halb voll gewesen war, und erst recht nicht beim gemeinsamen Tanz um die Linde, der so zeitig geendet hatte, als müsste man am nächsten Tag in aller Herrgottsfrühe raus aufs Feld. Aber noch war finstere Nacht.

Erst beim zweiten Mal gelang es Barbara, mit dem glimmenden Span ihre Hochzeitskerze anzuzünden und sie dann mit ein paar Tropfen Wachs auf die Truhe zu kleben. Es war ein teures Wachslicht, das in ihrer ersten Ehenacht leuchten, Glück, Gesundheit und Fruchtbarkeit spenden sollte. Gertrud Spaichin hatte es für sie gekauft, in der Stiftskirche von Horb segnen lassen und dann zu Hause mit Stutenmilch und Hasenfett eingerieben. Das kleine Flämmchen flackerte im leichten Luftzug, der durch den Fensterladen hereinwehte, und spendete kaum genug Licht, um das Gesicht des Bräutigams zu erkennen, der schon dabei war, sich das Wams aufzuknöpfen. Barbara betrachtete ihn aus den Augenwinkeln, wie er sich das Hemd abstreifte und dann nach unten bückte, um sich die neuen Stiefel aufzuschnüren. Er sah gut aus, sagte sie sich, mit seinem dunklen Haar und der kräftigen Statur, ein aufrechter, ehrlicher Mann, wie es kaum einen zweiten gab. Ein guter Mann.

Sie griff nach dem Hochzeitskränzchen, nestelte es aus ihrer aufgesteckten Frisur und hängte es an den Bettpfosten, dann zog sie sich die Bänder und Nadeln aus dem Haar und schüttelte es zurück.

«Schön», sagte Andres. Er lag inzwischen schon im Bett und beobachtete sie. «Schöne Haare hast du.» Sie wusste nicht, was sie antworten sollte, und für einen Moment war sie versucht, die Kerze auszublasen, damit sie sich nicht vor seinen Augen auskleiden musste. Aber das war Unsinn, sagte sie sich. Sie waren jetzt Mann und Frau und würden von nun an jede Nacht das Bett teilen. Sie schnürte das schwarze Hochzeitskleid auf, zog es sich über den Kopf und legte es sorgfältig auf die Truhe, rollte die Strümpfe hinunter, schlüpfte aus ihrem Hemd. Schließlich hob sie die Decke hoch und legte sich neben Andres. Er beugte sich über sie und küsste sie auf den Mund. Er schmeckte nach Wein und Zwiebeln, und unwillkürlich musste sie wieder an das Hochzeitsessen denken, wie viel Arbeit sie damit gehabt hatten und wie der Bentzinger so viele Würste gefressen hatte, dass er sich noch während des Festmahls hinter einem Busch erleichtern musste. Plötzlich spürte sie Andres' Zunge in ihrem Mund, und ihr Herz fing an zu klopfen. Er griff nach ihren Brüsten und knetete daran herum, dann schob er sich auf sie und drängte sich zwischen ihre Beine. Zaghaft strich sie mit ihren Händen über seinen schweißfeuchten Rücken bis hinunter zum Hintern, wo sich die Muskeln unter der Haut spannten. Eine unbekannte Wärme breitete sich langsam in ihrem Körper aus, als er mit seinem Geschlecht zum ersten Mal ihre Scham berührte, ein völlig neues, erregendes Gefühl, wie wenn das Herz sich öffnet und die Sonne hineinfällt. Sie wollte etwas sagen, sagen, dass es ganz anders war, als sie erwartet hatte, dass sie glücklich war, mit ihm verheiratet zu sein, da drang er mit so unerwarteter Heftigkeit in sie ein, dass sie einen überraschten Schmerzenslaut nicht unterdrücken konnte. Andres hielt einen Augenblick inne und streichelte fahrig ihr Gesicht.

«Ist schon gut», keuchte er, «nicht weinen!» Aber anstatt sich wieder zurückzuziehen, schien er nur neue Kraft für den nächsten Stoß gesammelt zu haben. Der Schmerz in ihrem Inneren wurde immer stärker, je tiefer Andres eindrang.

«Andres – Andres, bitte!» Aber er hörte sie nicht, oder er verstand nicht, was sie wollte, denn sein Drängen und Keuchen wurden immer schneller, immer wilder. Es gab nichts, was sie tun konnte, um ihn aufzuhalten; schließlich biss sie sich auf die Lippen, um nicht laut aufzuwimmern. Mit einem letzten harten Stoß bäumte er sich noch einmal auf, stöhnte laut und ließ sich dann erschlafft auf ihren Körper fallen. Sie versuchte, ihn von sich herunterzuschieben, aber er war zu schwer. Eine Unendlichkeit später erst rollte er sich zurück neben sie auf das Laken. Sie atmete tief durch, als sie von seinem Gewicht befreit war, und der Schmerz zwischen ihren Beinen flaute allmählich ab.

«Barbara», flüsterte er an ihrem Ohr und küsste ihr Haar. «Es war wunderbar. Bald werden wir einen Sohn haben, ich bin mir ganz sicher.» Vielleicht waren es seine Worte, vielleicht auch nur das Nachlassen des Schmerzes, aber unvermittelt überkam sie eine tiefe Erleichterung: Andres war nicht enttäuscht von ihr! Jetzt war sie wirklich seine Ehefrau, und niemand konnte sie mehr von hier vertreiben. Das war alle Schmerzen wert, die er ihr bereitet hatte. Und wer weiß, es musste vielleicht so sein beim ersten Mal, sonst gäbe es ja kein blutiges Laken, das man herzeigen konnte. Bestimmt war alles morgen Nacht schon ganz anders. Sie würde lernen, die ehelichen Pflichten zu ertragen. Waren es nicht gerade seine Stärke und Unnachgiebigkeit, die Andres zu einem besonderen Mann machten? Er sollte nicht denken, sie wollte nicht das Bett mit ihm teilen. Sie tastete nach seiner Hand und drückte sie.

«Was denkst du?», fragte sie leise.

«Der Vogt war in der Kirche heute, in der Brautmesse. Ganz hinten, gleich neben der Tür. Ich bin sicher, er ist sofort zu seinem Herrn gerannt und hat ihm Wort für Wort berichtet, was der Locher gepredigt hat.»

«Was hat er denn gepredigt? Ich war viel zu aufgeregt, um zuzuhören!»

«Na, über die Ehe und über die Rechte und Pflichten, die jeder der Ehegatten dabei hat ... wobei ich glaube, dass er damit eigentlich etwas ganz anderes sagen wollte.»

«Vielleicht wollte er etwas über die Liebe sagen?»

«Nein, in Wirklichkeit ging es um das Verhältnis zwischen uns Bauern und den Grundbesitzern, nur hat er das natürlich nicht wörtlich gesagt. Es ist ja ganz ähnlich wie in der Ehe: Die Frau soll dem Mann dienen, ihm gehorchen und bei der Arbeit helfen, weil er für sie sorgt und sie beschützt. Und wenn er das nicht mehr tut –»

«Dann muss sie ihm trotzdem gehorchen. Denk doch an Balthes Spaich und seine Frau.»

«Ja, das mag sein ... und es ist vielleicht auch besser so.» Er küsste sie gedankenlos auf die Schläfe. «Aber für die Herren und die Bauern, da gilt es. Wenn die Herren ihren Pflichten nicht nachkommen und die Bauern aussaugen bis aufs Blut, dann dürfen die Bauern aufstehen gegen dieses ungerechte Joch. Und genau das wird auch geschehen, glaub mir.»

«Andres ...» Barbara tastete nach seinem Oberschenkel und streichelte ihn sanft. Die Haut war ganz weich dort, überraschend weich bei einem Mann, dessen ganzer Körper sonst so hart und muskulös war. «Wollen wir nicht –»

«Lass uns jetzt schlafen, Barbara. Es war ein langer Tag, und morgen stehen schon beim ersten Hahnenschrei die Nachbarn vor der Tür und wollen mit uns trinken.» Er warf sich schwungvoll auf die Seite, und schon nach wenigen Minuten fing er an, leise zu schnarchen.

Die Kerze war nun fast heruntergebrannt, aber Barbara konnte nicht schlafen. Leise richtete sie sich auf und strich sich mit den Händen forschend über den Leib, der ihr nicht mehr allein gehörte. Vielleicht wuchs darin ja tatsächlich schon ihr erstes Kind heran, wer konnte das wissen! Der zarte Rosmarinduft des Brautkränzchens schwebte in der Luft und vermischte sich mit dem Geruch von Schweiß und Liebe. Barbara betrachtete den Mann, der neben ihr lag und schlief, in dieser ersten Nacht, so wie er es in allen folgenden tun würde. Er hatte sich auf den Rücken gerollt und wandte ihr sein Gesicht zu. Der Mund war leicht geöffnet, die Augenlider flatterten, aber sein Atem kam jetzt ruhig und gleichmäßig. Um Mund und Nase zeigten sich schon die ersten Falten, als lebte Andres mit beständig zusammengekniffenen Lippen, um nur nicht das zu sagen, was ihm auf der Zunge lag. Auch von ihrer ersten gemeinsamen Nacht hatten sie sich nicht vertreiben lassen.

Barbara streckte vorsichtig die Hand aus und strich mit dem Finger über seine Wangen. Andres murmelte etwas im Schlaf und drehte sich um. Leise raschelnd fiel das Kränzchen auf den Boden, und eine Welle von Rosmarinduft zog über sie hinweg. Einen frischen Zweig daraus hatten sie am Nachmittag im Garten gesteckt, wie es üblich war: So wie er wuchs und sich entwickelte, würde auch ihre Ehe wachsen und sich entwickeln. Nicht wenige junge Frauen, das wusste Barbara, kümmerten sich mehr um den Rosmarinstrauch als um die Zwiebeln und Bohnen daneben und pflanzten heimlich einen neuen, wenn aus dem ersten Zweiglein nichts Rechtes werden wollte. Plötzlich musste sie daran denken, dass man diese Zweige ja nicht nur den Bräuten ins Haar und den Täuflingen zwischen die Kissen steckte. Rosmarinsträuße hielten auch die Toten in der Hand, wenn sie aufgebahrt in den Stuben lagen und stumm darauf warteten, dass die Frauen sie endlich in ihr Leichentuch einnähten. Ein Frösteln lief Barbara über den Rücken und die Schenkel hinunter bis in die Fußspitzen. Sie schmiegte sich eng an den schlafenden Mann und deckte sie beide gut zu. Vielleicht würde er ja aufwachen und sie küssen wie noch vor wenigen Stunden, dann würden die finsteren Gedanken sich schon davonmachen wie ertappte Gespenster. Aber Andres wachte nicht auf.

Simon Breitwieser hatte noch nicht genug getrunken in dieser Nacht, noch lange nicht. Er kippte den Inhalt seines Bechers in einem Zug herunter und winkte dem Wirt nach mehr.

«He – he! Los, schieb mir noch was rüber. Ich hab Durst.»

«Wenn du so weitersäufst, Freundchen, dann wirst du erst zur Silberhochzeit wieder nüchtern», entgegnete der Wirt. Aber er war weit davon entfernt, einen durstigen Gast an die Luft zu setzen, solange der noch Geld in der Tasche hatte, und füllte dem jungen Breitwieser reichlich nach. Man konnte nicht reich werden mit einer Gastwirtschaft in einem Dorf wie Glatt, und es wäre Dummheit gewesen, in einer Nacht wie dieser nicht auszuschenken, solange noch etwas da war. Schließlich durfte nach einer Hochzeit bis zum Morgen gefeiert werden.

«Auf meinen Bruder!» Simon war schwankend aufgestanden und prostete den Dachbalken zu. Sein Haar hing strähnig um sein Gesicht, und seine Augen glänzten ungesund. «Auf den mutigen Andres Breitwieser! Dass er ihr viele Kinderchen macht und auch sonst. Andres Breitwieser, der macht, was er will! Andres, ich grüße dich!» Schwer atmend fiel er zurück auf die Bank. Ein Rest Wein schwappte aus seinem Becher heraus und landete auf seiner Hose. Unsicher wischte Simon mit der Hand über die nassen Stellen, bis er sich schließlich grinsend zurücklehnte. «Ist ja doch alles gleich, stimmt's? Ist alles gleich.» Plötzlich sprang er auf und fing an zu schreien. «Dir ist alles gleich, hab ich recht? Ist ja egal, was ich denke, stimmt's? Ist dir nicht wichtiger als die letzte Sau im Schweinestall!»

Eine Hand legte sich begütigend auf seinen Arm. «Ruhig, Kerl, sonst bringst du morgen keinen Ton mehr raus.»

Verwirrt starrte Breitwieser den anderen an: Es war ein schlanker, gutgekleideter Mann von fünfundzwanzig, dreißig Jahren.

«Machst du denn hier?», lallte Breitwieser. Johannes von Renschach drückte ihn sanft auf die Bank zurück und sagte: «Ich gehe spazieren.» Spöttisch musterte er den angetrunkenen Bauern. «Meinst du etwa, da auf der Burg kriegt man was Vernünftiges zum Trinken? Und immer einer, der mir in den Becher spuckt!»

Langsam dämmerte es Simons vernebeltem Hirn, wen er vor sich hatte. Er versuchte eine Verbeugung. «Oh. Verzeih – zeihung. Hab Euch nicht gleich erkannt, Herr – Herr Johannes.»

«Macht nichts. Du hast schwer gefeiert heute, was?»

«Ja. 's ist – ist die Hochzeit meines Bruders. Älteren Bruders. Andres – Andres Breitwieser.» Der Wirt schickte Simon einen warnenden Blick.

«Na, wie wär's, wenn du langsam mal nach Hause gehst, Simon? Solange du noch laufen kannst.»

«Jetzt, wo ich hier – hier endlich Gesellschaft hab? Da sei

Gott vor! Noch was zu trinken!» Breitwieser klopfte mit seinem Becher auf den Tisch, und achselzuckend füllte der Wirt nach. Breitwieser war schließlich kein Kind mehr. Er musste selbst wissen, ob er mit dem jungen Adligen weiterzechen wollte oder nicht.

«Und, ist sie denn hübsch, seine Braut?», zwinkerte Renschach, und Breitwieser verdrehte die Augen.

«Alles dran, was man sich – sich nur wünschen kann, sag ich. Hab selbst schon oft gedacht – die Barbara, die wär richtig.» Vertraulich lehnte er sich näher. «Haare wie Seide, weißt du, dass man mit beiden Händen reingreifen und nicht mehr loslassen will, und wenn du sie erst siehst, wie sie geht, wie sie sich bewegt –» Verträumt hielt er einen Augenblick inne. Johannes von Renschach grinste amüsiert.

«Das solltest du den Bräutigam lieber nicht hören lassen, sonst hast du früher oder später ein Messer zwischen den Rippen. Such dir lieber selbst was Nettes.»

«Was Nettes», echote Simon und malte mit dem Finger in der Pfütze auf dem Tisch. Plötzlich schien er den Tränen nahe. «Ich werd nie eine finden, weil ich keinen Hof geerbt hab. Werd mein Leben lang ein kleiner Knecht bleiben, mit nichts im Beutel als Vogeldreck, und wenn ich ein Mädchen will, muss ich mir eins kaufen für einen Abend. Aber so ist das. Wenn man selbst nur der Jüngere ist, dann bleibt für einen nichts übrig. Die Welt ist – ist so ungerecht. Nur ein kleiner Knecht, verstehst du?»

«O ja. Das stimmt.» Mit offensichtlichem Behagen ließ sich der Junker einen ganzen Krug Wein servieren und schenkte sich selbst ein.

«Gutes Gesöff. Hier von unseren eigenen Weinbergen?» Der Wirt nickte und erklärte:

«War ein gutes Jahr, Herr, aber Ihr wisst's ja selbst. Und ich mach immer noch ein bisschen Zimt und Honig dran.»

Renschach wandte sich wieder um.

«Weißt du, was? Ich hab auch einen älteren Bruder. Wenn man da selbst noch was werden will in der Welt, muss man sich verdammt nochmal ranhalten. Denk mal drüber nach.»

«Aber bei dir – bei dir reicht's doch für zwei.»

«Ach was! Mein Bruder sitzt auf dem Geld wie der Teufel auf den goldenen Eiern. Dabei hat er wirklich ein Händchen dafür. Was der anfasst, wird zu Gold, schneller, als die Kuh scheißen kann. Aber abgeben? Nein, mein Lieber. Da muss ich selbst sehen, wie ich was ranschaffen kann.»

Simon nickte verständnisinnig und wischte sich das feuchte Gesicht.

«Man darf – darf sich nicht alles gefallen lassen», sagte Simon weise. Renschach lachte.

«So wie dein Bruder, was? Der lässt sich auch nicht alles gefallen. Aber viel herausgekommen ist dabei nicht. Immerhin, jetzt hat er eine junge Frau im Bett. Da wird er wohl anderes zu tun haben, als seinen Grundherrn übers Ohr zu hauen.»

Simon antwortete nicht. Er hatte die Augen geschlossen und kaute den letzten Schluck Wein in seinem Mund, als wär's ein Stück Hammelfleisch. Es konnte nicht mehr lange dauern, bis der Alkohol ihn umkippen ließ wie einen gefällten Baum. Aber noch war es nicht so weit. Er beugte sich vor.

«Ich – ich sag dir was. Du bist – bist ein echter Freund, darum sag ich's dir.» Die Augen des Junkers glänzten.

«Sag's ruhig. Ich hör zu.»

«Mein – mein Bruder, der Andres. Der geht fischen, fast jede zweite Nacht. In dem Wasser vom alten Heinrich.» Er kicherte albern. «Holt sich die fettesten Fische raus, sag ich! Und der Ritter kann sehen, wo er bleibt, und Kraut fressen.

Die fettesten Fische! Aber mit mir spricht er nicht …» Er klappte den Mund auf, um noch etwas hinzuzufügen, aber Johannes von Renschach legte ihm warnend die Hand auf den Arm.

«Du trinkst zu viel», sagte er kurz. «He, Wirt, sorg dafür, dass der Kerl nach Hause geht, sonst fällt er dir gleich besoffen von der Bank.»

Kirchweih wurde gefeiert, wenn die Weinlese beendet war und die ärgste Arbeit auf den Feldern getan, und in Glatt war das am ersten Sonntag nach dem Festtag des heiligen Michael. St. Michael war der ursprüngliche Schutzheilige der Kirche gewesen. Erst nach der Palästinareise des verstorbenen alten Herrn Hans Ulrich von Renschach hatte er der Gottesmutter weichen müssen. Am Vortag hatten die Burschen den Kirbebaum im Wald geschlagen, eine schlanke Birke, und unter großem Jubel auf dem Dorfplatz aufgerichtet. Dann kamen die Mädchen und Frauen des Dorfes mit dem Erntekranz.

«Und, Kathrein? Hast auch ordentlich Ginster und Liebstöckel reingebunden, dass bald ein Bräutigam vorbeikommt?», rief ein übermütiger Bursche und bückte sich blitzschnell, denn die Alte konnte noch sehr gut zielen. Ein kleiner grüner Apfel flog haarscharf an seinem Ohr vorbei.

«Warte, du Galgenstrick. Warte, wer bei dir heute Nacht vorbeikommt und dir den Hintern wärmt.»

Wenig später hing der Kranz hoch oben über dem Dorfplatz und tanzte im Wind.

In diesem Jahr war das Wetter den Feiernden wohlgesonnen. Der Grundherr Heinrich von Renschach und sein Bruder saßen gemeinsam mit dem Pfarrer und dem Schultheißen auf dem erhöhten Ehrenplatz unter der Linde, denn Kirchweih feierten alle gemeinsam. Als besonderes Entgegenkommen hatte der Ritter neben dem traditionellen Ochsen noch ein großes Tuch aus kostbarem Barchent gestiftet. Die unverheirateten Mädchen des Dorfes würden später durch die abgeernteten Felder darum um die Wette laufen. Von dem Tisch der jungen Männer drang lautes Lachen herüber.

«Unter den Burschen scheint es ja schon hoch herzugehen», bemerkte der ältere Renschach zu dem Schultheißen hinüber. Der Mann nickte.

«Sicher. Jeder setzt ein paar Kupfermünzen auf seine Liebste und drückt ihr die Daumen. Es war sehr großzügig von Euch, Herr Heinrich, das Tuch zu geben.»

«Oh, nichts für ungut. Wer hart arbeitet, verdient auch eine Belohnung.»

Johannes von Renschach grinste. «Und wie sieht's mit mir aus, Bruder? So hart wie im letzten halben Jahr habe ich überhaupt noch nie zuvor in meinem Leben gearbeitet. Wie wär's, wenn wir uns auch einmal etwas leisten würden? Eine Jagd zum Beispiel?» Ritter Heinrich verzog säuerlich den Mund. Hart gearbeitet! Im Gasthaus vielleicht und bei den schönen Fräulein! Da konnte einem ja die Galle hochkommen. Eine bissige Bemerkung lag ihm schon auf der Zunge, aber der neugierige Blick des Schultheißen ließ ihn die Worte schnell hinunterschlucken. Vor den Leuten sollte er besser nichts gegen seinen Bruder sagen. Da kam ihm ein neuer Gedanke. Ein Jagdvergnügen mit ein paar Dutzend Gästen, darunter die junge Edelfrau, die er schon ausgesucht hatte … eine wunderbare Gelegenheit, wenn auch nicht ganz billig. Und die Leute würden wieder anfangen zu jammern, dass die Tiere ihre Äcker zertrampelten und sie selbst als Treiber dienen mussten. Gedankenverloren streichelte er seine Narbe. Er konnte es bald nicht mehr hören, dieses ewige Gegreine! Wie gut, dass er vor kurzem erst an dem Breitwieser durchexerziert hatte, wie es denen erging, die ihren bäuerlichen Pflichten nicht nachkamen. Er hatte von daher nichts zu befürchten.

«Ja, eine Jagd haben wir lange nicht mehr gehabt», antwortete er schließlich leutselig. «Das ist ein guter Vorschlag. Wir könnten ein paar Freunde und Nachbarn einladen ... Mal sehen, was sich da machen lässt.» Er hob seinen Krug und prostete Johannes zu, während der Schultheiß säuerlich das Gesicht verzog. Der Pfarrer sagte wohlweislich nichts.

Barbara blickte sehnsüchtig nach dem Stück Barchent, das da oben an einer langen Stange baumelte. Wie gern hätte sie mitgemacht bei dem Spaß, hätte die Röcke hochgeschürzt und wäre mit den anderen barfuß losgelaufen, während die Burschen am Feldrand standen und sie mit lautem Rufen anfeuerten, so wie letztes Jahr! Aber inzwischen war sie eine verheiratete Frau und keine Jungfer mehr, und Andres saß neben ihr an einem der Tische und unterhielt sich eindringlich mit den übrigen Männern aus dem Dorf, als wäre sie gar nicht vorhanden.

«... ich sage euch, wenn wir uns nicht zusammentun, wird das alles noch viel schlimmer.» Andres beugte sich über den Tisch, sodass seine Worte nicht so weit zu hören waren. «Ich hab gehört, als Nächstes will er uns verbieten, Bauholz aus dem Wald zu holen. Jagen und fischen dürfen wir ja schon lange nicht mehr.»

«Das glaub ich nicht! Ist schließlich immer unser gutes Recht gewesen. Woher willst du denn das wissen?» Das war der Bentzinger. Kleine Schweißtropfen perlten von seiner Stirn, er vertrug den Alkohol nicht gut.

«Einer aus dem Schloss hat's gehört, als sie sich unterhalten haben. Schließlich will der Alte umbauen, da braucht er das Holz für sich. Aber auch sonst muss man sich nicht wundern darüber. So geht's jetzt schließlich überall hier in der Gegend! Man braucht nur mal die Ohren aufzusperren.» Barbara hob den Kopf: Musik war zu hören, Tanzmusik. Die beiden Spielleute, die Renschach aus Horb hatte kommen lassen, verbeugten sich in ihre Richtung und ließen einen Marsch ertönen, der ihr direkt in die Beine fuhr. Wie schön war es immer gewesen, an Kirbe zu tanzen! Sie legte Andres die Hand auf den Arm.

«Komm, Andres, sie spielen schon. Lass uns ein bisschen tanzen, ja?»

«Gleich, Barbara. Sie spielen ja noch den ganzen Abend. Wie ich gesagt habe: Wir müssen uns zusammentun. Hast du nicht selbst gesagt, Balthes, dass du dieses Jahr schon doppelt so viele Fuhren für den Renschacher gemacht hast wie sonst? Letzte Woche ...» Barbara hörte nicht mehr zu. Sie legte die Hand an die Augen und sah zu dem Platz hinüber, den die Kinder gestern erst von Unkraut, Mist und Hundekot frei gemacht hatten. Sie tanzten einen Reigen, rundherum und rundherum im Kreis ...

Sie stand auf.

«Andres? Sei mir nicht bös, aber ich gehe schon einmal hinüber.»

«Sicher, geh nur. Ich komme gleich dazu.» Er nickte ihr flüchtig zu und wandte sich dann wieder an seinen Nachbarn.

Barbara schlenderte zu dem Tanzplatz hinüber. Der Dudelsackpfeifer spielte eine fröhliche Melodie, und die Paare flogen jetzt an ihr vorüber.

«Hat schwere Füße, dein Andres, was?», rief eins der Mädchen ihr mit unverhohlener Schadenfreude zu, während es an der Hand eines Burschen hin und her hüpfte. Ja, jetzt schauten sie neidisch, all die verheirateten Frauen, statt wie sonst überheblich ihren Ehestand herauszukehren! Verärgert wollte Barbara sich umdrehen und gehen, als jemand nach ihrer Hand griff und sie mitwirbelte.

«Du wirst doch deinem liebsten Schwager keinen Korb geben wollen?» Simon lachte sie an. Die offenen Haare waren ihm ins Gesicht geweht, und hinter das linke Ohr hatte er sich ein Sträußchen Hagebutten gesteckt. «Ich dachte schon, wenn du jetzt nicht kommst, muss ich noch die alte Kathrein fragen, ob sie mit mir tanzt.» Barbara lachte auch.

«Kathrein tanzt nur noch mit dem Teufel, wenn du mich fragst», erwiderte sie.

«Nicht mit so einem Engel wie mir?» Simon war ein guter Tänzer, unermüdlich, fröhlich und wild, und Barbara war froh, als ihre Mutter ihn schließlich an der Schulter festhielt.

«He, Simon! Den Eiertanz! Kannst du's noch, oder hast du nur Grütze in den Knochen nach all der Hopserei?» Simon grinste, zog seine Mütze und verbeugte sich bis zum Boden.

«Oh, meine Teure! Soll ich die Eier tanzen lassen? Nur für dich?» Die Zuschauer grölten, aber Gertrud lief zum nächsten Haus und kam kurz danach freudestrahlend mit einem Korb Eier wieder. Barbara betrachtete sie verstohlen. Ihre Mutter, die sich immer so bemüht hatte, unauffällig im Hintergrund zu bleiben und nur ja niemanden zu stören! Seit der Hochzeit war sie wie verwandelt. Sie hielt sich wieder gerade, schwätzte mit der Schultheißenfrau wie mit einer alten Freundin, und ihr Lächeln hatte etwas Triumphierendes bekommen, vielleicht für niemand anders zu erkennen als für Barbara. Ja, es war schon ein Unterschied, ob man nur eine geduldete unverheiratete Kleinmagd war oder die Schwiegermutter eines wohlhabenden Bauern!

«Hier, du Spaßvogel!» Gertrud bückte sich und verteilte

die Eier sorgfältig auf dem Boden. «Und jetzt los! Zeig, was du kannst!» Angefeuert von den Umstehenden, zog Simon sich die Schuhe aus, während die Musiker ein flottes Lied zum Besten gaben. Simon warf die Arme in die Luft, ging auf die Zehenspitzen hoch und begann zu tanzen, hüpfte geschickt zwischen den Eiern hindurch, lachte, strahlte, drehte sich. Die Zuschauer klatschten rhythmisch in die Hände. Schließlich blieb er außer Atem vor der Bentzingerin stehen.

«Na?»

«Nicht schlecht», sagte die Bäuerin gnädig. «Gar nicht schlecht. Bald hast du dir eine Belohnung verdient. Aber erst kommt noch das hier.» Sie zog einen Ring aus der Tasche, so einen, wie die Frauen benutzten, wenn sie eine schwere Last auf dem Kopf tragen wollten, und setzte ihn Simon auf die blonden Haare. Dann nahm sie den Korb mit den übrigen Eiern und stellte ihn obendrauf.

«So», sagte sie zufrieden. «Und jetzt los.» Barbara musste kichern. Es sah zu komisch aus, wie Simon sich verrenkte, um den Korb während des Tanzens auf seinem Kopf zu balancieren. Die Musik wurde schneller, die Schritte auch; der Korb schwankte, und plötzlich lag Simon auf dem Rücken wie ein Käfer, Ei in den Haaren, Ei auf der Jacke, Ei im Gesicht, und lachte.

«Junge, früher warst du besser», sagte eine andere Bäuerin, reichte ihm die Hand, zog ihn hoch und begann, mit einem Tuch das Ei abzuwischen. Aber Simon zog sie an sich und drückte ihr einen herzhaften Kuss auf die Wange, sodass sie hinterher nicht weniger verschmiert war als er selbst.

«Ach, Marthe», seufzte er und sah sie schmachtend an, «man wird nicht jünger, du auch nicht ... Und Eier sind gefährlich, das hab ich immer schon gesagt ...» Unter allgemeinem Gekicher wurde ein riesiger Weinkrug herumgereicht, und nachdem alle einen ordentlichen Schluck genommen hatten, rief sie die Glocke zum Wettlauf der jungen Mädchen. Barbara hakte sich bei Simon ein, und gemeinsam mit den anderen liefen sie hinüber zu dem Stoppelfeld, wo die Mädchen sich schon an der Startlinie aufgestellt hatten. Es waren insgesamt fünf, darunter die Jüngste vom Bentzinger sowie Liesbeth und Gunda, die Töchter von Balthes Spaich. Gleich daneben hatten sich die jungen Männer aufgebaut und waren schon dabei, Wetten abzuschließen.

«Ich hoffe, Gunda gewinnt!», flüsterte Barbara Simon aufgeregt zu und winkte zu Gunda hinüber. Seit sie damals mit ihrer Mutter hier im Dorf untergekommen war, war Gunda Spaichin ihre Freundin gewesen. Gemeinsam hatten sie die Launen von Balthes und das Gezeter seiner Frau ertragen, hatten miteinander über die heranwachsenden Dorfjungen gekichert und sich ihre Geheimnisse anvertraut, und nach ihrer Hochzeit hätte Barbara am liebsten Gunda gleich mit auf den Breitwieser-Hof gebracht. Aber das war natürlich ausgeschlossen: Ihre Arbeitskraft wurde zu Hause gebraucht, und Spaich war so wütend über die Hochzeit gewesen, dass er geschworen hatte, keiner aus seiner Familie würde den Breitwieser-Hof jemals wieder betreten.

«Seid ihr bereit?» Der Schultheiß sah fragend jedes einzelne Mädchen an. «Einmal bis zum Ende des Feldes, um den alten Baumstamm herum und dann wieder zurück. Es geht los, sobald ich in die Hände klatsche.» Der Schultheiß reckte dramatisch die Hände und klatschte, und die Mädchen rannten los. Liesbeth blieb schon nach den ersten Schritten zurück, aber Gunda war sehr schnell. Sie hatte die Röcke hochgeschürzt und sich mit ihren langen, schlanken Beinen gleich an die Spitze gesetzt.

«Heb sie noch höher, Gunda, ich seh nicht alles», brüllte jemand, aber Gunda ließ sich nicht ablenken. Sie umrundete den Baumstamm und war kurz danach als Erste im Ziel, empfangen vom Gegröle und Gepfeife der Burschen. «Was für Beine, Mädel ... lauf doch gleich nochmal, nur für uns!», riefen sie. Freudestrahlend nahm sie das Stoffpaket aus den Händen des Ritters entgegen, der sich inzwischen ebenfalls herbemüht hatte.

«Da hast du was Gutes für die Aussteuer», sagte er, und Gunda lief feuerrot an. Barbara wusste ja, dass sie lieber heute als morgen heiraten und ihr Elternhaus verlassen würde, aber bis jetzt hatte der alte Spaich noch keinen passenden Mann für sie gefunden – keinen, der neben der mickrigen Mitgift auch noch den übellaunigen Schwiegervater in Kauf genommen hätte.

Und dann setzte die Musik wieder ein, und nachdem der Schultheiß mit Gunda den Ehrentanz getanzt hatte, rief er alle zum Reigen. Barbara tanzte, bis ihr schwindlig war und ihr die Füße wehtaten, feuerte die jungen Burschen beim Ringleinstechen an und die alten Männer beim Kegelspiel und tanzte dann wieder, bis die Musikanten spät in der Nacht das letzte Lied spielten und der Erntekranz auf dem Dorfplatz verbrannt wurde.

«Oh, es war schön heute», gähnte Barbara, als sie wieder zu Hause war und in der Schlafkammer stand. Sie schüttelte die Haare aus, und ein paar trockene Blätter fielen herunter – Reste von dem Kränzchen, dass die Frauen beim Reigen reihum auf dem Kopf getragen hatten. «Wunderschön.»

«Das konnte man sehen. Du hast deinen Spaß gehabt. Simon ist sicher ein besserer Tänzer als ich.» Der Ton, in dem das gesagt wurde, war kalt, und erschreckt drehte Barbara sich um.

«Was ist denn?», fragte sie. Mit abgehackten Bewegungen öffnete Andres sich das Hemd.

«Hast du dich etwa nicht den ganzen Abend mit ihm herumgetrieben? Ich hab mich schon gefragt, ob ich nicht besser gleich nach Hause gehen soll.»

«Aber, Andres! Du hast doch selbst gesagt, dass ich allein zum Tanzen gehen soll!»

«Allein nennst du das? Wie die Turteltäubchen habt ihr euch angegurrt!», zischte er. Verwirrt legte sie die Schürze zur Seite, die sie gerade ausgezogen hatte.

«Er ist doch dein Bruder, Andres», sagte sie leise. «Mit wem soll ich denn tanzen, wenn nicht mit ihm?»

«Mein Bruder, ja. Aber ich hab ja oft genug erlebt, was von ihm zu erwarten ist. Leichtsinnig, unzuverlässig, unbedacht ... du hättest das Gesicht vom Renschach sehen sollen, als er Simon angeschaut hat, wie er sich mit den Eiern besudelt hat. Ich schwör's dir, er hat gedacht: ‹Da sieht man's wieder, diese Bauern sind doch wie Schweine.›» Er schlug die Decke zurück und legte sich ins Bett. «Und dann machst du mich zum Gespött des ganzen Dorfes, gerade du.» Sie hörte die Wut und den Schmerz in seiner Stimme, und all die Wärme, die sie gerade noch so wohlig umgeben hatte, war wie fortgeblasen. Stumm zog sie sich zu Ende aus und löschte die Kerze.

«Es tut mir leid», murmelte sie unglücklich, als sie sich neben ihn legte. Aber schon als Andres seine Hände nach ihr ausstreckte, wusste sie, dass sie gelogen hatte. Es tat ihr nicht leid. Und nichts in der Welt konnte verhindern, dass sie das Hagebuttensträußchen vor sich sah und die flatternden blonden Haare, als sie ihn über sich keuchen hörte.

5

Am Morgen der Jagd herrschte wunderbares Spätherbstwetter. Der Himmel dehnte sich unendlich weit über dem goldenen Buchendach, und der Wind spielte lustig mit den leuchtenden Zweigen. Zufrieden ließ Ritter Heinrich von Renschach den Blick über seine Gäste gleiten. Die Jagdgesellschaft war schon am Vorabend auf der Burg eingetroffen: mehrere Angehörige von Adelsfamilien der Gegend, die Neuneck, von Ehningen, von Bartenstein und andere mehr. Man kannte sich untereinander, war auf vielerlei Weise verwandt und verschwägert und überdies mit denselben Problemen und Schwierigkeiten beschäftigt: dem ständig wachsenden Geldbedarf des Kaisers für seine Türkenkriege! Den Bemühungen Herzog Ulrichs, den Österreichern auf Teufel komm raus die Herrschaft in Württemberg wieder abzuringen! Dem zunehmenden Einfluss der lutherischen Prediger, die alle Ordnung im Land auf den Kopf stellen wollten und die Bauern gegen die Obrigkeit aufwiegelten! Der eine oder andere der Herren hatte schon diesbezügliche Erfahrungen in seinem Herrschaftsbereich machen müssen. Nicht jeder hatte seine Bauern so sicher im Griff wie er selbst, dachte Heinrich zufrieden, als er die Männer aus Glatt sah, die auf sein Geheiß widerspruchslos ihre Pflüge stehengelassen hatten, um heute mit ihren Hunden als Treiber zu dienen. Natürlich musste man den Leuten auch entgegenkommen und durfte nicht ständig nur den Herrn herauskehren! Alles in allem würde wohl kaum jemand bestreiten wollen, dass es seinen Bauern heute dank seiner umsichtigen Wirtschaft viel besser ging als noch zu Lebzeiten seines Vaters.

«Wir sind so weit!» Johannes von Renschach hob die Hand und blies das Jagdhorn. Zusammen mit der jungen

Adligen, die Heinrich für ihn in die nähere Wahl gezogen hatte, setzte er sich an die Spitze der Jäger und schlug den Weg zu dem Wäldchen ein, das sie für die heutige Jagd ausgesucht hatten. Dorothea von Hardtwald machte wirklich eine gute Figur zu Pferd, selbst ein alter Junggeselle wie er musste das zugeben, dachte Heinrich. Sie hielt sich sehr aufrecht, und ein paar Haarsträhnen schauten vorwitzig unter ihrer Haube hervor und kringelten sich auf ihren geröteten Wangen. Und auch Johannes schien durchaus empfänglich für diese Reize. Kaum dass er noch gerade laufen konnte vor lauter verliebter Katzbuckelei. Umso besser! Heinrich war sehr zufrieden mit sich. Die Dinge ließen sich prächtig an. Und auch das Finanzielle hatte er schon am letzten Abend mit dem Vater der zukünftigen Braut geregelt: Es war zwar keine so überwältigende Mitgift, die Dorothea mit in die Ehe bringen würde, wie er ursprünglich erwartet hatte, aber immerhin ein paar Äcker und Weinberge weiter neckaraufwärts, allerlei Hausrat und Krimskrams und nicht zuletzt ein silbernes Tafelgeschirr, das es an Wert sicher mit einem kleinen Stadthaus aufnehmen konnte. Außerdem war eine fette Mitgift nicht das wichtigste Ziel bei dieser Hochzeit. Einen strammen Renschach sollte das Mädel auf die Welt bringen, möglichst schnell, und zur Sicherheit danach in jedem Jahr noch einen. Und wenn dieser junge Tunichtgut von Johannes sich erst jede Nacht im Ehebett austoben konnte, würde er hoffentlich tagsüber eher zu vernünftiger Arbeit zu gebrauchen sein. Ein Erbe im Haus! Die Aussicht war berauschend. Der Ritter von Renschach gab seinem Pferd die Sporen und setzte seinen Gästen nach.

Alle Männer des Dorfes waren zur Jagd gerufen worden, und auch viele der Frauen hatten heute auf der Burg zu erscheinen, um bei den umfangreichen Vorbereitungen für das spätere Bankett zu helfen. Barbara gehörte zu den wenigen, die im Dorf hatten bleiben dürfen, und den ganzen Morgen war sie unterwegs gewesen, um in der Nachbarschaft nach dem Vieh zu sehen und die Kühe zu melken. Von fern hörte sie immer wieder das Getöse der Jagdgesellschaft: Die Treiber lärmten mit Klappern und Töpfen, um das Wild auf die Jäger zu hetzen, während ein paar andere Männer das Waldstück abzuriegeln hatten, damit kein Tier flüchten konnte. Hoffentlich würden sie dieses Mal wenigstens ein paar von den Wildschweinen erlegen! Das Schwarzwild war eine schreckliche Plage: Vor wenigen Wochen erst war eine Rotte in die Felder eingefallen und hatte die Winteraussaat zertrampelt. Und die Bauern konnten fast nichts tun, um das zu verhindern, denn schließlich wollten die hohen Herren ja etwas zu jagen haben. Wer von den Bauern dagegen dabei erwischt wurde, wie er ein Stück Wild zur Strecke brachte, wurde unweigerlich als Wilderer verurteilt. In Württemberg, so hatte Barbara gehört, stach man Wilderern sogar die Augen aus!

Sie wollte gerade anfangen, den Rahm von der Milch abzuseihen, als sie vom Dorfplatz her aufgeregte Stimmen hörte. Überrascht sah sie hoch. Ein paar Männer liefen auf sie zu, eine notdürftig aus ein paar kräftigen Ästen zusammengezimmerte Trage in den Händen. Ein Verletzter lag darauf und stöhnte, während dunkles Blut durch den Stoff seiner Hose quoll. Es war Andres. Barbara hörte sich selbst aufschreien, ließ Eimer und Rahmschale fallen und hastete ihnen entgegen.

«Es ist nicht so schlimm, wie es aussieht, bestimmt nicht», keuchte Simon. Er selbst war so bleich, als wäre es sein Blut, das da unaufhörlich auf den Boden tropfte. «Es war ein Spieß, einer der Jäger hat Andres zu spät erkannt ... Wir haben das Ding schon im Wald rausgezogen.» Er wandte sich an die Träger. «Da hinein!» Die erschöpften Männer stolperten durch die Stube in die Schlafkammer und hoben den Verletzten auf das Bett. Andres gurgelte kraftlos etwas hervor und wurde dann still; er hatte das Bewusstsein verloren. Barbara musste sich zwingen, ihre Augen auf sein Bein zu richten. Überall war Blut! Es tränkte die Hose, färbte die Decke, besudelte ihre Hände, als sie den Stoff durchriss und die Wunde freilegte. Ein tiefes Loch klaffte in Andres' Oberschenkel, aus dem es hervorsprudelte wie aus einer Quelle. Barbara wurde es flau. All das Blut, das er schon verloren haben musste auf dem Weg hierher! Sie riss sich ein Stück Stoff von ihrem Rock und presste es in die Wunde.

«Wir haben versucht, die Blutung zu stillen, aber auf dem Weg hierher … der Verband hat sich immer wieder gelöst.» Simons Stimme war zittrig. Er roch nach Rauch und kaltem Schweiß, und als er sich über sie beugte und ihr die Hand auf die Schulter legte, spürte sie, wie die Angst ihr unter die Kleider kroch und ihre kalten Finger nach ihrem Herzen ausstreckte. «Wir müssen wieder zurück zur Jagd, Barbara. Sie haben uns nur gehen lassen, um ihn hierherzubringen. Vielleicht – vielleicht kann ich ein paar von den Frauen finden und herschicken. Ich finde jemanden, ich versprech's dir.» Die anderen Männer waren schon gegangen, nur Simon starrte immer noch hilflos zu seinem verletzten Bruder hinunter.

«Andres … Andres?» Aber Andres reagierte nicht. Schließlich griff Simon nach der schlaff herunterhängenden Hand und drückte sie. «Ich komme wieder, so schnell ich kann», flüsterte er.

Und dann war sie allein mit dem bewusstlosen Mann. Sie biss sich auf die Lippen. Zurück zur Jagd, während ihr Mann hier vor ihren Augen verblutete. Ich lasse es nicht zu, dachte sie. Ich muss irgendetwas um das Bein binden, damit es aufhört zu bluten. Ich werde das Zaumzeug nehmen, das immer noch hier hängt. So.

Sie entfernte vorsichtig den blutgetränkten Stofflappen aus der Wunde, nahm einen neuen und band ihn mit den Lederriemen fest um Andres' Bein. Andres öffnete kurz die Augen und stöhnte, aber als sie versuchte, ihm etwas Wein einzuflößen, war er schon wieder weggedämmert, und die Flüssigkeit lief ihm aus dem Mund, malte dünne rote Spuren auf seine Wangen und den Hals ... Verwundete mussten viel trinken, das wusste sie, mussten Wein und Fleisch zu sich nehmen, damit die Leber wieder neues Blut aufbauen konnte. Was sollte sie nur machen, wenn Andres nicht wach genug wurde, um zu trinken? Bitte, trink doch etwas, ein bisschen nur, ein paar Schlucke! ...

In diesem Augenblick knarrte die Tür, und die alte Kathrein kam herein. Sie warf einen Blick auf das Bett und zog eine Handvoll Blätter aus ihrer Kitteltasche.

«Spitzwegerich», krächzte sie. «Hab ich auf dem Weg hierher gepflückt, als ich gehört hab, was passiert ist ... Und?»

«Er blutet immer noch so stark», flüsterte Barbara. «Ich wollte ihm etwas zu trinken geben, aber er wird einfach nicht wach.» Kathrein schob sie zur Seite und betrachtete das verbundene Bein, so wie sie ein geschlachtetes Kaninchen betrachtet haben würde, dann fasste sie mit ihren Altweiberfingern nach seinem Knöchel und schloss kurz die Augen.

«Willst wohl, dass der Fuß ihm abfault, was? Ist ja gar kein Puls mehr zu spüren!» Mit flinken Bewegungen löste sie den Knoten an dem Zaumzeug, öffnete den Verband und besah sich die Wunde. Es blutete schon viel weniger als vorher. Sie drückte Barbara die Wegerichblätter in die Hand.

«Gut durchkauen, Mädchen. Ich werde das jetzt auswaschen. Hast du Branntwein im Haus?» Barbara schüttelte den Kopf.

«Was ist das denn hier für ein Hof!», schimpfte die Alte. «Dann eben Wein.» Barbara reichte ihr den Becher, aus dem sie Andres eben vergeblich zu trinken hatte geben wollen, und Kathrein goss einen guten Schluck davon auf das rohe Fleisch.

«So, jetzt die Blätter. Spuck's einfach in die Wunde.» Kathrein bedeckte alles mit ein paar heilen Wegerichblättern und erneuerte den Verband. Sie schlurfte hinüber in die Stube, entfachte die Glut im Herd und warf die restlichen Blätter hinein.

«Ist ein kräftiger Bursche, der Andres. Der steckt mehr weg als die meisten.» Sie griff nach Andres' blutiger Hose, riss ein Stück Stoff davon ab und drückte es Barbara in die Hand. «Vergrab's unter dem Holunder und mach ein Kreuz darüber», raunte sie. «Dann hört die Blutung auf. Und bring mir eine Handvoll Beeren mit.»

Irgendwann am Nachmittag wechselten sie den Verband, die alte Kathrein sank schnarchend über dem Bett zusammen. Am Abend öffnete Andres die Augen und verlangte zu trinken.

«Gib mir Wasser», murmelte er, und Barbara stützte ihm den Kopf beim Trinken. Von fern hörte man die Hörner.

«Gottverfluchte Jagd.» Der Verwundete ballte die Faust und versuchte sich aufzurichten, ohne Erfolg. «Ich hoffe, sie bringen sich gegenseitig um», stöhnte er, bevor er wieder wegdämmerte.

«Oh, die Bauern hier sind aus hartem Holz geschnitzt.» Hingerissen betrachtete Johannes von Renschach die zarte Gestalt seiner zukünftigen Gemahlin und dankte seinem Herrgott im Stillen dafür, dass er in den letzten Jahren gerade das Vermögen der von Hardtwalds so großzügig hatte anwachsen lassen und nicht etwa das der von Bergendorfs, denn dann hätte Heinrich ohne Zweifel die schiefgewachsene Adelheid von Bergendorf mit den schlechten Zähnen für ihn ausgesucht, mochte sie auch den Schinder selbst mit ihrem Aussehen in die Flucht schlagen. Nein, diesmal konnte er mit der Entscheidung seines Bruders nur zufrieden sein. Und wie gut sie zu Pferd saß, seine Dorothea, auf dem Fuchs, den er ihr gestern nach dem Ende der Jagd in einer plötzlichen Eingebung als Brautgabe geschenkt hatte!

«... was haltet Ihr davon?», fragte sie. Mühsam riss er seine Gedanken von seiner verheißungsvollen Zukunft los.

«Was meint Ihr, meine Liebe? Ich fürchte, ich konnte Euch einen Augenblick lang nicht folgen.» Dorothea von Hardtwald lachte freundlich und verscheuchte mit der Hand eine Fliege.

«Wir hatten gerade von dem unachtsamen Treiber gesprochen, der gestern in den Spieß gelaufen ist ... Wollen wir nicht nachschauen, wie es ihm geht?»

«Wenn Euch daran liegt», sagte er aufgeräumt. Ihre Zähne waren vielleicht eine Winzigkeit zu groß, sodass sie beim Sprechen mit der Zunge daran stieß und ein wenig lispelte. Aber gerade dieses Lispeln war so aufreizend, so mädchenhaft und unschuldig ... Eine Unschuld, die nur auf ihn wartete! Gott, aber er wollte nicht mehr warten. Er griff nach ihrer Hand und küsste sie. «Gut, reiten wir zum Dorf hinüber. Dahinten das Haus, das müsste seins sein.»

Der Breitwieser-Hof war das auffälligste Anwesen im Dorf, passend zu seinem Besitzer. Alle übrigen Gehöfte des Ortes waren gleichartig angelegt: Ein großes Gebäude, auf dessen gemauertes Erdgeschoss noch ein Fachwerkstock aufgesetzt war, beherbergte gleichzeitig den Wohntrakt, den Stall in der Mitte und die Scheune. Beim Breitwieser dagegen waren diese drei Bereiche in drei getrennten Gebäuden untergebracht, die sich rund um einen Hof gruppierten. Ein breites Tor schloss das ganze Anwesen zum Dorfplatz hin ab. Die Ähnlichkeit der Anlage zum dreiflügeligen Glatter Schloss war nicht zu übersehen – nur dass der Wassergraben fehlte. Johannes musste unwillkürlich lächeln, als sie ein paar Minuten später ihre Pferde anhielten und er die junge Frau aus dem Sattel hob.

«Ich gehe voran … kommt», rief er. Er durchquerte den Hof, klopfte kräftig an die Haustür und öffnete dann, ohne auf eine Antwort zu warten. Wer weiß, vielleicht hatte der Breitwieser die Sache längst weggesteckt und war schon mit den anderen draußen, um auf seinen Feldern nach dem Rechten zu sehen.

Drinnen war es dunkel, obwohl ein kleines Feuer brannte. Renschach brauchte einen Moment, bis er etwas erkennen konnte. Er befand sich in einer niedrigen Stube mit rußgeschwärzter Decke. Auf dem gestampften Lehmboden stand gegenüber eine riesige Truhe mit ein paar Haken darüber, an denen Kleidungsstücke hingen. Über dem offenen Herd hingen einige Töpfe und Pfannen. Ansonsten bestand die Einrichtung aus einem großen Holztisch, ein paar Hockern und einer Wandbank, auf der jemand lag und schlief. Johannes von Renschach packte den Mann an den Schultern und rüttelte ihn. Es war der jüngere Breitwieser, der sich nun langsam aufrichtete und sich mit beiden Händen die Augen rieb. Richtig, der Bursche war ja unter jenen gewesen, die noch das Wild in die Burg geschafft und dann die Pferde versorgt hatten. Fast tat es Renschach leid, dass er den Mann geweckt hatte; er konnte kaum mehr als ein paar Stunden geschlafen haben.

«Wir sind gekommen, um nach deinem Bruder zu sehen», sagte Renschach schließlich.

«Drüben, in der Kammer.» Simon Breitwieser war inzwischen auf den Beinen und stierte Dorothea von Hardtwald an wie eine Erscheinung. Renschach griff nach ihrem Arm und schob sie vor sich her in die Kammer, weg von diesem Blick. «Kommt, meine Liebe ... und du sieh dich vor, Bursche.» In der Kammer war es eng und stickig. Da lag der Verletzte inmitten zerwühlter Decken und Kissen, während die junge Bäuerin gerade dabei war, dem Mann irgendeine Brühe einzuflößen, und die Alte zu seinen Füßen unaufhörlich vor sich hin brabbelte. Breitwieser stöhnte unvermittelt laut auf, und Johannes lief es kalt den Rücken hinunter. Er sah, wie Dorothea bleich wurde und am Türpfosten Halt suchte. Was für eine idiotische Idee, hierherzukommen! Er hätte es niemals zulassen dürfen.

«Wie – wie geht es dir, Breitwieser?», stieß er schließlich hervor.

«Besser heute Morgen, Herr Johannes», antwortete die junge Bäuerin rasch. «Er hat schon viel getrunken und –»

«Wollt Ihr die Wunde sehen?» Irgendwo aus einer düsteren Ecke kam diese alte Hexe Kathrein angehumpelt und kicherte zahnlos. «Kommt und seht's Euch an!» Sie kaute an irgendetwas herum und spuckte dann etwas Grünliches in eine Schale. Johannes wollte sich schier der Magen umdrehen. Schnell griff er in seine Tasche, holte einen Beutel mit Münzen hervor und drückte ihn der Breitwieserin in die Hand. Es konnte nicht allzu viel sein, fünf Gulden vielleicht oder sechs.

«Hier, nimm das ... ihr könnt einen Wundarzt kommen lassen oder den Bader aus Horb ...» Nur raus aus dieser Kammer, dachte er, nur weg. Plötzlich richtete sich der Mann auf dem Bett auf, riss seiner Frau den Beutel aus der Hand und warf ihn hinaus in die Stube, so weit er konnte.

«Wir wollen dein Geld nicht, verstanden? Nimm's wieder mit, dein verfluchtes Geld! Ich will's nicht haben ...»

Johannes von Renschach hörte den Mann noch hinter

sich herschreien, als er schon wieder draußen stand und der zitternden Dorothea in den Sattel half.

«Was sind das für fürchterliche Leute, Johannes?», fragte sie mit Tränen in den Augen und zog ihr Tuch fest um sich. «Es war – es war einfach schrecklich dadrin.» Renschach nickte grimmig. Seine Hochstimmung war deutlich schneller verflogen als der Wundgeruch, der immer noch in seinen Kleidern hing. Wer war es noch gewesen, der den Mann verletzt hatte? Dieser Trottel von Bartenstein vermutlich, der die Finger nicht vom Wein lassen konnte und schon am Morgen Mühe gehabt hatte, überhaupt aufs Pferd zu kommen. Man hätte ihn gar nicht erst mitreiten lassen dürfen, andererseits – die von Bartensteins waren wichtige Verbündete in der Erbrechtsauseinandersetzung, die Heinrich von Renschach schon seit langem erbittert mit einem Nachbarn führte. Mit so jemandem durfte man es sich nicht verscherzen. Johannes von Renschach fluchte leise, bevor er sich wieder seiner Dame zuwandte.

«Könnt Ihr wohl ohne mich zur Burg zurückreiten? Es ist ganz nah, Ihr seht hinter den Bäumen schon die Türme. Ich muss noch etwas erledigen.» Dorothea nickte und gab ohne ein weiteres Wort ihrem Pferd die Sporen.

Zitternd vor Wut sank Andres Breitwieser zurück auf sein Lager. Bei der heftigen Bewegung, mit der er Barbara den Geldbeutel aus der Hand gerissen hatte, hatte sein Verband sich wieder gelöst, und frisches Blut sickerte auf die Decken.

«Wenn er doch tot umfallen würde mit all seinem Geld», keuchte er. «Wenn sie doch alle zur Hölle fahren würden! Los, Barbara, nimm den verdammten Beutel und vergrab ihn irgendwo im Wald.»

«Aber, Andres –»

«Schaff es weg, verstehst du nicht? Ich will's nicht haben!» Vor Anstrengung trat Andres der Schweiß auf die Stirn. «Los, mach schon, oder muss ich's selbst tun?» Zögernd stand Barbara auf. Es hatte keinen Sinn, jetzt mit ihm darüber zu streiten. Sie griff nach dem Geld und trat vor die Tür. Simon stand draußen und war gerade dabei, ein paar Werkzeuge zusammenzupacken. Bei der Jagd gestern waren einige Zäune zu Bruch gegangen, die schnell wieder instand gesetzt werden mussten, bevor die aufgestörten Wildschweine sich in den Gärten der Bauern für die Aufregung entschädigten. Entschlossen schob Barbara ihm das Geld in die Tasche.

«Hier, nimm du's. Es ist Unfug, gutes Geld zu vergraben. Eines Tages werden wir es brauchen können.»

«Wie du meinst.» Mit einer raschen Handbewegung strich Simon ihr über die Wange.

«Es wird alles wieder gut werden, Babeli, glaub mir», sagte er leise.

«Meinst du, dass er bald wieder gesund wird?» Barbara stand immerzu die Wunde vor Augen, die heute Morgen mit gelblichem Schorf bedeckt gewesen war. Wenn sie nur gewusst hätte, ob das ein gutes oder ein schlechtes Zeichen war!

«Sicher wird er gesund, ein Ochse wie er!» Simon grinste. «Aber ich dachte eigentlich eher daran, dass er irgendwann wieder zu Verstand kommt, sollst sehen. Dann wird er dich fragen, wo du das Geld vergraben hast, und wehe, du kannst dich nicht erinnern. Ich verwahr's gern so lange.» Barbara sah ihm nach, wie er sich mit dem Werkzeug über der Schulter auf den Weg machte. Was für eine beneidenswerte Gabe, alle Sorgen so mühelos an die Seite schieben zu können! Sie wünschte, auch Andres hätte etwas von dieser Gabe mitbekommen, anstatt immer nur seinen vor sich hin brodelnden Zorn zu pflegen, der ihm auf die Dauer das Herz vergiften würde. Es machte ihr Angst.

Gerade wollte sie wieder ins Haus zurückkehren, als ihr jemand auf die Schulter klopfte. Sie zuckte zusammen.

«Ich wollte dich nicht erschrecken.» Es war der jüngere Renschach. Sie hatte ihn gar nicht kommen hören.

«Ja?»

«Ich möchte dir noch sagen, dass es mir leidtut mit deinem Mann, Breitwieserin. Du solltest darüber nachdenken, ob du nicht doch den Bader holst. Man weiß nie, was bei so einer Verletzung herauskommt. Manchmal kommt der Brand in die Wunde. Das ist gefährlich, verstehst du?» Barbara nickte stumm. Natürlich konnte man den Brand kriegen. Natürlich konnte man sterben an so einer Wunde. Sie hatte schon Männer an viel kleineren Verletzungen sterben sehen. Ihr eigener Vetter war vor zwei Jahren gestorben, nachdem er sich beim Mähen an der Sense geschnitten hatte – ein kleiner Schnitt nur, der dann giftig rot angeschwollen war und Eiter abgesondert hatte, bis er ein paar Tage später tot im Bett lag, aufgefressen von einem grausamen Fieber, gegen das die alte Kathrein kein Mittel gefunden hatte. Sinnlos, dem Mann zu erklären, dass Andres lieber sterben würde, als sein Geld zu nehmen. Er würde es nicht verstehen. Sie verstand es ja selbst nicht.

«Da ist noch etwas, Breitwieserin.» Renschach sah sie eindringlich an. «Dein Mann soll das Fischen sein lassen.» Barbara spürte, wie ihr das Blut in den Kopf schoss. «Wenn jemand ihn dabei erwischt, wird's ihm schlecht ergehen. Mein Bruder hat die Sache mit dem Pferd noch nicht vergessen, noch lange nicht. Der wird bei deinem Mann nicht nachsichtig sein, im Gegenteil.» Natürlich ging Andres fischen, sicher zweimal jede Woche. Und obwohl sie den Fisch gut brauchen konnten, wusste sie doch, dass er es hauptsächlich deshalb tat, weil es verboten war. Ohne Frage würde der Grundherr eine hohe Buße verlangen, wenn er davon erführe.

«Ich weiß nicht, wovon Ihr sprecht», stammelte sie, aber Renschach wischte ihre Antwort zur Seite.

«Ich hab ihn selbst gesehen, mehr als einmal. Also sorg dafür, dass er es lässt. Verbotenes Fischen, das ist so wie Wilderei, verstehst du?» Er legte ihr die Hand auf die Schulter und schüttelte sie leicht. «Und jetzt lauf zurück und richte es ihm aus.»

6

Vom Fischen konnte in den nächsten Wochen allerdings ohnehin keine Rede mehr sein. Wenigstens darüber muss ich mir keine Sorgen machen, dachte Barbara, wenn sie Andres mit schmerzverzerrtem Gesicht durch die Stube humpeln sah. Es würde noch lange dauern, bis er sich wieder eine Nacht lang an die Glatt stellte. Fleisch brauche der Verletzte, frisches Fleisch, hatte Kathrein erklärt, weil er so viel Blut verloren habe. Wie jedes Jahr hatten sie zwar vor Weihnachten das Mastschwein geschlachtet, Wurst gekocht, Speck und Schinken in den Kamin gehängt und den Rest eingesalzen, aber schon im Lauf des Januar waren nur noch Reste vom Pökelfleisch da.

«Im Wald gibt's genug Fleisch», hatte Simon erklärt und sich auf den Weg gemacht, um seine Schlingen auszulegen, allen Vorhaltungen seiner Mutter zum Trotz.

«Junge, wenn sie dich kriegen ... das ist Wilderei! Wilderern stechen sie die Augen aus und schneiden ihnen die Ohren ab!» Agnes hatte sich regelrecht an seine Kleider gehängt, um ihn am Weggehen zu hindern, aber Simon hatte nur gelacht.

«Ja, ja, und dann nähen sie sie in ein Hirschfell ein und werfen sie den Jagdhunden vor, und die Reste werden in der Burgküche gebraten ... du musst nicht alles glauben, was die Kathrein dir ins Ohr schwätzt.» Fast jeden zweiten Tag kam er mit einem Rebhuhn oder einem Kaninchen nach Hause. Er hat sich verändert in diesen letzten Wochen, dachte Barbara, wenn sie beobachtete, wie er geschickt und mit wenigen sicheren Bewegungen hinter dem Haus ein Kaninchen abbalgte: ein Mann, der wusste, was er tat. Als ob er von der Kraft zehrte, die Andres durch seine Verletzung verlorengegangen war. Und es schien ihm regelrecht Spaß zu machen, den Burgvogt an der Nase herumzuführen.

Obwohl die Heilung ohne Schwierigkeiten voranschritt, dauerte es doch bis in den späten Februar hinein, ehe Andres Breitwieser so weit gekräftigt war, dass er seine Arbeit auf den Feldern wenigstens teilweise wieder aufnehmen konnte. Es war ein Glück im Unglück gewesen, dass der Unfall im Spätherbst passiert war, als das Brachfeld schon gepflügt und das Wintergetreide ausgesät war, denn die Wintermonate waren eine Zeit verhältnismäßiger Ruhe, in der die Arbeitskraft eines Mannes nicht so schmerzlich vermisst wurde. Viele Stunden der erzwungenen Muße verbrachte Andres damit, seine Werkzeuge auszubessern, Seile zu drehen, Schuhe zu flicken und all die kleinen Arbeiten zu erledigen, zu denen er sonst nie kam, aber mehr Zeit noch verwandte er darauf, die Flugschriften zu entziffern, die der Pfarrer ihm regelmäßig zusteckte. Auch wenn es schwierig geworden war, den Pfarrer allein anzutreffen, seit der seine Kammer in der Burg bezogen hatte.

«Da schlaf ich doch lieber im Schweinestall als unter einem Dach mit dem Alten», hatte Andres gefaucht, als er hinkend von einem seiner seltenen Besuche in der Burg zurückgekehrt war und einen Stapel Papiere aus der Jacke zog. «Der hat seine Spitzel doch überall hocken … kein ehrliches Gebet würd ich da über die Lippen bringen. Wart's nur ab, noch ein paar Monate, dann hat er sich den Locher zurechtgestutzt wie 'nen kastrierten Hengst …»

Es war eine düstere Begeisterung, mit der die reformatorischen Schriften ihn erfüllten. Er saß auf der Wandbank, das kranke Bein auf einen Hocker hochgelegt, und las langsam, Wort für Wort buchstabierend, während die alte Agnes über ihrem Spinnwirtel einschlief.

«‹*Denn Gott – Gott der Allmächtige. Gott der Allmächtige unsere Fürsten toll gemacht hat, dass sie nicht anders – anders meinen, sie könnten tun und gebieten. Gebieten ihren Untertanen, was sie nur – nur wollen.*›» Schwer atmend hielt er inne; die dunklen Augen glühten in seinem unnatürlich blassen Gesicht. «Hörst du, Barbara? Hörst du es?» Barbara nickte unbehaglich. Sie war todmüde. Den ganzen Tag schon war sie auf den Beinen gewesen. Die alte Breitwieserin war ihr längst keine Hilfe mehr, im Gegenteil. Sie jammerte und zankte und sorgte dafür, dass sogar Gertrud es inzwischen ablehnte, ihrer Tochter zu Hilfe zu kommen. ‹Nein, Kind, da musst du allein durch, so leid es mir tut›, hatte sie leise gesagt. ‹Ich komm nicht in ein Haus, in dem ich in einem fort als Hure und Schacherin beschimpft werde. Das kann ich nicht, das nicht.› Und hätte nicht Simon längst zurück sein müssen? Er war schon seit Stunden unterwegs. Irgendwann würde der Vogt ihn doch noch beim Wildern erwischen, und das konnte weiß Gott welche Folgen für sie alle haben. Die Sorge nagte an ihrem Herzen und ließ sie alle paar Minuten aufspringen und aus der Tür nach ihm ausschauen.

«‹Nun es aber gilt, den armen Mann zu schin – zu schinden ... sie handeln, dass es Räubern – Räubern und Buben zu viel wäre.›» Endlich legte Andres das Blatt zur Seite und rieb sich die brennenden Augen. Es war eigentlich schon viel zu dunkel zum Lesen, und es fiel ihm immer noch sehr schwer, die Buchstaben zu entziffern. «Räuber und Buben», murmelte er. Barbara stand auf und ging zu ihm hinüber.

«Bitte, Andres, lass das doch jetzt», sagte sie. «Du machst dich nur unglücklich damit.» Sie wollte ihm das Blatt wegnehmen, aber er hielt es fest.

«Nein.» Seine Stimme zitterte vor plötzlicher Erregung. «Das Unglück kommt ganz woandersher. Sieh dir mein Bein an, dann weißt du, wo's herkommt.» Er wurde lauter. «Fast abgestochen haben sie mich, weißt du das schon nicht mehr? Das ist das Unglück! Bei der gottverfluchten Jagd, während ich zusehen muss, wie die Schweine mein Feld zertrampeln, und darf nichts dagegen tun! Das ist das Unglück! Und es ist gegen Gottes Gesetz!» Er packte Barbara am Arm. «Und nichts anderes steht hier. Warum sollte ich das nicht lesen? Warum nicht?» Barbara bemühte sich, ruhig zu atmen. Mit einem Mal hatte sie Angst, Angst vor dem wilden Blick in Andres' Augen, Angst vor der Wut, die dahinter aufflackerte.

«Ich habe gehört, dass die Bauern anderswo sich schon zusammentun», hörte sie ihn heiser flüstern. «Der Pfaff hat's erzählt. Sie schließen sich zusammen und fordern von der Herrschaft, was ihr Recht ist nach Gottes Gebot.»

«Und dann?»

«Wir werden es bekommen, unser Recht, wirst schon sehen. Und wenn wir darum kämpfen müssen.»

«Womit denn, Andres? Womit? Willst du auf deinem Ochsen in die Schlacht reiten, die Mistgabel in der Hand?» Einen Moment lang dachte sie, er würde zuschlagen, und sie wich so weit zurück, wie sie konnte. In seinem Gesicht zuckte es.

«Sag das nie mehr, hörst du? Nie wieder!» Er schlang seine Hände fest ineinander, und sie wusste, dass er es tat, um sie besser in der Gewalt zu haben. «Wenn wir nur zusammenhalten, werden sie uns schon geben, was wir wollen. Die werden ihr blaues Wunder erleben, all diese Ritter und Herzöge, wenn wir erst zusammen vor ihren Burgen anrücken. Und wenn es mit Mistgabeln ist.» In diesem Augenblick schlug die alte Agnes die Augen auf und funkelte Barbara durchdringend an.

«Meinen Andres kannst du nicht kaufen», krächzte sie. «Das ist ein guter Mann. Nicht so hinter dem Geld her wie sein Vater.»

«Halt's Maul!», zischte Andres. «Gott im Himmel, sie wird immer kindischer. Wie soll das nur weitergehen! Eine alberne Alte im Haus und einen verantwortungslosen Rumtreiber noch dazu.»

«Simon ist nicht verantwortungslos. Er geht doch nur jagen, damit für dich Fleisch zum Essen da ist. Du tust ihm unrecht.» Barbara wagte kaum, Andres anzusehen. Er spuckte verächtlich auf den Boden.

«Dass ich nicht lache. Wie er sich plötzlich aufplustert und groß macht! Merkst du nicht, wie er es genießt, dass ich jetzt von ihm abhängig bin, von ihm und seiner Wilderei? Das ist der Grund für diesen Eifer, sonst würde er sich einen Dreck um mich kümmern! Und ich kann dir sagen, ich bete zum Herrgott, dass bald der Tag kommt, wo ich wieder Herr im Haus bin und jeder weiß, wo sein Platz ist.»

«Es ist nicht recht, dass du immer alles auf Simon schiebst», antwortete Barbara. «Das macht böses Blut zwischen euch. Ihr seid doch Brüder!» Ihre Stimme war leise gewesen, aber Andres hatte sie doch verstanden. Sein Gesicht verzerrte sich.

«Brüder!», stieß er wütend hervor. «Brüder! Und? Glaubst du, ich hätte vergessen, wer mich an den Pranger gebracht hat mit seiner Dummheit? Glaubst du, ich hätte auch nur einen einzigen Moment davon vergessen? Und glaubst du, ich merke nicht, wie er dich anstiert? Als ob er dich mit den Augen ausziehen wollte! Die Frau seines eigenen Bruders! Aber ich bin nicht so dumm, wie er denkt. Er soll sich nur vorsehen.»

«Andres –»

Er fuhr ihr hart über den Mund:

«Und du auch. Ich lasse mir keine Hörner aufsetzen. Ich zieh keinen Bankert groß.»

«Bitte, Andres –» Aber er wollte nicht mehr zuhören, sondern hatte sich wieder seinen Schriften zugewandt.

«‹… einen frommen Fürsten. Sie sind gemeinig – gemeiniglich – gemeiniglich die größten Narren oder die ärgsten Buben auf der Erden …›» Wenig später legte er die Papiere zur Seite und stand ungelenk auf. «Ich geh schlafen», sagte er schroff. Barbara schüttelte die alte Breitwieserin sanft an der Schulter, bis diese halb erwachte, und schob sie dann zu ihrem Bett in der Nebenkammer. Die Alte schlief schon wieder, noch bevor sie ihr die Strümpfe ausgezogen hatte. Leise schlich sich Barbara zurück in die Stube und setzte sich auf die Bank. Sie griff nach der zerrissenen Hose, an der sie eben schon herumgeflickt hatte, aber inzwischen war das Herdfeuer fast ausgegangen und gab kaum noch Licht. Es hatte keinen Sinn, jetzt noch weiter daran zu arbeiten. Sie faltete das alte Kleidungsstück und legte es zur Seite. Es war Simons Hose; sein Geruch hing so unverkennbar daran, nach Schweiß und Erde und grünem Gras, als würde er jeden Tag auf der Wiese schlafen.

Barbara stützte den Kopf in die Hand. Aus der Schlafkammer nebenan hörte sie Andres' Husten. Ob er wohl schon schlief? Vor wenigen Monaten noch hätte er wach im Bett gelegen und gewartet, dass sie käme. Er hätte zugeschaut, wie sie sich im Kerzenschein entkleidete, und die Hand nach ihr ausgestreckt, sobald sie die Flamme ausgeblasen hätte. Aber die Krankheit und die Wochen der erzwungenen Untätigkeit hatten ihn verändert – das und diese Schriften, die sie am liebsten in den Ofen gesteckt hätte. Sie brauchte ihn nur anzusehen, die eckigen, schwergezügelten Bewegungen, brauchte nur seine gepresste Stimme zu hören, um die Wut zu spüren, die immerzu unter der Oberfläche brodelte, jederzeit bereit hervorzubrechen, so wie eben. Irgendwann würde noch etwas Schreckliches geschehen. Niemals vorher hatte Andres sie angeschrien, niemals hatte sie sich vor ihm gefürchtet, wie früher vor dem Onkel. War Balthes Spaich vielleicht auch einmal ein freundlicher junger Bursche gewesen, bevor die ewige Arbeit aus ihm einen unbeherrschten Schläger gemacht hatte, den sie noch nie hatte lachen hören? Gedankenverloren strich sie mit der Hand über den Hosenstoff. Simon war der Einzige, der in diesem Haushalt noch laut lachte. Ohne seine unbeschwerte Fröhlichkeit wäre sie in diesem Winter bald verzweifelt, ohne die unbekümmerte Zuversicht, die von ihm ausging. Schuldbewusst legte sie die Hose weg und sah in die Dunkelheit.

Du weißt doch genau, welche Worte sich mitten in dein Herz gebohrt haben wie der Jagdspieß in Andres' Bein. Es war nicht das Wort ‹Bankert›, das dich getroffen hat. Du weißt es doch genau! Wie du auf seinen Blick wartest, das Zwinkern, das leichte Zucken der Mundwinkel. Wie du in der Tür stehst und Ausschau hältst nach seinem leichten Schritt und wartest auf den übermütigen Klang seiner Stimme. Wie du dir wünschst, dass er nach deiner Hand greift und in dein Ohr flüstert: Babeli ... Du brauchst dich nicht zu wundern, wenn dein Mann eifersüchtig wird! Hast du schon ganz vergessen, wie glücklich du warst, als er dich zum ersten Mal als Hausfrau über diese Schwelle geführt hat?

«Nein», wisperte sie. Nein, sie würde es niemals vergessen. Andres war ein guter Mann, einen besseren gab es nicht, und wenn er nur erst wieder ganz gesund wäre, dann würde alles wieder werden wie früher. So würde es sein. Langsam beruhigte sie sich. Da wurde plötzlich mit lautem Poltern die Tür aufgerissen, und Simon stürzte herein, in der Hand ein blutiges Kaninchen. Achtlos warf er das Tier auf den Boden und ließ sich auf die Bank fallen. Regen tropfte aus seinen Kleidern auf den Boden.

«Der Renschacher hat mich gesehen, Babeli. Johannes von Renschach. Mit der Schlinge in der Hand.» Er griff nach der zerrissenen Hose und rieb sich damit das Wasser aus dem Gesicht.

«Und?» Barbara starrte ihn an. Wilderern stechen sie die Augen aus, das war alles, was sie denken konnte. Unwillkürlich griff sie nach Simons Hand, und er hielt sie fest.

«Und nichts. Er hat mich laufenlassen.» Simon lehnte sich gegen die Wand. «Ich war gerade dabei, die Fallen an der oberen Lichtung zu überprüfen, da höre ich ein Pferd. Bevor ich mich verstecken konnte, stand er schon vor mir.» Er atmete schwer. «Er hat mit einem Blick gesehen, was ich da gemacht habe. Ich sollt's lassen in Zukunft, mehr hat er nicht gesagt. Sogar das Karnickel hat er mir gelassen.»

«Bitte, Simon, versprich mir, dass du nicht mehr jagen gehst, ja?»

«Ich pass schon auf, mach dir keine Sorgen.» Schon wieder dieser leichte, übermütige Ton. Sie sah ihm fest ins Gesicht.

«So wie heute, meinst du? Wer weiß, was beim nächsten Mal ist! Du hast unglaubliches Glück gehabt.»

«Manchmal habe ich eben auch Glück, sogar ich.» Sie merkte plötzlich, wie nah er an sie herangerückt war, wie dicht sein Gesicht glühte vor ihrem. Sie konnte die Feuchtigkeit seiner Kleider spüren, die Muskeln darunter, die sich anspannten wie bei einem sprungbereiten Tier. Bevor er noch etwas sagen konnte, schnellte sie hoch.

«Ich wollte nur warten, bis du wieder da bist … ich gehe schlafen. Gute Nacht.» Sie flüchtete in die Schlafkammer, drückte die Tür von innen zu und lehnte sich im Dunkeln dagegen, bis aus der Stube nichts mehr zu hören war. Aber es half nichts.

Alle Dorfbewohner, die Kinder nicht ausgenommen, mussten während des Frühjahrs für fünf Tage in den Weinbergen arbeiten. Bislang waren es nur drei Tage gewesen, aber Heinrich von Renschach hatte im Winter einen recht steilen Südwesthang abholzen lassen, wie er es sich vorgenommen hatte, und die ursprüngliche Anbaufläche dadurch fast verdoppelt. Jetzt mussten nicht nur die alten Reben geschnitten und angebunden werden wie in jedem Frühling, sondern auch neue Weinstöcke gesetzt. Der reiche Zusatzverdienst durch den Wein, den Ritter Heinrich bis nach Stuttgart zu verkaufen gedachte, sollte die Lücken wieder auffüllen, die der geplante Umbau der Wasserburg in seine Finanzen reißen würde. Aber manchmal musste ein Mann eben investieren, und diese Investition war eine, die ihm wirklich am Herzen lag. Schließlich war die Eheschließung von Johannes und Dorothea von Hardtwald für den Spätsommer geplant, und bis dahin sollte für das junge Paar zumindest der Wohntrakt fertiggestellt sein. Mit großem Vergnügen betrachtete Heinrich die Pläne, die ihm der junge Baumeister aus Stuttgart vorgelegt hatte, und gestand sich ein, dass es nicht nur das Wohl seiner jungen Schwägerin war, das er dabei im Auge hatte. Nein, wie seine Vorfahren, vom allerersten Renschach angefangen, wollte er dem Bauwerk seinen Stempel aufdrücken, ein steinernes, unübersehbares Zeichen für die Nachwelt setzen, damit sie sich immer an ihn erinnerte, selbst wenn die hoffentlich bald reichlich erscheinenden Neffen und auch Nichten das nicht tun sollten.

«Zwei Tage mehr», knurrte einer der Bauern missmutig. Sie saßen in der Schänke, nachdem der Vogt die neue Regelung unter der Dorflinde verkündet hatte. Auf dem großen Holztisch standen Krüge voller Wein und mehrere Schüsseln mit gebratenem Schweinefleisch und Gemüsebrei, die der Renschacher aus der Burgküche geschickt hatte. Aber das reichliche Essen konnte die üble Laune des Bauern nicht besänftigen.

«Als ob ich zu Hause nicht genug zu tun hätte! Ich frage mich, ob das nach altem Recht und Gebrauch ist, dass der Renschacher die Frondienste einfach heraufsetzen kann, wie's ihm gerade passt.» Zustimmendes Gemurmel erhob sich. Nein, früher hätte es das nicht gegeben. Da war ein Wort noch ein Wort gewesen und eine Vereinbarung eine Vereinbarung. Aber heute ließen die Herren ja ihre Rechtsgelehrten kommen und drehten und kneteten so lange an den alten Bräuchen herum, bis man sie kaum noch wiedererkennen konnte.

«Weiß auch nicht, warum wir uns das gefallen lassen, weiß ich wirklich nicht», ließ sich Balthes Spaich vernehmen. Barbara hob den Kopf, allein das schon eine Anstrengung, wenn man mit Schere und Spaten den ganzen Tag am Hang gearbeitet hatte, wo man nirgendwo gerade stehen konnte. Die ersten zwei Tage waren am schlimmsten, wenn der Körper die Belastung noch nicht gewohnt war, und gerade an diesem Morgen hatte sie sich so müde und schlecht gefühlt, dass sie am liebsten ganz im Bett liegen geblieben wäre.

«Was weißt du schon!», rief Caspar Bentzinger und hob spöttisch seinen Krug. Viele andere lachten. Es war kein Geheimnis, dass Balthes in der letzten Zeit mehr trank, als gut für ihn war. Aber diesmal ließ er sich nicht so leicht einschüchtern und funkelte Bentzinger an.

«Ich weiß jedenfalls, dass ich in diesem Winter schon eine gottverdammte Woche verloren hab, als ich für den Alten Bäume roden musste», sagte er. «Und statt dass wir langsam anfangen können, das Sommerfeld zu pflügen, müssen wir den neuen Weinberg anlegen. Nur damit sie vor der neuen Verwandtschaft angeben können.» Er stürzte seinen Wein hinunter. Bentzinger kniff das Gesicht missmutig zusammen.

«Aber seinen Wein trinkst du trotzdem, was?», fragte er beißend. «Im Maulaufreißen bist du groß, aber das ist auch alles, was du kannst. Wenn der Renschacher dir sagt, du sollst kommen und ihm das Scheißhaus ausräumen, dann machst du's auch, und hinterher sitzt du hier herum und jammerst uns die Ohren voll.»

Barbara spürte deutlich, wie Andres bei diesen letzten Worten von Unruhe erfasst wurde. Warnend legte sie ihm die Hand auf den Arm, aber er stellte seinen Krug ab und richtete sich auf.

«Er ist eben nur ein dreckiger Bauer.» Er blickte in die Runde; seine Augen funkelten. «So wie wir alle! Ein Haufen dreckiger Bauern, die kuschen, wenn jemand die Hand erhebt! Die sich schon die Hosen vollpissen, wenn jemand nur das Wort ‹Bundschuh› in den Mund nimmt!»

«Halt's Maul!» Der Bentzinger schlug mit der Faust auf den Tisch. «Von dir brauchen wir uns gar nichts sagen zu lassen! Hast du schon vergessen, wie's sich anfühlt, an der Kette zu liegen wie ein Ochse? Das kommt dabei heraus, sonst gar nichts!»

«Wie ein Ochse, meinst du? Wie ein Ochse!? Genauso ist es! Der Renschacher sieht nichts anderes in uns als Ochsen, nicht besser als das Zugvieh in seinem Stall, dem man mit der Peitsche eins überzieht, wenn es bockt! Und deshalb sage ich: Wir müssen aufhören, uns wie Vieh behandeln zu lassen! Wir müssen unsere Ketten zerreißen!»

«Du hast gut reden!» Einer der Kleinbauern war aufgesprungen und fuchtelte mit der Faust herum. «Du kannst ja leicht zahlen, wenn der Renschach dir eine Buße aufs Auge drückt! Aber ich hab nichts. Mir ist keine fette Mitgift in den Schoß gefallen, so wie dir! Hätt sie auch gar nicht genommen.» Andres durchzuckte es wie ein Schlag. Er wurde gefährlich rot, in seinem Gesicht arbeitete es. Mit einer Hand umkrallte er die Tischkante, mit der anderen zog er einen Zettel aus seiner Tasche.

«Hört zu. Ihr alle kennt Luther, Doktor Martinus Luther. Ihr wisst, was für ein mutiger Mann das ist! Der dem Kaiser selbst die Stirn geboten hat, nicht nur irgendeinem kleinen Scheißjunker auf dem Land!» Stockend begann er zu lesen. «*Denn Gott der Allmächtige unsere Fürsten toll gemacht hat, dass sie nicht anders meinen, sie könnten tun und gebieten ihren Untertanen, was sie nur wollen. Gott hat sie in verkehrten Sinn gegeben und will ein Ende mit ihnen machen, gleichwie mit den geistlichen Junkern.* Hört ihr's? Gott will ein Ende mit ihnen machen!»

«Und dir hat er wohl den Auftrag dazu gegeben, was?» Um Zustimmung heischend blickte der Bentzinger durch den Raum: Einige Bauern lachten, andere versteckten das Gesicht hinter ihren Krügen.

«Na komm, Andres, mach du auch ein Ende mit deinem Sermon! Nimm lieber noch 'nen Schluck!» Der Banknachbar griff gutmütig nach dem Weinkrug und füllte Andres' Becher nach. «Sag, Barbara, wie kommt's, dass dein Mann so ein Heißsporn ist?»

Sie sah Andres am Tisch stehen, immer noch den Zettel in der Hand, zitternd vor Wut und Enttäuschung. Wie viel Mühe hatte es ihn gekostet, bis er endlich entziffern konnte, was da geschrieben stand, wie viele Abende hatte er geflucht und sich gequält ... Entschlossen griff sie nach seiner Hand und versuchte, ihn zurück auf die Bank zu ziehen.

«Es kann ja nicht jeder so kalt sein wie ein Fisch. Er hat eben mehr im Kopf als du!» Der Bauer schaute verdutzt und brach dann in haltloses Gekicher aus.

«So, im Kopf, meinst du? Ich hab mir eher gedacht, der hat das Feuer in den Hosen und kriegt's nicht los! Ich sag dir was: Wenn ihr heute Abend im Bett liegt, dann –» Weiter kam er nicht, denn Simon hatte sich in der Zwischenzeit unbemerkt zu ihm durchgedrängt und kippte ihm jetzt den Rest Wein aus seinem Becher über den Kopf.

«Ich hab was von Feuer gehört!», kreischte er. «Kommt, Leute, lasst uns löschen!» Er griff nach dem Krug und leerte ihn mit Schwung über die Nächstsitzenden.

«Du Sauhund!» Einer der besudelten Bauern sprang auf und wollte Simon vor die Brust stoßen, aber der wich geschickt aus, und der Bauer verlor das Gleichgewicht. Eine Bank fiel um, Geschirr klirrte. Binnen weniger Augenblicke waren die schon leicht angetrunkenen Schänkenbesucher in eine ungestüme Prügelei verwickelt. Barbara war froh, dass sie so nah an der Tür gesessen hatte und sich in Sicherheit bringen konnte.

«Was für eine herrliche Schlägerei!» Simon Breitwieser lehnte sich zurück, während seine Mutter ihm ein Kräuterpflaster auf das Auge legte. Im Lauf der Nacht war es zu beeindruckender Größe angeschwollen und schillerte in allen Farben. «Ich wusste gar nicht, dass der Bentzinger so eine verflucht harte Rechte hat.»

«Mein armer Junge!» Die alte Bäuerin strich ihm zärtlich mit ihrer knochigen Hand über den Kopf. «Was haben sie nur mit dir gemacht!»

«Was sie mit ihm gemacht haben?», knurrte Andres. «Gewehrt haben sie sich, was sonst! Er war's schließlich, der angefangen hat. Ich versteh nicht, wieso du mir immer so in den Rücken fallen musst, Simon. Gerade hatte ich sie so weit, dass sie mir zuhören wollten –»

«Was wollten sie?» Simon verschluckte sich fast an dem Löffel Haferbrei, den er gerade in den Mund geschoben hatte. «Sie wollten dir zuhören?!»

«Natürlich. Hast du nicht gesehen, wie Luthers Worte auf sie gewirkt haben?»

Simon lachte aus vollem Hals.

«Doch, sicher. Sicher hab ich's gesehen. Deshalb hab ich sie ja auch abgelenkt. Damit sie dir deinen Luther nicht ins Maul stopfen.» Für einen Moment glaubte Barbara, Andres würde aufspringen und sich auf seinen Bruder stürzen, aber er packte nur seinen Löffel fester und atmete tief.

«Du Erzlump», stieß er zwischen den Zähnen hervor. «Verschwinde, sonst vergess ich mich. Verschwinde ganz schnell.»

Simon grinste und stand auf.

«Wenn du willst.» Er griff nach seiner Kappe und ging. Die alte Agnes watschelte hinterher.

«Aber, Simon, was wird dann mit dem Pflaster, ich hab doch für dich die Kräuter geholt ...» Ihre Stimme verlor sich zwischen kreischenden Gänsen und gackernden Hühnern.

Andres saß bewegungslos am Tisch. Nur seine Kiefer

mahlten. Endlich schob er die Schüssel zurück und stand auf. Durch die schwere Verletzung hatten seine Bewegungen viel von ihrer Geschmeidigkeit eingebüßt. Barbara sah ihn wortlos zur Tür hinken, aufrecht und wortlos, wie er auch damals am Pranger gestanden hatte. Es brannte ihr in der Kehle. Sie lief hinter ihm her und hielt ihn am Arm fest.

«Andres», sagte sie leise.

«Ja?» Die Augen irrlichterten in seinem Gesicht.

«Ich möchte gern mehr wissen von – von dieser Schrift, aus der du vorgelesen hast.» Sein Blick verengte sich.

«Das verstehst du nicht.»

«Dann – dann erklär's mir eben. Bitte.»

An diesem Abend schlief sie in seinen Armen ein, zum ersten Mal seit Wochen. Sein Atem strich ruhig über ihren Hals, so vertraut war der Schlag seines Herzens, den sie neben sich spürte. Er ist ein guter Mann, dachte sie. Es ist nicht seine Schuld, dass er an allem viel schwerer trägt als andere. Mit Gottes Hilfe wird es ein gutes Ende finden.

Ein paar Wochen später stand sie neben Andres im Dunkeln am Osterfeuer und drückte ihm ein Ei in die Hand.

«Wirf es ins Feuer, Andres!», flüsterte sie ihm zu.

«Warum denn?»

«Weißt du das nicht? Das Ei ist am Karfreitag gelegt worden. Diese Eier haben besondere Kräfte … mit ihnen kann man das Unglück bannen. Wirf es ins Feuer für unser Kind.» Abrupt drehte Andres sich zu ihr um und fasste sie an den Schultern. Das Ei klatschte auf den Boden.

«Du erwartest ein Kind», wiederholte er. «Bist du sicher?» Sie nickte.

«Es wird im Herbst geboren werden.»

«Ein Kind», murmelte Andres. «Ein Erbe für den Hof.»

Er küsste sie leicht auf den Scheitel. «Um dieses Kind zu beschützen, brauchen wir keine wundertätigen Eier oder sonst einen Hokuspokus. Ich werde kämpfen für meinen Sohn, so wahr ich hier stehe … ich werde ihm einen Hof vererben, auf den er stolz sein kann.»

7

Der Frühling war früh gekommen in diesem Jahr, sodass sie schon Anfang März im neuen Weinberg gearbeitet hatten, aber im Mai kehrte der Frost zurück und streckte seine kalte Hand bedrohlich nach den neugesetzten Rebstöcken aus. Ritter Heinrich sah sich gezwungen, nicht nur seine Bauern jeden Abend loszuschicken, um die empfindlichen jungen Pflanzen mit Leinensäcken gegen die nächtliche Kälte zu schützen, sondern auch einige der Bauleute zu ihrer Unterstützung von der Arbeit an der Burg abzuziehen. Die Bauleute kamen aus Sulz, Horb und den anderen kleinen Städten am oberen Neckar, selbstbewusste junge Handwerksgesellen mit noch selbstbewussteren Meistern dazu, die zum Teil bis nach Böhmen und Italien gewandert waren und nur wenig Neigung hatten, wie ein jämmerlicher Fronbauer jeden Abend im Dreck zu schuften.

«Der Satan soll sie alle holen», fauchte Andres Breitwieser, als er spätabends nach Hause kam. «Die Jauchegrube ist noch zu gut für sie.» Stöhnend ließ er sich auf die Bank fallen und rieb seinen Oberschenkel. «Gib mir was zu essen.» Barbara nahm den Topf mit den Linsen vom Feuer und stellte ihn auf den Tisch.

«Hast du Simon nicht mitgebracht?»

«Nein. Der besäuft sich wahrscheinlich. Und, bei Gott,

diesmal könnt ich's verstehen.» Achtlos zog Andres seinen Löffel aus dem Gürtel und bediente sich. «Hätte heute fast einen von diesen Zimmerleuten niedergeschlagen, wenn ein paar von den anderen ihn nicht festgehalten hätten.»

Barbara sah erschrocken auf.

«Simon? Der lässt sich doch sonst durch nichts aus der Ruhe bringen. Der lacht doch über alles.»

«Heute nicht.» Gierig schlang Andres die Linsen hinunter. «Simon musste mit diesem Fettsack zusammenarbeiten, diesem Zimmermann aus Rottweil. Erst hat der Kerl nur herumgestänkert. Hat sich jedes Mal die Nase zugehalten und gestöhnt, wenn er Simon zu nahe kam. Hat ihn gefragt, ob er wüsste, was man mit Wasser macht, und ob er sich jede Nacht ein Schwein ins Bett holt, weil er kein Mädchen abgekriegt hätte. Du hättest die anderen Bauleute sehen müssen. Wie sie gegrinst haben.»

«Und dann?»

«Ganz zum Schluss, wir wollten gerade Feierabend machen, lässt der Kerl die Hosen runter und scheißt Simon vor die Füße. ‹'n schönen Gruß auch zu Haus!›, hat er gebrüllt. Da ist Simon auf ihn los. Bin froh, dass der Widemann danebengestanden hat, wer weiß, was sonst passiert wär.» Barbara musste sich am Tisch festhalten. Sonst war sie nicht so empfindlich, aber seit Beginn ihrer Schwangerschaft trieben schon Kleinigkeiten ihr die Tränen in die Augen. Dabei war noch nicht einmal etwas zu sehen! Wie sollte das noch werden! Sie musste sich zusammenreißen, denn niemand würde es in den Sinn kommen, dass sie als werdende Mutter besonders geschont werden müsste.

«Ich verstehe gar nicht, dass diese Bauleute sich so aufregen», sagte sie und richtete sich wieder auf. «Schließlich bekommen sie zwei Schilling zusätzlich für jeden Tag, den sie abends an den Reben arbeiten.»

«Nein.»

Sie hörte nicht den rauen Beiklang in seiner Stimme.

«Doch. Kathrein hat mir's erzählt. Sie musste heute auf die Burg und weiß es von der Köchin.»

«Zwei Schilling, sagst du? Zwei Schilling zusätzlich?!» Breitwieser sprang plötzlich auf. Er griff nach dem Topf mit dem restlichen Essen und schleuderte ihn gegen die Wand. Heiße Linsen spritzten durch die Stube. «Zwei Schilling zusätzlich, zu den fünf, die er jedem gottverdammten Maurer sowieso jeden Tag gibt? Zwei Schilling für das, was wir umsonst machen müssen, während wir das Sommergetreide nicht in den Boden kriegen?» Er hielt inne und lachte böse. «Kein Wunder, dass sie auf uns herabsehen. Kein Wunder! Wir sind ja nichts anderes als Pack, mit dem man machen kann, was man will. Bauernpack, gerade gut genug, sich die Füße daran abzutreten.»

«Andres, bitte.» Barbaras Beine waren auf einmal so schwer, als hätte sie den ganzen Tag Rüben gehackt. Ein paar Spritzer der heißen Suppe hatten sie am Arm getroffen. Sie suchte Halt an der Wand und rieb mit Spucke die verbrannte Haut. Andres schien erst jetzt wieder zu bemerken, dass sie auch noch da war. Er stand auf, legte ihr den Arm um die Schultern und zog sie an sich.

«Eins verspreche ich dir», flüsterte er ihr ins Ohr. «Wenn das Kind auf die Welt kommt, dann wird es kein Knecht sein, sondern ein freier Mann. Ein freier Bauer, nur sich selbst verantwortlich, seinem Gott und dem Kaiser. Ich schwör's dir bei allem, was mir heilig ist.»

«Ja», sagte sie unbehaglich. Sie machte sich los und wankte zu der Bank; sie hatte das Gefühl, keinen Augenblick länger stehen zu können. Andres griff nach seiner Jacke.

«Du willst noch einmal weg?»

«Ja, ich muss das noch mit den anderen besprechen. Von

den zwei Schilling hat keiner was gewusst, da wett ich meinen Daumen drauf. Ich bin sicher, das wird ihnen gar nicht gefallen.» Er zischte es zwischen den geschlossenen Zähnen hervor. «Vielleicht sollte der Renschacher seinen Leuten lieber ein Grabmal in Auftrag geben … Geh ruhig schon schlafen. Es wird bestimmt spät.»

Sie hörte ihn noch leise vor sich hin murmeln, als er die Tür hinter sich zuzog, dann lehnte sie sich zurück und schloss die Augen. Gott, war ihr übel. Den ganzen Tag schon hatte sie das Gefühl gehabt, mit jedem Schritt könnte ihr das letzte Essen wieder hochkommen, aber so schlimm wie jetzt war es noch nie gewesen. Wenn sie sich nur etwas kaltes Wasser holen könnte, ein Tuch mit kaltem Wasser für die Stirn, dann würde es sicher sofort besser. Sie stellte sich vor, wie sie zum Wasser hinunterlief und sich tief darüberbeugte, und sofort erfüllte ein säuerlicher Geschmack ihren Mund. Es ging nicht. Nur ein Schritt, und sie würde sich auf Händen und Knien übergeben müssen. Sie versuchte, tief und gleichmäßig zu atmen.

«Babeli?» Sie hatte gar nicht gehört, wie Simon hereingekommen war, und schreckte hoch. Er legte ihr die Hand auf den Arm und sah ihr prüfend ins Gesicht.

«Du siehst furchtbar blass aus. Geht's dir nicht gut?»

«Nein. Ich – vielleicht kannst du mir ein bisschen kaltes Wasser holen? Von draußen?»

«Sicher. Ich bin gleich wieder da.» Er brachte einen ganzen Eimer voll, und sie tauchte die Hände ein und benetzte ihre Stirn, die Augen, das Haar, bis die Übelkeit sich zurückzog. Dankbar lächelte sie Simon an.

«Es geht schon viel besser.»

«Ja, 's ist eben nicht so leicht, wenn man was Kleines mit sich rumträgt.»

«Woher willst du das denn wissen?»

Er grinste entwaffnend.

«Na, wenn unsere Sau trächtig ist, dann hat sie auch so ihre Stimmungen, weißt du ... muss mir mächtig was einfallen lassen, um sie dann bei Laune zu halten.»

Barbara musste kichern.

«Sprichst du so auch mit deinem Mädchen?», neckte sie ihn. Er wandte sich ab und fuhr sich mit den Fingern durch das Haar.

«Immer nur ein Mal, danach laufen sie mir alle weg. Aber ich kann mich ja an das Schwein halten.»

Barbara biss sich auf die Lippen. Sie hatte ihn nicht an den Zwischenfall von heute Abend erinnern wollen.

«Ich bin froh, dass du dich nicht mit diesem Zimmermann geprügelt hast», sagte sie leise.

«Hat Andres es dir erzählt?»

Sie nickte.

«Er meinte, du solltest dem Widemann dankbar sein.»

«Er muss es ja wissen. Ich schätze, wenn er selbst mit diesem Zimmermann aneinandergeraten wäre, dann sähe es jetzt anders aus.» Es war genau das, was Barbara selbst erst vor wenigen Minuten gedacht hatte.

«Ich hatte so gehofft, er würde etwas geduldiger werden, gerade jetzt, wo das Kind unterwegs ist», sagte sie zaghaft. «Stattdessen verbeißt er sich immer weiter in diese Gedanken.»

«Er hat ja nicht unrecht mit dem, was er will», antwortete Simon nachdenklich. «Im Gegenteil.»

«Ich weiß es ja.» Mit einem Mal war sie müde, nur noch müde. «Aber manchmal habe ich einfach Angst.»

«Ich pass schon auf ihn auf, Babeli.» Sie spürte seine Hand auf ihrer Wange und lehnte sich für einen Augenblick dagegen. «Komm, ich helf dir ins Bett. Sonst liegst du gleich hier auf dem Tisch.»

Aber es war nicht Andres Breitwieser, der den nächsten gewaltsamen Zusammenstoß mit einem der Bauarbeiter hatte. Es war Balthes Spaich.

Jeder wusste, dass die Dinge auf dem Spaich-Hof nicht zum Besten standen. Man sah es an den schief hängenden Fensterläden und dem matten Fell der Kühe, durch das die Rippen sich abzeichneten, an dem gebeugten Gang der Spaichin und den herabgezogenen Mundwinkeln der beiden Töchter.

«Hoffentlich fällt er betrunken vom Stuhl und bricht sich das Genick, bevor er Haus und Hof vollends versoffen hat», sagte Gunda bitter, nachdem sie Balthes am Tag vorher wieder einmal halb bewusstlos aus der Schänke nach Hause geschleppt hatte. Jetzt fand er dort abends immer jemanden, mit dem er saufen konnte. Denn die Bauleute, die nach Feierabend regelmäßig dort einkehrten, hatten schnell herausgefunden, welchen besonderen Spaß man sich mit Balthes machen konnte.

«He, Alter!» Der Vorarbeiter baute sich breitbeinig vor Spaich auf und schwenkte spöttisch einen vollen Weinkrug vor dessen Nase. «Schau mal, was ich hier habe!» Benommen hob Spaich den Kopf. Es war klar, dass der leere Krug vor ihm nicht der erste an diesem Abend war. Er stierte den Mann verständnislos an.

«Siehst aus, als ob du noch was brauchen könntest, stimmt's? Hier, das hier kannst du dir verdienen.» Die übrigen Bauleute grinsten erwartungsvoll, als plötzliches Verstehen Balthes' Gesicht durchzuckte.

«Lasst ihn doch in Ruhe!», rief einer der anderen Bauern, aber keiner hörte auf ihn. Die Bauleute bildeten einen dichten Kreis um Balthes Spaich.

«Pass auf. Du stellst dich hier hin – gut. Und jetzt lass die Hosen runter.»

Spaich zögerte.

«Los, lass sie runter, Mann! Willst du was zu saufen haben oder nicht?»

Zögernd griff der Bauer an seinen Gürtel; die Hose fiel. «Was für schöne Beine, Balthes! Wie ein Ziegenbock! Jetzt heb die Arme zum Himmel ... genau. Und jetzt sing uns was vor, irgendwas, was ihr abends eurer Liebsten im Stall vorsingt ...» Vor Lachen konnte der Vorarbeiter nicht weiterreden. Spaich fing an, irgendetwas zu krächzen, die Bauleute grölten und konnten sich kaum noch auf den Beinen halten. Schließlich nahm der Vorarbeiter den Weinkrug und kippte den Inhalt auf den Boden. «Da, Spaich! Leck's auf! Hast es dir redlich verdient!» Balthes Spaich ließ die Arme sinken. Einen Augenblick lang hielt er inne, als müsste er sich darüber klarwerden, wer er eigentlich war und was er hier machte. Dann stieß er einen heiseren Schrei aus, stürzte sich auf den Vorarbeiter und schlug ihm mit einem Fausthieb zwei Zähne aus dem Oberkiefer.

«Wenn nicht der Burgvogt in der Gaststube gewesen wäre, hätten sie ihn danach totgeschlagen», erklärte Gertrud, als sie Barbara einen Tag später im Gemüsegarten half. «Er hat sich dazwischengeworfen und Balthes in die Burg gebracht, mit nicht mehr als ein paar blauen Flecken und einem dicken Auge.» Barbara nickte stumm. Sie konnte kein Mitgefühl für Balthes Spaich aufbringen, im Gegenteil. Vielleicht tat es ihm ganz gut, einmal von der gleichen Medizin zu kosten, die er selbst so gern austeilte. Vorausgesetzt natürlich, er war nicht so betrunken gewesen, dass er sowieso schon wieder alles vergessen hatte.

«... für die Mädchen ist es natürlich bitter», sagte die Mutter gerade.

«Wieso?» Barbara wickelte sich ein Tuch um die Hand,

um sich beim Herausziehen der Nesseln nicht zu verbrennen. «Vielleicht ist das dem Alten ja eine Lehre, und er lässt in Zukunft die Finger vom Wein.»

«Hast du's noch nicht gehört?» Gertrud Spaichin richtete sich auf und strich sich die Haare aus der Stirn. «Er muss eine Buße zahlen. Zwanzig Gulden.»

«Zwanzig Gulden?!», wiederholte Barbara. Sie konnte sich beim besten Willen nicht vorstellen, wo der Onkel dieses Geld hernehmen sollte.

«Es ist die Mitgift der Mädchen. Da bleibt nichts mehr übrig, Mia hat's mir heute Morgen gesagt. Sie sind alle ganz aufgelöst.»

Unwillkürlich griff Barbara mit der Hand nach ihrem Leib, in dem sie seit kurzem das Kind sich bewegen fühlte. Ich beschütze dich, schoss es ihr durch den Kopf. Ich lasse nicht zu, dass ein betrunkener Schläger dich um deine Zukunft bringt! Denn genau das war es, was Balthes getan hatte. Ohne Mitgift hatten seine Töchter keine Hoffnung, einen Ehemann zu finden, und da auch der Hof nach dem Tod des einzigen Sohnes vor ein paar Jahren wieder neu vergeben werden würde, sobald der alte Spaich starb, würden sie als kümmerliche Kleinmägde irgendwo im Dorf ihr Dasein fristen müssen. Die arme Gunda, sie hatte sich doch immer so eine eigene Familie gewünscht und wirklich nicht verdient, als vertrocknete Alte im Schweinestall zu enden!

«Ich versteh nicht, warum ihm keiner zu Hilfe gekommen ist.» Andres war herangekommen und hatte wohl die letzten Worte mitgehört. «Wenn ich in der Schänke gewesen wäre, wäre keiner der Bauleute mit heilen Gliedern nach Haus gegangen, ich schwör's euch.»

Barbara glaubte ihm aufs Wort.

Sie lag mit offenen Augen im Bett und konnte nicht schlafen. Die alte Agnes schnarchte zum Gotterbarmen in ihrer Kammer, und Andres murmelte im Traum vor sich hin und warf sich von einer Seite auf die andere, dass das Bettgestell knarrte. Nicht einmal in der Nacht kam er zur Ruhe. Immerzu schien es in ihm zu fauchen und zu brodeln. Die harmloseste Bemerkung konnte ausreichen, und er ging hoch wie ein gereizter Stier. Wie hatte sie nur glauben können, der Gedanke an das Kind würde ihn besänftigen? Das Gegenteil war der Fall. Er war geradezu besessen von der Vorstellung, dass er verhindern müsste, dass sein Sohn – an eine Tochter dachte er gar nicht – als Leibeigener zur Welt kommen und aufwachsen würde wie er selbst. Um Haaresbreite hätte er heute auf seinen Bruder eingeschlagen, der im Wirtshaus seine scharfe Auseinandersetzung mit zwei Männern der Burgbesatzung beenden wollte, indem er im richtigen Augenblick seinen Würfelbecher zückte. Nur die Nacht konnte sehen, wie ihr beim Gedanken an ihn das Blut ins Gesicht stieg und die Glieder wärmte. Simon hatte sich nur eingemischt, weil er es ihr versprochen hatte. Er war es, mit dem sie ihre Freude und Sorgen über das heranwachsende Kind unter ihrem Herzen teilte, denn Andres fragte nicht danach. Simon hatte sogar schon aus ein paar Holzresten eine kleine Wiege gebaut, sie war fast fertig.

Sie lächelte leise, als sie sich vorstellte, wie sie im kommenden Winter in der Stube sitzen würde, den Spinnrocken in der Hand, den Fuß leicht auf den runden Kufen der Wiege, und ihr Kind in den Schlummer schaukeln würde.

Andres begann zu schnarchen. Er hatte mehr getrunken als sonst. An Schlaf war nicht zu denken. Plötzlich hatte Barbara den Wunsch, die Wiege noch einmal anzuschauen und mit der Hand über das Holz zu streichen, das Simon so weich poliert hatte. Leise stand sie auf, schlüpfte in ihr Hemd und schlich aus der Schlafkammer in die Stube.

«Barbara?» Unerwartet kam eine Stimme aus der Dunkelheit. «Ich konnte nicht schlafen.»

Sie sah in die Richtung, wo Simon auf der Wandbank liegen musste. Im Herd war noch ein wenig Glut; in dem schwachen Licht gab es nur Schatten, die sich langsam bewegten. Etwas berührte ihre Beine, und sie fuhr zusammen.

«Nur die Katze», sagte sie nervös, und ihre Stimme zitterte. Sie hörte Simon aufstehen und spürte, dass er plötzlich vor ihr stand, spürte es an dem Kribbeln auf ihrer Haut und an diesem besonderen Geruch, der ihn immer umgab, nach Gras und Leder und Schweiß, nach Sommer und Tanz und Herzklopfen und Begehren, spürte es, noch bevor er ihr die Hände auf die Hüften legte. Spürte jeden einzelnen seiner Finger, die ihre Haut in Seide verwandelten.

«Du frierst ja», murmelte er, als würde er nicht merken, wie ihr ganzer Körper unter seinen Händen entflammte. Sein Atem streifte ihren Hals wie ein heißer Wind. Unwillkürlich stellten die Härchen in ihrem Nacken sich auf, und ihr Herz geriet ins Stolpern. Und Andres schlief, schlief fest nach all dem Wein, den er am Abend getrunken hatte. Lauf weg!, dachte sie, lauf weg, solange noch Zeit ist!, aber stattdessen streckte sie die Hand aus. Nur einmal sacht seine Wange berühren, nur einmal seine Augenbrauen entlangstreichen ... Ihre Finger verloren sich in seinen weichen Haaren.

«Babeli ...» Sein Mund war so warm an ihrem Ohr, seine Zunge spielte mit ihrem Ohrläppchen, erkundete all die merkwürdigen Windungen und Gänge ihres Ohrs und den Geschmack ihrer Haut, wanderte tiefer ... Sie hörte sich selbst leise stöhnen. In ihren Lenden pulsierte es, und ihr ganzer Körper schien plötzlich zu fließen. Es waren nur wenige Schritte zurück in die Kammer, und doch war sie unerreichbar weit, sie hätte diese Schritte nicht tun können, selbst wenn sie gewollt hätte, wenn ihr Leben davon abhinge. Er schob seine Hände unter ihr Hemd, strich ihre Schenkel hinauf und über die Hüften bis zum Hintern, streichelte, lockte, und als er sie dann an sich presste, drängte sie sich ihm entgegen und spürte sein Geschlecht, hart und verlangend. So wie sie selbst brannte vor Verlangen. Es ist eine Sünde, aber ich will es, dachte sie atemlos. Nur dieses eine Mal, diese einzige Nacht. Ich will es so sehr. Sie streifte sich das Hemd über den Kopf, und als seine Lippen ihre Brustwarzen umschlossen und seine Zunge sie zu liebkosen begann, hatte sie Andres vergessen und die ganze Welt.

Es war kurz vor Morgengrauen, als sie sich in die Schlafkammer zurücktastete. Es durfte nie wieder geschehen, sagte sie sich zitternd. Nie wieder. Wie sollte sie noch einmal die Kraft aufbringen, sich wieder aus Simons Armen zu lösen und zu Andres zurückzukehren? Schon jetzt schrie ihr ganzer Körper danach, ihn wieder in sich zu spüren. Das war also damit gemeint: Ihr sollt ein Fleisch sein. Es war nicht die hastige, fast gewalttätige Vereinigung, die sie von Andres kannte, ein unentrinnbarer Vorgang, der die angestauten Säfte zum Fließen bringen und einen Nachkommen erzeugen sollte, sondern es war etwas ganz anderes. Es war ein Ineinanderfließen und Einswerden, ein gemeinsames Steigen und Versinken und Wiederaufsteigen bis zur höchsten Lust. Sie hatte nicht gewusst, dass so etwas möglich war. Sie hatte nicht gewusst – Hör auf, darüber nachzudenken, befahl sie sich und biss sich auf die Knöchel, bis ihr vor Schmerz die Tränen in den Augen standen. Hör auf damit. Eine einzige Nacht nur, du hast es dir geschworen. Es gibt kein Morgen. Es darf kein Morgen geben.

Sie hätte nicht sagen können, ob es Engel oder Teufel waren, die nach dieser Nacht ihre Schritte lenkten, aber seitdem schienen sich die Gelegenheiten zu vervielfachen, in denen sie Simon allein gegenüberstand, im Wald beim Kleinholzsammeln, in der Scheune, in den Nächten, in denen Andres besinnungslos seinen Rausch ausschlief. Und sobald sie nur seine Hände spürte, wurde sie wieder fortgerissen von diesem Verlangen, gegen das ihr Verstand kein Mittel wusste.

«Bitte, Andres, trink doch nicht so viel!», sagte Barbara verzweifelt, wenn er sich den dritten oder vierten Becher voll goss.

«Willst du es mir verbieten?» Er lachte missgelaunt. «Meinst du etwa, es ist ein Spaß, den ganzen Tag draußen auf den Feldern zu schuften und abends im Weinberg? Meinst du, da habe ich noch Lust, mir von dir etwas verbieten zu lassen?»

«Nein», flüsterte sie, während sie schon Simons Blick auf sich liegen spürte und die wohlvertraute Wärme, die ihre Schenkel hinaufkroch. Später, wenn Simon lächelnd in ihren Armen eingeschlafen war, stand sie leise auf, ging zum Fenster und öffnete den Laden. Kühle Nachtluft strich ihr über die Haut und ließ sie zittern. Der Mond schob sich hinter der Linde vor und sah tadelnd auf sie herunter. Noch weiß es niemand außer mir, aber sieh dich vor. Es steht in deinen Augen geschrieben und in der Spur deiner Schritte, und deine Lippen verraten dich bei jedem Wort. Lange wird's nicht mehr dauern. Sieh dich vor!

Ich muss etwas unternehmen, dachte sie fiebrig. Es darf nicht sein. Ich frage den Pfaffen um Rat, in der Beichte. Gleich morgen tu ich's. Aber was weiß schon der Pfaffe, der noch nie selbst ein Mädchen gehabt hat? Unentschlossen nagte sie an ihrer Unterlippe.

«Barbara», sagte Gunda unvermittelt. Sie war heute Morgen mit Gertrud vom Spaich-Hof herübergekommen, um Barbara zu helfen, die Wäsche zum Bleichen auf der großen Wiese an der Glatt auszulegen. Gerade waren sie einen Augenblick allein, weil Gertrud zurückgegangen war, um einen weiteren Korb mit Laken zu holen. Sie standen nebeneinander und blinzelten in die Sonne, und Barbara lehnte sich weit nach hinten und knetete ihre verspannten Muskeln. In den letzten Tagen hatte sie stundenlang am Waschzuber gestanden, und ihr Rücken fühlte sich an, als wollte er durchbrechen. Die Arbeit fiel ihr so viel schwerer als früher, und sie bedachte ihre Freundin mit einem dankbaren Blick. Schließlich hätte Gunda nicht zu kommen brauchen. Auf dem Spaich-Hof war genügend zu tun.

«Ich habe dich gestern Abend mit Simon hinter der Scheune gesehen.» Barbaras Herzschlag setzte aus. Sie wagte nicht, der anderen in die Augen zu blicken. Gestern Abend, dachte sie fieberhaft, hinter der Scheune.

«Und? Warum sagst du mir das?» Mein Gott, was konnte Gunda da schon gesehen haben? Sie hatten sich an den Händen gehalten, mehr nicht, dann waren sie hineingegangen.

«Barbara, jeder, der Augen im Kopf hat, konnte es sehen. Wie ihr beieinandersteht, wie ihr euch anschaut, Simon und du –» Sie griff nach Barbaras Hand und drückte sie. «Du darfst das nicht tun, Barbara. Wenn Andres es erfährt, gibt es ein Unglück. Ich sag's ihm nicht, darauf kannst du dich verlassen, aber irgendwann sieht euch auch jemand anders.» Plötzlich schossen Barbara die Tränen in die Augen.

«Ich weiß nicht mehr, was ich tun soll», flüsterte sie. «Andres denkt nur noch daran, wie er den Renschacher bekämpfen kann, an seinen geliebten Luther und den Bundschuh-Aufstand. Alles andere ist ihm gleichgültig. Er sieht mich gar nicht mehr! Wenn ich nicht wenigstens Simon hätte –»

«Du bist eine verheiratete Frau, hast du das ganz vergessen? Du kannst nicht einfach machen, was du willst.» In Gundas mitleidige Stimme schlich sich ein verbitterter Ton. «Was würde ich nicht alles tun, um einen Mann wie den Andres zu kriegen, und du –» Sie brach ab und wischte Barbara mit ihrem Rockzipfel über das Gesicht.

«Ich weiß ja», antwortete Barbara elend. «Ich hab's mir schon so oft vorgenommen, aber dann, wenn ich ihn sehe, wenn er vor mir steht, dann habe ich einfach nicht die Kraft ... es zieht mich so stark zu ihm hin, du kannst dir das nicht vorstellen ...» Sie lehnte den Kopf an Gundas Schulter und spürte die Hand, die ihr tröstend über den Rücken strich.

«Vielleicht gibt es ja etwas, irgendein Kraut, irgendeinen Zauber, der dir hilft», murmelte Gunda, und mit einem Schlag war Barbara hellwach. Ein Zauber, das war es! Warum sollte es nicht gehen? Ein Zauber, der ihr die gefährliche Leidenschaft ein für alle Mal aus dem Herzen brannte und sie zurückführte zu Andres, dem Mann, mit dem sie sich vor Gott und den Menschen verbunden hatte bis zum Tod. Nur ein Zauber konnte stärker sein als das Begehren, das in ihrem Herzen loderte und irgendwann ihr ganzes Leben verbrennen würde.

«Die alte Kathrein kennt sich aus damit», setzte Gunda hinzu, und Barbara nickte hastig. Natürlich, Kathrein hatte schon so manchem Mädchen etwas zusammengebraut, damit der richtige Bursche in ihr Bett kam und an ihr hängenblieb. Sie würde einfach den Liebeszauber für sich selbst benutzen. Warum sollte es nicht auch andersherum wirken? Sie würde Simon vergessen und stattdessen all ihre Gedanken und Gefühle wieder auf Andres richten. Das konnte doch nicht so schwer sein?

«Ich darf es der Kathrein nicht so offen sagen … ich muss mir etwas anderes einfallen lassen, eine sinnvolle Erklärung, die sich trotzdem harmlos anhört …» Die Worte kamen wie von selbst. Plötzlich hörte Barbara den schleppenden Schritt ihrer Mutter. Sie fuhr zusammen.

«Und ihr beiden? Was habt ihr da zu schwätzen?», rief Gertrud gut gelaunt und stellte schwungvoll ihren Korb zwischen den beiden jungen Frauen auf den Boden. «Ich dachte, ihr seid fertig, bis ich wieder hier bin!»

«Wir haben ein bisschen Pause gemacht», antwortete Gunda und sah Barbara eindringlich an. Barbara nickte. Sie würde es tun; es war höchste Zeit.

«Ein Liebeszauber?» Kathrein griente von einem Ohr zum anderen und zeigte ihren zahnlosen Oberkiefer. «So jung verheiratet, ein Kind im Bauch und dann ein Liebeszauber? Ich dachte, du hast 'nen Stier im Bett, und jetzt sagst du, es ist bloß ein Ochse?» Ihre Schweinsäuglein funkelten neugierig.

«Nein, so – so ist es gar nicht», versicherte Barbara eilig. «Es ist nur – ich meine, gerade jetzt, in der Schwangerschaft … wo ich so unansehnlich bin. Und es gibt doch so viele hübsche Mädchen. Nur damit er nicht auf schlechte Gedanken kommt! Da könnte es nicht schaden. Damit er bald wieder –» Sie geriet ins Stocken und wurde rot. Die Alte betrachtete sie mit wachsendem Vergnügen.

«Soso, jaja. Das ist brav. Immer ums Wohl des Eheherrn besorgt, so soll's sein bei einem jungen Weib. Dass er nur nicht auf schlechte Gedanken kommt und vergisst, welches Bett ihm gehört!» Sie stand auf und schlurfte zu einem Wandbord hinüber. «Woll'n mal sehen.» Sie fing an zu kramen, holte Deckelkörbchen, Tiegel, Büschel getrockneter Pflanzen herunter, schnupperte hier, schmeckte da und gluckste zufrieden. «Es gibt vieles, was du nehmen kannst ... ein paar Haare zum Beispiel, du weißt schon, von wo. Monatsblut, aber das kommt zurzeit wohl nicht in Frage.» Wieder das Kichern. «Und Salbei, Rosmarin, am besten frisch natürlich ...» Schließlich hatte sie gefunden, was sie gesucht hatte: ein unscheinbares graues Pulver, das sie triumphierend aus einem schmutzigen Säckchen in ihre geöffnete Handfläche schüttete.

«So. Rate, was das ist!» Unsicher zuckte Barbara mit den Schultern. Das Kind in ihrem Leib bewegte sich heftig.

«Ich sag's dir.» Triumphierend hielt Kathrein ihr die Hand hin. «Das Beste, was es gibt! Stierhoden, getrocknet und dann zu Pulver zerrieben. Manchmal reicht auch ein Hahn ... die Leber zum Beispiel. Aber Stier ist besser, viel besser.»

Barbara merkte, wie ihr die Übelkeit die Kehle hochstieg. Schnell wandte sie sich ab.

«Ja, es ist nicht so einfach mit der Liebe ... Da muss man schon genau wissen, was man will!», meckerte die Alte, ließ das Pulver zurück in das Säckchen rieseln und drückte es ihrer Besucherin in die Hand. «Warte bis zum Vollmond ... und dann knie dich unter eine Linde, verbrenn einen frischen Rosmarinzweig und misch die Asche und das Pulver unter ein wenig mit Molke versetzten Wein. Dazu musst du sprechen: Kraft vom Stier, geh ein, geh ein, wie die Asche in den Wein, Amen, Amen, Amen. Und sobald er das trinkt und dich ansieht, wird er wieder vor Liebe zu dir brennen, sodass du keine einzige ruhige Nacht mehr hast. Verstanden?» Barbara nickte benommen. Sie versteckte das Pulver unter ihren Kleidern und hastete nach Hause zurück.

8

Gertrud Spaichin stand in der Küche und presste Molke aus dem frischen Käse. Mit ihrem ganzen Körpergewicht drückte sie auf das Tuch mit der bröseligen Masse und beobachtete, wie die grünliche Flüssigkeit in den Eimer darunter abtropfte. Erst in den letzten Jahren hatten sie damit angefangen, so viel Käse zu machen, dass sie ihn mit der Butter und den Eiern in Horb auf dem Markt verkaufen und so ein paar Heller zusätzlich einnehmen konnten. Hartkäse wurde gut bezahlt. Besonders die wohlhabenden Bürger der Stadt hatten Gefallen an ihm gefunden, weil man ihn lange verwahren und auch an Fastentagen essen konnte. Gertrud selbst war es gewesen, die diese Neuerung auf dem Hof durchgesetzt hatte. Sie hatte Labkraut im Garten angepflanzt und der Schwägerin gezeigt, wie man damit die Milch zum Gerinnen brachte, hatte Salzlake angesetzt und im Schuppen ein Gestell gebaut, auf dem die kleinen Käse getrocknet werden konnten. Seufzend richtete sie sich auf und löste die Verschnürung: Ja, der Quark sah gut aus, aber sie würde ihn lieber noch eine Nacht hängen lassen.

Gott, wie es im Rücken zog, wenn sie sich so plötzlich wieder aufrichtete! Sie zog das Tuch wieder stramm, verknotete es und hängte es mühsam an den Haken unter der Decke. Von draußen hörte sie die Stimme der Schwägerin, und ein verächtliches Lächeln spielte um ihre Lippen. Sicher, Mia hatte es nicht leicht mit so einem Mann, obwohl die Jahre seinem aufbrausenden Temperament ein wenig die Schärfe genommen hatten. Seine Hand allerdings war so unberechenbar und hart wie eh und je. Aber die Frau tat selbst auch nichts, um ihr Leben zu verbessern. Sie hatte einen Hang zur Trägheit und gab sich gleich mit dem zufrieden, was sie vor ihrer Nase fand. Sie selbst dagegen, Gertrud Spaichin – sie sog scharf die Luft ein. Nun, sie war nicht mehr jung, und ihre beste Zeit hatte sie verschwendet, nicht anders als die sauerkrautige Mia. Aber jetzt, nach all den harten Jahren, musste, würde das Schicksal sich zum Guten wenden.

Sie strich sich die verschwitzten Haare aus der Stirn. All die Plackerei hatte doch zu einem guten Ende geführt. Jetzt, wo das Kind schwanger war und bald den Hoferben zur Welt bringen würde, konnte sie hoffnungsvoll nach vorn sehen. Keiner würde ihr den Platz an der Seite ihrer Tochter streitig machen, wenn erst die alte Agnes unter der Erde war, und das konnte nicht mehr lange dauern. Sie stellte sich Balthes' Gesicht vor an dem Tag, an dem sie mit hocherhobenem Kopf sein Haus verlassen würde, und eine Woge der Zufriedenheit rollte über sie hinweg. Fast musste sie sich zwingen, sich wieder dem Butterfass zuzuwenden, aber noch war es schließlich nicht so weit. Sie griff nach der Rahmschale mit der letzten Milch und goss sie vorsichtig in das Fass.

«Na, Trudchen? Fleißig wie immer?» Die alte Kathrein wackelte durch die Tür. Mit jeder Woche schien sie ein bisschen schiefer zu werden, ein Wunder, dass sie sich überhaupt noch aufrecht halten konnte.

«Grüß Gott, Kathrein. Und selbst? Willst ein bisschen von dem Sauerteig holen, den ich dir versprochen habe?» Eigentlich hatte sie keine Lust, ihre Hochstimmung mit der alten Hexe zu teilen, die überall ihre Nase hineinstecken musste. Außerdem war die Alte Agnes' Schwester. Aber sie würde nicht vergessen, wie Kathrein sich um den Andres gekümmert hatte, als er so lange krank lag. Tagelang war sie nicht von seiner Seite gewichen. Ohne die Alte gäbe es gar keine verheißungsvolle Zukunft. Sie holte einen Becher, schöpfte Molke hinein und reichte ihn der Besucherin.

«Hier, nimm das ... ganz frisch. Das gibt Kraft und macht die Augen klar.» Kathrein gluckste.

«Meine Augen macht nichts mehr klar, Kindchen, nur noch der liebe Herrgott und der Starstecher, aber den lass ich nicht ran. Trotzdem seh ich noch mehr als mancher andere, weißt du?» Geräuschvoll leerte sie den Becher. «Und, was macht die Kleine? Deine Kleine mit dem dicken Bauch?» Sie kicherte über ihren eigenen Witz.

«Oh, es geht ihr gut. Das Übliche halt.»

«Ja, ich kann mich gut erinnern, wie's mir selbst damals ergangen ist mit einem Kind unter dem Herzen.» Kathrein hatte sich inzwischen auf der Küchenbank niedergelassen und kratzte sich ausgiebig die schorfigen Knie. «Die dicken Beine abends, und morgens erst! Wie war mir übel, ich hab mir fast die Seele aus dem Leib gespuckt! Und immer müde, immer, immer, immer ... Aber die Männer verstehen das nicht, nicht wahr?» Sie zwinkerte Gertrud vertraulich zu. Irgendetwas an dieser Geste, an dem Tonfall, mit dem die Worte gesagt waren, machte die Spaichin stutzig.

«Was meinst du?», fragte sie misstrauisch. Die Alte grinste pfiffig.

«Na, so ein strammer Kerl, der will doch trotzdem, und der kommt dann vielleicht schnell auf dumme Gedanken ... Na, ich kann's ja verstehen, wenn so ein junges Weib sich dann Sorgen macht, nicht wahr?»

«Ich verstehe dich nicht», sagte Gertrud abweisend.

«Musst du ja auch nicht ... Ich denke, es ist gar nicht so ungewöhnlich, wenn man dann nach einem Kraut sucht oder irgendeinem Ding, das voller Zauberkraft steckt, und dann auf die nächste Vollmondnacht wartet, oder? Man will ja schließlich nicht, dass das halbe Dorf dem eigenen Kind ähnlich sieht.» Unvermittelt stand Kathrein auf. «Ich muss weiter ... und bring mir einen Käse vorbei, wenn sie fertig sind.» Gertrud nickte verwirrt und sah der Alten nach, die den Weg draußen entlangschwankte und schon am Nachbarhaus zu einem Schwätzchen wieder anhielt. Das wohlige Gefühl war verschwunden. Alle Härchen in ihrem Nacken hatten sich aufgerichtet, und ihr Herz schlug schneller. Was, zum Teufel, hatte die Alte von ihr gewollt? Sie wischte sich die Hände an der Schürze ab und ließ sich auf die Bank nieder.

Ein Ding voll Zauberkraft ... nun, wer im Dorf hier etwas Derartiges brauchte, würde sich sofort an die alte Kathrein wenden, die sich damit auskannte wie niemand sonst. Wahrscheinlich kam jede Woche eins von den Mädchen gelaufen und bettelte um einen Liebestrank, ohne dass die Alte auch nur ein Wort darüber verlor. Aber jetzt fand Kathrein es nötig, Gertrud davon zu unterrichten. Dafür konnte es nur einen Grund geben: Barbara musste um einen Zauber gebeten haben, einen Liebeszauber, damit Andres während ihrer Schwangerschaft und den vielen Tagen, an denen sie sich vielleicht krank und elend fühlte, nicht anderen Mädchen nachstellte. Gertrud schüttelte unwillkürlich den Kopf. Sie hatte schon viele Männer gesehen, und für die meisten würde sie keinen Pfifferling geben, aber der Andres war keiner, der auf fremden Feldern pflügte. Da brauchte man sich keine Sorgen zu machen. Der würde niemals – Plötzlich erstarrte sie. Andres war nicht so ein Mann. Das wusste sie so gut wie Kathrein, und Barbara wusste es erst recht. Wenn Barbara sich also einen Liebeszauber besorgt hatte, dann war er nicht für Andres bestimmt, ganz gleich, was sie der alten Kathrein auch erzählt haben mochte. Aber für wen wollte sie ihn dann? Welchen Mann konnte es geben, den sie mit diesem Zauber an sich binden wollte? Kein Wunder, dass Kathrein die Sache verdächtig erschienen war! Am liebsten wäre Gertrud der Alten hinterhergestürzt, hätte sie an den Schultern gepackt und die ungesagten Worte aus ihr herausgeschüttelt. Aber sie blieb sitzen, den eigenen Gedanken preisgegeben wie ein nackter Bettler dem Hagelsturm.

Die Liebschaft einer Ehefrau, das war etwas anderes als die vielen flüchtigen Beziehungen der Mägde, um deren Kinder sich niemand Gedanken machte. Andres würde das niemals hinnehmen. Er würde Barbara verstoßen, aus dem Haus jagen, und für sie selbst, Gertrud, bliebe keine Hoffnung mehr, jemals aus diesem jämmerlichen Loch herauszukommen. Ihr wurde heiß und kalt. Barbara hatte den Verstand verloren, der Teufel selbst hatte ihr das eingegeben! Sie musste es verhindern. Sie musste mit dem Kind sprechen, es zur Vernunft bringen … Sie stand ruckartig auf, nur um dann wieder zurückzusinken. Barbara war kein Kind mehr. Gut möglich, dass sie ihr nie verzeihen würde, wenn sie sich jetzt einmischte. Gertrud biss sich die Lippen blutig. Sie musste geschickter vorgehen, um nicht noch mehr Schaden anzurichten. Schlimm genug, dass die alte Kathrein so viel wusste.

Mit angespannten Gliedern lag Andres im Bett und versuchte tief und ruhig zu atmen. Barbara an seiner Seite schien schon zu schlafen. Seit Ewigkeiten hatte sie sich nicht mehr bewegt und wandte ihm den Rücken zu. Er hörte die Grillen und die Frösche und die Käuzchen und all die vertrauten Geräusche der Sommernacht, das Wispern der Holunderblätter vor dem Fenster und das Trippeln der Mäuse in der Kammerecke. Der Vollmond stand schon lange über dem Wald und zeichnete merkwürdige Schatten auf den Boden. Die alte Agnes glaubte, dass in solchen Nächten die Elfen aus dem Wald kamen und jedem Sterblichen, der sie erblickte, drei Wünsche erfüllten. In solchen Nächten war der Himmel offen, und das Sichtbare und Unsichtbare berührten sich. Solche Nächte waren es, in denen Zaubersprüche wirksam wurden und Verwünschungen. Er schloss die Augen. Sie würde es nicht tun. Sie würde nicht versuchen, sich einen Liebsten herbeizuzaubern, während ihr rechtmäßiger Mann im Bett lag und schlief. Schließlich war sie sein Weib, trug sein Kind unter dem Herzen, seinen Erben. Wenn es deins ist, sagte das Käuzchen. Vielleicht ist's ein Kuckuckskind, das ein anderer in dein Nest gelegt hat! Wer weiß! Weißt du's? Weißt du's? Weißt du's? Unruhig wälzte er sich hin und her. Da waren die vielen Abende gewesen, die er nicht zu Hause verbracht hatte, Blicke, die hin- und hergegangen waren mit Botschaften, die er nicht verstanden hatte, nicht für ihn bestimmt waren. Ein kurzes Zurückweichen vor einer Berührung, ein unmerkliches Zaudern … Er zuckte zusammen. Barbara hatte vorsichtig die Decke zurückgeschlagen und sich aufgesetzt. Sie stand auf. Ihr Bauch schimmerte weiß im Mondlicht. Sie nahm ihre Schürze, streifte sie über. Geh nicht. Geh nicht. Sie zögerte kurz, dann ging sie zur Tür. Mit ein, zwei Sprüngen könnte man bei ihr sein, sie an den Schultern packen und festhalten. Er krallte die Hände in die Decke; dann war sie fort.

Barbara fror bis ins Mark, als sie zurückkam, obwohl es eine laue Nacht war. Es mochte der Wind sein, der über ihre schweißnasse Haut leckte wie ein schamloses Tier. Zwischen ihren Brüsten hing der kostbare Beutel mit dem Pulver. Drei Mal zum Sonnenaufgang musste sie es trinken, aufgelöst in Wein, und dann als Erstes zu Andres hinschauen. Der Schrei einer Krähe ließ sie zusammenfahren. Sie griff nach dem Beutelchen, um es in dem Astloch der alten Linde zu verstecken. Da sah sie plötzlich Simon im Mondlicht stehen. In Vollmondnächten schlief er schlecht, das hatte er ihr oft genug erzählt. Es konnte kein Zufall sein, dass sie jetzt hier auf ihn traf. Sie fasste sich ein Herz und ging zu ihm hinüber.

«Simon, es muss ein Ende haben mit uns beiden.» Sie versuchte vergeblich, ihrer Stimme einen entschlossenen Klang zu geben. «Wir dürfen uns nicht mehr treffen.» Er streckte die Hand nach ihr aus, strich ihr das Haar aus dem Gesicht.

«Das meinst du nicht ernst, Babeli ... wir gehören zusammen, das weißt du doch ...» Bevor sie ihn zurückstoßen konnte, hatte er sie schon in seine Arme gezogen. «Wir beide, du und ich ...»

In dem Augenblick packte sie jemand an der Schulter und riss sie herum. Sie schrie auf.

«Du gottlose Hure!» Andres' verzerrtes Gesicht, bevor er zuschlug, seine zusammengekniffenen Augen ... Sie stolperte, stürzte, schlug sich das Knie auf.

«Ich wollt's nicht glauben! Bin ich dir nicht genug? Ist ein Mann dir nicht genug? Das machst du nie wieder, hörst du? Nie wieder!» Sein Atem roch nach Wut und billigem Wein. Sie spürte, wie ihre Lippe aufplatzte, schmeckte das Blut in ihrem Mund, sah die erhobene Hand. Nicht.

«Bitte, Andres!» Sie wollte flüchten, aber er hielt sie fest gepackt, während er mit der anderen Hand auf sie einschlug. Dann schnellte Simon aus der Dunkelheit nach vorn und warf Andres zu Boden, und sie kam frei. Von Angst geschüttelt, kroch sie auf allen vieren in die Finsternis an der Schuppenwand und drückte sich dagegen. Die beiden Gestalten wälzten sich auf dem Boden und rangen erbittert. Das Mondlicht warf kalte Schatten über ihre Gesichter, die sich so ähnlich waren, so ähnlich, so verschieden ...

«... hast sie verführt wie ein geiler Bock!», keuchte Andres. Er hatte jetzt die Oberhand und hockte auf Simons

Brust, die eine Hand in Simons Haar gekrallt, während die andere über Simons Gesicht herfiel, erbarmungslos, unersättlich. «So muss man es machen ... Lange schon hätte ich das machen sollen! Wie mit einem tollen Hund, wie mit einem räudigen Köter ...» Schließlich ließ er die Hand sinken. Mit einem verächtlichen Knurren kam er hoch und versetzte seinem Bruder einen letzten Tritt.

Mühsam kam Simon wieder auf die Füße. Seine Augen flammten wie Pechfackeln in seinem blutigen Gesicht. In panischer Hast irrte Barbaras Blick von einem zum anderen und über den Hofplatz. Irgendwo musste es ein Werkzeug geben, den Dreschflegel oder, ja, den Rechen da am Boden, mit dem sie die Brüder trennen könnte, bevor sie sich gegenseitig umbrachten, bevor Simon die Fäuste heben würde, um Andres niederzuschlagen, wie er auf ihrer Hochzeit den Diepolt niedergeschlagen hatte. Sie löste sich von der Wand, kroch auf den Rechen zu, da hörte sie Simons Stimme. Ein leises Zischen nur.

«Ich verfluche dich, Andres. Dich und deine vermaledeite gnadenlose Rechtschaffenheit. Ich verfluche dich von ganzem Herzen, hörst du? Ich wünsche, dass du keinen einzigen guten Tag mehr hast in deinem Leben. Brich dir das Genick.» Er spuckte Andres ins Gesicht, drehte sich um und ging.

Andres wischte sich den Speichel ab.

«Ja, hau ab, du missratenes Stück Dreck! Hau ab und lass dich nie wieder in meiner Nähe blicken!», rief er seinem Bruder hinterher. Er ging ins Haus, ohne sich noch einmal nach Barbara umzudrehen.

Immer noch benommen, stand Barbara auf. Ihr Kopf dröhnte, und der Boden verschwamm vor ihren Augen. Da war der Weg, auf dem Simon verschwunden war. Sie begann zu laufen.

«Simon!» Schneller, schneller. Endlich blieb er stehen.

«Was willst du noch?» Blut lief aus seiner Nase und aus dem Mundwinkel, blutige Flecken auf seinem Hemd: Blut rann auf den Boden und den Pfad entlang, mondhelles Blut, überall, überall … sie wischte sich über die Augen.

«Simon, bitte! Wo willst du denn hin?»

«In Horb werden Landsknechte ausgehoben, ich hab's gestern gehört.» Seine Stimme überschlug sich.

«Aber du hast doch keine Waffen und kein Geld!»

«Hier.» Er zog das Säckchen mit Münzen heraus, dass Renschach vor unendlich langer Zeit in Andres' Hand gelegt hatte. «Lass mich gehen, Barbara, sonst bring ich ihn um.» Er presste die Lippen zusammen.

«Simon, bitte, geh nicht im Zorn fort! Lass mich nicht allein! Andres tut es doch morgen schon leid, was er heute getan hat, wir versöhnen uns …»

«Ja? Glaubst du das? Andres tut nie leid, was er getan hat! Er hat schließlich immer recht, stimmt's? Sein gottverdammtes Recht! Ich wünsche, jemand stopft ihm das Maul! Ich wünsche, er verreckt daran, an seinem Recht!» Er drehte sich von ihr weg. Seine Schultern zuckten.

«Simon!»

«Ich wusste immer schon, dass wir beide nicht unter einem Dach leben können», flüsterte er schließlich. «Früher oder später musste so etwas passieren. Ich muss fort.»

Dreh dich um, Simon, noch ein Mal, dachte sie, dreh dich um, dass ich dein Gesicht sehen kann und deine Augen, noch ein Mal. Dreh dich um! Aber da war er schon im Dickicht verschwunden.

Wie im Traum stolperte sie zum Haus zurück, trat in die Stube und setzte sich auf die Bank. Die Kammertür war verschlossen. Vielleicht schlief Andres ja schon. Sie hoffte mit jeder Faser ihres Herzens, dass sie ihm in dieser Nacht nicht mehr zu begegnen brauchte. Am Ende der Bank lag eine Decke. Sie griff danach, legte sie sich um die Schultern und kauerte sich zusammen. Und dann kam der Schmerz.

Der Schmerz erwachte irgendwo in ihrem Unterleib, so wie ein Tier aus dem Winterschlaf erwacht. Er reckte und streckte sich gemächlich, schaffte sich Platz, zog und biss. Zuerst spielerisch nur, mit langen Pausen und Augenblicken, wo man meinen konnte, er wäre wieder eingeschlafen, bis er unerwartet zurückkehrte, mit neuer Lust und Kraft, stärker, immer stärker, immer stärker ... Barbara klammerte die Hände um die Tischkante. Ich muss etwas tun, dachte sie, irgendetwas, damit es aufhört. Sie tastete sich zu dem Wassereimer hinüber, um einen Schluck zu trinken. Aber der Schmerz wollte nicht trinken. Er griff ihr in den Leib und presste ihr Inneres zusammen, bis sie wimmernd zu Boden ging.

Andres Breitwieser war keiner von denen, die ihre freie Zeit beim Gebet in der Kirche zubrachten, und der Pfarrer konnte sich nicht erinnern, ihn jemals außerhalb der Messe hier angetroffen zu haben. Überrascht blieb er in der Sakristeitür stehen.

«Andres? Du wolltest doch erst morgen in die Burg kommen, um dir die neuen Schriften zu holen.»

Ungelenk erhob der Bauer sich von den Knien und schwankte auf den Pfarrer zu. Locher wollte ihn zuerst scharf anfahren, aber dann sah er, dass Andres Breitwieser nicht schwankte, weil er betrunken war. Er eilte auf ihn zu und legte ihm den Arm um die Schultern.

«Andres, was ist los? Bist du krank?»

Breitwieser schüttelte schwer den Kopf.

«Das Kind ist tot. Unser Kind, ein kleiner Junge. Er ist heute Morgen zu früh auf die Welt gekommen und hat keine drei Atemzüge lang gelebt.» Unwillkürlich spürte Bernhard Locher die Rührung in sich aufsteigen. Obwohl er doch noch jung war, hatte er schon viele Väter erlebt, die auf den Tod ihres Säuglings mit nicht viel mehr als einem Achselzucken reagiert hatten. Was bedeutete schon der Tod eines einzigen Kindes, wenn man noch so viele haben konnte?

«Dein Kind ist bei Gott», sagte er mitfühlend. «Er wird euch in eurer Trauer trösten und noch weitere Kinder schenken.» Wie schwierig war es immer, Menschen in ihrem Schmerz zu trösten! Und mit Breitwieser war es noch weitaus schwieriger als mit den meisten anderen. Andres hob den Kopf und sah den Pfarrer mit flammenden Augen an.

«Es ist nur die gerechte Strafe für ihre Hurerei», brach es plötzlich aus ihm hervor. «Ich hab sie erwischt, mit meinem eigenen Bruder.»

Bernhard Locher wurde es eiskalt bei dem Ton. «Was hast du getan, Andres?», drängte er. «Was ist mit Barbara?» Breitwieser ballte die Fäuste.

«Sie hat sich einen Liebeszauber gemacht heute Nacht ... jemand hatte es mir verraten. Ich konnte nicht glauben, dass sie es wirklich tun würde, aber dann kam sie zurück, und Simon wartete schon auf sie. Mit meinen eigenen Augen hab ich gesehen, wie sie sich umarmt haben –» Er brach ab und stierte ins Leere.

«Und dann? Breitwieser, was hast du dann gemacht? Was ist mit deiner Frau und mit deinem Bruder?» Krampfhaft umklammerte der Pfarrer das hölzerne Kreuz, das er an einer Kette um seinen Hals trug.

«Ich bin dazwischengegangen ... ich hab sie voneinander getrennt und geschlagen. Simon ist fort, für immer. Und Barbara –» Plötzlich riss er die Fäuste hoch und fing an zu schreien.

«Ich hätte sie totschlagen sollen, alle beide! Ich hätte sie totprügeln sollen für das, was sie getan haben!»

«Reicht es nicht, dass du das Kind totgeschlagen hast? Deinen eigenen Sohn?» Im ersten Augenblick dachte der Pfarrer, er wäre zu weit gegangen und Breitwieser würde sich auf ihn stürzen, aber der Bauer hielt mitten in der Bewegung inne und ließ die Fäuste sinken. In seinem dunklen Gesicht zuckte es.

«Du hast furchtbar gesündigt, Andres ... ihr alle», flüsterte Locher erschüttert. «Und Gottes Strafgericht ist über euch gekommen. Geh zu deiner Frau zurück, Breitwieser, und betet, dass Gott euch verzeiht. Eure Schuld bindet euch fester aneinander als alles andere.»

Barbara wanderte durch eine düsterrote Höhle. Schatten tanzten an den Wänden, Hände griffen nach ihr, Stimmen wisperten. Aber keiner verstand, dass in ihrem Leib ein Feuer brannte, keiner half ihr, es auszulöschen. Der Widerschein dieses Feuers war es, der die Höhlenwände blutig färbte. Sie wollte rufen, aber sie brachte kein Wort heraus. Wenn sie nur trinken könnte, einen Brunnen leer trinken, wäre sie gerettet. Endlich kam sie an einen kleinen Bach. Sie legte sich auf die Erde und tauchte den Kopf ins Wasser. So köstlich, so kühl war es in ihrem Mund ...

«Barbara!» Immer noch benommen, öffnete sie die Augen. Ihre Mutter saß neben ihr, einen Becher in der Hand. Sie strich ihr zärtlich über die Stirn.

«Barbara, Kind ... Ich bin bei dir.» Langsam ordnete sich der Hintergrund: die offene Kammertür, die Stube. Durch das Fenster drang trübes Licht herein, es dämmerte schon.

«Was ist geschehen?», flüsterte Barbara. «Was war los?» Irgendetwas war anders als vorher. Sie sah sich um, strich mit den Händen über die Decke ...

«Das Kind –?», flüsterte sie in plötzlichem Verstehen.

«Es war ein kleiner Junge, Barbara. Er ist tot.» Barbara legte sich die Hand auf die Augen. «Bitte, kann ich ihn sehen? Ein Mal nur?» Gertrud schüttelte traurig den Kopf.

«Wir haben ihn schon begraben, vor drei Tagen. Aber Kathrein konnte ihn noch taufen. Ein kleiner Hans.»

Die Tränen quollen unter Barbaras Lidern hervor. Das Kind war tot. Ihr Kind, das sie so gut kannte wie niemand sonst auf der Welt. Es war tot, ohne dass sie es gesehen, ohne dass sie es einmal im Arm gehalten hatte. Wie einsam musste es gestorben sein.

«Andres?», wisperte sie schließlich.

«Es hat ihn sehr getroffen. Soll ich ihn rufen?» Sie schüttelte den Kopf. Da spürte sie, wie ihre Mutter sich über sie beugte, und öffnete die Augen.

«Kind, hör mir zu.» Gertruds Augen waren eng geworden; kein Mitleid hatte mehr Platz darin, nichts Weiches. «Du hast einen guten Mann und ein sicheres Zuhause, mehr, als ich jemals gehabt habe. Setz das nicht leichtfertig aufs Spiel.»

«Du weißt ja gar nicht, wie es gewesen ist!»

«Nein, das weiß ich nicht. Ich will's gar nicht wissen. Aber ich weiß, was es heißt, allein zu sein. Allein zu sein ist furchtbar. Und deshalb rate ich dir: Versöhn dich mit deinem Mann, so schnell du kannst. Versöhn dich und fang von vorn an. Ich hole ihn jetzt.» Sie erhob sich, aber bevor sie in der Kammertür stand, wandte sie sich noch einmal um.

«Es ist nicht nur deine Zukunft, um die es hier geht, Barbara. Es ist auch meine. Denk daran, was ich für dich getan habe.» Sie ging in die Stube. Barbara hörte sie leise reden.

«… ist jetzt wieder bei sich.» Da kam Andres auch schon herein und schloss die Tür hinter sich.

«Barbara …» Ungelenk, widerwillig fast setzte er sich auf die Bettkante. «Ich habe mit dem Pfarrer gesprochen.»

«Ja.» Sie sah auf seine Hand. Die Hand, mit der er den Pflug führte und das Heu schnitt und den Löffel hielt. Die Hand, mit der er zugeschlagen hatte, schneller und entschiedener, als er jetzt die Worte formen konnte.

«Wir müssen vergessen, was war. Es war nicht recht. Von uns beiden.» Seine Kinnmuskeln spannten sich an, so fest presste er die Kiefer aufeinander. Wie schwer musste es ihm fallen, auch nur diese Worte zu sagen. Er musste mehrmals ansetzen, bevor er weitersprechen konnte. «Wir werden andere Kinder haben.»

«Es tut mir leid», flüsterte sie.

«Ja.» Er stand auf, ohne sie berührt zu haben. «Ich hoffe, du bist bald wieder gesund. Deine Mutter hat viel Arbeit mit dem Hof.»

«Und Simon?»

Er schluckte.

«Ich will den Namen in diesem Haus nie wieder hören. Nie wieder.» Damit war auch das geklärt. War es nicht, was sie eigentlich gewollt hatte? Niemand, an dem ihre Sehnsucht hängen bleiben konnte wie die Fliege in den Spinnweben?

«Es soll alles vergessen sein», sagte er schließlich, und dann war er auch schon wieder draußen. So leicht war es also, zu vergessen. Den Traum der letzten Nacht, den Frühlingsregen, den hungrigen Schrei der Krähen. Vergiss einfach, vergiss deinen Namen, Himmel und Erde und die ganze Welt, vergiss nur!

Am nächsten Tag ging es ihr so weit besser, dass sie in der Stube sitzen und Werg zupfen konnte.

«Kann ich dich kurz allein lassen?» Prüfend musterte die

Mutter ihr Gesicht. «Es ist so viel liegengeblieben, während du krank warst.» Barbara nickte.

«Geh nur, ich komm schon zurecht. Und Agnes ist ja draußen im Garten.» Die Mutter erhob sich erleichtert und ging, und Barbara sah ihr nach.

Wie ausgetreten die Schwelle war, wo seit Jahrzehnten die Füße drauftraten beim Kommen und Gehen! Der alte Georg, der jetzt schon mehr als ein Jahr tot war, hatte das Haus gebaut für sich und seine junge Frau Agnes, gleich nach der Geburt ihres Ältesten. Ihre Kinder waren hier ein und aus gegangen, Andres und Simon und die beiden, die schon lange auf dem Kirchhof lagen, und nicht zuletzt auch sie selbst. Würden eines Tages auch ihre eigenen Kinder über diese Schwelle hüpfen, um draußen zu spielen, ihre und Andres' Kinder? Andres, der nur alles vergessen wollte? Würde Simon noch einmal durch diese Tür zurückkehren und ein kleines Sträußchen Wiesenblumen für sie auf den Tisch legen, wie er es so oft getan hatte?

Der Herd war kalt. Barbara holte einen Span aus dem Korb mit dem Anmachholz, griff mit der Hand in den Rauchfang und schwärzte das Holzstückchen mit Ruß. Dann riss sie eine Seite aus der Flugschrift, die der Pfarrer Andres geliehen hatte. Sicher konnte er den Text sowieso schon auswendig, all die großen Worte von Freiheit und Pflicht. Nur ein paar Striche, und Simons Gesicht tauchte wieder vor ihr auf, die lachenden Augen, die Grübchen und die widerspenstigen Haarwirbel, umrahmt und schattiert von Martin Luthers gewichtigen Worten. Sie blies das überflüssige Schwarz herunter und verstaute das Blatt sorgfältig unter einem Stapel Bettwäsche. Dann setzte sie sich an den Tisch und wartete auf Schritte vor der Tür.

Teil III · 1524/25

1

«Der deutsche Landsknecht braucht Wams und Schuhe, Helm, Brustharnisch, Schwert und Spieß. Er dient dem Kaiser und dem Feldobristen getreulich, kämpft tapfer und ist Hauptleuten, Fähnrichen und Weibeln gehorsam. Er lästert weder Gott noch die Heiligen und plündert keine Kirchen, wie überhaupt nur geplündert werden darf, wenn die Schlacht gewonnen und der Ort erobert worden ist. Er schont Frauen, Kinder und Geistliche, flucht, trinkt und spielt nur maßvoll, stiehlt nicht in Freundesland, prügelt sich nicht mit seinesgleichen. Er brandschatzt auf Befehl, sonst aber nicht. Er beraubt nicht die Marketender, rottet sich nicht mit Gleichgesinnten gegen seinen Vorgesetzten zusammen, begeht keine Fahnenflucht oder meutert, wenn der Sold ausbleibt. Dafür dient er den Monat dreißig Tage und erhält vier rheinische Gulden; was er in ehrlichem Plündern in Feindesland erbeutet, darf er behalten, bis auf Pulver und Geschütze …»

Es dauerte lange, bis der Artikelbrief verlesen war. Simon Breitwieser stand mit entblößtem Kopf zwischen den anderen neugeworbenen Landsknechten und gab sich nur wenig Mühe, der eintönigen Stimme des Feldschreibers zuzuhören. Das Geld, das er aus Glatt mitgebracht hatte, sowie das Handgeld des Werbers waren schon aufgezehrt. Die Marketender hatten offensichtlich keinen Eid geschworen, einen Landsknecht nicht zu berauben, und boten Waffen, Kleidung und andere Ausrüstungsgegenstände nur zu horrenden Preisen an. Mit dem, was noch übrig geblieben war, hatte er sich betrunken, jeden Abend, bis die Bilder und Stimmen in seinem Kopf endlich Ruhe gaben. Das war das

Wichtigste. Wenn das gelang, konnte ihm nichts mehr geschehen. Träge blickte er sich um.

Der Platz war staubig und die letzten paar Grasbüschel, die die Hitze der vergangenen Wochen überlebt hatten, inzwischen von unzähligen Stiefeln zertreten. Ein leiser Wind hatte sich erhoben und spielte mit den Fahnen, die jemand nachlässig in den Sand gesteckt hatte. Die Männer hatten sich im Kreis um den Schreiber herum aufgebaut: Hunderte sicherlich, Handwerker, Bauernsöhne, Kleinbürger, hier und da wohl auch ein Angehöriger des landsässigen Adels, einige davon in blitzender Rüstung und bis an die Zähne bewaffnet. Breitschultrige Gestalten waren darunter, vernarbte, zerklüftete Kampfgesichter, Paradiesvögel in schreiend bunter Kleidung; Totschläger, Taugenichtse, Schatzsucher, Nachgeborene, Krämer, Schuhmacher, Schwertfeger, Tuchscherer; junge Burschen mit schwieligen Händen, die bis jetzt lieber die Axt geschwungen hatten als das Schwert und deren Erfahrung im Kampf sich in ein paar Prügeleien bei der heimischen Kirchweih erschöpfte.

Vier Gulden jeden Monat, das war viel Geld, sehr viel Geld. Und nach jeder gewonnenen Schlacht fing ein neuer Monat an, der vier Gulden brachte, und zwischendurch konnte man sich an den Kästen und Truhen der eroberten Städte bedienen, so ausgiebig, bis man nichts mehr tragen konnte. Als reicher Mann würde man zurückkehren in die Heimat, die Taschen voller Gold und nie geahnter Schätze, einer, dem die Alten anerkennend auf die Schultern klopften und die Weiber bewundernde Blicke zuwarfen, der geachtet war und gefürchtet. Wer hatte nicht von dem Doppelsöldner gehört, der sein Glück in den Türkenkriegen gemacht hatte und jetzt wie ein Sultan herumstolzierte? Kein Wunder, dass eine Musterung Bauernsöhne und Handwerksgesellen anlockte wie die Leimrute des Vogelfängers die fetten Drosseln, dass sie sich drängelten vor dem Tor aus Spießen und Piken, um ja als Erster hindurchzugehen und von dem zuständigen Offizier auf seine Tauglichkeit geprüft zu werden!

Simon verlagerte sein Gewicht von einem Fuß auf den anderen. Das Leder der ungewohnten Stiefel spannte sich um seine Waden, das Schwert zog wie Blei an seiner Seite. Schließlich lehnte er sich auf seinen Spieß. Wie fühlte es sich wohl an, wenn man den Spieß gebrauchte? Wenn man damit einen Menschen durchbohrte? Durch die Achsel, das sollte gut gehen, wie er gehört hatte, oder gleich in den Hals, da kam keiner mehr davon, der ordentlich getroffen war, da ging er gleich zu Boden, hustete und röchelte und war am Ende, ganz schnell und ohne große Gegenwehr. Er würde es lernen, so wie er vor Jahren gelernt hatte, ein Schwein zu schlachten. Auch dabei musste man die große Ader im Hals treffen, dann ging es leicht. Er dachte an all das Blut, das aus einem toten Schweinekörper lief, nachdem man ihn an den Hinterläufen aufgehängt hatte, dachte daran, wie sie es immer in einer großen Bütte auffingen, um Wurst und Blutsuppe daraus zu machen, an die paar Tropfen, die die alte Kathrein verstohlen auf den Boden spritzte, wenn sie glaubte, dass keiner ihr zusah. Die Erdgeister wollten auch ihren Teil …

«He, du! Pass auf!» Verwirrt sah Simon hoch. Der Schreiber hatte Musterrolle und Artikelbrief zusammengepackt. Der Obrist war vorgetreten. Er war ein knochiger Mann mit einem Raubvogelgesicht, in einem verzierten Harnisch und bis über die Knie reichenden Beinschienen, die zusammen gut und gern zwanzig Pfund wiegen mochten. Breitbeinig stellte er sich vor sie hin.

«Männer! Schwört ihr, die Artikel fest und ehrlich zu halten nach Landsknechtart und in keiner Weise darwiderzuhandeln?» Die Landsknechte hoben die rechte Hand. Das Donnern ihrer Stimmen verscheuchte die Krähen, die sich auf einem Unrathaufen niedergelassen hatten. Simon blickte ihnen nach, wie sie schrill schreiend hoch über ihren Köpfen kreisten.

«Jawohl, Herr Obrist, wir schwören! Wir schwören! Wir schwören!»

Simon Breitwieser wankte durch das Lager. Er taumelte durch das Durcheinander von Männern, Weibern, Lasttieren, hörte ihr Spotten und Fluchen, stolperte fast in eins der überall flackernden Lagerfeuer. Ja, die Landsknechte soffen ein anderes Gebräu als die Bauern im Dorf, und als er sich nach den ersten zwei, drei Bechern heute Abend in die Büsche geschlagen hatte, um sich zu erleichtern, fand er hinterher den Platz nicht wieder, der seiner Rotte zugewiesen worden war. Er hatte in die Hände gespuckt, sich die Augen gerieben und versucht, den Rausch abzuschütteln. Gott, es war, als hätte er seinen Kopf in einen Bienenkorb gesteckt.

Dort waren die vornehmen Zelte des Feldobristen und seines Trosses, gleich daneben die der Grafen von Zimmern und Hoheneck. Schwerbewaffnete Doppelsöldner hielten mit gekreuzten Hellebarden davor Wache, damit die Herren sich ungestört unterhalten konnten und die gemeinen Landsknechte ihnen nicht zu nahe kamen. Man sagte, im Inneren seien die Zelte mit Brokat ausgeschlagen; es gebe seidene Teppiche und duftende Öllampen, die warmes Licht spendeten, und einer der Hohenecker habe drei Weiber dabei, mit denen er sich nachts vergnüge.

Rechts daneben die einfacheren Unterkünfte der Hauptleute und Fähnriche, schnell zusammengehauene Bretterverschläge und Zelte, dann ein paar Küchenzelte, obwohl die meisten Männer, ihre Trossbuben oder Weiber natürlich im Freien kochten. Irgendwo briet und schmorte immer etwas. Ein permanenter Essensgeruch lag über dem großen Feld außerhalb der Stadt, auf dem die Landsknechte lagerten, und vermischte sich untrennbar mit dem scharfen Gestank menschlicher Exkremente, der sich von Tag zu Tag verstärkte. Es war nicht gut, wenn sie so lange an einem Platz lagerten und warteten. Früher oder später war der Sold versoffen und ausgegeben, die Marketender packten ihren Kram zusammen und ließen sich nicht mehr blicken, und viele Kochfeuer gingen aus. Streit brach dann aus, um ein schlechtes Kartenblatt oder ein paar unbedachte Worte, Messer wurden gezogen, Trossbuben geprügelt. Und bald wälzten sich die Ersten mit Bauchkrämpfen auf ihrem Lager, weil sie verdorbenes Wasser getrunken hatten. Oft brachte der Kaplan mehr Leute unter die Erde, die an der Ruhr gestorben waren, als solche, die ein feindliches Schwert getroffen hatte.

Ein unerwarteter Windstoß holte Simon fast von den Füßen, und haltsuchend lehnte er sich gegen den Pfahl in seinem Rücken. Auch ohne das höllische Zeug, das er heruntergekippt hatte, wäre er kaum noch in der Lage gewesen, gerade zu laufen – hatte doch am Nachmittag der Feldweibel die neuen Söldner zum wiederholten Mal angewiesen, wie sie mit Schwert und Spieß umzugehen hätten und sich zu dem gefürchteten «Igel» aufstellen sollten. Der Igel, das war die übliche, dichtgepackte Kampfformation der Landsknechte: Schulter an Schulter bildeten die Söldner dabei ein regelmäßiges Viereck, aus dem nach allen Seiten die Spitzen der Spieße herausragten.

«Wer nicht aufrecht stehen bleibt, wird von den anderen zertrampelt» – diese Worte liebte der Weibel ganz besonders. Er ließ sie sich jedes Mal auf der Zunge zergehen wie ein schmackhaftes Gericht und leckte sich über die Lippen.

«Und wer abhaut, den spieße ich auf.» Die Aufgabe der einfachen Landsknechte war es, durch ihre geballte Masse die gegnerischen Reihen aufzubrechen und dann im Kampf Mann gegen Mann so viele feindliche Kämpfer niederzustrecken wie möglich.

«Beute machen erst nach dem Sieg», ergänzte der Weibel fast gelangweilt. «Wer schon während der Schlacht anfängt, Ringe abzuschneiden und Taschen zu durchsuchen, der findet sich beim nächsten Mal im verlorenen Haufen wieder, dafür sorge ich.» Der «verlorene Haufen» war eine Art Vorhut, die als erste ins Feld geschickt wurde und immer den größten Blutzoll zu entrichten hatte. Viele aus dieser Gruppe waren Männer, die man wegen eines Vergehens gegen die Landsknechtsordnung verurteilt und ihnen dann die Gnade gewährt hatte, in tapferem Kampf den Tod zu finden, statt durch die Spieße gejagt zu werden. Oder schmählich am Galgen zu enden. In diesem Augenblick erkannte Simon, dass es genau jener grobgezimmerte Galgen des Lagers war, an den er sich gelehnt hatte. Schnell stolperte er ein paar Schritte weiter. Eine der Lagerhuren huschte vorbei. Sie streifte Simon wie unabsichtlich mit ihren offenen Haaren, und seine Handflächen wurden feucht, als er ihre weiß leuchtende Haut wieder in der Dunkelheit verschwinden sah, zusammen mit dem eigenartigen, scharf erregenden Geruch, den sie ausgeströmt hatte. Da erst erkannte er, dass er mittlerweile fast schon in seine Rotte hineingestolpert war.

«Was – was kostet es, eine Nacht bei so einer zu liegen?», fragte er einen der älteren Kämpfer, der im Schein eines kleinen Feuerchens dabei war, seine Schuhe auszubessern.

«Eine ganze Nacht gleich? Dass mich Gotts Schweiß schände!» Der Mann kratzte sich die nackten Füße. Auf der rechten Seite fehlte ihm ein Zeh. Simon sah schnell weg. Abgefroren, hatte der andere ihm erklärt, irgendwo im Winter in Tirol. Das, was davon noch übrig war, hatte der Feldscher amputiert, ein trockenes schwarzbraunes Etwas, das der Landsknecht seitdem als Glücksbringer in einem Lederbeutelchen um den Hals trug wie andere eine Locke ihrer Liebsten.

«Zwei Pfennig, wenn sie's dir ein Mal machen. Die Billigsten. Du hast noch nicht ganz die Hosen runter, da ist es schon vorbei. Aber ich sag dir was.» Vertraulich beugte er sich vor und bohrte Simon seinen Zeigefinger in die Brust. «Einmal, da war ich noch jung wie du und hatte von nichts 'ne Ahnung, da war ich bei 'nem Zweipfennigweib. So ein altes Gestell, bei dem man gar nicht weiß, wo man reingreifen soll, weil nichts da ist. Kannst es geradso gut mit 'ner Ziege machen. Aber hinterher hat mir für Wochen der Schwanz gejuckt.» Er lehnte sich wieder zurück und spuckte herzhaft auf den Schuh in seiner Hand. «Und weißt du, wie ich's wieder losgeworden bin?» Simon schüttelte den Kopf.

«Wir hatten damals grad gut Beute gemacht, und ich hatte den Sack voll Geld. War irgendwo in Italien. Da bin ich ins Hurenhaus und hab gesagt, he, bringt mir 'ne Jungfrau, hab ich gesagt, was ganz Frisches, ich zahl dafür! Und dann ist so ein blutjunges Ding gekommen, pechschwarze Haare und Titten wie zwei Äpfelchen! Ich sag's dir, das war ein Ritt! Und danach war er wieder wie neu, mein kleiner Freund.» Simon hatte mit einer Mischung aus Erregung und Abscheu zugehört, und ohne dass er es wollte oder hätte verhindern können, fing es in seinen Lenden warm an zu pochen. Er schluckte.

«Du hast schon in Italien gekämpft?»

Der andere nickte und streifte sich die Schuhe wieder über.

«Italien, Böhmen, überall ... verflucht gute Kämpfer, diese welschen Saftärsche. Und erst die Schweizer! Das sind die Schlimmsten. Die Allerschlimmsten! Kämpfen wie die Teufel. Haben mich fast erwischt letztes Mal.» Er öffnete sein Hemd und zeigte Simon eine wulstige Narbe über dem linken Schlüsselbein. «Drei Tage hab ich Blut gespuckt, ich dachte, ich verrecke wie ein kalter Furz.» Er nahm ein paar Äste und warf sie auf die Flammen. «Aber du brauchst dir nicht gleich heute die Hosen vollzuscheißen. Reicht, wenn du's morgen tust.» Er kniff ein Auge zu. «Hab dich beobachtet, heute Nachmittag, wie du mit dem Schwert umgehst. Wirst mal ein brauchbarer Kämpfer, glaub's mir.»

«Sag mal, hast du was gehört, wann's losgeht? Über die Berge, meine ich?» Der ältere Landsknecht grinste.

«Kannst es wohl kaum erwarten, was? Die erste Prügel schmeckt doch immer noch am allerbesten. Aber ehrlich, Kamerad: Ich weiß es nicht genau.» Er angelte nach seiner Lederflasche und nahm einen herzhaften Schluck. «Und danach – ich meine, für die von uns, die es danach noch gibt –, tja, ich schätze, wir kommen ganz schnell wieder zurück ins schöne Schwabenland. Gibt sogar ein paar Fürsten, die wollen uns gar nicht erst ziehen lassen, so haben sie die Hosen voll. Scheint so, als fürchten ein paar von den Herren, ihre Bauern könnten ihnen im Schlaf die Eier abschneiden.»

Simon nickte. Ja, das konnte er sich gut vorstellen.

Agnes Breitwieserin schlurfte mit schweren Füßen in den Stall hinüber. Das heiße Augustwetter ließ ihre Beine aufgehen wie frisch angesetzten Brotteig. Die Vesperglocke hatte schon längst aufgehört zu läuten, und der laue Sommerwind hatte sich gelegt. Müde hingen die Zweige der Linde, und Agnes blieb stehen. Sie konnte die Erdgeister schon lachen hören unter ihren wassersüchtigen Schritten.

Sie hatten es auf die alten Frauen abgesehen. Sie machten ihnen die Glieder schwer und den Atem kurz, verschleierten den klaren Blick und bliesen ihnen nachts in die Ohren, sodass ein beständiges Sausen und Klingeln zurückblieb. O ja, Agnes kannte die Erdgeister genau. Seit Georg unter der Erde war, riefen sie nach ihr, spotteten und lockten. Und jetzt hatten sie sich das kleine Kind geholt, weil Agnes einfach nicht zu ihnen gekommen war. Niemand sonst wusste es, nicht der Sohn, nicht die junge Frau im Haus, obwohl die Erdgeister auch auf sie schon ihre Hand gelegt hatten.

Sie griff sich den alten Melkschemel, auf dem noch niemand außer ihr selbst gesessen hatte, und ließ sich darauf nieder. Georg hatte ihr den Schemel gebaut, als sie gerade jung verheiratet gewesen waren. Aus einem Stück Lindenholz hatte er das Bein gedrechselt und sich dabei einen Splitter in die Hand getrieben, der ihm wochenlang böse Schmerzen gemacht hatte und nie wieder herausgekommen war. Bis zuletzt hatte man die Verhärtung gespürt in seinem Daumenballen. Allein daran hätte sie ihn unter allen Männern wiedererkennen können.

Sie lehnte sich gegen die warme Flanke der Kuh und schloss die Augen. Fliegen surrten um sie herum, und der Schwanz des Tieres streifte über ihre faltige Wange. Wie friedlich war es hier. Wie friedlich.

Langsam dämmerte sie ein, sodass sie die Erdgeister nicht mehr sehen konnte, wie sie rattengleich aus ihren Verstecken hervorquollen.

Die alte Kathrein ging Barbara bei den Beerdigungsvorbereitungen zur Hand. Sie half ihr, die Leiche zu waschen und ihr das Totenhemd überzuziehen, kämmte das schüttere Haar und steckte ihr ein Büschelchen duftende Kräuter in den Mund, um dann, als alles so weit gerichtet war, in jämmerliche Tränen auszubrechen, als hätte sie jetzt erst bemerkt, dass es ihre eigene Schwester war, die sie da auf ihre letzte Reise schickte. Barbara legte ihr den Arm um die Schultern und zog sie an sich.

«Ist ja schon gut», murmelte sie und war erschrocken darüber, dass sie kein Mitgefühl empfand, weder für die Verstorbene selbst noch für die weinende alte Frau in ihrem Arm. Alles war so unendlich gleichgültig: die tote Agnes, die sie selbst neben der Kuh im Stroh gefunden hatte, der Vogt, der das beste Kleid der Alten abholte, Andres, der sich zuerst geweigert hatte, seinem Bruder im Landsknechtlager eine Nachricht zukommen zu lassen. Es war so gleichgültig. Sie ließ Kathrein zusammengekauert auf der Truhe zurück und ging die paar Schritte zum Kirchhof hinüber. Der Wind raschelte in den Zweigen der jungen Birken. Einzelne Blätter hatten sich schon gelb verfärbt und segelten langsam, unentschlossen zu Boden. Hinten an der Mauer stand eine wilde Rose. Im Juni strahlte sie immer in voller Pracht wie eine junge Braut, aber jetzt waren nur noch zwei, drei Blüten geöffnet. Barbara pflückte eine davon ab und legte sie behutsam auf das kleine Grab: kein Kreuz, kein Stein, gerade ein paar Quadratzoll frisch aufgeworfene Erde, auf der schon wieder das Unkraut spross. Es lohnt nicht, für kleine Kinder eine Grabstätte anzulegen, nicht wahr, erst recht nicht für solche, die doch nie richtig gelebt haben. Du weißt doch, dass es einfach zu viele davon gibt, hast sie doch alle sterben sehen in den letzten Jahren! Hat nicht jede Frau im Dorf schon ein totes Kind im Arm gehalten? Im Himmel werden sie ihren Platz schon finden, der Kirchhof aber ist einfach zu klein, viel zu klein für all die verlorenen Kinder … Barbara ging in die Knie und strich mit den Händen über den ausgetrockneten Boden. Wie wäre es wohl gewesen, über die zarte Haut des

Neugeborenen zu streichen? Wie wäre es gewesen, es an die Brust zu legen, seine kleine Lippen zu spüren und den hungrigen Mund? Wie wäre es –

«Barbara, es ist nicht gut, dass du jeden Tag herkommst.»

Sie hatte den Pfarrer nicht kommen hören und blickte unwillig auf. Locher trug ein neues Messgewand, das der alte Renschacher ihm spendiert hatte, denn der Pfarrer hatte vor kurzer Zeit die Brautmesse für Johannes von Renschach und seine junge Frau gelesen, zu der viele vornehme Besucher gekommen waren. Barbara fragte sich, wie er so jung und unschuldig aussehen konnte, obwohl er doch vertrauter mit dem Tod war als jeder andere im Dorf.

«Lass mich in Ruhe», flüsterte sie. «Ich will bei meinem Kind sein, siehst du das nicht?»

«Das Kind ist doch tot, Barbara. Es ist bei Gott im Himmel.» Er hob die Stimme. «Du wirst noch viele andere Kinder haben. Lass dieses einfach los.» Er griff nach ihrem Arm, um ihr aufzuhelfen, und plötzlich flammte ein gnadenloser Hass durch ihr Herz und ließ ihren Atem stocken. Dieser Mann hatte ihn gesehen, ihren Sohn, während sie sich in Fieberträumen verlor. Hatte ihn berührt, hatte ihn dem Grab übergeben, mit nichts als einem dünnen Tuch über dem zarten Gesichtchen, um ihn zu schützen. Hatte ihm die erste Schaufel Erde auf den kleinen Körper geworfen. Sie hätte laut schreien können vor Hass. Der Pfarrer schien das zu spüren, denn er zog hastig die Hand zurück.

«Gott schütze dich», murmelte er. «Wir sehen uns morgen dann … bei Agnes' Beerdigung.» Sie war erleichtert, als sie wieder allein war.

Zwei Wochen nach der Beerdigung der alten Breitwieserin zog Gertrud Spaichin um. Zwei Wochen, das war lange genug gewartet, um den Anstand zu wahren, fand sie. Lange genug für eine, die die letzten zehn Jahre damit zugebracht hatte, darauf zu warten, dass sie endlich wieder einen sicheren Platz im Leben fand, wenn es den denn überhaupt gab. Energisch faltete sie das Brusttuch zusammen, das ihre paar Habseligkeiten enthielt – jämmerlich wenig für ein ganzes Leben. Aber von jetzt an würde alles besser werden. Sie lud sich das Bündel auf die Schulter und trat in die Stube.

«Ich geh dann», sagte sie knapp. Balthes war auf dem Feld, aber Mia stand in der Stube und sah die Schwägerin aus trüben Augen an. Mein Gott, dachte Gertrud, was war nur aus der Frau ihres Bruders geworden! Mit dem spärlichen grauen Haar, dem lückenhaften Gebiss und dem Buckel sah sie so aus, als könnte man ihr auch schon einen Platz auf dem Kirchhof suchen, dabei war sie doch jünger als Gertrud selbst! Gertrud legte ihr den Arm um die Schultern und zog sie kurz an sich.

«Ich werd nie vergessen, dass du uns freundlich aufgenommen hast, obwohl Balthes es nicht wollte», flüsterte sie ihr ins Ohr. Mia nickte stumm, die engen Mausaugen voller Tränen. Und jetzt lässt du mich allein, schienen sie zu klagen. Gertrud schob sie schnell zurück.

«Ist ja nur ein paar Schritte weiter», sagte sie forsch. Dann zog sie die Tür hinter sich zu und atmete auf, als sie draußen stand. Alle Heiligen, sie hatte schon genug zu tun mit ihrem eigenen Leben und dem ihrer Tochter! Das Mädchen war ja ganz verändert, seit es das Kind verloren hatte.

«Da bin ich, Kind.» Ohne zu zögern, schritt sie über die Schwelle des Breitwieser-Hofes und sah sich um, als wäre sie zum ersten Mal hier. Barbara saß auf der Wandbank, neben sich einen großen Korb mit Erbsen, die ausgepalt werden wollten. Sie hielt die Hände im Schoß verschränkt; die Schüssel vor ihr war leer. Sie stand nicht auf.

«Ja», antwortete sie schließlich. «Agnes' Kammer kennst du ja.» Das war alles. Gertrud wartete eine Weile, aber ihre Tochter blieb stumm. Schließlich ging sie in die Kammer, warf ihr Bündel auf das durchgelegene Bett der alten Breitwieserin – nicht einmal die Strohmatratze hatten sie neu gestopft! –, kehrte zurück und griff sich den Korb mit den Erbsen.

«Da habt ihr ja reichlich geerntet», plauderte sie betont munter, während sie die grünen Schoten geschickt eine nach der anderen öffnete und die kleinen Erbsen herausfallen ließ. «Sicher hängt draußen noch mehr?»

«Ich weiß nicht.» Barbara machte keinen Versuch, sich an der Arbeit zu beteiligen. Sie bewegte ihre Finger hin und her und betrachtete sie, als wären es fremde Wesen, die sich unerwartet auf ihrem Schoß niedergelassen hatten. Gereizt warf Gertrud schließlich die letzten Erbsen in die Schüssel, griff nach Barbaras Händen und hielt sie fest.

«Hör auf damit!», sagte sie streng. «Ich habe schließlich auch ein Kind verloren. Ich weiß, wie das ist! Ich habe danach nicht trübsinnig in der Ecke gehockt und dem lieben Herrgott den Tag gestohlen.» Barbaras Hände lagen kalt in ihren eigenen. Sie fühlte, wie es darin zuckte und bebte wie in einem Sack junger Katzen, die der Bauer in den Brunnen werfen wollte. «Barbara! Hörst du mir überhaupt zu?»

Unvermittelt stand die junge Frau auf und ging hinaus. Von weit draußen drang die schnarrende Stimme von Kathrein zu ihr herüber. In ihrem langen Leben hatte sie ihren Mann beerdigt und all ihre Geschwister, fünf Kinder und mittlerweile sogar schon das erste Enkelchen. Aber Barbara hörte sie lachen. Vielleicht wurde das Leben ja einfacher, wenn man erst so alt war.

Gunda Spaichin kniete am Ufer und wusch ihr Kleid. Sie rieb es mit Asche, knetete und scheuerte, spülte die Seife aus. Das Wasser war schon recht kalt jetzt im September, und sie hatte kaum noch Gefühl in den Fingern, als sie sich endlich wieder erhob und begann, das tropfende Teil auszuwringen. Kritisch begutachtete sie ihre Arbeit und breitete das Kleid dann über ein paar Büschen zum Trocknen aus. Wie schön wäre es, statt dieses Fetzens ein Kleid zu besitzen, so wie das, was die junge Dorothea von Hardtwald bei ihrer Hochzeit vor drei Wochen getragen hatte!, dachte sie. Oder wenigstens so eins wie das schwarze von Barbara! Zufrieden betrachtete sie ihr Spiegelbild, das unscharf vor ihr auf dem Wasser tanzte.

Die älteste Tochter von Mia und Balthes Spaich war ein hübsches Mädchen mit strohgelbem Haar, roten Wangen und einem festen, unverbrauchten Körper. Nur die derben, verarbeiteten Hände mochten nicht so recht zu dem frischen Äußeren passen. Wenn es nur nach Gesicht und Gestalt gegangen wäre, hätte sie ein halbes Dutzend Burschen im Bett haben können, für jeden Wochentag einen anderen. Aber zu seiner Hausfrau würde keiner von denen sie machen. Sie war eine, die kein Geld in die Ehe mitbrachte, keine Mitgift. Mit so einer legte man sich heimlich ins Heu und hatte seinen Spaß, machte ihr vielleicht ein Kind und schickte sie dann weg. Nein, keiner der Bauern hier würde sie als Schwiegertochter wollen, sie, die nichts anderes besaß als ihr hübsches Gesicht und ihre langen Beine.

Sie kniff die Augen zusammen, als sie ihren Vater vor das Haus treten sah. Er hustete und spuckte auf die Erde, bevor er sich mit unsicheren Schritten Richtung Schänke auf den Weg machte, wohin auch sonst. Wie sie ihn hasste! Sie hasste sein schiefes Gesicht und seine breiten Schultern, seine Wutausbrüche, die Art, wie er mit den Lippen schmatzte, bevor er den ersten Becher kippte, den glitzernden Speichel, der ihm aus den Mundwinkeln tropfte, wenn er besoffen auf dem Tisch schlief, sie hasste die Luft, die er atmete, und den Boden, auf dem er stand. Wer anders als Balthes Spaich war schuld daran, dass sie nie Bäuerin werden würde, so wie die anderen Mädchen, selbst wie Barbara, bei der niemand mehr danach fragte, welcher Landstreicher ihrer Mutter damals den dicken Bauch gemacht hatte? Balthes Spaich, der ihre ohnehin schon kümmerliche Mitgift durch seinen Suff und seinen Jähzorn verloren hatte! Gunda zwang sich, ruhig zu atmen, und verscheuchte ein paar Krähen, die sich auf dem frischgewaschenen Kleid niederlassen wollten. Sie schlug die Arme um den Oberleib und hüpfte ein wenig auf und ab, um wieder warm zu werden.

Niemand würde ihr hier heraushelfen, weder ihre trübsinnige Mutter, die sich am liebsten in irgendeiner dunklen Ecke verkroch, noch die kleine Schwester, die zu allem immer ja und amen sagte. Auf sie allein kam es an. Sie allein musste ihr Schicksal in die Hand nehmen und zum Besseren wenden. Und, bei Gott, sie würde es tun!

Am Sonntag danach wurde Kirchweih gefeiert, aber Andres Breitwieser blieb zu Hause.

«Der verfluchte Alte hat sein ganzes Handwerkerpack ins Dorf eingeladen zu unserem Fest!», knirschte er. «Glaubst du etwa, mit diesen Hurensöhnen will ich am Tisch sitzen und trinken?» Barbara zuckte nur mit den Schultern. Ihr war sowieso nicht nach Feiern zumute, und als am Festabend der ausgelassene Lärm und die Tanzmusik durch die geschlossenen Fensterläden drangen, stopfte sie sich zwei Büschel fettige Wolle in die Ohren. Am nächsten Morgen kam Gunda vorbei und brachte einen Korb mit kalten Würsten.

«Hier, von gestern ... hab ich für euch aufgehoben und vor meinem Vater in Sicherheit gebracht.» Ihre Augen strahlten. An ihrem Mieder prangte ein Sträußchen von Herbstzeitlosen, und immer wieder strich sie sich mit den Händen über die Schürze.

«Und, war es schön?», fragte Barbara und betrachtete abwesend die rosafarbenen Blumen. Ob Gunda wohl wusste, dass die Hexen im Frühjahr aus den ersten Blättern dieser Pflanze einen giftigen Salat zubereiteten? Aber Gunda dachte offensichtlich an etwas ganz anderes.

«Stell dir vor, Barbara, den ganzen Abend habe ich mit einem von den jungen Handwerkern getanzt! Er ist Maurer, Maurergeselle.» Sie beugte sich vor und zwinkerte Barbara verschwörerisch zu. «Er ist so ganz anders als die Burschen hier aus dem Dorf, verstehst du? Ziemlich groß und gut aussehend, und für die Kirchweih war er sogar im Bad!» Sie lächelte verträumt. «Und tanzen kann er! Ich sag dir, mir ist ganz anders geworden dabei.»

«Wie heißt er denn?» Barbara bemühte sich, wenigstens ein bisschen Interesse zu zeigen.

«Eberhard Kohler. Er kommt jetzt von Horb, aber er war schon mal in Köln, hat er mir erzählt. In Köln! So weit weg.»

«Und? Wollt ihr euch wieder treffen?»

«Sicher, sobald er Zeit hat ... vielleicht schon heute Abend!»

«Und du bist sicher, dass er nicht zu Hause noch ein Liebchen sitzen hat?», rutschte es Barbara heraus. Gunda sah sie an. Das schwärmerische Leuchten war aus ihrem Gesicht verschwunden und hatte einem harten, fast berechnenden Ausdruck Platz gemacht.

«Das kannst du wohl glauben. Ich pass schon auf, dass er auch weiß, was es wert ist, wenn ein hübsches Mädchen für ihn die Röcke hebt.» Sie nahm sich eine Wurst und biss kräftig hinein. «Ich will verdammt sein, wenn ich nicht aus diesem Kaff hier herauskomme.»

2

Im Spätwinter des Jahres 1525 begann es überall auf dem Land zu brodeln, in den kleinen Schwarzwaldgemeinden, im Hegau und in Oberschwaben, auf den Klostergütern und auf den weltlichen Besitztümern kleiner und großer Adelsherren. Wie ein mächtiger Sturmwind war die Stimme der Reformation durch das Deutsche Reich gefegt und hatte die kleinen Flämmchen des bäuerlichen Aufruhrs und der Empörung der Ackerbürger zu gefährlichen Flächenbränden angefacht. Überall schlossen die Bauern sich zusammen und bildeten Schwurgemeinschaften, so wie es die Eidgenossen in der Schweiz vorgemacht hatten. Und hatte dieses Vorgehen sie nicht zum Erfolg geführt? Hatten sie nicht so die verhassten Habsburger, die Burgunder und selbst Kaiser Maximilians Herrschaft abgeschüttelt? Und ebenso würden auch die deutschen Bauern Erfolg haben, zumal sie ja gar nicht so viel wollten: Sie wollten ja gar nicht die Obrigkeit abschaffen oder den Kaiser. Sie wollten nur keine Leibeigenen mehr sein und nicht mehr mit Hab und Gut und Leben ihrem Grundherrn verpfändet. Sie wollten ziehen können, wohin, und heiraten, wen sie wollten. Sie wollten wieder fischen, Holz schlagen und ihre Schweine zur Eichelmast in den Wald treiben können, wie es von alters her gewesen war, wollten nicht vor die geistlichen Gerichte gezerrt werden, deren Sprache sie nicht verstanden, sondern vor dem Ortsgericht ihr Recht einklagen können. Und sie wollten das reine Evangelium hören, gepredigt von selbstgewählten Pfarrern – das reine Evangelium, aus dem sie herauslasen, dass genau diese Rechte ihnen auch zustanden.

«Nein, meine Liebe. Das geht auf keinen Fall.» Unwillig stellte Heinrich von Renschach seinen leeren Becher zurück auf die Tischplatte. Liebend gern hätte er ihn stattdessen an die Wand geworfen, aber er musste sich beherrschen. Schließlich war seine Schwägerin, die ihm da gegenübersaß und den Mund schmollend verzogen hatte, guter Hoffnung, und ein plötzlicher Schreck könnte sich ungünstig auf das Ungeborene auswirken. Was Gott verhüten möge. Ritter Heinrich seufzte. Mit der ihr eigenen unberechenbaren Dickköpfigkeit hatte Dorothea wohl beschlossen, die Partei dieses kleinen Bauernflittchens zu ergreifen, nur weil dieses genauso schwanger war wie sie selbst. Und Johannes würde nichts Eiligeres zu tun haben, als seiner Frau den Rücken zu stärken.

«Sei doch großzügig, Schwager … Warum willst du den jungen Leuten denn verbieten zu heiraten?», setzte sie nach.

Er seufzte erneut.

«Ich verbiete es ja gar nicht, Dorothea. Glaub nur nicht, dass ich dem jungen Glück im Weg stehen will! Ich habe dem Burschen nur die Bedingungen genannt.»

«Aber, Heinrich! Woher soll so ein junger Maurer denn fünfzehn Gulden nehmen? Kannst du nicht darauf verzichten?» Das kam von Johannes. Heinrich hätte nie geglaubt, dass sein eigener Bruder – ein echter Renschach, so wie er selbst! – so dumm sein konnte. Es musste die Liebe sein, die ihn blind machte für die Tatsachen des Lebens. Nervös rieb er sich mit dem Mittelfinger über seine Narbe, aber es brachte ihm keinen Trost.

«Ihr scheint nicht zu wissen, wie ich an meinen Besitz gekommen bin», schnarrte er schließlich und setzte für sich hinzu: Ihr wisst nur, wie man ihn verschwendet. Denn die Umbauten an der Burg zogen sich nicht nur erheblich länger hin, als er erwartet hatte, sondern verschlangen auch deutlich mehr Kapital, zumal der jungen Frau immer wieder neue Wünsche in den Sinn kamen: ein Kachelofen im Schlafzimmer! Glasscheiben in allen Wohnräumen! Teppiche für die kahlen Wände! Und so weiter und so weiter. Dazu kamen die Kosten für die Hochzeit, und überdies hatte er erst vor wenigen Wochen eine nicht unbeträchtliche Summe Geldes in Italien verloren, wo er in einen, wie sich im Nachhinein herausstellte, wenig begabten Landsknechtführer investiert hatte.

«Die Fronbauern sind Teil meines Vermögens», fuhr er schließlich fort. «Wenn ich den ersten einfach ziehen lasse, dann packt morgen schon ein ganzes Dutzend seinen Ranzen und haut ab in die nächstbeste Stadt, und ich kann sehen, wer mir die Felder bestellt und den Wein keltert. Nein, der junge Mann soll sein Mädchen auslösen, und auch das Kind, das mir von Rechts wegen zusteht. Fünfzehn Gulden, dann können sie ziehen und Kinder machen, so viel sie wollen.»

Johannes von Renschach griff nach der Hand seiner Frau und drückte sie leicht. «Meinst du nicht, gerade in diesen Zeiten wäre es besser, den Leuten ein wenig entgegenzukommen?», fragte er bedächtig. «Du hast doch auch gehört, was überall im Gange ist. Die Bauern rotten sich zusammen gegen die Herrschaft und verlangen die Abschaffung der Leibeigenschaft und des Zehnten und –»

«Eben!» Heinrich fletschte die Zähne. «Und solchem aufrührerischen Pack soll ich entgegenkommen? Damit sie sich hier in meiner Burg breitmachen und tun, was sie wollen? Du hast wohl den Verstand verloren!» Er schlug mit der Faust auf den Tisch. Dorothea zuckte zusammen. Aber Heinrich ließ sich nicht beirren. «Gib mir zwei Dutzend Reisige und ein paar Geschütze, und ich mache jedem Aufstand in ein paar Stunden ein Ende! Für den Hund, der mich beißt, hab ich nur die Peitsche.»

«Gunda ist völlig verstört, das arme Mädchen.» Energisch walkte Gertrud Spaichin den Brotteig, den sie heute Nachmittag noch backen wollte. Sie hatte beide Ärmel hochgekrempelt und war bis zu den Oberarmen mit Mehl bestäubt. Mehr als ein Tropfen Schweiß war schon von ihrer Stirn in die Schüssel getropft. Die Brotwürze, pflegten die Frauen kichernd zu sagen. Jeder Mann müsse schmecken können, ob es seine Frau gewesen sei, die den Teig geknetet habe.

«Sie war sich so sicher gewesen, dass er das Geld aufbringen würde.»

«Warum tut er's dann nicht? Die Leute am Bau scheinen doch ganz gut zu verdienen.» Barbara öffnete die Ofenklappe und machte schnell einen Schritt zurück, als die Hitze ihr entgegenschlug. Sie griff nach ihrem Reisigbündel, tunkte es in einen Wasserbottich und holte noch einmal tief Luft, bevor sie sich daranmachte, Glut und Asche aus dem Ofen herauszufegen.

«Nun, es wäre eben doch sehr viel Geld, und er bräuchte alles, was er zur Seite legen könnte, für die Meisterprüfung nächstes Jahr ...» Schwer atmend lehnte Barbara sich zurück. Die feuchte Hitze im Inneren des Ofens war unerträglich. Asche hing an ihrem Kopftuch und klebte an ihrer Haut. Benommen beugte sie sich zu dem Eimer hinunter und schöpfte sich ein paar Hände voll Wasser ins Gesicht.

«... wenn du mich fragst: Der Bursche war ganz froh, dass

er jetzt einen guten Grund hat, sie sitzenzulassen.» Gertrud schlug zornig mit der Faust in den Teig und begann ihn in zweipfundgroße Stücke zu teilen. «Hilfst du mir?»

«Gleich.» Vorsichtig streute Barbara eine Handvoll Mehl in den Ofen, in Sekundenschnelle wurde es schwarz. «Es ist noch zu heiß», sagte sie und ließ die Klappe offen, damit der Ofen sich noch ein wenig abkühlte. Zusammen formten sie die Laibe und legten sie auf ein bemehltes Brett.

«Der Bursche ist schon auf und davon, hat Mia gesagt.» Gertrud murmelte entrüstet vor sich hin, während sie die Brote kreuzförmig einschnitt und dann mit Wasser bestrich. Kleine Speichelbläschen hingen in ihren Mundwinkeln. «Weißt du, was, Kind?» Gertrud lächelte ihrer Tochter schließlich aufmunternd zu. Mit Erleichterung hatte sie in den letzten Wochen wahrgenommen, wie Barbara langsam wieder ins Leben zurückkehrte, nicht mehr ganz so in sich gekehrt war wie zuvor und gelegentlich sogar lachte. «Geh doch heute Abend mal bei der Gunda vorbei. Ihr habt euch doch immer gut verstanden. Du weißt ja, wie es ist, wenn –» Plötzlich fehlten ihr die Worte, aber Barbara nickte langsam.

«Ja. Heute Abend.»

Es wurde früh dunkel an diesem Märznachmittag, bedrohliche Wolken hatten sich im Westen zusammengeballt und ließen an Schnee denken. Barbara fröstelte schon bei dem Gedanken daran, noch einmal nach draußen zu gehen. Unvorstellbar, dass ihr heute Mittag am Backofen der Schweiß am Körper heruntergelaufen war. Sie legte sich ihr dickes Tuch um die Schultern und wollte gerade aufbrechen, als Andres hereinkam.

«Barbara?»

«Ja.»

Er machte ein paar Schritte auf sie zu und blieb dann unschlüssig stehen.

«Barbara, ich – ich möchte dich um etwas bitten.» Es fiel ihm sichtlich schwer, das zu sagen, und er schluckte. «Wir haben uns gerade noch einmal getroffen, ein paar Männer aus dem Dorf und ich ... du hast sicher von der Gunda gehört, oder?» Barbara nickte.

«Die Männer sind jedenfalls fast alle auf meiner Seite, nachdem das passiert ist. Sie haben eine Mordswut auf den Renschacher, vor allem Balthes. Sie – wir haben geschworen, weißt du. So wie die Bauern im armen Konrad. Dass wir zusammenstehen wollen und unsere Rechte durchsetzen, den Zehnten abschaffen, die Leibherrschaft, die Heiratsbeschränkungen und so weiter.»

«Und was soll ich dabei tun?» Er ergriff ihren Arm und sah ihr ins Gesicht. Das Funkeln in seinen Augen verhieß nichts Gutes.

«Wir wollen unsere Forderungen aufschreiben und dem Ritter vorlegen. Ich selbst bring's nicht zusammen. Und da dachte ich –»

«Fragt doch den Pfaffen, ob er's euch schreibt!»

«Der Pfaff! Der Pfaff!» Verächtlich spuckte Andres auf den Boden. «Den hat der Alte doch fest in seinem Griff. Der kann keinen Schritt tun, ohne dass er's erfährt. Nein, ich dachte – du kannst doch schreiben, Barbara. Du könntest es tun.» Sie senkte die Lider. Er strich ihr über das Haar.

«Bitte, Barbara ... tu's doch», drängte er flüsternd. «Tu's für die Gunda ... fürs ganze Dorf.» Wenn er doch sagen würde: Tu's für mich, dachte sie. Tu's ganz allein für mich. Aber so etwas sagte er nicht. Es war überhaupt das erste Mal seit längerer Zeit, dass sie miteinander über etwas redeten, das über die Notwendigkeiten eines Arbeitstages hinausging.

«Ich muss darüber nachdenken», antwortete sie schließlich und schob sich an seinem enttäuschten Gesicht vorbei zur Tür. «Ich geh noch mal kurz zur Gunda rüber und bring ihr frisches Brot. Bis später.» Sie griff nach dem Korb mit dem duftenden Brot und ging, bevor er noch etwas erwidern konnte. Der aufsteigende Zorn ließ sie schneller laufen. Warum nur, warum konnte er sie nicht ein Mal für sich selbst um etwas bitten? Nicht ein einziges Mal? Würde er sich so viel vergeben dabei? Und ganz abgesehen davon, hatte sie Angst vor dem, was sie alle noch erwartete. Die letzten Jahre hatten genug Bauernaufstände gebracht, und jeder wusste, wie sie geendet hatten. Die Anführer hatten immer froh sein können, wenn sie mit Geldstrafen davongekommen waren oder man ihnen nur die Schwurfinger abgehackt hatte. Nicht wenige waren gleich an Ort und Stelle aufgeknüpft worden, zur Mahnung und Abschreckung möglicher Nachfolger.

Aber ein Mann wie Andres ließ sich nicht abschrecken. Nie im Leben würde er vergessen, dass der Ritter ihn an den Pranger gestellt hatte, als er doch nur glaubte, sein gutes Recht zu vertreten. Und sie selbst war es gewesen, die den Stein ins Rollen gebracht hatte! Jetzt löste er womöglich einen ganzen Bergrutsch aus und konnte sie alle mit ins Unglück reißen. Nein, sie würde den Männern nicht helfen! Sie würde ihre Forderungen nicht zu Papier bringen und ihnen damit ein Gewicht verleihen, das eine mündlich vorgetragene Bitte niemals haben konnte.

Sie stand vor dem Spaich-Hof, bevor sie hatte darüber nachdenken können, was sie Gunda zum Trost sagen wollte. Als niemand auf ihr Klopfen antwortete, trat sie zögernd ein. Wie dunkel es hier drin war, wie muffig! Sie konnte sich noch gut an den Tag erinnern, als sie zum ersten Mal über diese Schwelle getreten war, vor mehr als zehn Jahren.

An die Furcht, die das Haus ihr auf den ersten Blick eingeflößt hatte, daran, wie sie in der Nebenkammer auf dem Strohsack gelegen und gehört hatte, wie Balthes Spaich auf ihre Mutter eingeschlagen hatte. Arme Gunda. Wie gern wäre auch sie aus diesem Haus ausgebrochen und mit ihrem hübschen Handwerker fortgezogen! Barbara stellte ihren Korb ab und sah sich suchend um.

«Gunda? Ich habe dir Brot gebracht ... es ist ganz frisch.» Niemand antwortete. Vielleicht war das Mädchen ja an einen Ort gegangen, wo es mit seinem Kummer allein sein konnte? Sie würde das Brot einfach da stehen lassen und wieder nach Hause gehen. Nur um sicher zu sein, öffnete sie die Tür zur Nebenkammer.

Ein dunkler Schatten hing vor dem winzigen Fenster, hing vom Balken herunter wie eine große giftig-faule Frucht. Dann sah sie die bloßen Füße, ein paar Zoll über dem Boden. Sie schwangen hin und her und hin und her. Sie stieß einen heiseren Schrei aus, schlug sich die Faust vor den Mund. Ein graues Gesicht mit hervorquellenden Augen stierte sie an, Fliegen krochen über die geschwollene Zunge. Eine Hand krallte sich in den Strick um den Hals, als hätte das Mädchen im letzten Augenblick bereut, was es getan hatte.

Gunda Spaichin war keinen leichten Tod gestorben.

Zu Gundas Beerdigung kam das ganze Dorf. Niemand hatte seine Stimme dagegen erhoben, dass der Pfarrer Gunda in geweihter Erde begrub – nicht einmal der Leibherr, der eigentlich auf der Einhaltung der kanonischen Rechtsvorschriften bestand. Aber Heinrich von Renschach war am Vortag aus seiner Burg aufgebrochen, um seinen Lehnsverpflichtungen nachzukommen, und hatte die Verantwortung für den Besitz fürs Erste in die Hände seines Bruders gelegt.

Wie die meisten kleinen Adligen am oberen Neckar war er der Aufforderung seines Dienstherrn gefolgt, des Markgrafen von Baden, sich mit einer Anzahl berittener Kämpfer bei den Truppen des Schwäbischen Bundes einzufinden. Johannes von Renschach seinerseits hatte sich zu dem Fall der Selbstmörderin nicht geäußert, allerdings den Burgvogt beauftragt, bei dem Begräbnis anwesend zu sein.

Die Bahre mit der verhüllten Toten wurde vom Spaich-Hof aus durch das ganze Dorf getragen, über alle Wege und Plätze, über die die junge Frau selbst gegangen war. An jedem Haus hielten sie an; die Bewohner kamen heraus, legten ein paar Blüten und Zweige auf die Trage und schlossen sich dann dem Zug an. Ganz am Ende, ein wenig abseits der trauernden Gemeinde, ging der Burgvogt, und Barbara fragte sich, ob er es tat, weil er sich so vielleicht sicherer fühlte. Sie war schon bei zahlreichen Beerdigungen dabei gewesen, großen, ernsten wie der des alten Georg Breitwieser, jämmerlichen und herzzerreißenden wie der ihres einjährigen Halbbruders. Es war geweint worden und laut gejammert, Haare wurden gerauft und Kleider zerrissen. Aber noch niemals hatte sie so wie heute geballte Fäuste gesehen oder gehört, wie die Männer zwischen zusammengebissenen Zähnen Flüche murmelten. Von dieser düsteren Versammlung ging etwas Bedrohliches, Unheilverkündendes aus, wie von einer schwarzen Gewitterwolke, eine kaum gebändigte, heiße Wut, die sie auch selbst in ihrem Innern brodeln fühlte.

Endlich war der Kirchhof erreicht, wo schon am Morgen die Grube ausgehoben worden war. Die Leichenträger – Balthes selbst, Andres und wer noch mit der Toten verwandt war – griffen sie an Kopf und Füßen und ließen sie vorsichtig hinunter. Bis zum letzten Augenblick noch versuchte die hoffnungslos schluchzende Mia den Leichensack festzuhalten. Barbara und Gertrud mussten sie schließlich fast mit Gewalt wegziehen.

«Gebt mir mein Kind zurück! Ich will mein Kind!» Ihre Schreie gellten noch über den Kirchhof, als der Pfarrer die Tote ein letztes Mal mit Weihwasser besprengte und eine Schaufel voll Erde in die Gruft warf. Dann folgten zunächst die Männer. Die meisten murmelten einen letzten Gruß, als sie ihre Hand voll Erde in die offene Gruft warfen. Balthes Spaich aber hob zuerst die Faust und schüttelte sie in Richtung Burg. Mochte er auch sonst keine Freunde haben – in diesem Augenblick standen sie alle hinter ihm. Auch Andres Breitweiser begnügte sich nicht mit der ergebenen Geste. Er hielt einen Moment inne und sagte dann mit lauter Stimme:

«Ruhe in Frieden, Gunda Spaichin. Sei gewiss, dass dein Tod nicht ungesühnt bleiben wird.» Es konnte keinen unter den Umstehenden geben, der ihn nicht genau verstanden hatte.

«Ich schreibe für euch.»

Sie waren gerade erst vom Leichenschmaus zurück. Andres, der noch in der Tür stand, sah sie überrascht an.

«Ich schreibe eure Forderungen auf.» Die neue Entschlossenheit, die sich mit den Worten, kaum waren sie ausgesprochen, noch weiter verstärkte, ließ ihre Stimme klarer und härter klingen. Es war nicht nur der letzte, gebrochene Blick aus Gundas Augen gewesen, der diese Entschlossenheit in ihr geweckt hatte, oder die Erinnerung an das kleine Mädchen, das ihr einmal eine selbstgemachte Strohpuppe geschenkt und in der ersten Nacht in der Fremde mit ihr das Bett geteilt hatte, das ihr seine verwegenen Träume ins Ohr geflüstert hatte und doch seinen letzten Weg allein gegangen war. Nein. Es waren die schrillen Schreie der Mutter nach ihrem Kind gewesen, die um ihr Herz zugeschnappt waren wie Fangeisen.

«Ja.» Andres nickte langsam und kam vollends herein. «Gut.»

«Ich brauche Federn, Tinte und Papier.»

«Wir werden das besorgen.» Einen Augenblick lang verharrte er abwartend, dann kam er auf sie zu und zog sie an sich.

«Ich dank dir, Barbara. Ich dank dir sehr. Es ist gut, dass du auf unserer Seite stehst», flüsterte er und begann, mit seinen Händen über ihren Rücken zu streichen, und als er sie hochhob und in die Kammer zum Bett hinübertrug, ließ sie ihn gewähren.

Nur nicht nachdenken, ob die Brücke, die man gerade betritt, auch standhalten wird. Nur nicht nachdenken.

«Da kommt was auf uns zu, Herr. Da braut sich was zusammen.» Das waren die Worte des Burgvogts gewesen, als er von dem Begräbnis Bericht erstattet hatte. «Ich riech doch, wenn da was nicht stimmt, und hier stinkt's wie 'n halbverfaultes Wildschwein. Ihr solltet etwas unternehmen.» Johannes von Renschach hatte nur mit Mühe dem erwartungsvollen Blick des Mannes standgehalten, der – es war nicht schwer, das zu erkennen – am liebsten sofort dreingeschlagen und jede Unruhe im Keim erstickt hätte. Aber der Selbstmord dieses Bauernmädchens war ihm selbst beklemmend nahegegangen, ganz zu schweigen von Dorothea, die sich seitdem in das Halbdunkel ihres Schlafraums zurückgezogen hatte und immer wieder unvermittelt in Tränen ausbrach. Warum musste Heinrich auch so engstirnig auf seinem Recht beharren, wenn man mit ein wenig Nachgiebigkeit doch viel weiter kommen konnte, gerade in so einem Fall? Hier war die Gelegenheit gewesen, sich die Bauernschaft durch billiges Entgegenkommen zu verpflichten, und Heinrich hatte sie verschenkt.

Und jetzt hatte er hier ihre Forderungen liegen, sauber mit Kinderschrift auf zwei große Pergamentbögen gemalt, und sollte darüber entscheiden. Johannes von Renschach trommelte nervös mit den Fingern auf dem Geschriebenen herum und wünschte seinem Bruder die Pest an den Hals. Da stand:

«... soll der Todfall ganz und gar abgetan werden, sei es das beste Stück Vieh oder das beste Kleid, und nimmermehr sollen Witwen und Waisen wider Gottes Recht schändlich beraubet werden ...»

Renschach stöhnte. Abschaffung von Leibeigenschaft, Zehntem und Todfall, freies Jagd- und Holzrecht, Gültermäßigung bei Unwetter und Misswuchs – das waren genau die Forderungen, die auch die Bauern in Oberschwaben vor ein paar Wochen verfasst hatten. Schon am 19. März waren sie gedruckt worden. Seitdem hatten sie ihren Weg noch in das verschlafenste Dorf im Süden des Reiches gefunden. Ob die Glatter Bauern auch schon wussten, dass ihre Brüder im Allgäu nach dem Scheitern ihrer Verhandlungen mit dem Schwäbischen Bund das Kloster Kempten sowie ein nahegelegenes Schloss erobert und geplündert hatten? Wie eine eisige Hand legte sich die Angst um seine Kehle, und er lief unruhig hin und her. Er war kein Haudegen wie sein Bruder. Er hatte überhaupt noch nie an einem Kampf teilgenommen, abgesehen von einem kleinen Scharmützel im Rahmen einer lokalen Fehde, und es hatte ihm keine Freude bereitet. Aber es war ganz klar, dass Heinrich von ihm erwarten würde, die Burg mit Klauen und Zähnen zu verteidigen. Er begann zu überlegen.

Die Burgbesatzung einschließlich des Vogts bestand aus fünf Bewaffneten; in den Kellergewölben lagerten sechs

Dutzend Hakenbüchsen und andere Handwaffen mit reichlich Munition sowie zahlreiche Feuerpfeile. Eine ausreichend entschlossene Gruppe von Männern, und wenn es auch nur eine Handvoll war, sollte in der Lage sein, die Wasserburg zumindest so lange zu halten, bis, so Gott wollte, von irgendwoher Unterstützung kam. Soweit Johannes wusste, war die Burg Glatt überhaupt noch nie erobert worden. Außerdem, so redete er sich ein, verstand er sich doch gut mit seinen Bauern. Mit mehr als einem hatte er schon fröhlich gesoffen und gewürfelt. Sollte es ihm da nicht möglich sein, die Wogen des Aufruhrs zu glätten? Einigermaßen erleichtert rollte er das Pergament wieder zusammen und machte sich auf den Weg in den Wohntrakt.

Dorothea saß auf dem Bett, ihr Gebetbuch in der Hand. Ihr gelöstes Haar fiel ihr bis auf die Hüften, und über ihrem Bauch spannte sich ein weißes Leinenhemd. Johannes küsste sie auf die Stirn und legte ihr dann die Hände auf den Bauch, in der Hoffnung, vielleicht ein Klopfzeichen des ungeduldigen Bewohners zu erspüren. Er liebte es, sich vorzustellen, wie ein kleiner Renschach da drinnen ihm die Hand zum Gruß reichte. Dorothea lächelte ihn an.

«Er schläft. Pass nur auf, dass Heinrich dich niemals so sieht.»

«Heinrich kann mir gestohlen bleiben.» Sie rückte ein Stück zur Seite, sodass er sich neben sie setzen konnte.

«Und? Was wollen sie jetzt, eure Bauern?»

«Was sie alle wollen. Mehr Rechte und weniger Pflichten. Aufhebung der Heiratsbeschränkungen.»

Sie senkte den Kopf.

«Ich muss immer noch an dieses arme Mädchen denken», flüsterte sie. «Du solltest versuchen, den Leuten ein bisschen entgegenzukommen. Sie haben viel durchgemacht.» Ungeduldig schlug Johannes mit der Hand auf die Decke.

«Wenn es nach mir ginge! Aber mir gehört ja nur ein winziger Bruchteil unseres Besitzes. Ich muss tun, was Heinrich von mir erwartet.»

«Und das wäre?»

«Hart bleiben natürlich. Alle Forderungen ablehnen. Jeden Aufstand niederschlagen.» Er schloss die Augen und lehnte den Kopf an Dorotheas Schulter. Wie gut ihr Haar roch, wie weich es sich anfühlte! Er wünschte sie beide weit, weit fort von hier. «Dorothea, ich denke, es wäre besser, wenn du für ein paar Wochen zu deinen Eltern zurückgehen würdest … dein Vater ist auf die Lage besser vorbereitet. In seiner Burg wärst du sicherer aufgehoben als hier. Du und das Kind.»

«Willst du das wirklich?» Herausfordernd sah sie ihn an. Er antwortete nicht.

«Nun, ich will es jedenfalls nicht. Ich bleibe hier. Vergiss nicht, was für eine gute Schützin ich bin. Denk an die letzte Jagd.» Sie lächelte verschwörerisch und wurde dann wieder ernst. «Lade die Leute hierher ein, Johannes, hier auf die Burg. Gib ihnen reichlich zu essen und zu trinken, erwähne beiläufig unsere Waffenkammer und sag ihnen, dass du ohne Heinrich keine Entscheidung fällen kannst. Und wenn du dann immer noch den Eindruck hast, sie wollen mit Gewalt etwas ändern, dann schickst du heimlich einen Boten zum Schwäbischen Bund und bittest um Unterstützung.» Er griff nach ihrer Hand und küsste sie zärtlich.

«Du bist so eine kluge Frau», murmelte er. «Ich weiß nicht, wie ich ohne dich zurechtkäme.»

Barbara nahm die getrockneten Wurzeln vom Seifenkraut, kochte sie auf und wusch in der schaumigen Lauge ihr Festtagskleid. Sie verbrachte einen Abend im Schwitzhaus, kämmte ihr Haar und reinigte ihre Fingernägel mit einem kleinen Holzstück, bis sie weiß schimmerten wie Perlmutt. Missbilligend beobachtete Andres, wie sie sogar die Verlobungskette umlegte. Er selbst hatte keinen Grund gesehen, warum er nicht den gleichen schmutzigen Kittel anziehen sollte wie an jedem anderen Tag auch. Im Gegenteil.

«Soll der aufgeblasene Ritter doch sehen, in welchem Dreck seine Bauern jeden Tag herumkriechen müssen, um sich ihr jämmerliches Brot zu verdienen», sagte er wie zu sich selbst, aber so, dass Barbara ihn verstehen musste. Sie schenkte ihm einen flüchtigen Blick. Sie wusste, dass es ihm lieber gewesen wäre, wenn auch sie in ihren ältesten Sachen zur Burg gegangen wäre, aber ebenso wusste sie auch, dass er es nicht von ihr verlangen würde. Zu groß war seine Dankbarkeit dafür, dass sie sich schließlich doch bereit erklärt hatte, ihn zu unterstützen. Er hatte ihr sogar den Rücken gestärkt, als sie darauf bestanden hatte, zusammen mit den anderen Abgesandten des Dorfes an der Verhandlung mit Johannes von Renschach teilzunehmen.

«Sie war es schließlich, die das Papier geschrieben hat, über das wir jetzt verhandeln wollen», hatte er erklärt. «Niemand weiß so gut, was darin steht, wie sie.» Neben Andres, der von der Dorfgemeinschaft in dieser Angelegenheit stillschweigend als Anführer anerkannt wurde, gehörten der Schultheiß und leider auch Balthes Spaich zu der Abordnung. Der Schultheiß war ein besonnener, überaus angesehener Mann, der schon viele schwierige Verhandlungen mit dem Renschacher durchgestanden hatte und sich nicht so leicht einschüchtern ließ. Auf Balthes Spaich war die Wahl nur gefallen, weil der Selbstmord seiner Tochter ihn irgendwie zu einem Sinnbild der ganzen Auseinandersetzung gemacht hatte. Barbara hoffte von ganzem Herzen, dass er rechtzeitig nüchtern wurde.

Sie trafen sich zum Vesperläuten an der Dorflinde.

«Ich hoffe, du hast deinem Weib gesagt, dass es den Mund halten soll, wenn wir Männer verhandeln?», sagte Spaich zur Begrüßung, während er Barbara unfreundlich vom Scheitel bis zur Sohle musterte.

«Pass lieber auf deinen eigenen Mund auf», entgegnete Andres knapp. «Du stinkst auf hundert Schritt gegen den Wind nach saurem Wein.» Der Schultheiß knetete unruhig seine Hände. Sein Gesicht war grau wie altes Brot.

«Lasst uns gehen», sagte er. «Ich will's hinter mich bringen.» Balthes nickte.

«Ja, lasst uns gehen. Kann's kaum noch erwarten, dem Kerl ins Gesicht zu spucken.»

Einer der Burgknechte nahm sie am äußeren Tor in Empfang, führte sie durch den gemauerten Durchlass und über den Hof. Hier lag noch massenhaft Baumaterial herum, das die Handwerker zurückgelassen hatten, als der Burgherr sie vor zehn Tagen nach Hause geschickt hatte. Für dieses Frühjahr waren die Arbeiten beendet, die Renovierung des maroden Ostturms sollte erst im Herbst in Angriff genommen werden. Barbara schaute nach oben. Auf den Wohntrakt war ein ganzes Stockwerk aufgemauert worden, und die Außenfassade glänzte frisch verputzt in der Abendsonne. Zwei drachenköpfige Wasserspeier an jeder Seite bewachten das neue Ziegeldach. Was das alles wohl gekostet haben mochte! Kein Wunder, dass Heinrich von Renschach auf keinen einzigen Gulden verzichten wollte. Sie ballte die Faust in der Tasche und folgte den anderen eine Treppe hinauf in den Burgsaal.

Unter den versammelten Porträts seiner Vorfahren erwartete Johannes von Renschach die Delegation gemeinsam mit seiner Frau. Er hatte bewusst ein sehr schlichtes Obergewand gewählt, Dorothea jedoch trug ein hermelinbesetztes Kleid aus dunkelrotem Samt, das ihren gewölbten

Leib anmutig zur Geltung brachte. Sie sah ein wenig blass aus. Nicht einmal teppichbehangene Wände, zartes Wachtelfleisch und Müßiggang schienen gegen die Beschwerden einer Schwangerschaft zu schützen.

«Herzlich willkommen in meiner Burg», begrüßte sie Renschach mit einer angedeuteten Verbeugung und nahm die Hand seiner Frau. «Meine Gemahlin und ich sind froh, euch hier zu begrüßen.» Dorothea neigte leicht den Kopf. Balthes Spaich stand mit offenem Mund da und stierte zu ihr hinüber; er hatte eine Frau wie die Burgherrin noch nie aus der Nähe gesehen und wusste nicht, was er sagen sollte. Andres presste die Lippen aufeinander, aber der Schultheiß machte einen Schritt nach vorn.

«Wir danken, dass Ihr uns empfangen habt», begann er und räusperte sich. «Wir –»

«Vielleicht bist du so nett, uns deine Begleiter vorzustellen?» Dorothea hatte eine überraschend tiefe, melodische Stimme. Sie schaute jedem Mitglied der kleinen bäuerlichen Gesandtschaft direkt in die Augen, verweilte vielleicht einen Augenblick länger als unbedingt nötig auf Barbara und lächelte. Barbara spürte, wie der ganze Schmerz und die ganze Wut der letzten Tage in ihr hochstiegen und sich gegen die junge Burgherrin richteten: gegen die Selbstsicherheit und Eleganz dieser Frau, gegen die Art, wie ihr Mann ihr den Arm um die Schultern gelegt hatte, gegen die Schwangerschaft, die sie so stolz zur Schau stellte. Sie ärgerte sich, ihr bestes Kleid angezogen zu haben.

«… das hier sind Andres Breitwieser und sein Weib Barbara. Sie hat unsere – unsere Wünsche aufgeschrieben. Und Balthes Spaich, der Vater des toten Mädchens.» Barbara sah, wie ein Schatten auf das Gesicht der Burgherrin fiel und sie sich verstohlen die Hand auf den Bauch legte, und auf einmal war all ihre Wut zerstoben. Dorothea von Renschach hatte Angst, das spürte sie genau, Angst um das Kind, das eine bedrohliche Zukunft erwartete. Sie nickte der jungen Adligen freundlich zu, und diesmal war es Dorothea, die errötete.

«Wir wollen uns hierherüber setzen.» Renschach führte sie an einen großen Tisch, und sie setzten sich gegenüber.

«Wir sind gekommen, um mit Euch über unsere Forderungen zu verhandeln», begann Andres und zog ein Blatt hervor, um sie noch einmal vorzulesen. Renschach winkte ab.

«Das ist nicht nötig ... wir kennen euer Anliegen. Darf ich euch etwas zu trinken anbieten?» Der Schultheiß nickte zögernd, Balthes gierig. Andres schüttelte den Kopf und hob die Hand.

«Wir sind nicht zum Trinken gekommen. Herr Johannes, Ihr habt unsere Forderungen gelesen. Es ist nicht unbillig, was wir verlangen, nicht mehr und nicht weniger als unser althergebrachtes Recht und das, was uns nach der Schrift zusteht.» Er brach ab und sah dem Grundherrn herausfordernd ins Gesicht. Johannes von Renschach lächelte.

«Ich verstehe, dass der Tod des Mädchens euch alle tief getroffen hat», antwortete er. «Uns geht es genauso. Es war ein furchtbares Unglück.»

«Es war kein Unglück! Es war –» Andres war kurz davor, erregt aufzuspringen. Der Schultheiß legte ihm die Hand auf die Schulter und brachte ihn zum Schweigen.

«Wir danken für Euer Mitgefühl», sagte er. «Aber Ihr wisst sicher auch, warum das Mädchen gestorben ist, nicht wahr? Euer Bruder hat nicht erlaubt, dass sie den Mann heiratet, der der Vater ihres ungeborenen Kindes war.»

«Ich glaube nicht, dass er die Heirat verboten hat.» Renschach faltete die Hände. «Er hat auf der Lösegült bestanden, die ihm für seine Fronbauern zusteht. Der junge Mann war es dann, soweit mir bekannt ist, der sein Geld lieber für andere Vorhaben sparen wollte. Ich kann euch versichern, dass ich dieses Verhalten selbst nicht gutheiße, überhaupt nicht. Es ist unanständig.» Barbara sah unruhig von einem zum anderen. Das Gespräch nahm eine ungewollte Richtung.

«Verzeiht, wenn ich etwas dazu sage.» Erstaunt drehten die Männer sich zu ihr um. «Uns geht es um die Heiratsbeschränkungen allgemein, nicht nur um Gunda Spaichin.» Balthes sah auf und spuckte empört auf den Boden. «In so einem kleinen Herrschaftsbereich wie Glatt ist es schwer für die jungen Leute, einen Ehegatten zu finden. Und wenn sie jemand heiraten wollen, der von auswärts kommt, müssen sie die Lösegült bezahlen. Zehn Gulden! Das ist sehr viel Geld für ein junges Paar, das ja auch noch für die Heiratsgebühren selbst und für die Hochzeit aufkommen muss.» Alle Augen waren auf sie gerichtet.

«Ich verstehe, dass euch das als große Belastung erscheinen muss», antwortete Renschach ruhig. «Allerdings scheint mir auch, dass so ein Paar lieber auf die große Hochzeitsfeier verzichten sollte. Ist es nicht so, dass drei Tage lang gefeiert und das ganze Dorf bewirtet wird?»

«Das kommt fast gar nicht mehr vor.» Der Schultheiß hatte wieder das Wort ergriffen. «In den letzten Jahren ist es bei uns immer knapper geworden. Ihr wisst selbst, wie viele schlechte Ernten wir gehabt haben.»

«O ja.» Renschach nickte bestätigend. «Unsere Einnahmen sind dadurch erheblich zurückgegangen. Und gerade deshalb hat mein Bruder sich ja entschlossen, den neuen Weinberg anzulegen. Sonst hätten wir die Zinsen und Gülten an anderer Stelle erhöhen müssen. Es ist auch zu eurem Nutzen, wie ihr seht.»

«Aber uns fehlt der Wald, aus dem wir unser Holz holen und in den wir im Herbst die Schweine zur Eichelmast hineintreiben können!» Andres hatte die Stimme erhoben. «Jedes Stück Bauholz müssen wir bezahlen, während hier im Hof die besten Kanthölzer herumliegen und verrotten!» Renschach überlegte einen Augenblick.

«Ich verstehe», sagte er langsam. «Wenn euch damit geholfen ist, dann könnt ihr euch meinetwegen das Holz vom Hof holen und die Reste vom Baugerüst.» Die Augen des Schultheißen leuchteten auf. Barbara wusste, dass er schon lange vorhatte, für seinen Ältesten einen Anbau zu machen.

«Was eure übrigen Forderungen angeht, kann ich ohne meinen Bruder leider nichts entscheiden, aber ich bin gern bereit, ihm eine Nachricht zu schicken.» Dorothea nickte freundlich, als wäre damit das Gespräch beendet.

«Ich habe eine kleine Mahlzeit für euch vorbereiten lassen, in der Küche … wenn ihr dem Burgknecht folgen wollt?» Balthes sprang auf, der Schultheiß folgte ihm langsamer. Nur Andres schien noch etwas sagen zu wollen, aber da hatte auch der Burgherr sich bereits erhoben und sagte: «Ihr wisst ja, dass sich Bauern und Herren anderswo schon mit der Waffe in der Hand gegenüberstehen … in Glatt soll es nicht so weit kommen.»

Damit waren sie entlassen.

3

Am 4. April, noch während die Glatter Dorfbewohner dabei waren, das restliche Bauholz aus der Burg zu holen, erlitten die vereinigten oberschwäbischen Bauern bei Leipheim an der Donau eine verheerende Niederlage gegen die Truppen des Schwäbischen Bundes unter dem Truchsess

Jörg von Waldburg. Aber der Aufstand war damit nicht beendet; er brodelte weiter, im Allgäu, im Ries und in Franken, überschwemmte Württemberg, das Elsass und die Pfalz, fraß sich weiter von Dorf zu Dorf und von Hütte zu Hütte. Bauernhaufen zogen durch das Land, verjagten Äbte und Adlige von ihren Gütern, plünderten Klöster und Burgen. Nur selten hatte die Obrigkeit ein ernsthaftes Interesse an Verhandlungen mit den Aufständischen. Man versuchte, sie hinzuhalten und untereinander zu entzweien, während gleichzeitig überall Truppen zusammengezogen wurden. Schneller aber als jeder Bauern- oder Landsknechttross reisten die Berichte von ihren Heldentaten: Die Aufständischen hätten unglaubliche Schätze erbeutet, Truhen voll Gold, Riesenfässer mit Wein; zu Hunderten hätten die Bauern der umliegenden Dörfer sich ihnen angeschlossen und zögen jetzt den Neckar hinunter. Herzog Ulrich sei mit einem Heer Schweizer Landsknechte unterwegs, um die Bauern zu unterstützen und die Herrschaft in Württemberg zurückzuerobern. Martin Luther habe die deutschen Fürsten aufgefordert, die zwölf Artikel der Bauern anzunehmen, und Karl von Habsburg, der Kaiser selbst, stehe insgeheim auf ihrer Seite …

Die Hitze war früh gekommen dieses Jahr, und das Sommergetreide breitete sich wie ein grüner Schatten über die Hügel. Gerade jetzt, wo die Halme noch zart und jung waren, musste das Unkraut gehackt und ausgerissen werden, und die Frauen waren jeden Tag draußen auf den Feldern: braune, geduckte Gestalten, die die neuesten Gerüchte in die Ackerfurchen flüsterten. Barbara wischte sich den Schweiß von der Stirn, beschattete die Augen und blickte in das endlose Frühlingsblau. Hoch oben kreiste ein Bussard, bereit, jederzeit herabzustoßen. Woher sollte man wissen, welche von all den Nachrichten der Wahrheit entsprach?

Tag für Tag waren andere, immer noch unglaublichere Neuigkeiten im Dorf unterwegs wie verirrte Wanderer, die um Quartier baten. Aber natürlich gab es auch viele Leute wie Balthes Spaich, die ihnen die Tür weit öffneten und alles glaubten, was ihnen in den Kram passte. Balthes glaubte ja inzwischen sogar die Geschichten, die er selbst in die Welt gesetzt hatte: von dem märchenhaften Reichtum, den er in der Burg Glatt gesehen haben wollte, bis zu seinem eigenen heldenhaften Auftreten, mit dem er dem Burgherrn die Stirn geboten hatte. Wer nicht dabei gewesen war, so wie sie selbst, musste glauben, dass Balthes allein den Renschacher in kürzester Zeit zum Nachgeben bewegt hätte, wären ihm nicht die drei anderen – und hier vor allem die vorlaute Breitwieserin, die nie wusste, wann sie ihr Maul zu halten hatte – in den Rücken gefallen. Barbara bückte sich, griff nach einer Distel und zog sie mit einer Drehbewegung heraus. Löwenzahn und Brennnesseln konnte man wenigstens essen oder eine stärkende Jauche für die jungen Gemüsepflanzen aus ihnen ansetzen, aber die Disteln waren wirklich zu gar nichts nütze. Gott musste sie in dem Augenblick gemacht haben, als er zu Adam gesagt hatte: Im Schweiße deines Angesichts sollst du dein Brot essen, du und deine Nachkommen. Und damit hatte er sicher nicht nur die Bauern gemeint. Ob die junge Frau in der Burg mit ihren weißen Händen wohl jemals irgendetwas im Schweiße ihres Angesichts getan hatte?

Barbara richtete sich auf. Für heute war es genug, es war Zeit für die Vesper. Da sah sie, dass die anderen Frauen zusammenstanden und aufgeregt gestikulierten. Sie folgte mit den Augen dem ausgestreckten Arm der Schultheißin: Tatsächlich, unten im Dorf hatte sich eine große Gruppe unter der Linde versammelt und lauschte offenbar dem Bericht eines jungen Burschen in ihrer Mitte. Barbara packte schnell Korb und Hacke zusammen und lief den staubigen Feldweg zum Dorf hinunter. Schon von weitem konnte sie die laute Stimme des Jungen hören.

«… sind auf dem Weg den Neckar herunter und hierher! Und wer sich ihnen nicht anschließt und schwört, dem brennen sie das Dorf nieder!» Barbara zog den Nächststehenden am Ärmel.

«Was ist los?»

«Der Schwarzwälder Haufe, Bauern aus Alpirsbach. Sie haben den Abt gefangen gesetzt und das Kloster geplündert, und jetzt sind sie unterwegs! In zwei Tagen können sie hier sein.» Sie sah sich um: der Bentzinger, der Kehrer, der Pfiffer, der Heusel, der Widemann, der Burcklin, der Kresspach. In der Mitte, genauso aufgeregt wie die anderen, der junge Pfarrer. Balthes Spaich natürlich, der Schultheiß; Andres, eingekeilt in einer Gruppe von Seldnern. Die Frauen kamen allmählich dazu. Alle standen sie und lauschten dem jungen Burschen, der geradewegs aus Sulz gekommen war und übersprudelte von den Dingen, die er dort gehört hatte. Jeden seiner Sätze begleitete er mit weiten Armbewegungen. Es war Barbara im ersten Augenblick, als schaute sie einem Hampelmann zu, bevor sie erkannte, dass an seinem Auftritt so gar nichts Lustiges war. Ihr Herz begann zu galoppieren wie ein durchgegangenes Pferd.

«… als ob irgendeiner sich weigern würde! Nein, sie nehmen sich, was sie an Waffen haben, und wenn es nur die Mistgabel ist, und ziehen mit!»

«Und in zwei Tagen können sie hier sein, sagst du?» Der Junge nickte.

«Zwei Tage, vielleicht auch drei. Je nachdem, ob sie zwischendurch noch eine Burg leer räumen müssen. Ich sag euch, die Burgen fallen ihnen in den Schoß wie reife Äpfel! Das feige Pack, das darin sitzt, haut schon ab, wenn's den ersten Dreschflegel sieht!» Plötzlich riss Balthes Spaich einer Frau den Eimer aus der Hand, stellte ihn umgedreht vor sich hin und stieg darauf.

«Los, Freunde, worauf warten wir noch?», brüllte er. «Darauf, dass die Schwarzwälder kommen und unsere Burg plündern? Das können wir auch selbst!» Er reckte die Faust in den Himmel. Ein vielstimmiges Johlen antwortete ihm.

«Holt eure Messer, Schaufeln, Mistgabeln, was ihr habt, und dann ...»

«Wartet, wartet noch!» Mühsam kämpfte sich der Schultheiß nach vorn. «Denkt drüber nach, was ihr da tut! Die haben ihre Waffenkammer voll auf der Burg, dagegen richten wir doch nichts aus! Und gestern erst hat Renschach zu mir gesagt, dass er jeden Tag mit einer Nachricht seines Bruders rechnet. Warum sollen wir um etwas kämpfen, was wir vielleicht umsonst kriegen können?»

«Das glaubst du doch wohl selbst nicht, Schultheiß!», schrie jemand. «Der hat dich doch längst aufs Kreuz gelegt, und du merkst es nicht einmal!» Einige lachten.

«Geh doch hinter den Ofen, Alter! Und bleib gleich da.» Balthes Spaich schüttelte triumphierend seine schütteren Haare. «Nichts hält uns jetzt noch auf», kreischte er. «Für Freiheit und Evangelium!»

Barbara sah, dass der Schultheiß noch etwas sagen wollte, sie sah Andres den Mund öffnen und seinen Nachbarn an den Schultern packen, aber in dem Höllengetöse, das jetzt losbrach, konnte sie kein einziges Wort mehr verstehen. Nicht einmal das laute Nein, das sie selbst herausgeschrien hatte. Die Ersten hatten sich mit Dreschflegeln ausgerüstet. Ein paar junge Männer holten sich Bohnenstangen aus einem Schuppen. Richtige Waffen gab es nur wenige. Die meisten der Dörfler, darunter auch einige Frauen, schwangen Schaufeln, Besen, Peitschen. Aber was machte das schon aus, wenn es um die gerechte Sache ging! Was machte es, wenn man entschlossen war und mutig! Wenn man kämpfte für Freiheit und Evangelium! Auf, Brüder und Schwestern, auf, dass die Herren lernen, wie der Zorn der Bauern schmeckt!

«Gott steh uns bei, sie kommen», flüsterte Dorothea. Sie hatte das Fenster geöffnet und blickte auf den Weg, der zur Burg führte, auf die brodelnde Masse, die sich ihr von dort entgegenwälzte. Das ganze Dorf schien auf den Beinen zu sein, Männer, Frauen, Kinder, sie hatte gar nicht gewusst, dass so viele Menschen in den paar Höfen und Hütten rings um die Gerichtslinde Platz hatten. Schaufeln und Forken klirrten, und sie hörte das hölzerne Klacken, mit dem die Dreschflegel gegeneinanderschlugen. Sicher hatte der eine oder andere auch ein Messer dabei, die großen Messer, die sie beim Schlachten brauchten, Spieße, Schwerter …

«Was sollen wir nur tun?» Die Worte klebten ihr auf der Zunge wie ein ekliger Belag; sie musste würgen.

«Mach dir keine Sorgen, Dorothea. Hier in der Burg sind wir sicher. Über den Wassergraben kommen sie nicht so schnell, und die Zugbrücke ist hochgezogen.» Johannes hatte mit ruhiger Stimme gesprochen, aber sie sah, wie er sich kurz mit der Hand über die Augen fuhr und dann nach der Lehne des großen Armstuhls fasste, als brauchte er eine Stütze.

«Es sind unsere eigenen Bauern, unsere Leute, mit denen wir jedes Jahr Kirchweih feiern … sie werden uns nichts tun.» Trotzdem blieb er angespannt stehen und kniff die Augen zusammen.

«Wir haben genug Waffen und Munition, um die Burg einige Zeit zu verteidigen», erklärte der Vogt, der gerade hereinkam. «Lasst uns die Hakenbüchsen hochholen und ein paar Schüsse abgeben, mitten hinein, und ich bin sicher, der Spuk ist schneller vorbei, als er angefangen hat.»

«Ich kann doch nicht einfach auf unsere eigenen Leute schießen!» Erregt lief Renschach zum Fenster hinüber und lehnte sich hinaus. Der Bauernhaufen war inzwischen am Wassergraben zum Stillstand gekommen. Die Leute schienen sich zu beraten.

«He, hört mir zu!», rief er laut. Einzelne Köpfe flogen herum und sahen zu ihm herüber. «Ich will kein Blutvergießen! Ich bin bereit, mit euch zu verhandeln, versteht ihr? Schickt mir die Leute, mit denen ich beim letzten Mal gesprochen habe.» Außer Atem hielt er inne und lauschte, aber man konnte die Stimmen nicht verstehen. Schließlich löste sich eine Gruppe von vier Leuten, die ein weißes Tuch schwenkten.

«Lass sie herein und sorg dafür, dass hinter ihnen die Brücke wieder hochgezogen wird.»

Der Vogt nickte zweifelnd.

«Ich weiß nicht, Herr, ob Herr Heinrich nicht …»

«Tu, was ich dir gesagt habe!» Der Vogt verbeugte sich knapp und ging; Renschach beugte sich zu seiner Frau und küsste sie auf die Stirn.

«Es wird alles gut werden, Liebes, ich verspreche es dir.»

Niemals würde Barbara den Augenblick vergessen, als sie noch geglaubt hatte, alles könnte gut werden. Als die Bauern ihre Waffen sinken ließen, weil der stinkende Burggraben sich ihrem Zorn in den Weg legte, als die ersten Kinder vor Müdigkeit zu weinen anfingen und die alte Kathrein sich auf den Boden niederließ und irgendwo aus der Tiefe einer ihrer unzähligen Taschen ein paar schrumpelige Äpfelchen vom letzten Jahr hervorholte. Sie stand neben Andres, während die Männer darüber beratschlagten, welche Forderungen man dem Renschacher gegenüber erheben sollte – jetzt, wo die Schwarzwälder im Anmarsch waren. Die Erregung, die eben noch die Menge im Griff gehalten und ihren Schritt beschleunigt hatte, war abgeflaut. Bald würde es dunkel werden, und erste besonnene Stimmen mahnten, man solle doch lieber nach Hause gehen und den nächsten Morgen abwarten. Die Nacht mit ihren Totenvögeln und bleichen Feen war kein Freund der Bauern.

«Wir werden ihm freies Geleit anbieten, ihm und seiner Gemahlin, wenn er uns freiwillig die Rüstkammer übergibt», sagte Andres fest. Zustimmendes Gemurmel von allen Seiten. Ja, Johannes von Renschach war kein solcher Sturkopf wie sein Bruder. Er würde die Gelegenheit beim Schopf packen und seinen Bauern entgegenkommen, statt sich von den Schwarzwäldern das Dach über dem Kopf anzünden zu lassen. Hier in Glatt würde gelingen, was an so vielen anderen Orten gescheitert war: die neue Ordnung, ein Zusammenleben von Bauern und Grundherrn im Geiste des Evangeliums.

«Und jetzt lasst uns durch. Ich verspreche, wir werden kein Wort von unseren Forderungen zurücknehmen.»

Das Letzte, was Barbara hörte, bevor sie mit den drei Männern die heruntergelassene Zugbrücke betrat, war, wie der Pfarrer mit lauter Stimme das Paternoster betete, und die Bauern fielen ein: Und vergib uns unsere Schuld, wie auch wir vergeben unseren Schuldigern. Flüchtig streifte ihr Blick Balthes' Gesicht. Im Schein der untergehenden Sonne brannten seine Augen.

Zwei Burgknechte standen an der Brücke und ließen sie passieren, bevor sie die Seilwinde wieder hochkurbelten. Im dämmrigen Licht des Abends erschien der Burghof Barbara seltsam fremd, voll unerklärlicher, bedrohlicher Schatten. Vielleicht lagen hier ja Bewaffnete auf der Lauer, bereit, sie bei der ersten falschen Bewegung mit unsichtbar heransausenden Pfeilen zu erschießen. Sie fröstelte.

«Ihr seid gekommen. Das ist gut.» Wie aus dem Nichts stand Johannes von Renschach vor ihnen. «Ich weiß, wie es anderswo zugegangen ist. Ich will nicht, dass unser ganzer Besitz zerstört wird, und bin bereit, euch entgegenzukommen, so weit ich kann.»

Andres nickte. «Ihr habt sicher auch gehört, dass die Schwarzwälder Bauern unter Thomas Mayer auf dem Weg hierher sind?»

«Ja.»

«Bisher haben sie noch jede Stadt und jede Burg auf dem Weg eingenommen. Wenn Ihr Eure Burg retten wollt, dann übergebt uns alle Waffen, die hier gelagert sind, mitsamt den Korn- und Weinvorräten.»

«Und Euch und Eurer Gattin geben wir Geleit», ergänzte der Schultheiß. In Renschachs Gesicht zuckte es. Vergeblich versuchte er, seine Furcht zu verbergen. Barbara wurde zum ersten Mal bewusst, wie jung der Burgherr noch war, sicher nicht älter als Andres. Plötzlich spürte sie einen Luftzug an der Schulter und drehte sich um: Balthes Spaich stand nicht mehr neben ihr.

«Wo ist Balthes?», fragte sie, aber im selben Augenblick hörte sie schon, wie die Zugbrücke heruntersauste, weil Spaich die Kurbel der Mechanik gelöst hatte. Sie hörte ihn zu den wartenden Bauern hinüberschreien: «Verrat! Wir sitzen in der Falle!»

Und noch bevor Andres ihn erreicht und zur Seite gedrängt hatte, bevor Renschach ein Wort sagen oder die Burgknechte die Seilwinde wieder hochkurbeln konnten, hatte die dunkle Masse sich in Bewegung gesetzt. Sie stürmten auf die Brücke, durch das Tor und in den Burghof. Sie drängten den Burgherrn zur Seite und stießen seine Knechte zu Boden, warfen sich gegen verschlossene Türen, schoben sich in finstere Gänge.

«Halt, so wartet doch!» Außer ihr selbst schien niemand Andres' Rufe gehört zu haben. Der Schultheiß kauerte in einer Ecke, das Gesicht in den Händen verborgen. Johannes von Renschach hatte sein Schwert gezogen und setzte sich verbissen gegen den Burcklin und den Kresspacher zur Wehr, die beide schon aus mehreren Wunden bluteten. Plötzlich traf Barbara ein fehlgeleiteter Hackenstiel an der Schläfe, und sie ging zu Boden. Benommen kroch sie aus dem Kampffeld zu einer halbgeöffneten Tür und schob sich hinein. Es war kühl und feucht hier drin, und unter ihren Händen spürte sie Schutt und kantige Splitter. Sie musste sich wohl im Inneren des Ostturms befinden, wo vor ein paar Wochen bei den Bauarbeiten der obere Teil der maroden Turmtreppe eingestürzt war und einen der Handwerker böse verletzt hatte. Sie lehnte sich gegen die Wand und presste die Hand auf ihren schmerzenden Schädel. Der Lärm, der von außen hereindrang, ließ ihren Kopf vibrieren. Plötzlich wurde ihr bewusst, dass nicht alle Geräusche von draußen kamen. Sie hörte Stimmen von oben, eine heisere dunkle und eine schrille, die Stimme eines Mannes und einer Frau, einer Frau in Todesangst. Es konnte niemand anders sein als die junge Frau des Renschachers, die sich vermutlich auch hierher in den Turm geflüchtet hatte, als draußen der Tumult begann.

Mühsam rappelte sich Barbara auf. Sie würde hinaufsteigen und Dorothea sagen, dass sie keine Angst zu haben brauchte, wenn sie sich den Bauern ergab, sie müsste einfach die Treppe wieder herunterkommen. In ihrem Kopf hämmerte es, quälend langsam kam sie Stufe um Stufe voran. Dieses sonderbare Gefühl, dass sie stieg und stieg und die Treppe immer steiler wurde. Jemand lachte ein wildes Wolfslachen. Sie hörte einen Aufschrei und danach ein merkwürdiges Geräusch, ein dumpfes Aufklatschen, wie wenn ein reifer Apfel auf dem Boden zerplatzt, nur lauter, viel lauter. Und dann wurde es plötzlich still, totenstill. Sie taumelte die Treppe wieder hinunter und nach draußen.

Die Bauern hatten die Waffen sinken lassen und bildeten einen Halbkreis um den Platz vor dem Turm. Niemand sprach ein Wort. Etwas Unförmiges, Dunkles lag da am Boden, lag in einer Lache von Blut, die sich langsam, unaufhaltsam vergrößerte. Jemand hielt eine Fackel hoch. In ihrem flackernden Licht glänzte Dorotheas Gesicht wie der volle Mond, weiß und wächsern. Ein kleines blutiges Rinnsal zog sich von ihrem Mundwinkel bis zum Kinn hinunter, fein wie ein frischgesponnener Faden. Es war der Steintrog gewesen, der sie umgebracht hatte. Er hatte ihren schlanken Hals in einen merkwürdigen Winkel verdreht, als sie daraufgestürzt war. Das Bild schwankte vor Barbaras Augen, sie hörte ein tiefes Stöhnen, als hätte jeder Mann und jede Frau, die hier standen, als hätte der Burghof selbst es ausgestoßen. Und dann traten sie zurück und ließen Johannes von Renschach passieren. Er hielt das Schwert noch in der Hand, kniete neben dem reglosen Körper nieder und drehte ihn sanft auf den Rücken. Ein Strom von frischem But quoll aus Dorotheas Mund. Johannes von Renschach griff nach ihrer schmalen weißen Hand und presste sie gegen sein Gesicht, ohne ein Wort zu sagen. Dann hob er die Frau auf, die Frau und das Kind, das nie zur Welt kommen würde, und trug sie durch die Menge. Er gab einem der Knechte ein leises Kommando. Der Mann brachte ein Pferd, und gemeinsam betteten sie die Tote auf den Körper des Tieres. Renschach schwang sich dahinter in den Sattel und ritt aus dem Burghof hinaus, über die Zugbrücke und in die Nacht hinein.

Es war der Schultheiß, der es als Erster wagte, das Wort zu ergreifen.

«Wer das Schwert erhebt, wird durch das Schwert sterben.» Seine Stimme wurde lauter. «Ist es das, was ihr gewollt habt? Ist es das?» Die Bauern schwiegen. Aber dann trat einer vor und baute sich herausfordernd vor dem Schultheiß auf.

«Was musste sie auch auf den Turm steigen? Niemand hat sie da hochgejagt! Es war ein Unfall, den sie selbst verschuldet hat.» Balthes Spaich gelang es, gleichzeitig Trauer und rechtschaffene Wut in seine nächsten Worte zu legen. «Und die Frau ist nicht die erste, die gestorben ist. Meine Gunda ist auch tot, und wir alle wissen, wer schuld ist daran! Ich sage euch: Es war der Wille Gottes! Auge um Auge, Zahn um Zahn! Ein Leben für ein Leben!» Und beide Frauen mit einem Kind unter dem Herzen ... Barbara wusste plötzlich mit absoluter Sicherheit, dass es die Stimme ihres Onkels gewesen war, die sie im Turm gehört hatte. Er war es gewesen, der die Wut der anderen wieder aufgestachelt und ihnen Zugang zum Burghof verschafft hatte, und in dem entstehenden Tumult hatte er seine Rache vollzogen. Sie machte einen Schritt auf ihn zu.

«Du hast sie hinuntergestoßen», flüsterte sie fassungslos, wo sie hätte schreien müssen, um sich Gehör zu verschaffen. Balthes' Augen glimmten auf. Er grinste bösartig.

«Du sei ganz still», zischte er. «Mehr als einer hat dich aus dem Turm kommen sehen. Vielleicht warst du's ja selbst.» Dann wandte er sich wieder an die übrigen Dörfler, die ihn unsicher und stumm umstanden. «Die Burg gehört uns! Lasst uns sehen, was wir finden! Für Freiheit und Evangelium!» Er hob seine Axt und zerschlug eins der neuen Fenster zum Burghof. Klirrend fielen die Scherben zu Boden, und dieses Geräusch schien die Erstarrung zu lösen, die sich über den Bauernhaufen gelegt hatte. Die Leute johlten, sie schwenkten ihre Werkzeuge und Waffen durch die Luft und brachen in die Burg ein wie eine Flutwelle. Die Knechte leisteten keinen Widerstand mehr, ja, ein paar von ihnen schlossen sich sogar der plündernden Meute an.

«Du musst sie aufhalten, Andres!» Verzweifelt riss sie ihn am Arm zurück, als sie ihn endlich gefunden hatte. «Es wird nur noch mehr Unglück dabei herauskommen!»

«Bist du noch bei Trost? Wir haben die Burg gestürmt! Wir haben es geschafft! Wir haben gezeigt, dass sie nicht alles mit uns machen können! Und da sollte ich sie aufhalten?» Er schob das Kinn vor und kniff die Augen zusammen. «Kein Mensch hält uns jetzt noch auf. Es ist unser Recht, das wir verlangen, sonst nichts.»

Ein paar Leute schleppten schon weg, was sie für nützlich hielten: geräucherte Speckseiten aus der Vorratskammer, Säcke voller Mehl, Graupen, getrockneter Linsen, Kleidungsstücke unterschiedlichster Art, Jagdröcke, Hüte, alte Stiefel, Truhen, die sich nicht auf Anhieb öffnen ließen und umso vielversprechender waren, Kisten, Henkelkörbe, Satteltaschen. Andere waren mittlerweile bis ins zweite Stockwerk vorgedrungen. Möbel und Teppiche flogen aus den Fenstern in das brackige Wasser des Grabens, und dann kamen die Bilder an die Reihe: Ein Renschach nach dem anderen ging so auf die letzte Reise. Die Wut, die sich hier austobte, war ein merkwürdiges Tier. Sie wurde immer hungriger, je mehr sie zu fressen bekam. Wurden die ersten Bilder einfach nur hinausgeworfen, so schien das schon bald nicht mehr auszureichen: Sie mussten zuerst mit Messern und Spießen aufgeschlitzt und zerstückelt werden, stellvertretend für die, die darauf dargestellt waren und die die Zeit dem rächenden Zugriff entzogen hatte. Aber dann war auch das nicht mehr genug. Nur die reinigende Kraft des Feuers war stark genug, auch noch den letzten Rest zu zerstören.

Fassungslos sah Barbara mit an, wie ein paar Männer – war nicht sogar der Pfarrer mit dabei und der sonst so besonnene Widemann? – ein großes Feuer im Burghof angezündet hatten und es wahllos mit allem fütterten, was ihnen in die Hände fiel, darunter vieles, was man noch gut hätte verwenden können. Sie wich zurück.

«Barbara, hierher! So was Gutes hast du lange nicht getrunken!» Mia Spaichin griff sie am Ärmel und zog sie herüber zu einem großen Weinfass, um das sich schon ein paar Leute geschart hatten. Jemand hatte mit der Axt hineingeschlagen. Wein spritzte heraus und einem jungen Burschen geradewegs in den Mund. Er soff und lachte und verschluckte sich, bis ein anderer ihn zur Seite schubste, um sich selbst in den Strahl zu stellen. Ein Windstoß blies Barbara Qualm ins Gesicht, ihre Augen brannten. Sie machte sich los und stolperte weiter. Plötzlich sah sie, dass sie wieder den Platz vor dem verhängnisvollen Turm erreicht hatte, um den die Plünderer einen Bogen machten, als hätte jemand dort einen Bannkreis gezogen. Unwillkürlich sah sie nach oben. Da war die Öffnung, aus der die junge Frau gestürzt war. Auf dem Boden lag etwas Glitzerndes, und Barbara hob es auf: eine feine Kette mit einem Anhänger daran, ein Gottschützedich, wie es viele Schwangere trugen. Sie umklammerte es mit der Faust. Der letzten Trägerin hatte es nicht geholfen. Wer sollte sie noch schützen, wenn Gott es nicht mehr konnte?

4

Die Plünderung der Burg Glatt dauerte bis spät in die Nacht, bis alle Räume durchwühlt, alle Fenster zerschlagen und alle Fässer geöffnet waren. Die Flammen fielen langsam in sich zusammen, jetzt, wo es nichts mehr gab, was man hineinwerfen konnte. Mit geröteten Gesichtern saßen die Glatter beieinander im Burghof um das Feuer herum, trunken nicht nur vom erbeuteten Wein. Andres Breitwieser war einer der wenigen, die überhaupt noch aufrecht laufen konnten. Er hatte den Trupp angeführt, der die Zeugkammer aufgebrochen, alle Waffen und Munition herausgeholt und an einen sicheren Platz im Dorf gebracht hatte: in seine eigene Scheune. Wenigstens das war ihm geglückt, sagte er sich. Nur ein einziger Schuss aus einer Hakenbüchse war abgefeuert worden, bevor er es verhindern konnte, und der Bentzinger hatte sich bei dem Rückstoß die Schulter ausgekugelt und war schreiend zu Boden gegangen. Danach hatte keiner mehr die Waffen ausprobieren wollen, obwohl Balthes Spaich, der selbst zu feige dazu gewesen war, immer wieder versucht hatte, die jungen Burschen aufzustacheln. Aber die erste Beutegier war gestillt, und die Leute hörten Spaich gar nicht mehr zu, als er in einem viel zu großen Mantel des Burgherrn wie eine hagere Krähe von einer Gruppe zur anderen flatterte.

Morgen früh würden die Burgstürmer mit einem dicken Kopf wieder wach werden und sich fragen, ob die Ereignisse der letzten Nacht nur ein Traum gewesen waren. Das war der Zeitpunkt, an dem sich ein besonnener Führer Gehör verschaffen musste. Die Burg einzunehmen und die Besatzung zu vertreiben war nicht genug, das wusste Andres. Heinrich von Renschach war nicht der Mann, der sich seinen Besitz kampflos wegschnappen ließ. Über kurz oder lang würde er kommen, schäumend vor Wut und an der Spitze einer Gruppe Bewaffneter. Andres warf einen letzten Blick auf die Leute am Feuer: Ein paar waren schon bewusstlos zusammengesunken, andere sangen leise vor sich hin, während zwei Frauen kichernd versuchten, ihre Füße in viel zu kleine Knöpfstiefelchen zu zwängen. Er griff nach seinem Beil, steckte es in den Gürtel und ging. Er hatte noch etwas zu erledigen.

Seit jenem ersten Mal vor fast zwei Jahren war der Pranger nicht mehr benutzt worden, aber der Ritter hatte nicht erlaubt, ihn abzureißen. Mehrfach war der Schultheiß im Namen der Dorfgemeinschaft bei ihm vorstellig geworden: Der Pfahl stehe mitten auf dem Dorfplatz, genau da, wo man bei den Dorffesten und Hochzeiten seit ewigen Zeiten zu tanzen pflege. «Dann hängt ihm einen Blumenkranz um und tanzt um ihn herum», hatte Heinrich geantwortet, «der Maibaum stört euch ja auch nicht.» Und sie hatten es tatsächlich getan, hatten ihm einen Kranz aus Margeriten und Kornblumen um den Hals gelegt und ihn zu einem Gast gemacht: nicht gern gesehen, aber von allen geduldet. Andres spürte fast erleichtert, wie die vertraute Wut wieder aufflackerte, die ihm heute fast abhandengekommen war. Sie hatten darum herumgetanzt! Aber diesen Pranger würden nie wieder törichte Hände schmücken. Mit aller Kraft jagte er seine Axt in das Holz, wie er es hundert, tausend Mal im Traum getan hatte. Eine Kerbe war danach zu sehen, mehr nicht. Mit Bedacht hatte Heinrich von Renschach Eichenholz für seinen Schandpfahl ausgewählt. Wie besessen schlug Andres auf den Pranger ein, aber das Holz wehrte sich. Er hätte schreien können vor Wut. Er presste die Lippen zusammen, bündelte seine Kräfte und schlug zu, wie er noch nie zugeschlagen hatte. Ein heißer Schmerz schoss vom Rücken durch seine Lenden bis in die Zehenspitzen, als hätte der Blitz dort eingeschlagen und alles in Brand gesetzt. Andres brach in die Knie, und die Axt fiel ihm aus den Händen, ohne dass er etwas dagegen tun konnte. Er rollte sich auf die Seite, schloss die Augen, versuchte aufzustehen, aber Schmerz und Scham ließen ihn nicht los. Auf allen vieren kroch er schließlich zu seinem Haus, Tränen des Schmerzes in den Augen, kaum fähig, ruhig zu atmen. Der Pranger sah ungerührt zu.

Der Schwarzwälder Haufe war Ende April 1525 zu einem Tross von mehreren hundert Leuten angeschwollen, darunter einige wenige ehemalige Landsknechte wie der Anführer Thomas Mayer aus Loßburg, die meisten jedoch einfache Bauern, die mehr schlecht als recht bewaffnet waren und hofften, spätestens zur Erntezeit im Sommer wieder zu Hause zu sein. Es würde nur ein kurzer Feldzug werden, das wussten sie. Sie kämpften im Namen des göttlichen Rechts. Wer sollte ihnen da widerstehen?

Drei Tage nach der Plünderung waren sie in Glatt einmarschiert. Mayer hatte die Glatter beglückwünscht zu ihrem beherzten Vorgehen gegen den Burgherrn und hocherfreut die erbeuteten Waffen mitsamt Munition in Empfang genommen, dann eine zehnköpfige Besatzung in die Burg gelegt und die Dorfbewohner aufgefordert, sich ihm anzuschließen.

«Auf mich müsst ihr verzichten», hatte der Schultheiß gleich erklärt. «Ich bin ein alter Mann und werd euch nicht mehr viel nutzen.» Und auch Balthes Spaich hatte auf sein Alter verwiesen und auf eine kleine Schürfwunde an seinem Arm, die sich entzündet hatte und rot leuchtete. Wenn man wollte, konnte man die Spuren spitzer Fingernägel erkennen, die sich ihm in die Haut gebohrt hatten, dachte Barbara. Fingernägel, die sich festgekrallt hatten in vergeblicher Verzweiflung. Sie hatte die vollgestopften Truhen in seinem Haus gesehen, und den Ring, den Mia Spaichin stolz am kleinen Finger trug. Natürlich, Balthes hatte erreicht, was er wollte. Wozu sollte er noch in den Kampf ziehen?

Letzten Endes war es ein gutes Dutzend Bauern, das sich den Aufständischen anschloss: außer Andres Breitwieser und dem Kresspacher im Wesentlichen junge Burschen, die am ehesten abkömmlich waren. Schließlich musste die Arbeit auf den Feldern und im Weinberg weitergehen. Was nutzte die schönste Freiheit, wenn man nichts zu essen hatte? Und der Pfarrer kam mit. Er hatte die neuen Messgewänder im Schlosshof verbrannt und verkündet, dass er Mut und Zuversicht der Bauern auf ihrem Zug durch die Predigt des wahren Evangeliums stärken wollte. Mut und Zuversicht würde man auch brauchen, denn die Truppen des Schwäbischen Bundes unter der Führung des Waldburgers ließen sich nicht so einfach vertreiben wie eine lustlose Burgbesatzung.

«Freunde! Brüder!» Thomas Mayer stand auf einer Kiste unter der Dorflinde, die Hände beschwörend in die Höhe gestreckt, als wollte er seine Zuhörer segnen. «Mit Gottes Hilfe sind wir bis hierher gekommen. Städte und Burgen haben uns nicht widerstanden, weil Gott mit uns ist!» Er deutete mit der Hand auf die Wasserburg, auf der die Bauernfahne flatterte: ein weißes Tuch mit einem marschierenden Bauern darauf, dem Bundschuh, dem Kreuz des wahren Evangeliums und der Madonna, der Beschützerin der Armen. «Und ebenso wird auch der Schwäbische Bund uns nicht widerstehen können! Gewiss, die Landsknechte dort sind kampferprobt und erfahrener als wir. Aber sind es nicht auch Bauernsöhne? Sind es nicht unsere Brüder? Sie werden nicht gegen uns kämpfen! In Scharen werden sie zu uns überlaufen und unsere Reihen verstärken …» Barbara konnte nicht weiter zuhören: Brüder! Ihre Hände waren plötzlich feucht, und ihr Herz klopfte. Ihr ganzes Wesen schien widerzuhallen von der Trommel des Werbers auf einem Marktplatz in der Nähe. Sie konnte es vor sich sehen, als stünde sie daneben. Junge Burschen hatten sich vor ihm aufgebaut, um sich in die Musterrolle eintragen zu lassen, Landsknechte, Bauernsöhne, Brüder. Als ob sie nicht gegeneinander kämpfen würden! Als ob sie sich nicht anspringen würden wie tolle Hunde, bis sie nebeneinander im Dreck lagen! Als ob sie sich nicht über den Boden wälzen und zuschnappen würden, gierig nach Blut und Unterwerfung, Bauernsöhne, Brüder! Halt sie fest, wenn sie aufeinandertreffen, wirf dich dazwischen! Gib ihnen keine Waffe in die Hand, keinen Spieß, nicht einmal eine Schaufel! Es sind Brüder, wie Kain und Abel es waren am Anbeginn der Zeit!

Sie hatte nicht geglaubt, dass der Schmerz plötzlich wieder so aufflammen würde. Dass sie Simons Gesicht vor sich sehen würde, so deutlich wie ihre eigene Hand, die sie nur auszustrecken brauchte, um seine Wange zu berühren, damit er den Mund öffnete und sie rief: «Babeli» – sie presste die Hände auf die Ohren, um die Stimme auszusperren: «Babeli, Babeli, Babeli ...»

«Ich komme mit. Mit auf den Zug. Meine Mutter kann sich um Haus und Hof kümmern, und wenn es an die Heumahd geht, sind wir wieder da.» Überrascht sah Andres auf.

«Wozu? Dein Platz ist hier! Das ist Männersache.»

«Du hast anders geredet, als du noch wolltest, dass ich euren Artikelbrief schreibe.» Sie sprach leise, aber fest.

«Schreiben ist etwas anderes als Kämpfen. Hier ist genug für dich zu tun. Ich erlaube nicht, dass du mitkommst, verstehst du? Ich erlaube es nicht!» Wütend beugte er sich vor, um seine Schuhe zu schnüren, musste aber mitten in der Bewegung innehalten. Mit einem Zischen zog er die Luft ein und griff sich mit der Hand an den Rücken. «Gottverflucht. Ich bin immer noch lahm wie ein alter Gaul.»

«Ich könnte dir helfen, so wie bisher.» Barbara kniete sich flink an seiner Seite hin, nahm die Lederbänder und schlang sie um seine Knöchel. Sie würde auf jeden Fall mitkommen, aber es war leichter, es mit Andres' Einverständnis zu tun. «Du bist immer noch krank. Wenn du erst ein paar Nächte auf dem kalten Boden schlafen musstest, wirst du gar nicht mehr laufen können, und sie lassen dich zurück.» Sie stellte sich hinter ihn und fing an, die verspannten Muskeln in seinem Rücken zu kneten. Gut, dass er ihr Gesicht nicht sehen, den Ausdruck ihrer Augen nicht lesen konnte. «Ich würde für dich kochen und dafür sorgen, dass es dir bald wieder bessergeht. Kathrein hat mir ein Rezept gegeben. Man muss nachts ein heißes Kirschkernkissen unter den Rücken legen und eine zusammengerollte Decke unter die Knie, und dazu sagt man …»

«Hör mir auf mit der alten Hexe.» Er drehte den Kopf zu ihr, wollte noch mehr sagen, aber die plötzliche Bewegung ließ ihn erneut zusammenzucken, und er verzog das Gesicht, bis der Schmerz wieder abflaute.

«Gut», flüsterte er schließlich. «Dann komm mit, wenn es denn sein muss.» In einer ungewohnten Regung griff er nach ihrer Hand und hielt sie fest. «Ich weiß nicht, was da auf uns zukommen wird, Barbara. Ich weiß nicht, wer von uns wieder zurückkommen wird. Gott steh uns bei.»

Barbara war bei weitem nicht die einzige Frau, die sich entschlossen hatte, ihren Mann auf dem Zug zu begleiten. Ganze Grüppchen von Bäuerinnen fanden sich zusammen, wenn der Haufe zur Rast sein Lager aufschlug und die ersten Kochfeuer angezündet wurden, einige davon sogar mit einem Stillkind im Brusttuch. Und mehr als eine war bereit, den Dreschflegel zu packen und selbst auf die Truppen des Schwäbischen Bundes loszugehen, sollte es nötig sein.

«Soll der Truchsess sehen, dass er einen hohen Baum findet, auf dem er sich in Sicherheit bringen kann, wenn wir kommen», pflegte die rappeldürre Margret aus der Nähe von Dornhan zu sagen. «Ich hab schon Wildschweine mit meiner Hacke in die Flucht geschlagen. Ich weiß, wohin ich zielen muss.» Die anderen Frauen lachten zustimmend.

«Kennst die schwachen Stellen genau, was? Aber Männer sind keine Wildschweine.»

«Stimmt.» Die Zähne in Margrets Oberkiefer sahen aus wie abgeschmirgelte Stumpen. «Wildschweine saufen nicht.» In aller Regel mochte sie zwar recht haben, dachte Barbara, aber hier im Tross wurde nur wenig getrunken. Mayer führte ein strenges Regiment: Er hatte Hauptleute bestellt, Feldweibel, Schreiber und Profosse, ganz nach dem Vorbild der Landsknechtheere, und jeder musste sich der Ordnung unterwerfen, wollte er nicht an Leib und Leben gestraft werden. Jeden Morgen las einer der zahlreichen Feldkapläne eine Messe, danach wurde geübt, wie man die mitgeführten Karren zu einer Wagenburg zusammenstellte und wie die erbeuteten Geschütze zu bedienen waren.

Es war üblich, jedem Dorf und jeder Stadt am Weg zunächst anzubieten, sich ihnen freiwillig anzuschließen. Die meisten Bauern ließen sich nicht lange bitten, aber einige Städte leisteten Widerstand. Auch Sulz am Neckar war nicht bereit, sich mit den Bauern zu verbrüdern, sondern berief sich auf seine Treuepflicht dem Stadtherrn gegenüber und verschloss die Stadttore. Die Bauern zogen daraufhin auf den Stockenberg, nördlich des Neckars hoch über der Stadt gelegen, und bauten dort ihre Geschütze auf. Das

Wetter war klar, und man konnte weit nach Süden sehen: die ansteigenden Flanken der Alb, Wälder, Felder, das Neckartal. Und natürlich konnte man die Stadt sehen, mit ihrer Ringmauer, die einem Beschuss von oben doch nur so wenig Widerstand entgegenzusetzen hatte. Barbara beschattete die Augen mit der Hand und schaute hinunter auf Kirchtürme, Straßen und Plätze, nachdem sie den Leuten an den Geschützen einen Topf mit Suppe gebracht hatte. Männer waren in den Straßen zu sehen, die in kleinen Grüppchen zusammenstanden und redeten, Frauen, die schwere Körbe schleppten und ihre Kinder in die Häuser scheuchten, ein Trupp, der das Stadttor von innen mit Holzbalken verstärkte. Und immer wieder hielten diese Menschen inne, um mit den Händen nach oben zu zeigen: hierher, wo die Feldschlangen gerade in Stellung gebracht und auf die Stadt ausgerichtet wurden, darunter die Falkonette aus Glatt. Würde der Kirchturm noch stehen, wenn die Belagerung zu Ende war? Und diese Frau dort, mit dem blauen Kleid und dem weißen Schultertuch, die sich jetzt zu dem kleinen Jungen an ihrer Seite hinunterbeugte, um ihm die Nase zu putzen, würde sie morgen schon blutüberströmt in ihrem Hauseingang zusammensinken? Von herabstürzenden Dachbalken zerschmettert, von einer Kanonenkugel getroffen? Eine Frau wie die Frauen aus ihrem Dorf, wie sie selbst. Barbara hob ihren Rock und lief los, drängte sich zwischen schwitzenden Leibern hindurch, vorbei an ein paar Burschen, die unter dem Kommando eines Schwerbewaffneten Kanonenkugeln von einem Karren abluden, während andere schon die Messer wetzten. Ja, endlich würden sie zeigen, dass sie kämpfen konnten, dass sie mehr waren als tumbe Toren, menschliches Vieh, das in der Erde wühlte und mit den Schweinen unter einem Dach hauste, um den Bürgern zu fressen und zu saufen heranzuschaffen …

Andres hockte unter einer hohen Buche auf der Erde und schnitzte sich ein paar Pfeile zurecht. Obwohl es ihm schon viel besser ging, konnte er sich doch immer noch nicht an schweren Arbeiten beteiligen und brütete die meiste Zeit finster vor sich hin, wenn er sah, wie wenig seine Meinung inzwischen nur noch galt, im Vergleich zu dem Tag, an dem er Thomas Mayer die Geschütze der Burg Glatt übergeben hatte. Auch jetzt hatte man ihm keine der kostbaren Hakenbüchsen anvertraut. Er sei noch zu wacklig auf den Beinen und außerdem viel zu unerfahren, hatte der Geschützmeister ihm mitgeteilt.

«Andres, gut, dass ich dich finde.» Außer Atem stand sie vor ihm.

«Hast du mir etwas zu essen gebracht?»

«Ich – nein. Andres, bitte, du musst verhindern, dass die Stadt angegriffen wird.» Er lachte bitter auf.

«Bist du noch bei Trost? Wie sollte ich das verhindern? Soll ich vielleicht die Geschütze nehmen und den Berg hinunterwerfen?»

Sie krampfte die Hände ineinander.

«Die Menschen in der Stadt ... das sind doch Leute wie wir! Wir können sie doch nicht einfach so umbringen!» Irgendwo löste sich ein Schuss; Gelächter antwortete. Andres blies die Schnitzspäne von seiner Pfeilspitze.

«Es sind nicht Leute wie wir», antwortete er scharf. «Es sind Leute, die auf unsere Kosten leben und sich den Bauch halten vor Lachen, wenn sie sehen, wie wir auf den Feldern schuften müssen.»

«Um die Stadt herum sind doch auch Felder», sagte sie leise. «Das sind Bauern, die in der Stadt leben, so wie wir im Dorf, mehr nicht.»

«Dann hätten sie sich uns ja anschließen können! Hast du nicht gehört, was sie geantwortet haben? Sie ergreifen

Partei für ihren Stadtherrn! Werden schon sehen, was sie davon haben.» Brüsk griff er nach dem nächsten Stock und begann wütend daran herumzuschnitzen. Eine Handvoll Pfeile war schon fertig und lag zu seinen Füßen. Pfeile gegen Kanonen, Mistgabeln und Dreschflegel gegen Doppeläxte. Überall wurde gemunkelt, wie gut die Truppen des Schwäbischen Bundes ausgerüstet seien: kampferprobte Landsknechte, die gerade von den Schlachtfeldern in Italien zurückgerufen worden waren. Wieder fiel ein Schuss. Barbara zuckte zusammen, ein Schauer lief über ihren Körper. Sie wünschte sich, sie wäre so mutig wie die Margret aus Dornhan oder sie hätte wenigstens das Gottschützedich mitgenommen, aber das hatte sie zusammen mit der Zeichnung von Simons Gesicht zu Hause in ihrer Truhe versteckt. Simon, der bei den Landsknechten war. Das Atmen fiel ihr schwer. Sie wandte sich ab.

Es war der Sonntag Misericordia. Barbara stand gedrängt zwischen den anderen Frauen auf dem Platz, den man in der Mitte des Lagers für den Gottesdienst frei gemacht hatte, und hörte der Predigt zu, die einer der Schwarzwälder Pfarrer hielt. Er lebte ganz offen mit seiner früheren Wirtschafterin zusammen; die Ehelosigkeit, so erklärte er jedem ungefragt, sei des Teufels und eine Missachtung von Gottes Wort, denn es stehe geschrieben: Ein Fleisch sollt ihr sein. Er war ein beredter Mann, dachte Barbara, und es war kein Zufall, dass Thomas Mayer gerade ihn ausgewählt hatte, um hier und heute zu predigen.

«… so scheidet der Herr zwischen den Schafen zu seiner Rechten und den Böcken zu seiner Linken, und während er die Schafe mit sich nimmt in seine Herrlichkeit, so verdammt er die Verstockten zum ewigen Höllenfeuer! Wer nicht für mich ist, ist wider mich, spricht der Herr, und: Ich bin nicht gekommen, um den Frieden zu bringen, sondern das Schwert. Brüder! Wir haben das Schwert ergriffen für Freiheit und Evangelium! Wir haben das Schwert ergriffen für Gottes Wort! Wir haben das Schwert ergriffen in der Nachfolge Christi! Und so sage ich jetzt: Wer nicht für uns ist, ist wider Christus selbst! Verzagt nicht, wenn ihr die hohen Mauern vor euch seht und die starken Türme: Sie werden fallen! Denn Christus ist mit uns ...» Der aufkommende Wind verwehte seine letzten Worte, aber alle hatten verstanden, was er sagen wollte. Heute noch würden sie ihre Geschütze abfeuern im Namen des Herrn.

Aber es sollte bis in die Nacht dauern, bis die Stadt Sulz sich ergab. Erst, als die Vorstadt brannte, als die Mauern einzustürzen drohten und die Kinder schreiend vor Angst durch die Straßen liefen, öffneten sie die Tore, und die siegreichen Bauern hielten Einzug. Überall waren noch Spuren der Belagerung zu sehen: Löcher in Hauswänden, Trümmer, die noch niemand weggeräumt hatte, ausgebrannte Häuser. Barbara biss die Zähne zusammen, als sie mit ein paar anderen Frauen durch die Straßen zur örtlichen Fleischbank ging. Das Bauernheer würde aus den Vorräten der Stadt versorgt werden, mochte auch für die Sulzer selbst danach nicht mehr viel übrig sein. Barbara konnte es kaum ertragen, in die Gesichter der Metzgerinnen zu sehen, als sie ihr stumm ein Stück Fleisch abmaßen – all die Wut in den Blicken, die Scham und der Hass. Noch niemals in ihrem Leben war sie so angesehen worden.

Zusammen mit Andres wurde sie in einem kleinen Haus in der Nähe der Stadtmauer einquartiert. Die Schusterfamilie, die dort wohnte, hatte ihnen wortlos den Weg zur Schlafkammer gewiesen und sich selbst im Stall eingerichtet. Zum ersten Mal seit dem Aufbruch aus Glatt lag Barbara wieder auf einer gefüllten Matratze, aber sie konnte keinen Schlaf finden. Die Decken waren klamm, und ein fremder Geruch hing an den Laken. Barbara wünschte sich, sie hätte Glatt nie verlassen.

Für ein paar Tage lagerte der Bauernhaufen in Sulz, ergänzte seine Vorräte und eroberte in der Zeit die benachbarte Burg Ahlbeck. Mayer verlangte, die Sulzer sollten 150 Bewaffnete stellen, aber nach vielem Hin und Her waren es nur 25, die kamen, und außer der Kraft ihrer Hände brachten sie nichts mit. Schließlich kam die Nachricht, das Heer des Truchsessen sei in der Nähe und befinde sich mit rund zwölftausend Mann auf dem Weg von Balingen nach Norden. Zwölftausend! Das waren fünf-, ja sechsmal mehr als die Bauern selbst, und mehr als einem weiteten sich die Augen vor Schreck. Alles, was man bisher erreicht hatte, waren nur Kleinigkeiten gewesen. Keine angegriffene Burg, kein Landstädtchen hatte ernsthaften Widerstand leisten können. Aber die gutausgerüsteten Truppen des Schwäbischen Bundes waren etwas anderes.

«Männer, verzagt nicht!» Thomas Mayer hatte alle auf dem Marktplatz zusammengerufen. Zwei Schwerbewaffnete an seiner rechten Seite, einen Fähnrich mit der großen Bauernfahne und einen Trompeter an der linken, so stand er auf einem improvisierten Podest aus Holzkisten und hob die Hand, um Ruhe zu gebieten.

«Sie glauben, wir werden davonlaufen, wenn wir sie nur kommen sehen. Sie glauben, sie können uns zu Paaren treiben. Aber wir wissen, dass es anders ist. Wir sind bis hierher gekommen, weil wir wissen, dass unsere Sache gerecht ist! Gottes Hand hat uns geführt, und sie wird uns weiterführen bis zum Sieg!» Er ließ die Hand sinken und gab dem Trompeter einen Wink. Ein lauter Fanfarenstoß hallte über den Platz.

«Wir werden schon morgen von hier aufbrechen, aber nicht, weil wir vor dem Truchsess flüchten. Nein! Wir brechen auf, weil wir uns mit unseren Brüdern vereinigen wollen, die unsere Sache in Württemberg vorangetrieben haben. Gemeinsam zum Ziel, für Freiheit und Evangelium!» Er sprang von seiner Kiste, der Trompeter fing an zu spielen, andere Musiker stimmten ein. Weinflaschen machten die Runde. Aus einem Wirtshaus wurde ein großer Tisch herausgetragen, voll mit Räucherfleisch und Käse, Brot, Gebäck und Getränken. Diese Nacht wurde gezecht und gefeiert, am nächsten Morgen aber brach der Bauernhaufen wieder auf, zog an Horb vorbei und Nagold, um sich schließlich nach Osten zu wenden.

5

Am Montag, dem 8. Mai des Jahres 1525, vereinigte sich der Schwarzwälder Haufe unter Thomas Mayer bei Herrenberg mit den württembergischen Bauern. Barbara hatte noch nie so viele Menschen auf einmal gesehen.

«15 000 Mann sollen es sein, sagt Mayer, dazu der Tross.» Andres' Augen leuchteten. Nachdem er die letzten Tage zunehmend schweigsam und mürrisch gewesen war, weil er ohne Schmerzen kaum einen Kochlöffel heben konnte, war jetzt die alte Begeisterung zurückgekehrt. «15 000 Bauern, die sich erhoben haben! Alle mit dem gleichen Ziel!»

«Für Freiheit und Evangelium», vervollständigte Barbara mechanisch. Wie oft hatte sie das in den letzten Tagen gehört! «Denkst du eigentlich manchmal auch noch daran, wie die Burg gestürmt wurde? Und an Dorothea von Renschach?», setzte sie leise hinzu. Keine Nacht, in der sie seitdem nicht aufgewacht war, mit dem zerschellten Körper der schwangeren Frau vor Augen.

«Es war ein Unfall, Barbara. Vergiss das nicht.» Er machte eine Handbewegung, als wollte er eine lästige Fliege verscheuchen. Natürlich hatte er ihr nicht geglaubt, als sie ihm erzählt hatte, wie sie Balthes am Turm getroffen und was er zu ihr gesagt hatte. Und bald würde er die ganze grausame Szene vergessen haben, so wie er das Kind vergessen hatte auf dem Kirchhof in Glatt; so wie er die Zeit vergessen hatte, in der er nachts nach ihr gegriffen hatte, zitternd vor Verlangen. Für Freiheit und Evangelium! Wie würde das Leben werden an der Seite dieses Mannes, wenn sie erst wieder nach Hause zurückgekehrt waren?

«Wahrscheinlich werden wir morgen Herrenberg stürmen, sagt Mayer.» Andres' Stimme vibrierte vor unterdrückter Erregung.

«Aber der Truchsess ist doch ganz in der Nähe mit seinen Truppen, bei Tübingen!»

«Noch ist er nicht hier. Aber für den Fall, dass die Bündischen kommen, sollen sie sich vorsehen! Mit uns ist nicht zu spaßen.» Sie schaute sich um: Die Bauern hatten eine Wagenburg gebildet. Hier und da sammelte sich ein Grüppchen um einen Prediger, andere hockten um kleine Feuer und brieten sich die Vögel, die sie am Morgen mit Steinen erlegt hatten, wieder andere standen zusammen und lachten. Einer warf seinen Hut hoch in die Luft und ließ einen Kameraden mit der Armbrust darauf schießen. Irgendwo weit hinten war das Zelt, in dem die Anführer der Württemberger beratschlagten. Barbara wusste nicht einmal, wie sie hießen, diese Männer, in deren Hand sie ihr Schicksal gelegt hatten.

«Ich habe Angst», flüsterte sie. «Furchtbare Angst! Andres, noch ist es nicht zu spät! Lass uns zurückkehren, bevor es richtig losgeht. Sicher können wir auch die anderen aus dem Dorf überzeugen, dass sie –»

«Nein!» Wut flackerte in seinem Blick, als er ihr brutal das Wort abschnitt, aber dahinter lauerte noch etwas anderes, etwas, das sich nicht verbergen ließ und übrig bleiben würde, sobald die Flammen des Zorns niedergebrannt waren. «Du kannst doch nicht ernsthaft glauben, dass wir jetzt umkehren, so kurz vor dem Ziel!»

«Siehst du nicht, wie die Landsknechte euch zusammenschlagen werden? Schau sie dir doch an, die Bauernkämpfer! Schau sie dir an, wie sie dastehen und schwätzen wie auf dem Schweinemarkt! Schau –»

«Sei still!», fauchte er. «Gott ist mit uns, hast du das schon vergessen? Wenn Gott für uns ist, wer soll dann gegen uns sein?» Sie wusste nicht, was sie darauf antworten sollte. Er legte ihr die Hand auf die Schulter.

«Aber in einer Sache hast du recht», fuhr er fort. Es sollte versöhnlich klingen, aber sein Griff war hart. «Es ist nichts für euch Frauen. Ihr sollt in einem der Dörfer hier in der Nähe Unterschlupf suchen, sagt Mayer. Viele von den Bauern sind hier bei uns, sie werden euch nicht abweisen.» Sie schluckte hart. Eines musste sie noch sagen.

«Andres. Auf dem Schlachtfeld – ich meine, wenn ihr wirklich gegen die Landsknechte kämpft, dann könnte es doch sein, dass du und Simon –» Die Worte vertrockneten ihr im Hals; sie brachte den Satz nicht zu Ende. Aber Andres hatte verstanden.

«Wenn ich einen Landsknecht erschlagen kann, dann werde ich es tun», antwortete er, ohne sie anzusehen. «Wer auch immer er sein mag. Ich muss es tun.» Von der Seite näherte sich der Kresspacher und klopfte Andres auf die Schulter.

«He, Breitwieser! Du sollst kommen und mir helfen, die

Waffen zu zählen. Ein paar von den Hohenlohern haben nur Mistgabeln mitgebracht! Na, die werden sich wundern, wenn sie unsere Feuerpfeile sehen!» Andres drehte sich noch einmal um.

«Nimm etwas zu essen mit, in den Dörfern werden sie nicht mehr allzu viel haben. Und geh mit Gott.» Er strich ihr kurz über die Wange, dann war er fort. Barbara sah ihm noch lange nach und presste die Faust vor den Mund. Sie spürte das drohende Unheil über sich schweben, wie den dunklen Schatten eines Raubvogels, dessen Angriff sie nicht entkommen würde. Und auch Andres hatte Angst, genau wie sie selbst. Sie hatte es in der Tiefe seiner Augen gelesen und an der Art erkannt, wie er sich zuletzt umgedreht hatte, an dem schrillen Oberton seiner Stimme. Er hatte Angst, aber er würde es niemandem eingestehen, ihr nicht, den anderen Bauern nicht und erst recht nicht sich selbst. Er würde in den Kampf ziehen mit einem Herzen voller Zorn und Angst und ohne Erlösung.

«Es ist eine gottverfluchte Schande», schnauzte die dünne Margret. «Jetzt, wo ich so weit gekommen bin, einfach den Schwanz einzukneifen und abzuziehen! Nach all den Jahren solltest du wohl wissen, wie ich zuschlagen kann!» Sie hatte sich vor ihrem Mann aufgebaut, einem schwarzbärtigen, vierschrötigen Bauern, der sich eine halbzerbrochene Armbrust auf den Rücken geschnallt hatte. Barbara hatte ihn noch nie wirklich nüchtern gesehen.

«Du gehst mit den anderen Frauen, und Schluss», sagte er jetzt. «Wenn es zum Kampf kommt, kann ich nicht auf dich aufpassen.»

«Du und auf mich aufpassen? Als ob du jemals auf mich aufgepasst hättest! Ich, ich bin es doch, die auf dich aufpassen muss!» Barbara trat unruhig von einem Fuß auf den anderen. Die Sonne stand schon hoch am Himmel. Wenn erst der Schwäbische Bund mit seinen Truppen anrückte, konnten sie nicht mehr fort.

«Sei vernünftig, Grete ... Einer von uns muss langsam mal zu Hause nach dem Rechten sehen. Wer weiß, wie lange wir noch unterwegs sind!»

«Ach, auf einmal? Wer hat denn gesagt, zur Heuernte sind alle wieder auf ihren Höfen? Wer hat denn gesagt ...»

«Los, geh schon! Na los!» Schroff drehte der Mann sich um, aber Margret packte ihn an seinen Kleidern und versuchte ihn festzuhalten.

«Hartwig, ich kann dich doch hier nicht alleinlassen! Wer weiß, was morgen passiert! Hartwig! ...» Ihre schrille, verzweifelte Stimme ging Barbara durch Mark und Bein. Margret, die immer einen derben Scherz auf den Lippen hatte und nie den Mut verlor ... selbst Margret hatte Angst. Als ihr Mann sich endlich von ihr losgerissen hatte und in dem Bauernhaufen verschwunden war, standen ihr die Tränen in den Augen. Barbara legte ihr den Arm um die Schultern.

«Komm, wir schaffen das schon ... es wird alles gutgehen, bestimmt!» Wie schal sich ihre Worte anhörten, wie schal und verlogen. Margret warf den Kopf zurück und wischte sich mit dem Handrücken über die Augen.

«Gut, dann gehen wir. Weißt du denn, wo wir hinkönnen?» Barbara schüttelte unsicher den Kopf. Eins der Dörfer hier in der Nähe würde sie schon aufnehmen, hatte Thomas Mayer gesagt, der Anführer der Schwarzwälder Bauern. Sie sah sich um. Das Amtsstädtchen Herrenberg mit seiner zweitürmigen Kirche schmiegte sich an einen steilen Hang, wo das Waldgebirge des Schönbuchs unvermittelt aus der Ebene aufstieg. Oben auf dem Berg konnte sie das Schloss erkennen und die mächtigen Mauern, die Schloss und Stadt verbanden. So weit man sehen konnte, war der freie Hang mit Korn und Reben bepflanzt, die jetzt in der Nachmittagssonne verlockend grün schimmerten. Ganz oben auf den Kuppen begann der Wald. Fast wie im Glatter Tal, dachte Barbara. Fast wie zu Hause. Richtung Süden, am Schönbuch entlang, erstreckte sich das Ammertal bis nach Tübingen. Es war eine liebliche Gegend mit kleinen Wäldchen, Hügeln und Feldern, und hier und da meinte Barbara einen Kirchturm aufblitzen zu sehen. Aber aus dieser Richtung würde das Landsknechtheer anrücken, auf keinen Fall durften sie ihm in die Arme laufen. Nein, sie mussten sich nach Westen wenden, wo ein leichter Dunst den Horizont verschleierte und der sanfte Geländeanstieg hin zum Schwarzwald nur zu erahnen war. Irgendwo dahinten lag auch Glatt. Barbara wünschte von ganzem Herzen, sie wäre schon wieder dort. Mit einem leisen Seufzer wandte sie sich wieder zu Margret um.

«Lass uns zu den Kochfeuern gehen. Vielleicht geben sie uns noch ein paar Vorräte mit für die nächsten Tage.»

Eine Handvoll Frauen nur war es, die sich wenig später auf den Weg machte, ein zusammengeschnürtes Bündel über der Schulter, Margret mit ihrem Dreschflegel über der Schulter, eine andere mit ihrem Kind an der Hand. Sie sprachen nicht viel beim Aufbruch. Selbst das Kind hatte aufgehört zu plappern, sobald sie sich in Bewegung gesetzt hatten. Der Lärm des Lagers wurde allmählich leiser und verklang schließlich. Als sie vielleicht eine Viertelmeile gelaufen waren, hörten sie nur noch die Schreie der Habichte, die hoch über ihnen ihre Kreise zogen. Sie wanderten an Feldern entlang, auf denen knöchelhoch das Sommergetreide stand. Krähen hackten darin herum, aber niemand war da, um sie zu verscheuchen. Eine der Frauen, eine Seldnerin aus Alpirsbach, schluchzte vor sich hin. Barbara bemühte sich, nicht hinzuhören, aber mit jedem Schritt wurde die andere lauter, bis sie schließlich anfing zu schreien.

«Sie werden sie alle umbringen ... wir werden sie nicht wiedersehen! O Gott, wir werden sie niemals wiedersehen!»

«Sei still!», zischte Barbara. Ihr ganzer Körper war zum Zerreißen gespannt wie eine Bogensehne. «Wir wollen's nicht hören, verstehst du? Sei jetzt still!» Aber die andere Frau heulte ohrenbetäubend weiter.

«Sie bringen sie um! Sie bringen sie um! Sie –» In diesem Augenblick holte die Bäuerin neben ihr aus und versetzte der schreienden Frau eine kräftige Ohrfeige. Die Frau schwankte und verstummte.

«Wenn du nicht sofort dein Maul hältst, dann binden wir dich hier an einen Baum und lassen dich zurück, hast du das verstanden? Willst du, dass die Landsknechte dich finden?» Mit schreckgeweiteten Augen schüttelte die Frau den Kopf und wimmerte nur noch leise vor sich hin. Erst jetzt sah Barbara, dass sie schwanger war, der runde Leib zeichnete sich schon deutlich unter ihrem Kittel ab. Sie wünschte sich, sie könnte Mitleid empfinden, aber sie konnte es nicht. Wenn nur die Schreierei nicht wieder anfinge.

Sie liefen, bis es endlich dunkel wurde, durchquerten einen großen Wald, wateten durch eiskalte Bäche. Die Wege waren fast menschenleer; es war, als ob jeder, der nicht mit den Bauern nach Herrenberg gezogen war, sich irgendwo verkrochen hätte. Es war gespenstisch, und Barbara war froh, als endlich die vertrauten Umrisse eines Dorfes vor ihnen auftauchten, ein paar kleine Häuser um einen Platz geschart, ein hoher Pfahl mit einem vertrockneten Erntekranz daran, ein paar Gänse, die schnatternd flüchteten. Barbara hätte weinen können vor Erleichterung. Sie hatte gerade die

Pforte des Dorfzauns sorgfältig wieder hinter sich geschlossen, da gellte plötzlich eine Stimme aus der Dämmerung.

«Wolf! Leo! Fasst!» Zwei riesige zottige Hunde sprangen auf die Gruppe zu, und der kleine Junge, der die letzte halbe Stunde fast im Halbschlaf neben seiner Mutter hergetrottet war, kreischte schrill. Die Hunde kläfften böse; jemand stieß einen lauten Schmerzensschrei aus. Es ging alles so schnell, dass Barbara kaum erkennen konnte, was geschah. Schattenhafte Gestalten liefen auf sie zu, brennende Fackeln in den Händen, während die Tiere knurrten und schnappten und die junge Schwangere zu Boden rissen. Sie schlug sich die Hände vors Gesicht und schrie wie am Spieß. Fieberhaft sah Barbara sich nach einem Stock, irgendeiner Waffe um, da fuhr direkt vor ihr etwas mit großer Wucht auf einen der Hunde nieder. Es gab ein widerlich knackendes Geräusch, und das Tier fiel leblos zur Seite.

«Dreimal vermaledeites Köterpack, euch werd ich helfen!» Wie der Racheengel sein Schwert, so schwang Margret ihren Dreschflegel, ließ ihn noch einmal auf die Hunde heruntersausen und setzte auch den zweiten außer Gefecht. «Ich schlag euch zu Brei, ich mach euch tot …» Gott sei Dank traf sie nicht die junge Frau, die sich inzwischen auf dem Boden zusammengerollt hatte.

«Hör auf damit!» Eine hochgewachsene Bäuerin stand unvermittelt neben ihnen und hielt ihre Fackel hoch, sodass man ihr Gesicht erkennen konnte. Wut und Angst spiegelten sich darin. «Hör sofort damit auf!»

«Selbst schuld, wenn ihr eure Hunde auf uns hetzt!» Giftig schnaufend stieß Margret der Fremden ihre Faust vor die Brust. «Wir sind Landvolk wie ihr! Schlimm genug, dass wir uns mit den Landsknechten herumschlagen müssen, und jetzt geht ihr auch noch auf uns los.»

«Woher sollen wir denn wissen, was für Leute ihr seid?

Bei all dem Gesindel, was sich hier herumtreibt! Erst vor ein paar Tagen ist der Tross hier vorbeigezogen. Die Landsknechthuren klauen wie die Raben, und ihre kleinen Bastarde sind noch schlimmer.» Verächtlich zog sie die Nase hoch. «Ihr seht nicht viel besser aus.»

«Wir sind mit dem Bauernhaufen gezogen und kommen von Herrenberg.» Barbara trat vor und sah der Frau scharf ins Gesicht. Deren herablassender Ton hatte sie aufgebracht. «Unsere Männer machen sich gerade bereit, mit dem Truchsess zu kämpfen. Sie haben geglaubt, hier in den Dörfern würde man uns freundlich aufnehmen. So wie man es bei uns zu Hause mit Fremden macht.»

Der anderen Frau stieg das Blut ins Gesicht.

«Es sind schlechte Zeiten», sagte sie schließlich. «All unsere Männer sind fort. Wir müssen selbst sehen, wie wir zurechtkommen. Da kann man oft nicht so freundlich sein, wie man es gern möchte.» Sie ließ die Fackel sinken. «Ich heiße Ada. Mein Mann ist der Schultheiß hier im Dorf.»

«Können wir ein paar Tage hier bei euch bleiben, Ada? Wir haben unsere eigenen Vorräte mitgebracht aus dem Lager. Und zusammen mit uns seid ihr auch sicherer.» Die Schultheißenfrau zögerte einen Moment, bevor sie antwortete.

«Ihr könnt euch dort in der leeren Scheune einrichten.» Sie wies mit der Hand auf ein großes, rechteckiges Gebäude. Ein paar Frauen und Kinder standen da und hatten den Streit offenbar aufmerksam verfolgt. Dieselben Gedanken in allen Gesichtern, dachte Barbara, dieselbe Angst. Sie half der jungen Schwangeren, die immer noch schluchzte, wieder auf die Füße und führte sie zu der Scheune hinüber. Dort breiteten sie ihre Decken auf dem Boden aus und fielen sofort in einen erschöpften Schlaf.

6

Aus dem Stand sprang der Hund fünf Ellen hoch und schnappte nach dem kleinen Fleischstückchen, ließ sich dann auf den Boden fallen und wedelte begeistert mit dem Schwanz. Simon beugte sich hinunter und kraulte ihn hinter den Ohren.

«Das hast du gut gemacht, Vinto, sehr gut. Bist ein kluger Hund.» Er hatte den Hund, ein kleines schwarzes Zottelbündel, aus einem der verbrannten Dörfer irgendwo in Norditalien mitgebracht. Das Tier war völlig verstört aus einer noch rauchenden schwarzen Ruine gekrochen und wich ihm nicht mehr von der Seite, seit er ihn frisches Wasser aus seinen Händen hatte lecken lassen. Es war gut, etwas Lebendiges, Warmes in der Nähe zu haben, wenn man in den Nächten immer wieder von den Gemetzeln bei Pavia träumte, von aufgeschlitzten Leibern und zerborstenen Schädeln. Vinto sah ihn hingebungsvoll an. Der Hund wenigstens würde ihm alles verzeihen.

«He, Simon! Hundefänger! Ist das schon alles?» Georg lümmelte sich vor dem Feuerchen und betrachtete ihn träge, bevor er sich wieder bewundernd seinen Stiefeln zuwandte, die fettig an seinen Füßen glänzten. Er prahlte immer damit, dass das Fett von einem gefallenen Schweizer Söldner stammte. Viele Landsknechte waren überzeugt davon, das Fett von einem Getöteten mache sie nahezu unverwundbar. Sie waren seit ein paar Wochen zusammen, seit Pavia, wo die Kaiserlichen unter Georg von Frundsberg gegen die Franzosen gesiegt hatten. Und was für ein Sieg! Bis zu 50 Reihen tief waren die Landsknechthaufen gestaffelt gewesen, mit schwerbewaffneten Doppelsöldnern im ersten und letzten Glied, die mit ihren meterlangen Spießen gnadenlos in den Reihen des Gegners wüteten, bevor die volle Wucht des Angriffs von den Hellebarden und Doppelschwertern dahinter aufgenommen wurde. Die einfachen Söldner kämpften mit dem Katzbalger, ihrem kurzen Schwert, das man auch im Gedränge der heranpressenden Haufen noch bewegen konnte, und wenn sie das verloren hatten, kämpften sie weiter mit Messern, Fäusten, Zähnen, kämpften gegen die Angst und um das schiere Überleben. Niemals würde Simon das Grauen vergessen, das ihn gepackt hatte in dieser Hölle aus Blut, Schmerz und Mord, das Gebrüll, die Schreie der Sterbenden, den Augenblick, in dem er gestolpert und zu Boden gegangen war und wusste, dass die heranstürmenden Stiefel ihn zertreten würden wie eine Wanze, den Augenblick, in dem Georg ihn zur Seite gezerrt hatte. Ohne Georg wäre er nicht hier, sondern läge mit zerhackten Gliedern und ausgeplündert auf dem Schlachtfeld wie tausend andere.

«Ob das schon alles ist, hab ich gefragt.» Simon sah auf. Der Hund leckte ihm mit seiner rauen Zunge über die Hände.

«Fürs Erste ja», antwortete er. «Hab ihn ja erst ein paar Wochen. Und die Hälfte der Zeit hab ich nur dafür gebraucht, ihn wieder aufzupäppeln. War ja kaum mehr als Haut und Knochen, der Kleine. Da ist es doch erstaunlich, dass er überhaupt schon was gelernt hat.»

«Immerhin mehr als mein Rotzlöffel da drüben.» Ungnädig blickte Georg auf den Trossjungen, den er sich vor kurzem zugelegt hatte, einen mageren Vierzehnjährigen mit mausgrauem Haar, der für ihn kochte und die Stiefel putzte und die Wäsche wusch. Gerade rührte er mit hektischen Bewegungen in dem verbeulten Topf, der auf einem Dreibein im Feuer stand.

«He, Hosenscheißer, ich rede von dir!» Der Junge schreckte zusammen.

«Ja?»

«Was ist'n das für 'n Fraß, den du hier zusammenkochst?»

«Kaninchen, Herr. Ich hab's heute Morgen gefangen, da drüben in dem kleinen Wäldchen. Ich bin ein geschickter Schlingenleger! Mein Vater hat immer gesagt –»

«Halt's Maul! Wer will's wissen, was dein Scheißvater gesagt hat? Los, gib mir was rüber, dass ich probieren kann! Ich hab einen Scheißhunger.» Der Junge stand unsicher auf, den Topf in der Hand, und trottete zu Georg hinüber. Simon beobachtete ihn aus dem Augenwinkel. Er wusste, dass der Junge Angst vor dem Landsknecht hatte, und er wusste, wie sehr Georg dieses Gefühl genoss. Gerade jetzt, wo die Stimmung im Lager zum Zerreißen gespannt war, nachdem schon wieder der Sold ausgeblieben war. Dabei war sich Georg so sicher gewesen, dass es hier gutes Geld zu verdienen gäbe. «Wart's ab, Hundefänger. Im ganzen Reich werden sie sich die Finger lecken nach uns. Die brauchen jemand, der ihnen das Bauernpack zusammenprügelt, und zu Hause finden sie keinen. Ist doch alles ein und dieselbe Brut, die schlagen sich nicht gegenseitig die Köpfe ein! Die brauchen uns», hatte er gesagt. Und so waren sie über die Alpen wieder nach Norden gezogen, nachdem man sie in Italien entlassen hatte, und hatten hier beim Truchsess von Waldburg angemustert.

Plötzlich sah Simon den Trossjungen stolpern. Der Topf fiel zu Boden, zerkochtes Fleisch und Brühe spritzten und trafen Georgs Wams und Hände.

«Gottverflucht, was bist du für ein Trottel!» Georg sprang auf, fuchsrot im Gesicht. Er versetzte dem Jungen einen Schlag, dass der zu Boden ging. Der Junge heulte auf und hob schützend die Arme vor das Gesicht.

«Du kleiner Drecksack, du Hundsfott, ich werd's dir schon zeigen, ich schlag dich grün und blau ...» Mit einem einzigen Ruck zog Georg sich den Ledergürtel ab und ließ ihn auf den wimmernden Jungen hinunterschnellen. Simon vergrub unglücklich seine Hände in den warmen Zotteln des Hundes. Was ging ihn dieser Junge an! Und Georg hatte ihm das Leben gerettet. Es war sein Recht, den Burschen nach seinem Gutdünken zu züchtigen, nicht wahr, schließlich gab er ihm jeden Monat ein paar Schilling, und der Kerl hätte wirklich besser aufpassen müssen … Zögernd stand er auf.

«Lass gut sein, Georg», sagte er. Aber Georg hatte ihn nicht einmal gehört. Die Wut hatte ganz von ihm Besitz ergriffen. Gnadenlos prügelte er auf den Burschen ein, der sich zu seinen Füßen zusammengerollt hatte wie ein kleines Kind. Schließlich fiel ihm Simon in den Arm.

«Lass gut sein, Georg! Das reicht.» Keuchend, mit blutunterlaufenen Augen, stierte der andere ihn an.

«Was soll das? Was geht's dich an? Vergreif ich mich etwa an deinem Köter?»

«Komm, sei vernünftig. Was nützt dir der Bursche, wenn er tagelang nicht mehr laufen kann? Ich putz dir nicht an seiner Stelle die Stiefel, und wie ich koche, weißt du ja.» Einen Augenblick lang hielt Georg schnaubend inne, dann brach er plötzlich in grölendes Gelächter aus und legte sich den Gürtel wieder um.

«Beim heiligen Schwanz, das weiß ich! Ein Wunder, dass ich noch am Leben bin!» Er gab dem Jungen einen letzten Tritt. «Verpiss dich, verstanden? Und dass du mir nicht ohne was Essbares wiederkommst, sonst setzt es einen Nachtisch, der dir noch tagelang schwer im Magen liegen wird!»

Heulend, mit zitternden Knien und blutender Nase, machte der Junge sich davon. Georg sah ihm ohne Bedauern nach.

«Den bieg ich mir noch zurecht, sollst sehen. Bald springt er, wenn ich pfeife, genau wie dein Köter.»

Plötzlich ertönte ein lauter Fanfarenstoß und rief die Männer auf dem großen Exerzierplatz in der Lagermitte zusammen. Froh, Georgs Gesellschaft entfliehen zu können, machte sich Simon auf und stand schon bald eingekeilt zwischen anderen Landsknechten vor dem Hauptmann, der auf eine Kiste geklettert war, um sich besser Gehör zu verschaffen.

«Männer! Soldaten!», brüllte der Hauptmann. «Heute Morgen um fünf Uhr hat dieses Bauernpack den Sturm auf die Stadt Herrenberg begonnen. Ein Fähnlein bayrischer Landsknechte war dort stationiert und hat zusammen mit den wehrfähigen Bürgern heftigen Widerstand geleistet. Aber schließlich, nach Sonnenuntergang, wurde mit Feuerpfeilen geschossen, und sie mussten sich ergeben und haben die Tore geöffnet.» Er machte eine wirkungsvolle Pause. «Und warum, so frage ich euch, ist das passiert? Warum konnte eine Horde rübenfressender Bauern ungehindert eine Amtsstadt überrennen, so nah bei unserem Lager, dass man fast rüberpissen kann? Ich will's euch sagen. Ja, ich will's euch verraten. Weil ihr Sauhunde von Landsknechten hier auf der faulen Haut gelegen habt, statt euch glücklich zu schätzen, dass ihr diesem Aufrührergesindel die Schädel einschlagen dürft! Diesen räudigen Hunden, die den Schwanz schon einkneifen, wenn sie den ersten Doppelsöldner sehen! Aber ihr Hurensöhne hockt hier herum und furzt auf eure Decke.»

«He, wir kämpfen nicht, wenn wir unseren Sold nicht kriegen!», schrie jemand, und ein allgemeines Gemurmel erhob sich. Genauso war's, eine Sauerei! Der Schwäbische Bund zahlte nicht pünktlich, und schon seit Tagen hatten sie sich keine neuen Vorräte mehr kaufen können.

«Habt ihr denn gar keine Landsknechtehre im Leib?» Der Hauptmann war vor Wut rot angelaufen. «Seid ihr nicht besser als dieses Bauernpack, nur voller Rotz und Scheiße? Ihr habt auf die Fahne geschworen, schon vergessen?»

«Wir wollen Sold! Wir wollen Sold! Wir wollen Sold!» Die Landsknechte reckten die Fäuste in die Luft und stampften rhythmisch mit den Füßen, bis ein erneuter Fanfarenstoß sie zum Schweigen brachte.

«Meint ihr etwa, ich will keinen Sold? Meint ihr, ich stünde hier, wenn's nichts zu holen gäbe für uns in Herrenberg und Böblingen, in Stuttgart und Würzburg, in all diesen fetten Städten, die nur auf uns warten? Meint ihr, ich wäre so blöd? Nein, ich sage euch, jeder von euch wird reich sein, wenn dieser Feldzug vorbei ist, jeder! Und was müsst ihr dafür tun? Müsst ihr eure Haut zu Markte tragen, müsst ihr fürchten, der Gegner schneidet euch die Kehle durch? Nein! Ihr braucht nichts anderes zu tun, als gegen feiges Bauerngesindel zu kämpfen, gegen Hosenscheißer, die noch nie ein Schwert gesehen haben! Wenn ihr das überhaupt kämpfen nennen wollt. Die werden wir erschlagen wie einen Haufen Ratten! Und der Truchsess hat jedem einen Doppelsold versprochen, der jetzt bei der Stange bleibt. Aber wenn wir noch lange warten, dann schnappt uns der große Söldnertrupp aus Franken diesen Bissen weg!» Es war wieder ruhig geworden unter den Landsknechten; dann rief einer:

«Auf nach Herrenberg!», und die anderen griffen den Ruf auf: «Auf nach Herrenberg! Auf nach Herrenberg!» Zufrieden sprang der Hauptmann von seiner Kiste und ließ zwei Fässchen mit Branntwein heranrollen. Noch am selben Abend bereiteten sich die Landsknechte auf den Abmarsch vor.

Am nächsten Morgen in aller Frühe zogen sie nach Norden in Richtung Herrenberg. Schon von weitem konnte man sehen, dass die Hauptstreitmacht der Bauern sich auf der Höhe oberhalb des Herrenberger Schlosses eingerichtet hatte. Nur eine Wagenburg mit den Geschützen befand sich noch in der Ebene.

«Verflucht geschickt aufgestellt», murmelte Georg zwischen den Zähnen anerkennend. «Glaub nicht, dass wir da was ausrichten können mit unseren Geschützen. Da oberhalb der Stadt sind sie nicht zu bezwingen.» Der Truchsess schien der gleichen Meinung zu sein. Während einige verwegene Hauptleute sofort zum Angriff übergehen wollten, ordnete er an, das Lager eine Viertelstunde von Herrenberg entfernt aufzuschlagen. Sie waren noch dabei, sich die beste Stelle für ihr Kochfeuer zu suchen, als ein Reiter auf sie zukam. Simon senkte den Kopf. Der Reiter war Johannes von Renschach. Er hatte ihn in den letzten Tagen schon häufiger gesehen. Wer wusste schon, wann der junge Adlige zu den Truppen des Schwäbischen Bundes gestoßen war! Vermutlich gab es da irgendeine Lehnsbindung der Renschacher an das Haus Habsburg. Andererseits fanden sich natürlich viele Landadlige im Gefolge des Truchsessen, ging es doch um ihre ureigenen Interessen. Im Grunde sollte es ihm gleichgültig sein. Aber trotzdem! Er hielt den Atem für einen Augenblick an und stieß ihn dann mit einem leisen Pfeifen wieder aus. Es war schwierig, nicht an Glatt zu denken, wenn man Johannes von Renschach vor Augen hatte.

«He, Männer!» Er war jetzt bis auf wenige Schritte herangekommen, und Simon musterte ihn mit heimlicher Neugier. Die letzten Monate hatten ganz offensichtlich ihren Tribut von dem jungen Renschach gefordert: Sein Gesicht war hager und grau, seine Augen unstet, die Stimme schrill, als wollte sie irgendetwas übertönen.

Was geht's dich an!, dachte Simon.

«Der Truchsess hat einen besonderen Auftrag für euch,

Landsknechte. Hört zu.» Wenig später brachen sie auf, ein Trupp von zehn Mann, ausgerüstet mit Piken und Schwertern.

Johannes von Renschach sah ihnen nach, hörte sie noch lachen. Natürlich, die Männer waren zufrieden, dass sie nicht länger nur herumzusitzen und zu warten brauchten. Sie würden ihren Auftrag auch ohne ihn ausführen, ohne weiter darüber nachzudenken. Er war erleichtert, dass er kein Hauptmann war, sondern dem Truchsess als Sekretär direkt zugeteilt. Wie sollte auch einer, der sich selbst jeden Morgen dazu überreden musste, überhaupt die Augen zu öffnen, den Kampfgeist einer unwilligen Truppe von Totschlägern anfachen? Er wünschte sich, etwas von der Wut wäre übrig geblieben, die er gespürt hatte an dem Tag, als sie Dorothea beerdigt hatten – einer Wut, die ihm unendlich erschienen war, unersättlich, unerschöpflich. Auf der Welle dieser Wut war er geritten, sie hatte ihn in die Arme des Schwäbischen Bundes getrieben, hatte ihn in blutige Träume geschaukelt, aber jetzt war sie verebbt. Er spürte nur noch, wie er versank in einem dunklen Meer ohne Grund, wie er tiefer sank mit jedem Tag. Kein erschlagener Bauer, keine eroberte Stadt würde ihn aufhalten, ja, er zweifelte daran, ob es überhaupt irgendetwas gab, was ihn noch einmal an die Oberfläche zurückbringen würde.

Barbara erwachte noch vor Tagesanbruch; sie fühlte sich so zerschlagen an Leib und Seele, als hätte sie in den beiden letzten Nächten keine Sekunde geschlafen. Und das lag nicht nur an dem harten Scheunenboden oder daran, dass der kleine Junge jede Nacht stundenlang wach lag und weinte, sondern an der wachsenden Angst, die sich wie eine bleierne Hand auf ihr Herz legte. Die Angst machte sie ungeduldig und ungerecht. Sie brachte einfach kein Verständnis mehr auf für die weinerliche Maria, mochte sie jetzt schwanger sein oder nicht. Das ständige Gejammer trieb sie schier zur Weißglut, und am liebsten hätte sie zu Margrets Dreschflegel gegriffen. Maria hatte die seltene Gabe, sich und den anderen jedes nur denkbare Unglück in den lebhaftesten Farben auszumalen, und wenn man glaubte, sie wäre endlich fertig damit, dann hatte sie eine neue Eingebung. Als ob die Bilder nicht schon ausreichten, die sie sowieso schon in jeder Nacht heimsuchten! Barbara grub die Zähne in ihre Unterlippe. Immer wieder sah sie die Breitwieser-Brüder vor sich, wie sie sich gegenüberstanden, und diesmal hatten sie nicht nur ihre Fäuste, um aufeinander einzuschlagen. Sie trugen Waffen in den Händen, diesmal würden sie nicht aufhören, bevor nicht einer von ihnen tot am Boden lag …

Sie erhob sich leise, um die anderen nicht zu wecken, und schlich nach draußen. Nach einer klaren Nacht dämmerte der Morgen. Im Osten leuchtete der Himmel schon rot, blutrot, und der Tau lag kühl und satt auf den Wiesen. Sie lehnte sich gegen die Schuppenwand und beobachtete, wie die Sonne sich langsam über den Horizont erhob. Es war so ein friedliches Bild, dass ihr die Tränen in die Augen stiegen.

Plötzlich sah sie jemanden über den Dorfplatz gehen. Es war Ada, die Schultheißenfrau, die offensichtlich gerade vom Brunnen gekommen war: Sie trug einen vollen Wassereimer in der Hand und blieb neben Barbara stehen.

«Konnte nicht schlafen», sagte sie kurz. Anfangs hatte Barbara die Schultheißin für hart und unfreundlich gehalten und nicht gemocht, aber inzwischen wusste sie, dass Adas Mann, ihre Brüder und ihr einziger Sohn mit dem Bauernheer gezogen waren. Kein kampffähiger Mann war im Dorf zurückgeblieben, kein einziger. Und die anderen

Dörfler, Frauen, Kinder, alte Leute, verließen sich auf das bisschen Schutz, das sie ihnen geben konnte. Kein Wunder, dass sie so feindselig gewesen war! Und dann hatte Margret auch noch ihre Hunde erschlagen. Barbara fasste nach Adas Hand und drückte sie kurz.

«Immerhin haben wir keine schlechten Nachrichten», sagte sie leise. «Gott wird nicht zulassen, dass ...» Da merkte sie, wie die andere Frau erstarrte.

«Da!», stieß Ada hervor und zeigte mit dem Finger auf den Horizont, über dem die Sonne jetzt so verheißungsvoll strahlte.

«Was denn?»

«Siehst du es nicht? Gleich vor den Bergen? Sie sind gekommen!» Und da sah es Barbara auch: Das, was man für ein paar Augenblicke vielleicht für den Rauch zahlreicher Herdstellen in den Dörfern des Ammertals halten mochte, war in Wirklichkeit eine riesige Staubwolke. Eine Staubwolke, aufgewirbelt von Tausenden marschierender Stiefel, von Pferden, Trosskarren und schweren Geschützen, die über den staubigen Boden gezogen wurden, von Hauptleuten und Doppelsöldnern, Pikenieren, Schwertkämpfern, von Marketendern und Pfaffen, Trossbuben, Huren und Kindern. Langsam schob sich die Wolke nach Norden voran.

«Der Schwäbische Bund», flüsterte Barbara tonlos. «Die Landsknechte rücken vor auf Herrenberg.» Es musste ein riesengroßer Tross sein, dachte sie und hielt den Atem an. Konnte man sie nicht sogar hören in der Stille des Morgens, das Wiehern der Pferde, die Flüche, das Klirren von Waffen?

«Sie sind gut eine Meile von uns entfernt, bald zwei», sagte Ada. Sie hatte die Augen zusammengekniffen, um besser sehen zu können. «Vielleicht kommen sie gar nicht hierher.»

«Sollen wir die anderen wecken?», fragte Barbara. «Wir könnten versuchen, so viel wie möglich aus dem Dorf an einen sicheren Platz zu bringen, Vorräte, Vieh ...»

«An einen sicheren Platz?» Die Schultheißin lachte freudlos. «Welcher Platz, glaubst du, ist sicher vor einem hungrigen Landsknecht? Aber du hast recht. Wir können es wenigstens versuchen.»

Alle, die zwei Hände zum Zupacken hatten, waren den ganzen Morgen damit beschäftigt, Säcke voller Mehl und Grütze, getrockneter Erbsen und Linsen, Käse, Räucherfleisch, ja selbst Eier in ein nahegelegenes Wäldchen zu tragen und hinter einem hohen Haselgehölz zu verstecken. Sonst hatten die Bauern nicht viele Reichtümer, die man verstecken konnte. Ihre Felder, auf denen das Getreide reifte, ihre Häuser, ja nicht einmal ihre Truhen und Bettläden konnte man auf die Schnelle fortbringen.

Barbara strich sich die schweißnassen Haare aus der Stirn. Es war gut gewesen, so hart zu arbeiten, dass man keine Möglichkeit mehr hatte, an etwas anderes zu denken, aber jetzt war nicht mehr viel zu tun. Sie schaute auf in Richtung Osten: Die Staubwolke war verschwunden, aber dafür sah sie jetzt zwei schwarze Rauchsäulen, die sich wie Speerspitzen in den blassen Frühlingshimmel bohrten.

«Was brennt da?», flüsterte sie so leise, als dürfte es keiner hören. Zwei Rauchsäulen waren es, gleich zwei! Und erschreckend nah: keine Viertelmeile von ihnen entfernt. Inzwischen hatten es auch die anderen gesehen.

«Sie zünden die Dörfer an, Gott steh uns bei!», kreischte Maria, ließ das Körbchen mit den Eiern fallen, das sie gerade gehalten hatte, und schlug sich die Hände vors Gesicht. «Sie zünden die Dörfer an! Sie zünden die Dörfer an!» Grimmig packte Ada sie an den Schultern und schüttelte sie.

«Jetzt halt endlich dein Maul und komm! Wir müssen uns verstecken, sie können bald schon hier sein.»

«Du glaubst – du glaubst, sie kommen auch hierher?» Barbara spürte, wie ihr Gesicht erstarrte, ohne dass sie etwas dagegen tun konnte. Eiskalte Beklemmung legte sich auf ihre Brust und nahm ihr fast den Atem. Ada ergriff jetzt auch sie am Arm und zog sie hinter sich her.

«Natürlich kommen sie hierher, was denkst du denn? Jetzt, wo sie gesehen haben, wie leicht eine Bauernhütte Feuer fängt! Mach schon.» Beißender Qualm hatte sich inzwischen über das Dorf gelegt, und manchmal glaubte sie sogar, das Knacken der Flammen hören zu können.

«Vielleicht können wir die Schweine noch in den Wald treiben», keuchte Ada. «Vielleicht –»

Aber es war schon zu spät: Ein Trupp Bewaffneter kam im Laufschritt den benachbarten Hügel herunter. Bis hierher waren die Fackeln zu sehen, die sie in den Händen trugen. Ein paar Frauen brachen in Tränen aus, Kinder kreischten, ein kleiner Junge versuchte mit aller Kraft, seinen Hund festzuhalten. Aber das Tier riss sich in wilder Panik los und raste davon, geradewegs auf die Fackelträger zu.

«In die Kirche, schnell!» Natürlich, die Kirche, sie war ja aus Stein gebaut, Stein würde nicht brennen, auch wenn sonst alles in Flammen aufginge. Gott würde sie schützen, hier in seiner Kirche, nur schnell mussten sie sein und die Tür hinter sich schließen. Auch wenn es kein Schloss gab, wozu auch, sie hatten nie eines gebraucht hier in Gottes Haus. O Gott, wenn sie nur die Kirche in Frieden ließen!

Schwer atmend und schluchzend drängten sie sich aneinander, aber keine wagte ein Wort zu sagen. Sie durften sie nicht finden. Barbara glaubte, vom Klopfen ihres Herzens würden ihr die Trommelfelle platzen, es füllte den ganzen Raum. Von draußen hörte sie Männerstimmen. Eine Kuh brüllte auf, jemand lachte, berstendes Holz. Dann wieder Stille, nur unterbrochen vom Klacken eines Rosenkranzes. Heilige Maria, bitte für uns Sünder, jetzt und in der Stunde unseres Todes … Barbara hielt es nicht mehr aus. Sie machte sich von der schweißnassen Hand los, die sich in ihre verkrallt hatte, schlich hinüber zur Kirchentür und schaute durch das kleine Fensterchen. Noch längst nicht alle Häuser brannten, vielleicht war das Holz zu feucht gewesen nach den Regenfällen der letzten Wochen, vielleicht auch hatten die Landsknechte nicht gründlich genug gearbeitet. Und warum auch! Schließlich brannten schon zwei Dörfer, das würde den Bauern schon zeigen, was sie erwartete.

Einer der Landsknechte stand keine zwanzig Fuß von ihr entfernt auf dem Kirchplatz. Es war ein junger, schlaksiger Kerl mit blondem Haar, und als er langsam weiterlief, sah sie diese besondere Neigung der Schultern, diesen tänzelnden Gang …

«Simon.» Sie flüsterte den Namen. Für einen Augenblick trat vollkommene Stille ein. Sie hörte nicht mehr das Prasseln der Flammen, nicht die warnenden Rufe der anderen Frauen, weil sie nur auf seine Stimme wartete, auf den Namen, den er ihr ins Ohr flüstern würde. Gleich würde er sich umdrehen und sie erkennen, würde zu ihr zurücklaufen, seine Hände auf ihre Hüften legen und seine Wange auf ihren Scheitel … Wie im Traum öffnete sie die Tür, um auf die Dorfstraße hinauszutreten. Da riss sie jemand grob an der Schulter zurück, sodass sie auf den Boden taumelte.

«Barbara! Bist du wahnsinnig?» Außer sich vor Zorn und Angst, stand Margret vor ihr und schlug ihr ins Gesicht. «Wie kannst du uns alle so in Gefahr bringen? Willst du, dass sie uns hier herausholen? Willst du das?» Barbara flüchtete sich in die hinterste Kirchenecke, kauerte sich auf den Boden und presste ihr Gesicht gegen die Knie.

7

Am Abend des 10. Mai, eines Mittwochs, ließ der Truchsess von Waldburg seine Geschütze ein paar Salven in das Lager der Bauern schießen – ein Gruß zum Ave-Maria, nach altem Landsknechtbrauch. Ja, sie würden sich noch wundern, diese Bauern, wenn erst das Paternoster über sie hinwegdonnerte!

Noch in der Nacht räumten daraufhin die Bauern ihre Position und zogen sich in Richtung Böblingen zurück. Am Folgetag nahmen die bündischen Truppen die Stadt Herrenberg ein, befreiten die gefangenen Fußsoldaten aus der Kirche und schlugen dann ihr Lager in Weil im Schönbuch auf, während der Truchsess eilends hundert Reiter nach Urach schickte. In Urach befand sich die Kasse des Schwäbischen Bundes. Noch am selben Tag kehrten die Boten mit dem Geld zurück, und der ausstehende Monatssold konnte ausgezahlt werden. Die Taschen voller Geld, zogen die Truppen des Bundes am nächsten Morgen auf Böblingen zu. Es war Freitag, der 12. Mai, im Jahr des Herrn 1525.

Die Hauptstreitmacht der Bauern befand sich im Schutz ihrer Wagenburg zwischen den Städtchen Böblingen und Sindelfingen, an der einen Seite durch einen Sumpf, an der anderen durch einen Hügel geschützt. Ihre Vorhut besetzte den Galgenberg oberhalb von Böblingen. Es war eine gute Stellung, das sah auch der Truchsess, unangreifbar für seine Reiterei und die Fußtruppen. Aber Georg von Waldburg war ein entschlossener Mann. Nicht umsonst hatte der Schwäbische Bund ihn zu seinem Heerführer gemacht. Da sich die Böblinger nicht entschließen konnten, auf wessen Seite sie sich schlagen sollten, erschien er selbst vor dem unteren Tor und kündigte an, alles zu erwürgen, was ihm dort vor die Füße lief, Männer, Weiber und Kinder, die Stadt zu schleifen und keine Gnade zu zeigen, sollten ihm die Tore nicht sogleich geöffnet werden. Wenig später waren seine Truppen in der Stadt, vertrieben die Bauern vom oberen Tor und nahmen die Vorhut auf dem Galgenberg unter Feuer.

Als die Geschütze anfingen zu donnern, die Falkonetten, Feldschlangen, Kartaunen feuerten, ging ein Aufschrei durch den gewaltigen Bauernhaufen. Es war, als hätte der Himmel selbst mit grollender Stimme zu ihnen gesprochen, hätte sein Urteil über sie gefällt. Ein Schwanken erfasste den Haufen, eine Art Welle, dann eine Strömung, der man nicht länger Widerstand leisten konnte. Die Ersten begannen zu laufen. Weg von den tödlichen Geschützen, den Spießen, Armbrüsten, Doppelschwertern, Hellebarden, weg, nur weg vom Verderben.

Andres Breitwieser war es geglückt, zur Seite auszubrechen. Er lief auf ein kleines Wäldchen zu. Schwer atmend blieb er stehen und schloss für einen Augenblick die Augen. Die Luft brannte wie Feuer in seiner Kehle, sein Herz hämmerte, als wollte es sich aus seiner Brust befreien. Einen Moment nur, einen Augenblick nur verschnaufen. Er hörte Schreie ganz in seiner Nähe, das Wiehern eines Pferdes, und zwang sich weiter. Zweige knackten unter seinen Schritten, Zweige verfingen sich in seinen Haaren. Plötzlich sah er vor sich einen frischgepflügten Acker, roch den fetten Geruch des umgebrochenen Bodens. Er lief schneller. Hoch über ihm sangen die Lerchen im weiten Frühlingshimmel. Er hörte sie über allen Schlachtenlärm hinweg. Da war das Feld, die schwarze Krume. Er fiel auf die Knie, griff mit den Händen hinein, griff nach der warmen, zuverlässigen Erde, spürte sie auf der Haut und unter den Nägeln und zwischen den Zähnen. Spürte sie noch, als die Lanze sich schon tief eingebohrt hatte zwischen seine Schulterblätter und sein Blut sich mit der warmen Erde vermischte. Er wühlte sich hinein in die tröstende Erde wie ein Wurm, während hinter dem Wald immer noch die Rauchsäulen zum Himmel stiegen, aber er sah sie nicht mehr, denn ein Wurm war er geworden, blind und stumm, ein Wurm unter den Stiefelabsätzen der Zeit.

Simon Breitwieser sah die Bauern vor sich um ihr Leben laufen. Einer rannte so dicht an ihm vorbei, dass er die Todesangst in seinen Augen erkennen konnte. Er war noch ein Junge, kaum fünfzehn Jahre, und konnte noch nicht viel vom Leben gesehen haben. Er sah ihn straucheln in seiner Angst, straucheln und stürzen, und dann war Georg da, der ihn bei Pavia gerettet hatte, und schlitzte dem Jungen die Kehle auf. Aber was war schon einer, wer wollte an den Einzelnen denken, wo es Hunderte waren, Tausende taumelnder, schreiender, sterbender Bauern, die die Bündischen vor sich herjagten wie Hasen, die sie erstachen, aufschlitzten und zertrampelten. Und Simon erkannte jedes Gesicht. Es waren die Nachbarn aus Glatt, Freunde, die seine Kunststückchen bestaunt hatten, seine Brüder. Schwärze stieg in ihm auf, klebrige Schwärze, die ihm den Blick verdunkelte und den Atem nahm. Er blieb stehen. Die anderen Landsknechte nahmen keine Notiz von ihm. Längst hatte sich die Schlachtordnung aufgelöst. Jeder setzte auf eigene Faust den Flüchtenden nach, erschlug, wen er konnte, riss hier einen Ledergürtel ab, da einen Ring, es war ja so leicht, so unglaublich leicht! Kein räudiger Bauer würde es mehr wagen, den Schwäbischen Bund herauszufordern.

Simon lehnte sich an eine mächtige Buche und schloss die Augen. In seinem Schädel hämmerte es, und seine Knie zitterten so stark, dass er keinen Schritt weiterkonnte. Der Lärm war verebbt, nur ganz von fern wehten noch Stimmen zu ihm herüber, aber er konnte die Worte nicht verstehen, und er war froh darüber. Es war ein Wunder, dass niemand gemerkt hatte, wie er zurückgeblieben war, dachte er benommen. Aber die Söldner waren ja blind gewesen in ihrem Blutrausch, als sie die flüchtenden Bauern verfolgten, blind für alles, was nicht nach Beute aussah, und so hatte niemand darauf geachtet, dass er nicht mitgestürmt war. Schließlich wagte er sich vor und lief hinüber zum Wald, der die Flanken des Berges hinunterfloss. Die meisten Bauern hatten sich nach Norden gewandt, auf Stuttgart zu, und so wählte er, ohne nachzudenken, die andere Richtung. Hier lagen nicht so viele Tote, die ihn mit ihren aufgerissenen Gesichtern an seine Schuld erinnerten. Er griff nach der Wasserflasche, die an seinem Gürtel hing, und goss sich Wasser über den glühenden Schädel. Ihm schwindelte. Vielleicht hatte er ja doch einen Stoß mitbekommen in dem Gedränge, einen Schlag mit einem Lanzenschaft oder einem schlechtgeführten Schwert, er wusste es nicht. Es war schwer, einen klaren Gedanken zu fassen. Er ließ sich auf den Boden gleiten und lehnte den Kopf gegen die warme Rinde eines Baumes. Was willst du jetzt tun? Noch ist es nicht zu spät, und du kannst zurück ins Lager. Geh zurück! Sie werden dich auslachen, dass du keine Beute gemacht hast, sonst nichts. Noch kannst du zurück und dich besaufen wie die anderen auch, bevor es morgen weitergeht. Überleg dir's gut! Du hast sonst niemanden mehr.

«Nein», flüsterte er gegen die Stimmen in seinem Kopf, und er fasste Mut. «Nein.» Taumelnd kam er wieder auf die Füße und sah an sich herunter. Die Monate bei den Landsknechten hatten ihn verändert. Niemand würde ihn noch für einen Bauern oder Handwerker halten, mit den schreiend bunten, geschlitzten Hosen, die er sich in Italien gekauft und in hohe schwarze Lederstiefel gesteckt hatte. Nicht weit von ihm lag ein Toter im Gras am Kamm des Hügels, den er gerade hochgelaufen war. Er schlich zögernd näher, löste dem Toten den Gürtel, zog ihm die Hosen aus, die Bundschuhe, das Wams. Blut klebte an seinen Händen. Er bemühte sich krampfhaft, dem Mann nicht ins Gesicht zu sehen, aber es war, als wanderten seine Augen immer wieder von selbst zu den bleichen Zügen. Der Mann war etwa dreißig Jahre alt gewesen, hatte dickes, wolliges Haar und einen Stoppelbart, und eine klaffende Wunde zog sich von seiner linken Schläfe bis zum Hinterkopf. Simon wusste, dass er dieses Gesicht nie vergessen würde. Er raffte die Kleider zusammen und stolperte in den Wald hinein. Irgendwo würde er einen Bach finden, in dem er alles auswaschen könnte, und seine alten Kleider vergraben. Niemand würde nach ihm suchen, da konnte er ziemlich sicher sein, aber wenn die Landsknechte ihn zufällig irgendwo entdecken würden, wenn jemand sich an ihn erinnerte, daran, wie er in der Schlacht von Böblingen geflüchtet war, dann würden sie ihn vor das Feldgericht stellen und durch die Spieße jagen.

Johannes von Renschach ging langsam zu dem Lager hinüber, das die Landsknechte nach der Schlacht aufgeschlagen hatten. Stille lag über dem Schlachtfeld, die Stille verstummter Münder und geplünderter Leiber, klebrige, fliegenschwere Stille. Hier sah ihn einer an aus gebrochenen Augen, dort streckte noch einer die starren Finger nach dem Saum seines Rocks aus. Raben flogen auf. Überall Gesichter, die Haare verklebt von schwarz zusammengeronnenem Blut. Gesichter, in den Dreck gegraben, Gesichter ohne Nase, Gesichter, in denen der Tod klaffte. Niemand, den er kannte, den er erkannte. Gott sei Dank niemand. Er wünschte, er hätte diesen Ort niemals betreten.

«He, Renschach! Johannes von Renschach! Hierher!» Ein

paar junge Adlige standen zusammen und winkten ihn zu sich, darunter einer der Ehinger, der sich in der Schlacht besonders ausgezeichnet hatte. Renschach gab sich einen Ruck und lenkte seine Schritte zu dem kleinen Grüppchen hinüber.

«Ja?»

«Dein Einsatz, Renschach. Wir wollen deinen Einsatz.» Verständnislos sah Renschach von einem zum anderen.

«Was für ein Einsatz? Ich spiele nicht.»

«Ist aber ein besonderes Spiel, mein Lieber. Das gibt's nicht alle Tage.» Einer der jungen Männer deutete grinsend mit seinem Kopf in eine Richtung, und Johannes folgte seinem Blick. Ein paar Leute waren damit beschäftigt, Holz ringförmig um einen frei stehenden Baum aufzuschichten, an den mit einer sicherlich zwei, drei Fuß langen Kette ein Mann gefesselt war.

«Das ist der Nonnenmacher aus Ilsfeld», erklärte der Ehinger lässig. «Einer der Buben, die den Grafen von Helfenstein durch die Spieße gejagt haben, vor ein paar Wochen in Weinsberg. Hat sicher nicht geglaubt, dass er schon so bald dem Truchsess in die Hände fallen würde. Sie sind verwandt, die Helfensteiner und die Waldburger.»

«Ein Pfeifer soll er sein», ergänzte ein anderer. «Hat den Bauernhunden fröhlich zum Tanz aufgespielt, als sie den Grafen erschlagen haben, und sich gebrüstet, er hätt' seinen Spieß noch nie so gut geschmiert wie mit dem Grafenfett … mal sehen, wie viel Schmalz er selbst hat.»

«Jetzt erklär endlich einer dem Renschach unsere Wette!»

«Also, Johannes, hör zu.» Der Ehinger baute sich vor Renschach auf und hob den Zeigefinger. «Wie unser Truchsess hier gehört hat, die Sindelfinger würden einen der Mörder seines Vetters bei sich verstecken, hat er so lange gedroht, bis sie ihn aus einem Taubenschlag hervorgezogen und hierhergeschleppt haben. Und jetzt wird er brennen, der Zinkenbläser. Nur nicht so schnell.» Er deutete mit der Hand in Richtung auf den gefesselten Mann. «Springen soll er, wenn's ihm zu warm wird! Und deshalb hat ihm der Herr Georg eine großzügige Kette spendiert. Aber du kannst dir ja denken, was passiert! Die Flammen kommen näher und näher, er springt und springt, aber irgendwann ist die Kette ja doch zu kurz, und er wird geröstet und gebraten wie die Sau am Spieß – je mehr er sich dreht und wendet, desto langsamer. Und hier unsere Wette!» Er zog eine Sanduhr hervor. «Ich wette, er springt noch, wenn die Sanduhr sieben Mal durchgelaufen ist! Hier der Jörg gibt ihm sogar zehn Mal, der Reinhard aber nur fünf. Ich setze drei Gulden! Wie sieht's aus mit dir, Renschach? Sie kommen schon mit den Fackeln, also schnell, mach deinen Einsatz!»

Johannes würgte es in der Kehle. Er brachte es nicht über sich, noch einmal zu dem Richtplatz hinüberzusehen.

«Ich wette nicht», stieß er hervor und flüchtete ans andere Ende des Lagers, wo die Landsknechte schon dabei waren, ihren frischen Sold zu versaufen. Aber immer noch meinte er das Knacken der Flammen zu hören, das Gelächter der Zuschauer und die Schreie des Verurteilten, während die Sanduhr lief. Und der Feldzug war noch lange nicht zu Ende.

Barbara erwachte davon, dass jemand an der Kirchenpforte rüttelte. Sie hatten sie an den letzten Abenden mit dem schweren Taufbecken verbarrikadiert, so gut es ging, und sich auf den eisigen Boden gelegt, nichts als ihre zusammengefalteten Tücher unter dem Kopf. Es gab keinen anderen Ort mehr, wo man schlafen konnte, es gab keine Betten mehr, keine Decken und keine Strohmatratzen. Aber zu Tode erschöpft und verzweifelt, hätten sie sich zum Schlafen auch in einen Sarg gelegt. Zweieinhalb Tage war es jetzt her, dass das Dorf gebrannt hatte, und immer noch lastete der Gestank auf ihnen wie eine giftige Wolke, die unentwegt aus den schwelenden Aschehaufen aufstieg. Sie hatten versucht, die letzten Brandnester zu löschen und dann zu retten, was noch zu retten war, aber da gab es nicht mehr viel. Die Landsknechte machten ihre Sache gründlich: Sie hatten das Vieh fortgetrieben und das große Jauchefass in den Brunnen geleert, bevor sie den Brand gelegt hatten. Ada war in Tränen ausgebrochen, als sie es entdeckt hatte. Nur die Vorräte im Wald hatten die Söldner nicht gefunden. Davon würden die Dörfler leben müssen bis zur nächsten Ernte, wann immer sie auch sein würde. Und jetzt blieb nichts mehr, als den Schutt beiseitezuräumen.

«Seid ihr da drinnen? Um Gottes willen, so antworte doch einer!» Schreie, Rufe vor der Tür. Es war so mühsam, aus dem schweren Schlaf in die Wirklichkeit zurückzufinden.

«Ich bin es! Bernhard! Lasst mich rein!» Mit einem lauten Aufschrei sprang die Schultheißin hoch und hastete zur Pforte.

«Bernhard, mein Junge! Mein Junge steht da draußen!» Ein paar andere kamen ihr zu Hilfe, und sie schoben das Taufbecken zur Seite. Die Tür wurde aufgerissen; ein junger Mann stolperte herein, Blut in den wirren Haaren, Blut auf dem Ärmel seiner zerfetzten Jacke. Ada stürzte auf ihn zu, fiel ihm um den Hals und bedeckte sein Gesicht mit Küssen.

«Bernhard, du bist wieder da, Gott sei Dank … mein Bernhard, mein Kleiner … mein Junge …» Der junge Mann stand zunächst reglos da und ließ es mit sich geschehen, dann schob er seine Mutter ein Stück von sich weg.

«Es ist alles vorbei», flüsterte er dann. «Es ist alles zu Ende!» Und unvermittelt schlug er die Hände vors Gesicht und begann zu schluchzen, krümmte sich zusammen und sackte auf den Boden.

«Zu Ende?», fragte jemand ungläubig. «Was meinst du damit?»

«Der Schwäbische Bund … diese Teufel …» Der Junge stieß die Worte zwischen den Schluchzern hervor. «Bei der Stadt Böblingen sind wir auf sie gestoßen. Es hat eine Schlacht gegeben, und wir –» Er konnte nicht mehr weitersprechen. Eine Frau drängte sich zu ihm durch und packte ihn an der Schulter.

«Was ist mit meinem Burkhard?», kreischte sie. Er antwortete nicht gleich, und wie von Sinnen trommelte die Frau mit ihren Fäusten gegen seine Brust. «Sag mir, was mit meinem Burkhard ist! Ich will es wissen! Warum sagst du nichts? Sag es mir sofort!» Da warf Ada sich dazwischen und schleuderte sie zur Seite, sodass sie auf Händen und Knien auf den Steinfliesen landete.

«Lass ihn in Ruhe! Lass meinen Jungen zufrieden!» Sie fletschte drohend die Zähne, wie eine Katzenmutter, die ihr Kleines verteidigt. Bernhard sah die Frau aus weit aufgerissenen Augen an.

«Ich weiß es nicht!», schrie er plötzlich los. «Woher soll ich es wissen? Vielleicht sind sie ja alle tot! Ich weiß es doch auch nicht!» Er riss sich von seiner Mutter los und stürzte nach draußen. Ada lief hinter ihm her. Er hat noch nicht einmal einen Bart, dachte Barbara fast ein bisschen erstaunt, und musste schon in die Schlacht ziehen. Andres und Simon, das waren wenigstens erwachsene Männer, die wussten, was sie taten. Am besten wäre es, sie würde die beiden wieder miteinander versöhnen und gemeinsam mit ihnen nach Hause gehen. Ja, das würden sie tun. Nach Hause gehen und so wie früher zusammen am Tisch sitzen, und es gäbe Suppe und Brot, und die alte Agnes spräche einen Segen, den niemand verstehen könnte. Sie lächelte leise vor sich hin, stand langsam auf, faltete ihr Tuch zusammen und machte ein paar Schritte zum Ausgang hin.

«Barbara!» Jemand hielt sie am Ärmel fest, diese Frau, die sie erst seit kurzem kannte. Margret, so hieß sie. Richtig, Margret. Ihr Gesicht war tränenüberströmt. Jemand sollte ihr sagen, dass sie nicht so viel weinen musste. Es half ja doch nichts, oder so ähnlich, hatte die alte Kathrein immer gesagt.

«Barbara, pass auf!» Plötzlich kam der Fußboden ihr entgegen. Sie hatte nicht einmal Zeit, die Hände schützend vor sich auszustrecken.

Als Barbara wieder zu sich kam, war die Kirche leer. Nur Margret kniete neben ihr und hielt ihre Hand fest.

«Barbara … ich dachte schon, du lässt mich ganz allein.» Tränen standen in Margrets Augen. «Die Landsknechte streifen schon durch das Land und jagen alle, die auch nur entfernt wie Aufständische aussehen … bald werden sie auch hier ins Dorf kommen.»

«Nein!» Fassungslos richtete Barbara sich auf, ihre Unterlippe zitterte. «Hier ins Dorf … warum hier ins Dorf, es ist doch schon alles heruntergebrannt …»

«Ich weiß es nicht, Barbara. Vielleicht kommen sie ja auch nicht. Aber wenn sie kommen – ich will nicht da sein, wenn es so weit ist, verstehst du?» Barbara krümmte sich. Sie verstand es nur allzu gut.

«Wir müssen versuchen, uns über die Hügel zum Neckar durchzuschlagen, weit weg von der Straße», sagte Margret eindringlich. «Wir müssen sofort aufbrechen, dann haben wir vielleicht Glück.»

«Ja … ja!» Barbara bebte am ganzen Körper, als sie sich erhob.

«Was ist mit den anderen? Den Frauen hier aus dem Dorf?», fragte sie. Margret sah sie nicht an.

«Sie wollen auf ihre Männer warten, verstehst du … Ich hab schon mit ihnen geredet, aber sie wollen nicht auf mich hören. Ein paar sind sogar schon in Richtung Böblingen aufgebrochen.» Sie legte Barbara beide Hände auf die Schultern. «Unsere Männer sind in Gottes Hand», sagte sie mit zitternder Stimme. «Es gibt nichts, was wir für sie tun können. Wir müssen uns selbst retten. Komm.»

Und so brachen sie zu zweit auf, in der Morgendämmerung des 13. Mai 1525.

«Versteck dich, Barbara! Schnell!» Barbara kletterte über das niedrige Friedhofsmäuerchen und kauerte sich in dessen Schutz auf den Boden. Reiter preschten die Straße entlang. Reiter waren immer gefährlich. Bauern waren nicht hoch zu Ross unterwegs, erst recht nicht in diesen Zeiten. Meist waren es Landsknechte des bündischen Heeres, die in kleinen Trupps die Gegend nach geflüchteten Aufständischen durchstreiften. Sie durchkämmten jedes Dorf, durchwühlten jeden Schuppen, jede Scheune. Und wenn sie jemanden fanden, dann machten sie meist kurzen Prozess und hängten ihn auf. Bauern wuchsen nach wie das Unkraut, das man doch nie mit Stumpf und Stiel ausreißen konnte.

Die Frauen durften ihnen um keinen Preis in die Hände fallen. Margret hatte ihren Dreschflegel zurückgelassen – es hätte allzu verdächtig ausgesehen, wenn sie ihn weiterhin mit sich herumgeschleppt hätte –, sodass sie sich kaum noch gegen jemanden hätten zur Wehr setzen können.

In den ersten Tagen ihrer Wanderung blieb Barbara jedes Mal fast das Herz stehen, wenn sie Landsknechte sichteten, aber inzwischen war es ihr schon beinahe gleichgültig. Sie war entsetzlich erschöpft. Jeden Tag liefen sie von der Morgen- bis zur Abenddämmerung, mit nichts im Magen als ein paar Beeren oder einer Handvoll Löwenzahn und Sauerampfer. Aus dem niedergebrannten Dorf hatten sie nichts Essbares mitnehmen können; und auch hier in den anderen Dörfern gab es niemanden, der seine kümmerlichen Vorräte mit ihnen teilen wollte.

Langsam verklang das Hufgeklapper. Barbara stand auf. Es rauschte in ihren Ohren, und sie musste sich gegen das Mäuerchen lehnen, bis der Schwindel verging. Margret kam hinter einem Weißdorngebüsch hervor und zupfte sich die stachligen Ästchen aus den Kleidern. Sie sah entsetzlich dürr und ausgezehrt aus. Immerhin würde für sie der Weg bald zu Ende sein, denn sie hatte sich entschieden, bei ihrer Schwester in Haiterbach Unterschlupf zu suchen und erst nach Dornhan zurückzukehren, wenn die Wege wieder sicherer waren.

«Komm doch mit mir nach Haiterbach», sagte sie immer wieder. «Meine Schwester und ihr Mann sind zwar nicht reich, aber sie werden dich sicher aufnehmen, wenn ich sie darum bitte. Er ist Bäcker und hatte mit dem Aufstand nichts zu tun.» Aber Barbara schüttelte nur den Kopf. Sie wollte nicht mehr zu irgendwelchen fremden Leuten. Sie wollte nach Hause. Zu Hause würde der Albtraum sicher zu Ende gehen. Hinter dem nächsten Dorf zweigte der Weg nach Haiterbach ab: Da würden sie sich trennen.

Margret zwinkerte im hellen Licht und strich sich über die Augen. «Hast du den merkwürdigen Baum dahinten gesehen? Ich überlege die ganze Zeit, was das wohl für einer ist.» Sie wies mit dem Kinn auf einen mächtigen Baum, der in einiger Entfernung auf einem Hügel stand, eine Eiche, wie Barbara im ersten Augenblick dachte. Aber irgendetwas war wirklich merkwürdig daran. Sie kniff die Augen zusammen, um schärfer sehen zu können, den knorrigen Stamm, den zehn Männer nicht hätten umspannen können, die gewaltige Krone ... Plötzlich war es, als fiele ein eisiger Schatten aus dem hellen Himmel gerade auf ihr Herz, und sie stöhnte laut auf.

«Der Baum hängt voller Leichen, Margret!» Sie konnte den Blick nicht davon lösen, sah die Körper jetzt deutlicher, sah sie hin- und herschaukeln im Maiwind, sich drehen und leicht berühren. Ohne ihr Zutun liefen ihre Füße los, näher heran, und die Körper bekamen Gesichter, wurden junge Burschen und alte Weinbauern, Pächter, Dorfschulzen, Gastwirte, Schmiede, Fischer, Kätner, zu einer grausamen Gemeinschaft vereint an dem Ast, an dem man sie aufgeknüpft hatte. Nur einer hing allein, die Hände auf den Rücken gefesselt und ausgezogen bis auf das fadenscheinige Hemd: Bernhard Locher, der junge Pfarrer aus Glatt.

Sie sprachen nicht mehr viel, bis sie sich ein paar Stunden später zum Abschied umarmten. Barbara zwang sich zu einem Lächeln.

«Das war vielleicht das letzte Mal, dass du dich verstecken musstest. Heute Abend sitzt du schon bei deiner Schwester in der Stube und isst dich satt.»

«Satt», wiederholte Margret. «Ich hab ganz vergessen, was das ist. Aber in einer Bäckerei, da gibt's immer reichlich.»

«Ich wünsch dir alles Gute», sagte Barbara leise. In den letzten Tagen war ihr die andere Frau ans Herz gewachsen wie eine Schwester. Margret weinte.

«Dass wir uns vielleicht nie wiedersehen ... Komm nur gut heim, Barbara! Komm nur gut heim!» Sie sah Barbara aus feuchten Augen an. «Und dass du deinen Andres gesund und heil zu Hause wiederfindest!»

«Ja», antwortete Barbara, holte tief Luft und seufzte. «Ja.» Sie sah Margret noch eine Weile nach, bis sie hinter der nächsten Kehre verschwand. Es war jetzt nicht mehr weit bis Glatt: Morgen Mittag, spätestens morgen Abend würde sie selbst wieder zu Hause sein. Nein, es war nicht mehr weit. Sie zögerte kurz, weiterzugehen. Wie würde es sein, dort in Glatt, nach allem, was geschehen war? Welcher von den Männern, die erst vor wenigen Wochen so entschlossen und siegessicher aufgebrochen waren, würde zurückkehren? Würde Andres dabei sein? Und wenn ja, was hatte die verlorene Schlacht aus ihm gemacht? Da sah sie plötzlich zwei Leute aus dem Schatten eines kleinen Wäldchens treten. Es waren Landsknechte, ein großgewachsener und ein ziemlich kleiner, in grellbunter Kleidung, mit riesigen Hüten auf dem Kopf und langen Spießen in der Hand. Die beiden hatten sie schon entdeckt. Der Kleine riss sich den Hut vom Kopf und schwenkte ihn wie zum Gruß.

Simon hielt sich tagsüber im Schönbuch versteckt, so gut er konnte. Er sah Söldner nur wenige Schritte von sich entfernt vorbeilaufen, und versprengte Bauern, die zu erschöpft waren, um länger vorsichtig zu sein, und ohne Gegenwehr den Truppen in die Hände fielen. Er gewöhnte es sich an, nur nachts nach Nahrung zu suchen, seine Schlingen zu kontrollieren oder ein paar Beeren zu pflücken. Manchmal wagte er sich vor in die Dörfer am Rand des Waldes, nach Entringen, Waldenbuch oder Hildrizhausen. Manchmal gelang es ihm, etwas Essbares zu stehlen, denn es gab nur noch wenige Männer, die das wenige bewachen konnten, was die Landsknechte übrig gelassen hatten. Im Sommer mochte es noch angehen, da würde keiner verhungern, der sich im Wald auskannte, aber bald würden die Nächte auch wieder kälter und länger werden.

Es war inzwischen Ende Juni geworden, und nach einem drückend heißen Frühsommertag rauschte ein Wolkenbruch auf die Erde nieder. Simon klebten die Kleider am Leib. Wasser tropfte aus seinem Bart und aus den Haaren, Wasser quoll durch die Löcher in seinen Sohlen. Völlig ausgepumpt kroch er in die kleine Höhle, die er sich zwischen den Wurzeln einer riesigen Buche gegraben und mit trockenem Laub ausgelegt hatte. Es war nicht so einfach, im Laufschritt den Berg hochzuhetzen, wenn man wochenlang nichts Vernünftiges zwischen die Zähne gekriegt hatte. Aber heute würde es anders werden. Heute hatte er Glück gehabt und in dem kleinen Dorf, dem er einen Besuch abgestattet hatte, ein Huhn erwischt. Unter der Jacke, da, wo er das Tier versteckt hatte, war seine Brust blutig gekratzt und gehackt, aber er hatte es nicht gewagt, stehen zu bleiben, um ihm den Hals umzudrehen. Vielleicht war ihm ja doch einer der Dörfler auf den Fersen. Zufrieden betrachtete er seinen Fang: ein junges Huhn noch, nicht so fett, wie er es sich gewünscht hätte, aber doch ausreichend für zwei Tage ohne knurrenden Magen. Er trug das Tier zurück in den Regen, zog sein Messer heraus und schnitt ihm mit einer einzigen schnellen Bewegung den Hals durch. Es wäre nicht schlecht gewesen, das Blut aufzufangen, so wie sie's zu Hause immer getan hatten, dachte er, aber ihm fehlte ein passendes Gefäß. Er ließ das Huhn über dem Boden ausbluten und brachte es zurück in die Höhle, um es zu rupfen, bevor es draußen dunkel wurde. In einer Ecke hatte er trockenes Reisig gesammelt. Er würde ein Feuer riskieren, sobald der Regen aufgehört hatte. Bei dem Wetter blieben die Landsknechte sicher in ihrem Lager, spielten und soffen sich einen Rausch an gegen die klamme Nässe.

In diesem Augenblick hörte Simon ein Geräusch. Blitzschnell zog er sich in den dunkelsten Winkel seines Unterschlupfs zurück. Zwei Gestalten betraten die Lichtung vor seiner Höhle, eine davon hatte einen kleinen Hund an der Leine und eine Fackel in der Hand.

«So ein gottverdammtes Rotzwetter!»

Die Stimme traf Simon wie ein Peitschenschlag. Von allen Landsknechten auf Erden musste es ausgerechnet Georg sein, der hier vor seiner Höhle aufmarschierte. Der Schmalere war sein Trossbube.

«Der Arschgeige, die uns hier lang nach Bebenhausen geschickt hat, press ich die Eier aus!» Da hatte der Hund die Stelle gewittert, an der nur Minuten zuvor das Hühnerblut auf den Boden getropft war. Simon spürte es immer noch warm und klebrig zwischen seinen Fingern und hätte sich verfluchen können für seine Dummheit. Der Hund fing an zu kläffen, zerrte an dem Seil um seinen Hals und gebärdete sich wie toll. Es war Vinto. Wahrscheinlich hatte er auch ihn selbst längst gerochen.

«Halt's Maul, verfluchte Töle!» Georg gab dem Hund einen Tritt; das Schwert an seiner Seite schepperte. «Was musst du das Viech auch mitschleppen! Wenn der jetzt keine Ruhe gibt, spieß ich ihn auf, und du kannst ihn mir braten.» Vinto hatte sich inzwischen vor der Höhle aufgebaut, zerrte aus Leibeskräften an seinem Strick und bellte.

«Der hat was in der Nase, Herr.» Die Zunge sollte ihm abfaulen, diesem Jungen! «Ist ein kluger kleiner Kerl. Der wittert was, da läuft der nicht weiter.»

«Der wittert was?»

«Vielleicht ein Karnickel, da in dem Loch.»

«Also los, runter! Sieh nach! Oder muss ich dir Beine machen?» Georg nahm dem Buben den Strick aus der Hand und gab ihm einen Schubs. Der Junge ließ sich auf die Knie nieder und leuchtete mit der Fackel in die Höhle hinein. Schon sein erster Blick fiel auf Simons Gesicht, und die Fackel in seiner Hand begann zu zittern. Simon schloss die Augen. Es war vorbei. Wenn nicht hier und jetzt auf der Lichtung, dann morgen im Lager der Landsknechte. Das Recht der langen Spieße war etwas, das sich die Söldner nicht nehmen ließen.

«Und?»

«Nichts, Herr. Ich konnte nichts sehen.» Die Stimme war etwas wacklig, aber er hatte nichts gesagt. Es war unglaublich, aber der Junge hatte ihn nicht verraten. Simon stiegen die Tränen in die Augen.

«Du konntest nichts sehen? Du konntest nichts sehen! Weil du eben so ein gottverdammter Trottel bist! Los, gib mir die Fackel. Ich schau selbst nochmal nach.» Er würde vorspringen, sobald Georg in die Knie gegangen war, würde seinen ganzen Körper nach vorn katapultieren und so versuchen, den Landsknecht zu Fall zu bringen. Er spannte die Muskeln und hielt den Atem an. Da hörte er den Jungen rufen.

«Fass, Vinto! Fass!» Die Fackel fiel zu Boden; der Hund knurrte, Georg stieß einen Schmerzensschrei aus. Vinto war hochgesprungen und hatte sich in seinen linken Arm verbissen. Der Landsknecht drehte sich um die eigene Achse und schlug nach dem Hund, aber der ließ sich nicht so leicht abschütteln. Jetzt, jetzt war der Augenblick, zu fliehen. Simon schnellte aus seinem Versteck und rannte über die Lichtung.

«Ich bring dich um, hörst du? Ich bring dich um!» Da hatte der Söldner den Hund auf den Boden geworfen. Das Tier jaulte auf, als der Stiefel seine Nase traf. Der Junge stand immer noch so da wie vorher, wie eingefroren. Mit einer einzigen Bewegung drehte Georg sich zu ihm hin und streckte ihn mit dem ersten Schlag zu Boden. Warum bist du nicht gelaufen, du Idiot, warum bist du nicht weggelaufen, als noch Zeit war?! Hast du nicht daran gedacht, wie er dir das Gesicht zertreten wird?, dachte Simon und blieb stehen. Fast gegen seinen Willen bückte er sich und hob einen Stein auf, lief zurück, sprang auf den Landsknecht los und schlug ihm mit aller Kraft den Stein gegen die Schläfe. Georg stöhnte auf und sackte zur Seite.

«Los, weg hier!» Er packte den Jungen an der Hand und zog ihn hoch. «Los, sag ich! Willst du warten, bis er wieder wach wird?» Der Junge war kaum fähig, einen Fuß vor den anderen zu setzen. Simon schleifte ihn hinter sich her, zusammen mit dem Proviantbeutel, während der kleine Hund kläffend um seine Füße herumsprang. Hoffentlich hatte der Stein Georg ein paar Stunden lang außer Gefecht gesetzt. Sie hinterließen eine Spur wie ein ganzes Rudel Wildschweine. Eine Viertelmeile mochten sie so vorwärtsgekommen sein, vielleicht auch mehr, als Simon stehen blieb. Es war mittlerweile völlig dunkel geworden. Der Regen hatte aufgehört, und ein junger Mond schob sich hinter den letzten Wolken hervor. Simon wischte sich mit der Hand über das Gesicht. Er hatte keine Ahnung, wo sie sich befanden, und war einfach in die Richtung gelaufen, die ihn, wie er hoffte, tiefer in den Wald hineinführen würde.

«Kannst du allein laufen?», fragte er den Jungen, der sich am Boden zusammenkauerte.

«Allein?»

«Ja, allein. Ich bin am Ende, erledigt, verstehst du? Ich kann dich keine zehn Schritte mehr weiterschleppen.» Das Huhn fiel ihm ein, das er zurückgelassen hatte. Jetzt würde es sich vielleicht ein Fuchs holen oder Georg selbst, wenn er irgendwann wieder auf die Beine kam. Er fluchte leise.

«Ist er tot?»

«Wie soll ich das wissen? Ich hatte keine Lust, abzuwarten, ob er wieder wach wird.» Jetzt, nach dem heftigen Regen, war es kalt geworden, und er konnte den Jungen in der Dunkelheit mit den Zähnen klappern hören. «Hast du nichts Warmes zum Anziehen dabei, da in deinem Sack?»

«Nein. Nur einen Schlauch Wein, etwas Brot und getrocknetes Fleisch.»

«Gib her!» Er riss den Beutel auf, holte das Fleisch heraus und schnitt sich ein großes Stück ab, kaute hastig, nahm einen Schluck Wein. Der Junge kroch näher und streckte die Hand nach dem Brot aus.

«Da, nimm schon! Und gib dem Hund nichts von dem Salzfleisch, das verträgt er nicht.» Der Hund leckte ihm das letzte Hühnerblut von den Händen. «Wie heißt du?»

«Asmus, Herr.»

«Gut, Asmus. Was hast du jetzt vor? Willst du zurück ins Lager?»

«Ich –» Durch die Dunkelheit war sein Blick zu spüren, flackernd und unsicher. «Ich geh nicht zurück. Wenn – wenn er zurückkommt und mich findet –» Der Junge streckte die Hand nach dem Hund aus. Vinto drehte sich auf den Rücken und ließ sich kraulen.

«Warum hast du ihm nicht gesagt, dass du mich gesehen hast?»

«Ich weiß nicht …»

«Er hätte dich totschlagen können!»

«Ja.» Der Junge drehte sich auf den Rücken und verschränkte die Hände hinter seinem Kopf. «Ich will zurück nach Hause», sagte er plötzlich ganz klar. «In mein Dorf, in den Schwarzwald. Warst du mal im Schwarzwald?»

«Nein.» Simon meinte ein verträumtes Lächeln auf dem Gesicht des Jungen zu erkennen. Es schien ihn überhaupt nicht zu stören, dass er auf dem nassen Waldboden lag.

«Es ist wunderbar dort … die riesigen Wälder, und dann der viele Schnee im Winter. Mein Vater flucht immer, wenn es schneit, aber ich finde es schön. Wir haben einen Schlitten, weißt du, wenn wir das Holz aus dem Wald holen, und dann –»

«Ach, halt's Maul!», unterbrach er die schwärmerische Stimme. Er konnte kein Wort mehr ertragen. «Wir können von Glück sagen, wenn wir auch nur die nächsten zwei Wochen überstehen.»

8

Der Septemberwind wehte noch angenehm lau. Heinrich von Renschach stand am offenen Fenster des Rittersaals und betrachtete den Innenhof seiner Burg. Ein Trupp von Dörflern war dabei, mit Schubkarren, Schaufeln und Besen die Berge von Unrat beiseitezuschaffen, die sich immer noch überall auftürmten. Heinrich war erst vor zwei Wochen von seinem Lehnsherrn entlassen worden, und die kurze Zeit, die er jetzt wieder hier war, hatte gerade dazu ausgereicht, sich einen Überblick über die entstandenen Schäden zu verschaffen. Aber er würde aufräumen, hatte er sich geschworen angesichts des stinkenden Kothaufens, der ihn in seiner Schlafkammer begrüßt hatte. Er würde mit eisernem Besen kehren, und wenn es das Letzte war, was er in diesem Leben tun würde.

Eine leichte Windbö trieb ihm das graue Haar in die Augen. Gut, dass der Spätsommer so lange dauerte, dachte er grimmig. Von den Glasscheiben, den teuren neuen Scheiben, die erst vor wenigen Monaten eingesetzt worden waren, hatte keine einzige Sturm und Plünderung überstanden. Im kommenden Winter würde man sich mit vorgespanntem Sackleinen und geöltem Pergament behelfen müssen, wie er es seit seiner Kinderzeit nicht anders gekannt hatte. Es hätte auch nichts daran geändert, wenn es die Familie dieser Dorothea nicht von ihm verlangt hätte. Er stieß einen heftigen Fluch aus. Dieses Weib hatte ihn nur Geld gekostet, aber ihrerseits nichts, aber auch gar nichts zum Wohl des Hauses Renschach beigetragen. Was für eine bodenlose Verschwendung!

Brüsk wandte er sich um und musterte den leeren Saal. Von den Möbeln war nichts mehr übrig geblieben. Gott sei Dank waren es nicht allzu viele gewesen, in diesem Fall wenigstens hatte er sich gegen Dorotheas Begehrlichkeiten erfolgreich zur Wehr gesetzt. Flecken an den Wänden zeigten an, wo Wandteppiche und Familiengemälde gehangen hatten. Einige bemalte Fetzen hatten die Bauern inzwischen aus dem stinkenden Burggraben wieder herausgefischt, aber sie waren nur noch gut dafür, sich den Hintern damit abzuwischen. Es war allerdings weniger der materielle Verlust, der ihn schmerzte. Prächtige Innenausstattung, wertvolle Kunstwerke bedeuteten ihm nicht viel. Aber der Gedanke, dass fremde Hände, Bauernhände, sich an seinem Eigentum vergriffen hatten und ungehindert bis in den innersten Bereich seines Besitzes vorgedrungen waren, trieb ihn in heißen Zorn. Es würde große Anstrengungen kosten, bis er sich wieder als uneingeschränkter Herr im eigenen Haus fühlen konnte.

Er ging zu seinem Schreibpult hinüber, öffnete die wertvolle neue Bibel, die ihm der Markgraf geschenkt hatte, und schlug die erste Seite auf:

‹Meinem getreuen Lehnsmann Ritter Heinrich von Renschach zu Glatt, für seine vielfältigen Verdienste. In Deo pax et iustitia …› Seine Augen schweiften ab; die Erbitterung stieg wieder in ihm auf, der gerechte Zorn. Die Zerstörung der alten Familienbibel war das, was ihn am tiefsten getroffen hatte. Nie wieder würde er die starke Handschrift des Wildhans lesen können, nie mehr das fast unleserliche Gekrakel des ersten Renschachers, der erst als erwachsener Mann die Buchstaben gelernt hatte. Es war, als hätte ihm das Bauernpack zusammen mit der Bibel seine Vergangenheit gestohlen und, das sagte ihm eine dunkle Ahnung, auch seine Zukunft in Gefahr gebracht.

Plötzlich hörte er jemanden den Raum betreten und zuckte wie ertappt zusammen.

«Ja? Ach, du bist es.» Er warf seinem Bruder unter gesenkten Lidern einen Blick zu. Ihm hatte er den Schutz seines Besitzes anvertraut. Johannes war wenige Tage nach ihm hier eingetroffen, zu seinem Glück, wie man nur sagen konnte. Im ersten Augenblick, als er sah, was die Bauern aus seiner Burg gemacht hatten, wäre er dem Jüngeren am liebsten an die Kehle gegangen. Jetzt bemühte er sich, einen entspannten Tonfall anzuschlagen.

«Und? Hast du über meinen Vorschlag nachgedacht?» Johannes ging zu einem der Fenster hinüber und stützte sich auf die Brüstung. Er war mager geworden in diesem vergangenen Sommer, magerer und irgendwie härter. Eine Veränderung, die Heinrich nur begrüßen konnte. Leider kam sie um ein paar entscheidende Monate zu spät.

«Ja, das habe ich», antwortete Johannes, verschränkte die Arme vor der Brust und sah ihm gerade ins Gesicht. «Heinrich, ich kann nicht tun, was du von mir verlangst. Ich habe andere Pläne.»

Der alte Renschach kniff die Augen zusammen.

«So. Andere Pläne.»

«Ja. Ich kann nicht länger hier auf dieser Burg wohnen, hier in Glatt.»

«Kannst du nicht, aha. Jetzt hör mir mal gut zu.» Heinrich schloss kurz die Augen, um sich zu sammeln. Ruhig, befahl er sich. Es geht jetzt nicht um dich allein, es geht um unsere ganze Familie.

«Ich verstehe das, Johannes, ganz bestimmt. Der Tod von Dorothea hat dich getroffen, hart getroffen, das ehrt dich. Denk nicht, mir wäre das gleichgültig, vor allem, da sie doch guter Hoffnung war. Ich werde alles Erdenkliche tun, um die Schuldigen zu bestrafen, das kannst du mir glauben.» Er legte dem Bruder kurz die Hand auf die Schulter. «Aber inzwischen sind vier Monate vergangen, mehr als vier Monate! Du hattest genug Zeit zum Trauern. Wir müssen jetzt nach vorn schauen, auf die Jahre, die noch vor uns liegen, und wie wir das Beste daraus machen.» Er holte tief Luft. «Du hast doch selbst gesehen, wie gut dir das Eheleben bekommen ist ... Und die von Ehningen, glaub mir, das ist eine ungemein günstige Verbindung! Noch dazu soll das Mädel ganz hübsch sein, und jung sowieso! Wahrscheinlich brauchst du sie nur dreimal zu besteigen, und schon ist sie schwanger.»

«Dann heirate sie doch selbst, wenn dir so viel daran liegt. Ich tue es nicht», entgegnete Johannes schroff.

Heinrich ballte kurz die Fäuste und ließ dann wieder locker.

«Du weißt doch, wie es um mich bestellt ist seit dem Türkenkrieg. Ich – du weißt es! Johannes, ich bitte dich darum. Für das Wohl unserer Familie, für uns alle.» Leiser fügte er hinzu: «Du bist es mir schuldig.»

«Ich bin dir gar nichts schuldig! Wenn ich nicht hier an diese Burg gefesselt gewesen wäre – für dich! Gegen meinen Willen! –, dann wäre Dorothea noch am Leben! Glaubst du etwa, ich lasse mich von dir noch einmal zu etwas zwingen, was ich nicht will?»

Heinrich von Renschach lief rot an. Die aufgestaute Wut brach sich Bahn, und er ließ es zu, dass sie alle Barrieren des Anstands und der Brüderlichkeit hinwegfegte. Sollte der Junge sie ruhig kennenlernen, diese Wut, die ihn erfasst hatte, als er von Johannes' unglaublichem Verhalten am Tag der Plünderung gehört hatte! Er baute sich vor Johannes auf und brüllte auf ihn ein.

«Es ist mir völlig egal, was du willst oder nicht, verstehst du? Völlig egal! Du bist es gewesen, der diesem Pack meine Burg nahezu kampflos zum Fraß vorgeworfen hat! Du hast geflennt, statt zu kämpfen! Hast den Schwanz eingekniffen und bist gerannt, du Memme! Hast alles im Stich gelassen, bist einfach abgehauen wie ein liebeskranker Esel! Und da glaubst du noch, ich nähme Rücksicht auf deine Empfindlichkeiten?» Er war ihm jetzt so nahe, dass er die feinen Äderchen in Johannes' Augen sehen konnte, aber der Bruder wich keinen Zoll zurück. «Du wirst dich nach dem richten, was ich von dir verlange, und dankbar sein, dass ich überhaupt noch mit dir spreche!»

«Deine Bauern kuschen vielleicht, wenn du so mit ihnen umspringst. Ich nicht.» Johannes' Stimme war eiskalt.

«So? Dann sag ich dir was, mein Junge. Wenn du nicht tust, was ich von dir erwarte, dann will ich dich nie wieder hier sehen, verstanden? Dann bist du für mich gestorben.» Er hielt einen Augenblick erschöpft inne.

Johannes zuckte nur mit den Schultern.

«Wenn du es so willst. Zahl mir mein Erbteil aus, dann bist du mich los. Ich werde nach Rottenburg gehen und mir dort ein Stadthaus kaufen. Wie ich gehört habe, suchen die Habsburger immer wieder fähige Köpfe für die Verwaltung ihrer Gebiete. Ich bin sicher, dass sich für mich da bald eine Gelegenheit ergeben wird.»

«Verwaltung! Gelegenheit! Ja, hau nur ab, du Feigling! Du bist kein Renschach, du bist ein Hanswurst, ein jämmerlicher Ziegenbock ...»

Aber da hatte Johannes den Raum schon verlassen.

Mit Schwung zog Barbara die langen Flachsstängel durch die Hechel, sodass sich die kurzen Wergfasern lösten und auf den Boden fielen. Sie hatte sich die Hechel und einen großen Korb mit gedörrtem Flachs in den Hof geschafft. Hecheln war eine anstrengende Arbeit. Unzählige Male hatte sie schon die Arme gehoben und die Fasern kraftvoll auf die metallenen Zinken geschlagen. Ihre Knöchel versanken fast im Werg, aus dem man später noch Taue fertigen konnte. Aber es war gut so. Vielleicht, wenn sie nur müde genug war, würde sie sofort in einen traumlosen Schlaf fallen, sobald sie sich hinlegte. Dann müsste sie die Nachtmahre nicht sehen, die jeden Abend ihr Bett umstanden und die Hände nach ihr ausstreckten. Sie biss sich auf die Lippen und bückte sich, um ein neues Flachsbündel aus ihrem Korb zu nehmen.

«Barbara? Komm herein. Ich habe gekocht, wir können essen.» Es hatte keinen Sinn, ihrer Mutter zu sagen, dass sie nichts essen wollte, das wusste sie. Gertrud würde so lange auf sie einreden, bis sie schließlich doch hereinkam. Sie fegte das Werg zusammen und legte es in einen Korb, wischte sich die Hände an ihrem Rock ab und betrat die Stube. Gertrud Spaichin saß schon am Tisch, vor sich einen Kessel mit irgendetwas Zusammengekochtem und drei Teller. Barbara nahm den dritten Teller und stellte ihn brüsk ins Wandbord zurück.

«Zwei Teller, Mutter, nicht mehr», sagte sie scharf. Eines Tages würde sie noch alle Teller im Haus gegen die Wand werfen, bis auf zwei. Gertrud Spaichin lächelte entschuldigend.

«Ja, ich weiß, Barbara … Aber stell dir vor, dein Andres kommt zur Tür herein und sieht uns hier sitzen, und für ihn steht kein Teller da! Was soll er denn dann denken? Es wäre ja immerhin möglich, nicht wahr?» Hilfesuchend blickte sie ihrer Tochter ins Gesicht. Barbara presste die

Lippen aufeinander, um nicht laut loszuschreien. So ging es jetzt seit Wochen, den ganzen Sommer lang, seit sie Ende Mai zurückgekehrt war, und irgendwann würde sie es nicht mehr ertragen. Sie lockerte ihre verspannten Muskeln und schloss kurz die Augen.

«Er kommt nicht, Mutter. Er wird wahrscheinlich nie mehr kommen, siehst du das nicht?» Gertrud lächelte noch immer.

«Man kann es nicht wissen, Kind. Es kommen doch immer noch welche zurück! Vielleicht ist er ja aufgehalten worden … oder er hat eine Möglichkeit gefunden, sich ein paar Schillinge zu verdienen. So eine Gelegenheit würde er sich nicht entgehen lassen, Andres doch nicht.» Ihr Gesicht hatte einen triumphierenden Ausdruck angenommen. Barbara umklammerte mit beiden Händen fest die Kante der Sitzbank.

«Er kommt nicht mehr zurück», sagte sie. «Der Kresspacher war der Letzte, der gekommen ist, und das ist jetzt zwei Monate her.» Und dem stand das Grauen ins Gesicht geschrieben von dem, was er alles gesehen hatte in Böblingen. Mehr als die Hälfte der Männer, die mit dem Schwarzwälder Haufen gezogen waren, waren nicht zurückgekehrt, und von den meisten wusste man nicht einmal, was aus ihnen geworden war. Nur über das Schicksal von Bernhard Locher, dem jungen Pfarrer, gab es Klarheit. Sie selbst hatte ihn ja hängen sehen. Niemand glaubte daran, dass jetzt noch jemand zurückkommen würde. Niemand außer Gertrud Spaichin.

«Du darfst die Hoffnung nicht aufgeben, Bärbchen, gerade jetzt nicht», flüsterte sie beschwörend. «Er kommt zu dir zurück, ganz bestimmt, zu dir und dem Kind.»

Barbara war es, als hätte ihr jemand einen Schlag auf den Kopf versetzt. Ihr schwindelte.

«Was für ein Kind?», fragte sie heiser.

«Na, eine Mutter sieht das doch ... ich weiß doch schon lange, dass du wieder ein Kind unterm Herzen trägst! Sag nicht, du hättest es selbst noch gar nicht gemerkt?»

Sofort wusste sie mit gnadenloser Sicherheit, dass ihre Mutter recht hatte, ja, es war, als hätte sie es schon die ganze Zeit gewusst. Die schwarze Stunde war Fleisch geworden und wuchs in ihrem Schoß.

«... ich freu mich für dich, Kind! Und was der Andres erst sagen wird, wenn er wieder da ist! ...» Der Raum begann sich vor ihren Augen zu drehen. Sie kippte zur Seite.

Heinrich von Renschach wartete ab, bis das Sommergetreide geerntet und das Brachfeld gepflügt war. Erst danach schickte er seine Burgleute ins Dorf, ließ alle Männer verhaften, die sich am Zug der Bauern beteiligt hatten, und setzte sie im Burgturm fest. Dann begann er seine Befragung. Zunächst bei denen, die im Dorf geblieben waren, später bei den Gefangenen. Wer sie aufgestachelt und angeführt hätte bei ihrem Aufruhr? Wie sie sich verhalten hätten beim Sturm auf die Burg, ob sie etwas mitgenommen oder zerstört hätten? Waren sie bei der Schlacht in Böblingen dabei? Welche Waffen hatten sie dabei geführt, und woher kamen diese Waffen? Und warum sie nicht widerstanden hätten? Er ordnete an, alle Häuser zu durchsuchen, ob sich darin nicht Kleidung, Geschirr oder Einrichtungsgegenstände der Burg fänden, und ließ einen jungen Bauern zwei ganze Tage und Nächte lang am Pranger stehen, weil der nicht zugegeben hatte, dass er sich reichlich in der Burgküche bedient hatte, bis in seinem Haus ein Fass mit herrschaftlichem Wein gefunden wurde. Anderswo, das wusste Heinrich, wurde gehängt und gevierteilt, wurden Hände abgeschlagen und Augen ausgestochen, und wenn er nur seinem flammenden Zorn und seiner gekränkten Ehre gefolgt wäre, hätte er sich vielleicht auch dazu hinreißen lassen. Aber trotz seines aufbrausenden Wesens war er doch ein zu kluger Wirtschafter. Ein blinder Fronbauer konnte ihm nicht mehr die Reben schneiden, ein toter schon gar nicht. Und so verhängte er Geldbußen, ließ die Bauern Urfehde schwören und behielt nur zwei, drei zur Abschreckung der anderen auf unbestimmte Zeit in seinem Gefängnis.

In den Tagen der Verhöre lag eine merkwürdige Stille über dem Dorf. Die Feldarbeit ruhte, die Dorfschänke stand verlassen, keiner wagte laut zu reden, und selbst die Kinder drückten sich in den Hauseingängen herum und trauten sich nicht hervor. Die Kirchenglocke schwieg schon lange. Seit der junge Pfarrer mit dem Schwarzwälder Haufen davongezogen war, hatte es in Glatt keinen Gottesdienst mehr gegeben, obwohl Herr Heinrich sich einen neuen Geistlichen mitgebracht hatte. Aber der las die Messe bisher nur in der Burg, und keiner der Dörfler war eingeladen worden, daran teilzunehmen. Selbst als die alte Kathrein vor ein paar Tagen tot in ihrem Bett gelegen hatte, war kein Geistlicher gekommen, um sie in geweihter Erde zu bestatten. Der Schultheiß hatte stattdessen versucht, die passenden Gebete zu sprechen, aber die Stimme hatte ihm gestockt, sodass er kaum das Vaterunser zusammengebracht hatte. Heinrich von Renschach war ein strenger Herr, das wussten die Bauern, wenn sie an ihrer stummen Kirche vorbeikamen, und das drohende Urteil hing schwer über ihren Köpfen. Sie schlichen nach Hause mit gebeugten Schultern und gesenktem Blick und wagten es nicht, einander in die Augen zu schauen.

Ertappt schreckte Barbara auf, als es nach Einbruch der Dunkelheit klopfte. Sie war den ganzen Tag durch die Wiesen gestreift und hatte nach Kräutern gesucht, nach gelbem Rainfarn, Arnika, wildem Salbei, hatte am Waldrand Brombeerblätter gepflückt und ein wenig Rinde von der alten Weide geschabt. Waren das nicht die Pflanzen, von denen die alte Kathrein in so einem Fall immer gemurmelt hatte? Sie wusste es nicht genau, und es gab niemanden, den sie noch fragen konnte – ihre Mutter, die schon alle Truhen im Haus nach Stoff für Windeln durchsuchte, am allerwenigsten. Herr Gott im Himmel, was musste die Alte ausgerechnet jetzt ihre letzte Reise antreten, wo sie sie so dringend gebraucht hätte! Sie deckte schnell den Kessel zu, in dem die Kräuter vor sich hin brodelten, und ließ den unerwarteten Besucher ein.

Es war Ulrich Heusel, einer der Kleinbauern aus dem Dorf, mit dem sie eigentlich nie viel zu tun gehabt hatte, auch wenn er einer der Ersten gewesen war, die Andres in seinen Plänen unterstützt hatten. Jetzt stand er in der Stube, in der einen Hand seine Mütze, in der anderen einen Korb.

«'n Abend, Barbara.» Scheu sah er sich um. «Ist's recht, wenn ich kurz vorbeikomme?»

«Sicher. Sicher, setz dich nur auf die Bank. Willst du einen Becher Molke haben?» Was wollte der Mann von ihr? Das war doch keiner, der einfach so einen Besuch machte?

«Ja, weißt du, ich dachte – das ist doch bestimmt schwer für dich jetzt. Ich mein, wo der Andres – er ist ja noch nicht wieder zurück, und da dacht ich –» Er brach ab.

«Danke, aber es geht schon. Ich bin ja nicht allein, meine Mutter wohnt bei uns. Sie schläft schon.» Sie wies mit dem Kopf zu der kleinen Kammer hinüber, aus der man leise Gertruds Schnarchen hören konnte.

«Ja, das ist gut für dich. Weil man ja nicht weiß – ich meine, man weiß ja nicht, wann der Andres wiederkommt.»

«Nein.» Sie wartete. Der Heusel war nicht gekommen, um ihr nur das zu sagen. Sie hoffte, er käme endlich zum

Ende und würde wieder gehen. Sie hatte noch genug zu tun an diesem Abend. Bald würde es zu spät sein.

«Also.» Ruckartig, unerwartet stand er wieder auf und hielt ihr seinen Korb hin. «Ich hab dir das hier mitgebracht. Ein Stück Räucherspeck. Dachte, du kannst das vielleicht brauchen.» Verblüfft nahm sie die Gabe entgegen. Speck, das war ein kostbares Geschenk.

«Ich dank dir schön, Ulrich», sagte sie verwirrt. «Das ist nett von dir, dass du an uns gedacht hast. Wenn wir zum Winter schlachten, werden wir dich nicht vergessen.» Der Heusel brummte noch irgendetwas Unverständliches in seinen Bart und war schon an der Tür.

«Schönen Abend noch, Barbara. Und – der Andres, das ist ein guter Mann. Ich hoff, er kommt bald nach Hause.» Dann war er fort. Barbara hängte die Speckseite in den Kamin. Irgendetwas an diesem Besuch beunruhigte sie, ohne dass sie hätte sagen können, was es war. Sie schüttelte das dunkle Gefühl ab und wandte sich dann entschieden wieder dem Kessel zu.

Am nächsten Tag brachte der Kresspacher ein Dutzend Eier. Er war erst so spät nach Glatt zurückgekehrt, weil er sich bei der Böblinger Schlacht eine Verwundung zugezogen hatte. Ein Landsknecht hatte ihm mit einem Schlag seiner Hellebarde den rechten Arm gebrochen. Irgendwie war es ihm trotzdem geglückt, sich in einem Erdloch zu verstecken, bis die Schlacht vorüber war, und im Schutz der nächsten Nacht ein nahegelegenes Dorf zu erreichen.

«Ich war mehr tot als lebendig, als ich dort ankam», erklärte er, während er Barbara gegenüber am Tisch saß. «Hätt's keine zwanzig Klafter weiter geschafft. Eine alte Bäuerin hat mir den Arm verbunden und mich in ihrem Kuhstall versteckt. Eine Heilige, sag ich dir. Ohne sie wäre ich jetzt mausetot. Die Bündischen sind ja tagelang durch die Dörfer gezogen und haben jeden Aufständischen aufgeknüpft, den sie erwischt haben.» Er hob mit der linken Hand seinen Becher und nahm einen Schluck. Der rechte Arm hing merkwürdig verkürzt an seiner Seite. Damit würde er kaum mehr die Sense führen können.

«Natürlich muss das nicht heißen, dass sie den Andres … Also, ich denke, das ist ein geschickter Mann. Wenn überhaupt einer eine Möglichkeit gefunden hat, dann der Andres, das hab ich immer gedacht.» Barbara betrachtete ihn, wie er da vor ihr saß. Er grinste sie verlegen an und senkte schnell wieder den Blick. Seine Hand an dem irdenen Becher zitterte leicht. Schließlich nahm er sie vom Tisch und legte sie in seinen Schoß.

«Wenn du dabei gewesen wärst, Barbara, dann könntest du es verstehn», sagte er. «Ich muss immer daran denken, Tag und Nacht. Mein Lebtag lang hab ich nicht solche Angst ausgestanden! Wie sie rund um mich herum die Leute niedergestochen haben! Überall Blut und Tod. Da kann man nicht mehr ruhig irgendwo sitzen danach.»

«Warum hast du mir die Eier gebracht?», fragte Barbara endlich. Er zuckte mit den Schultern.

«Ich weiß doch, wie's ist, ihr zwei hier ganz allein und kein Mann im Haus. Die Zeiten sind schlecht, und da dacht ich, wir müssen zusammenstehen …» Er sah sie erwartungsvoll an, bis sie nickte.

«Ja, dank dir, Kresspacher. Gott vergelt's.» Er ging, ohne den Becher leer getrunken zu haben. Sie schüttete den Rest Wein in den Schweinekoben.

«Der Schultheiß hat's mir gegeben», verkündete Gertrud strahlend, als sie mit einem frischgeschlachteten Huhn zurückkam. «Sie haben sich alle so gefreut und wünschen dir viel Glück.»

«Gefreut? Wieso gefreut?» Weidenrinde half nicht, Salbei auch nicht; nicht Kamille, Kresse, Rosmarin, Arnika nicht, Rainfarn nicht, Kohlsamen nicht. Nicht schweres Heben, nicht Springen von der Truhe, kein heißes Wasser. Maria half nicht, nicht Ursula, Katharina oder Barbara, nicht Sankt Veit oder Sankt Sebastian oder der heilige Christophorus. Und bald würde es zu spät sein. Vielleicht war es ja jetzt schon zu spät. «Wieso gefreut?»

«Na, sie freuen sich mit dir, dass du wieder guter Hoffnung bist. Die Schultheißin hat gesagt: Gertrud, jetzt –»

«Du hast ihnen davon erzählt? Dem ganzen Dorf?»

«Der Schultheißin, Barbara, erst mal nur der Schultheißin, und sie hat sich so gefreut! Sie will morgen kommen und – was ist denn, Kind?»

Barbara saß starr da.

«Denk nicht, ich wüsste nicht, dass es schwer werden wird!» Geflüsterte Worte, Gertruds Hand auf ihrer Schulter. «Aber vergiss nicht, dass es uns auch einen Vorteil bringt! Der Renschacher könnte auf den Gedanken kommen, uns den Hof wegzunehmen, jetzt, wo kein Mann mehr da ist. Nicht, dass ich sagen will, er kommt nicht mehr! Bestimmt nicht! Aber wenn ein Erbe da ist, verstehst du … vielleicht lässt er uns den Hof, wenn ein Bub da ist.» Der Griff der Finger wurde fester, wie wenn ein Raubvogel die Krallen in die Beute schlägt. «Du weißt, wie es aussieht. Wohin wir gehen müssen, wenn er uns den Hof wegnimmt.»

«Ja.» Sie betrachtete das kopflose Huhn auf dem Tisch. Blut quoll aus dem durchgeschnittenen Hals hervor und tropfte langsam auf die Erde, wo sich in dem hellen Sand schon ein roter Fleck gebildet hatte. Sie konnte die Augen nicht abwenden.

In diesem Augenblick hörte sie Schritte vor der Tür. Jemand klopfte. Gertrud verwischte rasch mit ihrem Fuß den

Blutfleck am Boden. Sie griff nach dem Huhn, setzte sich damit auf einen Hocker und begann es zu rupfen, während Barbara öffnete.

«Grüß dich, Breitwieserin.» Es war der neue Burgvogt, ein noch junger Mann mit einem etwas fremd klingenden Zungenschlag, den der Renschacher erst vor wenigen Wochen auf sein Amt gesetzt hatte. Der frühere Burgvogt war nach dem Sturm auf die Burg nicht mehr gesehen worden, und der alte Spaich verbreitete, dass er selbst den Mann dabei beobachtet habe, wie er mit einer Truhe voller Geld auf dem Rücken aus dem Dorf geflüchtet sei. Der neue Vogt war zu Fuß gekommen und blieb an der Schwelle stehen.

«Hol dir ein Tuch und zieh Schuhe an. Du sollst auf die Burg kommen zum Verhör.» Verhör, hallte es nach. Verhör, Breitwieserin, komm zum Verhör! Wie konnte denn jemand wissen, was sie in den letzten Tagen getrieben hatte?

«Ich hab's doch gar nicht getan», flüsterte sie. Es war ja nichts passiert dabei, bislang nicht, es war ja immer noch da!

«Meine Tochter ist guter Hoffnung, Vogt.» Gertrud hatte ihr Huhn weggelegt und sich neben sie gestellt. «Und der Mann ist nicht da. Mein Schwiegersohn, Andres Breitwieser. Es hat doch sicher noch Zeit, bis er wieder da ist? Es kann nicht mehr lange dauern.» Der Vogt beachtete sie gar nicht.

«Mach dich fertig, Breitwieserin. Ich hab noch anderes zu tun.»

Barbara ging zu den Wandhaken hinüber und griff nach ihrem dunklen Schultertuch. Eine der langen Fransen hatte sich an einem vorstehenden Holzspan verhakt, aber ihren Fingern gelang es nicht, das Tuch loszunesteln, und der Stoff riss ein. Vorwurfsvoll hob Gertrud die Hand.

«Da siehst du's, Vogt. Ein Weib in Hoffnung, und du holst sie zum Verhör!» Der Vogt wandte sich von ihr ab.

«Du bist so weit?», fragte er knapp. Barbara nickte stumm.

«Gut. Wir gehen.»

«Der Teufel soll dich holen!», spuckte Gertrud hinter ihm her, aber der Vogt zuckte nur mit den Schultern, und dann waren sie fort.

Durch das Dorf, vorbei an dampfenden Misthaufen und tiefen Karrenfurchen, vorbei am Faselstall und der stummen Kirche zogen die beiden. Fliegen surrten um die Apfelquetsche, golden schaukelten die Blätter der Linde. Über die Zugbrücke ging es durch das Tor in den inneren Burghof. Da drüben hatte das Feuer gebrannt, hier die tote Frau gelegen, und kein Kreuzzeichen würde jemals die bösen Geister verscheuchen. Sie gingen die Stufen hoch in den gemauerten Gang bis zum Rittersaal. Waren da nicht Schritte hinter ihr, Schritte wie von schweren Stiefeln? War da nicht das zischende Geräusch von Atem, der zwischen zwei abgebrochenen Zähnen durchgezogen wurde? Das hatte sie doch schon einmal gehört.

«Barbara Breitwieserin. So, du bist das.» Herr Heinrich von Renschach, Ritter zu Glatt, stand an seinem Schreibpult und wartete. «Komm näher. Ich will nicht die ganze Zeit herumschreien müssen.»

Wachsam, nur wachsam musste sie sein. Hier irgendwo warteten sie, versteckt hinter einem Schrank, einem Vorhang, im Halbdunkel eines abzweigenden Ganges.

«Du bist das Eheweib von Andres Breitwieser? Dem Sohn von Georg Breitwieser?»

«Ja.»

«Und, wo ist er, dein Mann? Weißt du das?»

«Nein.»

«Er wird sich doch nicht davongemacht und dich einfach sitzengelassen haben, was? So eine hübsche junge Frau, und noch dazu mit seinem Balg im Bauch, wie man hört!»

Er weiß alles, sie müssen es ihm erzählt haben, dachte Barbara.

«Er ist mit den anderen gezogen, Herr. Er ist aus Böblingen noch nicht wieder zurück.»

«So, aus Böblingen. Und was hat er da gewollt, in Böblingen? Na? Kannst du mir das erzählen?» Sie standen hinter ihr, das wusste sie jetzt. Renschach zwinkerte ihnen zu, und sie grinsten zu ihm zurück. Sie drehte sich um: Da waren sie verschwunden, wie vom Erdboden verschluckt. Nur den Kleinen konnte sie noch kichern hören.

«Na, na, willst du wohl hierbleiben! Du wolltest mir doch gerade von deinem Mann erzählen. Was er so getrieben hat da in Böblingen! Du warst ja wohl auch dabei, wirst es mir also erzählen können.»

«Er hatte sich den Bauern unter Thomas Mayer angeschlossen. Sie wollten für die Bauern mehr Rechte und Freiheiten erreichen.»

«Mit dem Dreschflegel in der Hand. Stimmt es nicht, Breitwieserin, dass dein Mann es war, der die anderen aus Glatt angeführt hat?»

«Sie sind aus eigenem Entschluss mitgekommen, Herr.»

«Aber dein Mann war es doch, der Mayer die Waffen aus meiner Rüstkammer übergeben hat, oder etwa nicht?» Er sah sie lauernd an.

«Ich – ich weiß es nicht.»

«Merkwürdig, wo es alle anderen aus dem Dorf offenbar gewusst haben. Nur du bist also ein armes, unwissendes Weib. Hast nicht geahnt, welche Spitzbübereien dein Mann treibt, wenn er abends spät nach Hause kommt?»

Er beugte sich vor und warf ein zusammengerolltes Papier vor sie hin auf den Boden. «Na los, heb's auf und schau's dir an!» Sie bückte sich, griff nach dem Papier und richtete sich rasch wieder auf. Schnell, steh nur schnell auf, Barbara! Wenn du schon am Boden bist, ist es leichter für sie, dachte sie.

«Lies vor! Du kannst doch lesen, oder? Dann los!»

«Also es in der Schrift geschrieben steht, dass die Menschen Brüder sind und keiner des anderen Knecht, so bitten wir Leute von Glatt, dass die Leibeigenschaft solle aufgehoben werden, denn sie ist wider das göttlich Recht ...»

«Kannst du dich erinnern, wer das geschrieben hat, Breitwieserin? Bist du's nicht selbst gewesen?» Sie standen neben ihm jetzt, alle beide, sie konnte sie genau sehen. Der Kleine starrte ihr frech ins Gesicht, während der Große die Zähne fletschte, die abgebrochenen Zähne, zwischen denen sein Speichel herausspritzte, wenn er heftig atmete, wenn er keuchte ...

«Du bist ein verlogenes Weibsbild, Breitwieserin, weißt du das? Spielst mir hier die dumme Bäuerin vor, und in Wirklichkeit steckst du die ganze Zeit mit deinem Mann unter einer Decke! Mit einem Eidbrecher, der mir Urfehde geschworen hat! Einem Aufrührer der übelsten Sorte, der brave Bauern aufstachelt, sich gegen ihren rechtmäßigen Herrn zu erheben, meine Burg zu plündern und mich zu bestehlen!» Renschach war aufgesprungen und marschierte wütend hin und her. «Ich hoffe, ich kriege ihn selbst noch in die Finger! Aber wahrscheinlich hat er seine gerechte Strafe schon bekommen, zusammen mit all dem anderen Pack da in Böblingen. Das hast du sicher auch schon gehört, nicht wahr, wie sie den Schwanz eingekniffen haben, all eure tapferen Bauernkämpfer, und gerannt sind wie die Hasen? Und wie die Hasen haben wir sie zur Strecke gebracht.» Schwer atmend blieb er endlich stehen. «Dein Mann war der Führer des Aufstands hier in Glatt, und du hast ihn darin unterstützt. Für solche Männer, Breitwieserin, gibt es nur noch den Galgen. Und für solche Weiber wie dich die Straße. Für dich ist kein Platz mehr hier im Dorf!» Der Große nickte grinsend. Die Straße, die Straße! Die Herren der Straße sind wir! Und sie spürte wieder seinen Speichel in ihrem Gesicht.

«Morgen bei Tagesanbruch nimmst du dir dein Bündel und verschwindest, verstanden? Ich will dich nie wieder hier sehen. Und solltest du es wagen, doch noch einmal zurückzukehren, dann wird es dir leidtun.» Renschach nickte dem Vogt zu. Er packte Barbara am Arm und schob sie nach draußen.

«Also morgen früh, Breitwieserin. Ich werde da sein und sehen, dass du nicht zu viel mitnimmst.»

Kein Tuch würde je ausreichen, sich von seinem widerlichen Speichel zu reinigen.

Teil IV · 1525–27

1

Wie im Traum lief sie den Weg entlang, der das Tal hinunterführte: vorbei an den herbstbraunen Hügeln und den Weingärten, wo hier und da Leute zwischen den Weinstöcken arbeiteten, vorbei an den Feldern, wo gerade das Wintergetreide eingesät worden war. Ein paar Kinder waren mit einer Schar Gänse unterwegs, schwangen ihre Stecken wie Lanzen und liefen juchzend und kreischend an ihr vorbei, ohne auf sie zu achten, ja ohne sie überhaupt wahrzunehmen. Und warum sollten sie auch? Schließlich war sie niemand mehr, niemandes Tochter, niemandes Weib, heimatlos, hoffnungslos. Kein Mensch mehr wie die anderen, sondern ein Wiedergänger, eine Gefährtin der Nacht.

Weiter lief sie, bis vom Dorf und seinen Äckern und Wiesen nichts mehr zu sehen war, immer weiter den Weg entlang bis zu der alten Brücke, die auf hölzernen Stelzen den Neckar überquerte. Hier musste man sich entscheiden, wohin man gehen wollte, über den Fluss nach Sulz im Süden oder am diesseitigen Ufer entlang nach Horb im Norden. Hier konnte man wählen zwischen dem Gebiet der Grafen von Geroldseck und dem der mächtigen Habsburger. Wohin wollte sie gehen?

Nach den heftigen Regenfällen der letzten Wochen führte der Neckar Hochwasser und war zu einem mächtigen Strom angeschwollen, der zwischen überfluteten Wiesen dahinschoss und an den Stützpfählen der Brücke zerrte. Das Wasser sprudelte und tanzte, blinkte und zwinkerte fröhlich in der Nachmittagssonne. Es war gar nicht kalt, wenn man mit der Hand hineingriff. Wie sich die Kieselsteine wohl anfühlen würden unter den nackten Füßen?

Wie es wohl sein mochte, sich einfach in das Wasser zu legen und mitnehmen zu lassen? Wie es wohl sein mochte, wenn die Wellen über das Gesicht hinwegrollten und der Nöck einem die Augen schloss mit seinem Kuss …

«He, Liebchen, so kann man doch keine Fische fangen, was?» Eine mächtige Stimme ließ sie zusammenschrecken, und sie drehte sich um. Auf der Brücke stand eine unglaublich fette Frau mit einer beladenen Kiepe auf dem Rücken und einem Gehstock in der Hand. Damit fuchtelte sie herum. «Komm schon raus, Kind, du holst dir noch den Tod!» Die Frau war jetzt näher herangewatschelt, und ihre entschiedene Stimme duldete keinen Widerspruch. Barbara nickte mechanisch. Das Wasser wirbelte immer noch um ihre Knie, sie spürte, wie der Nöck drängte und zog, aber die Stimme war stärker, so wie früher die Stimme ihrer Mutter: Komm sofort her, Barbara … spring nicht da herunter, hörst du?

«So, jetzt.» Die Frau griff nach ihrer Hand und zog sie die letzten Schritte, bis sie wieder auf dem Trockenen stand. Das wird dir noch leidtun, sagte der Nöck in ihrem Kopf. Du wirst dich noch zurücksehnen nach meiner Umarmung, die alle Trauer erstickt, und nach der Liebkosung meiner kühlen Finger. Wem ich einmal die Hand auf das Herz gelegt habe, der vergisst mich nie mehr. Der will sein Leben lang zu mir zurück.

«Lass mich mal den feuchten Rock auswringen, so … und dann trink, Mädchen, dass du wieder warm wirst …» Die Frau drückte ihr eine Lederflasche an die Lippen, und gehorsam nahm Barbara einen Schluck. Die Flüssigkeit brannte sich einen Weg von ihrer Zunge bis in den Magen, und Tränen stiegen ihr in die Augen.

«Ganz schön stark, was, wenn man's nicht gewöhnt ist? Aber warte nur, Herzchen, wie mollig warm dir's gleich wird, so als würdest du schon mit deinem Liebsten zu Hause auf der Ofenbank sitzen.» Die Fremde genehmigte sich selbst einen ordentlichen Schluck und wischte sich dann mit einer erstaunlich zierlichen Hand den Mund trocken. Mehrere Lagen unterschiedlicher Stoffe umhüllten ihre unförmige Gestalt, so als hätte sie kein einzelnes Kleidungsstück gefunden, das groß genug war, um ihr zu passen, und deshalb gleich mehrere nehmen müssen. Sie schlang einen ihrer mächtigen Arme um Barbaras Schultern und führte sie die Böschung hinauf, wo man das Schlucken und Gurgeln des Flusses kaum noch hören konnte.

«Setz dich, Herzchen.» Sie machte eine ausholende Geste mit der Hand, die das gesamte Tal einschloss, so als wäre sie eine Königin, die ihrem Lehnsmann ihre Besitzungen zeigt. Dann nahm sie das oberste ihrer Tücher von den Schultern und breitete es auf dem Boden aus. «Na los.» Zögernd ließ Barbara sich nieder. Vor ihren Augen verschwamm alles, und in ihrem Unterleib spürte sie ein heftiges Ziehen. Die Stimme der Frau schien von sehr weit herzukommen.

«... wirst mir doch nicht ohnmächtig werden wollen, was ... hier, nimm noch 'nen Schluck ...» Wieder das Brennen in der Kehle, das sich diesmal bis in die Fußspitzen ausbreitete und ihr Herz in einen ruhigeren Takt zwang. Die Frau sah sie erwartungsvoll an. Ihr Mund war ein steil eingegrabenes Tal in dem Fettgebirge ihrer Wangen, und die knollige Nase erhob sich darüber wie ein einzelner Vulkankegel.

«Na?»

«Ich – danke. Es geht schon wieder.»

«So siehst du aus, Kind. So siehst du aus. Hast langsam wieder ein bisschen Farbe in den Backen. Und wenn du erst mal noch ein bisschen gegessen hast» – sie beugte sich über ihre Kiepe und kramte darin herum, bis sie endlich triumphierend ein paar gedörrte Äpfel zum Vorschein brachte und sie Barbara überreichte –, «dann fühlst du dich wie neugeboren, was, glaub mir.» Die fremde Stimme umsurrte sie wie ein ganzer Schwarm Bienen. Schließlich griff die Hökerin nach ihrer Hand und tätschelte sie.

«Ich bin die Trusch. Die Hökertrusch. Aus Konstanz. Und du?»

«Ich komme aus Glatt. Einem Dorf nicht weit von hier.»

«Glatt. Kann nicht viel sein in eurem Glatt, wenn ich noch nicht da war, was? Und, hast du auch einen Namen, Herzchen?»

«Barbara. Barbara Breitwieserin.»

«Na, dann erzähl mir mal, was du für Kummer hast! Ist nicht gut, alles für sich zu behalten, gar nicht gut.» Die tätschelnden Finger waren klebrig und rau. Behalten. Ich will es ja gar nicht behalten, dachte sie. Plötzlich schoss ein Gedanke durch ihren Kopf wie ein brennender Pfeil.

«Ich trage ein Kind», sagte sie unvermittelt. «Weißt du jemanden, der's mir wegmachen kann?» Sie hielt die Hände fest und sah der Frau in die Augen. «Ich will's nicht haben. Bitte, hilf mir! Weißt du niemanden?» Die Frau verzog das Gesicht.

«Was sagen denn deine Dörfler dazu?»

«Ich musste fort aus meinem Dorf», antwortete Barbara. Diese Frau würde ihr jemanden nennen können. Sie kam viel herum, sie kannte Gott und die Welt, warum sollte sie nicht jemanden kennen?

«Ja, das sind schlechte Zeiten für uns», murmelte Trusch. «Und dein Mann?»

«Er ist nicht mehr zurückgekommen. Aus Böblingen.»

«Mein armes Herz.» Die Hökerin schlug sich an ihre Brust wie auf ein weiches Federbett. «Das ist schlimm. So viele gute Männer sind nicht wiedergekommen. Überall auf den Dörfern, wo ich hinkomme, höre ich die Weiber schon klagen und schreien, noch bevor ich durchs Tor gegangen bin. All dieses Elend, o Gott.» Sie wiegte ihren Oberkörper hin und her. «Warum willst du's dann nicht bekommen? Ist doch das Letzte, was dein Mann dir hinterlassen hat. Ich sag dir, Kinder –»

«Es ist ein Niemandskind. Ich kann es nicht behalten», flüsterte Barbara. «Ich kann es nicht behalten.»

«Ach so.» Die Hökerin hielt inne und zog die Augenbrauen hoch. «Ach, so ist das. Ja dann.» Sie nahm die Unterlippe zwischen die Zähne und kaute einen Augenblick darauf herum. «Du kannst nicht ... Ja, das kommt vor. Ist schon bei ganz anderen vorgekommen.» Sie nahm einen getrockneten Apfelschnitz und lutschte daran. «Gut, ich kenne jemand», sagte sie schließlich. «Aber es wird dir nicht gefallen, Liebchen. Sicher nicht.»

«Wer ist es?» Ganz egal, und wenn es der Teufel selbst war.

«Es ist die Frauenwirtin in Rottenburg, mein Herz. Die hat wohl Erfahrung genug, was? Gar nicht so selten, dass ein Gast mal ein Geschenk in ihrem Betrieb zurücklässt. Aber um Gottes Lohn macht sie's dir nicht, da kannst du drauf wetten. Hast du Geld?»

«Nein.»

«Sonst irgendetwas Wertvolles? Schmuck?» Die Verlobungskette hatte der Kleine ihr abgerissen, aber sie hatte noch das Medaillon, das sie zu Hause zwischen der Wäsche versteckt hatte, zusammen mit Simons Bild. Sie wühlte in den paar Habseligkeiten in ihrem Beutel.

«Da.» Interessiert betrachtete die Hökerrusch das Schmuckstück. Sie biss leicht darauf, spuckte drauf, rieb es an ihrem Rock blank und hielt es dicht vor ihr zusammengekniffenes Auge.

«Es ist wertvoll», verkündete sie endlich. «Was steht da drauf? Kannst du's lesen?»

«Meiner geliebten Dorothea. Gott schütze dich.»

«Na, dein Mann hat dir das jedenfalls nicht geschenkt. Wo hast du's her?»

«Ich hab's gefunden.»

«Gefunden, so. Also, Herzchen, ich geb dir einen Rat: Behalt's für dich und versteck es so, dass es keiner findet. Dem Ding sieht man an, dass es mal 'ner vornehmen Frau gehört hat. Versuch es zu verkaufen, dann wird blitzschnell einer ‹Diebstahl!› schreien, und du hast keine Zeit mehr, dein ehrlich verdientes Geld noch auszugeben.» Sie gab Barbara die Kette zurück. «Gibt es nicht sonst irgendetwas, was du verkaufen könntest, irgendetwas Wertvolles?» Sie lehnte sich zurück. Barbara schüttelte den Kopf.

«Nun, ein junges, hübsches Ding wie du ... da gibt es immer Möglichkeiten, was? Du musst nur wissen, worauf du dich einlässt.»

«Was meinst du damit?»

Die Hökertrusch sah sie an, aber es war unmöglich zu erkennen, welche Gedanken sie hinter ihren Fettfalten verbarg. «Nun, Herzchen, 's gibt schon ein besseres Leben als das im Frauenhaus, weißt du.» Sie kicherte vor sich hin. «Aber auch ein schlechteres.» Barbara kämpfte die Übelkeit nieder, die in ihr aufstieg.

«Bring mich hin», sagte sie.

Sie brauchten ein paar Tage, bis sie endlich die kleine Stadt Rottenburg am Neckar erreichten, und Barbara hätte sich sehnlichst gewünscht, dass es schneller ginge. Mit jedem Tag, mit jeder Stunde, die verstrich, wurde es schwieriger. Aber die Hökertrusch war schließlich nicht zu ihrem Vergnügen unterwegs. Sie hatte ein Geschäft zu führen und

Kunden zu versorgen, die sie nicht umsonst warten lassen konnte, denn sonst war ruck, zuck die nächste Hökerin da und verscherbelte ihren Kram, und sie selbst brauchte nicht mehr wiederzukommen und konnte sich gleich zur Ruhe setzen oder auch bei der Frauenwirtin einmieten, nur würde zu ihr ja keiner ein zweites Mal kommen. Die Hökertrusch handelte mit vielen unterschiedlichen Dingen. Immer wieder kramte sie neue Herrlichkeiten aus ihrem Sack hervor, Kämme und Bänder, Bürsten und Hornknöpfe, Nähnadeln und Seife, und aus einem gesonderten Fach kleine Flugschriften und Drucke, die sie auf irgendeinem Markt günstig erstanden hatte.

«Hab selbst nie lesen gelernt», erklärte sie. «Ist doch eigenartig, wie die Leute Geld hergeben für 'nen bedruckten Fetzen Papier, was?» Allerdings kauften die meisten Leute nach dem Aufruhr nur noch das Allernötigste. «Aber vielleicht haben wir noch Glück, Herzchen, und stoßen auf einen Tross. Irgendwo hier müssen ja noch welche herumstreunen von den Landsknechten. Denen sitzt das Geld locker im Beutel, wenn sie mal welches haben. Die zahlen dir jeden Preis.» Sie grinste zufrieden.

Barbaras Mund wurde trocken.

«Du gehst in die Söldnerlager?»

«Ja sicher, Herzchen, was denn sonst? Bin sogar 'ne ganze Zeit lang mit den Landsknechten unterwegs gewesen, als ich noch jünger war. 'n anstrengendes Leben war das, aber nicht schlecht. Hab 'ne Menge gesehen von der Welt damals. Ich geh dahin, wo das Geld klimpert, egal in welchem Sack.»

Willst du sehen, was ich im Sack hab, Herzchen?, hatte der Große gefragt. Hast du's schon vergessen? Ich hol's raus, nur für dich! Pass auf!

Sie drehte sich ruckartig um: Niemand war da, niemand

außer Trusch, die gerade wieder ihre Flasche angesetzt hatte und sich herzlich bediente.

«Man muss eben den richtigen Zeitpunkt erwischen, dann, wenn sie ihren Sold gekriegt und schon etwas gesoffen haben. Dann zahlen sie dir, was auch immer du verlangst. Die wissen gar nicht, was sie woanders alles kriegen für ihr Geld.»

«Hast du keine Angst?»

«Ich? Vor was denn? Den will ich sehen, der mich auf den Rücken legt!» Sie beugte sich vertraulich zu Barbara hinüber. «Schau mal her!» Mit einer blitzschnellen Bewegung hatte sie ein kleines Springmesser irgendwoher aus ihren tausend Gewändern gezogen und ließ es aufschnappen. Die Klinge funkelte in der Sonne. «Frisch geölt und poliert, Herzchen. Auf meinen kleinen Freund hier lass ich nichts kommen. Verdammt scharf, sag ich dir.» Sie fasste die Klinge mit zwei Fingern und warf. Das Messer blieb in einer Birke am Wegrand stecken, vielleicht zwanzig Schritte entfernt. Sie grinste stolz, zog das Messer wieder heraus und wischte es an ihrem Ärmel ab, bevor sie es wieder einsteckte.

«So soll es sein. Also fang keinen Krach an mit mir. Und jetzt lass uns sehen, dass wir einen Schlafplatz finden, heute Nacht wird's kalt.» Sie zog den Riemen ihres Schultersacks enger und schlug den Weg zum nächsten Dorf ein. Sie konnten es schon nach einer Viertelmeile ausmachen.

«Remmingsheim», erklärte Trusch. «Bin regelmäßig da. Wir schlafen in der Scheune von einem Bauern, den ich seit Ewigkeiten kenne.» Ihr Gesicht verfinsterte sich. «Wenn er sich nicht auch mit dem Schwäbischen Bund angelegt hat wie die anderen Dummköpfe und irgendwo an einem Ast über Böblingen aufs Jüngste Gericht wartet.»

Am nächsten Morgen, als sie erst zwei Stunden unterwegs gewesen waren, erreichten sie eine Kuppe mit einer kleinen Kapelle, von der aus man einen weiten Blick über das Neckartal in Richtung Osten hatte.

«Siehst du, da unten! Das ist Rottenburg», erklärte Trusch. Barbara schirmte die Augen mit der Hand gegen die gerade aufgegangene Sonne ab und blinzelte. Hier, wo sich das vorher enge und steile Neckartal zu einer fruchtbaren Mulde erweiterte, breitete sich das Städtchen zu beiden Seiten des Flusses aus. Es kam ihr noch vage vertraut vor aus der ewig lang vergangenen Zeit, in der sie mit ihrer Mutter hier im Haus des Magisters gelebt hatte. Eine Doppelmauer mit zahlreichen Türmen umschloss die dicht gedrängt stehenden Häuser, ein Durcheinander aus roten Ziegeln, schwarzen Holzschindeln und fahlgelben Strohdächern. Erst bei genauerem Hinschauen konnte Barbara erkennen, dass sich die Häuser wenigstens am Nordufer in einem mehr oder weniger regelmäßigen Oval um eine zentrale Hauptachse scharten, die sich in der Mitte des Städtchens zu einem Platz weitete. Die meisten der wenigen Steinhäuser des Ortes fanden sich hier, ebenso wie eine der beiden großen Kirchen.

«Sankt Martin», bemerkte Trusch. «Und auf der anderen Neckarseite, das ist Sankt Moritz.» Barbara folgte dem Fluss mit den Augen durch die Stadt, vorbei an den Mühlen und unter der Brücke hindurch, vorbei an Frauen, die an den Ufern große Wäschestücke zum Bleichen ausbreiteten, und an ein paar Ochsentreibern an der Furt, vorbei an dem Kranz von Gärten vor den Toren, bis ihr Blick schließlich am Galgenhügel auf der entgegengesetzten Seite hängen blieb.

«Kein schlechter Ort, Kindchen», murmelte Trusch. «Nicht ganz so wohlhabend wie Rottweil oder Reutlingen, aber kein schlechter Ort. Und kein schlechter Wein, den sie hier machen.» Sie zeigte mit dem Finger auf die rebenbewachsenen Hänge ringsum. «Hab gehört, sie verkaufen ihr Zeug bis nach Wien. Und Jahrmarkt gibt's hier auch, zwei Mal sogar. Ist aber nicht viel los da.»

«Weißt du, was das für ein großes Gebäude ist, da ganz vorn am Neckar?»

«Das ist das Heilig-Geist-Spital, Herzchen.» Die Hökerin kicherte. «Hab immer gehofft, eines Tages krieg ich so viel Geld zusammen, dass ich mich da gemütlich einkaufen kann auf meine alten Tage, mit 'nem Bett für mich allein und 'ner freundlichen Magd, die mir jeden Tag die Füße wäscht und mir den Brei mit dem Löffelchen reinschiebt. Aber bis jetzt hat's noch nicht gelangt.» Sie pfiff leise vor sich hin. «Und? Wollen wir? Oder hast du es dir anders überlegt?»

«Nein», antwortete Barbara.

Auf einem steilen Fußpfad stiegen sie ins Tal hinunter, bis sie an eine ausgefahrene Straße kamen, die geradewegs auf eins der Stadttore zuführte. Der Torwächter hatte nur einen schläfrigen Blick für sie und ließ sie mit einer Handbewegung passieren.

«Pass auf, wo du hintrittst!», warnte Trusch und machte sich einen Spaß daraus, ein paar Hühner aus dem Weg zu scheuchen. Hier, gleich hinter der Stadtmauer, waren die Straßen nicht gepflastert. Ein trübes Rinnsal umspülte die Trittsteine, auf denen man einigermaßen trockenen Fußes von einer Seite auf die andere gelangen konnte. Schweine wühlten mit ihren Schnauzen in dem Unrathaufen neben einer Toreinfahrt, während gegenüber zwei Männer damit beschäftigt waren, ein großes Fass durch den Kellerladen eines baufälligen Hauses auf einen Handkarren zu bugsieren. Es war so eng, dass sie sich dicht an die Hauswand drücken mussten, um an den beiden vorbeizukommen. Zu beiden Seiten der Gasse sprangen die Obergeschosse der Häuser so weit vor, dass Barbara sich fühlte, als würde sie durch einen Tunnel wandern. Ganz in der Nähe begann plötzlich eine große Glocke zu läuten.

«Mittagsläuten von Sankt Martin!», brüllte Trusch. «Ist nicht weit zum Frauenhaus, gleich da hinten, direkt an der Mauer. Aber vielleicht willst du erst noch zum Markt und dich ein bisschen umsehen?» Barbara schüttelte den Kopf. Was ging diese Stadt sie an! Sie spürte, wie das Kind in ihrem Leib sich bewegte, als hätte die Glocke es aufgeweckt.

Kreuz und quer schob sich Trusch durch die Gassen, bis sie schließlich vor einem zweistöckigen Haus stehen blieb. Nur der Keller, der halb aus dem Boden ragte, war aus Stein gemauert, darüber erhob sich unverputztes Fachwerk.

«Zur Schleife», sagte Trusch und zeigte auf das bemalte Schild über dem Eingang, das eine gelbe Schleife zeigte. Sie stieg die Treppe hoch und klopfte, bis jemand eine kleine Holzklappe an der Tür öffnete. Trusch murmelte ein paar Worte, die Barbara nicht verstehen konnte, dann ging die Tür auf. Barbara zögerte einen Augenblick, dann folgte sie der Hökerin hinein.

2

«Ihr kommt außerhalb unserer gewöhnlichen Zeiten», sagte die Frau, die ihnen geöffnet hatte, mit heiserer Stimme. «Meine Mädchen sind noch oben, und die Schankstube öffnet erst nach dem Vesperläuten.» Sie stand ihnen in einem niedrigen Flur gegenüber, der sich offenbar durch das ganze Haus zog und nur von einer kleinen Luke in der Hintertür erhellt wurde. Trusch schob sich nach vorn.

«Sparst du jetzt schon an den Lichtern, Irmel?» Barbara

hörte die Hökerin in ihren Taschen kramen. «Ist ja stockfinster hier! Begrüßt man so etwa alte Freunde?»

«Trusch! Ich hab dich gar nicht erkannt.» Die Frau stieß eine Tür zur Rechten auf und gab den Blick frei in eine geräumige Küche. Kohlgeruch zog ihnen entgegen.

«Komm rein.» Flüchtig sah Barbara noch eine schmale Stiege, die sich irgendwo im Dunkel über ihren Köpfen verlor, dann schob die Hökerin sie vor sich her.

«Das ist Barbara, meine Nichte. Sie kommt aus dem Schwarzwald.»

«So. Barbara. Willkommen.» Die Frau, die Trusch mit Irmel angeredet hatte, betrachtete sie interessiert, streckte ihre Hand aus und fuhr ihr mit einer raschen Bewegung über die Wange. «So.»

«Willst du uns nichts zu trinken anbieten?» Trusch ließ sich schon auf der Wandbank nieder und hielt Irmel die beiden Kerzen hin, die sie aus ihrem Sack hervorgekramt hatte. «Hier, für dich. Damit du die nächsten Gäste freundlicher empfangen kannst.» Hinter Irmel stapelte sich ein Haufen schmutziges Geschirr, und im Herd flackerte ein kleines Feuer unter einem Wasserkessel. Irmel selbst hatte eine Schürze umgebunden und die Ärmel hochgekrempelt. Sie war eine untersetzte Frau mittleren Alters mit graugesträhntem Haar, das sie mit einem Kopftuch nachlässig zurückgebunden hatte, einer scharfen Nase und ungewöhnlich vollen Lippen. Eine Haarsträhne kringelte sich neben ihrem Mundwinkel, und geübt tastete sie mit ihrer Zunge danach und zog sie sich zwischen die Zähne. Barbaras Blick blieb an ihren braunfleckigen Händen hängen, als sie zwei Becher und einen Krug vor Trusch auf den Tisch stellte: Die Nägel waren rot bemalt.

«Schön, dass du mir mal wieder jemanden bringst. Wenn sie fleißig ist und gesund» – sie nickte Barbara zu – «und sich nicht den ganzen Tag mit den anderen herumzankt, kann sie bleiben. Ich hab gerade eine Kammer frei.» Sie lachte heiser und zeigte dabei eine Lücke im Oberkiefer, wo sie einen Schneidezahn eingebüßt hatte. Trusch schüttelte den Kopf, noch bevor Barbara antworten konnte.

«Später vielleicht, Irmel. Aber jetzt erzähl selbst! Wie geht's mit eurem Laden hier? Ich hab den Kilian noch gar nicht gesehen.»

«Ist draußen vor der Stadt. Wir haben doch den Garten, da muss er die Zäune richten.» Irmel holte sich einen Hocker und setzte sich zu ihnen. «Und sonst ... na, wir sind zufrieden. Wir haben drei Frauen jetzt im Haus, aber wenn ich wollte, könnt ich mehr beschäftigen, jetzt, wo so viel fremdes Volk unterwegs ist. Die stehen mir hier schon in der Tür, noch bevor sie was zwischen die Zähne gekriegt haben.» Sie grinste Barbara an. «Mit so 'nem frischen Gesicht, da brauchst du dir um die Kunden keine Sorgen zu machen.»

«Erst mal muss sie die Sorge loswerden, die der Letzte bei ihr abgeladen hat.»

«So?» Irmel lehnte den Kopf zurück und kaute auf ihrer Haarsträhne. «Sie trägt ein Kind?»

Barbara umklammerte den Weinbecher; sie hatte noch keinen Schluck getrunken. Schon seit sie heute Morgen aufgebrochen waren, verspürte sie eine leichte Übelkeit, nicht so stark, dass sie sich übergeben musste, aber stark genug, um nicht in Vergessenheit zu geraten. Übel für die Mutter macht Gutes fürs Kind, hatte die alte Kathrein in so einem Fall immer gekichert, Kathrein, die so viele Kinder über die Schwelle auf die Welt geholt und nun selbst die Schwelle in die andere Richtung überschritten hatte. «Trusch meinte, du könntest mir vielleicht helfen. Ich – ich will das Kind nicht. Es darf nicht zur Welt kommen.»

«Wenn du es sagst ... Und was denkst du, das ich dabei

tun kann?» Die Frauenwirtin verrieb mit ihrem Zeigefinger einen Weinfleck auf der Tischplatte. Ihr Gesichtsausdruck hatte etwas Lauerndes. Barbara konnte nicht erkennen, ob diese Frau bereit war, ihr zu helfen oder nicht.

«Es gibt doch sicher Kräuter, einen Trank … irgendetwas. Du kennst doch sicher ein Mittel!»

«Ein Mittel … sicher, Mittel gibt es. Viele Mittel.» Irmel beugte sich vor und sah Barbara direkt ins Gesicht. «Es gibt Mittel, und vielleicht weiß ich sogar eins. Aber was ich ganz gewiss weiß, ist, was der Rat mit denjenigen macht, die er bei der Anwendung dieser Mittel erwischt: Er lässt sie in den Fluss werfen, mit gefesselten Händen und einem Stein um den Hals. Kannst du mir sagen, warum ich so ein Risiko eingehen sollte für ein unvorsichtiges Mädchen, das ich vor dem heutigen Tag noch nie gesehen habe?»

«Du musst es ja nicht umsonst machen.» Trusch legte Barbara beruhigend die Hand auf das Bein. «Die Kleine hier will ja zahlen, was du verlangst. Mach ihr das Junge weg, und sie wird's abarbeiten. Das ist bestimmt kein schlechtes Geschäft für dich!» Irmel verzog den Mund.

«Also Geld hat sie nicht … das ist ein Risiko für mich, Trusch, und nicht zu knapp!»

«Ach komm, Irmel, du hast doch schon ganz andere Sachen gemacht! Der Rat ist froh, dass du hier bist und brav deine Steuern zahlst, die drücken ein Auge zu, wenn's um dich geht!»

Irmel nahm einen Schluck und grübelte. Barbara wollte etwas sagen, aber Trusch legte den Finger an die Lippen und schüttelte den Kopf. Sie schloss die Augen und dachte an das kleine Grab auf dem Friedhof in Glatt. Ob Gertrud noch gelegentlich hinging und Blumen darauflegte? Ob es wohl noch irgendjemanden gab auf der ganzen Welt, der sich an dieses Kind erinnerte?

«Also gut.» Die Frauenwirtin hatte ihren Entschluss gefasst. «Ich versuche dir zu helfen. Aber ob es klappt, weiß ich nicht. Wie weit bist du?»

«Vier Monate. Bald fünf.»

«Und spürst du, wie es sich bewegt?»

«Ja.»

Irmel wiegte den Kopf hin und her.

«Das wird schwierig, sehr schwierig. Ich kann dir nicht sagen, was dabei rauskommen wird. Und jetzt hör zu.» Sie richtete sich auf und hob den Zeigefinger. «Ich versuche es. Aber es ist nicht ungefährlich, nicht für mich und erst recht nicht für dich. Und ich will zehn Gulden, egal, ob es gelingt oder nicht.» Trusch versuchte zu widersprechen, aber Irmel brachte sie mit einer Handbewegung zum Schweigen.

«Zehn Gulden, hab ich gesagt, und dabei bleibt's, sonst kannst du wieder gehen und zusehen, wer's dir billiger macht. Und solange ich die zehn Gulden nicht hab, gehst du mir nicht allein aus dem Haus.» Barbara nickte langsam, aber Trusch fasste sie noch einmal am Arm.

«Bist du dir ganz sicher, Herzchen? Zehn Gulden, das ist viel Geld. Denk dran, in einem Haus wie diesem hier … nicht, dass ich etwas dagegen sagen will, beileibe nicht, aber nachher stehst du in ein, zwei Jahren genauso da wie jetzt.»

«Nun, auch da gibt es Mittel», erklärte Irmel kühl und streckte Barbara die Hand hin. «Schlag ein. Trusch, du bist unsere Zeugin.» Barbara ergriff die Hand der Frauenwirtin: Sie war rau wie Schmirgelpapier. Irmel erhob sich abrupt.

«Ich zeig dir die Kammer.»

Schau an, wo du gelandet bist!, raunte der Große hämisch, während sie hinter Irmel die steile Treppe hochstieg. Im Hurenhaus! Wie gefällt dir das? Was hätte Andres wohl dazu gesagt, oder Simon? Barbara klammerte sich an das Geländer, um nicht zu stolpern. Ich komme hier wieder heraus. Ich weiß noch nicht, wie, aber ich komme hier wieder heraus!

Das obere Stockwerk war nicht weniger düster als das untere. Irmel schob einen Riegel zurück und öffnete eine knarrende Holztür.

«Deine Kammer», sagte sie knapp, durchmaß das winzige Gelass mit zwei Schritten und stieß den Fensterladen auf. «Die Berte, die hier gewohnt hat, ist schon ein paar Monate weg.» Sie wies mit der Hand auf die Pritsche, das einzige Möbelstück im Raum. «Der Strohsack ist noch ziemlich frisch. Kilian kann dir später noch ein paar Decken hochbringen, und vielleicht finden wir auch noch eine Truhe für dich.» Obwohl sie schon jetzt fröstelte, zog Barbara sich das Tuch von den Schultern und hängte es an einen Wandhaken. Durch das kleine Fenster konnte sie in den Hinterhof schauen, in dem ein paar Hühner neben einem kümmerlichen Misthaufen scharrten. Plötzlich spürte sie Irmels Hand auf ihrem Arm und drehte sich um.

«Es ist kein so schlechter Platz hier, wie du denkst», murmelte die Wirtin. «Der Kilian und ich, wir passen schon auf, wer hier hereinkommt, und haben ein Auge auf unsere Mädchen. Da gibt's keine Prügeleien so wie anderswo. Morgen will ich die Dinge besorgen, die wir brauchen, und mit ein bisschen Glück hast du die Sache übermorgen schon hinter dir.» Sie nickte ermutigend. «Ich weiß, wie das ist, kannst es mir glauben.»

In der nächsten Nacht konnte Barbara lange nicht einschlafen. Zu ungewohnt waren die kleine Kammer, das Bett mit der verschlissenen Decke, der Geruch der Stadt, der durch den Fensterladen hereinwehte, die Geräusche. Seit dem frühen Abend war das Haus für seinen eigentlichen Zweck geöffnet. Barbara hörte Wortfetzen aus dem

Schankraum, das Scheppern der Becher und Frauenlachen. Sie hörte, wie die Stiege knarrte unter schweren Schritten und kurz danach eine Tür aufgestoßen wurde, zu einer der Kammern gleich neben ihrer eigenen, hörte unterdrücktes Kichern und Stöhnen und leise Flüche und atemlose Stimmen. Dann herrschte kurz Stille, bis sich die Stiege wieder meldete. Wie viele Menschen mochten hinauf- und hinuntergestiegen sein an einem Abend, wie viele Male die Türen geknarrt haben, wie viele Male … Sie ballte die Fäuste und spannte ihren Körper an. Noch war es nicht zu spät. Noch konnte sie fliehen, die Treppe hinunter und durch die Straßen der unbekannten Stadt. Sie war schweißgebadet, als sie endlich in den Schlaf fand, aber selbst im Traum konnte sie das Haus nicht verlassen. Sie war noch immer hier in dieser Kammer, und die Sonne schien durch das Fensterchen herein, gerade auf eine Kinderwiege, die sie am Wiegenband hin- und herschaukelte. Ohne dass sie hineinschauen konnte, wusste sie, dass ihr Kind darin lag und schlief, und sie bemühte sich, leise zu sein, um es nicht aufzuwecken. Da hörte sie plötzlich polternde Schritte im Flur, und eiskalte Angst trieb sie bis in die entgegengesetzte Zimmerecke zurück. Etwas Furchtbares kam näher, und sie konnte ihm nicht entfliehen. Die Tür flog auf: Zwei Landsknechte stürmten herein, jeder mit einem blutigen Spieß in der Hand. Sie wollte schreien, aber sie konnte kein Wort über die Lippen bringen. ‹So, Herzchen, wir wollen nur das Kind holen›, rief der Große ihr zu, während der Kleine sich schon an der Wiege zu schaffen machte. Sie sah, wie er das Kind an einem Ärmchen herausriss und es sich über die Schulter warf, aber als sie nach vorn stürzen wollte, um es zu schützen, setzte der Große ihr seinen Spieß an die Kehle. ‹Es gehört uns, das weißt du doch! Wir holen uns nur, was uns gehört, du willst es doch sowieso nicht!› Sie konnte sich nicht rühren, keine einzige Bewegung konnte sie machen. Schließlich sprangen die beiden durch das Fenster, das plötzlich riesengroß geworden war. Eine Menschenmenge stand davor und starrte sie an. Sie war über und über mit Blut besudelt. ‹Sie hat ihr Kind getötet› raunte eine Stimme, und die Menge kam bedrohlich näher. Zitternd wachte sie auf und zog sich die Decke über das Gesicht. O mein Gott, lass es vorübergehen.

Der nächste Tag war ein Sonntag, und deshalb blieb das Frauenhaus geschlossen. Schon früh am Morgen zog Kilian, der Frauenwirt, mit allen Bewohnerinnen zum Hochamt nach Sankt Martin, wie es üblich war. Die städtischen Huren hatten ihre festen Plätze in der Kirche, und niemand hätte es gewagt, sie am Gottesdienstbesuch zu hindern. Waren sie doch arme Seelen, die der Rettung und des Trostes besonders bedurften, und erst recht der aufrüttelnden Predigten, die die lutherisch gestimmten Geistlichen den Gläubigen von der Kanzel aus zuteilwerden ließen.

«Da haben wir den halben Tag Ruhe hier im Haus», sagte Irmel zufrieden. Sie hatte sich entschuldigt: Heftige Kopfschmerzen würden sie zwingen, den Tag im abgedunkelten Zimmer zu verbringen. Als die anderen Frauen zusammen mit Kilian gegangen waren, hatte sie ein großes Feuer in der Küche angefacht und in allen Töpfen und Kesseln, die sie finden konnte, Wasser heiß gemacht. Inzwischen war die große Bütte halb voll und die Luft gesättigt von Rauch und Wasserdampf. Irmel lief der Schweiß in Bächen das Gesicht hinunter.

«Los, mach schon, steig ein!», forderte sie Barbara auf. «Gleich ist es nicht mehr heiß genug!» Zögernd zog Barbara sich den Rock aus, knöpfte das Mieder auf, schlüpfte aus ihrem Hemd. Jetzt, dachte sie, jetzt. Ich werde es tun. Sie biss die Zähne zusammen, stieg in die Waschbütte und setzte sich. Das Wasser war unglaublich heiß. Es ließ ihre Haut krebsrot anlaufen, nahm ihr fast den Atem und trieb ihr die Tränen in die Augen. Sie wollte wieder aufstehen, aber Irmel drückte sie an den Schultern nach unten.

«Warte noch, noch einen Augenblick!» Die Frauenwirtin griff in ihre Schürzentasche, holte eine Handvoll getrockneter Kräuter heraus und streute sie ins Wasser. Ein scharfer Geruch stieg auf.

«Bring die Frucht, treib aus, treib aus!», murmelte Irmel und beugte sich zu ihrem Herdfeuer hinüber, wo ein weiterer Wasserkessel dampfte. Mit einer raschen Bewegung goss sie die kochende Flüssigkeit in den Bottich. Barbara stieß einen heiseren Schrei aus und stand ruckartig auf.

«Was tust du!», zischte Irmel. «Willst du's weghaben oder nicht?»

«Ich kann nicht mehr», flüsterte Barbara. Ihr Körper schmerzte, als hätte sie sich in Dornen gewälzt. Sie konnte sehen, wie sich die Haut an ihren Beinen in Blasen abhob. «Es bringt mich um!» Irmel wischte sich den Schweiß von der Stirn.

«Umsonst ist nichts, weißt du. Stell dich vor mich.» Sie legte Barbara von hinten die Arme um den Leib und verschränkte sie ineinander. Dann zog sie sie plötzlich heftig an sich, presste und zog. Barbara spürte Übelkeit in sich aufschießen, sah, wie der Raum zu wanken begann und der Boden näher kam. Ein paar Augenblicke später kam sie wieder zu sich. Sie lag auf der Wandbank, Irmel rieb ihr das Gesicht mit einem feuchten Tuch ab.

Ihr war, als steckte sie bis zu den Hüften in einem Feuerofen. Die Zähne schmerzten, und Wellen der Übelkeit fluteten immer noch über sie hinweg. Aber das Kind bewegte sich, und ihr Schoß war ruhig. Sie schüttelte den Kopf. Irmel saugte an ihrer Haarsträhne.

«Wir warten ein paar Stunden ab. Ruh dich so lange aus. Und wenn du dann immer noch nichts spürst, dann gebe ich dir etwas zu trinken.» Sie half Barbara hoch und schleppte sie nach oben in die Kammer. Durch das offene Fenster strich ein leiser Wind über ihre nackten Beine, und sie spürte, wie die Hitze darin langsam abflaute. Irmel brachte noch einen Eimer kaltes Wasser.

«Reib dich damit ab», sagte sie. «Du siehst aus wie ein gekochter Krebs.» Barbara lag den ganzen Tag auf ihrer Pritsche in einem Dämmer zwischen Traum und Wachen. Im Haus rumorte es; Stimmen wehten von der Straße herauf, Kinder lachten, ein Karren fuhr vorbei. Endlich fiel sie in einen erschöpften Schlaf.

«Hat sich etwas getan?», fragte die Frauenwirtin, als sie Barbara nach Einbruch der Dunkelheit weckte. «Wenn es geholfen hat, dann müsstest du inzwischen etwas spüren.» Barbara schüttelte den Kopf, und Irmel reichte ihr einen Becher mit einer dunklen Flüssigkeit.

«Das habe ich für dich vorbereitet. Du musst es auf einmal trinken und dann sagen: Fahr aus, mein Kind, in den Himmel geschwind! Hast du verstanden?»

Barbara setzte den Becher an; es schmeckte widerlich. Dann sagte sie den Spruch.

«Leg dich jetzt hin», ordnete Irmel an. «Wenn du etwas spürst heute Nacht, klopf an meine Kammertür. Ich komme und helfe dir.» Barbara war so erschöpft, dass sie gleich wieder einschlief. Mitten in der Nacht wachte sie auf. Ihr war entsetzlich übel, und ihr war, als zöge ihr ganzer Leib sich in Krämpfen zusammen. Mühsam schleppte sie sich zur Tür, die Stiege hinunter und zum Misthaufen, wo sie sich heftig übergab. Wo nur war Irmels Kammer? Sie torkelte zurück zum Haus, aber noch bevor sie hineingehen konnte, zwang der Schmerz sie in die Knie. Sie krallte die Hände in die Erde, keuchte, übergab sich erneut. Sie hat mich vergiftet, dachte sie. Das ist die Strafe, dass ich das Kind nicht wollte. Es dauerte eine Ewigkeit, bis sie so weit war, dass sie ins Haus zurückkriechen konnte, eine Ewigkeit, bis sich die grausame Hand aus ihren Eingeweiden zurückzog. Und das Kind war noch da. Es bewegte sich sanft in ihrem Inneren, als wollte es sie trösten.

«Ja, manchmal ist das so», erklärte Trusch am nächsten Tag und tätschelte Barbaras Hand. «Es gibt Kinder, die wollen zur Welt kommen, und niemand kann sie daran hindern.»

«Es war einfach schon viel zu spät.» Irmel war kurz angebunden. Auch sie hatte eine unruhige Nacht hinter sich: Die Augen lagen tief in ihren Höhlen, und um ihren Mund zuckte es. «Ich versteh nicht, warum du so lange gewartet hast, Mädchen. Vor ein paar Wochen wär es ein Kinderspiel gewesen, aber jetzt!»

Barbara sagte nichts. Sie hielt die Augen geschlossen und lehnte den Kopf an die Wand.

«Es gibt natürlich noch eine Möglichkeit», flüsterte Irmel da nah an ihrem Ohr. «Aber du musst verzweifelt sein, um das zu versuchen, wirklich verzweifelt. Man kann es mit Haken versuchen und einer kleinen Zange. Ich kenne eine Alte, die hat's schon mehrfach gemacht ...»

«Nein.» Trusch hob entrüstet die Stimme. «Da wird sie nicht hingehen, zu dieser alten Hexe! Ich hab schon gesehen, wie eine sich zu Tode geblutet hat hinterher! Nein, hör zu.» Sie nahm Barbaras Hand zwischen ihre und hielt sie fest. «Du wirst dieses Kind bekommen, Herzchen, und wenn es da ist, bringst du es in die Findel.»

«Und woher kriege ich meine zehn Gulden?», fragte Irmel giftig. «Du weißt doch genau, Trusch, dass sie hier nicht arbeiten darf, solange sie schwanger ist!»

«Dann lass sie doch bis zur Geburt in der Küche arbeiten, für Unterkunft und Verpflegung. Du hast doch sowieso keine Magd mehr, seit dir die letzte durchgebrannt ist! Und danach kann sie ja anfangen, ihre Schulden zu bezahlen. Was meinst du, Herzchen?» Barbara nickte. Was sonst hätte sie auch tun sollen? Die Hurenwirtin war sicherlich keine Frau, die auf einen Groschen verzichten würde, der ihr zustand. Bis zur Geburt des Kindes hatte sie Zeit, sich an dieses Haus zu gewöhnen, und dann –

«Gut, machen wir es so.» Energisch stand Irmel auf und strich sich über die Haare. «Ist ja nicht so, als ob es nicht genug zu tun gäbe.»

Dorotheas Eltern hatten einen wunderbaren Platz für das Grab ausgewählt: hoch oben über dem steil eingeschnittenen Neckartal auf dem winzigen Kirchhof ihrer Hauskapelle, wo der Wind mit leichter Hand über die Schlehenbüsche strich, in denen im Frühjahr die Rotkehlchen brüteten. Einen Gedenkstein gab es nicht, schließlich war das Grab noch kein halbes Jahr alt, aber die Gräfin von Hardtwald, Dorotheas Mutter, sorgte dafür, dass immer frische Blumen auf dem Erdreich lagen. Jeden Tag, so hatte sie ihrem Schwiegersohn unter Tränen versichert, komme sie hierher, um für ihre jüngste Tochter zu beten, die so grausam aus dem Leben gerissen worden sei. Auch heute Morgen sei sie schon da gewesen. Johannes von Renschach hatte ihr ermutigend zugenickt. Es war ja gut, wenn wenigstens sie darin einen Trost fand.

Er hatte es nicht fertiggebracht, den beiden Alten die genauen Umstände von Dorotheas Tod mitzuteilen. Ein unglücklicher Sturz, so hatte er den fassungslosen Eltern knapp erklärt, als er ihre tote Tochter nach seinem höllischen Ritt aus Glatt hierher vor den Altar der Kapelle gelegt hatte, ein

Unfall. Sie sei von einem durchgehenden Pferd abgeworfen worden und sofort tot gewesen. Es würde leichter für die beiden sein, wenn sie nicht genau wussten, was geschehen war, hatte er im Fieber dieser verzweifelten Stunden gedacht. Erst später war ihm aufgegangen, dass er damit eine Geschichte erzählt hatte, die niemanden zum Nachfragen veranlassen würde: warum er nicht darauf bestanden hatte, Dorothea aus der Burg Glatt fortzuschicken, als die Dinge sich dort zuspitzten; warum er nicht an ihrer Seite gewesen war in dem entscheidenden Moment, als sie ihn am meisten gebraucht hatte. Es war quälend genug, sich selbst diese Fragen zu stellen, immer und immer wieder.

Johannes betrachtete den Krug mit blassen Wildrosen, der vor ihm auf der Erde stand. Dorothea hätten sie gefallen. Sie hatte vorgehabt, in Glatt selbst ein kleines Gärtchen anzulegen und Kräuter und Blumen zu pflanzen, wenn nur Heinrich endlich seine Erlaubnis geben wollte. Er erinnerte sich, wie sie ihm die Augen zugehalten und ihn aufgefordert hatte, an den Blüten zu riechen, die sie für ihn gepflückt hatte, aufgeregt wie ein kleines Mädchen. Er war unglaublich schlecht darin gewesen, die Pflanzen am Duft zu erkennen, und sie hatte ihn ausgelacht, liebenswürdig und ein bisschen spitzbübisch. Einen Teil von sich selbst hatte er mit Dorothea unwiederbringlich verloren, das spürte er genau, einen Teil, der ihn besser gemacht hatte, als er eigentlich war. Hätte sie ihn überhaupt noch erkannt in dem finsteren, hasserfüllten Mann, der nach ihrem Tod aus ihm geworden war? Dabei war alles so sinnlos gewesen, was er seitdem getan hatte. Es hatte ihm keine Genugtuung verschafft, die Bauern unterliegen und die Landsknechte sengend und mordend durch das Bauernland ziehen zu sehen, es hatte ihm seine Ruhe und seinen Glauben nicht zurückgebracht. Im Gegenteil, mit jedem Tag war nur sein Widerwille gewachsen, gegen den Krieg, gegen Bauern und Adel und Himmel und Erde und nicht zuletzt gegen sich selbst.

«Und, Johannes? Was sagt dein Bruder?» Der alte Hardtwald war herangekommen und hatte sich neben ihn gestellt. Johannes streifte ihn mit einem kurzen Blick. Noch vor einem Jahr, noch bei der Hochzeit, wäre er nie auf den Gedanken gekommen, Dorotheas Vater alt zu nennen. Aber jetzt war er es.

«Heinrich ist dabei, seinen Besitz wieder zu ordnen. Er wird mit eisernem Besen kehren, so wie ich ihn kenne.»

«Ist denn viel zerstört worden?»

Johannes zuckte mit den Schultern. «Schon. Aber er wird es schaffen. Geld genug ist ja da.»

«Sicher ist er dankbar, wenn du ihn unterstützt.» Hardtwald bückte sich, um ein paar Zweige wegzunehmen, die der Wind auf das Grab geweht hatte. «Wann wirst du zurückreiten?»

«Ich gehe nicht nach Glatt zurück», versetzte Johannes knapp. Der Alte sah ihn überrascht an.

«Dann bleibst du bei deinem Fähnlein in Horb? Will der Truchsess dich nicht ziehen lassen?»

«Nein, das auch nicht. Ich habe mich entschlossen, mich in Rottenburg niederzulassen.»

«Rottenburg, so. Ist eine ganz passable Stadt, aber ich mag die Habsburger nicht, die sich dort festgesetzt haben.» Etwas von seinem früheren Temperament und Kampfgeist glomm in Hardtwalds Augen auf. «Was soll schon aus einer Gegend werden, die aus Hunderten von Meilen Entfernung regiert wird? Die Innsbrucker haben doch keine Ahnung davon, wie es hier am Neckar aussieht, und dieser Graf Joachim –» Er blies verächtlich die Backen auf und brach ab. Johannes nickte. Jeder wusste, dass Graf Joachim von Zollern, den der Habsburger Ferdinand zur Verwaltung seiner Besitztümer in Vorderösterreich eingesetzt hatte, zwar ein frommer Kirchgänger, aber gleichzeitig ein allzu bequemer und unfähiger Regent war, der sich im Zweifel lieber auf die königlichen Räte in Innsbruck verließ, anstatt selbst eine Entscheidung zu treffen und tätig zu werden.

«Ich bin sicher, gerade deshalb wird sich für mich eine Stellung finden», sagte Johannes langsam. «Graf Joachim scheint doch einen großen Bedarf an Ratgebern zu haben.»

«Das kannst du wohl sagen! Vor allem jetzt, in diesen schwierigen Zeiten. Das Bauernpack weiß inzwischen zwar wieder, wo sein Platz ist, aber diese Lutherei ist einfach nicht totzukriegen.» Hardtwald stampfte entrüstet mit dem Fuß auf. Natürlich, er und seine ganze Familie waren treue Anhänger des alten Glaubens, der ihnen offenbar gerade jetzt Kraft und Hilfe schenkte. Noch am selben Tag, als er seine tote Tochter zum letzten Mal in den Armen gehalten hatte, war Graf Froben von Hardtwald zum Kloster Kirchberg geritten und hatte für fünfzig Gulden Seelmessen bestellt. Es war so tröstlich, dass er noch etwas für sein Kind tun konnte. Die Gebete der Schwestern würden Dorotheas Aufenthalt im Fegefeuer verkürzen. Undenkbar, sich diesen Trost von einem Martin Luther stehlen zu lassen!

Johannes vermied es, seinen Schwiegervater anzusehen.

«Ich dachte, Luther hätte an Rückhalt verloren, als er seine Schrift gegen die Bauern veröffentlicht hat», sagte er. Was für eine Genugtuung hatte die adligen Herren des Schwäbischen Bundes beim Lesen dieser Zeilen des abtrünnigen Mönchs erfüllt: *Wider die räuberischen und mörderischen Rotten der Bauern ... nichts Giftigers, Schädlichers, Teuflischers kann sein denn ein aufruhrischer Mensch, gleich als wenn man einen tollen Hund totschlagen muss: Schlägst du nicht, so schlägt er dich und ein ganz Land mit dir ...*

«Beim Landvolk, das ja. Aber in einer Stadt wie Rottenburg stehen sie immer noch frech auf den Kanzeln und verkündigen ihre Ketzerei, als ob nichts gewesen wäre! Und wie ich gehört habe, sollen die Kirchen voll sein bis zum letzten Platz!» Die Augen in Hardtwalds faltigem Gesicht funkelten erregt. «Ich sag dir was: Wir hätten den Truchsessen mit seinen Söldnern nicht ziehen lassen dürfen! Als sie fertig waren mit den Bauern, hätten sie gleich mit diesem Pack weitermachen sollen. Ausrotten mit Stumpf und Stiel, das ist das Einzige, was hilft!» Erschöpft hielt er inne, und Johannes nickte vage. Dorothea hatte alle Schriften Luthers gelesen, die sie bekommen konnte. Sie war beeindruckt gewesen von der Standhaftigkeit und dem Mut, mit dem der ehemalige Mönch selbst dem Kaiser die Stirn geboten hatte. Aber das war nichts, was er dem trauernden Alten sagen würde. Stattdessen räusperte er sich.

«Vielleicht könntet Ihr mir ein Empfehlungsschreiben für Graf Joachim mitgeben? Es würde mir den Anfang in Rottenburg sicherlich erleichtern.»

«Kennt denn dein Bruder den Zollern nicht viel besser? Sein Wort hat wahrscheinlich in Hohenberg wesentlich mehr Gewicht als meins!»

«Möglich ... aber ich wollte Heinrich nicht darum bitten.»

Hardtwald zog überrascht die Augenbrauen hoch, aber ein Blick auf Johannes' verschlossenes Gesicht ließ ihn auf weitere Fragen verzichten.

«Gut, wenn es dir weiterhilft ... ich setz dir etwas auf.»

Keinen Augenblick gab es am Tag, an dem Barbara nicht an das Kind dachte, das in ihrem Leib wuchs, auch nicht, als sie ein paar Tage nach dem vergeblichen Abtreibungsversuch mit der Arbeit im Frauenhaus beginnen musste. Irmel, die die Einkäufe stets selbst erledigte, hasste es zu kochen, und so war das die erste Aufgabe, die sie Barbara übertrug. Es war ein großer Haushalt: Außer dem Wirtspaar und ihr selbst lebten ständig drei Frauen hier, und wenn Gäste am frühen Abend kamen, dann wollten sie neben Wein und Bier auch etwas zu essen vorgesetzt bekommen. Es gab nicht nur einen Grund, um das Frauenhaus zu besuchen. Viele Männer kamen einfach auch nur, um noch in angenehmer Gesellschaft einen Becher oder zwei zu trinken und die Würfel rollen zu lassen, und die Mädchen setzten sich gern dazu, wenn sie freigehalten wurden.

«Sieh nur zu, dass die Becher nicht leer werden», pflegte Kilian zu sagen, der den Schankraum beaufsichtigte, und Barbara machte mit ihrem Tablett die Runde, nahm Bestellungen auf und brachte Bier und Wein, während die Huren den Männern auf dem Schoß saßen und ihnen ins Ohr gurrten. Schon nach kurzer Zeit kannte sie die meisten regelmäßigen Besucher mit Namen. Es waren zum größten Teil Gesellen aus der Stadt, die noch Jahre harter Arbeit vor sich hatten, bis sie endlich so viel Besitz erwirtschaftet haben würden, dass es zu einer Eheschließung reichte – wenn es überhaupt einmal so weit kam. Manche dieser Burschen verbrachten jeden Abend hier, an dem geöffnet war.

«Kein Wunder», kicherte Mali, eines der Mädchen. Sie arbeitete schon seit ein paar Jahren hier und erinnerte Barbara trotz ihrer dunklen Haare sehr an Gunda Spaichin. «Schau dir die Löcher an, in denen sie hausen! Da würd ich auch keine Stunde mehr zubringen wollen als nötig.» Sie zupfte den jungen Schreiner, der seinen Blick nicht von ihrem üppigen Ausschnitt lösen konnte, am Ohrläppchen, drückte sich an ihn und strich mit der Hand wie unabsichtlich über seinen Schritt, bis dem Burschen der Schweiß auf die Stirn trat. «Na, wie steht's bei dir, Walther? Hast du heute genug Kleingeld dabei, um das Tier mit den vier

Beinen zu machen? Dir platzt ja fast schon die Hose.» Barbara wandte sich ab. Walther hatte nie genug Kleingeld dabei, das wusste sie, aber Mali hatte ihren Spaß daran, ihn so lange zu reizen, bis er schimpfend das Haus verließ. Sie wusste ja, dass er am nächsten Tag wiederkommen würde, mit hungrigen Augen und nicht mehr als den paar mickrigen Kupfermünzen, die für einen kleinen Rausch reichten.

Neben dem allgemeinen Schankraum, in dem die Mädchen auf ihre Kunden warteten, gab es noch eine Nebenkammer. Hierher gelangte man über eine versteckte Hintertür, und Kilian selbst war es, der auf ein bestimmtes Klopfzeichen hin öffnete. Der Nebenraum war einer besonderen Gruppe vorbehalten.

«Weißt du, Barbara», hatte ihr der Wirt erklärt, «wenn wir nur die Männer hereinlassen würden, die von Rechts wegen kommen dürfen, dann könnten wir unseren Laden dichtmachen. Also bieten wir ihnen die Möglichkeit, so zu kommen, dass die anderen Leute sie nicht sehen.» Tatsächlich war das Frauenhaus nur für unverheiratete Männer gedacht; Verheirateten und Klerikern war der Besuch verboten, Juden sowieso.

«Wie das so mit Verboten ist.» Kilian machte sich deshalb keine Sorgen. «Die halbe Stadt kommt hierher, ach was: fast alle! Wollen die sich etwa gegenseitig anzeigen? Sicher nicht. Aber trotzdem will es keiner an die große Glocke hängen, wenn er seine Sichel gelegentlich mal woanders putzt.» Er zeigte ihr die Ratsherren, die immer dienstags nach ihrer Sitzung kamen, die Adligen, die hier in der habsburgischen Verwaltungsstadt ihr Wohnhaus hatten, und mehrere Geistliche, die sich erst nach Einbruch der Nacht herwagten.

«Im Sommer haben die's schwer», grinste Kilian anzüglich, als er gerade wieder einen Vermummten eingelassen hatte. «Wo's erst so spät dunkel wird! Das war jetzt übrigens ein Kaplan von Sankt Martin. Hockt schon seit Jahren auf einer winzigen Pfründe und wartet auf eine Gelegenheit, seit er seine Schule zumachen musste – ein lausiger Geschäftsmann, der Gute. Aber geizig für zwei, der alte Bock.» Barbara hatte nur mit halbem Ohr zugehört. Nach einem ganzen Tag voller Lauferei konnte sie nur noch daran denken, wie gut es sein würde, endlich im Bett zu liegen. Ihre Schwangerschaft war inzwischen nicht mehr zu übersehen; nach ihrer Rechnung waren es noch acht, zehn Wochen bis zur Entbindung, und sie brauchte nur einmal die Stiege hochzusteigen, um außer Atem zu kommen. Mit einem Ruck stellte sie ihr hochbeladenes Tablett auf den Küchentisch.

«Er hatte eine Schule? Hier in Rottenburg?» Kilian nickte.

«Sicher. Ist schon ein paar Jahre her. Am Anfang ging's noch ganz gut, aber dann konnte er mit der städtischen Lateinschule nicht mehr mithalten.» War es möglich? Aber viele Schulen konnte es in Rottenburg vor zehn Jahren nicht gegeben haben.

«Und sein Name ist –?»

«Melchior Wannenmacher. Der schöne Melchior! Frag nur die Gesche, die kennt ihn gut. Überaus gut!» Er kicherte. «Du bist ja sehr interessiert, Mädchen! Meinst du, du kannst ihn dir an Land ziehen, wenn der dicke Bauch erst mal weg ist?»

Melchior Wannenmacher, der Magister. Konnte das wirklich sein? Von dem sie als kleines Mädchen gewünscht, ja fest geglaubt hatte, dass er ihr Vater sein müsste. Der ihr Lesen und Schreiben beigebracht, sie auf seinen Schoß gesetzt und ihr alberne Geschichten ins Ohr geflüstert hatte. Sie meinte noch seine wohlklingende Stimme zu hören. Der sie an die Luft gesetzt hatte, als Gertrud wieder schwanger geworden war, mit einem Handgeld von dreißig Gulden. Der schöne Melchior.

«... der wird nicht heiraten so wie die reformierten Pfaffen, schlag dir das aus dem Kopf! Der hat ganz andere Pläne. Seit sie das neue Evangelium predigen da an seiner Kirche, hat er sich ganz den Papisten verschrieben. Wenn er nicht gerade hier ist und mit der Gesche Gottesdienst feiert. Er weiß ja so gut wie ich, dass die Habsburger felsenfest zum alten Glauben stehen! Rechnet damit, dass die Habsburger ihm die Hauptpfründe zuschanzen, wenn sie den Pfarrer Schedlin irgendwann zu seinen Lutheranern in die Wüste schicken.» Kilian nahm einen der Krüge und trank einen Schluck ab, bevor er ihn auf das Tablett zurückstellte. «Mach sie nicht so voll, Barbara. Wir wollen schließlich noch was daran verdienen.»

«Und er kommt regelmäßig her? Ein Kaplan?»

«O ja, das tut er. Ganz regelmäßig. Und ich sag dir was: Wenn die Gesche mal 'nen schlechten Tag hätte und auf dem Markt rumerzählen würde, was sie so alles mit ihm erlebt hat, dann könnte er sein Bündel packen und auf der Alb Schafe hüten. Er ist ein ganz besonderer Kunde, weißt du? Mit ganz besonderen Wünschen. Aber jeder so, wie's ihm gefällt! Andere lassen sich jede Woche in der Kneipe das Fell gerben.» Er drückte ihr das Tablett wieder in die Hände und gab ihr einen Klaps auf den Hintern.

«Los, mein Täubchen. Die Herren sind durstig. Und vielleicht braucht der schöne Melchior ja auch noch einen Schluck, bevor er hochkommt. Die Stiege, meine ich.» Barbara hörte ihn noch lachen, während sie schon auf den Tisch im Nebenraum zusteuerte, an dem der Besucher Platz genommen hatte. Wäre sie nicht durch Kilian vorbereitet gewesen, dann hätte sie sich wohl vergeblich gefragt, woher ihr das Gesicht vertraut war, aber so brauchte sie nur einen einzigen Blick, um ihn wiederzuerkennen. Älter natürlich, grauer, ein wenig schlaff, aber ohne Zweifel der Magister, dem ihre Mutter jahrelang das Haus geführt und das Bett gewärmt hatte.

«Und? Ist Gesche noch nicht frei?» Er sah sie missmutig an. Ganz offensichtlich hatte er keine Ahnung, wer ihm gegenüberstand. Natürlich, sie war ja noch ein Kind gewesen, als er sie zuletzt gesehen hatte.

«Grüß Gott, Magister», sagte sie und stellte ihm seinen Becher hin. Überrascht sah er auf.

«Magister? Das ist wohl schon lange vorbei, mein Kind. Und jetzt sei so lieb und frag die Gesche –» Er brach ab und runzelte die Stirn. Seine Augen waren noch genauso klar und blau, wie Barbara sie in Erinnerung hatte.

«Irgendwoher kenne ich dich», murmelte er verunsichert. «Bist du schon lange hier im Haus? Hast du vorher» – er deutete mit dem Kopf auf ihren Bauch – «vielleicht oben gearbeitet? Bevor die Mali da war?»

«Nein. Aber wir kennen uns von früher, das ist richtig.»

«Dann in einem anderen Haus vielleicht? In Horb oder in Tübingen? Oder –»

«Nein. Sicher nicht.»

Er zog ein braunes Seidenband aus seiner Tasche, vielleicht ein Geschenk, das er eigentlich seiner Lieblingshure zugedacht hatte, und hielt es ihr hin.

«Hier», sagte er nachlässig. «Für dich, wenn du mir dein Geheimnis verrätst, meine Hübsche. Und vielleicht kommen wir später ja noch ein bisschen näher zusammen.» Er streckte seine andere Hand nach ihrem Oberschenkel aus und versuchte sie näher zu sich heranzuziehen.

«Ich bin Barbara», sagte Barbara kühl. «Die Tochter von Gertrud Spaichin.» Er zuckte zurück, als hätte sie ihn gebissen. Seine Lippen glitten erstaunt auseinander.

«Barbara! Ich hab dich gar nicht erkannt! Ich – aber setz dich doch zu mir.» Er deutete auf den freien Stuhl, und zögernd ließ sie sich nieder. Er beugte sich vertraulich vor. «Du darfst nicht denken, dass ich –»

Er saß vor ihr wie ein ertappter Hühnerdieb.

«Und – Mädchen, aber dann erzähl doch mal! Was machst du überhaupt hier, in – in so einem Haus?» Sie ließ einen Augenblick verstreichen. Die Frage hing noch in der Luft, und er versuchte sein Erröten hinter seinem Schnupftuch zu verstecken.

«Ich meinte –»

«Ich arbeite hier, als Hausmagd. Bis das Kind auf die Welt kommt.»

«Ach so. Ja.» Er machte einen neuen Anlauf. «Und was macht Gertrud, sag mal? Geht's ihr gut?» Das also war der Magister, ein Mann, den sie verehrt, den sie als Kind geliebt hatte. War er immer schon so gewesen, oder hatten die Jahre ihn verändert? War er schon so gewesen, als er noch in seiner Schule auf- und abmarschiert war, den Rohrstock in der Hand, und zusammen mit seinen Schülern das Paternoster gesprochen hatte? War er so gewesen, als er sich ihre Mutter ins Haus geholt hatte, eine junge Frau mit einem unehelichen Kind in einer fremden Stadt, die niemanden hatte, der sich um sie kümmerte? Der sie vor den gierigen Fingern ihres Hausherrn beschützen konnte? Hatte er damals schon diese besonderen Wünsche gehabt, die Gesche so gut zu befriedigen wusste?

«Meine Mutter lebt immer noch in Glatt», antwortete sie schließlich. «Ich habe sie seit Monaten nicht gesehen, aber zuletzt ging es ihr nicht besonders gut. Unser Dorf ist von den Unruhen hart getroffen worden, und ich weiß nicht einmal, ob sie noch ein Dach über dem Kopf hat.» Plötzlich wurde sie von einer ungeheuren Wut erfasst. «Jahrelang haben wir in einer erbärmlichen Kammer gehaust und waren abhängig von der Gnade eines betrunkenen Schlägers, nachdem du uns rausgeworfen hattest», zischte sie. «Das Kind – dein Kind! – ist nicht mal zwei Jahre alt geworden. Soll ich dir erzählen, wie es gestorben ist, ja? Soll ich es dir erzählen?»

«Barbara, du bist ungerecht!» Wannenmacher richtete sich auf und schielte zur Tür hinüber, aber niemand kam, um dem Gespräch ein Ende zu machen. «Du weißt doch selbst gut, dass ich euch nicht weiter bei mir behalten konnte! Und ich habe deiner Mutter Geld gegeben, viel Geld, dreißig Gulden!»

«Da hast du's hier natürlich billiger. Ich verstehe nicht, warum du nicht gleich diesen Weg gewählt hast. Du hättest viel Geld sparen können.»

«Versteh mich doch ... ich habe dein Mutter gerngehabt, wirklich gern! Ich hätte alles für sie getan, was ich konnte, aber ich war in einer Lage, in der es nicht mehr anders ging!» Er sah sie flehend an. «Ich konnte nichts anderes für euch tun!»

«Aber jetzt kannst du es.» Der Gedanke war ihr von irgendwoher zugeflogen. «Du kannst mir jetzt helfen. Ich brauche zehn Gulden und eine Stellung, wenn das Kind geboren ist.»

«Aber, Barbara! Schau mich an, wo soll ich denn jetzt so viel Geld hernehmen? Frag den Kilian, frag die Irmel, du kannst fragen, wen du willst, sie werden dir alle sagen, dass ich nur eine schlechte kleine Pfründe an Sankt Martin habe, die mir selbst kaum zum Leben ausreicht ...»

«Dann musst du einen anderen Weg finden. Es ist ja noch etwas Zeit, rund zwei Monate.»

«Bei aller Liebe, Barbara! Siehst du nicht, dass ich einfach nicht kann? Hier!» Dramatisch zog er seinen Geldbeutel heraus und leerte ihn auf dem Tisch aus: Ein paar Schillinge kullerten heraus.

«Für die Gesche reicht es ja auch», stellte Barbara fest. Es gab keinen Grund, barmherzig zu sein. «Ich brauche das Geld und die Stelle, und du wirst sie mir besorgen.» Er strich das Geld wieder ein. Obwohl er sich bemühte, das Zittern seiner Finger zu verbergen, fiel ihm doch eine Münze auf den Boden.

«Nein. Es tut mir leid, aber es geht nicht. Nein.»

«Gut.» Barbara stand auf. «Dann gehe ich jetzt hinüber in die Schankstube und erzähle allen, dass du jede Woche hier auftauchst und zu welchem Zweck. Und morgen gehe ich auf den Markt und tue dort das Gleiche.»

«Das tust du nicht!»

«Wie willst du mich daran hindern?» Er griff nach ihren Handgelenken und hielt sie fest. Seine Hände waren schweißnass.

«Keiner wird dir glauben, keiner! Das Wort einer Hure und Kneipenbedienung gegen das eines Gottesmannes!» Seine Stimme kippte. Barbara machte sich los.

«Lass es darauf ankommen, Magister», sagte sie. «Ich habe nichts zu verlieren.» Er starrte sie einen Augenblick lang wortlos an, dann lehnte er sich auf der Bank zurück und strich sich mit der Hand über die Augen.

«Ich werd's versuchen», sagte er heiser. «Aber ich vergesse es nicht. Das wird dir noch leidtun.»

«Ich glaube nicht.» Sie nahm ihr Tablett, und als sie sich im Rausgehen noch einmal umschaute, sah sie ihn zusammengesunken dasitzen, wie er seine ausgestreckten Hände betrachtete, als gehörten sie nicht zu ihm.

3

Bis zu den Hüften standen die Flößer im Wasser, während sie die Stämme zusammenbanden, und trotz seiner hohen Stiefel fror Simon erbärmlich. Auf den kleinen Schwarzwaldbächen durfte auch im Winter geflößt werden, solange sie nicht zugefroren waren, und die Flößer nutzten jeden Tag. Wochen hatten sie damit verbracht, die Wieden herzustellen, mit denen sie die Hölzer verbanden, hatten junge Weiden und Tannen aus dem Wald geholt, die Zweige im Ofen biegsam gemacht und dann mit dem Wiedbengel gedreht. Das war besser als jedes Seil, versicherten sie Simon, der sich mit doppelter Kraft mühen musste, seine Wieden zu bändigen. Niemals würde er in diesem Gewerbe dieselbe Fertigkeit erlangen wie die Schwarzwälder selbst, die mit der Flößerei anfingen, sobald sie laufen konnten. Er musste froh sein, dass sie ihn überhaupt aufgenommen hatten. Für gewöhnlich konnte keiner als Floßknecht dienen, der nicht verheiratet und am Anfang des Jahres eingeschworen war, aber in diesem Jahr war nichts wie gewöhnlich. Zu hoch war der Blutzoll gewesen, den die Flößerdörfer in Böblingen entrichtet hatten, und ohne Hilfskräfte wäre nur ein Bruchteil des benötigten Holzes in die großen Städte am Neckar, am Rhein und in Holland gelangt.

«Ich bürge für ihn», hatte Asmus' Vater erklärt und Simon feierlich die Hand auf die Schulter gelegt. «Der Simon Breitwieser ist ein ehrlicher Mann, gottesfürchtig und fleißig. Er wird seinen Floßmeister nicht bestehlen und die Flößerordnung achten, wie's bei uns Brauch ist.» Er war nur ein kleiner Schwarzwaldbauer mit einem halben Dutzend Ziegen und einer Kuh im Stall und konnte weiß Gott keinen Knecht mehr brauchen, aber sein Wort galt viel, und mit einem kräftigen Handschlag nahm einer der Floßmeister Simon in seine Mannschaft auf, ohne groß nach Herkunft und Erfahrung zu fragen. An diesem Abend war er zum ersten Mal seit Monaten ruhig eingeschlafen, ohne von jedem unbekannten Geräusch wieder aufgeschreckt zu werden. Hier fühlte er sich einigermaßen sicher. Der Schwäbische Bund war weitergezogen nach Franken. Kein Landsknecht würde sich in diese unwirtliche Gegend verirren, wo es doch anderswo noch so viel zu tun gab.

Sie hatten mehrere Wochen gebraucht, bis sie endlich hier angekommen waren, hatten einen riesigen Bogen nach Osten und Süden geschlagen, bis weit ins Bayrische hinein, um den Landsknechten aus dem Weg zu gehen, und als sie endlich in Asmus' Heimatdorf angekommen waren, abgerissen, ausgehungert und schmutzig, hatte dessen Vater ihn erst gar nicht erkannt und den Hund auf sie gehetzt. Der arme Vinto hatte einen bösen Biss ins Bein abbekommen, bevor Asmus den Alten überzeugen konnte.

«Ein Landsknecht?», hatte der Alte gemurmelt und Simon abschätzig und mit zusammengekniffenen Augen gemustert. «Kann nicht sagen, dass Landsknechte gern bei uns gesehen sind, weiß Gott nicht. Plündern einen erst aus bis aufs Blut und zünden einem dann das Dach über dem Kopf an. Sieh nur zu, dass du dir nichts zuschulden kommen lässt.» Aber die Dankbarkeit dem Fremden gegenüber, der ihm den verlorenen Sohn zurückgebracht hatte, war doch groß genug, dass er ihm nicht gleich wieder die Tür wies und ihm Arbeit bei den Flößern besorgte.

Nachdem sie ausreichend Wieden angefertigt hatten, zogen die Flößer in den Wald, um das Holz zu holen. Auf hölzernen Rutschen ließen sie die geschlagenen und entasteten Stämme die steilen Hänge hinunterschießen bis zum nächsten Bach, wo sie ins Wasser gerollt wurden. Die

Strömung brachte sie bis zu einer Art Wehr, und dort, im aufgestauten eiskalten Wasser, standen die Männer und banden die Gestöre zusammen.

«Wer noch alle zehn Finger hat, kann kein Flößer sein!», grinste einer der älteren Knechte zu Simon herüber und hob seine verkrüppelte linke Hand in die Höhe, mit der er trotzdem noch geschickt die Wieden durch die vorgebohrten Löcher flechten konnte. «Du quetschst sie dir ab, oder sie erfrieren dir im Wasser.»

«Mir erfriert gleich ganz was anderes», knurrte Simon. Unterhalb der Hüften schien ihm sein ganzer Körper gefühllos zu sein. «Habt ihr keine Angst, dass euch der Nachwuchs ausgeht?» Die Männer lachten gutmütig.

«Wir dachten, du hast so viel Feuer im Schwanz, dass du uns damit im Winter 'ne Fahrrinne ins Eis schmelzen kannst!»

«Na ja ...» Simon grinste geschmeichelt. Vielleicht hatte er den Flößern abends am Lagerfeuer seine Abenteuer bei den Landsknechten ja etwas zu üppig ausgemalt, um sie zu beeindrucken. Aber mehr Erfahrung als diese Wassermänner hatte er allemal, wenn er auch längst nicht mit Georg mithalten konnte, der sich rühmte, jedes Hurenhaus zwischen Augsburg und Neapel zu kennen. Georg, der ihn fast zur Strecke gebracht hätte. Hoffentlich würde er ihm nie wieder über den Weg laufen.

«... aber wir haben auch nicht bloß Wasser in den Adern. Wart's nur ab, wenn wir erst richtig auf Fahrt sind! Ich sag's dir. Die Mädchen stehen schon am Ufer und winken und können's gar nicht abwarten, dass wir unser Floß festmachen. Mittendrin natürlich. Wo's warm und gemütlich ist.» Der Flößer steckte sich zwei Finger in den Mund und stieß einen schrillen Pfiff aus, und die anderen antworteten genauso. Jeder Pfiff hatte eine besondere Bedeutung. So konnten sie sich von Floß zu Floß verständigen, ohne dass ein Außenstehender wusste, worum es ging. Simon wandte sich wieder seinen Hölzern zu. Auch er verstand nichts. Die Flößer waren eine verschworene Gemeinschaft. Sie ließen einen vielleicht mitarbeiten für ein, zwei Jahre, aber ihre Geheimnisse verrieten sie nicht.

Zwanzig Gestöre banden sie zu einem großen Floß zusammen. Das erste Gestör war so zugerichtet, dass die Hölzer vorn eine Spitze bildeten.

«Ist besser zu steuern so», erklärte der Meister, der selbst diese Aufgabe übernahm. Aber auch am Ende und in der Mitte des Floßes standen Knechte mit langen Stangen, um das Floß in der Fahrrinne zu halten und durch die Floßgänge der Wehre zu leiten. Simon als Unerfahrenster hatte die Aufgabe, am Ufer entlangzulaufen, die Wehre zu öffnen und Hindernisse aus der Fahrrinne zu entfernen. Oft genug aber musste das Floß mit einem großen beweglichen Holzkeil gebremst und verankert werden, um die Bäche frei zu räumen und genügend Wasser anzustauen, damit sie nicht auf Grund liefen.

Simon zerrte sich die langen Stiefel von den Beinen und kippte das Wasser aus, das sich darin gesammelt hatte. Den ganzen Tag heute hatte er im Wasser gestanden und das Bruchholz ausgeräumt, das sich nach dem letzten Sturm an den Wehren gesammelt und dort verkeilt hatte, sodass es für die Flöße kein Durchkommen gab. Er war froh, dass die frühe Dunkelheit der Arbeit endlich ein Ende gesetzt hatte, und sah ungeduldig dem älteren Floßknecht zu, der Mühe hatte, mit dem feuchten Holz ein Feuer in Gang zu bringen. Sie saßen auf dem größten Floß, auf dem sie auch ihren Unterstand hatten, kochten und schliefen, und die Männer ließen die erste Flasche kreisen.

«Verflucht, ist mir kalt! Ich glaub, seit wir losgefahren sind, hab ich keinen trockenen Faden mehr am Leib gehabt.»

«Du gewöhnst dich dran, Junge, glaub mir. 'n echter Flößer, der kann überhaupt nicht schlafen, wenn er nicht was Nasses um sich rum spürt. Der würd' am liebsten im Wasser pennen.» Der Floßmeister grinste ermutigend und hielt ihm die Flasche hin, aber Simon schüttelte den Kopf.

«Ein echter Flößer wird aus mir sowieso nicht mehr.» Er nahm einen Schluck und reichte die Flasche weiter: dünner Wein, der kaum ausreichte, einem auch nur den Magen warm zu machen. Das Feuer knisterte leise. Er hockte sich davor, massierte seine eisigen Zehen und pfiff. Vinto kam von irgendwoher auf ihn zugesaust, schnupperte kurz an seinen Händen und legte sich dann auf seine nackten Füße wie eine warme Decke. Die Flößer lachten.

«Wie machst du das bloß, Breitwieser? Der Köter betet dich an!» Simon grinste.

«Wenigstens einer.» Mit geübten Bewegungen schob der Floßmeister das Dreibein über die Flammen und stellte den Suppenkessel darauf, dann kniff er ein Auge zu und zwinkerte zu Simon hinüber.

«Und, Junge? Was willst du machen, wenn wir übermorgen an deinem Glatt vorbeikommen? Hast du nicht noch ein Liebchen da sitzen, dem du das Herz gebrochen hast?» Simon schob seine Hände in das weiche Hundefell. Er konnte spüren, wie Vintos Herz gegen seine Fingerspitzen schlug. Ein Liebchen. Er zwang sich, leichthin zu antworten.

«Und wennschon! Wenn's so war, dann hab ich's lang vergessen. Was sind schon die Weiber hier, verglichen mit euren Schwarzwälder Mädchen!» Ein paar von den Männern lachten zustimmend.

«Aber zwei Jahre, das ist 'ne verdammt lange Zeit», setzte

der Flößer wieder an. «Wenn ich du wär, dann würd ich einfach zur Tür hereinspazieren und sagen: He, ich bin wieder da!»

Der Floßmeister beugte sich vor und rührte in seinem Topf. Simon beobachtete ihn unter gesenkten Lidern. Für den Alten war das Leben einfach: Da waren die Flößerei und seine Mannschaft, sein Dorf und seine Familie, und überall hatte er seinen angestammten Platz, wusste, wo er hingehörte und was er zu sagen hatte. Wenn das Geschäft gut lief, war er zufrieden, wenn es schlecht lief, schimpfte er vor sich hin und wartete auf bessere Zeiten, und das Schlimmste, das er je erlebt hatte, war, als ein Junge von seinem Floß gestürzt und im Neckar ertrunken war, ohne dass er ihm hatte helfen können. Noch heute, erzählte der alte Floßmeister treuherzig, zündete er an jedem Sonntag eine Kerze für den Verunglückten an, wenn er zu Hause in seinem Dorf war.

«Ja, zwei Jahre sind lang.» Hoffentlich war noch genug in der Flasche, wenn sie erst wieder bei ihm ankam. Er hätte trinken können bis zur Besinnungslosigkeit.

«Ich denk, dein Bruder wird ganz froh sein, wenn du wieder da bist. Fehlen doch jetzt überall Leute, die auf den Feldern schaffen und in den Weinbergen. Du hast's doch selbst gehört.»

«Froh? Da würd ich keinen halben Kupferpfennig drauf wetten. Wir haben uns nicht gut verstanden, mein Bruder und ich. Haben immer viel Streit gehabt. Ich glaub nicht, dass er sich geändert hat.»

«Aber du, Breitwieser! Du hast dich geändert! Bist schließlich ein Flößer geworden! Jetzt weißt du immerhin, was ein richtiger Mann ist!» Die anderen lachten zustimmend. Die Muskeln der Flößer waren so hart wie das Holz, das sie den Neckar herunterbrachten. Wenn sie in einem

Dorf zusammen auftraten, oder in einer Stadt, dann gab es so schnell niemanden, der mit ihnen einen Streit angefangen hätte.

«Also, Breitwieser! Marschier einfach in die gute Stube rein und mach ein freundliches Gesicht, und schlimmstenfalls» – der Alte beugte sich verschmitzt vor –, «schlimmstenfalls schwimmst du uns hinterher.»

«Ja», sagte Simon. Er setzte die Flasche an die Lippen und schloss die Augen. Nein, er würde nicht zuerst nach Hause gehen. Andres sollte nicht denken, er würde ihn darum bitten, dass er bleiben könnte. Das zuallerletzt. Er würde sich in die Schänke setzen und hören, was die anderen erzählten. Dann würde er entscheiden.

«Simon Breitwieser! Na, da schau an!» Nur zwei Männer sahen überrascht auf, als er am späten Nachmittag die Dorfschänke betrat: der alte Spaich natürlich und der Kresspacher. Sie saßen an einem Tisch in der Ecke und rückten zusammen, um für den Neuankömmling Platz zu machen.

«Da schau an! He, Konrad! Bring mal 'nen Becher für den jungen Breitwieser! Ist mein Gast heute!» Spaich winkte zu dem Wirt hinüber. «Seltener Gast. Haben dich lange nicht mehr gesehen hier.»

«Zwei Jahre.» Simon schob sich auf die Wandbank. «Vor knapp zwei Jahren bin ich weg. Und heute bin ich mit den Flößern gekommen.»

«Mit den Flößern, so. Bist also ein Flößer geworden. Hab sie gesehen heute, wie sie durchgefahren sind.»

«Ja, die anderen wollen noch ein Stück weiterfahren, aber ich dachte –»

«Stört's dich nicht, so ein Leben ewig mit nassen Füßen?» Balthes streckte seine eigenen Füße vor und kicherte. Selbst in dem schummrigen Licht der Schänke hatte seine Haut einen ungesunden, fahlen Schimmer. «Kriegst irgendwann Schwimmhäute zwischen den Zehen, hab ich mir sagen lassen.»

«So weit ist es noch nicht.» Der Wirt stellte einen Becher Wein vor Simon auf den Tisch. Eine fette Fliege schwamm darin herum, und er fischte sie heraus.

«Ist sicher 'ne ganze Menge passiert hier in der Zeit, wo ich nicht da war», sagte er schließlich. Der Kresspacher blickte hoch.

«'ne ganze Menge, das kannst du wohl sagen. Hier und auch sonst.»

«Ja, das kannst du sicher auch nicht erwarten. Zwei Jahre durch die Welt stromern und dann, wenn du zurückkommst, ist alles noch so, wie's immer gewesen ist», setzte Spaich hinzu. «'n Kind würd das nicht glauben, nicht mal 'n Kind. Und unser Simon ist kein Kind mehr, was, Junge?» Er hob seinen Becher und prostete Simon zu.

«Nein. Bestimmt nicht.»

«Hast selbst 'ne Menge gesehen, seit du weg bist, stimmt's?» Spaich schaukelte mit seinem Hocker vor und zurück. Bevor Simon ihm antworten konnte, stellte der Kresspacher seinen Becher auf den Tisch, sodass der Wein herausschwappte.

«Du bist doch bei den Landsknechten, hab ich gehört, oder?»

«Nicht mehr, Hans. Lang schon nicht mehr.»

«Dann ist es gut. Mit einem von denen würd ich keinen Becher leer machen wollen. Hurensöhne sind das alles, sag ich dir. Gottloses Schlägerpack, das für einen Gulden dem lieben Gott selbst die Kehle durchschneiden würde.»

«Ich hab oft daran gedacht, wie's hier bei euch wohl zugegangen ist während des Aufruhrs», sagte Simon leise. «Der Andres war sicher als Erster mit dabei.» Spaich nickte.

«Hätt'st ihn sehen sollen, deinen Bruder! Der geborene Anführer, hab ich gesagt, stimmt's, Kresspacher? Ich hab's gesagt! Der geborene Anführer! War der Erste beim Sturm auf die Burg und derjenige, der dem Mayer die Waffen übergeben hat, du weißt doch, dem Mayer aus dem Schwarzwald?»

«Ihr habt die Burg gestürmt?»

«Leise, Mann! Vielleicht steht ja der Vogt vor der Tür. 's waren natürlich eher die jungen Leute, aber ja, sie haben die Burg gestürmt, der Andres vorneweg.»

«Dafür hat ihn der Renschacher sicher zahlen lassen.» Die beiden Bauern tauschten einen unverständlichen Blick.

«Weißt du es denn gar nicht?», fragte endlich der Kresspacher.

«Was? Was soll ich wissen?»

«Also dein Bruder, der Andres ... Wir sind zusammen mit den Schwarzwäldern gezogen, den Neckar runter. Ich war auch dabei, der Andres, ein paar andere. Und die Barbara.»

«Barbara», murmelte Simon, als hätte er den Namen noch nie gehört. Der Kresspacher legte ihm die Hand auf den Arm.

«Simon, dein Bruder ist aus Böblingen nicht mehr zurückgekommen.» Die Schankstube begann zu schwanken, so wie die Flöße, wenn sie in unruhiges Wasser kamen. Er hielt sich mit beiden Händen an der Tischkante fest.

«... es sind so viele von uns dort erschlagen worden, ich kann's gar nicht sagen, so viele waren das. Wenn der liebe Herrgott nicht seine Hand über mich gehalten hätte, dann wär ich auch dabei gewesen.»

Andres war in Böblingen erschlagen worden, vielleicht nur wenige Schritte von ihm entfernt. Er war einer der Bauern gewesen, die vergeblich versucht hatten, zur Stuttgarter Steige zu entkommen. Er war einer der vielen Toten gewesen, die oben im Wald gelegen hatten, ausgeplündert bis auf die Haut, einer der Gehängten, über denen die hungrigen Raben kreisten.

«Simon, wo willst du denn hin? Bleib hier!» Die Schankstube wirbelte um ihn herum, schleuderte ihm Hocker, Bänke in den Weg, nichts gab es mehr, an dem er sich festhalten konnte. Er taumelte, stürzte.

«Hier, Junge. Setz dich hierhin. Trink das, dann geht's besser. Aber einer musste es dir schließlich sagen, nicht wahr? Du musst es wissen.»

«Ich will nach Hause», flüsterte Simon und vergrub das Gesicht in den Händen.

«Hör zu.» Er spürte, wie Spaich ihm den Arm um die Schultern legte, hörte seine Stimme dicht an seinem Ohr, roch den weinsatten Atem.

«Als der Renschacher wieder zurück war, da hat er alle vorgeladen. Vernommen, verstehst du? Der wollte sich rächen, sag ich dir. Hat alle befragt. Wer sich besonders hervorgetan hätte bei dem Aufruhr. Und warum keiner seine Burg verteidigt hat.»

«Ich mein, der Andres war tot, soweit wir wussten», setzte der Kresspacher hinzu. «Dem konnte nichts mehr schaden. Und er war ja auch der Anführer gewesen, das haben alle gesagt.»

«Der Alte hat für alle Bußen verhängt, die beteiligt waren, für alle! Und nicht zu knapp, sag ich dir! Wir alle zusammen müssen in den nächsten Jahren einhundertfünfzig Gulden aufbringen und zusätzliche Dienste leisten, um die Schäden an der Burg wieder auszubessern.»

«Eigentlich war es klar, dass er euren Hof neu vergeben würde, Simon. So oder so, ganz gleich, was die Leute ausgesagt haben.» Der Kresspacher malte mit dem Finger in den Weinpfützen auf dem Tisch herum. «Es war schließlich keiner mehr da zum Bewirtschaften. Kein Mann, mein ich. Die Barbara allein hätt das nicht schaffen können, nur mit ihrer Mutter als Hilfe.»

«Was ist mit Barbara?»

«Der Renschacher hat dem Heusel den Hof gegeben, dem jungen Heusel. Den kennst du ja. 'n tüchtiger Kerl.» Spaich nickte, als müsste er Simon davon überzeugen, dass man sich für den Breitwieser-Hof keine bessere Zukunft vorstellen könnte. «Aber weißt du, was?» Er beugte sich vertraulich vor. «Ich glaube, die Gertrud ist nicht mehr ganz richtig im Kopf.» Andres war tot, der Hof in fremden Händen. Aber Barbara, Barbara war doch noch da. Sie würde ihn ansehen so wie früher, würde ihm mitten ins Gesicht sehen und sagen: Wie gut, dass du wieder da bist, Simon. Wie gut. Sie würde verzeihen, was aus ihm geworden war.

«Sie hat sich geweigert, aus dem Haus auszuziehen, die Gertrud. Wollte einfach nicht raus! Hat sich auf ihr Bett gelegt und ist nicht aufgestanden. Sie müsst auf den Andres warten, hat sie gesagt. Und dass es sein Haus wäre und sie als seine Schwieger hätte jedes Recht der Welt, dazubleiben. Also wenn ich der Heusel gewesen wär, ich hätt sie rausgeworfen, und wenn ich sie hätte raustragen müssen. Aber er hat klein beigegeben. Hat wahrscheinlich ein schlechtes Gewissen, dass er den Breitwieser-Hof gekriegt hat.» Spaich nahm gar nicht mehr wahr, mit wem er sprach. «Na, mir ist's recht, wenn sie drüben bleibt, hier bei uns ist es eng genug, und ich hab sie schließlich lange genug auf dem Hals gehabt. Ich hab nur zu meiner Alten gesagt: Mia, wenn das jetzt dabei rauskommt …»

«Was ist mit Barbara, Spaich?» Er wusste nicht, warum er plötzlich den klapprigen Bauern am Hemd gepackt hatte und ihn hin und her schüttelte wie einen Sack Rüben; er wusste nichts mehr. «Wo ist Barbara, du Hurensohn? Sag mir sofort, wo sie ist, sonst schlage ich dir alle Zähne ein.»

«Gib Ruhe, Breitwieser, oder ich schmeiß dich raus!» Der Wirt war herangetreten, er hielt einen schweren Stock in der Hand. «Lass ihn los, aber schnell. Und lass dir eins gesagt sein: Wenn ich vor Jahren abgehauen wäre mit eingekniffenem Schwanz, um ein Halsabschneider und Bauernschinder zu werden, so wie du, dann würd ich das Maul nicht so weit aufreißen. Sie ist fort, die Barbara. Ausgewiesen aus Glatt. Und wenn du hiergeblieben wärst und deine Pflicht getan hättest wie andere auch, dann hättest du vielleicht noch etwas für sie tun können. Aber du hast dich ja beizeiten verpisst.» Simon ließ Balthes so plötzlich los, als hätte er sich die Finger verbrannt. Sein Mund war wie ausgedörrt. Er warf ein paar Münzen auf den Tisch und wandte sich abrupt zur Tür.

«Bleib doch noch hier, Breitwieser! Grad gekommen, willst du schon wieder abhauen?», krächzte Spaich hinter ihm her. «Warum denn so schnell? Ich könnt dir noch 'ne Menge erzählen, was hier so los war im letzten Jahr!»

Simon stolperte die Stufen hinunter und pfiff nach dem Hund. Nur weg, bevor einer der anderen Dorfbewohner ihm vor die Füße lief, nur weg und vergessen. Wenn er sich beeilte, konnte er die Flößer noch in der Nacht erreichen.

4

Die Huren im Frauenhaus hießen Gesche, Mali und Klärchen. Mali war die Auffälligste und Begehrteste der drei: groß und schlank, mit pechschwarzen Locken, einer zierlichen Stupsnase und vollen Lippen. Sie hatte eine Art, mit ihrer rosa Zunge im Mundwinkel zu spielen, dass dem einen oder anderen Kunden bei ihrem Anblick das Herz buchstäblich in die Hose rutschte, und bevorzugte weit ausgeschnittene Kleider, die ihre Brustwarzen sehen ließen, sobald sie sich ein bisschen reckte. Wenn sie den Mund aufmachte, konnte sie fluchen wie ein Landsknecht. Klärchen dagegen war wesentlich unscheinbarer und sah nicht viel anders aus als die anderen jungen Mädchen in den Dörfern. Sie war sicherlich noch jünger als Barbara, aber, wie diese aus zahlreichen anerkennenden Äußerungen der Männer in der Schankstube herausgehört hatte, verstand auch sie ihr Geschäft und hörte nicht ungern den Spitznamen, den die Burschen für sie gefunden hatten: Kläre Hitzloch. Wenn Mali und Klärchen gerade keine Freier zu bedienen hatten, dann hockten sie zusammen und flüsterten miteinander, kicherten und tauschten ihre Kleider und den billigen Schmuck, den sie trugen. Barbara brauchte eine Zeitlang, bis sie verstanden hatte, dass die beiden Schwestern waren.

«Sind zusammen aus Tübingen hierhergekommen, vor zwei, drei Jahren, und haben die Irmel angefleht, sie aufzunehmen», erklärte Gesche abschätzig. «Obwohl Klärchen eigentlich noch zu jung war. Aber sie haben so lange rumgeflennt, bis sie bleiben konnten. Zwei richtige Schlampen. Wenn du mich fragst: Die müssen einen guten Grund gehabt haben, dass sie nicht nach Tübingen zurückwollten. Haben wahrscheinlich geklaut oder so was.» Sie saßen in Gesches Kammer, die nicht anders eingerichtet war als Barbaras auch: Bett, Wandhaken, Truhe. Die Truhe, kaum mehr als zwei Fuß breit und einen Fuß hoch, enthielt alle Habseligkeiten, die Gesche im Lauf ihres Lebens angesammelt hatte – ein kleines Bündelchen, das selbst ein Halbwüchsiger mühelos hätte davontragen können. Sie holte sich einen Kamm heraus und begann, sorgfältig ihr Haar zu bearbeiten. Gesche verbrachte viel Zeit mit der Schönheitspflege. Sie wusch sich jeden Morgen mit eiskaltem Wasser und rieb sich die Haut mit Melkfett ein, und vor kurzem hatte Barbara gehört, wie sie Trusch bei einem ihrer Besuche nach einem Mittel gegen graues Haar gefragt hatte. Natürlich, keiner, der sie mit Mali oder dem blutjungen Klärchen verglich, konnte ihr Alter übersehen: Sie war sicherlich mindestens fünfunddreißig Jahre alt.

«Aber», so hatte sie Barbara mit blitzenden Augen erklärt, als diese sie nach ihrem Alter gefragt hatte, «die Erfahrung hat auch was für sich, Mädchen. Gibt 'ne Menge Kerle, die sich die Finger danach lecken.» Sie lachte selbstbewusst. Tatsächlich hatte sie eine stattliche Anzahl von Stammkunden, die bereit waren, so lange zu warten, bis sie Zeit für sie hatte.

«Wie lange bist du eigentlich schon hier, Gesche?», fragte Barbara nachdenklich.

«Hier?» Gesche fing an zu überlegen und nahm beim Zählen die Finger zu Hilfe. «Sieben, nein, acht Jahre müssen es schon sein. Genau. Acht Jahre, am Martinstag.»

«Und – und vorher? Bist du da in einem anderen Haus gewesen?»

Gesche grinste sie an.

«Du bist ganz schön neugierig, stimmt's? Aber ich verrat's dir. Ist kein Geheimnis dabei. Meine Eltern waren arme Schlucker, die froh waren, als ich mit dreizehn weg bin von zu Hause. Ein Maul weniger zu stopfen, verstehst du? Hab einen kennengelernt, der mir das Blaue vom Himmel versprochen hat, wenn ich nur mit ihm gehe. Was für ein Hurensohn das war! Köchin sollte ich werden in einem großen Haus, viel Geld verdienen und mir feine Kleider leisten können. Als ich gemerkt hatte, dass das große Haus nichts anderes war als das Hurenhaus in Memmingen, war's zu spät. Himmelsakrament, was war ich dumm und unerfahren! Der Wirt jedenfalls hat mir dann schnell klargemacht, wer den großen Kochlöffel in der Hand hatte, sodass ich hinterher nicht mehr wusste, ob ich Männlein oder Weiblein war. Ein widerlicher Blutsauger, der seine Mädchen verprügelt hat und schlimmer. Der Blitz soll ihn erschlagen!» Sie verzog angewidert das Gesicht und spuckte aus. «Nie genug zu essen, und alles, was man verdient hat, ist gleich bei ihm gelandet. Und an Feiertagen oder sonst, wenn geschlossen werden musste, dann hat er jeder einen Spinnrocken in die Hand gedrückt und einen Korb Wolle. Keinen Augenblick hatte man Ruhe, immer saß er einem im Nacken.» Sie schüttelte den Kopf. «Ich bin dann schließlich durchgegangen, mit dem erstbesten Freier, der bereit war, mich mitzunehmen. War ein Bärenführer, mindestens dreimal so alt wie ich.» Sie legte träumerisch den Kopf in den Nacken und ließ die Hand mit dem Kamm sinken.

«Ein Bärenführer? Ich hab noch nie einen Bären gesehen! Ist das nicht unglaublich gefährlich?»

«Ach was, nicht gefährlicher als das restliche Leben auch. Oh, die ersten Jahre war es sogar ganz schön. Wir sind auf die Jahrmärkte gegangen, ich hab getanzt, sogar mit diesem Bären, und wenn es sich ergab, für den einen oder anderen die Beine breitgemacht und ein bisschen Geld verdient, so wie ich's eben verstehe. Aber mein Bärenchristoph war schon alt. Je weniger er verdiente, desto mehr musste ich anschaffen, und gesoffen hat er schließlich für zwei. War 'n Fass ohne Boden. Nach einiger Zeit war es bei ihm nicht besser als vorher in Memmingen auch. Und wie wir dann mal hier auf dem Markt waren, hab ich meine Erkundigungen eingezogen und bin mit der Irmel schnell einig geworden. Der Alte hat natürlich Wind davon gekriegt, so blöd war er schließlich auch noch nicht, und hat hier vor der Tür rumgetobt. Aber die Irmel hat mich ein paar Tage lang im Keller versteckt, bis er endlich abgezogen ist. Hat geflucht wie 'n kastrierter Landsknecht.» Sie gähnte, streckte die Arme nach oben und begann sich die Haare hochzustecken. Plötzlich hielt sie inne.

«Da ist noch was, das ich dir sagen will, Barbara.» Ihre Stimme war plötzlich ernst, und Barbara sah sie überrascht an.

«Das Kind. Wenn es da ist, dann schau es nicht an. Die Irmel soll es wegbringen, ohne dass du es gesehen hast. Und wenn es in der Findel ist, dann versuch nicht herauszukriegen, wie's ihm geht. So ist es am leichtesten.» Unwillkürlich fasste Barbara nach ihrem Bauch und spürte, wie er sich unter ihrer Hand kurz verhärtete.

«Woher weißt du das?», fragte sie leise.

«Na, ich hab's selbst erlebt. Hab selbst ein Kind gehabt. Da war ich noch jung und unerfahren und wusste nicht, was man machen muss. Und dumm war ich, mein Gott, was war ich dumm! Ich hab's an mich gedrückt und geküsst und gestreichelt und dann heulend zur Findel getragen. Jahrelang hab ich davon geträumt, sag ich dir. Jahrelang. Manchmal träum ich jetzt noch davon. Mach das nicht, wenn du klug bist. Sonst kannst du es nie vergessen.» Unvermittelt stand Gesche auf und griff nach ihrem Tuch.

«Ich geh noch ein bisschen frische Luft schnappen, bevor der Betrieb losgeht.»

In der folgenden Nacht war es besonders laut in der Schankstube: Irgendjemand schien zu feiern, und die Betrunkenen grölten durch das ganze Haus. Kilian schenkte aus, solange er bezahlt wurde, obwohl der Rat es lieber sah, wenn die Betrunkenen nach Hause geschickt wurden. Aber das hier war schließlich ein Ort des Vergnügens, das sich so allemal besser kontrollieren ließ, als wenn es sich in den dunklen Gassen und Winkeln der Stadt versteckte. Barbara wälzte sich auf ihrem Strohsack hin und her. Sie kämpfte gegen das Gefühl, keine Luft zu bekommen, und immer, wenn sie gerade dabei war, in den Schlaf zu gleiten, rissen die lauten Stimmen sie wieder hoch. Aber endlich wurde es ruhiger, als sich der Betrieb vom Ausschank hierher nach oben in die Kammern verlagerte. Plötzlich schreckte Barbara hoch: Jemand hatte geklopft. Vielleicht war es einer der Betrunkenen, der sich in der Tür geirrt hatte, schoss es ihr durch den Kopf, vielleicht sollte sie nach Irmel und Kilian rufen, aber sie blieb wie gelähmt liegen. Schließlich öffnete sich die Tür, und zwei Gestalten schoben sich über die Schwelle, ja, sie schienen fast zu schweben. Klein waren sie, nicht mehr als fünf, sechs Spann hoch, und ein seltsames Leuchten ging von ihnen aus. Sie trugen dunkle Kutten wie die Barfüßermönche und hatten die Kapuzen weit über die Köpfe gestreift. Unbeirrt, sich fest an den Händen haltend, näherten sie sich dem Bett, blieben dann stehen und zogen sich die Kapuzen herunter. Barbara stieß einen entsetzten Schrei aus. Es waren zwei Kinder, die da vor ihr standen, zwei kleine Kinder, aber sie hatten kein Gesicht. Da, wo ein Gesicht hätte sein sollen, klaffte ein rotes Loch wie eine große, ausgefranste Wunde, deren Ränder bebten und zuckten, als wollten sie sprechen. Barbara krümmte sich zusammen. Sie tastete nach ihrer eigenen Nase, ihren Augen, versuchte sie zu schützen, aber sie spürte schon, wie sich ihr Gesicht unter ihren Händen veränderte, wie es sich auflöste und in einem dunklen Loch zusammenfloss. Sie stürzte hinein und fiel, fiel haltlos in die Nacht, bis jemand sie an der Schulter festhielt.

«Barbara! Sei ruhig! Mit deinem Geschrei vertreibst du alle Gäste!» Irmel stand vor ihr, ein Tranlicht in der Hand. «Du hast herumgekreischt, als ob alle Teufel hinter dir her wären.» Verwirrt blinzelte Barbara in das Licht. Sie konnte sehen, sie konnte die Augen öffnen und schließen, konnte sich mit der Zunge über die Lippen fahren.

«Schlaf jetzt, Mädchen. Hier, ich hab dir einen Becher heißen Wein gebracht. Das macht schön müde. Da kann die wilde Jagd hier durchs Zimmer toben, und du wirst nicht wach.» Die Frauenwirtin stellte Licht und Becher auf dem Boden ab und ging. Barbara hob den dampfenden Becher hoch und presste ihn gegen ihre Wange. Sie spürte die Wärme an der Haut und roch das berauschende Aroma, und die Tränen liefen ihr über das Gesicht.

Es war inzwischen Februar geworden, und der eisige Ostwind fegte um die Häuserecken. Die Karren blieben im Schnee stecken. Wer konnte, holte sich das Vieh näher ins Haus, um es ein wenig wärmer zu haben, und an jedem Morgen musste Kilian zuerst ein Loch in die Eisdecke im Brunnen schlagen und die Kurbel gängig machen, bevor er ein paar Eimer bitterkaltes Wasser heraufziehen konnte.

In Rottenburg wurde Fastnacht gefeiert, wie es schon zur Zeit der Erzherzogin Mechthild üblich gewesen war. Der Teufel war los und kümmerte sich nicht um den Winter. In den Schänken der Stadt konnte man saufen, solange man wollte und das Geld reichte. Keine Kneipe war so klein, dass nicht noch Platz gewesen wäre für Sackpfeife und Trommel, Fiedel und Schalmei. Die Wirte schleppten aus ihren Kellern hoch, was sie nur tragen konnten. Schließlich mussten verderbliche Waren vor der Fastenzeit aufgegessen werden. Manch einer aß und trank mehr, als gut für ihn war. Erst an diesem Morgen waren in der Toreinfahrt der Herrentrinkstube am Markt, in der sich die Adligen und die Mitglieder des Rates trafen, zwei erfrorene Männer gefunden worden. Vermutlich hatten sie versucht, durch eines der Fenster einen Blick auf den Schwank zu werfen, der drinnen jeden Abend aufgeführt wurde, und dabei tapfer gegen die Kälte angetrunken, bis sie schließlich so besoffen gewesen waren, dass sie den Weg nach Hause nicht mehr fanden und an Ort und Stelle ihrem Tod entgegenschlummerten.

Trotzdem waren viele Stimmen zu hören, die sich beschwerten, dass der Fasching in diesem Jahr nur kläglich ausfiel im Vergleich zu dem, was sonst üblich gewesen war. Die meisten Rottenburger waren Ackerbürger mit einem Stück Land vor den Toren der Stadt; sie fühlten mit den geschlagenen Bauern, hatten Freunde und Verwandte unter ihnen, und mehr als nur einem hatte der Schwäbische Bund die Lust an ausgelassenem Feiern gründlich ausgetrieben.

«Und die evangelischen Predigten, die man jetzt überall zu hören kriegt, werden auch ihr Teil dazu beigetragen haben», sagte ein Besucher des Frauenhauses, das selbstverständlich in dieser Zeit rund um die Uhr geöffnet war. «Die sind auf all diese Narrheiten und Mummenschanzereien gar nicht gut zu sprechen. Aber euch haben sie die Gäste noch nicht rausgepredigt, Irmel, was?» Er lachte wohlwollend, und die Frauenwirtin grinste zurück. Ihr Gesicht war rot und verschwitzt, und die Haarsträhnen hingen wirr um ihr Gesicht. An diesen Tagen verdiente sie mehr als sonst in einem ganzen Monat. Da packte sie gern auch selbst bei der Bewirtung mit an.

Barbara war froh über jeden Augenblick, in dem sie sich irgendwo hinsetzen oder wenigstens anlehnen konnte. Jetzt, so kurz vor der Entbindung, fiel ihr jede Handbewegung, jeder Schritt schwer, und die Besucher des Frauenhauses riefen nur noch Widerwillen in ihr hervor. Nur noch kurze Zeit, dann würde auch sie gezwungen sein, jeden von ihnen mit in ihre Kammer und in ihr Bett zu nehmen, der bei der Frauenwirtin die erforderlichen sechs Pfennige entrichtet hatte, selbst den rotzigen Reisläufer, der sich abendelang an ihrer Theke lümmelte. ‹Du wirst froh sein, wenn du endlich nicht mehr allein schlafen musst in deiner eisigen Kammer›, hatte Gesche ihr vorhergesagt, aber allein bei dem Gedanken daran schüttelte sie sich schon. Sie betete jeden Tag, dass das Kind nicht geboren würde, bevor sie etwas von Melchior Wannenmacher gehört hatte. Seit jenem ersten Gespräch war er ihr aus dem Weg gegangen. Obwohl er nach wie vor regelmäßig Gesches Künste in Anspruch nahm, war es Barbara nicht wieder gelungen, ihn allein abzupassen. Komm, murmelte sie hinter zusammengepressten Lippen, komm endlich, komm her, das bist du mir schuldig! In der Schankstube stimmte man gerade ein fröhliches Lied an, da klopfte ihr jemand von hinten auf die Schulter.

«Ein Besucher für dich», sagte Kilian ihr ins Ohr. «Er wartet im Hof.» Sie stand von dem Weinfass auf, wo sie für ein paar Minuten verschnauft hatte, und hastete durch den Flur zur Hintertür. Ein Mann stand im hellen Mondlicht und stampfte verfroren mit den Füßen. Es war der Magister, der auf sie wartete. Vor Erleichterung standen Barbara die Tränen in den Augen. Vorsichtig, um nicht auf den zugefrorenen Pfützen auszurutschen, tastete sie sich zu ihm hinüber.

«Kommst du endlich!», fauchte er ihr entgegen. «Ich steh schon ewig hier in der Kälte und frier mir die Finger ab!»

«Ich hab's nicht eher gewusst, dass du hier wartest.» Sie schlug die Arme um den Oberkörper. «Lass uns doch hineingehen.»

«Damit uns alle sehen? Glaubst du, ich bin verrückt? Damit demnächst jeden Morgen eine Hure an meiner Tür steht und mich um Geld anbettelt?» Die Kälte huschte unter ihren Wollrock und leckte mit ihrer rauen Zunge an ihren Schenkeln.

«Bitte, hast du mir das Geld mitgebracht?» Sag ja, ich bitte dich. Sag ja.

«Jetzt kannst du bitten, was? Hier.» Er warf ihr einen Beutel hin; es klimperte, als er auf den Boden fiel. Wannenmacher machte keine Anstalten, ihn für sie aufzuheben, obwohl er sehen konnte, wie schwer es ihr fiel, sich danach zu bücken.

«Du kannst im Spital anfangen, als Magd», sagte er knapp. «Die Spitalmutter weiß Bescheid. Richte ihr aus, dass du von mir kommst.» Plötzlich packte er sie hart am Arm. «Ich habe deine Mutter wirklich gerngehabt», zischte er ihr ins Ohr, «und sogar dich! Niemals hätte ich geglaubt, dass aus dir so etwas werden könnte! Und jetzt will ich nie wieder etwas von dir hören, verstanden? Wir haben uns noch nie gesehen!» Er stieß sie zurück. «Denk nicht, dass ich keine einflussreichen Leute kennen würde. Um eine Hure aus der Stadt prügeln zu lassen, reicht es allemal.»

Barbara rauschte es in den Ohren. Ihr Atem gefror in der Luft zu winzigen Eiskristallen, die langsam davonwehten. Sie presste den Beutel so fest gegen ihre Brust, dass es wehtat, und stolperte zurück ins Haus.

In der Fastenzeit musste das Frauenhaus geschlossen gehalten werden. Wer noch auf seine Kosten kommen wollte, musste das heute tun, denn morgen fiel die verkehrte Welt wieder in sich zusammen und setzte ihr Aschermittwochsgesicht auf. Viele Burschen waren fest dazu entschlossen. Das Haus war brechend voll, jede Kammer hätte doppelt und dreifach belegt werden können, und Irmel ermahnte ihre Huren, mit jedem Freier nur so lange auf dem Zimmer zu bleiben wie unbedingt nötig. Zahlreiche Gäste waren seit Tagen nicht mehr nüchtern gewesen und schliefen selig unter den Tischen, bis die Becher abgespült und neue

Weinfässer aus dem Keller hochgeholt worden waren. Die Mädchen hüpften mit ihren Freiern die Treppe hinauf und hinunter und ließen sich kichernd Münzen in den Ausschnitt stecken, bis Klärchen zur allgemeinen Freude erklärte, sie sei heiß wie eine Katze und hätte keine Lust, sich immer wieder an- und auszuziehen. Für den Rest des Tages lief sie in ihrem durchsichtigen Badehemdchen herum. Ein angetrunkener Bäckergeselle stierte ihr unentwegt hinterher, um schließlich schon im Schankraum seine Hosen fallen zu lassen und sie von hinten zu umklammern, bis Kilian ihn an den Haaren zurückzerrte und hinauswarf.

«Wer nicht zahlt, soll gefälligst den Schwanz einklemmen!», brüllte er ihm hinterher. Der ganze Schankraum grölte vor Lachen. Schließlich stand ein stämmiger Holzfäller auf und schwankte zu dem kichernden Klärchen hinüber. Er zog einen glitzernden Schilling heraus, hielt ihn hoch, dass ihn alle sehen konnten, und schob ihn dann der jungen Hure zwischen die Lippen.

«Hopp, hoch mit dir!», sagte er und kniff ihr in den Hintern. Sie tänzelte vor ihm die Holzstiege hinauf und ließ zu, dass er ihr das Hemdchen hochstreifte, noch bevor sie die Kammertür hinter sich geschlossen hatte. Ein Schilling, das war mehr als der doppelte Tarif! Die Männer klatschten begeistert, doch Barbara lief es kalt den Rücken hinunter: Das Gesicht des Holzfällers war voller Grind, und ein übler Geruch strömte von ihm aus. Plötzlich spürte sie ein leichtes Ziehen im Rücken, das nach kurzer Zeit wieder nachließ, um genau in dem Augenblick wiederzukehren, als von oben ein markerschütternder Schrei ertönte. Irmel sah besorgt auf, aber als es dann wieder ruhig wurde, wandte sie sich dem Weinfass zu, das sie gerade anschlug.

«Tja, so ein Schilling, der will erst verdient sein», sagte sie bedächtig. Barbara lehnte sich gegen die Wand und versuchte ruhig zu atmen, bis der Schmerz völlig verschwunden war.

«Und bei dir, meine Süße?» Ein grinsender Rothaariger hatte sich vor ihr aufgebaut. «Wie viel muss ich oben reinstecken, bevor ich unten was reinstecken kann? Reicht es so?» Er beugte sich vor, und schneller, als Barbara ausweichen konnte, presste er seinen Mund gegen ihre Lippen und stieß ihr die Zunge in den Mund. Übelkeit stieg in ihr hoch. Sie wollte ihn zurückstoßen und sich befreien, aber gleichzeitig kam der Schmerz zurück und machte sie hilflos. Es konnte nur ein paar Sekunden gedauert haben, bis Kilian herbeieilte und den Mann zurückriss, aber Barbara standen die Tränen in den Augen.

«Siehst du nicht, dass sie schwanger ist, du Schwein?», keifte Kilian. «Da drüben, die Gesche ist frei.» Gesche breitete einladend die Arme aus. Der Mann torkelte zu ihr hinüber, und Kilian wandte sich an Barbara. «Nur ein Besoffener. Alles in Ordnung bei dir?» Barbara nickte schwerfällig. Es war ja nicht das erste Mal, dass ihr so etwas passierte, schließlich war das hier ein Hurenhaus. Sonst hatte sie sich immer zu helfen gewusst, aber heute nicht. Heute wünschte sie nur, sie könnte die Schankstube verlassen und bräuchte nie mehr zurückzukehren. Die Wehen kamen inzwischen immer häufiger. Barbara war sicher, dass das Kind heute oder morgen zur Welt kommen würde, und ging langsam zu Trusch hinüber, die die Winterkälte vor ein paar Tagen hier hatte stranden lassen.

Die fette Hökerin saß in einer Ecke, trank wie ein Ochsentreiber und schlug nach dem beschwipsten Färbergesellen, der immer wieder versuchte, sich mit der Hand einen Weg durch die zahlreichen Lagen ihrer Kleidung zu bahnen.

«Gib Ruhe, Kleiner», fauchte sie ihn schließlich an. «Für

so ’n Milchgesicht wie dich will ich wenigstens ’nen Gulden, sonst zieh ich nicht mal die Schuhe aus.» Sie kenne sich aus mit dem Kinderkriegen, hatte sie am Morgen erklärt, und sobald sie einmal hochsah, gab Barbara ihr einen Wink. Trusch schob dem Burschen ihren halb leergetrunkenen Becher zu und stand auf.

«Hier, Kleiner. Sauf dir eins auf mein Wohl.» Sie trottete zu Barbara hinüber, legte ihr den Arm um die Hüften und schob sie aus der Schankstube, die Stiege hinauf und in ihre Kammer. «Das Erste dauert immer lang», sagte sie. «Hab selbst Tage drauf gewartet. Da war ich noch jung. So ’n Kerl wie der eben hätte ein Vermögen dafür gegeben, wenn er nur eine einzige Nacht mit mir gekriegt hätte, was?» Sie gähnte und setzte sich auf den Boden. «Leg dich ruhig noch hin aufs Bett, Herzchen, und mach die Augen zu.» Sie selbst begann schon bald zu schnarchen. Die allgegenwärtige Flasche entglitt ihrer Hand und schlug mit einem Klirren auf dem Boden auf. Bis auf den Bereich, den die kleine Kerze tapfer beleuchtete, war der Raum dunkel und kalt. Von unten hörte man das Gejohle der Freier, als offenbar ein Spielmann hereingekommen war. Kurze Zeit später erzitterte das ganze Haus von den schrillen Klängen seiner Sackpfeife, die sich mit Klärchens leisem Schluchzen aus der Nebenkammer mischten. Barbara schloss die Augen. In Glatt kamen die Kinder in der Stube zur Welt. In Glatt war die alte Kathrein immer dabei gewesen und noch ein paar Frauen aus dem Dorf. Sie hatten das Herdfeuer angefacht und ein paar Rosmarinzweige darin verbrannt, um den Raum zu reinigen. Kein böser Geist sollte sich auf das Neugeborene und seine Mutter stürzen. Sie hatten den Rosenkranz gebetet und der Gebärenden auf den Bauch gelegt, um den Beistand der Gottesmutter auf sie herabzurufen. Sie hatten der Frau das Gesicht mit Weihwasser gekühlt und ihre Füße gerieben, wenn die Geburt lange dauerte. Barbara grub ihre Zähne in die Unterlippe und klammerte sich mit den Händen an den Bettleisten fest. Sie wusste plötzlich, dass dieses Kind schnell auf die Welt kommen würde.

«Trusch», keuchte sie. Die Hökerin stand ächzend auf, nahm einen letzten Schluck und kam gerade noch rechtzeitig, um das Kind in Empfang zu nehmen.

«Leck mich der Teufel!», schnaufte sie, während sie das Neugeborene an den Füßchen hochhob und ihm auf den Rücken klopfte, bis es ein helles Schreien ertönen ließ. «So schnell kann man ja nicht mal eins reinmachen.» Einen Moment lang schien es Barbara, als würde sie schweben, von aller Erdenschwere befreit, wie ein Engel, schweben in einem flirrenden goldenen Licht. Dann hörte sie, wie Trusch ihr Messer aufschnappen ließ, und fuhr mit einem Ruck auf.

«Nein! Nicht!» Sie griff nach dem Kind und riss es der überraschten Trusch aus den Armen. Ein Mädchen mit pechschwarzem Haar und einem runden, roten Gesichtchen, die Äuglein fest zusammengekniffen, die Fäustchen geballt. Sie drückte es an ihre Brust und hielt es fest. «Nein», fauchte sie. Sie würde es nicht zulassen, und wenn sie Trusch selbst mit ihrem Messer erstechen müsste.

«Gott im Himmel und Satan im Loch, was bist du für ein dummes Huhn», sagte Trusch geduldig. «Ich will die Nabelschnur durchschneiden. Das muss man machen, oder habt ihr das in eurem Kaff anders gehalten?» Warme Wellen hoben sie hoch, strichen über sie hinweg und hüllten sie ein. Das Kind lag an ihrer Brust und schmatzte, und vorsichtig berührte sie mit ihrem Zeigefinger die winzigen Bäckchen.

«Sie will's behalten», sagte Trusch. Irmel müsse es sofort wissen, hatte sie Barbara erklärt und die Frauenwirtin in die Kammer hochgeholt.

«Behalten? Wie stellst du dir das vor, hier im Hurenhaus? Das erlaube ich auf gar keinen Fall.» Die Frauenwirtin roch, als hätte sie soeben in einem Weinfass gebadet. Ein Ärmel an ihrem Kleid war zerrissen, und in ihrer Halsbeuge prangte ein blutroter Fleck.

«Ich bleibe nicht hier.» Barbara setzte sich auf, und die Kammer begann vor ihren Augen zu schwanken. «Ich habe das Geld zusammen, das ich dir schulde. Die zehn Gulden. Sie sind in dem Lederbeutel in meiner Truhe.»

«So.» Irmel zog die Augenbrauen misstrauisch zusammen. Dann beugte sie sich zu der Truhe hinunter, öffnete sie und holte den Geldbeutel heraus. «Da schau an.» Sie pfiff durch die Zähne. «Ich hoffe nur, du hast es nicht geklaut.»

«Nein.» Das Schwanken hörte nicht auf. Wie in einem Boot auf dem Meer, dachte Barbara, wie in der Geschichte, die der Pfarrer erzählt hatte, von den Jüngern und dem Sturm auf dem See, wie hieß nur der See …

«Ich glaube, sie braucht erst mal etwas zu essen und ein paar Stunden Schlaf», hörte sie Trusch sagen, und dann hörte sie nur noch das Rauschen von Wind und Wellen und den lockenden Ruf der wilden Vögel, die sie umkreisten.

Als sie erwachte, drang das erste Tageslicht durch die verschlossenen Läden. Trusch stand vor dem Bett und hielt ihr das schreiende Neugeborene hin. Die Hökerin hatte das Kind inzwischen fest in einen ihrer Röcke gewickelt.

«Ist alles dran», sagte Trusch. «Zehn Finger, zehn Zehen, und vor allem 'ne kräftige Stimme hat sie.» Sie schob das Kind zu Barbara unter die Decke. «Schätze, der kleine Schreihals hier hat Hunger, was? Und meine Flasche wollte sie nicht.» Sie setzte sich auf das Bett, das bedrohlich knarrte.

«So. Da willst du es also behalten.»

Barbara nickte. Wie sicher das kleine Mündchen die Brustwarze fand und festhielt! Es war ein eigenartiges Gefühl. Ganz leicht berührte Barbara die glänzenden schwarzen Haare: Sie waren seidig und zart wie der Flaum eines Kükens.

«Und? Wie soll es heißen? Trusch wohl eher nicht, was?»

Barbara sah kurz hoch.

«Sie heißt Magdalene», sagte sie.

«Magdalene. Aha. Hat sicher deine Mutter so geheißen, was?»

«Nein.» Sie kannte niemanden mit diesem Namen, und gerade deshalb gefiel er ihr so gut. Magdalene.

«Hör zu, Barbara.» Trusch griff nach ihrer Hand und hielt sie fest. «Hast du dir das auch gut überlegt mit dem Kind? Ist sowieso nicht leicht für eine Frau allein, und wenn sie noch was Kleines hat, erst recht nicht.»

«Ich weiß.»

«Oder hast du irgendwo einen Goldesel aufgetan, der gern nochmal zehn Gulden und mehr ausspuckt? Irgendwo muss das Geld ja hergekommen sein.»

«Ich hab einen Bekannten wiedergetroffen, der hat's mir gegeben.»

«Einfach so? Den kannst du mir auch mal zeigen. Zehn Gulden auf die Hand, da hätte ich nichts gegen.» Sie wartete einen Augenblick, aber Barbara antwortete nicht. «Ist ja auch gleich, das Geld ist ja schon wieder weg. Und wovon wollt ihr leben? Du und das Kind?»

«Ich kann im Spital anfangen. Als Magd. Da kann ich die Kleine tagsüber im Auge haben, im Dorf ist's ja auch nicht anders. Da tragen die Frauen ihre Kinder im Tuch auf dem Rücken, solange sie noch klein sind.»

Trusch verzog den Mund zu einem breiten Grinsen.

«Ins Spital, na wunderbar. Da kannst du ja ein gutes Wort für mich einlegen.» Sie stand auf und schlurfte zur Tür. «Ruh dich lieber noch ein bisschen aus, solange die Irmel dich hierbleiben lässt. Und pass auf, dass du die Kleine nicht zerquetschst im Schlaf.» Der Säugling war schon wieder eingeschlafen. Barbara durchforschte das zufriedene kleine Gesicht, aber es gab nichts darin, das sie an irgendjemanden erinnert hätte.

«Leni», flüsterte sie, und das kleine Mädchen verzog ein wenig das Mündchen wie in einem schönen Traum.

Am übernächsten Tag trug Barbara das Kind zur Martinskirche und ließ es dort auf den Namen Magdalene taufen, Tochter von Andres Breitwieser und seinem Weib. Gesche hatte ihr einen bestickten Schleier als Taufkleid geliehen, und Trusch konnte kaum laufen vor lauter Stolz darüber, dass Barbara sie zur Patin gewählt hatte. Sie hatte sich nicht lumpen lassen und der kleinen Magdalene ein winziges Täschchen geschenkt, mit einer Münze darin, die sie angeblich an einem Vollmondsonntag gefunden hatte.

«Solange sie diese Münze hat, wird ihre Tasche niemals leer werden», beteuerte Trusch und hängte dem Täufling ihr Geschenk um den Hals. Barbara bedankte sich freundlich, genauso auch bei Irmel und Kilian, die zur Feier des Tages für sie ein kleines Essen ausgerichtet hatten. Das Frauenhaus stand ohnehin leer in dieser ersten Woche des Osterfastens, und es war ja nicht so, als hätte sie ein Herz aus Stein, wie die Wirtin selbst immer wieder versicherte.

«Ich hab mich gleich gefragt, ob das hier das Richtige ist für dich», sagte sie ernsthaft und kaute angestrengt auf ihrer Haarsträhne. «Keine soll ihr Geld in meinem Haus verdienen, die's nicht will, so seh ich das.» Und Barbara nickte, obwohl sie genau wusste, dass Irmel sie niemals hätte gehen lassen, wenn sie ihre Schulden nicht bezahlt hätte, ob sie gewollt hätte oder nicht. Aber es war gut so. In wenigen Tagen würde sie mit der Spitalmeisterin sprechen und dort ihre Stelle antreten. Sie würde ihren eigenen Lebensunterhalt verdienen und allein für sich und die kleine Magdalene sorgen.

5

«Ich komme mit und trag dir dein Zeug, du hast ja die Kleine zu schleppen, was?» Trusch wollte schon nach dem verschnürten Bündel greifen, aber Barbara schob sie sanft zurück.

«Lass nur. Ich schaff das schon, so viel ist es ja nicht.» Sie hatte sich Leni in einem Tragetuch vor die Brust gebunden und zog es ihr jetzt noch weiter über den Kopf, damit das Kind auf dem Weg zum Spital nicht auskühlte. Trusch sah ihr beleidigt zu, aber Barbara wusste, dass es besser war, allein zu gehen. Wenn sie der Spitalmeisterin zum ersten Mal unter die Augen trat, wollte sie einen guten Eindruck machen: eine frische, gesunde, fromme junge Frau, der ein unglückliches Schicksal den Ehemann noch vor der Geburt des ersten Kindes entrissen hatte. Denn von dem Kind wusste die Meisterin vermutlich noch nichts; jedenfalls konnte Barbara sich nicht vorstellen, dass Melchior Wannenmacher sich die Mühe gemacht hatte, ihr davon zu erzählen. Und es war nicht schwer, sich auszumalen, welche Wirkung die Erscheinung der fetten Hökerin haben würde, die immer ein wenig nach Alkohol roch.

Sie schloss sorgfältig die Tür des Frauenhauses hinter sich und lief die Gasse entlang, an der städtischen Fleischbank vorbei, über den Markt und dann links hinunter zum Neckar. Es war nicht schwer, den Weg zu finden; das Spital mit seinen Türmchen überragte die davor liegenden Wohnhäuser deutlich. Es war ein zweistöckiger Fachwerkbau auf einem gemauerten Keller, mit weit überkragendem Obergeschoss und einem steilen Dach, unter dessen Traufe noch die Schwalbennester des vergangenen Jahres klebten. Rechts daneben befand sich eine geräumige Scheune. Weitere Wirtschafts- und Speichergebäude mussten sich wohl um den dahinter liegenden Hof gruppieren, denn wie Barbara gehört hatte, zählte das Spital zu den größten Grundbesitzern in Rottenburg und trieb einen schwunghaften Handel mit den jährlichen Gülten und Abgaben. Ein alter Mann, der vor dem Gebäude den Unrat zusammenfegte, wies ihr einen kleinen Seiteneingang. Sie rückte ihr Tuch zurecht und klopfte. Eine Frau öffnete die Tür.

«Ja? Womit kann ich dienen?» Die Frau war groß und hager, trug eine kunstvoll gefaltete Haube, die keine Haarsträhne entkommen ließ, und ein hochgeschlossenes graues Kleid. Ein schwerer Schlüsselbund zog dessen Gürtel vorn nach unten. Es war schwierig, ihr Alter einzuschätzen. Ihr blasses Gesicht mit den geschürzten Lippen glänzte nahezu faltenlos, aber ihre Stimme klang streng und schon verbraucht. Sie musterte Barbara ohne Scheu vom Scheitel bis zu den Zehenspitzen und wieder zurück.

«Unser Haus ist belegt, falls du deshalb kommst», sagte sie schließlich und gab dem arbeitenden Mann ein Zeichen, dass er auf der anderen Seite weitermachen sollte. «Frag nächste Woche noch einmal nach.»

«Mein Name ist Barbara Breitwieserin», erklärte Barbara hastig, bevor die Frau sich wieder umdrehen konnte. «Der Kaplan Wannenmacher schickt mich. Er hat mir gesagt, Ihr könntet mich als Spitalmagd gebrauchen.»

Wieder so ein Blick: Sie hatte enge, dunkle Augen, so dunkel, dass man die Pupillen darin nicht erkennen konnte. «Du bist das also. Ja, er hat mit mir gesprochen, vor einigen Wochen. Komm herein.» Sie trat einen Schritt zur Seite. Barbara stieg die beiden Stufen hoch und stand direkt vor ihr. Selbst jetzt war die Spitalmeisterin mindestens einen halben Kopf größer als sie selbst. Eine merkwürdige Mischung aus Kohlgeruch und Seife strömte aus ihren Kleidern.

«Gesund siehst du ja aus ... immerhin.» Sie nahm Barbara bei den Schultern und drehte sie hin und her, als ob sie ein Stück Stoff hin und her wenden würde, um seine Qualität zu prüfen. «Wenn ich dich aufnehme und hier arbeiten lasse, dann nur um Gottes Barmherzigkeit und weil ich dem Kaplan zu großem Dank verpflichtet bin. Zur Probe, verstehst du?» Barbara nickte, und die Frau senkte ein wenig die Stimme.

«Aber wenn ich dich dabei erwische, dass du hier deine alten Angewohnheiten wieder aufnimmst und es im Spital weitertreibst, dann sorge ich dafür, dass sie dich mit Ruten aus der Stadt jagen, verlass dich darauf.»

«Meine alten Gewohnheiten? Was meint Ihr damit?»

Die Frau sah ihr hart ins Gesicht, ihre Mundwinkel verzogen sich nach unten.

«Tu nur nicht so unschuldig! Melchior hat mir alles erzählt. Ich weiß genau, wo du herkommst.»

«Ich –»

«Hurerei ist die eine Sache, Lügen eine andere. Also sieh dich vor! Wenn du dein sündiges Leben ändern willst, dann bist du mir willkommen. Sonst gehst du am besten sofort. Verstanden?» Barbara schluckte heftig. Melchior Wannenmacher, der fromme Frauenhausbesucher, hatte offenbar darauf geachtet, dass er ihr einen besonderen Einstand verschaffte. Sie senkte die Augen, damit die Spitalmeisterin nicht die Wut darin blitzen sah. Aber es hatte ja keinen Sinn. Sie würde diese kühle Frau nicht überzeugen können. Sie spürte das Gewicht der kleinen Leni auf ihrer Brust und atmete tief durch.

«Und jetzt zeig mir, was du da unter deinem Tuch hast!» Barbara hob das Kind hoch. Es war gerade aufgewacht und begann zu weinen.

«Ein Kind! Das auch noch. Davon hat Melchior nichts gesagt. Ist es wenigstens getauft?»

Barbara nickte. «Sie heißt Magdalene. Sie schläft fast den ganzen Tag und wird niemanden stören.»

«Ich hoffe nur, dass sie dich nicht beim Arbeiten stört. Kein Kind schläft den ganzen Tag, merk dir das.» Endlich schloss sie die Tür in Barbaras Rücken. «Komm jetzt, ich zeig dir die Gesindekammer, da kannst du deinen Kram verstauen.» Barbara folgte ihr einen schmalen Gang entlang. Die Kleine schrie mittlerweile wie am Spieß. Türen gingen auf, neugierige Gesichter sahen sie an.

«Hier, die Stufen hinunter ... nimm das einzelne Bett unter dem Fenster, das ist noch frei. Bring um Gottes willen endlich das Kind zur Ruhe und komm in die Küche. Ich zeige dir dann, was du zu tun hast.» In der Gesindekammer standen drei Betten, zwei große und das kleine, das die Spitalmutter ihr zugewiesen hatte. Barbara setzte sich auf das Bett und legte das Kind an die Brust. Sicher musste Leni auch aus ihren Windeln ausgewickelt und sauber gemacht werden, aber das würde einige Zeit in Anspruch nehmen, länger vielleicht, als die Spitalmeisterin auf sie warten würde.

«Das ist ja noch ein ganz Kleines!» Eine alte Frau war hereingeschlurft. Die Haare hingen ein wenig wirr um ihr Gesicht, und ihren Rock hatte sie verkehrt herum an. Sie kam näher und schaute Barbara neugierig beim Stillen zu.

«Ich bin die Anne, weißt du?», sagte sie, als würde das ihr Interesse hinreichend erklären. «Ich wohn hier. Bei den Armenpfründnern in der Stube.»

«Anne», wiederholte sie leise.

«Ja!» Die Alte strahlte sie an. Sie hatte offensichtlich keinen einzigen Zahn mehr im Mund. «Wenn du willst, kann ich ein bisschen aufpassen auf das Kleine. Hab ja selbst ein Dutzend auf die Welt gebracht!» Sie strich Leni mit ihren Greisenfingern über den Kopf und fing an, eine kleine Melodie zu summen. Barbara überlegte angestrengt. Konnte sie der Alten das Kind anvertrauen? Vielleicht war sie ja nicht mehr ganz richtig im Kopf und würde es irgendwo liegenlassen und vergessen. Andererseits wäre es natürlich eine große Erleichterung, gerade heute, an ihrem ersten Tag, der nicht sehr verheißungsvoll angefangen hatte.

«Sie muss frisch gewickelt werden, wenn sie genug getrunken hat», sagte sie schließlich misstrauisch. «Kannst du das machen?» Anne gluckste vergnügt.

«Sicher. Sicher kann ich das machen! Hab schon ganz anderen Dreck weggemacht!» Barbara sah ihre kohlrabenschwarzen Fingernägel und glaubte ihr aufs Wort. Schweren Herzens reichte sie das Kind an die alte Frau weiter und sah erleichtert, wie diese es geübt an ihre Schulter bettete, um es aufstoßen zu lassen. Das schien wirklich nicht der erste Säugling zu sein, den sie auf dem Arm hatte. Barbara stand auf. Wie schwer war es, das Kind hier zurückzulassen, und wenn es nur für ein paar Stunden war!

«Sie heißt Leni», sagte sie und küsste das weiche Köpfchen. «Ich komme und schaue nach ihr, sobald ich kann.»

Die Spitalmutter wartete in der Küche und war gerade dabei, die Vorratsgefäße auf den Wandborden zu prüfen.

«Hier, das Mehlfass ist nicht gut verschlossen, Marthe», wandte sie sich tadelnd an die Köchin, die mit missmutigem

Gesicht danebenstand. «Willst du, dass die Mäuse drangehen? Also. Dann sieh zu, dass das in Zukunft nicht noch einmal passiert.» Die Köchin murmelte etwas und wandte sich wieder ihrem Teig zu.

«Das nächste Mal beeil dich, wenn ich auf dich warte», wandte sich die Meisterin jetzt an Barbara. «Ich habe nicht den ganzen Tag Zeit, hier herumzustehen und Maulaffen feilzuhalten.» Eine der Mägde zog hinter ihrem Rücken eine Grimasse und grinste. «Und jetzt pass gut auf, damit ich dir nicht alles dreimal sagen muss.» Hier in der Küche, erklärte sie, wurde jeden Tag für rund sechzig Personen gekocht: für die Bewohner des Spitals und die zahlreichen Bediensteten. Alle bekamen im Wesentlichen das Gleiche zu essen. Nur die, die sich mit einer Sonderpfründe eingekauft hatten, bekamen etwas reichlicher, gerade was das Fleisch anging. Die Gemeinpfründner mussten sich mit deutlich weniger begnügen, und für die Armenpfründner gab es von allem die schlechtesten Stücke und Fleisch nur dann, wenn genügend da war.

«Die Einkäufe erledige ich selbst.» Die Spitalmeisterin zog streng die Augenbrauen zusammen. Barbara konnte sich gut vorstellen, dass diese Frau ungern einem anderen auch nur einen Pfennig des Spitalvermögens anvertraute. «Du musst der Köchin dann bei der Zubereitung zur Hand gehen, so wie du es verstehst, und vor allem ausreichend Feuerholz und Wasser vom Hof hereinschaffen.» Sie zeigte mit der Hand durch eine offen stehende Tür auf den Hof, wo sich der spitaleigene Brunnen befand. Holz wurde auch für die Sonderpfründner benötigt, die jeweils eine Stube und eine Kammer im zweiten Stockwerk bewohnten und ein Anrecht darauf hatten, dass ihnen jeden Abend eingeheizt wurde. «Das musst du nach dem Versperläuten tun.» Sie nickte der Köchin noch einmal zu und wandte sich dann zum Gehen. «Komm mit.»

Gehorsam folgte Barbara der Spitalmeisterin auf ihrem Rundgang durch das Haus. Sie spitzte die Ohren, ob wohl irgendwo ein kleines Kind weinte, aber nichts war zu hören.

Im ersten Stock lagen die beiden Räume der Armenpfründner: eine kleinere Schlafkammer für die Frauen und eine große Stube, in der die Männer schliefen und die Alten und Kranken sich tagsüber aufhielten.

«Diejenigen, die noch können, verrichten natürlich Arbeiten für das Spital», sagte die Meisterin. «Als Gegenleistung für die Wohltätigkeit, die sie hier empfangen.»

Ein knappes Dutzend Menschen war in der Stube, darunter zu Barbaras Erleichterung auch die alte Anne, die stolz die festverschnürte Leni auf dem Schoß hatte. Das Kind schlief. Die Spitalmeisterin warf einen Blick darauf, sagte aber nichts. Sie ging stattdessen zu einem großen Bett hinüber, in dem zwei alte Männer lagen, zog die Decke gerade und rüttelte dann den einen der beiden sanft an der Schulter.

«Und, Berchthold? Wie geht es heute? Hast du gut geschlafen?»

Der Mann grunzte etwas. Sein Gesicht war braun und faltig wie eine Rosine. Graue Bartstoppeln lagen fleckig auf seinen Wangen, und sein Schädel war kahl.

«Der alte Berchthold hier liegt schon, seit es draußen kalt geworden ist.» Die Spitalmeisterin gab ihm einen Klaps auf die Wange. «Er muss gefüttert werden, wenn es Essen gibt.» Sein Bettnachbar hatte mit keinem Laut zu verstehen gegeben, dass er etwas von ihren Worten mitbekommen hatte. Er lag mit offenem Mund auf dem Rücken. Gelblich spannten sich die Lippen um seinen Kiefer, und jedes Mal, wenn er ausatmete, meinte Barbara ein Gurgeln tief unten in seiner eingefallenen Brust zu hören. Unwillkürlich senkte sie die Stimme.

«Was – was ist mit diesem hier?»

«Unser Vater Linhard. Lebt schon seit fünf Jahren hier bei uns, und jedes Mal im Winter denkt man, er erlebt den Frühling nicht mehr.» Die Spitalmutter hob mit ihren kräftigen Fingern eine Hautfalte von seiner Greisenhand: Sie blieb stehen wie hineingebügelt.

«Sieh zu, dass du ihm etwas zu trinken einflößt, warmen Wein mit Ei am besten. Mehr können wir nicht für ihn tun.» Sie bekreuzigte sich kurz vor der Muttergottes an der Wand und winkte Barbara dann weiter. Ob Trusch wohl wusste, wie das Paradies aussah, das sie sich für ihre alten Tage erträumte? Barbara musterte verstohlen die übrigen Armenpfründner, die hier auf Kosten wohlhabender Stifter ihren Lebensabend verbrachten: verhärmte, verlebte Gestalten mit heruntergekommenen Kleidern und spinnwebgrauem Gesicht. Aber sie hatten es warm und wurden satt, und das war mehr, als viele andere von sich sagen konnten. Sie lächelte Anne noch einmal freundlich zu und folgte dann der Meisterin nach draußen.

Mit den reichen Sonderpfründnern, die sich gegen Zahlung von fünf- bis sechshundert Gulden hier eingekauft hatten, wie die Köchin ihr hinter vorgehaltener Hand erzählte, hatte Barbara nur wenig zu tun. Sie fegte ihre Kachelöfen und sorgte dafür, dass jeden Abend ein warmes Feuer darin brannte, aber ansonsten verbrachte sie die meiste Zeit in der Küche und in der Stube der Armenpfründner. Sechzehn Armenpfründner waren es, die das Spital beherbergte, und die meisten von ihnen, darunter auch drei Kinder, wurden tagsüber für unterschiedliche Aufgaben in Haus und Wirtschaft eingesetzt. So hatten ein paar Männer schon angefangen, in den Weingärten des Spitals an den Hängen nördlich des Neckars die Reben zu schneiden und aufzubinden.

Drei der Armen waren so alt oder krank, dass sie sich den ganzen Tag in ihrer Stube aufhielten: Berchthold und Linhard, der jeden Tag ein bisschen mehr verfiel, dazu Wendelin Schlepp, früher Zimmermann, dessen linkes Bein nach einem Sturz schief wieder zusammengewachsen war, sodass er nicht mehr arbeiten konnte.

«Denk nur nicht, ich hätte zu tief ins Glas geschaut, als ich damals gestürzt bin», versicherte er Barbara treuherzig. «Das mit dem Trinken, das hat erst später angefangen. Vor lauter Elend.» Im Spital waren allerdings die Möglichkeiten begrenzt, seinen Kummer zu ertränken, erst recht, wenn man über kein eigenes Geld verfügte, und so saß Wendelin meistens auf der Bank in seiner Ecke und beobachtete das Leben auf der Straße. Er war allerdings ein guter Schnitzer, und als Barbara ihm erzählte, dass die kleine Leni jede Nacht mit ihr zusammen im Bett schlief, schwor er ihr, eine Wiege für das Kind anzufertigen, wenn die Meisterin ihm Holz dafür gäbe.

Barbara nickte höflich und starrte krampfhaft vor sich auf den Boden. Es kam nur selten vor, dass sie nicht auf der Hut war und eine Erinnerung sie wehrlos überfiel, so wie jetzt, da sie Simon vor sich sah, wie er pfeifend und übermütig auf dem Hof vor der Scheune stand und Holz zurichtete. Was mochte wohl aus der Wiege geworden sein, die er damals gebaut hatte? Sie hatte das Bettchen nie wieder gesehen, nachdem er verschwunden war. Vielleicht hatte Andres es ja zu Kleinholz zerschlagen und verbrannt, aus Trauer um das Kind, das nicht hatte überleben dürfen – oder aus Wut auf den Bruder, der sich ihm widersetzt hatte. Sie biss sich auf die Lippen. Wie lange war das alles her? Ein Menschenalter lang? War sie es überhaupt selbst gewesen, die all das erlebt hatte, die vor einer Ewigkeit unbeschwert getanzt hatte, als Kirchweih gefeiert wurde?

Sie nahm Anne das Kind vom Schoß und drückte es an sich. Die Alte strahlte sie an. Sie liebte es, die Kleine zu hätscheln und auf den Armen zu wiegen, sang ihr unsinnige Verse vor und zog die merkwürdigsten Grimassen, um ihr ein Lächeln zu entlocken. Was mochte wohl aus den vielen Kindern geworden sein, die sie ihren Erzählungen zufolge selbst einmal gehabt hatte? Keins von ihnen tauchte jemals auf, um sich um sie zu kümmern, und wenn Barbara die Alte beobachtete, wie sie mit geschickten Fingern das Wickelband löste, fühlte sie einen heimlichen Schmerz. Auch Pia und Hedwig, die beiden anderen alten Frauen in der Stube, beschäftigten sich gern mit Leni, und nur Paula, die von allen «die Dolle» genannt wurde, schien das Kind gar nicht wahrzunehmen.

«Sie ist nicht ganz richtig hier oben», hatte Pia geheimnisvoll erklärt und eine entsprechende Handbewegung gemacht. «Spricht mit Leuten, die nicht da sind, und manchmal fängt sie an zu schreien und hört nicht wieder auf.» Sie flüsterte so leise, dass Barbara sie fast nicht verstehen konnte.

«Einmal hat man sie sogar für ein paar Tage anketten und in den Turm legen müssen! Aber Gott sei Dank ging es ihr schnell wieder besser. Du brauchst keine Angst vor ihr zu haben.» Ihre Familie hatte sie hierhergebracht, weil sich zu Hause niemand um sie kümmern konnte, und gelegentlich kam ihr Bruder und brachte ihr einen Korb voll Eier oder Brot vorbei. Aber man konnte nicht sagen, ob sie sich wirklich darüber freute, ja, ob sie überhaupt wahrgenommen hatte, dass jemand da gewesen war. Die meiste Zeit saß sie auf dem Boden in einer Ecke, schaukelte den Oberkörper hin und her und bewegte lautlos die Lippen. Allen gegenteiligen Versicherungen zum Trotz hatte Barbara Angst vor der dollen Paula und schärfte den Alten ein, Leni auf keinen Fall mit ihr allein zu lassen.

Solange der Winter die Stadt noch fest in seiner kalten Hand hatte, machte auch Trusch keine Anstalten, wieder auf die Wanderschaft zu gehen.

«Ich weiß, was Frostbeulen sind, Herzchen», versicherte sie Barbara bei einem ihrer zahlreichen Besuche in der Spitalküche. «Da hab ich für mein Leben genug von gehabt, was?» Jede Woche zahlte sie Irmel ein paar Schillinge für Kost und Unterkunft und half Kilian dabei, in dem Schuppen hinter seinem Hof Branntwein herzustellen.

«Woher weißt du eigentlich, wie man das macht?», erkundigte sich Barbara, die gerade dabei war, einen Berg Winterrüben klein zu schneiden. Trusch zwinkerte ihr zu und kitzelte die kleine Leni, die sie auf dem Schoß hielt, unter dem Kinn.

«Oh, man muss Augen und Ohren aufhalten unterwegs, verstehst du? Gibt 'ne Menge Sachen, die man lernen kann. Vor allem, dass man manchmal besser den Mund hält.» Sie kramte mit ihrer freien Hand in der Tasche herum und zog ein Band hervor, an dem ein kleines Glöckchen hing. «Hier, soll ich dir geben. Von der Gesche. Sie wollte der Kleinen gern was schenken.» Sie ließ das Glöckchen vor dem Gesicht des Kindes hin und her baumeln. Es klingelte leise, und Leni folgte ihm mit den Augen. Barbara lächelte zu ihr hinüber.

«Sag ihr danke und einen lieben Gruß von mir, ja?» Trusch nickte.

«Sie würd's gern mal wiedersehen», sagte sie schließlich und wiegte den Kopf. «Ist ja jetzt schon sechs Wochen alt, unsere Magdalene. Sieht schon aus wie 'n richtiger Mensch.»

«Am Sonntag, Trusch. Am Sonntag nehm ich sie mit zum Hochamt, da kann Gesche sie sehen.» Obwohl es natürlich auch im Spital eine Kapelle gab und jeden Tag die Messe gelesen wurde, pilgerten doch alle Bewohner, die dazu in der Lage waren, am Sonntag in die Hauptkirche Sankt Martin. An diesem Sonntag wollte auch Barbara zum ersten Mal seit Lenis Geburt wieder zum Hochamt gehen.

«Sieht nicht so aus, als würde die Gesche zur Kirche gehen am Sonntag.» Die Hökerin legte das Glöckchen zur Seite. Überrascht sah Barbara auf.

«Wieso denn nicht?»

«Die Irmel hat's all ihren Mädchen verboten.»

«Aber am Sonntag dürfen sie doch sowieso nicht arbeiten! So geldgierig kann die Irmel doch gar nicht sein!» Trusch schüttelte traurig den Kopf.

«Ist sie zwar doch, aber da geht es gar nicht drum, was? Es ist ihr einfach zu gefährlich.» Einen Augenblick lang fürchtete Barbara, der viele Branntwein hätte der Händlerin den Verstand geraubt.

«Was soll an der Messe gefährlich sein?»

«Na, hast du nicht die Fastenpredigten gehört, die diese neuen Pfarrer gehalten haben?» Erwartungsvoll sah Trusch zu ihr hinüber; Barbara schüttelte den Kopf. «Dass die Huren die schwärzesten aller Sünderinnen seien, haben sie gesagt. Die ganze Bürgerschaft würden sie verderben und mit zum Teufel nehmen, wenn sie einst zur Hölle fahren. Ich kann dir sagen, mir selbst haben die Knie fast gezittert vor Angst, obwohl ich doch in meinem ganzen verdammten Leben noch bei keiner Hure gelegen habe. Jedenfalls, am letzten Sonntag» – sie machte eine bedeutungsschwere Pause –, «am letzten Sonntag haben sie den Mädchen nach dem Gottesdienst Steine hinterhergeworfen, und ein paar Burschen haben versucht, ihnen die Schleier wegzureißen. Und da hat's die Irmel dann verboten, dass sie hingehen. Will sich schließlich keinen Ärger einhandeln, was!» Sie zog ihre Flasche hervor und stellte bedauernd fest, dass sie leer war. «Auch das noch. Jedenfalls, wenn du nicht selbst hingehst, dann kriegen sie die Kleine nicht mehr zu sehen.»

Barbara machte eine ungeschickte Bewegung und schnitt sich in den Daumen. Blut quoll hervor, und sie presste die Finger zusammen.

«Ich würd's ja gern tun», antwortete sie leise. «Aber du weißt doch, dass ich nicht zum Frauenhaus gehen kann.»

«Auf einmal? Vor kurzem warst du noch froh und glücklich, dass sie dich dort aufgenommen haben.»

«Ja, sicher ... aber jetzt ist es anders. Wenn die Spitalwirtin erfährt, dass ich zum Frauenhaus gegangen bin, dann schmeißt sie mich raus. Das kann ich nicht riskieren.» Tatsächlich war es schon gefährlich, bei einer zufälligen Begegnung auf der Straße mit Gesche oder Irmel ein paar Worte zu wechseln, und die Spitalwirtin hatte auch schon durchblicken lassen, dass sie die Besuche der Hökerin nicht schätzte.

«Und wenn du im Dunkeln gehst? Muss sie's denn erfahren?»

«Natürlich nicht ... aber es kann passieren. Die Stadt ist so klein, da bleibt doch kaum etwas verborgen.» Der Finger wollte nicht aufhören zu bluten. Sie riss sich ein kleines Stückchen Stoff aus der Schürze und presste es auf die Wunde, froh, dass sie Trusch nicht anzusehen brauchte. «Ich muss an die Kleine denken, Trusch», sagte sie fest. Die Hökerin gab Leni einen Kuss auf die Stirn, legte sie dann vorsichtig auf ihre Decke und stand auf.

«So. An die Kleine denken. Dann weiß ich ja Bescheid, was? Ich werd den Mädchen sagen, dass sie nicht mit dir rechnen können.» Sie hatte so laut gesprochen, dass die Köchin, die hinten am Herd hantierte, erstaunt aufblickte. Barbara antwortete nicht. Die Hökerin schlug mit der flachen Hand gegen die Wand.

«Wie man sich in einem Menschen täuschen kann, was? Da hab ich gedacht, auf die Barbara, da ist Verlass, hab ich gedacht, die lässt ihre Freunde nicht im Stich! Jetzt bin ich schon so alt, aber ich lern doch immer noch dazu.» Als Barbara endlich wieder hochblickte, war sie verschwunden.

Den ganzen Tag lang ging Barbara der Besuch der Hökerin nicht aus dem Kopf. Aber was hätte sie anderes tun können? Sie nahm Leni auf den Arm, drückte sie fest an sich und ließ sich überwältigen von der Wärme und Zärtlichkeit, die das kleine Wesen ausstrahlte. Nichts würde sie tun, was dieses Kind gefährden könnte, und wenn sie ihre Seele verkaufen müsste, um das zu verhindern. Sie streichelte über die zarte Haut und badete in dem vertrauensvollen Blick der blauen Augen.

«Ich lass dich nie allein», flüsterte sie und wiegte Leni hin und her.

«Darf ich sie einmal halten?» Gesche strahlte wie noch nie, als sie die Kleine in den Armen hielt, und küsste immer wieder die dunklen Löckchen. «Was für ein hübsches Kind, was für ein kleines Püppchen ... und ich dachte schon, ich krieg sie nie mehr zu Gesicht ...» Die ganzen letzten Tage hatte Barbara daran gezweifelt, ob es richtig war, mit Leni zum Frauenhaus zu gehen, aber jetzt war sie froh, dass sie sich schließlich ein Herz gefasst hatte. Selbst Irmel war zu Tränen gerührt gewesen, als Leni sie angelacht hatte, und hatte ihr sofort ein buntes Seidenband zum Spielen in die Fingerchen gegeben. Es war Sonntag, das Frauenhaus musste geschlossen bleiben, und alle saßen zusammen um den großen Küchentisch: Irmel und Kilian, Gesche mit Leni auf dem Arm, Mali und Klärchen und natürlich Trusch, die auf das Wohl von Mutter und Kind gleich den ersten Becher geleert hatte.

«Und, Mädchen? Wie geht es dir so im Spital? Die Meisterin dort muss ein harter Knochen sein, hab ich gehört.» Auf den ersten Blick war Barbara die Hurenwirtin unverändert erschienen, aber jetzt fiel ihr auf, dass sie die aufreizende Farbe von ihren Fingernägeln entfernt hatte.

«Ach, ich bin zufrieden», antwortete sie. «Es gibt viel zu tun, aber alle sind freundlich zu Leni, und wir haben wenigstens ein Dach über dem Kopf und regelmäßig zu essen.» Irmel zog vielsagend die Augenbrauen hoch. Es war klar, dass sie dachte, all das hätte sie schließlich auch zu bieten gehabt. Barbara beeilte sich, das Gespräch auf ein anderes Thema zu lenken.

«Und, habt ihr schon eine neue Küchenmagd gefunden?»

«Brauchen wir nicht.» Kilian starrte missmutig in seinen Becher. «Die Geschäfte gehen nicht mehr so wie früher, seit diese verfluchten Prediger jeden Sonntag hier ihr Unwesen treiben. Wenn das so weitergeht, dann können wir den Laden bald dichtmachen.»

«Warum lässt du mich dann nicht endlich gehen? Der junge Fähnrich gestern wollte mich mitnehmen! Wenn du nicht dazwischengegangen wärst –» Empört hob die schwarzhaarige Mali den Kopf und funkelte den Frauenwirt an. Sie hatte die ganze Zeit mit einem Tuch in ihrem Gesicht herumgerieben, und erst jetzt erkannte Barbara, dass ihr linkes Auge blau und verschwollen war, als hätte sie erst vor kurzem eine kräftige Tracht Prügel bezogen.

«Du halt bloß den Mund», sagte Irmel kurz. «So weit kommt es noch! Du bleibst hier, bis du mir alles bezahlt hast, was du mir schuldest, bis auf den letzten Heller. Danach kannst du machen, was du willst.» Mali schoss einen giftigen Blick auf sie ab. In dem Augenblick polterte jemand gegen die hintere Tür.

«He, keiner zu Hause?» Kilian ging hinaus, um zu öffnen,

und kurze Zeit später hörte Barbara ihn im Flur mit einem anderen Mann verhandeln. Schließlich steckte er den Kopf wieder zur Tür herein und gab Mali einen Wink.

«Kundschaft!» Das Mädchen schniefte und stand unwillig auf.

«Am heiligen Sonntag arbeiten, wo gibt es denn das! Aber wartet's ab, ich geh mich beschweren! Beim Rat geh ich mich beschweren!»

Irmel musterte sie abschätzig.

«Dann beschwer dich doch. Gibt auch 'ne ganze Menge, was ich dem Rat über dich erzählen könnte. Ich freu mich schon drauf.» Mali fluchte laut, humpelte anklagend zur Tür und knallte sie hinter sich zu. Gesche sah zu Barbara hinüber.

«Komm mit in meine Kammer, Barbara. Ich muss dir etwas zeigen.» Barbara nickte erleichtert und folgte ihr rasch nach oben.

«Sei froh, dass du nicht mehr hier bist», erklärte Gesche, als sie allein waren. Leni war inzwischen eingeschlafen, und vorsichtig bettete sie die Kleine auf das Tuch, das Barbara für sie ausgebreitet hatte. «Du hast ja selbst gemerkt, wie schlecht die Stimmung ist. Irmel hat Angst, dass die neuen Prediger ihr die Kunden verschrecken. Nie hätte sie früher erlaubt, dass am Sonntag ein Kerl ins Haus kommt, aber inzwischen ist es so knapp mit dem Geld, dass sie keine Wahl mehr hat.»

«Und was ist mit Mali passiert? Sie sah ja schlimm aus.»

«Selber schuld, das gerissene Luder.» Gesche schien nicht sonderlich besorgt. «Sie hat versucht durchzubrennen gestern, mit so einem blutjungen Kerl, dem sie den Kopf verdreht hat. Bloß, die Irmel hat's mitgekriegt. Die lässt doch ihr bestes Hühnchen nicht laufen, erst recht nicht, wo die Mali ihr noch mehr als zwanzig Gulden schuldet!»

«Zwanzig Gulden! Das ist ja ein Vermögen. Wie ist Mali denn da reingerutscht?»

«Kost und Logis, neue Kleider, Essen ... kauft ja alles die Irmel ein, und wir müssen's ihr bezahlen. Und außerdem» – Gesche lehnte sich zurück und betrachtete Barbara spöttisch –, «wer, wenn nicht du selbst, sollte wissen, wie schnell man sich bei Irmel verschulden kann?» Barbara streckte unwillkürlich die Hand nach dem schlafenden Kind aus. Sie wünschte, sie könnte das alles vergessen.

«Jedenfalls», fuhr Gesche fort, «Kilian ist dazwischengegangen, noch bevor sie überhaupt bis zur Tür gekommen waren, und es gab 'ne heftige Prügelei. Der Junge wird es sich in Zukunft dreimal überlegen, bevor er wieder in den Puff geht.» Gesche seufzte. «Du glaubst nicht, dass sie für mich noch was frei haben da im Spital, oder? In der Küche vielleicht oder, wenn es sein muss, auch im Stall?»

«Nein», sagte Barbara. Selbst im Schlaf hielt Leni ihren Finger fest umklammert. «Nein, ich fürchte, nicht.»

6

Auf dem Neckar traf sich Simons Mannschaft mit den Flößern aus Sulz. Sie banden dreißig, vierzig Gestöre zusammen zu riesigen Flößen, wie künstliche Inseln, mehrere hundert Schritte lang, und würden alle ihre Kraft und Geschicklichkeit brauchen, um sie über Tübingen, Nürtingen, Esslingen und Stuttgart zum großen Stapelplatz am Nordrand des Schwarzwaldes zu bringen. Vielleicht wäre es ja möglich, überlegte Simon, bei einem der Schiffer anzuheuern, die weiter den Neckar hinunterflößten bis zum Rhein, nach Mainz und Köln und den Niederlanden, bis man irgendwann ans Meer kam. Schiffe fuhren von dort nach Westen, so hatte er gehört, in eine neue Welt, wo Gold und Edelsteine auf den Bäumen wuchsen und ein verwegener Mann schnell sein Glück machen konnte.

«He, Hundefänger!»

Er schreckte hoch und packte seinen Haken fester. War das Floß einmal in Bewegung, dann hielt es sich wie von selbst in der Strömung, aber trotzdem mussten die Flößer immer aufmerksam sein und ihr Fahrzeug von Untiefen, Treibgut und weit in die Fahrrinne ragenden Bäumen fernhalten. Erst gestern waren sie auf eine Sandbank aufgelaufen und hatten kostbare Stunden verloren, durch seine Schuld.

«Pass auf, sonst holt dich noch der Wassermann!» Die beiden Sulzer Flößer grinsten zu ihm herüber. «Auf solche Hosenscheißer hat er's abgesehen!» Der Jüngere von beiden fasste sich an den Hintern und zog eine jämmerliche Grimasse, bevor sie in lautes Grölen ausbrachen. Simons Herzschlag beschleunigte sich. Einen Augenblick nur hatten die Sulzer benötigt, um herauszufinden, dass dies hier seine erste Fahrt war, und dann keine Sekunde verloren, um ihm klarzumachen, dass sie ihn nicht dabeihaben wollten. Ohne die Fürsprache des Floßmeisters und ohne das Fässchen Wein, das plötzlich von irgendwoher aufgetaucht war, hätte es schon am ersten Abend eine wüste Schlägerei gegeben.

«Sag mal, Breitwieser, wie viel hast du eigentlich dem Alten gegeben, dass er dich mitgenommen hat, dich und den Köter?»

«Halt's Maul!» Simon presste die Kiefer aufeinander und blickte angestrengt auf das dahinschießende Wasser. Er war mit den beiden allein auf seinem Gestör; es war nicht gut, einen Streit anzufangen.

«Hast keinen Stolz im Leib, was? Na ja, wie auch! Ein kleiner Bauernlümmel wie du, der mal die große Welt sehen will und andere für sich schuften lässt, weil er selbst beide Hände dazu braucht, um sich an seinem Haken festzuhalten! Würd gern mal sehen, was du machst, wenn dir einer den Haken wegreißt!»

Simon versuchte sich auf das Wasser zu konzentrieren, auf die schaumigen Wellen, die das Floß vor sich herschob, auf die Schatten, die manchmal unter ihnen vorbeischossen. Vinto, der sich wie immer an seiner Seite hielt, fing leise an zu knurren und stellte die Ohren auf. Das Tier spürte genau, dass etwas gegen seinen Herrn im Gange war.

«Ruhig, Vinto!», murmelte Simon, aber da sprang der Hund schon auf die beiden Flößer los und biss den einen von ihnen in die Wade.

«Du Sauhund! Gottverfluchte Töle!» Der Angegriffene schlug um sich, fluchte und stieß den Hund mit einem heftigen Tritt ins Wasser. Es ging alles so schnell, dass Simon noch mit offenem Mund dastand, als Vinto schon um sein Leben kämpfte. Natürlich konnte der Hund schwimmen, aber er war durch den Tritt benommen, und der mächtige Sog, den das Floß erzeugte, zog ihn unter Wasser. Für einen Augenblick starrte Simon verständnislos auf die Stelle, an der sein Hund untergegangen war, dann stieß er einen lauten Schrei aus und sprang ihm hinterher.

Die eisige Kälte presste ihm den Brustkorb zusammen und nahm ihm den Atem. Das Wasser gurgelte um ihn herum, zerrte an seinen Kleidern, schwappte ihm in Mund und Nase. Irgendwo musste der Hund sein, irgendwo hier in seiner Nähe, sein Hund, das Einzige, was ihm geblieben war ... Simon schlug wild um sich, ging unter, griff ins Leere. Das Floß mit den beiden Männern darauf rauschte an ihm vorbei, ohne dass er sich hätte festhalten können, obwohl er noch sah, wie sie ihm ihre Haken hilfreich entgegenstreckten, sah, dass sie ihm etwas zuriefen, aber konnte es nicht verstehen, hörte nur das Schmatzen und Gurgeln in den Ohren und bemerkte das nächste Gestör erst, als es auf ihn zuraste und mit voller Wucht an der Brust traf.

«Dein Hund ist klüger als du. Er ist einfach ans Ufer gepaddelt und hat gewartet, dass ihn jemand holt.» Die Stimme zwang ihn zurückzukehren, zurück auf das Floß, wo jemand ihn auf den Rücken gelegt und ihm Hemd und Wams ausgezogen hatte.

«Trink!» Das scharfe Brennen des Alkohols in seinem Mund, die besorgte Stimme des Flößers, die Kälte seiner Glieder: all das verblasste vor dem Schmerz, der die Zähne in seine rechte Seite geschlagen hatte, wie ein wildes Tier, das von seinem Atem lebte. Als er heftig hustend das Wasser wieder ausspuckte, das er geschluckt hatte, brach ihm der Schweiß am ganzen Körper aus vor Schmerz.

«Er wird wieder ohnmächtig», sagte einer und rieb ihm das Gesicht mit Wasser ab, ohne dass er sich dagegen wehren konnte. Lasst mich doch! Ich ersticke, ich kann nicht atmen!

«Simon.» Der Floßmeister beugte sich über ihn, er sah ihn wie einen Schatten. «Das Floß hat dir wahrscheinlich die Rippen gebrochen. Du kannst von Glück sagen, dass wir dich noch aus dem Wasser ziehen konnten! Wie konntest du nur so dumm sein, zwischen den Gestören ins Wasser zu springen?» Was hätte er antworten können! Er brauchte jedes Quäntchen, jedes Fünkchen Kraft und Willen zum Atmen, nur zum Atmen gegen den Schmerz. Er schloss die Augen.

«Wir müssen dich ans Ufer bringen ... sobald wir zum

nächsten Ort kommen, versuchen wir, einen Wirt zu finden, bei dem du bleiben kannst, bis du wieder gesund bist. Simon, hörst du mich? Oder sollen wir dich zurückschaffen, nach Glatt?»

«Nein. Nicht.» Flüstern, Atem verschwenden. Die Welt verschwimmt, endlich, versinkt in kühlem Dunkel.

Wie im Traum nahm Simon wahr, dass sie das Floß ans Ufer lenkten und dort verankerten, dass sie ihn auf eine Decke legten und an Land trugen, wie in einem bösen Traum. Der Floßmeister hockte sich neben ihn auf den Boden.

«Da vorn, das ist Nürtingen. Ich werde alles Geld, was du noch zu bekommen hast, nehmen und versuchen, damit hier für dich eine Unterkunft zu finden», sagte er. «Vielleicht können wir auch noch den Bader kommen lassen, dass er sich die Sache einmal ansieht.» Simon wollte antworten, aber er brachte nur ein schwaches Nicken zustande. Der Floßmeister würde sein Bestes tun, um ihn zu versorgen, und ihn dann hier zurücklassen und mit seinem Holz weiterfahren. So würde es geschehen, und es gab nichts, was er daran ändern konnte. Vinto wenigstens legte sich tröstend auf seine Füße und gab ihm von seiner Wärme ab.

«Wenn er nicht die Blattern hat und mir meine Gäste verscheucht … meinetwegen.» Der Wirt betrachtete wohlwollend das Geld, das der Floßmeister ihm ausgehändigt hatte, und winkte die Flößer herein. «Hinten in der großen Gastkammer kann er schlafen.»

«Er braucht ein Bett für sich allein», verlangte der Floßmeister. «Der Mann ist verletzt. Wenn ihm jemand nachts den Ellbogen in die Seite stößt, ist das sein Tod.»

«Sicher. Da hinein.» Sie hoben Simon auf der Decke in ein geräumiges Bett, das sonst vermutlich zwei oder drei Übernachtungsgästen Platz bot. Der Floßmeister runzelte die Stirn, zog noch einmal seinen Beutel heraus und legte ihn dem Wirt in die Hand.

«Ich verlasse mich auf dich», sagte er nachdrücklich. «Wenn ich bei meiner nächsten Fahrt hier vorbeikomme, frage ich nach, was aus Breitwieser geworden ist. Wenn er mir gesund und munter entgegenläuft, kriegst du noch einen Gulden, so wahr ich hier stehe.»

«Ich bin kein Zauberer», knurrte der Wirt. «Sieh dir den Kerl doch an! Da muss schon ein Wunder geschehen, damit der nochmal wieder aufsteht.»

«Wir Flößer sind harte Kerle.» Der Floßmeister beugte sich zu Simon hinunter und legte ihm die Hand auf die Schulter. «Du schaffst es, Simon», flüsterte er. «Bete zum heiligen Nepomuk, dann schaffst du's.»

«Was ist mit dem Hund?» Der Wirt zeigte auf Vinto, der sich vor dem Bett zusammengerollt hatte.

«Lass ihn hier», sagte einer der Flößer. «Ohne den Hund krepiert Breitwieser auf jeden Fall, das ist so sicher wie das nächste Hochwasser. Ist 'n kluges Tier, das kann dir die Ratten vertreiben.» Dann waren sie fort.

Atmen, nur das. Eine Frau kam und versuchte ihm etwas Heißes einzuflößen; jemand tastete und drückte an seinem Brustkorb herum, bis er das Bewusstsein verlor, nur um halb erstickt wieder aufzuwachen. Atmen, atmen gegen das Ersticken. Ein Mönch, der Gebete murmelte, schnarchende Männer, der Lärm aus der Gaststube. Wie konnte es so schwer sein, nur Luft zu holen, wie konnte es sein, dass er um jeden Atemzug kämpfen musste? Die Lider flattern, der Puls rast, und der Tod hockt auf der Bettkante und spitzt seine Nägel. Was strengst du dich so an? Lass doch los, lass dich fallen, ich fange dich auf! Er breitet einladend die Hände aus, aber es sind Krallen: Es ist nicht der Tod, es ist der Teufel, der darauf wartet, seine gierigen Finger in müdes Fleisch zu schlagen. Atmen, ringen um Luft, um das Leben. Wie ein Läufer, der hinter sich die Schritte hört, die ihn weitertreiben, am Ende seiner Kraft, bis die Lungen bersten. Atmen.

«Du bist ein echter Teufelsbraten.» Es war Wochen später, als der Wirt grinsend an Simons Bett stand. «Kein ordentlicher Mensch hätte das überlebt. Aber du siehst nur so aus, als wärst du schon dreimal gestorben.» Simon lächelte schwach zurück.

«Ich fühl mich auch so.» Es war ein Wunder, wie leicht und selbstverständlich die Luft durch seine Brust strömte. Er hätte Stunden damit verbringen können, nur seinem eigenen Atem zu lauschen.

«Ehrlich, als du dann noch dieses Fieber gekriegt hast, hätte ich keinen Heller mehr auf dich gewettet. Ach was! Schon vorher nicht.» Der Wirt zog sich den Hocker näher heran und setzte sich. «Schätze, du kriegst auch langsam wieder Appetit. Da braucht's wohl 'nen Ochsen am Spieß, bis du wieder so aussiehst wie früher.»

Simon schüttelte den Kopf.

«Ist schon recht so. Euer Essen hier ist wunderbar, überhaupt alles. Ich weiß gar nicht, wie ich mich bei dir bedanken soll. Wenn du dich nicht so um mich gekümmert hättest, du und deine Frau, dann wär ich schon längst auf den Kirchhof umgezogen. Wenn es irgendetwas gibt, was ich tun kann …»

«Noch kannst du gar nichts tun. Kannst ja noch nicht mal aufstehen und bis zum Misthaufen rübergehen.»

Der Wirt rutschte hin und her und strich sich über das Kinn. «Aber da ist schon was, das ich mit dir besprechen will, Breitwieser.»

«Ja?»

«Also, du hast ja lange gelegen, und ich hab den Bader gerufen und den Priester ... Du weißt doch, dass ich so ein Bett gut und gern an zwei oder drei Leute vermieten kann, oder?»

«Sicher. Ich dank dir, dass du's nicht gemacht hast. Die hätten mich glatt zerquetscht in der Nacht.» Der Wirt hob hilfesuchend die Hände und ließ sie wieder in den Schoß fallen.

«Also, es ist so, dass mir dein Floßmeister Geld dagelassen hat für dich, eine ganze Menge sogar.»

Simon nickte.

«Nur, auch eine ganze Menge geht mal zu Ende, wenn du verstehst, was ich meine. Und du bist ja noch nicht gesund. Noch lange nicht gesund.» Der Wirt blickte auf, als wartete er auf Simons Zustimmung. Simon nickte erneut.

«Ich weiß.»

«Also ... also, das Geld ist einfach alle. Aufgebraucht, schon vor zwei Wochen.» Jetzt faltete er die Hände und drehte sie hin und her. «Aber wir konnten dich ja nicht einfach vor die Tür setzen, in dem Zustand, in dem du warst. Solche Leute sind wir nicht, verstehst du? Jedenfalls, das wollte ich mit dir besprechen. Ich hab Auslagen gehabt, und Verluste.»

«Wie viel ist es denn?»

«Sechs, sieben Gulden vielleicht, je nachdem, wie lange du noch brauchst, bis du wieder auf den Beinen bist ... denk nicht, ich hätt's nicht gern getan! Aber unsereiner muss eben auch rechnen. 's ist nicht mehr wie früher, du weißt es ja.»

«Sechs Gulden», wiederholte Simon.

«Oder sieben. Vielleicht sogar noch mehr, ich hab's noch nicht so genau ausgerechnet.» Der Wirt beugte sich vertraulich vor. «Meinst du, der Floßmeister wird es für dich auslegen, wenn er wieder hier vorbeikommt?»

«Ich weiß nicht.» Simon betrachtete seine Hände: Sie hatten alle Farbe verloren, und zwischen den Sehnen auf seinem Handrücken hatten sich tiefe Täler gebildet. «Er hat schon so viel für mich getan. Ich habe keine Ansprüche an ihn.»

«Tja … ehrlich gesagt, die Frau und ich, wir haben auch schon darüber nachgedacht. Du hast doch noch deine Flößerstiefel.» Der Wirt wies mit dem Kinn ans Fußende des Bettes, wo ordentlich verschnürt Simons Besitztümer lagerten. «Wahrscheinlich hast du doch vom Flößen für alle Zeit genug, oder? Dann brauchst du sie ja sowieso nicht mehr. Ist 'ne Menge gutes Leder, das ist schon was wert.» Erwartungsvoll sah er Simon an.

«Andere Schuhe hab ich nicht», sagte Simon langsam.

«Ach, da findet sich schon irgendwas … die Gäste lassen immer mal etwas liegen, da sind auch sicher Schuhe dabei. Ich muss nur mal in meinem Schuppen wühlen. Abgemacht?»

«Abgemacht.»

Es war schließlich Ende Mai, als Simon endlich wieder so weit bei Kräften war, dass er die Stadt Nürtingen verlassen konnte. Er hatte in den letzten Tagen noch die altersschwache Tür zum Hühnerstall repariert und für das Wirtshaus ein paar neue Bänke geschreinert. Es ging ganz gut, nur wenn er sich zu sehr anstrengte, musste er innehalten, bis sich sein gehetzter Atem wieder beruhigte. Schon nach der ersten Stunde wusste er, dass er nie wieder so schwer körperlich würde arbeiten können wie früher. Er nahm die brüchigen Bundschuhe entgegen, die sich wahrscheinlich schon nach den ersten hundert Schritten auflösen würden, und bedankte sich noch einmal bei den Wirtsleuten.

«Und? Wo willst du jetzt hin?»

«Weiß noch nicht.» Simon blickte angestrengt die Straße

hinunter. «Vielleicht ein Stück neckarabwärts, vielleicht auch nicht.»

«Na, du wirst schon zurechtkommen. Ein Kerl wie du, der dem Teufel von der Schippe gesprungen ist ... was soll dem noch passieren!» Lachend klopfte ihm der Wirt auf die Schulter. «Geh mit Gott, Breitwieser. Und wenn du hier mal wieder in die Gegend kommst, dann besuch uns doch! Ich stech auch ein Fass an, wenn du da bist.»

Simon nickte, pfiff nach Vinto und machte sich auf den Weg.

7

«Und, Renschach? Seid Ihr gekommen, um den neuen Wein zu versuchen, den ich mir aus Tirol habe schicken lassen?» Graf Joachim von Zollern lehnte an der Fensterbank seines Empfangsraums und schaute hinaus. Er hatte seinen Amtssitz in einem der hohen Adelshäuser am Markt aufgeschlagen, denn das alte Schloss, in dem vor fünfzig Jahren Erzherzogin Mechthild prachtvoll residiert hatte, war inzwischen nur noch ein heruntergekommenes Gemäuer, voll mit altem Gerümpel, in dem die Ratten auf den Tischen tanzten.

«Wunderbarer Blick von hier, mein Lieber. Ich kann ganz Rottenburg überschauen und sogar sehen, um wie viel Heller die Marktfrauen gerade ihre Kunden betrügen.» Er lachte herzlich. Johannes von Renschach deutete ein Lächeln an.

«Also. Was treibt Euch her?»

«Wir hatten vereinbart, dass ich Euch in regelmäßigen Abständen berichte von allem, was ich in Erfahrung bringen konnte. Was die Leute so reden, in der Herrentrinkstube, auf dem Markt und sonst wo. Wenn Ihr Euch erinnern wollt, Graf?» Es war mühsam, mit dem Landeshauptmann zu verhandeln, so unendlich mühsam. Alles musste man ihm zwei oder drei Mal sagen.

«Oh. Ja.» Der Graf strahlte gewinnend. «Lasst uns an den Tisch hinübergehen, Renschach. Ihr seht wahrhaftig so bleich und mager aus, dass ich Angst habe, Ihr könntet hier vor meinen Augen zusammenbrechen.» Er machte eine einladende Geste mit der einen Hand und schnipste mit der anderen nach einem Lakaien. «Wein und Gebäck für den Herrn von Renschach und mich.» Wieder eine Pause, bis der Diener das Gewünschte gebracht und sich dann wieder entfernt hatte.

«Sprecht.»

«Graf Joachim, wir haben sichere Informationen, dass sich Wilhelm Reublin in der Stadt niedergelassen hat.»

«Reublin? Wer soll das sein?»

Johannes hätte seinen Daumen darauf gewettet, dass genau diese Frage kommen würde. Natürlich hatte der Graf noch nie von Reublin gehört. Er hörte nie etwas, wenn man es ihm nicht direkt ins Ohr trompetete. Ob man in Innsbruck und erst recht in Wien überhaupt eine Ahnung davon hatte, wie sehr der Hohenberger Landeshauptmann von seiner Aufgabe überfordert war?

«Wilhelm Reublin, oder Rebli. Ein umtriebiger Prediger, der aus Zürich ausgewiesen wurde und dann bis Ende letzten Jahres in der Gegend von Waldshut sein Unwesen getrieben hat.»

«Ein Lutheraner? Davon haben wir hier weiß Gott schon genug. Ich gehe kaum noch nach Sankt Martin zur Messe, weil ich dann diesen Schedlin predigen hören muss. Einfach grässlich! Und der Eicher im Stift gegenüber ist noch schlimmer.» Graf Joachim blähte die Backen und ließ die Luft geräuschvoll daraus entweichen. «Ihr glaubt nicht, wie schwierig es ist, diese Ketzerei unter Kontrolle zu behalten … der Bischof sitzt gemütlich in Konstanz, lässt die Evangelischen gewähren und hindert dann die Regierung daran, einzugreifen! Sie unterlägen dem Kirchenrecht. Ha! Dass ich nicht lache! Aber nicht nur das. Manchmal glaube ich sogar, Rat und Bürgermeister arbeiten in aller Heimlichkeit genau gegen das, was aus Innsbruck angeordnet wird.»

Nicht in aller Heimlichkeit, lag es Johannes auf der Zunge, aber er schluckte es hinunter.

«Reublin ist kein Lutheraner», fuhr er fort. «Jedenfalls behauptet er selbst, dass er keiner sei. Er gehört der Sekte der Wiedertäufer an. Ein überaus redegewandter Mann, hier aus Rottenburg gebürtig, der die Leute in Waldshut zum Aufruhr gegen die Obrigkeit aufgestachelt hat und eine neue Ordnung errichten will.»

«Wiedertäufer? Was sind das denn für Leute? Ich habe aus Innsbruck noch kein Schreiben dazu erhalten.»

«Nun, die Wiedertäufer berufen sich allein auf die Schrift, wie die Lutheraner, aber sie lehnen die Kindertaufe ab. Eine Taufe, so behaupten sie, setze die persönliche Bekehrung voraus, die nur verständigen Menschen möglich sei. Deshalb müssen alle, die zu dieser neuen Sekte gehören wollen, sich noch einmal taufen lassen.»

«Das ist ja ungeheuerlich!» Joachim von Zollern verschluckte sich an seinem Wein und bekam einen heftigen Hustenanfall. Es dauerte eine ganze Weile, ehe er fortfahren konnte.

«Sie zweifeln also an der Gültigkeit der Taufe?»

Johannes von Renschach nickte.

«Und all diejenigen, die ohne diese zweite Taufe sterben? Wollen sie denen den Zugang zum Himmelreich verwehren?»

«Ich weiß es nicht, Graf.»

Unwillig schüttelte der Landeshauptmann den Kopf.

«Ich kann mir nicht vorstellen, Renschach, dass diese Schwarmgeister hier viel Zulauf haben werden. Erwachsene taufen! Das ist ja der blühendste Unsinn, den ich je gehört habe.»

«Aber dieser Reublin scheint ein hervorragender Redner zu sein, Graf Joachim. Er reißt die Leute mit. In Hallau, wo er zuletzt tätig war, hat sich fast die gesamte Gemeinde taufen lassen.»

Graf Joachim überlegte.

«Hallau, das liegt im Klettgau, stimmt's? In der Nähe von Schaffhausen. Wo sich die Bauern schon seit Jahren immer wieder gegen die Obrigkeit zusammenrotten. Hier in Hohenberg, mein Lieber, sind die Verhältnisse Gott sei Dank anders. Andererseits ... der Zulauf zu diesen Lutheranern ist bedenklich, selbst hier.» Er griff nach dem Tellerchen mit Konfekt und steckte sich eine gezuckerte Dattel in den Mund. «Also, Herr von Renschach. Was ratet Ihr mir, das ich tun soll?»

«Abwarten, Herr Graf, wie sich die Dinge entwickeln. Ihr wisst sicherlich, dass mindestens die Hälfte der Bevölkerung hier, wahrscheinlich aber noch mehr, sich offen oder heimlich zu der neuen Lehre bekennt und möglicherweise Sympathien für diese Abtrünnigen hegt. Wenn Ihr gegen die Lutheraner zu scharf vorgeht, kommt es möglicherweise zu einem Aufstand.»

«Nun, ich möchte meinen, Ihr habt im letzten Jahr genug Erfahrungen damit gesammelt, wie man mit Aufständischen umgeht.» Der Graf hatte anzüglich die Augenbrauen hochgezogen. «Oder etwa nicht, Herr Johannes?»

Johannes von Renschach richtete seinen Blick irgendwo auf einen Ort in der Mitte des Wandteppichs. Er zeigte eine Jagdszene: Junge Adlige hetzten einen Fuchs, dem schon ein Pfeil in der Flanke steckte. Vielleicht würden sie ja morgen auf Menschenjagd gehen.

«Jeder hat wohl unterschiedliche Erfahrungen gemacht», antwortete Johannes endlich. «Ich möchte meine jedenfalls nicht wiederholen. Die Niederschlagung des bäuerischen Aufstands hat zu einem schrecklichen Aderlass des ganzen Landes geführt.»

«Aber es herrschen wieder Ruhe und Ordnung im Land, das wollen wir nicht vergessen. Aderlässe sind gesund, mein Lieber! Wenn man die schädlichen Säfte nicht entfernt, vergiften sie bald den ganzen Körper und richten ihn zugrunde. Wahrscheinlich habt Ihr selbst zu wenig Aderlässe gehabt. Ich sollte den Bader zu Euch schicken.» Joachim von Zollern drohte scherzhaft mit dem Zeigefinger. «Wenn man Euch so hört, mein lieber Renschach, könnten einem fast Zweifel an Eurer Loyalität kommen ... Von irgendwoher hab ich sagen hören, dass Ihr selbst gelegentlich der lutherischen Opinion nicht abgeneigt seid.» Sein Blick war lauernd geworden. Der Hauptmann schien seine Spitzel wirklich überall zu haben: Leute wie ihn selbst, die für eine angemessene Position und Bezahlung darauf verzichteten, überhaupt noch eine eigene Meinung zu vertreten.

«Man hat Euch sogar bei Schedlin ein und aus gehen sehen, in dieser Judenschule ... Stimmt's?»

Johannes blieb ganz ruhig. «Pfarrer Schedlin studiert die Sprachen der Bibel, Griechisch, Hebräisch und Latein. Er hat sich Gelehrte ins Haus geholt, die ihn unterweisen.»

«Ihr seid erstaunlich gut informiert über Schedlins Treiben, mein Lieber. Besser als ich.»

«Ich höre Lectiones in Griechisch, Herr Graf. Ich möchte

einige Schriften selbst lesen und mir ein Urteil bilden können.»

«Interessant. Ich dachte immer, dafür hätten wir die Theologen unserer heiligen Mutter Kirche.» Joachim von Zollern lehnte sich bequem in seinem Sessel zurück und rülpste. «Ihr verzeiht ... Ich wüsste zu gern, mein lieber Renschach, was Euer Bruder zu Euren Ansichten sagt. Zu Euren *Urteilen.*» Er begann mit einem silbernen Zahnstocher seine Zähne zu reinigen. «Wie ich hörte, hat er Euch ein Stadthaus gekauft und zahlt Euch eine monatliche Rente, nicht wahr?»

«Es handelt sich um einen Abschlag auf mein Erbteil, Graf Joachim.»

«Oh. Wie großzügig von Eurem Bruder! Ich hoffe, mein alter Freund erfreut sich noch bester Gesundheit?»

«Meines Wissens schon.»

Heinrich hätte seine wahre Freude an dem Landeshauptmann gehabt.

«Dann richtet meine besten Wünsche aus, wenn Ihr ihn demnächst seht.» Joachim von Zollern erhob sich unvermittelt. Auch Johannes von Renschach stand auf.

«Was nun diesen Rebling oder wie auch immer betrifft, lieber Renschach, werde ich Eurem Rat folgen. Wir warten ab. Aber ich werde einen Boten nach Innsbruck schicken. Und Ihr behaltet den Kerl im Auge und meldet Euch, wenn Euch etwas Verdächtiges auffällt.» Johannes verbeugte sich und war schon halb zur Tür hinaus, als ihm der Graf noch eine Bemerkung hinterherschickte.

«Und seht zu, dass Ihr Euch nicht aus Versehen noch einmal taufen lasst, mein Lieber.»

Das kleine Püppchen war aus weichen Stofffetzen zusammengenäht, mit groben, ungeschickten Stichen, wie jemand sie macht, der nicht mehr ganz scharf sehen kann. Leni griff mit beiden Händchen danach, steckte sich sofort einen Puppenfuß in den Mund und begann daran herumzulutschen.

«Ich hab's gemacht», erklärte Pia stolz. «Die Anne kann so was nicht mehr.»

«Du hast es genäht, zusammen mit Hedwig», verbesserte Anne. «Aber ich hatte die Idee dazu, und ich hab es ausgestopft, dass es so weich geworden ist.»

Barbara betrachtete die drei alten Frauen, die da aufgeregt wie junge Mädchen beim ersten Tanz vor ihr standen und das Geschenk begutachteten, das sie für Magdalene gemacht hatten, für ihr Kind. Sie blinzelte die Tränen fort und räusperte sich.

«Das ist wunderschön», sagte sie leise. «Ein wunderbares Geschenk. Ich danke euch sehr.»

«Ja, man sieht, dass es unserer Kleinen gefällt.» Hedwig kicherte.

«Es gefällt ihr so sehr, dass sie ihm gleich das Bein abbeißen und es verschlucken wird.»

«Sie hat doch noch gar keine Zähne, du dummes Schaf.» Mit geübtem Griff hob Anne die kleine Leni aus Barbaras Armen und bettete sie auf ihren eigenen Schoß. «Du bist gern bei der alten Anne, stimmt's?» Sie drückte das Kind an sich und begann es sanft hin und her zu schaukeln. Die neue Puppe löste sich aus Lenis Griff, und die Kleine stimmte ein wütendes Geheul an.

«Jaja, so gern ist sie bei dir», kommentierte Pia giftig. Barbara bückte sich schnell, hob die Puppe auf und gab sie Leni zurück.

«Wirklich, dass ihr so etwas könnt!»

«Was denkst du denn! Ich habe früher noch ganz andere Sachen genäht!» Hedwig plusterte sich auf. «Meine Hauben waren früher die begehrtesten in der ganzen Stadt! Selbst die Gräfin ist zu mir gekommen und hat bei mir gekauft, und dann hat sie gesagt: Hedwig, hat sie gesagt, deine Hauben sind so schön, dass selbst die Engel im Himmel nichts Besseres tragen!» Stolz verschränkte sie die Arme vor der Brust und blickte herausfordernd in die Runde.

«Wie lange mag das wohl her sein? Hundert Jahre?», überlegte Anne scheinheilig. Aber bevor Hedwig antworten konnte, streckte Barbara die Hand aus und strich mit dem Finger vorsichtig über das Stoffgesicht. Mund und Augen waren unbeholfen aufgestickt, und als Nase hatte die Puppe einen runden Knopf.

«Wo habt ihr nur den Stoff her?»

Pia grinste und schielte auf ihren Rocksaum: Tatsächlich, da war ein Stück Stoff herausgerissen, genau wie bei Hedwig und Anne.

«Alle haben ein Stück gegeben, sogar der Linhard», erklärte Anne stolz.

«Linhard?!», fragte Trusch und sah zweifelnd zu der schnarchenden Gestalt in dem breiten Bett hinüber. Die Hökerin war vor ein paar Tagen bester Laune wieder aufgetaucht. Die Geschäfte liefen besser denn je, hatte sie behauptet und wie zum Beweis dafür Barbara ein kleines Stückchen duftender Seife in die Hand gedrückt, aus Italien, wie sie versicherte. Jetzt zog sie das fette Gesicht in Falten.

«Linhard hat doch noch nicht einmal mitgekriegt, dass das Kind auf der Welt ist.»

«Hat er doch. Nimm, was du brauchst, hat er gesagt. Wenigstens hab ich das so verstanden.»

«Na dann.» Nachdenklich betrachtete Trusch das Püppchen, das jetzt schon sehr nasse Füße hatte, griff dann nach der aufgenähten Nase und riss sie mit einem Ruck ab.

«Was soll das? Bist du verrückt geworden?», schrie Hedwig empört, aber Trusch schüttelte nur den Kopf.

«Du willst wohl, dass unser kleiner Schatz sich verschluckt an dem Ding», sagte sie. «So schlampig, wie das angenäht war.» Hedwig kniff wütend die Lippen zusammen, aber Trusch beeindruckte das gar nicht.

«Sonst ist das Ding gar nicht schlecht», sagte sie. «Ich glaube fast, man könnte es verkaufen, was?» Pia riss die Augen auf, Hedwig sah aus, als hätte der Schlag sie getroffen.

«Verkaufen! Kannst du an nichts anderes denken als an Geld, du alte Hexe?!»

«Die Puppe wird nicht verkauft», sagte Anne und breitete schützend ihre Hände darüber.

«Natürlich nicht diese, Herrgottsakrament!» Trusch verdrehte die Augen. «Aber Puppen, die so aussehen und so gemacht sind. Barbara müsste sich um das Gesicht kümmern, dass es nicht so an einen Affen erinnert, aber sonst … ich bin sicher, auf dem Jahrmarkt könnte man einen guten Preis dafür kriegen.»

«Meinst du wirklich?»

«Natürlich. Ich kenn mich da aus. Kenn alle Jahrmärkte hier am Neckar, was, und ich sag euch: Aus den Händen würden sie mir das Zeug reißen.» Sie gab Barbara einen aufmunternden Klaps auf den Rücken. «Du musst natürlich für das Material sorgen, Stoff, Wollreste, Werg zum Stopfen … und den Rat um eine Erlaubnis fragen. Aber die sind froh um jeden, der selbst ein bisschen Geld verdient und ihnen nicht auf der Tasche liegt.»

Ende Mai starb der alte Linhard.

«Wird mir auf ewig ein Rätsel bleiben, wie der's so lange geschafft hat», murmelte Anne, während sie zusah, wie Barbara und die Spitalmeisterin den ausgezehrten Körper auszogen, um ihn für die Beerdigung vorzubereiten. Die Meisterin hielt das verschlissene Hemd des Alten kritisch in die Höhe und musterte es gegen das Licht.

«Lohnt sich nicht, das nochmal zu waschen. Das zerfällt uns ja in tausend Stücke!» Sie warf das alte Kleidungsstück auf den Boden.

«Ihr wollt es doch nicht etwa wegwerfen?», fragte die alte Pia und streckte begehrlich die Hand aus. «Das ist gutes Tuch gewesen … da kann man doch noch was draus machen!» Sie zwinkerte Barbara bedeutungsvoll zu.

«Meinetwegen, dann behalt's.» Mittlerweile hatte die Meisterin dem Toten das Kinn hochgebunden und breitete nun ein sauberes Hemd über ihn aus.

«Passt», sagte sie zufrieden und gab Barbara einen Wink, ihr dabei zu helfen, es dem erstarrenden Körper überzustreifen. Barbara betrachtete noch einmal Linhards wächsernes Gesicht. Der junge Pfarrer in Glatt hatte immer behauptet, Tote sähen friedlich aus, weil sie ja schon Gott in seiner Herrlichkeit schauen könnten. Aber bisher hatte sie noch nie einen Toten gesehen, auf den das zutraf. Linhard war der Erste, vermutlich, weil das Leben für ihn schwerer gewesen war als der Tod. Zu ihm war der Tod als Freund gekommen. Anders als zu den vielen Toten, die Barbara auf ihrer Flucht von Böblingen zurück nach Glatt im letzten Jahr gesehen hatte: niedergestochen, zerschlagen, achtlos in den Straßengraben geworfen, baumelnd am Ast einer Linde, so wie der Pfarrer selbst … Denk nicht daran zurück! Denk nicht an den Geruch brennender Häuser und an den trägen Flügelschlag der aufsteigenden Raben, nachdem sie sich endlich satt gefressen haben! Denk nicht an den Tritt schwerer Stiefel und den Schatten, der über dich fällt, denk nicht daran! Ihre Hände zitterten. Sie musste sich an dem Bett festhalten. Denk nicht daran! Denk nicht daran!

«Wie kommt es, dass Vater Linhard noch so ein gutes Hemd hatte? Ich hab ihn immer nur in seinem alten Lumpen gesehen», fragte sie fast unhörbar. Die Spitalmeisterin lachte kurz auf.

«Der? Der hatte nicht mehr, als er auf dem Leib trug. Und wenn's mehr gewesen wäre, dann fiele das alles jetzt an das Spital. Nein, das Leichenhemd kommt aus einer Stiftung.» Sie machte sich daran, dem Toten die Hände zu falten. Es war schwierig, immer wieder glitten seine Finger auseinander, bis es ihr schließlich gelang, sie mit Hilfe des Rosenkranzes ineinander zu verhaken. «Ein reicher Gerber hat vor ein paar Jahren sein ganzes Vermögen dem Spital hinterlassen, mit der Auflage, dass für die Armenpfründner davon eine gute christliche Beerdigung bezahlt wird. Und so machen wir es auch. Die Beerdigung wird wahrscheinlich ein größeres Fest werden, als er es in seinem ganzen Leben vorher je erlebt hat.»

Während sie die Totenwache hielten, war das geschäftige Hämmern von Wendelin Schlepp zu hören. Mit der Wiege für die kleine Magdalene kam der frühere Schreiner zwar nicht voran – wahrscheinlich würde sie erst fertig werden, wenn das Kind zu groß dafür geworden war –, aber den Sarg würde er rechtzeitig fertig haben. Das ganze Spital, jedenfalls alle, die noch laufen konnten, begleiteten den Leichenzug von Vater Linhard durch die Stadt zum Kirchhof, und viele von denen, die sie beobachteten, reihten sich ein, auch wenn sie den Verstorbenen gar nicht gekannt hatten. Schließlich war es ein Mitglied der Gemeinde Christi, das da seinen letzten Gang antrat.

Barbara hatte sich Leni mit einem Schal auf die Hüfte gebunden und lief neben Trusch her, während die Trauergäste in das Lied einstimmten, das der Kaplan mit seiner Fistelstimme vorgegeben hatte: Veni, creator spiritus. Pfingsten war nahe, und im Heilig-Geist-Spital hatte Linhard seine letzten Tage verbracht. Trusch neben ihr sang aus Leibeskräften, als wollte sie den toten Linhard damit wieder aufwecken. Linhard, aus dessen letztem Hemd bald eine Puppe genäht werden würde, sobald der Stoff gewaschen war. Für wie viele Püppchen mochte es wohl reichen? Drei vielleicht, oder sogar vier? Sie musste unbedingt mit einem der zahlreichen Weber und Tuchscherer sprechen, ob sie ihr nicht von ihren Stoffabfällen etwas geben könnten, bevor sie der Papiermüller in die Finger bekam. Suchend schaute sie in die Seitenstraßen, als könnte von dort jederzeit jemand auftauchen, um ihr all das zu geben, was sie so dringend brauchte. Da erblickte sie plötzlich im Halbschatten einer Hauswand einen Mann, der ihr irgendwie bekannt vorkam, und ihr Herz fing an zu klopfen. Sie zog das Tuch um ihren Kopf fester und senkte den Blick. Aus dem Augenwinkel konnte sie erkennen, wie der Mann sich von der Mauer löste und auf den Trauerzug zukam, um sich ihm weiter hinten anzuschließen.

«Wer ist das?», raunte sie Trusch zu. «Der Mann dahinten, mit der vornehmen Kleidung?» Trusch drehte sich um und musterte den Mann von oben bis unten, bis er schließlich unwillig seinen Kragen hochschlug und den Kopf zur Seite drehte.

«Ach, der», meinte sie abschätzig. «Du hast ihn im Frauenhaus nicht gesehen? Na, ist auch einer von den besonderen Gästen. Einer von den Nebenraum-Freiern. Ein Adliger, der hier in Rottenburg ein Stadthaus hat, um der Habsburger Regierung ganz nahe zu sein.» Sie senkte die Stimme. «Wenn du mich fragst, ein Spitzel. Was will er sonst hier? Oder glaubst du, der verzehrt sich danach, den alten Linhard unter die Erde zu bringen?» Barbara tastete mit beiden Händen nach Leni, als müsste sie sie besonders festhalten.

«Weißt du, wie er heißt?»

«Sicher, Herzchen. Ist einer von diesen Renschachern, Josef oder so ähnlich. Hat ein Haus gleich am Markt, das gut und gern seine dreihundert Gulden wert ist. Nein, jetzt weiß ich es wieder: Johannes. Johannes von Renschach.»

8

«Zwei, vier, sechs, sieben. Sieben mal zwei Heller macht vierzehn.» Der Metzger zeigte mit seinem dicken Finger auf die toten Ratten. «Und eine, sagst du, hat dein Hund gleich gefressen?»

Simon nickte. «Kann ja auch nicht nur von Luft leben.»

Überdeutlich, wie er meinte, schaute er zu dem Eimer mit den Schlachtabfällen hinüber. Es würde den Esslinger Geschäftsmann nicht arm machen, wenn er ihm etwas davon anbieten würde: ein paar Hände voll minderwertigem Fleisch, Fett und Knochen, und wäre es nur für Vinto. Schließlich hingen vier wunderbare Schweinehälften dahinten am Haken, gerade am Morgen frisch geschlachtet, und der Lehrbub war schon eifrig damit zugange, das Blut zu rühren. Aber der Metzger machte keinerlei Anstalten, etwas zu verschenken. Wahrscheinlich wurde man nicht so wohlhabend, wenn man nicht immer auf den Pfennig guckte. Wahrscheinlich zählte er persönlich jede Wurst, die seine Gesellen in die ausgespülten Därme abgefüllt hatten, und ließ zu Hause für das Gesinde nur die knorpeligen Reste auf den Tisch bringen.

«Sind also acht zusammen. Hätte nicht gedacht, dass sich so viel von den Viechern in meiner Scheune rumtreiben! Und du meinst, das waren jetzt alle?»

«Alle, die wir kriegen konnten.» Simon zuckte mit den Schultern. Sicher, Vinto war ein geschickter Rattenfänger, besonders jetzt, seit sein Herr kaum noch etwas übrig hatte, um den Hund vernünftig zu füttern. Aber die Ratten waren klug. Die kriegte man nie alle, die versteckten sich im Gebälk und in den dunkelsten Ecken, krochen in ihre Löcher und kamen erst in der nächsten Nacht wieder heraus. Fette, gemeine Exemplare waren dabei, die dreist genug waren, auch schon einmal auf einen Hund loszuspringen und sich in sein Fell zu verbeißen, wenn sie in der Überzahl waren und der Hund so struppig und mager daherkam wie Vinto. Immer musste Simon mit einem Stock in der Nähe sein: Die Rattenjagd war kein leichtes Geschäft. Ob wohl auch Vinto von Ratten träumte, wenn er sich nachts zusammenrollte?

«Sechzehn Heller in die Hand! Nicht schlecht für ein paar Stunden in einer gemütlichen Scheune, was?» Der Metzger lachte herablassend, die Gesellen fielen ein. Simon schob das Geld in seine Rocktasche. Ein Hering, das machte drei Heller, ein Laib Brot fünfzehn, ein Pfund Fleisch zehn. Und ein Maß Wein acht Heller noch dazu.

«Kennt Ihr vielleicht sonst jemanden, der einen Rattenfänger brauchen kann?» Der Metzger ließ sein Messer noch einmal sinken.

«Rattenfänger … versuch's mal im Speyerer Pfleghof. Wenn ich 'ne Ratte wär, dann würd ich mich da häuslich einrichten. Viel Glück.»

Simon lief den Weg entlang, den ihm der Metzger gewiesen hatte, ohne ein Auge zu haben für das prunkvolle Rathaus und den Markt, und als Vinto einer streunenden Katze hinterherjagen wollte, pfiff er ihn scharf zurück, sodass der Hund mit hängenden Ohren zu ihm zurückschlich. Schließlich erreichte er die Stadtkirche mit den merkwürdig unterschiedlichen Türmen. Gegenüber befand sich der massige Bau des Pfleghofs. Er klopfte.

«Grüß Gott. Ich bin der Rattenfänger, den ihr bestellt habt. Leider konnte ich nicht früher kommen, es war zu viel zu tun.» Simon setzte ein geschäftlich-herablassendes Gesicht auf. Der Pater, der ihm geöffnet hatte, runzelte die Stirn.

«Ich hab keinen Rattenfänger bestellt.»

«Dann muss es wohl ein Mitbruder von dir gewesen sein. Ich bin nur euretwegen von Stuttgart herübergekommen, weil man mir gesagt hat, ihr braucht jemanden mit besonderer Erfahrung. Aber wenn ihr keine Ratten habt –?»

«Ja – doch, sicher. Wer hat keine Ratten im Keller!? Ich kann mir nur nicht erklären – von Stuttgart, sagst du?» Simon nickte und zeigte auf seine abgelaufenen Schuhe.

«Den ganzen Tag gestern waren wir unterwegs, mein Hund und ich. Verdammt lange Strecke.»

«Dann komm am besten erst einmal herein.» Der Pater trat einen Schritt zur Seite und ließ Simon passieren. Im Flur war es dunkel und kühl. Es roch durchdringend nach gebratenem Fett.

«Wahrscheinlich hast du Hunger?», fragte der Pater.

«Wie man's nimmt. Wer schwer arbeitet, kann immer essen.» Tatsächlich, der Pater öffnete eine Tür und schob ihn in die Küche.

«Ich kann dir nur Reste anbieten, ein bisschen Linsen mit Speck, etwas trockenes Brot ...» Simon hätte ihm beides am liebsten aus der Hand gerissen, aber er beherrschte sich, faltete die Hände und sprach ein Tischgebet, wie es der Mönch sicher erwartete.

«Hast du vielleicht noch einen Knochen für meinen Hund?»

«Einen Knochen ... ja, warte.» Der Pater verschwand in

einer Nebenkammer und kam wenig später mit einem Rinderknochen und einem Schälchen Wasser zurück. Vinto schnappte danach und zog sich mit dem Knochen unter die Wandbank zurück.

«Sieht gar nicht wie ein Rattenfänger aus, dein Hund», sagte der Pater, plötzlich wieder misstrauisch geworden. Simon kniff die Augen zusammen und sah ihm gerade ins Gesicht. Die meisten Menschen, so hatte er herausgefunden, konnten das nicht lange aushalten, und auch der Mönch drehte schon bald seinen Kopf weg.

«Ich dachte, ihr Mönche schaut auf das Innere, nicht auf den äußeren Schein.»

«Natürlich. Ich hatte mir einen Rattenhund nur anders vorgestellt, größer irgendwie. Und kräftiger vor allem.» Simon lehnte sich zurück und schob die leere Schüssel von sich weg. Vielleicht konnte er den Pater dazu bringen, sie noch einmal zu füllen.

«Vinto fängt die Ratten nicht durch seine Stärke, sondern durch seine Klugheit. Er ist schließlich kein Ochse, sondern ein Hund.» Er pfiff leise; Vinto spitzte die Ohren, ließ seinen Knochen liegen und kam zu Simon herübergetrottet. Simon hob den Zeigefinger. Der Hund saß aufmerksam vor ihm.

«Hopp, Vinto!» Er schnippte mit den Fingern, und Vinto sprang in die Luft, schlug dabei einen Salto und landete wieder auf dem Boden. Der Pater stellte verblüfft den Topf mit dem Gemüse auf den Tisch und fasste sich an den Kopf.

«So etwas habe ich noch nie gesehen! Kann er noch mehr?» Simon bediente sich reichlich.

«Über einen Stock springen. Auf den Vorderbeinen laufen. Beißen, wenn ich es sage. Und Ratten fangen.»

«Beeindruckend. Wirklich beeindruckend. Wenn man euch so sieht –» Der Pater stand auf. «Kommt mit. Ich zeig dir den Keller.» Er wollte schon zur Tür hinaus, aber Simon hielt ihn am Ärmel seiner Kutte zurück.

«Der Preis, Bruder. Wir müssen zuerst über den Preis reden.»

«Ach so. Du hast recht. Was bekommst du denn üblicherweise?» Simon zog die Augenbrauen hoch.

«Also im Allgemeinen werde ich pro Ratte bezahlt. Du hast uns freundlich aufgenommen und bewirtet ... sagen wir, drei Heller jedes Tier. Weil du es bist. Einverstanden?» Der Pater nickte erfreut.

«Einverstanden.»

Kaum zu fassen, wie einfach das gewesen war! Simon sah sich interessiert in dem Gewölbe um. Hauptsächlich wurde der Keller zum Lagern von Wein genutzt: An zwei Wänden stapelten sich die Fässer, in eins war sogar schon ein Zapfhahn eingeschlagen. Die Brüder schienen vom einfachen Leben auch nicht mehr zu halten als andere Leute. Simon kniete sich neben den Zapfhahn und ließ sich den Wein in den Hals laufen. Er war gut. So einen Tropfen hatte er ewig nicht mehr getrunken. Er wischte sich den Mund ab. An der anderen Wand lagen ein paar Säcke, die Korn enthielten, daneben Kisten und Kästen mit vermutlich allem, was das Herz begehrte. Ein niedriger Durchgang führte in einen Nachbarraum. Simon zog das Stückchen Rattenfell aus seiner Tasche und hielt es Vinto hin.

«Hier, Vinto. Such!» Er würde den Hund allein auf die Jagd gehen lassen und zunächst einmal untersuchen, was sich wohl noch alles in diesem Keller fand. Systematisch durchsuchte er alle Vorratsbehälter, die nicht sorgfältig verschlossen waren, und steckte sich ein, so viel er tragen konnte. Plötzlich hörte er Stimmen über sich. Wahrscheinlich war ein anderer Mönch aufgetaucht und ließ sich gerade die Geschichte von dem erstaunlichen Rattenhund erzählen, aber nicht alle Mönche waren so gutgläubig wie der, der ihn eingelassen hatte. Simon pfiff Vinto eilig zu sich: Der Hund hatte ganze zwei Ratten gefangen. Besser, mit den geklauten Vorräten zu verschwinden und auf die paar Heller zu verzichten. Er legte den Finger an die Lippen und versteckte sich dicht neben der Tür hinter einem Fass. Vinto sah ihn aus treuen Augen an und machte keinen Mucks.

«… würdest dem Gottseibeiuns selbst noch ein Almosen in den Rachen werfen!» Die Tür flog auf, zwei Gestalten betraten das Kellergewölbe. Simon versuchte gar nicht erst, sie zu erkennen, sondern sprang nach vorn, hastete an ihnen vorbei die Treppe hinauf, durch den Flur nach draußen, und war im Gewühl der Straße verschwunden, bevor die beiden Mönche noch um Hilfe rufen konnten.

Es war ein reicher Fischzug gewesen, den er da gemacht hatte, sagte er sich. Der erste reiche Fischzug seit Wochen, und bitter nötig noch dazu. Esslingen, was für ein wunderbarer Ort! Er hatte die Stadt schon weit hinter sich gelassen, saß an einer Wegkreuzung unter einer Linde und breitete seine Beute um sich herum aus: zwei Speckseiten, ein Säckchen Linsen, gedörrte Äpfel, ein Laib Brot. Schade, dass er von dem Wein nichts hatte mitnehmen können! Nichts wirkte besser gegen die Kälte einer Nacht im Freien als heißer Wein. Er meinte den Geschmack noch auf der Zunge zu spüren. Sein Kopf fühlte sich ungewohnt leicht an. Alle Gedanken an den kommenden Tag und den kommenden Winter schienen plötzlich unwichtig. Heute würde er in einem Gasthaus einkehren und in einem richtigen Bett schlafen, nahm er sich vor und räumte seine Schätze wieder zusammen. Schließlich hatte er noch das Geld, das er am Morgen verdient hatte.

Die Oktoberdämmerung hatte schon eingesetzt, als er schließlich eine passende Schänke fand. Die Dunkelheit lag auf der Lauer, und die glänzenden Sterne im Osten verkündeten eine eisige Nacht, die erste dieses Herbstes. Simon zog fröstelnd die Schultern hoch und öffnete die Tür zur Gaststube.

«He, du da! Tür zu, oder willst du, dass wir uns hier den Arsch abfrieren?» Vinto schüttelte sich. Ein paar Gäste lachten.

«Wenn der Hund beißt oder rumbellt, muss er raus!», verkündete die Schankwirtin. «Was soll's sein, junger Mann?»

«Einen Krug Wein und eine Schlafstelle für heute Nacht, für mich und den Hund.» Simon warf sein Bündel auf eine Wandbank und setzte sich daneben. Die Wirtin nickte und holte einen Krug und einen Becher aus ihrem Bord, aber ein älterer Mann, der mit ein paar anderen an einem Tisch saß und trank, tippte sich mit dem Finger an die Stirn.

«Für mich und den Hund!», äffte er Simon nach. «Ich für mein Teil hab ja auch gern was Warmes im Bett, aber so schlimm ist es doch noch nicht, dass ich mir 'nen verwanzten Köter unter die Decke holen muss.» Simon lehnte sich zurück und musterte den Mann, ohne zu lächeln.

«Und was für 'n räudiges Wurmfass! Dem hängt ja das Fell in Fetzen vom Körper. Passend zum Herrn, würd ich sagen.»

«Der Hund ist abgerichtet», sagte Simon leise und legte Vinto die Hand auf den Kopf. «Ich würd mich vorsehen an deiner Stelle. Ein Wort, und er springt dir an die Gurgel und schnappt zu.»

«Ist ja schon gut! War doch nur ein Scherz!» Erschreckt wandte der Mann sich wieder seinen Genossen zu. Die Wirtin kam und stellte Krug und Becher vor Simon auf den Tisch.

«Einen scharfen Hund kann ich hier nicht brauchen», stellte sie fest. «Du musst ihn gleich draußen anbinden.»

«Wenn ich dabei bin, ist er ganz harmlos», versicherte Simon eilig. Warum hatte er nur den Mund nicht gehalten! Unmöglich konnte er den Hund bei dem Wetter allein draußen lassen. Er würde so laut heulen, dass bis ins nächste Dorf keiner ein Auge zumachen könnte und man sie mitten in der Nacht fortjagen würde.

«Das sagst du! Und wenn er mir die Gäste totbeißt heute Nacht, weil du im Schlaf gesprochen hast? Der Hund kommt raus, und Schluss.» Wütend schüttete Simon sich den Becher voll und nahm einen großen Schluck. Dann würden sie eben gleich wieder aufbrechen und sich irgendetwas anderes suchen für die Nacht, einen Schuppen oder einen Stall, wo der Bauer froh war, dass jemand ihm den Fuchs draußen hielt. Er wollte gerade zahlen, als ein Fremder sich an seinen Tisch setzte.

«Du hast doch nichts dagegen?»

Simon zuckte mit den Schultern.

«Ich hab gehört, was du von deinem Hund erzählt hast. Interessant.» Der Fremde war gut gekleidet, ein schlanker Mann Ende dreißig mit einem Siegelring am Finger.

«Weißt du, ich kenn mich aus mit Hunden. Deiner macht ganz den Eindruck, als ob er mehr Mumm in den Knochen und mehr Hirn im Kopf hätte als so mancher Zweibeiner.» Er winkte der Wirtin und ließ noch einen Krug kommen.

«Ist ein guter Hund», antwortete Simon unwillig und hielt seinen Becher hin. «Hab noch nie einen besseren gehabt.»

«Und du hast ihn selbst abgerichtet?»

«Ja.» Er schnalzte mit der Zunge, und Vinto erhob sich, sprang auf die Vorderpfoten und lief so durch die Wirtsstube. Der Fremde nickte anerkennend.

«Ich kann gut verstehen, dass du ihn nachts lieber bei dir haben willst.» Die Wirtin schickte Vinto einen misstrauischen Blick zu, sagte aber nichts mehr. Offenbar war der Fremde eine höhergestellte Persönlichkeit.

«Weißt du, was?» Der Fremde drehte seinen Becher zwischen den Händen hin und her. «Ich habe eine Schlafkammer für mich allein gemietet. Wenn du mir dein Wort gibst, dann kannst du mit deinem Hund bei mir übernachten. Ich habe keine Angst.»

«Danke», murmelte Simon. Was für Hintergedanken mochten den Fremden bewegen, ihm dieses Angebot zu machen? Aber es konnte ihm ja eigentlich gleich sein. Wenigstens mussten sie nicht noch einmal raus heute Nacht. Er trank schweigend seinen Becher leer.

«Ein Spielchen?» Einladend klapperte der Mann mit seinem Würfelbecher. «Der Abend ist noch lang.» Simon nickte langsam.

«Ja, warum nicht?» Immerhin hatte er ein paar Heller in der Tasche. Ein paar davon würde er riskieren.

«Wir spielen die drei Hunde. Die höchste Zahl gewinnt, aber dreimal die Eins schlägt alles.» Simon setzte drei Heller, warf zwölf Augen und gewann; er setzte fünf Heller, warf neun und gewann. Der Fremde lachte.

«Du bist ein Glückspilz!» Er kniff ein Auge zu, schüttelte den Würfelbecher und warf drei Sechsen. «Na, jetzt aber!» Simon warf und hob den Becher.

«Drei Hunde.» Er strich den Gewinn ein und winkte der Wirtin nach Wein. Sie spielten und tranken eine Zeitlang; vor Simon häuften sich die Münzen zu kleinen Bergen. Es war sein Tag heute, sein Glückstag.

«Das ist viel zu leicht für dich», lachte der Fremde endlich. «Wenn wir so weitermachen, ziehst du mich ja aus bis aufs Hemd. Aber ich weiß noch ein besseres Spiel, mit zwei

Würfeln. Die höchste Zahl gewinnt.» Er nahm zwei Würfel heraus und erklärte: «Die höhere Zahl, das sind die Zehner, die niedrigere die Einer. Also zwei und vier gibt zweiundvierzig, eins und fünf einundfünfzig und so weiter. Höher sind die Pasche, von elf bis sechsundsechzig. Und das Allerhöchste, das sind eins und zwei: der Kaiser.» Er kniff ein Auge zu und grinste. «Und jetzt kommt der Witz: Jeder von uns würfelt insgeheim, schaut sich ganz allein sein Ergebnis an und nennt es. Der andere kann es glauben, selbst würfeln und versuchen, es zu übertreffen. Oder er kann es nicht glauben und den Becher aufdecken. Und wenn er recht hatte, dann hat er auch gewonnen, ohne überhaupt zu würfeln. Aber wenn er sich geirrt hat, hat er verloren.» Seine Augen funkelten. «Einverstanden?»

«Gut», sagte Simon und schob fünf Heller in die Mitte des Tisches. Mittlerweile hatte sich eine ganze Traube von Gästen um sie herumgeschart. Der Fremde schob das Geld zurück.

«Wir spielen den Kaiser, mein Freund», sagte er spöttisch. «Das geht nur mit hohem Einsatz.» Simon zögerte. Aus dem Augenwinkel sah er die gespannten Gesichter der Umstehenden, sah sie grinsen über seine zitternden Hände und den Schweiß auf seiner Stirn.

«Gut», sagte er schließlich. «Ich setze alles. Mein Geld und meinen Beutel. Und was setzt du?» Der Fremde zog seine Börse heraus, löste das Bändchen und kippte den Inhalt auf den Tisch: eine Handvoll Schillinge und dazwischen fünf rheinische Goldgulden.

«Ich setze das hier», sagte er ruhig und ließ sich von der Wirtin ein Holzbrettchen geben. «Los, fang an.» Simon nahm den Würfelbecher, stürzte ihn auf das Brett und schaute vorsichtig darunter: eine Fünf und eine Drei.

«Dreiundfünfzig», sagte er. Der andere grinste.

«Alle Achtung! Gleich beim ersten Mal.» Er nahm den Becher, schüttelte ihn zusammen mit dem Brettchen und sah nach dem Ergebnis.

«Zweierpasch.» Er verzog keine Miene. Simon übernahm den umgestülpten Becher. Zweierpasch. Sollte er nachsehen? Aber es war möglich. Schließlich entschied er sich und würfelte: drei und vier.

«Viererpasch», sagte er laut und gab den Würfelbecher weiter. Der Fremde würfelte, ohne auch nur einen Augenblick zu zögern, und sah darunter.

«Sechserpasch.»

«Das glaube ich nicht!» Simon packte den Becher, hob ihn hoch: zwei Sechsen, wie der Fremde gesagt hatte. Ihm wurden die Knie weich. Einer der Umstehenden stieß einen lauten Pfiff aus.

«Verloren!» Er wusste nicht, wohin er schauen, was er tun sollte. Da legte ihm jemand eine Hand auf die Schulter.

«Es ist das erste Mal, dass du dieses Spiel gespielt hast», flüsterte der Fremde in sein Ohr. «Du sollst nicht denken, ich will dich übers Ohr hauen. Deshalb gebe ich dir noch eine Möglichkeit.» Er richtete sich wieder auf. «Ich setze alles, was hier auf dem Tisch liegt, gegen den Hund.» In Simons Kopf begann es sich zu drehen. Alles gegen den Hund. Sonst besaß er nichts mehr, gar nichts. Aber er hatte viel Glück gehabt bisher, nur nicht das letzte Mal. Das war ein schwieriges Spiel. Da kam es nicht nur auf das Glück an, sondern auf Kaltschnäuzigkeit und Witz. Er streichelte Vinto über den Kopf. Mit so viel Geld konnten sie beide unbesorgt den Winter erwarten.

«Einverstanden», sagte er. Diesmal fing der andere an: vierundfünfzig. Simon würfelte erneut: sechsundfünfzig. Der andere nahm den Becher, schüttelte und schaute nach.

«Dreierpasch», sagte er. Simon schloss die Augen und

biss sich die Lippen blutig. Endlich griff er nach dem Becher und würfelte. Es war ein Sechserpasch. Die Tränen schossen ihm in die Augen.

«Sechserpasch», flüsterte er. Der Fremde griff nach dem Weinkrug, goss sich ein und trank in einem Zug. Dann nahm er den Würfelbecher, schüttelte ihn und schob ihn zu Simon hinüber, ohne daruntergesehen zu haben.

«Ich habe einen Kaiser», sagte er.

Simon lachte.

«Du bist ein guter Verlierer, bei allem, was recht ist!» Dann hob er den Becher hoch. Eine Eins und eine Zwei lagen darunter.

Wenig später stolperte Simon wieder auf die Straße. Die Sterne warfen ihr kaltes Licht zu ihm herunter, die Luft brannte in seinen Lungen. Aber er konnte einfach keine Nacht mehr in diesem Wirtshaus verbringen, auch wenn der fremde Spieler ihn eingeladen hatte. Er konnte nicht wach liegen und zuhören, wie Vinto die ganze Nacht jammerte, nachdem der Fremde ihm einen Strick um den Hals gebunden und ihn weggeführt hatte. Der Hund würde es gut haben bei ihm, hatte der Mann immer wieder versichert. Reichlich zu fressen, eine geräumige Hütte, viel Auslauf. Er würde ihn zum Jagdhund ausbilden.

«So einen Hund findet man nicht wieder!», hatte er mit leuchtenden Augen gesagt, während Vinto versuchte, nach seiner Hand zu schnappen.

«Nein», flüsterte Simon. «Nie wieder.»

9

«Im Namen unseres allergnädigsten Herrgotts, der unsere Schritte lenken und unsere Herzen stärken möge! Lieber Bruder!

Wie du aus meinem letzten Schreiben erfahren hast, hat es mich viel Zeit und Mühen gekostet, nach dem gottlosen bäuerischen Aufstand die rechte Ordnung hier wieder aufzurichten, die Schuldigen zu finden und nach Recht und Gebrauch zu bestrafen. Gott gebe, dass niemals wieder eine solche Verirrung in den Köpfen entstehe wie im letzten Jahr! Zur Sicherheit habe ich zwei Rechtsgelehrte der Universität zu Tübingen mit der Neufassung des Huldigungseides in meiner Herrschaft Glatt beauftragt. Diese Arbeit ist jetzt abgeschlossen, und ich beabsichtige, meine Bauern den Eid anlässlich des feierlichen Gottesdienstes zum Martinsfest ableisten zu lassen. Ich bitte dich jetzt, lieber Bruder, jegliche Verstimmung außer Acht zu lassen und aus familiärer Verbundenheit sowie herrschaftlicher Klugheit zu diesem Anlass nach Glatt zu kommen und den Huldigungseid gemeinsam mit mir entgegenzunehmen. Auch wenn du es zurzeit nicht glauben magst, wird vielleicht doch noch der Tag kommen, an dem du die herrschaftlichen Rechte ausüben willst, die dir in Glatt immer noch zustehen.

Mögest du allezeit unter dem Schutz des Höchsten wandeln!

Dein Bruder Heinrich von Renschach, Ritter zu Glatt»

Der Brief datierte vierzehn Tage zuvor. Heinrich schien noch eine Zeitlang darüber nachgedacht zu haben, ob er ihn wirklich so auf den Weg schicken wollte. Johannes rollte das Papier zusammen und trommelte damit auf sein

Schreibpult. Sollte er tatsächlich nach Glatt reiten, wo Heinrich in seiner Burg saß wie eine fette Spinne in ihrem Netz und darauf aus war, ihn mit klebrigen Fäden einzuwickeln? In den vergangenen anderthalb Jahren hatte der Herr von Glatt die Verbindung zu seinem Bruder nie abreißen lassen und sich schon bald gefühlvoll für die harten Worte entschuldigt, die ihm in der Hitze des Augenblicks über die Lippen gekommen waren. Niemals sei es sein Wunsch gewesen, die Bande des Blutes völlig zerreißen zu lassen, was man ja auch daran erkennen könne, wie willig er seinen Bruder finanziell unterstütze. Und natürlich hatte der ältere Renschach keinen Augenblick die Hoffnung aufgegeben, seinen unbotmäßigen Bruder doch noch zu einer erneuten Eheschließung überreden zu können, um endlich einen Neffen in die Finger zu kriegen und zu formen, dem er sein Königreich hinterlassen konnte. Möglicherweise hatte er sogar schon wieder eine Dame ins Auge gefasst. Johannes hielt sich die Rolle vor das Auge: Wenn man die Dinge ringsherum ausblendete, so wie jetzt, sah man das Wesentliche deutlicher. Nun, er hatte nicht vor, nach Glatt zurückzukehren und wieder mit Heinrich zusammenzuleben. Ein Mal hatte er sich den Wünschen seines Bruders gefügt, und es hatte ihn in die Katastrophe geführt, ein zweites Mal würde er das Schicksal nicht herausfordern.

Und dann hatte natürlich selbst eine kleine Provinzstadt wie Rottenburg so unendlich viel mehr zu bieten als noch die prachtvollste Burg irgendwo in Feld und Wald! Er ließ den Blick über die engbeschriebenen Papiere zu dem Bücherstapel am Rand seines Schreibtisches wandern: seine Aufzeichnungen in Griechisch und die italienischen Wörterbücher, die er vor kurzem in Tübingen erworben hatte. Er würde keine Zeit mehr verschwenden mit erfrorenen Rebstöcken, zwiebligen Bauern und alten Gemäuern, die einem über dem Kopf zusammenbrachen. Sobald er genügend Kapital zur Seite gelegt hatte, würde er seine Sachen packen und sich aufmachen zu der Wunderwelt jenseits der Alpen, würde die Kanäle Venedigs sehen, die Kunstwerke in Florenz und die Kirchen Roms und seine Dienste schließlich irgendeinem Fürsten dort anbieten. Er führte hier nur ein sehr bescheidenes Leben: Mehr als die Hälfte seines Hauses hatte er weitervermietet, gab keine Festessen und Bankette und erlaubte sich selbst nur das Nötigste. Es würde also nicht mehr lange dauern, und die Sonne Italiens würde das Gift der Erinnerung aus ihm herausbrennen wie ein glühendes Eisen das Gift einer Wunde.

Allerdings war es unklug, Heinrich zu reizen. Familiäre Verbundenheit und herrschaftliche Klugheit! Heinrich war ihm immerhin noch so verbunden, dass er ihn mit monatlichen Wechseln unterstützte, denn rein rechtlich gesehen war er dazu nicht verpflichtet. Der Erbschaftsvertrag, den Johannes eingesehen hatte, gab allein dem Ältesten die Vollmacht über das gesamte Renschacher Vermögen. In seinem Ermessen stand es, wie viel er davon den Brüdern zum Wohle der Familie zur Verfügung stellte. Johannes griff nach einem neuen Bogen, Feder und Tinte. Er würde Heinrich sein Kommen für den betreffenden Tag zusagen.

«Der Papiermüller ist ein schlechter Mann, Barbara. Er säuft und flucht und läuft häufiger ins Wirtshaus als in die Kirche. Viel lieber verkaufe ich dir das Zeug und wünsche dir Gottes Segen für dein Geschäft.» Ernst hob der Schneidermeister den Zeigefinger und wies irgendwohin nach oben, wo er den Beginn der himmlischen Sphären vermutete. Barbara nickte und legte Leni auf den anderen Arm. Das Kind wurde allmählich ein richtiger kleiner Brocken, und es war anstrengend, es die ganze Zeit zu tragen. Hoffentlich würde

Meister Lorenz nicht zu einer seiner erbaulichen Reden ansetzen, die ewig dauern konnten, aber ertragen werden mussten, um mit ihm handelseinig zu werden. Das hatte sie schon bei ihren vorhergehenden Besuchen erfahren.

«Ich danke dir für deinen Zuspruch», sagte sie hastig. «Kann ich all die Reste mitnehmen, die dahinten in der Ecke liegen? Ich gebe dir drei Schilling.» Eigentlich hatte sie vier bieten wollen, aber der Schneider war kein guter Geschäftsmann, und sie musste sparsam wirtschaften. Alles Geld, das sie in den letzten Wochen und Monaten verdient hatte, steckte in diesem Unternehmen, und außerdem hatte ihr die Spitalmutter zwei Gulden geliehen. Sie hatte es kaum glauben können, als sie ihr die Münzen in die Hand zählte, während noch ein ganzer Platzregen von Ermahnungen auf sie niederprasselte. Müßiggang sei ein Laster, erklärte die Hauswirtin, und wenn die alten Frauen auf diese Weise vom Müßiggang abgehalten würden, dann müsse sie das unterstützen. Zumal sogar die Möglichkeit bestünde, dass sie dadurch dem Spital einen Teil der Wohltaten, die sie schon empfangen hatten, zurückerstatten könnten.

«Drei Schilling …» Der Meister kaute auf den Worten herum. «Ich hatte gut zu tun letzte Woche. Da liegt eine ganze Menge.» Er betrachtete seine Besucherin eingehend, bis sein Blick schließlich an Lenis dunklen Löckchen hängenblieb. Sie strahlte ihn an und streckte die Ärmchen nach ihm aus, und Barbara atmete auf. Der Schneider hatte vor ein paar Monaten seine Frau im Kindbett verloren, zusammen mit dem jüngsten Kind, und der Anblick der kleinen Magdalene stimmte ihn für gewöhnlich weich.

«Einverstanden», sagte er endlich. «Soll ich vielleicht das Kind für dich halten, während du die Sachen einpackst?»

«Gern, wenn du so freundlich sein willst.»

Mit einem feierlichen Gesichtsausdruck nahm der Schneider das kleine Mädchen in Empfang und schwenkte es ein paar Mal in der Luft herum. Leni juchzte kurz auf und spuckte ihm dann die Reste ihrer letzten Mahlzeit auf die Schulter.

«Oh …» Der Schneider hielt die Kleine mit weit ausgestreckten Armen vor sich hin, während Barbara ihr schnell das Mündchen sauber wischte und sich dann an dem säuerlich riechenden Fleck auf Lorenz' Wams zu schaffen machte.

«Das Kind ist eine Freude, Barbara. Eine wahre Freude», sagte er.

«Ja, das ist es.» Dieses Kind, das erst nicht hatte zur Welt kommen sollen. Das sie an die dunkelste Stunde ihres Lebens erinnerte. Oft sah sie es an, wenn es mit einem friedlichen Lächeln auf dem Gesichtchen an ihrer Brust einschlief, und die überwältigende Gleichzeitigkeit von Liebe und Schmerz nahm ihr fast den Atem.

«Es ist wieder in Ordnung», sagte sie endlich und nahm Leni wieder auf ihre eigenen Arme.

«Ich würde mich sehr freuen, Barbara, wenn du mich am Sonntag in die Kirche begleiten würdest», hörte sie den Meister leise sagen. «Ich hole dich ab, wenn das Läuten beginnt. Und danach könnten wir noch ein wenig am Fluss entlanggehen. Ich kenne da eine Stelle, wo man jetzt noch Brombeeren finden kann, so spät im Jahr. Die würden sicher auch der kleinen Magdalene schmecken.» Er strich so vorsichtig mit dem Zeigefinger über Lenis Wange, als hätte er Sorge, jede Berührung würde sie erneut zum Spucken bringen.

«Sie ist noch zu klein», antwortete Barbara. «Sie trinkt noch an der Brust.»

«So.» Einen Augenblick länger als nötig blieb Lorenz' Blick an ihrer Brust hängen, die sich rund und voll durch ihr Kleid abzeichnete. Sie wandte sich schnell um und griff nach dem Korb mit den Stoffresten.

«Ich muss jetzt gehen», sagte sie und nickte ihm zu.

«Bis Sonntag!», rief Meister Lorenz ihr noch hinterher.

«Und er ist Meister, sagst du?» Trusch begutachtete mit scharfem Blick das knappe Dutzend Püppchen, das sie auf ihrer nächsten Hökerfahrt mitnehmen und verkaufen wollte. «Dieses hier ist arg verschlissen», meinte sie und drückte es Barbara zurück in die Hand. «Dafür gibt mir keiner auch nur ein Löffelchen Hühnermist. Die anderen sind gut, damit versuch ich's.» Sie hockte sich hin und stopfte die Puppen in ihre Kiepe. «Also, ein verwitweter Meister mit zwei halbwüchsigen Kindern. Und er will spazieren gehen, sagt er. Was das wohl heißen soll!» Sie wiegte sich zufrieden auf den Fersen. «Also, ich würd sagen, da musst du schön aufpassen, bei so einem Schneider. Dass er nicht die spitze Nadel rausholt und dich damit pikst.» Sie kicherte vor sich hin.

«So einer ist Meister Lorenz nicht», murmelte Barbara, die gerade dabei war, ein kleines Auge zu sticken. Sie bemühte sich, jedem Puppengesicht einen eigenen Ausdruck zu geben, und empfand eine tiefe Befriedigung darüber, wenn es gelang. «Er ist ziemlich streng und fromm, geht jeden Morgen zur Kirche und nur zur Fastnacht ins Wirtshaus.»

«Hört sich an wie das, was sie einem immer gern vorschwindeln», bemerkte Trusch. «Was für fromme Kirchgänger sie sind, immer freundlich, immer nüchtern, zu Martini eine Gans, zu Weihnachten einen Schinken, immer genug Geld im Haus und keine Prügel.»

«Ich glaube, Lorenz ist viel zu ernst und nüchtern, um sich so etwas auszudenken.»

«Na, wenn das so ist!» Trusch lehnte sich zurück auf ihre aufgestützten Hände. «Dann kommt diese Einladung ja wohl schon einem Heiratsantrag gleich, was?»

«Ich weiß nicht.» Barbara hielt inne und prüfte ihre Arbeit. Das zweite Auge war immer viel schwieriger. Es musste genau zum ersten passen, sonst bekam das Gesicht schnell einen verschlagenen Ausdruck. «Und wenn es so wäre? Was würdest du mir raten?»

«Ich? Bin mein Lebtag ohne Mann gewesen. Ohne Ehemann, will ich sagen. Ist nicht immer leicht gewesen, aber du siehst ja, ich hab's bis hierher geschafft.» Sie holte ihre Flasche hervor, prostete Barbara zu und nahm einen Schluck. «Aber wenn er jung ist, schön und reich?» Sie lachte wieder. «Warum nicht? Prost!»

Jung, schön und reich, überlegte Barbara, als sie wieder allein war. Davon traf sicher nichts auf den Schneidermeister Lorenz zu. Aber er machte einen zuverlässigen Eindruck und konnte für eine Familie sorgen. Und er mochte Leni. Sie griff nach dem roten Faden für Mund und Nase, feuchtete ihn an und fädelte ihn ein. Sie wollte nicht ihr ganzes Leben hier im Spital zubringen, so viel wusste sie. Vielleicht, wenn der Verkauf der Puppen ein Erfolg wurde, konnte sie mit dem verdienten Geld ausziehen und selbst eine kleine Werkstatt eröffnen. Vielleicht aber auch nicht. Dann würde sie für die Sonderpfründner das Kaminfeuer schüren, Rüben schaben und Bettwäsche waschen, bis sie selbst alt und grau war und in die Armenstube einzöge. Und Lorenz war kein schlechter Mann. Sicher, er war niemand, von dem sie nachts in der Gesindekammer geträumt hätte, und sie konnte sich nicht vorstellen, mit ihm an Kirchweih zu tanzen, aber als seine Hausfrau würde sie ein ruhiges, angesehenes Leben in bescheidenem Wohlstand führen. Das war mehr, als sie hier jemals erwarten konnte. Und so viele Gelegenheiten würde sie nicht mehr bekommen. Schließlich besaß sie so gut wie nichts, was sie in eine Ehe einbringen konnte, außer einer zweifelhaften Vergangenheit und einem kleinen Kind. Aber noch war es ja nicht so weit. Wer weiß, vielleicht hatte sich Lorenz gar nichts gedacht bei seiner Einladung.

Plötzlich fiel ihr auf, dass ihr bei allem Hin- und Herüberlegen das zweite Auge viel zu weit nach unten gerutscht war. Das Puppengesicht sah zum Fürchten aus. Sie würde alles noch einmal auftrennen müssen. Und am Sonntag, nahm sie sich vor, würde sie Lorenz begleiten und abwarten, was er zu sagen hatte.

«... so will ich Herrn Heinrich von Renschach, Ritter zu Glatt, meinem rechten Erbherrn, seinem Bruder Johannes und all seinen Amtsleuten geloben und schwören zu Gott, treu und gehorsam zu sein und seine Gebote, Verbote und Ordnung zu halten. Ich will Ehre und Nutzen der Herrschaft fördern und, wenn ich davon erfahre, vor Schaden und Aufruhr warnen ...»

Der Vogt las mit eintöniger, leicht gelangweilter Stimme. Er stand auf einem kleinen Podest gleich unterhalb der Dorflinde, während hinter ihm unter einer Art Baldachin ein großer Stuhl für Ritter Heinrich und ein etwas kleinerer für Johannes von Renschach aufgebaut worden war. Heinrich saß kerzengerade und hielt die neue Bibel, die er in Rottweil hatte binden lassen, auf den Knien. Darauf würden die Bauern schwören, hatte er Johannes am Vorabend erklärt. Diese Bibel war gleichsam der Grundstein für die neue Ordnung, die er heute erließ. Johannes hatte höflich zugehört und sich gewünscht, er wäre schon zurück in Rottenburg. Wie schwer war es ihm gefallen, wieder durch das Burgtor zu reiten, erst recht den Burghof zu betreten! Wenn er sich jetzt die Fronbauern anschaute, wie sie hier vor ihnen standen, die Häupter entblößt und demütig gesenkt, kochte der alte Zorn wieder in ihm hoch, und er hätte am liebsten jeden Einzelnen an der Gurgel gepackt und geschüttelt, bis sie es ihm gesagt hätten. Einer von ihnen war es gewesen. Es war sinnlos und unchristlich, sie so ohne Unterschied zu hassen, aber in diesem Augenblick tat er es.

«... Streitigkeiten will ich vor die Herrschaft bringen und ihre Entscheidung annehmen ohne Murren und Widerspruch. Auch jeden Anspruch, den ich an die Herrschaft habe, will ich ihrem Entscheid unterwerfen ...»

Die Bauern regten sich nicht. Waren das dieselben Leute, die noch vor anderthalb Jahren plündernd durch die Burg gezogen waren?

«... zu tun getreulich schuldig bin. Also helf mir Gott und alle Heiligen. Amen.» Der Vogt ließ das Papier sinken und nickte den Bauern zu. Einer nach dem anderen kam nach vorn, beugte sein Knie und legte die Hand auf die Bibel:

«Ich schwöre.»

«So sei es», antwortete Heinrich leise. Nach den Männern kamen die Frauen an die Reihe. Das war ungewöhnlich, aber, wie Heinrich festgestellt hatte, waren auch die Frauen in den Aufruhr verwickelt gewesen, also sollten auch sie den Huldigungseid leisten, bis hin zu der letzten wackeligen Alten, die sich kaum auf den Beinen halten konnte und von ihrer Tochter gestützt werden musste. Johannes versuchte ihnen allen direkt ins Gesicht zu sehen. Einer vielleicht würde seinem Blick nicht ausweichen, würde sich verraten am Zucken der Mundwinkel, daran, wie sich seine Pupillen in angstvollem Erkennen weiteten. Aber er konnte nichts erkennen. Schließlich war es vorbei, und Heinrich von Renschach erhob sich.

«Ihr habt den Eid geleistet und Gehorsam gelobt nach

Recht und Gebrauch», sagte er. «Und so will auch ich meinen Herrschaftspflichten nachkommen und euch schützen, wie es in meiner Kraft steht. Denjenigen aber, der seinen Eid bricht, will ich richten mit der ganzen Strenge des Gesetzes.» Er hob die Bibel an die Lippen und küsste sie. «Des helf mir der barmherzige Gott und alle Heiligen. Amen.»

«Und, Johannes? Was sagst du?» Heinrich hatte sich nicht lumpen lassen und ein reichhaltiges Mahl zubereiten lassen. Die Tafel war für drei Personen gedeckt, aber der Vogt ließ noch auf sich warten. Eine alte Frau, die Johannes noch nie in der Burg gesehen hatte, schenkte ein.

«Wer ist das?», fragte er, als sie den Raum verlassen hatte. «Eine neue Köchin?»

«Oh, die ist aus dem Dorf. Eine wunderliche Alte! Die Tochter war eine üble Aufrührerin. Ich musste ihr den Hof wegnehmen und sie ausweisen. Keiner wollte die Alte mehr bei sich haben, da habe ich ihr hier in der Küche eine Stelle gegeben. Du siehst, ich bin kein unversöhnliches Ungeheuer.» Heinrich lehnte sich behaglich in seinem Sessel zurück, nahm einen ersten Schluck und schnalzte mit der Zunge. «Ein hervorragender Jahrgang, trotz allem! Musst du auch probieren.»

«Wunderlich?»

«Na ja, sie glaubt bis heute, dass ihr Mann oder Sohn oder was auch immer noch aus Böblingen zurückkommt, um sie zu holen. Hat nicht mitbekommen, dass der Aufruhr lang vorbei ist. Aber in der Küche scheint sie ganz anstellig zu sein.»

In diesem Augenblick öffnete sich die Tür, und der Vogt trat ein.

«Herr Heinrich.» Er verbeugte sich. Heinrich von Renschach runzelte die Stirn.

«Wo warst du so lange? Wir haben ohne dich angefangen.»

«Verzeiht. Ich war noch in Amtsgeschäften unterwegs.» Bei diesen Worten blähte er sich förmlich auf. Ein missgünstiger Kerl, dem ein freundliches Schicksal plötzlich mehr Macht in die Hände gegeben hatte, als gut für ihn war.

«Möglicherweise habt Ihr es nicht bemerkt heute Nachmittag, Herr Heinrich, aber zwei Eurer Leute haben den Huldigungseid nicht abgelegt und sind auch dem Festgottesdienst ferngeblieben.» Heinrich ließ verblüfft den Becher sinken.

«Nicht abgelegt? Was soll das heißen?»

«Vielleicht sind sie krank», bemerkte Johannes. Der Vogt sandte ihm nur einen verächtlichen Blick. Er hatte sofort gewittert, dass der jüngere Renschach hier in Glatt nichts zu sagen hatte, und konzentrierte seine Aufmerksamkeit auf Heinrich.

«Es sind der Traub und der Gänsler, zwei Kleinbauern. Ich habe sie sofort in ihren Häusern aufgesucht. Sie steckten zusammen beim Gänsler.» Er machte einen Schritt auf die Tafel zu, zog ein Stück hartes schwarzes Brot aus seiner Tasche und präsentierte es dem Burgherrn.

«Sie knieten nebeneinander auf dem Boden wie im Gebet, Herr Heinrich, als ich mir Zutritt zu der Hütte verschaffte, und waren dabei, dieses Brot miteinander zu teilen. Ich habe sie mit hergebracht und den Burgknechten übergeben.» Er machte eine bedeutungsvolle Pause. Heinrich hob das Stück Brot hoch und roch daran.

«Ganz gewöhnliches Brot, wie es die Bauern hier alle essen», stellte er fest. «Und warum haben die beiden nicht geschworen?»

«Ihr solltet sie selbst befragen, Herr Heinrich. Sie wollten mir keine Auskunft geben.»

«Gut. Dann hol sie her.» Der Vogt verbeugte sich erneut und ging.

«Hol mich der Teufel», murmelte Heinrich von Renschach. «Was ist das jetzt wieder für ein Bubenstück? Verstehst du, was das soll, Johannes?»

«Eidverweigerung. Ich habe schon von mehreren Fällen in Hohenberg gehört. Meistens handelt es sich dabei um Anhänger einer neuen Sekte, die ihren Mitgliedern das Schwören verbietet.»

«Sekte?», fragte Heinrich verständnislos. «Hier in Glatt? Eine neue Sekte?» Aber noch bevor Johannes antworten konnte, kehrte der Vogt mit den Verhafteten zurück: zwei unscheinbaren Männern, die mit ineinander verschränkten Händen wenige Schritte von ihrem Leibherrn entfernt stehen blieben und kaum die Augen zu heben wagten, der Gänsler vielleicht noch ein bisschen mehr eingeschüchtert als der Traub. Dass sie nicht zum wohlhabenderen Teil der Dorfbevölkerung gehörten, war auf den ersten Blick ersichtlich: Beide trugen sie keine Schuhe, sondern hatten sich gegen die Novemberkälte nur mit Stroh gefütterte Lappen um die Füße gewickelt.

«So.» Heinrich von Renschach erhob sich und baute sich vor den beiden auf. «Ihr habt heute den Huldigungseid nicht geleistet, wie es die Pflicht eines jeden Fronbauern ist. Warum nicht, will ich wissen?» Seine Stimme war noch leise, aber die Adern an seinen Schläfen pochten. «Warum nicht?»

«Du sollst nicht schwören», flüsterte der Gänsler. «Deine Rede sei ja, ja, nein, nein. So steht es in der Bibel.»

«Du sollst nicht schwören? Du sollst nicht schwören?!» Heinrichs Stimme schwoll an. Johannes sah die beiden Kleinbauern zurückzucken, so wie er selbst oft genug vor dieser Stimme zurückgezuckt war. Aber zu seinem Erstaunen hob der Gänsler plötzlich wieder den Kopf.

«Christus, der Herr, hat es gesagt, Herr Heinrich», sagte er fast trotzig. «Wer wahrhaftig glaubt und gerettet werden will …»

«Halt's Maul!», brüllte Heinrich. «Was weiß ein dreckiger Kleinbauer von Christus? Christus gehört in den Himmel, und der Herr hier unten bin ich!» Mit einem Schritt war er an seinem Schreibpult, schnappte sich die Bibel, die er eben erst dort wieder hingelegt hatte, und hielt sie dem Gänsler unter die Nase.

«Da schwörst du jetzt drauf, du Hurensohn, sonst sollst du mich kennenlernen.» Der Gänsler war leichenblass geworden, aber er kniff die Lippen zusammen und schüttelte den Kopf. Heinrich wandte sich an den anderen.

«Und du?»

«Ich kann nicht», murmelte der Traub fast unhörbar. «Ich habe Umkehr gelobt und mich taufen lassen. Ich gehöre zu den Gotteskindern, und auch Ihr, Herr Heinrich, könntet dazugehören, wenn Ihr nur bereut und Euch noch einmal im wahren Glauben taufen lasst.» Heinrichs Augen waren zu schmalen Schlitzen verengt, sein Gesicht gefährlich purpurn angelaufen. Wie die Wachsmale auf der Osterkerze, schoss es Johannes durch den Kopf, als er schon aufstand, um dazwischenzutreten.

«Taufen lasst?», zischte Heinrich. «Ich bin getauft, du Hundsfott, mit der Taufe der heiligen Kirche!»

«Heinrich.» Johannes versuchte ihn zurückzuschieben. «Reg dich nicht auf! Diese Leute sind doch harmlos.» Er wandte sich an die beiden Bauern. «Gebt Gott, was Gottes ist, und dem Kaiser, was des Kaisers ist», sagte er ruhig. «Das steht auch in der Bibel. Habt ihr das noch nicht gehört?» Aber der Traub wich vor ihm zurück.

«Ich bin ein Gotteskind», wiederholte er mit zitternder Stimme. «Wer schwört, gehört der Finsternis an und nicht dem Licht. Wir werden den gottlosen Eid nicht ablegen.» Wütend knallte Heinrich die Bibel auf den Tisch.

«In den Turm», knirschte er zum Vogt hinüber. «Sollen sie da sitzen, bis sie schwarz werden. Du lässt sie nicht gehen, bis sie nicht den Eid geleistet haben, hier vor meinen Augen. Und gib ihnen kein Licht. Sie sollen doch mal erleben, was wirklich Finsternis ist!» Der Vogt nahm die beiden an den Handgelenken und führte sie ab. Sie leisteten keinen Widerstand.

Johannes sah ihnen nach, und Verwunderung und Scham brannten in seinem Herzen. Woher nahmen diese beiden kleinen Bauern nur die Kraft, Heinrich von Renschach Widerstand zu leisten, eine Kraft, die er selbst kaum fand?

«Ich glaube, du hast einen Fehler gemacht», sagte er, sobald sie allein waren.

«Fehler? Dass ich nicht lache!» Heinrich goss sich seinen Becher voll und kippte ihn auf einen Zug hinunter. «Du hast wohl vergessen, was im letzten Jahr hier los war! Da lass ich mir doch von zwei hinterfotzigen Kläffern nicht ans Bein pinkeln!»

«Sie sind harmlos», wiederholte Johannes. «Ich bin sicher, früher oder später hört das Ganze von allein auf – je weniger Lärm du darum machst, desto eher. Du hättest ruhig abwarten sollen. Das wäre schon im letzten Jahr besser gewesen! Wenn du da nachgiebiger gewesen wärst und nicht so den Herrn herausgekehrt hättest –»

«Du! Du wagst es, mir Ratschläge zu geben!», spuckte ihm Heinrich ins Gesicht. «Ohne dich hätte ich diesen Ärger doch gar nicht erst gehabt! Wenn du bei dem Aufstand durchgegriffen hättest, wie es deine gottverdammte Pflicht war, dann hätten die Bauern längst gekuscht, und ich müsste mir heute nicht so einen Schwachsinn anhören!»

«Du weißt ja nicht, was du da redest! Gerade das harte

Durchgreifen hat doch die Täuferbewegung überhaupt erst hochkommen lassen! In Rottenburg – »

«Ich scheiße auf dein Rottenburg! Meinst du, es macht mir Spaß, hier für uns alle die Kastanien aus dem Feuer zu holen, während du in diesem Rottenburg auf meine Kosten ein bequemes Luxusleben führst? Es wird Zeit, dass du endlich erkennst, wo dein Platz ist!» Außer Atem, mit vor Wut zitternden Lippen, hielt Heinrich von Renschach inne. Johannes griff nach seinem Hut.

«Du hast recht», antwortete er kühl. «Ich reite zurück. Leb wohl.»

«Glaub nur nicht, dass ich dir noch einen einzigen müden Heller hinterherwerfe», hörte er Heinrich noch brüllen, als er schon halb auf der Treppe war.

Barbara brachte es nicht übers Herz, den Kontakt zu Gesche abzubrechen, obwohl es sie jedes Mal große Überwindung kostete, das Frauenhaus aufzusuchen. Sobald sie die Schwelle überschritt, senkte sich wieder etwas von der alten Verzweiflung auf ihre Schultern, und wenn sie in Irmels hartes Gesicht blickte, sah sie wieder die dunkle Küche vor sich, in der die Hurenwirtin mit dem heißen Wasser hantiert hatte, um das Kind abzutreiben. Wenigstens hatte sie noch nie jemand wegen dieser sonntäglichen Besuche zur Rede gestellt, nicht einmal die Spitalmeisterin, die die kleine Leni inzwischen fest ins Herz geschlossen und deshalb allen Argwohn Barbara gegenüber fallengelassen hatte. Auch an diesem Abend im Oktober hatte Barbara ihr Töchterchen in der Obhut von Anne zurückgelassen und sich in der frühen Dämmerung mit einem dunklen Tuch über dem Kopf auf den Weg zum Frauenhaus gemacht.

«Wenn Irmel dieses Flittchen von Mali nur endlich ziehenlassen würde, dann wäre ich wieder besser im Geschäft», erklärte Gesche bitter und biss den Faden ab, mit dem sie gerade ihren verschlissenen Rock neu gesäumt hatte. Sie saßen zu zweit in der Schlafkammer, vor sich einen Teller mit Nüssen, die Barbara aus dem Spital mitgebracht hatte. Aus Angst vor Pöbeleien verließ Gesche, wie die anderen Mädchen, das Frauenhaus fast gar nicht mehr. Doch dieses beinahe ununterbrochene Aufeinanderhocken führte zu ständigen Sticheleien und Streit, und die Stimmung war auf dem Tiefpunkt angelangt. Zumal man die Freier, die an einem Tag kamen, inzwischen an den Fingern einer Hand abzählen konnte.

«Und wenn endlich mal einer kommt mit genug Geld in der Tasche, dann schnappen sie ihn mir unter den Fingern weg ... ich werde einfach zu alt, das reiben sie mir jeden Tag unter die Nase. Da könnte er ja gleich mit seiner Großmutter ficken, hat mir letztens so ein junger Kerl gesagt.»

Barbara wusste nicht, was sie darauf antworten sollte.

«Und Irmel hat schon erklärt, dass es vielleicht besser wäre, wenn sie sich was Frisches ins Haus holt.»

«Vielleicht findest du ja doch noch einen, der dich heiratet», murmelte Barbara schließlich. Gesche sah sie an, als wäre sie nicht ganz bei Trost.

«Das glaubst du doch wohl selbst nicht!» Sie strich sich mit einer fahrigen Bewegung das Haar zurück. Graue Strähnen waren darunter, die selbst das schwache Tranlicht mitleidslos zeigte. «Was soll ich denn machen, wenn sie mich rauswirft, Barbara?», jammerte Gesche. «Ich kann doch nicht wieder auf der Straße leben!» In dem Augenblick hörten sie plötzlich laute Stimmen von der Gasse heraufdringen.

«Im Namen Gottes und des Evangeliums, gebt das Mädchen heraus!» Es polterte an der Eingangstür. Erschreckt sprang Barbara zum Fenster und spähte zwischen den geschlossenen Läden hindurch: Eine Gruppe von Männern stand unten, sicherlich ein gutes Dutzend. Der Schein ihrer Fackeln ließ ihre Gesichter bedrohlich aufleuchten. Viele hatten Stöcke dabei, und im Hintergrund stand einer und trug ein Kreuz.

«Aufmachen! Aufmachen, wird's bald?» Von irgendwoher kam Kilians Stimme, aber man konnte kein Wort verstehen. Dann kreischte eine Frau. Holz splitterte, und mit einem lauten Krachen gab die Eingangstür nach. Schwere Schritte im Flur, dann ein Knall und das Klirren von Glas und Geschirr. Es hörte sich so an, als würde jemand Wirtsstube und Küche unten kurz und klein schlagen. Gesche war aschfahl geworden.

«Gott steh uns bei!», flüsterte sie und kauerte sich unter ihre Decke.

«Wo ist das Mädchen? Wo habt ihr sie versteckt, ihr gottloses Pack?» Sie waren jetzt auf der Treppe und kamen näher. In Panik sah Barbara sich um. Gesches Kammer lag oben und hatte nur das eine Fensterchen zur Straße. Es war unmöglich, hinunterzuspringen, ohne sich zu verletzen. Die Haken an der Wand, die Truhe, das Bett. Die einzige Möglichkeit, sich zu verstecken, bot das Bett, auf dem Gesche immer noch wie eingefroren saß, die Augen vor Angst fest geschlossen. Barbara warf sich auf den Boden und zwängte sich darunter. Dann wurde auch schon die Tür aufgerissen, und mehrere Männer drängten herein.

«Hier ist sie nicht», rief jemand. «Nur eine verstockte Hure!» Barbara hörte Stoff zerreißen und drückte sich zitternd an die Wand. Schläge klatschten auf nackte Haut, und Gesche wimmerte auf. «Das wird dich lehren, du Sünderin!» Wieder ein Schlag. Jemand lachte. Barbara biss sich in die Hand, um nicht selbst laut aufzustöhnen.

«Das reicht!», rief endlich jemand. «Wir müssen das

Mädchen finden!» Sie stürmten wieder nach draußen und schlugen die Tür hinter sich zu. Erst als das Schreien und Kreischen im Haus endlich verstummte, wagte sich Barbara aus ihrem Versteck. Gesche lag haltlos schluchzend auf dem Bett, das Haar zerzaust und das Kleid zerrissen; ihr entblößter Körper war übersät von roten Striemen und den Abdrücken brutaler Hände. Der Inhalt ihrer Truhe war über den ganzen Boden verstreut. Schmutzige Stiefel hatten überall ihre Spuren hinterlassen. Es stank widerlich nach Urin: Einer der Männer hatte in Gesches einziges Paar Schuhe gepisst.

«Sie sind fort», flüsterte Barbara, setzte sich neben Gesche und zog sie in ihre Arme. «Sie sind wieder fort. Sie werden dir nichts mehr tun.»

Als Gesche sich endlich beruhigt hatte, ließ Barbara sie allein und kletterte vorsichtig die Treppe hinunter. Ein paar Stufen waren unter den Schlägen einer Axt geborsten, das Geländer hing in der Luft und drohte jeden Augenblick herunterzukrachen. Auch unten bot sich ein Bild der Zerstörung: Der Boden war mit Scherben übersät, Tische und Bänke zerschlagen, das Türblatt am Eingang eingetreten. In der Küche fand Barbara schließlich Irmel, Kilian und Klärchen, die auf der Wandbank hockte und erbärmlich heulte, obwohl sie äußerlich unverletzt war. Kilian dagegen sah übel aus; sein ganzes Gesicht war blutig geschlagen, und auch aus einem langen Riss in seiner Hose quoll es rot hervor. Irmel war ebenso schwer verprügelt worden. Sie konnte kaum aus den Augen sehen, und es schien, als hätte jemand versucht, ihr die Haare büschelweise auszureißen.

«Dieses vermaledeite Flittchen, wenn ich die erwische, die schlag ich grün und blau!», fauchte Kilian, während er einen schmutzigen Lumpen in den Wassereimer tunkte und sich immer wieder über das Gesicht wischte. «Ich mach sie kalt, diese Schlampe …»

«Nicht!» Klärchen blickte hoch, Tränen liefen ihr die Wangen herunter. «Sie konnte doch nichts dafür!»

«Nichts dafür?» Giftig spuckte Irmel auf den Boden. «Deine feine Schwester hat uns diese Bande auf den Hals gehetzt, darauf verwette ich meine Seele! Hat ihnen erzählt, wir würden sie hier festhalten, wo sie doch endlich ein sündenfreies Leben führen will! ‹Im Namen des Evangeliums, gebt das Mädchen heraus!› Ha! Als ob jemand wie die Mali mit dem Herumgehure jemals aufhören würde! Die kann doch gar nichts anderes. Ich sag dir, was sie in Wirklichkeit will: auf eigene Kosten die Beine breitmachen! Und dich hat sie hier einfach sitzenlassen. Jetzt kannst du sehen, wie du ihre Schulden mit abbezahlst. Da brauchst du aus dem Bett gar nicht mehr herauszukommen.»

Barbara machte einen Schritt in die Kammer hinein.

«Kann ich euch irgendwie helfen?», fragte sie leise. Kilian drehte sich überrascht um; Blut lief ihm aus der Nase.

«Was machst du denn hier? Sieh bloß zu, dass du schnell verschwindest! Wer weiß, vielleicht kommt dieses heuchlerische Pack ja zurück. Aber die werden noch sehen, was sie davon haben. Die zeig ich an, so wahr ich hier stehe! Und das Geld will ich auch, das die Mali uns noch schuldig ist.»

Die dunklen Straßen waren ruhig, als Barbara später in aller Eile zum Spital zurücklief. Sie dankte dem Himmel und allen Heiligen, dass sie die Kleine heute nicht mitgenommen hatte. Nicht auszudenken, was sie getan hätte, hätte einer der Männer seine Hand gegen ihr Kind erhoben. Ihr Herz klopfte wie rasend, wenn sie nur daran dachte. Und für Gesche zumindest hatte die ganze Angelegenheit auch eine gute Seite: In Zukunft hatte sie eine jüngere Wettbewerberin weniger, gegen die sie sich behaupten musste.

«Der Rat hat doch tatsächlich eine ernste Verwarnung ausgesprochen.»

Lorenz war regelrecht entrüstet, als er am folgenden Sonntag nach der Messe mit Barbara am Neckarufer entlangspazierte und Leni dabei auf dem Rücken trug. «Dabei haben die Leute doch nur ihre Pflicht getan!»

«Aber das halbe Frauenhaus liegt in Trümmern, und die Wirtsleute sind böse verprügelt worden, hab ich gehört», wagte Barbara einzuwenden. «Das kann doch nicht recht sein!»

«Davon verstehst du nichts, Kind.» Der Schneider tätschelte leicht ihre Hand. «Das sind böse, sündige Leute, die Gottes Wort nicht hören wollen. Der junge Brosius, der Vikar an Sankt Moritz, hat mir genau erzählt, wie es gewesen ist.»

Belehrend hob er den Zeigefinger. «Eine junge Frau ist vor ein paar Tagen zu ihm gekommen, eine von – von diesen Frauen aus dem öffentlichen Haus. Sie hat geweint und ihm erklärt, dass seine Predigt ihr die Augen geöffnet habe und dass sie nichts mehr begehre, als ihr sündiges Leben zu ändern.» Ein salbungsvoller Ton hatte sich in seine Stimme geschlichen. «Ist das nicht ein Grund zur Freude für alle Gerechten? Für all die, die das wahre Evangelium lieben? Aber die Frauenwirtin hielt die bußfertige Sünderin fest und zwang sie weiter zu ihrem gottlosen Treiben. Da haben diese rechtschaffenen Bürger doch nichts als ihre Pflicht getan, als sie eingeschritten sind, um das arme Mädchen zu befreien! Wenn ich selbst mehr Geschick im Umgang mit Stock und Schwert hätte, dann wäre ich gern dabei gewesen.»

«Und wenn jemand dabei umgekommen wäre?», fragte Barbara leise. Aber Lorenz schüttelte den Kopf, was Leni dazu brachte, juchzend an seinen Haaren zu ziehen.

«Das Kind ist zu wild, Barbara», sagte er säuerlich und wandte sich dann wieder seinem eigentlichen Thema zu. «Wenn ein Auge dir nicht gehorcht, dann reiße es aus, sagt die Schrift. Dieses Sündenhaus muss aus der Stadt getilgt werden. Allerdings hat Graf Joachim bedauerlicherweise befohlen, dass der Schaden ersetzt wird und das Haus seinen Betrieb wieder aufnehmen soll. Ich bete jeden Abend darum, dass er noch zur Besinnung kommen möge.»

Barbara antwortete nicht. Der Schneider wusste nichts davon, dass sie selbst eine Zeitlang bei Irmel und Kilian gelebt hatte und immer noch Verbindungen zum Frauenhaus aufrechterhielt, und sie hoffte von ganzem Herzen, dass er es auch nie erfahren würde. Er war eben ein rechtschaffener Mann, dachte sie, rechtschaffen und geradlinig. Wahrscheinlich konnte ein rechtschaffener Mann in Zeiten wie diesen gar nicht anders denken.

10

Es war eine eigenartige Gruppe, die sich dort im Schutz der Dunkelheit zwischen Horb und Dettingen versammelt hatte, wo das Neckartal sich zu einem flachen Kessel weitete. Simon hatte sich im Gebüsch versteckt, als die Ersten eingetroffen waren, denn immerhin hätten es ja Leute aus Betra sein können, dem Dorf oben auf der Höhe, die ihm auf die Schliche gekommen waren und sich ihr Geld zurückholen wollten. Er hatte zwar niemanden bemerkt, der ihn beobachtet haben könnte, als er während der Sonntagsmesse in mehrere Höfe eingestiegen war und mitgenommen hatte, was er nur tragen konnte, aber ganz sicher konnte man sich nie sein. Die meisten Bauern erinnerten sich noch zu gut daran, was es hieß, Schwert und Spieß zu tragen, und mehr als einmal war er schon um sein Leben gelaufen in diesen letzten Wochen. Aber bisher war es immer gut ausgegangen, für ihn gut ausgegangen. Und die Zeit, die er bei den Landsknechten verbracht hatte, war auch nicht umsonst gewesen. Den meisten anderen hatte er doch noch ein Quäntchen Entschlossenheit und Geschicklichkeit voraus, wenn es darum ging, einen Gegner außer Gefecht zu setzen. Er musste schnell sein, wenn er Erfolg haben wollte, denn für einen langen Kampf fehlte ihm die Kraft. Nicht, dass er es darauf anlegte. Er hatte ja alles versucht, hatte als Tagelöhner gedroschen, bis ihm der Atem wegblieb, hatte Trauben geerntet, Fässer geschleppt und Boote getreidelt und zuletzt – das war das Schlimmste gewesen – in Reutlingen als Hundefänger gearbeitet. Wie sie ihm vertrauten, die Hunde! Wie sie ihm hinterherliefen und die verräterischen Hände leckten, mit denen er ihnen lockende Fleischreste hinwarf! Ein knappes Dutzend Streuner hatte er dem Abdecker übergeben und eine Handvoll Schillinge dafür erhalten. Doch er hatte sich nicht schnell genug davongemacht, sodass er das jämmerliche Jaulen noch hören musste, als der Mann sich daranmachte, sie einen nach dem anderen totzuschlagen. Die Hälfte seines Lohnes war dafür draufgegangen, sich danach zu betrinken, aber den Widerwillen gegen sich selbst konnte er nicht wegspülen. Dann schon lieber stehlen, mit dem ehrlichen Risiko, erwischt zu werden.

Mittlerweile waren sicher rund zwanzig Menschen auf der Lichtung versammelt, Männer, Frauen und Kinder, einige mit Laternen in den Händen. Sie standen in kleinen Grüppchen zusammen, lachten und redeten leise miteinander und sahen immer wieder zum Waldrand hin, wo der Weg aus Horb mündete. Simon war neugierig, worauf sie wohl warteten, und schlich sich näher heran, bis er die ganze Gruppe im Blick hatte. Wer ging nach Einbruch der Nacht nach draußen vor die Stadt und traf sich dort mit seinen Bekannten, wenn er nicht selbst etwas Finsteres im Schilde führte? Aber diese Leute waren harmlos, dafür hätte er seine Hand ins Feuer gelegt. Sie sahen aus wie brave Bürger und Bauern, wenn sie auch vielleicht alle ein wenig dunkel gekleidet waren. Allerdings konnte er das in dem schwachen Laternenschein nicht ganz sicher beurteilen.

Plötzlich kam Bewegung in die Gruppe. Ein Mann in einem weißen Mantel tauchte auf und wurde sofort von den anderen umringt. Der Neuankömmling hob die Hände und deutete zum Himmel, das Gemurmel erstarb. Dann begann er zu reden, und Simon spürte, wie sich die Haare in seinem Nacken aufrichteten und sein Blut schneller floss. Nicht, dass er die Worte des Mannes hätte verstehen können, dazu war er zu weit entfernt. Es war der Klang der Stimme, der noch zu ihm herüberwehte, ihre Wärme und Tiefe, die sein Herz schneller schlagen ließ und irgendwo tief in ihm etwas zum Schwingen brachte, von dem er bisher noch nicht einmal gewusst hatte, dass es existierte. Fast hätte er sich ganz vergessen und wäre aus der Deckung gekommen, da knieten die Leute sich hin, so gleichzeitig, als wären sie ein Körper. Auch der Weiße war niedergekniet, aber er hielt sich aufrechter als die anderen, sodass sie alle ihn sehen und seine Worte hören konnten. Dann begannen sie zu singen, leise zunächst, dann lauter und lauter, als vergäßen sie, warum sie ursprünglich die Dunkelheit gesucht hatten, als hätten sie nichts zu befürchten, jetzt, da der Weiße in ihrer Mitte war. Die Ersten wiegten sich hin und her, andere hoben und senkten rhythmisch die Köpfe, während die Stimme des Mannes sich aus dem Gesang löste und über den anderen Stimmen dahinsegelte wie eine Lerche im Juliwind. Es war eine Predigt, die er hielt. Simon wusste es, ohne einen Satz zu verstehen. Eine Predigt, die den Leuten Trost und Hoffnung gab, die Hunger und Durst stillte und die Dunkelheit vertrieb. Er wünschte sich, diese Worte wären auch zu ihm gesprochen. Er wünschte sich, dazuzugehören, zu knien neben den anderen Knienden, einzutauchen in ihr Lied, zu verschmelzen mit ihrer Sehnsucht. Noch nie in seinem ganzen Leben hatte er sich so sehr ausgeschlossen gefühlt wie in diesem Augenblick. Einige aus der Gruppe fingen jetzt laut an, zu weinen und zu schreien und sich gegen die Brust zu schlagen.

«Christus, ich komme! Christus, nimm mich an! Hör mein Gebet, Herr, sieh meine Reue …»

Plötzlich erhoben sich zwei der Knienden und griffen nach den Händen des Weißen. Der Mann nickte und deutete auf das Flussufer. Die beiden Leute – es waren zwei Männer – begannen sich auszuziehen bis auf das Hemd. Simon selbst spürte die Kälte, als sie ihre Kleider auf einen Haufen legten, spürte den Nachtwind über seine schweißbedeckte Haut streichen. Sie gingen zum Neckar hinüber. Die ganze Gruppe folgte ihnen, allen voran der Mann in Weiß, und verdeckten ihm die Sicht. Simon löste sich zögernd aus seiner Deckung und schlich zu der Stelle hinüber, wo die Gruppe gerade noch gelagert hatte. Sie hatten alles Mögliche zurückgelassen, Taschen, Beutel und natürlich die abgelegten Kleidungsstücke. Simon war es, als erwachte er aus einem tiefen Traum. Zögernd nahm er sich den ersten Beutel und steckte ihn unter seine Jacke, griff dann nach den Schuhen, die einer der Männer ausgezogen hatte, und hielt sie an seine eigenen Füße: Sie würden passen. Niemand schien sich auch nur im Geringsten Sorgen um sein Hab und Gut zu machen, niemand war als Wache zurückgeblieben. Fieberhaft jetzt durchwühlte Simon die Taschen. Wenn auch kaum einer nennenswerte Summen mit sich führte, so hatte doch jeder wenigstens ein paar Heller dabei, und es kam insgesamt einiges zusammen.

Plötzlich packte ihn jemand von hinten und riss ihn zurück.

«Du gemeiner Dieb!» Fausthiebe hagelten auf ihn herunter, bevor er auch nur schützend die Arme heben konnte. An Gegenwehr war nicht zu denken. Ein Knie traf ihn in die Magengrube, und mühsam schnappte er nach Luft.

«Du hast wohl geglaubt, du könntest dich mit unserem Geld davonmachen, du Spitzbube!»

An seinem Gürtel hing das Messer. Wenn er an das Messer herankommen könnte, wäre nichts verloren. Wenn er nur das Messer …

Ein junger Mann hatte seine Handgelenke fest gepackt und bog ihm die Arme auf den Rücken, dass er aufheulte vor Schmerz.

«Damit hast du nicht gerechnet, du Halunke, stimmt's? Warte, bis wir mit dir fertig sind!» Auf einmal, völlig unerwartet, ließen sie ihn los, und er sackte nach vorn zusammen, in den Dreck. Der flackernde Schein einer Laterne fiel auf sein Gesicht.

«Ein Dieb, Bruder Michael! Er hat versucht, uns zu bestehlen, während du die Brüder getauft hast!» Der Weißgekleidete war herangekommen. Aus der Nähe gesehen war er nur ein mittelgroßer Mann in den Dreißigern in einem abgetragenen hellen Mantel. Nichts Geheimnisvolles war an ihm. Fast enttäuscht schloss Simon die Augen, die sowieso schon zuschwollen.

«Ihr sollt dem Bösen nicht widerstehen, sagt uns Matthäus.»

Da war sie, diese Stimme, sanft und gebieterisch zugleich.

«Wenn einer dich schlägt auf deine rechte Wange, so halte ihm auch die andere hin.»

Bruder Michael, wie sie ihn genannt hatten, trat zu den beiden Burschen, die sich auf Simon gestürzt hatten, und legte ihnen die Hand auf die Schulter. «Wer seine Hand erhebt gegen seinen Nächsten, der gibt sich der Welt hin, die dem Teufel untertan ist. Ihr aber seid doch im wahren Glauben getauft und zu Kindern Gottes geworden. Sondert euch also ab von der Welt der Dunkelheit und lasst euch nicht zu den Untaten des Bösen verführen!» Die jungen Männer hatten demütig die Köpfe gesenkt und murmelten etwas, das wohl nur Bruder Michael verstehen konnte. Dann kam einer auf Simon zu, reichte ihm die Hand und zog ihn auf die Füße.

«Verzeih, dass wir gegen dich gefehlt haben.»

Simon rieb sich verwirrt die schmerzende Nase und wusste nicht, was er sagen sollte. Bruder Michael kam auf ihn zu und drückte ihm ein paar Münzen in die Hand.

«Bittet, so wird euch gegeben», sagte er freundlich. «Nimm das. Du kannst gehen.» Er wandte sich um und gab seinen Anhängern ein Zeichen, dass sie ihm folgen sollten. Die Leute scharten sich erneut um ihn und kümmerten sich nicht mehr um Simon, der allein im Dunkeln zurückblieb. Schließlich bückte er sich nach seiner Mütze, die ihm im Handgemenge heruntergefallen war, und lief in den Wald.

Sie hatten ihm nicht seine ganze Beute abgenommen, und in seinen Taschen fand er noch ein Stück harten Käse und etwas schwarzes Brot. Er aß es und suchte sich dann einen Unterschlupf zwischen den Wurzeln einer mächtigen Buche, den er mit Falllaub reichlich auspolsterte. Es war nicht die erste Nacht, die er im Wald verbrachte, aber noch nie vorher hatte er sich so einsam gefühlt. Seine Rippen schmerzten bei jedem Atemzug, und seine Hände waren eiskalt. Am Nachthimmel flimmerten die Sterne. Keine Wolke zog vorbei. Es würde sicherlich bis zum Morgengrauen noch deutlich kälter werden. Dann musste man sich eben tiefer einwühlen in den Boden, sagte er sich. Oder, noch besser, er würde sich wieder einen Hund zulegen, einen treuen Gefährten, der ihn in der Nacht wärmen könnte. So wie Vinto es immer getan hatte. Er versuchte, seine Gedanken auf Vinto zu konzentrieren, aber es gelang ihm nicht. Irgendwo in seinem Kopf wartete er noch auf die Stimme, die ihn zum Schwingen gebracht hatte, als wäre er eine Glocke. Was waren das nur für Leute gewesen, da unten am Fluss? Aber eigentlich kam es ihm darauf gar nicht an. Diese Leute, die ihn womöglich totgeschlagen hätten, wenn der Weiße nicht dazwischengekommen wäre: Was gingen sie ihn an! Der Weiße war es, auf den es ankam, dieser Bruder Michael. Er würde ihn aufspüren und sehen, was es mit ihm auf sich hatte. War Bruder Michael nicht auf dem Fußpfad gekommen, der von Horb nach Dettingen führte? Also würde er ja wohl auch wieder nach Horb zurückkehren.

Seit Jahren war Simon nicht mehr in Horb gewesen. Schließlich hatte er das Städtchen damals Hals über Kopf verlassen müssen, nachdem seinem Meister aufgefallen war, dass er sich aus der Geschäftskasse bedient hatte. Was für ein unerfahrener, dummer Bursche er damals noch gewesen war! Wie verführerisch und vielversprechend das Leben vor ihm die Glieder gespreizt hatte! Er konnte kaum glauben, dass das noch keine vier Jahre her sein sollte. Aber sicherlich hatte er sich in der Zwischenzeit auch äußerlich so sehr verändert, dass niemand mehr den unzuverlässigen Schreinerlehrling wiedererkennen würde, der er gewesen war. Vier Zähne hatten die letzten Jahre ihn gekostet, und er war faltig geworden und grau. Erleichtert lehnte er sich zurück und entspannte seine verkrampften Schultern. Morgen würde er nach Horb gehen und diesen Bruder Michael ausfindig machen. Und dann würde er sich entscheiden.

Das Städtchen Horb zog sich an einer Engstelle des Neckars den steilen Nordhang hinauf, flankiert von Mauern und Toren. Auf halber Höhe ragten die Türme von Stiftskirche und Franziskanerinnenkloster auf. Von der alten Burg, in der der Hohenberger Obervogt residierte, konnte man das gesamte Tal überblicken. Besser allerdings als an Kirchen und Amtsgebäude erinnerte Simon sich an die zahlreichen Schankwirtschaften, die sich rund um den Marktplatz gruppierten und in denen er so manchen Abend gewürfelt und gezecht hatte. Er betrat die Stadt durch das Gaistor, durchquerte die Ihlinger Vorstadt und machte sich an den steilen Aufstieg zum Marktplatz. Horb war ein überschaubares Städtchen. Jemand, der so auffällig war wie dieser Bruder Michael, konnte hier wohl kaum verborgen bleiben. Vermutlich war er eine stadtbekannte Erscheinung, und jeder Einzelne von denen, die hier geschäftig durch die Gassen hasteten, hätte Simon seinen Aufenthaltsort nennen können. Aber eine merkwürdige Scheu hielt ihn zurück, zu fragen. Stattdessen setzte er sich auf den Marktplatz, gleich neben einen verkrüppelten Bettler, der laut vor sich hin lamentierte und seine Schale mehr drohend als demütig den Passanten entgegenstreckte.

«Der Teufel soll dich holen, du Schlagetot, wenn du mir meinen Verdienst hier streitig machst», keifte der Bettler. «Ich sitze jeden Tag hier. Für zwei reicht es nicht, also verzieh dich.»

«Lass mich in Ruhe, sonst kannst du deine Knochen gleich einzeln einsammeln», murmelte Simon und zog sich seine Jacke enger um die Schultern. Jede Bewegung war ihm unangenehm. Die beiden Burschen gestern hatten einen sicheren Schlag gehabt. Er hoffte von ganzem Herzen, dass sie auch den einen oder anderen blauen Fleck mit nach Hause getragen hatten.

«Ein paar Heller, ihr guten Leute, für einen ehrlichen Gesellen, den der Brand ins Bein gebissen hat», leierte der Bettler bei jedem, der an ihnen vorüberging. «Gott wird's euch vergelten!»

Simon legte die Hand an die Augen und musterte die Gesichter, die sich zu der Bettelschale hinunterbeugten, aber er konnte niemanden wiedererkennen.

«Starr die Leute nicht so an, als wolltest du in sie reinkriechen!», schimpfte der Bettler schließlich aufgebracht. «Da kriegen sie nur ein schlechtes Gewissen und verpissen sich, und ich kann sehen, wo ich heute Nacht unterkrieche. Worauf wartest du überhaupt?»

«Hast du schon einmal etwas von einem Bruder Michael gehört?», fragte Simon. Der Bettler grinste schief.

«Klar. Der Täufer. Gibt Leute hier, die halten ihn für den wiedergeborenen Christus oder so was. Aber auf so einen wie dich hat der sicher nicht gewartet.»

«Wieso?»

«Na, du siehst nicht wie eins von den friedlichen Lämmern aus, die er so gern um sich schart. Oder hast du dir das blaue Auge selbst verpasst?»

Simon schüttelte den Kopf, und der Mann kicherte zufrieden.

«Na, ich weiß doch, wen ich vor mir hab! Und das Saufen kannst du auch gleich vergessen, wenn du zu dem heiligen Bruder Michael gehst. Die Weiber sowieso.»

«Weißt du, wo er wohnt?»

«Keine Ahnung, will's auch gar nicht wissen. Aber wenn ich du wäre, würd ich mich an die da drüben halten.» Er wies mit seiner Schale auf die andere Seite des Marktes, zu einer Gruppe von drei Männern in grober Leinenkleidung und mit breitrandigen Filzhüten.

«So sehen die aus.»

Simon sprang auf und überquerte den Platz, bis er hören konnte, was die Männer sprachen. Sie hatten sich gerade mit einem vierten getroffen, der sie offenbar erwartet hatte.

«Der Friede des Herrn sei mit euch», konnte Simon den Wartenden leise grüßen hören. Dann umarmte der Mann jeden der anderen, die ihm dabei mit einem geflüsterten «Amen» antworteten. Nachdem Simon in der letzten Nacht die innige Verbundenheit zwischen den Anhängern von Bruder Michael gesehen hatte, war er sich sicher, dass er seine Leute gefunden hatte. Diese Männer würden ihn zu ihrem Anführer bringen. Als sie an ihm vorbeiliefen, so nah, dass er sie mit seinen Händen hätte berühren können, erkannte er, dass keiner von ihnen bewaffnet war, weder Schwert noch Degen trug, ja nicht einmal das übliche Langmesser im Gürtel stecken hatte. Er stand auf, zog sich die Mütze über die Ohren und folgte ihnen. Der Bettler krächzte noch irgendetwas hinter ihm her, aber er drehte sich nicht um.

Die Männer durchquerten die Stadt in Richtung Wassertor. Sie zeigten keine besondere Vorsicht, und Simon bemerkte, dass sie ganz offenbar bei den meisten Horbern in hohem Ansehen standen, anders als bei dem scharfzüngigen Bettler auf dem Markt. Man grüßte sie fast ehrerbietig, obwohl sie bestenfalls zurücknickten. Schließlich erreichten sie ein großes Haus am Aischbach und verschwanden darin. Für einen Augenblick starrte Simon auf die verschlossene Tür, dann fasste er sich ein Herz und klopfte. Es dauerte eine Weile, bis eine Frau in grauem Kleid die Klappe öffnete.

Sollte er den Friedensgruß sprechen, wie die Männer vorhin auf dem Marktplatz? Vielleicht war das ja ein Erkennungszeichen. Aber wollte er überhaupt dazugehören?

«Grüß Gott. Ich möchte zu Bruder Michael», entschied er sich schließlich zu sagen. Die Frau machte ein abweisendes Gesicht.

«Bruder Michael? Kenn ich nicht. Wer soll das sein?»

Fast hätte sich Simon entmutigt abweisen lassen, aber dann hörte er die Stimme aus dem Haus. Der Weiße war hier, daran konnte es keinen Zweifel geben.

«Besser, du lässt mich herein!», stieß er hastig hervor. «Ich habe eine wichtige Nachricht für ihn! Es wird dir leidtun, wenn er sie nicht hört!»

Mit einem Knall schlug die Frau die Klappe wieder zu. Aus dem Inneren des Hauses war jetzt ein anschwellendes Murmeln zu hören, Schritte, die langsam deutlicher wurden. Schließlich wurde die Tür geöffnet.

«Der Friede des Herrn sei mit dir!», sagte die Stimme. «Worum geht es?»

«Bruder Michael», stammelte Simon und starrte den Mann vor sich an, als könnte er ihm so sein Geheimnis entreißen. Diesen Mann, der so gewöhnlich, so unscheinbar war, solange er den Mund nicht aufmachte.

«Bist du einer von uns?», fragte Bruder Michael. Simon schüttelte den Kopf.

«Nein. Ich – gestern Nacht, am Fluss. Ich habe euch gesehen.» Bruder Michaels Augen verengten sich für einen Augenblick, dann breitete sich ein Lächeln auf seinem Gesicht aus.

«Gesehen … ich erinnere mich. Nennt man das jetzt so?» Er öffnete die Tür ganz und machte eine einladende Bewegung. «Komm herein. Ich bin Michael Sattler, Gemeindevorsteher von Horb. Wir haben uns gerade zum Gottesdienst versammelt. Wenn du das Wort Gottes hören willst, kannst du bleiben.»

Simon stolperte in den Flur. Die Frau stand immer noch dort und betrachtete ihn skeptisch. Sattler nahm ihre Hand.

«Das ist Margaretha, meine eheliche Schwester. Kommt, die Versammlung hat schon angefangen.»

In der geräumigen Wohnstube drängten sich mindestens fünfundzwanzig Personen, Männer, Frauen und sogar ein paar Halbwüchsige. Ein Feuer brannte in dem großen Kachelofen, und es war jetzt schon unerträglich heiß und stickig. Die Älteren saßen dicht an dicht auf der umlaufenden Wandbank, die meisten anderen hatten jedoch keinen Sitzplatz gefunden und standen an den Wänden, einige knieten auch. Alle waren auf die gleiche zurückhaltende Art gekleidet. Als Sattler den Raum betrat, erhoben sie sich.

«Der Friede des Herrn sei mit euch, meine Brüder und Schwestern!» Er hob die Hände zu der Geste, die Simon gestern schon gesehen hatte.

«Amen, Bruder Michael!»

«Amen. Brüder und Schwestern, ich bringe einen Gast, der zusammen mit uns das Wort Gottes hören will.» Sattler schob Simon in die Mitte des Raumes. Alle Augen ruhten auf seinem zerschlagenen Gesicht, und nur wenige waren freundlich. Sattler schien die Missstimmung sofort zu bemerken.

«Sie lesen die Schrift, aber sie befolgen sie nicht», sagte er sanft. «Wir wollen unseren Gast freundlich aufnehmen. Wie heißt du?»

«Simon. Simon Breitwieser.»

«Simon, wie der erste der Apostel. Such dir einen Platz bei den Männern.»

Nur unwillig, so empfand es Simon, rückten die Leute zur Seite. Schließlich stand er genau neben einem von denen, die ihn erst gestern verprügelt hatten. Was mache ich überhaupt hier?, fragte er sich plötzlich. Was will ich in dieser Versammlung von Träumern?

Da hob Sattler die Stimme.

«Brüder und Schwestern, wir hören die Worte des Evangelisten Matthäus: *‹Als er aber das Volk sah, ging er auf einen Berg und setzte sich; und seine Jünger traten zu ihm. Und er tat seinen Mund auf, lehrte sie und sprach: Selig sind, die reinen Herzens sind; denn sie werden Gott schauen ... sie werden Gottes Kinder heißen.›*»

Er hielt für einen Moment inne und schaute die versammelte Gemeinde an, einen nach dem anderen, und Simon sah, wie die Gesichter sich öffneten und einen Ausdruck annahmen, den er schon gestern nicht hatte richtig benennen können: beseelt, entrückt, verändert?

«Sie werden Kinder Gottes heißen. Kinder des Lichts ...»

Jetzt hatten die Augen ihn gefunden. Sattler lächelte. Es schien Simon, als hätte Bruder Michael auf nichts sehnsüchtiger gewartet als auf die Möglichkeit, ihm in die Augen zu sehen. Es war Gruß und Herausforderung in einem, voller Güte und voll von entschlossener Härte, zutiefst beglückend und beunruhigend zugleich. Simon war fast erleichtert, als die Augen endlich weiterwanderten, diese Augen mit ihrem Blick, der so viel stärker war als er.

«Kinder des Lichts! Die Welt, Brüder und Schwestern, hat sich dem Teufel ergeben und seiner Versuchung. Sie strebt nach Reichtum und Macht, wir aber wissen, dass das Ziel des Lebens nicht auf dieser Erde zu finden ist, sondern nur im Reich Gottes. Seht sie euch an, die Anhänger des Papstes wie die der neuen Lehre: Haben sie ihr Leben Gott geweiht? Halten sie Seine Gebote? Ich sage euch: nein! Sie tun es nicht! Sie lesen die Schrift, aber sie befolgen nicht ihre Gebote! Der kommende Christus aber wird scheiden zwischen denen zu seiner Rechten und denen zu seiner Linken, zwischen Licht und Dunkelheit, Geist und Fleisch. Wer nicht für mich ist, ist wider mich; wer nicht Christus angehört, gehört dem Satan, dem Belial, dem Verderber der Welt …»

Er sprach von der Notwendigkeit, dass die Kinder des Lichts sich absondern sollten von denen der Dunkelheit, damit sie nicht verdorben würden, und von der neuen Taufe, die dem wahrhaft Gläubigen zuteilwerde als Zeichen seiner Verbundenheit mit Gott und der Gemeinschaft. Immer wieder fielen andere Gemeindemitglieder ein:

«Christus, höre uns!»

«Erbarme dich, Christus!»

Sie fielen auf die Knie, schluchzten und stießen laute Schreie aus. Simon hatte längst aufgehört, dem Sinn der Worte zu folgen. Er glühte in der Hitze des Raums, brannte im Feuer dieser Stimme, begierig nach dem Schlag des Hammers, der ihn zu einem neuen Menschen schmieden sollte.

Stunden später erst, als der Morgen schon graute, kam er wieder zu sich. Das Feuer im Ofen war verloschen. Auf dem Boden lagen ein paar Leute und schliefen. Ein Mann hockte ihm gegenüber in einer Ecke, hatte die Augen geschlossen und murmelte fast unhörbar vor sich hin, wobei er mit dem Kopf rhythmisch gegen die Wand schlug. Andere knieten zusammengesunken und bewegten die Lippen. Was war in dieser Nacht geschehen? Hatten sie zusammen das Brot gebrochen im Gedächtnismahl? Hatten sie sich gegenseitig die Füße gewaschen? Hatte er das Bekenntnis abgelegt und die Glaubenstaufe empfangen? Oder nicht? Er wusste es nicht. Michael Sattler stand aufrecht in der Mitte, die Arme erhoben, das Gesicht grau vor Erschöpfung.

«Geht, Brüder und Schwestern», flüsterte er. «Die Versammlung ist geschlossen.» Leiber quälten sich hoch, zwangen sich aus dem Raum und auf die Straße. Schließlich waren außer Simon nur noch vier Personen da: Sattler und seine Frau Margaretha sowie das Paar, dem das Haus gehörte. Der Mann wechselte einen Blick mit Sattler und reichte Simon dann wortlos eine Decke. Simon nickte dankbar, rollte sich auf dem Fußboden zusammen und war schon nach wenigen Minuten eingeschlafen.

«Wir teilen miteinander, was wir haben, und geben jedem nach seinem Bedarf», sagte Christoph. Er war ein vierschrötiger Mann an der Schwelle zum Alter, der bei jedem zweiten Satz mit dem linken Auge zuckte. «Deshalb habe ich Bruder Michael sofort mein Haus als Unterkunft und Versammlungsort angeboten, als ich gehört hatte, dass er unserer Gemeinde hier in Horb vorstehen will.»

Sie saßen gemeinsam an dem großen Tisch in der Stube, vor sich eine einfache Mahlzeit aus Haferbrei und verdünntem Wein: Christoph, Michael Sattler und Simon. Die Frauen arbeiteten in der Küche.

«Und jeder versucht, nach seinen Fähigkeiten für das Wohl der Gemeinschaft zu sorgen. Auch für dich werden wir sicher eine Möglichkeit finden, wenn du wirklich zu uns gehören willst. Bist du von hier?»

«Nein. Ich bin – ich bin meistens unterwegs.»

«So. Ich bin Weber.»

Christoph lehnte sich zufrieden zurück. «Gibt viele Weber hier in Horb. Unser Tuch ist bekannt für seine Qualität. Was ist dein Gewerbe?»

Simon fasste sich ein Herz und sah zu Sattler hinüber, der schweigend sein Essen löffelte.

«Bruder Michael, ich möchte einer von euch werden.» Sattler nickte müde.

«Du musst uns erst kennenlernen. Wir gewähren die Taufe nur denjenigen, die durch Reue und Umkehr zum wahren Glauben gekommen sind, sich von der Welt des Teufels lösen und Mitglied unserer Gemeinschaft werden wollen.»

Auch die Stimme klang alt und erschöpft, sie klang wie abgestandener Wein.

Sattler erhob sich.

«Bruder Christoph gehört schon lange zu uns. Er kann dir alles sagen, was du wissen willst. Wir sehen uns heute Abend.» Er nickte dem Weber noch einmal zu, drehte sich um und ging: ein schmaler, mittelgroßer, hundsgewöhnlicher Mann in einem hellen Mantel. Unscheinbar, so gottverdammt unscheinbar. Simon spürte eine unerklärliche Wut in sich aufsteigen und musste sich zügeln.

«Wer ist dieser Bruder Michael überhaupt? Wo kommt er her?», sagte er schließlich schroff. Der Weber beäugte ihn misstrauisch.

«Wenn du etwas gegen Bruder Michael hast, dann gehst du am besten sofort. Bevor ich dir den Hals umdrehe.» Er schwieg für einen Moment und schloss die Augen. Seine Wimpern schimmerten feucht. «Michael Sattler ist ein Heiliger», flüsterte er schließlich. «Ein Heiliger, der unter uns lebt und uns den Weg zum Himmelreich weist.»

«Er ist verheiratet.» Simon kam wieder die abweisende Frau in den Sinn, die ihm gestern die Tür nicht hatte öffnen wollen. «Mit dieser Margaretha, nicht wahr?»

«Es ist ein Zeichen, verstehst du?» Christoph beugte sich verschwörerisch vor. «Michael Sattler war Mönch, Benediktinermönch, Prior sogar. Bis er es nicht mehr ausgehalten hat, das Leben im Kloster. Wie sie geflucht und gesoffen und gehurt haben! Da hat er sich vom mönchischen Leben abgewendet und ein Weib genommen, wie Paulus es gesagt hat. Denn die Menschen sollen als Mann und Weib zusammenleben, damit der Sünde der Unzucht gewehrt wird. Er hat es getan, um die Schrift zu erfüllen! Verstehst du? Aber die Begierden des Fleisches zählen für ihn nicht. Wichtig allein ist der Glaube.»

«Der Glaube», wiederholte Simon.

«Der Glaube, ja», bestätigte der Weber. Sein Gesicht nahm einen schwärmerischen, ja sehnsüchtigen Ausdruck an. «Und wenn ich einmal sterben muss für meinen Glauben, so will ich es gern auf mich nehmen!»

«Wieso solltest du sterben müssen für deinen Glauben?!»

«Wir Täufer werden überall verfolgt», erklärte Christoph. Er saß ganz aufrecht da, seine Augen leuchteten. «So ist es immer: Die Kinder der Welt verfolgen die Kinder Gottes, das Dunkel versucht das Licht auszulöschen!»

«Aber hier in Horb werdet ihr nicht verfolgt?»

«Noch nicht. Ich bete, dass es so bleiben möge. Aber wir Täufer erkennen keine Obrigkeit an außer Gott.» Der Weber griff nach dem schlichten Kreuz, das er an einer Kette um seinen Hals hängen hatte. «Wir gehorchen nur dem Wort Gottes.»

Es gab noch zahlreiche andere Dinge, die die Gläubigen um Michael Sattler auszeichneten und verdächtig machten: Sie lehnten die Säuglingstaufe ab als das erste Werk des Satans, denn ein Säugling konnte sich noch nicht für den Glauben entscheiden. Sie gingen nicht in die Schänke oder ins Frauenhaus, aber genauso wenig besuchten sie die Kirche, nicht einmal am Sonntag oder an hohen Feiertagen. Im Gegenteil: Sie hielten die Feiertagsruhe nicht, ebenso wenig wie das Fasten. Dafür verwehrte die Kirche ihnen das christliche Begräbnis, das sie aber auch gar nicht begehrten, sondern manch einer, wie Christoph hinter vorgehaltener

Hand erzählte, hatte seine Frau schon im eigenen Garten begraben. Sie verweigerten Andersgläubigen den Gruß und der Obrigkeit den Eid und gelegentlich sogar die Zehntabgaben, nahmen keine öffentlichen Ämter an und lehnten es ab, zur Waffe zu greifen, wenn sie zum Kriegsdienst einberufen wurden.

«Aber wenn man euch angreift, dann werdet ihr euch wehren, oder nicht?», fragte Simon, als er ein paar Wochen später mit Sattler gemeinsam im Schuppen stand und Bretter zurechthobelte. Handwerk stand bei den Täufern in hohem Ansehen: War nicht auch Jesus Christus Zimmermann gewesen? Sattler selbst hatte nach seinem Austritt aus dem Kloster einige Fähigkeiten als Wollweber erworben. Jetzt wischte er sich den Schweiß von der Stirn.

«Nein», sagte er ruhig. «Hat Jesus die Häscher angegriffen und sich der Verhaftung widersetzt? Nein, die Gerechten müssen leiden für ihren Glauben und werden ihren Lohn im Himmelreich empfangen.»

Simon begriff nicht, was der Täuferführer da sagte.

«Aber dann – dann wird das Leid auf der Erde niemals zu Ende gehen ... dann wird die Dunkelheit siegen! Und die Kinder des Lichts sind verloren!»

Sattler streckte die Hand aus und berührte Simon leicht an der Schulter.

«Niemand ist verloren», sagte er leise, und die Worte fielen bis in das tiefste Dunkel von Simons Seele, wo schon lange nur noch die Ratten hausten. Niemand ist verloren: Auch du bist es nicht.

«Nächste Woche werde ich nach Schleitheim reisen, zu einem Treffen der Brüder», sagte Sattler, der schon wieder zum Hobel gegriffen hatte. «In der Nähe von Schaffhausen. Wir werden gemeinsam versuchen, die Grundsätze unseres Glaubens und unserer Gemeinschaft zu formulieren.» Er blickte auf. «Wenn du willst, kannst du mich begleiten. Vielleicht erfährst du so all die Dinge, über die du dir immer noch den Kopf zerbrichst.» Simon nickte langsam. Reisen, ja. Reisen war gut. Längst schon litt er unter der Enge in diesem Haus, in dieser Gemeinschaft der Brüder und Schwestern, deren Wärme ihm manchmal den Atem nahm. Er wusste, dass sie ihr Misstrauen ihm gegenüber nie ganz abgelegt hatten, keiner von ihnen, bis auf Michael Sattler selbst, der sich weigerte, von irgendjemandem etwas Schlechtes zu glauben. Sattler würde noch zu ihm halten, wenn er ihn schon längst verraten hätte. Noch nie zuvor war er einem solchen Menschen begegnet.

«Ich komme gern mit», sagte er heiser.

Niemand ist verloren.

Teil V · 1527

1

«Wir haben sie endlich ausgehoben, die ganze verdammte Ketzerbande!» Erregt, mit glühenden Wangen, stolzierte Graf Joachim von Zollern, Landeshauptmann zu Hohenberg, in seinem Arbeitszimmer auf und ab. «Erst Rottenburg, dann Horb. Da saßen sie doch alle gemütlich zusammen in ihrer guten Stube, als ob sie kein Wässerchen trüben könnten! Na, ganz so gemütlich haben sie's jetzt nicht mehr.»

«Ich habe gehört, dass es in der Stadt Horb Unruhen gegeben hat, Graf?»

«Unruhen, Renschach? Das halte ich doch für übertrieben. Die Leute reden, so wie sie es immer tun. Vorsichtshalber habe ich aber diesen Sattler und seine engsten Spießgesellen nach Binsheim überstellen lassen, wo sie keine Anhänger haben, die auf dumme Gedanken kommen könnten.» Plötzlich ballte er die Faust und schlug damit so heftig auf den Tisch, dass ein ganzer Packen Papiere darauf ins Rutschen kam und auf den Boden fiel. «Immer noch keine Spur von den Ausbrechern?»

«Keine, Graf Joachim.»

«Herrgottsakrament! Ich verstehe nicht, wie das passieren konnte. Erst geht uns dieser Reublin durch die Lappen, und dann entkommen auch noch vier aus dem Turm! Sie müssen Helfershelfer aus der Stadt gehabt haben.» Er pfiff wütend durch die Zähne. Johannes von Renschach nickte. Selbstverständlich hatten die Täufer Helfershelfer hier: Die halbe Stadt stand auf ihrer Seite. Er selbst war es gewesen, der Reublin den Wink gegeben hatte, dass die Verhaftung unmittelbar bevorstand, und Reublin, dieser abgebrühte Hund, hatte sofort den Schwanz eingekniffen und sich aus dem Staub gemacht, ohne auch nur einen Gedanken an seine zurückbleibende schwangere Frau Adelheid zu verschwenden. Niemals hätte Johannes geglaubt, dass sich der flammende Prediger als ein solcher Feigling entpuppen würde.

«Ich wünschte, Renschach, wir hätten einen Kerl hier wie Aichelin, den Bundesprofoss. Der weiß, wie man mit solchem Pack umzugehen hat.» Er machte eine eindeutige Bewegung mit der Hand, und Johannes nickte vage. Aichelin, der für den Schwäbischen Bund arbeitete, hatte sich einen ganz eigenen Ruf erworben: dass er mehr Bauern erschlagen und aufgehängt hatte als jeder andere, und alle ohne Prozess. «Aber die Regierung in Innsbruck besteht ja auf einem Prozess. Gut. Also werden wir einen Prozess kriegen. Sobald die frommen Herren Juristen aus Tübingen bereit sind, ihre unschuldigen Hände in Blut zu waschen. Aber wenn sie nicht bald so weit sind, dann können mir die Innsbrucker gestohlen bleiben, und wir werden doch noch dem Wunsch unseres allergnädigsten Landesherrn nachkommen.»

«Und der wäre?»

«Habt Ihr es nicht gehört, Renschach? Ihr hört doch sonst sogar die Flöhe husten! Nun, Ferdinand hat gesagt, dass auf die zweite Taufe keine bessere Strafe folgen kann als die dritte: im Neckar und mit einem Stein um den Hals. Leider konnte er sich gegen diese Innsbrucker Federfuchser nicht durchsetzen.» Graf Joachim deutete mit dem Zeigefinger auf die Papiere, die immer noch über den Boden verstreut lagen. «Wenn ich bitten dürfte, mein lieber Renschach … die Anklageschrift. Lest sie durch und sagt mir, was Ihr davon haltet. Und vergesst nicht, die Blätter vorher aufzuheben.»

Barbara hob Leni aus dem kleinen Bettchen, das Wendelin, der verkrachte Zimmermann, im Januar endlich fertiggestellt hatte, und drückte sie an ihre Brust. Sie konnte sich nicht erinnern, jemals zuvor in ihrem Leben so glücklich gewesen zu sein wie in den Augenblicken, da sie morgens ihr Kind hochnahm und ihm den Schlaf aus den Augen küsste. Was für ein Wunder, dass es noch da war und ihr die Ärmchen entgegenstreckte! Sechs Wochen erst war es her, dass an Fastnacht eine bösartige Durchfallerkrankung über die Stadt hergefallen war und mit ihren stinkenden Fingern in jedes Haus gegriffen hatte. Kaum eine Familie, kaum eine Werkstatt, wo niemand erkrankt war. Besonders gnadenlos aber traf es die kleinen Kinder, die Armen und die Alten. Leni war gerade ein Jahr alt geworden, machte die ersten wackeligen Schritte auf ihren eigenen Beinchen und wurde von der Brust entwöhnt. Innerhalb weniger Stunden verwandelte die Krankheit sie in ein kraftlos wimmerndes Wesen, schlaff wie eine der vielen Stoffpuppen, die Barbara in den letzten Monaten bestickt und verkauft hatte. Trusch, die selbst seit Jahren nicht mehr krank gewesen war, wie sie behauptete, hatte gedrängt, dem Kind jeden Tag einen Fingerhut voll Schnaps zu geben; sie schwor darauf, dass es nur der reichlich genossene Branntwein sei, der sie selbst gegen das Fieber schützte, aber Barbara wollte ihr nicht glauben. In ihrer Verzweiflung hatte sie sich schließlich an Lorenz gewandt, und der hatte getan, was er konnte: hatte für zwanzig Schilling eine große Wachskerze gespendet, nächtelang gebetet und schließlich, als gar nichts helfen wollte, einem wandernden Quacksalber ein graues Pulver abgehandelt, das sie dem Kind mühsam, in Molke gelöst, einflößten. Ob es wohl an dem Trank gelegen hatte, dass es wieder gesund geworden war?, überlegte Barbara. Denn gebetet hatten sicher auch all die anderen Mütter, deren Kinder inzwischen auf dem Kirchhof lagen.

«Wie schön, dass es unserer Kleinen wieder gutgeht!» Die Spitalmeisterin war hereingekommen und kitzelte Leni mit ihrem knochigen Finger unter dem Kinn. «Ich finde, du solltest sie in die Kirche tragen und der Gottesmutter danken, dass sie euch beschützt hat.» Sie zog feierlich einen Schilling aus ihrer Tasche und drückte ihn Barbara in die Hand. «Kauf ein Licht dafür. Und geh am besten gleich, ich komme ein paar Stunden auch ohne dich zurecht.» Bevor die Spitalmeisterin es sich anders überlegen konnte, zog Barbara Leni das Jäckchen an, das ihr Lorenz geschenkt hatte, und verließ das Haus.

Es war wunderbar, wieder die Kraft der Sonne auf der Haut zu spüren und zu sehen, wie die Knospen an den Linden aufsprangen und die Wiesenblumen ihre Blüten öffneten, und Barbara entschied sich, erst noch ein bisschen zum Neckar hinunterzugehen. Sie breitete ihr Tuch auf der Neckarwiese aus und sah Leni zu, die hingebungsvoll mit einem kleinen rasselnden Ball spielte. Die Spitalmutter hatte ihn aus einer Schweinsblase gemacht, die sie mit getrockneten Erbsen gefüllt und dann Leni zum ersten Geburtstag geschenkt hatte. Schließlich wurde das Kind müde, kuschelte sich in das Tuch und schlief ein. Vorsichtig stand Barbara auf, lief zum Ufer hinunter und warf kleine Steinchen in den Fluss, der immer noch viel Wasser führte: Wasser aus Alb und Schwarzwald, Wasser aus Eyach und Eschach und Glatt. Aber der Winter war vorbei. Selbst in den Bergen musste jetzt der Schnee geschmolzen sein, und der Pegel würde bald wieder fallen. Der Sommer würde kommen, mit seinen hellen Nächten und dem warmen Duft des reifen Getreides, ein guter Sommer und dann ein guter Herbst und ein ganzes gutes Jahr, das sich auf die letzten Jahre legen würde, so wie der Sand, den der Fluss jedes Jahr mitbrachte und ablagerte, bis die Schicht schließlich so dick geworden war, dass man nicht mehr erkennen würde, was darunter verborgen war. Sie schloss die Augen und hielt ihr Gesicht in die Wärme.

«Barbara», sagte jemand dicht an ihrem Ohr. Sie fuhr zusammen.

Erst auf den zweiten Blick erkannte sie Gesche, die sich in einen viel zu großen Kapuzenmantel gehüllt hatte. Seit der Prügelei im letzten Herbst hatten sie sich nicht mehr gesehen. Barbara hatte es nicht gewagt, noch einmal zum Frauenhaus zu gehen. Das Gebäude war zwar inzwischen wieder instand gesetzt, und Irmel machte gute Geschäfte, wie Trusch versicherte, aber Barbara hatte zu viel Angst, beim nächsten Besuch nicht wieder ungeschoren davonzukommen. Gestern erst hatte jemand in der Nacht eine große Fuhre Jauche vor der Frauenhaustür ausgekippt.

«Gesche ... wie schön, dich zu sehen!» Barbara wollte Gesche zu sich heranziehen, aber Gesche wich ein Stück zurück. Kein Wunder, dass sie mir böse ist, dachte Barbara. Ich hätte mich mehr um sie kümmern müssen. «Ich hab so oft an dich gedacht! Komm, wir setzen uns ein bisschen zu Leni, sie wird gleich bestimmt wieder wach.»

Gesche zögerte einen Augenblick, dann ließ sie sich in mindestens einer Elle Abstand von Barbara nieder.

«Ich verlasse die Stadt», sagte sie unvermittelt.

«Du verlässt die Stadt? Aber warum denn? Ich dachte, du bist wieder ganz zufrieden bei der Irmel, jetzt, wo Mali nicht mehr da ist?»

«Ich hab die Franzosen, Barbara», sagte Gesche heiser und schlug die Kapuze herunter, und Barbara schrie auf. Die Sonne schien Gesche voll ins Gesicht und zeigte erbarmungslos die roten Geschwüre, die sich um Mund und

Nase ausbreiteten und sich schon tief in das Fleisch eingefressen hatten. An anderen Stellen war die Haut giftig gelb aufgeschwollen und schien kurz vor dem Platzen. Tief eingesunken flackerten darin ihre Augen wie zwei Kerzen, die der erste Windhauch auslöschen würde. Verzweifelt suchte Barbara nach Worten.

«Es – es könnte doch auch etwas anderes sein, Gesche! Irgendein Ausschlag, der Grind oder die schlechte Luft im Frauenhaus …?»

Gesche zog nur kurz die Augenbrauen hoch.

«Ich kenne die Zeichen, Barbara. Wir kennen sie alle dort. Ich hab's schon seit ein paar Wochen vermutet, aber immer noch gehofft … jetzt kann es keinen Zweifel mehr geben.»

«Und Irmel und Kilian setzen dich einfach vor die Tür?» Unwillkürlich hatte Barbara das Kind auf ihren Schoß gezogen und drückte es an sich. Sie spürte die Gänsehaut auf ihrem Rücken und ihren Beinen und ihrem ganzen Körper, als hätte ihr jemand ein Stück Eis in den Ausschnitt gesteckt.

«Nicht so einfach. Ich war ja wieder ganz gut im Geschäft.» Gesche zog sich die Kapuze wieder über, und Barbara war froh darum. Sie wollte ihr Gesicht nicht so in Erinnerung behalten, so verwüstet und zerstört.

«Irmel hätte mich sicher dabehalten, irgendwo in einem Hinterzimmer, bis es mir wieder bessergeht. Bei vielen wird es ja wieder besser nach einiger Zeit, weißt du?» Barbara nickte atemlos, auch wenn sie gar nichts wusste.

«Es war Wannenmacher, dieser gottverfluchte Heuchler! Der Magister. Ich hoffe, er verfault bei lebendigem Leibe! Er hat mich angezeigt beim Rat.» Sie hatte beide Fäuste geballt; ihre Stimme zitterte vor Wut und Hass. «Ich hätte ihn angesteckt. Ich hätte seinen kostbaren Körper in den Dreck gezogen und mit der gallischen Krankheit besudelt …» Sie brach ab.

«Wie konnte er das tun? Er musste doch damit rechnen, dass er damit sein eigenes Leben zerstören würde?»

«Sein Leben ist schon zerstört, wenigstens das. Schau ihn dir an, dann weißt du's.» Gesche lachte ein böses Lachen. «Wenn ich mir überlege, was ich alles für ihn getan habe! Ich dachte, er hat mich gern! Ich dachte, eines Tages vielleicht –» Zischend sog sie die Luft ein. «Ich dachte, ich wäre nicht mehr so dumm wie früher», flüsterte sie.

Barbara fand einfach kein Wort des Trostes. Sie legte Gesche die Hand auf den Arm, aber Gesche schüttelte sie ab.

«Mach das besser nicht.» Ein paar Minuten lang saßen sie schweigend da und schauten auf den Fluss.

«Die Irmel hat Angst, dass sie ihr den Betrieb schließen, nach dem, was letzten Herbst passiert ist. Deshalb muss ich weg», sagte Gesche schließlich und stand auf. Sie bewegte sich langsam und unbeholfen wie eine alte Frau. «Ich wollte mich von dir verabschieden, von dir und der Kleinen.»

«Wo – wo willst du denn jetzt hin?»

Gesche drehte sich zu ihr um. Wenn man sie erst einmal gesehen hatte, konnte man selbst jetzt, im Schatten der Kapuze, die Geschwüre nicht übersehen. Barbara hätte schwören können, dass sie noch größer geworden waren in der kurzen Zeit, die sie miteinander gesprochen hatten.

«Ich weiß es nicht, Liebes», sagte Gesche langsam. «Leb wohl, Barbara. Pass gut auf die Kleine auf und sieh zu, dass sie es mal besser hat.»

«Leb wohl, Gesche», flüsterte Barbara.

«Von Wannenmacher hast du übrigens nichts mehr zu befürchten», warf Gesche ihr im Gehen noch zu. «Er hat Rottenburg auch verlassen.»

Wie betäubt, wie geschlagen blieb Barbara noch lange

am Ufer sitzen. Ich hätte es sein können, war der einzige Gedanke, der zunächst Platz in ihrem Kopf hatte. Um Haaresbreite nur, und ich hätte auch im Frauenhaus arbeiten müssen. Mich hätte es genauso treffen können wie Gesche. Und was würde ich dann machen, mit einem kleinen Kind auf der Straße?

Aber auch im Spital kann dir etwas zustoßen, sagte eine strenge Stimme in ihrem Kopf. Was soll aus Leni werden, wenn du krank wirst – wenn du stirbst, bevor sie selbst für sich sorgen kann? Soll sie im Findelhaus landen oder eins von den Spitalkindern werden, die von allen nur herumgeschubst werden, bis sie sich endlich als Tagelöhner durchschlagen können – oder als Straßenhure? Du musst an Leni denken, du bist für sie verantwortlich! Es muss jemanden geben, der für sie sorgt, wenn dir etwas passiert, und du weißt sehr gut, wer das sein könnte. Hat nicht Lorenz dir in den schweren Stunden von Lenis Krankheit beigestanden? Er wird ein guter Vater sein für deine kleine Magdalene! Wie kannst du nur so eigensüchtig und dumm sein, ihn zurückzuweisen, nur weil er dein Herz nicht zum Flattern bringt?

Sie atmete schwer. Lorenz, dachte sie. Lorenz, der ehrbare Schneider. Willst du es wirklich tun?, zwitscherten spöttisch die Spatzen, die frech um sie herumflogen. Willst du? Willst du?

Ja, flüsterte sie schließlich, während der Neckar gleichgültig weiterfloss. Ich werde es tun. Ich muss es tun! Ich werde den Schneider Lorenz heiraten.

Noch in der gleichen Woche setzten sie den Tag fest, an dem die Hochzeit – eine kleine, bescheidene Hochzeit, so wie Lorenz sie sich wünschte – stattfinden sollte: am Dienstag, dem 21. Mai 1527.

«Hab auch gar nicht damit gerechnet, dass ich eingeladen werde», raunzte Trusch grantig, während sie achtlos die neuen Puppen in ihre Kiepe warf. «Diesem Lorenz bin ich nicht fein genug, das habe ich mir gleich gedacht. Dann wird's ja mit unserem Geschäft wohl bald zu Ende sein, was? Das passt ihm ja wahrscheinlich auch nicht. Schade, sage ich dir, jammerschade! Denn diese Dinger hier werden immer besser. Letztens hatte ich eine Puppe in den Fingern, die sah genauso aus wie ich. Nur nicht so fett. Könntest reich werden damit.»

«Reich wohl kaum.» Obwohl der Puppenverkauf tatsächlich wunderbar lief, viel besser, als Barbara sich je hätte träumen lassen. «Und Lorenz wird mich unterstützen. Er ist schließlich Schneider.»

«Eben.» Trusch nickte weise. «Er wird dir die Sache aus der Hand nehmen, wart's ab. Wenn du erst mal seine Hausfrau bist, dann dauert es nicht lange, und er erklärt dir, was du zu tun hast, und noch ein bisschen länger, dann erzählt er dir, dass es ja eigentlich seine Idee war.»

«Das glaube ich nicht. Er ist gar nicht angewiesen auf solchen Kleinkram, seit Graf Joachim und seine Gattin bei ihm nähen lassen.»

«Du hast wirklich keine Ahnung, Herzchen. Natürlich wird er die Puppen selbst herstellen und verkaufen, wenn man damit erst richtig Geld verdienen kann. So machen sie es nämlich immer.» Anklagend hob sie die Stimme. «Da kann ich ja fast froh sein, dass ich nicht dabei sein muss.»

«Trusch, bitte. Der Lorenz ist ein guter Mann, anständig, zuverlässig ...»

«Ach, leck mich doch! Der heilige Lorenz, ich kann's nicht mehr hören! So heilig, dass er eine fette Hökerin auf seiner Hochzeit nicht ertragen kann! Hast du ihm eigentlich erzählt, wer dich aufgenommen hat, als du nach

Rottenburg gekommen bist? Wie's sich so lebt im Hurenhaus?»

«Ich kann selbst entscheiden, was gut für mich ist. Für mich und mein Kind.»

«Fein. Schön. Entscheide. Wirst ja sehen, wohin dich das führt.» Kampflustig schwenkte Trusch ihre Flasche. «Aber wo die Liebe hinfällt, was?» Dieser letzte Giftpfeil war gut gezielt, und Barbara zuckte zusammen. Trusch griff nach ihrer Kiepe und hievte sie schwungvoll auf ihren Rücken.

«Dann bis zum nächsten Mal!»

«Glaubst du etwa, ich will so enden wie du?», flüsterte Barbara. «Glaubst du etwa, das wäre ein besseres Leben?» Aber Trusch war schon halb aus der Tür und antwortete nicht mehr. Vielleicht hatte sie auch nichts gehört.

«Trusch macht sich eben Sorgen um dich», sagte Anne, als Barbara sie später um ihre Meinung fragte. «Und sie hat Angst davor, dass sie unser kleines Engelchen gar nicht mehr zu Gesicht bekommt.» Mit einem zärtlichen Lächeln sah sie zu Leni auf ihrem Schoß hinunter.

«Und du? Was würdest du mir raten?»

«Ich? Mädchen, wenn er mich gefragt hätte, ich hätte auch ja gesagt! Würd einen blinden Krüppel mit Grind nehmen, wenn er mich hier herausholte! Aber mich will ja keiner mehr.» Sie kicherte.

Barbara stand auf.

«Kann ich dir Leni noch ein bisschen hierlassen? Ich will noch einmal zu Lorenz in die Werkstatt hinüber.» Es waren nur noch ein paar Tage bis zur Hochzeit, und es wurde höchste Zeit, sich um das Hochzeitsessen zu kümmern, das bei Lorenz zu Hause stattfinden sollte. Anne nickte erfreut. Sie liebte es, sich um das Kind zu kümmern, und wachte eifersüchtig darüber, dass es auch nur ja nicht mehr Zeit mit Hedwig verbrachte als mit ihr.

Barbara lief am Hospitalbad vorbei und überquerte den Markt. Es war ein sonniger Spätnachmittag im Mai. Der Wind wehte lau durch die Gassen, und die Luft duftete nach Lindenblüten. Die Gastwirte am Markt hatten ein paar Holzbänke herausgestellt, Kinder ließen Reifen rollen und jagten sich um den reichverzierten Marktbrunnen. Barbara fühlte, wie sie mit jedem Atemzug diesen Frühling in sich aufnahm als verheißungsvollen Anfang eines neuen Lebens. Bald würde auch sie selbst so sorglos an einer der Marktbuden stehen, mit den Nachbarinnen schwatzen und dann zurückkehren in ihr eigenes Haus, wo sie nicht jeden Tag um ihr Bleiberecht bangen musste. Bald würde Leni einen Vater haben, der sie beschützte und für sie sorgte, und fröhlich mit anderen Kindern spielen.

Schon bald erreichte sie die Schneiderwerkstatt kurz vor dem Sülcher Tor. Lorenz hatte den Klappladen geöffnet und sah sie kommen. Er sprang von seinem Tisch, gab dem Gesellen das Kleidungsstück, an dem er gerade gearbeitet hatte, und kam ihr entgegen.

«Barbara, meine Liebe! Wie schön, dich zu sehen!» Er fuhr ihr mit der Hand über die Wange, die einzige zärtliche Geste, die er sich erlaubte, seit er ihr vor kurzem den einfachen Ring zum Verlöbnis an den Finger gesteckt hatte. Sie lachte ihn an.

«Nicht wahr? Es ist ein wunderbarer Tag! Können wir nicht noch ein bisschen vor dem Tor durch die Gärten gehen und uns in die Sonne setzen?» Er schüttelte den Kopf.

«Gerade heute … ich muss dringend noch etwas fertig machen, Kind. Vielleicht am Sonntag.» Er machte eine einladende Geste, und sie trat ein.

Lorenz' Haus war durch den Flur in zwei Hälften geteilt. Auf der linken Seite befanden sich die Werkstatt und zwei kleine Lagerräume, rechts waren die Küche und eine winzige Stube. Über eine steile Treppe gelangte man in das Obergeschoss mit den Schlafkammern für Lorenz' zwei Buben, die schon in der Werkstatt mitarbeiteten, für den Gesellen und schließlich für Lorenz selbst. Sie hatte die Kammer schon gesehen, in der auch sie bald schlafen würde: einen verwinkelten Raum mit einer Dachschräge, aber immerhin auch mit einem kleinen Fensterchen nach hinten auf den verwilderten kleinen Küchengarten hinaus.

«Für das Bett lasse ich die Jungs die Matratze neu stopfen und mache uns einen neuen Himmel», hatte Lorenz hastig gesagt, als er ihr die Kammer gezeigt hatte, und das war sicher auch bitter nötig. Aber sie hatte nur gelacht. Ein neuer Himmel! Das genau war es. Sie würde unter einem neuen Himmel schlafen, auch wenn er keine Sterne hätte. Jetzt allerdings hatte Lorenz alle Hände voll zu tun mit der Ausstattung für Graf Joachim und keine Zeit für andere Dinge. Er führte Barbara in die Küche, schob die schmutzigen Breinäpfe zur Seite und bot ihr einen Platz an.

«Die Jungen haben wieder nicht abgewaschen», sagte er entschuldigend, und Barbara nickte. Es war überdeutlich, dass in diesem Haushalt eine ordnende Hand fehlte.

«Trusch hat mir eine Nachricht von meiner Mutter gebracht», sagte sie. Der Schneidermeister verzog das Gesicht.

«Wirklich, Barbara. Ich glaube, diese Hökerin ist kein guter Umgang für dich. Ich habe sie noch nie aus der Kirche kommen sehen, aber umso öfter aus dem Wirtshaus.» Barbara tat so, als hätte sie die Bemerkung nicht gehört. «Trusch hatte doch einen Brief von mir mitgenommen nach Glatt», sagte sie. «Wie hätte ich denn sonst Kontakt mit ihr aufnehmen können?»

Lorenz nickte wenig überzeugt. «Ich weiß. Und? Wird sie zu unserer Hochzeit hier sein?»

Barbara spielte mit den Bändern ihrer Schürze und sah

ihn nicht an. Gertruds Absage hatte sie hart getroffen. Sie hatte ihre Mutter seit zwei Jahren nicht gesehen, aber Gertrud schien jedes Interesse an ihr verloren zu haben. Nicht einmal ihr Enkelkind wollte sie sehen.

«Trusch hat gemeint, sie ist nicht mehr ganz richtig im Kopf», sagte sie. Trusch hatte noch mehr gesagt, aber es war zu schmerzhaft, mit Lorenz darüber zu sprechen. «Ich glaub, sie will einfach in Ruhe gelassen werden», hatte die Hökerin endlich herausgerückt, nachdem Barbara immer wieder nachgebohrt hatte. «Du hättest sie alle im Stich gelassen, hat sie gesagt. Hättest nicht warten wollen auf diesen Andres oder wie er immer heißt. Du wärst nicht mehr ihre Tochter oder so ähnlich.» Barbara wünschte, sie könnte noch einmal selbst mit ihrer Mutter sprechen und ihr alles erklären, aber wenn Gertrud Glatt nicht verlassen wollte, gab es keine Möglichkeit. Sie schluckte die aufsteigenden Tränen hinunter.

«Sei nicht traurig, Kind», sagte Lorenz und reichte ihr sein Taschentuch. «Lass sie bleiben, wo sie ist, wenn sie unbedingt will. Was vorbei ist, ist vorbei, sage ich immer. Mit der Hochzeit fängt ein neues Leben für dich an. Ich bin froh, wenn wir nur eine kleine Gesellschaft hierhaben. Das kommt auch nicht so teuer.» Nur seine Schwester, die hier in Rottenburg mit einem Fleischer verheiratet war, die Nachbarn, seine beiden Kinder und der Geselle würden beim Hochzeitsmahl dabei sein.

«Jetzt sieh dir doch lieber das Kleid an!», sagte Lorenz, um sie aufzumuntern. Barbara stand auf und folgte ihm gespannt in den Lagerraum. Er hatte darauf bestanden, ihr das Hochzeitskleid selbst zu nähen, und ein großes Geheimnis daraus gemacht. Jetzt zog er einen Vorhang zur Seite und schob Barbara nach vorn.

«Das ist es!» Sie betrachtete das schlichte schwarze Kleid.

Es gab keine Rüschen und Spitzen daran, keine Perlenstickerei und keine schimmernden Seidenborten. Nur an den Ärmeln und am Kragen war es mit schwarzem Samt abgesetzt.

«Es ist das Kleid, in dem mich damals meine Waltraud geheiratet hat», sagte Lorenz feierlich und strich mit der Hand über den Stoff. «Sie war ein bisschen größer und kräftiger als du. Ich habe es ein wenig kürzen und abnähen müssen. Das ist guter, hochwertiger Wollstoff. Es soll ein Zeichen dafür sein, dass du in meinem Leben jetzt den Platz einnehmen wirst, den Waltraud innehatte, Gott sei ihrer Seele gnädig.» Erwartungsvoll sah er sie an. Barbara wusste nicht, was sie sagen sollte.

«Ich dank dir für deine Mühe, Lorenz», murmelte sie schließlich und nahm eine der dunklen Falten zwischen die Finger. Sie fühlte sich rau und fest an.

«Wir haben damals im Februar geheiratet. Im Schnee», erklärte Lorenz. «Das ist ein guter Winterstoff. Du wirst lange Freude daran haben.» In diesem Augenblick kam der Geselle mit hochrotem Kopf herein.

«Meister?»

Lorenz wandte sich um. «Ja?»

«Ich – schaut Euch diesen Ärmel an. Er kommt mir irgendwie verkehrt vor.» Der Bursche hielt Lorenz ein Werkstück hin. Lorenz warf nur einen kurzen Blick darauf.

«Du Unglücksrabe!», zischte er. «Kann man dich keinen Augenblick allein lassen? Wie soll ich das denn wieder in Ordnung bringen?» Er gab dem Gesellen einen wütenden Knuff. «Entschuldige mich bitte, meine Liebe. Ich muss in der Werkstatt nach dem Rechten sehen, sonst gibt es ein Unglück.» Er nickte ihr noch einmal flüchtig zu.

«Leb wohl», antwortete Barbara und trat wieder auf die Straße. Sie musste daran denken, in welchem Kleid man Waltraud wohl beerdigt hatte, wenn nicht im Hochzeitskleid wie üblich. Guter, hochwertiger Wollstoff. Der war Lorenz wohl zu schade gewesen. Aber es war ja gut, einen Mann zu haben, der sparsam wirtschaften konnte und nicht das Geld zum Fenster hinauswarf, sagte sie sich. Es sollte sie mit Stolz erfüllen, dass er ihr das Hochzeitskleid seiner ersten Ehefrau schenkte.

Sie war schon fast an der Martinskirche angekommen, als sich vor ihr plötzlich die Leute zusammendrängten. Sie hörte einen schrillen Pfiff. Scharfe Kommandos wurden gerufen. Bewaffnete Reiter und Fußknechte kamen aus den Seitengassen und riegelten die Hauptstraße ab. Es ging alles so schnell, dass sie sich nicht einmal in einen Hauseingang flüchten konnte. Mit klopfendem Herzen stand sie eingequetscht zwischen zwei Lastenträgern, während die Soldaten vor ihr mit ihren Lanzen eine Gasse bildeten.

«Was ist hier los?», flüsterte sie dem Mann neben sich zu. Er zuckte mit den Schultern.

«Weiß auch nichts Genaues. Aber gestern hab ich gehört, dass sie diese Wiedertäufer heute von Binsheim herbringen und in den Diebsturm legen wollen.»

«Wiedertäufer?», fragte Barbara. Weder im Spital noch in Lorenz' Werkstatt hatte sie bisher irgendetwas davon gehört. Der Mann sah sie nachsichtig an.

«Du bist wohl nicht von hier, oder? Sonst müsstest du doch wissen, dass sie schon seit einiger Zeit in Rottenburg sind.» Er senkte verschwörerisch die Stimme. «Der Reublin hat doch monatelang in Jörg Schumachers Haus gewohnt, gepredigt und getauft! Mich wundert nur, dass sie ihn überhaupt so lange in Ruhe gelassen haben!»

Schließlich war Pferdegetrappel zu hören, und wenige Augenblicke später erschien ein großer, offener Wagen, der von schwerbewaffneten Landsknechten zu beiden Seiten flankiert wurde. Eine Gruppe abgerissener Menschen drängte sich auf der Ladefläche zusammen, Männer und Frauen, bleich, hohlwangig, mit wuchernden Bärten und schmutzstarrender Kleidung.

«Es ist eine Schande», murmelte der Mann neben Barbara empört und spannte seine Kinnmuskeln an.

«Was? Was ist eine Schande?»

«Na, sieh sie dir doch an! Was sie aus ihnen gemacht haben im Gefängnis!» Mittlerweile war der Wagen so nah herangekommen, dass Barbara die Leute hören konnte: Sie sangen gemeinsam, einen Wechselgesang mit dem Mann in ihrer Mitte, an dem sie sich mit den Augen festhielten, als könnte er sie gegen alle Übel der Welt schützen. Er war ein Mann Mitte dreißig, dessen verdreckter Mantel einmal weiß gewesen sein mochte und der ganz gewiss nicht gefährlich aussah. Gleich neben ihm stand ein anderer, etwas größerer, der nicht wie die Übrigen den Kopf gesenkt hatte, ein hagerer Mann mit blondscheckigem, wildem Haar und zotteligem Bart, dessen entrücktem Gesichtsausdruck der Ansturm der Gaffer nichts anzuhaben vermochte. Barbara sah seine weit auseinanderliegenden Augen und die kantigen Gesichtszüge, die weichen Lippen über dem betonten Kinn, und der Gefangenenwagen, die Soldaten, die Zuschauer, die ganze kleine Stadt wurden weggerissen von einer Flutwelle der Erinnerung und gaben die Sicht frei auf einen staubigen Dorfplatz, wo ein Halbwüchsiger mit seinem Hund vor den bewundernden Dorfkindern kleine Kunststückchen vorführte. Er war es und doch auch wieder nicht, vertraut und fremd zugleich, wie ein alter Schmerz, den man längst vergessen glaubte.

«Simon!», schrie sie und schob die Umstehenden beiseite. Besinnungslos drängte sie sich nach vorn. «Simon! Simon!» Nur ein paar Fuß von ihr entfernt, nur zwei, drei verdammte Schritte. «Simon! Simon!» Der Täufer, der Simon war, Simon sein musste, wandte sich ihr zu. Ein fiebriger Blick streifte ihr Gesicht, verharrte einen Augenblick und wanderte dann gleichmütig weiter, ohne einen Gruß, ohne ein Zeichen des Erkennens.

«Zurück dahinten!» Ein Schlag traf sie vor die Brust, sie taumelte rückwärts. Hände fingen sie auf.

«Sei ruhig, Weib, oder willst du, dass sie dich auch mitnehmen?»

Verständnislos starrte sie in ein unbekanntes Gesicht und versuchte verbissen, sich loszumachen. Der Wagen war schon weitergefahren, die Geräusche wurden leiser.

«Verstehst du nicht? Es ist Simon! Ich muss ihn einholen!»

Der Fremde hielt sie fest umklammert. «Herrgott nochmal, sei doch vernünftig! Denen kann keiner mehr helfen außer dem lieben Herrgott selbst! Was willst du deinen Hals riskieren?»

Vernünftig. Hals riskieren. Dich auch. Der Wagen war fort, die Söldner begannen sich zurückzuziehen. Tiefe Rillen im Straßenschmutz blieben zurück.

«Soll ich dich nach Hause bringen? Du siehst mitgenommen aus», sagte der Unbekannte.

«Nein. Nein, es geht schon.» Sie lehnte sich gegen die Hauswand und schloss für einen Moment die Augen. Simon, Simon war einer der Wiedertäufer, die man jetzt, in diesen Minuten, in den Diebsturm schloss. Ihre Blicke hatten sich gekreuzt. Er musste sie doch erkannt, musste ihre lauten Rufe gehört haben! Was würde mit diesen Menschen geschehen, die man unter so harter Bewachung in die Stadt gebracht hatte? Sie versuchte sich an die Worte des Fremden zu erinnern, aber es gelang ihr nicht. Was willst du deinen Hals riskieren?, war das Einzige, was ihr noch in den Ohren klang.

«Hier gibt's nichts mehr zu gaffen, Leute!» Ein Offizier scheuchte die Schaulustigen, die immer noch in Grüppchen zusammenstanden, auseinander. «Geht nach Hause!» Inzwischen war es dämmrig geworden. Barbara stolperte voran. Dunkle Schatten huschten zwischen den hohen Häusern hin und her und streiften ihre Schultern. Von überallher hörte sie das Klirren von Schwertern und das hölzerne Klacken, mit dem zwei Lanzen aneinanderstießen. Sie beschleunigte ihren Schritt und wich im letzten Augenblick einem Lastenträger aus, der mit einem schweren Fass auf den Schultern unsicher auf sie zutorkelte.

«Und, schönes Kind? Wohin so allein?» Ein Landsknecht stand plötzlich vor ihr und grinste sie unverschämt an. Sie wich zurück, drehte sich um, begann zu laufen. Sie rempelte gegen verdutzte Passanten, glitt im Straßendreck aus, rutschte, rannte, stolperte. Schließlich, in einer schäbigen Gasse beim Kalkweiler Tor, kam sie wieder zu sich. Außer Atem lehnte sie sich gegen eine raue Steinmauer und schloss kurz die Augen. Ruhig. Sie musste ruhig werden und nachdenken. Sie setzte sich auf die Erde und drückte die Schultern gegen die Hauswand in ihrem Rücken. Das war gut. Es konnte nicht mehr lange dauern, und ihre Knie würden aufhören zu zittern und ihr Kopf wieder klar werden.

Ohne jeden Zweifel wusste sie, dass es Simon gewesen war, da auf dem Wagen. Er war einer der verhafteten Wiedertäufer, und jetzt war er im Gefängnis, um – ja, um was? Wozu hatte man die Leute gefangen und hier nach Rottenburg gebracht? Was würde man mit ihnen machen? Lorenz, dachte sie. Lorenz ging doch bei Graf Joachim ein und aus. Der Gedanke an Lorenz verlieh ihr Kraft. Lorenz würde ihr helfen. Er würde wissen, was es mit diesen Wiedertäufern auf sich hatte. Wozu sie nach Rottenburg gebracht worden waren. Er würde einen Weg wissen, wie sie mit Simon sprechen, wie sie ihm helfen könnte. Sie atmete tief, erhob sich und schlug den Weg zum Spital ein. Morgen würde sie zu Lorenz gehen und ihn um Hilfe bitten. Morgen würde alles gut werden.

2

Der Prozess gegen die Wiedertäufer um Michael Sattler begann am 17. Mai 1527, dem Freitag nach Jubilate. Mehr als zwanzig Personen kamen zum Gericht zusammen: Abgesandte der Regierung aus Stuttgart, Ensisheim und zahlreicher anderer vorderösterreichischer Städte sowie zwei Doktoren der Universität Tübingen. Aus Rottenburg selbst waren dagegen keine Beisitzer geladen. Nicht einmal ein so desinteressierter und träger Landeshauptmann wie Graf Joachim von Zollern, der selbst den Vorsitz führen würde, konnte die angespannte Lage in der Stadt übersehen. Als waffenfähigen Adligen hatte der Graf Johannes von Renschach verpflichtet, sich im Gerichtssaal einzufinden und das Gericht zu schützen, wie alle anderen Stadtadligen auch. Außerdem war der Truchsess von Waldburg gebeten worden, einige Berittene für die Dauer des Prozesses in die Stadt abzukommandieren, um eventuell aufbrechende Unruhen sofort zu unterbinden. Johannes konnte deutlich Graf Joachims Unbehagen erkennen, als die Glocke zur Eröffnung der Verhandlung geläutet wurde. Dem Landeshauptmann lief der Schweiß in dicken Rinnsalen von der Stirn, sein fleischiges Gesicht war rot angelaufen, und gelegentlich reckte er sich aus seinem Stuhl empor, als müsste er nach Luft schnappen. Als einige der Beisitzer unter Berufung auf ihren Bürgereid jeden weiteren Eid verweigerten, sah es kurz so aus, als wäre er einem Schlagfluss nahe. Schließlich griff er aber doch zu dem Schwert, das vor ihm lag, und ließ jeden der Beisitzer bestätigen, dass das Malefizgericht wohlbesetzt sei. Dann ließ er die Angeklagten hereinführen.

Es waren acht Männer und neun Frauen. Johannes betrachtete sie angespannt. Einer der Männer, ein großer Hagerer mit wirrem blondem Haar, kam ihm bekannt vor, aber er brauchte einen Augenblick, bevor ihm der Name einfiel: Simon Breitwieser, einer der Fronbauern aus Glatt. Eigentlich sollte er nicht überrascht sein, nachdem er in dem Dorf schon im letzten Jahr auf Täufer gestoßen war. Johannes hatte nie erfahren, was aus ihnen geworden war. Der Kontakt zu Heinrich war seit ihrem letzten Streit abgerissen.

Michael Sattler war sofort für alle zu erkennen. Er ging den anderen voraus und hielt die Augen nicht auf den Boden geheftet, als er den Raum betrat. Ein unerwartet unscheinbarer Mensch, nach wochenlanger Gefangenschaft zerlumpt wie ein Bettler, einer, nach dem man sich kaum auf der Straße umgedreht hätte, sollte man ihm zufällig begegnen. Und doch senkte er jetzt den Blick nicht, als er dem Landeshauptmann gegenüberstand. Graf Joachim zog die Augenbrauen zusammen und richtete sich kerzengerade auf, aber es gelang ihm nicht, den Blick des Angeklagten zu brechen. Unruhig trommelte er mit den Fingern auf seiner Stuhllehne herum und gab schließlich dem Schultheißen ein Zeichen, mit der Vernehmung zu beginnen.

«Du bist Michael Sattler, geboren zu Staufen, entlaufener Mönch aus dem Benediktinerkloster St. Peter?»

Sattler nickte.

«Das Leben im Kloster ist Gott nicht wohlgefällig», sagte

er leise und bestimmt. «Paulus sagt uns …» Unruhig sah der Schultheiß zur Schöffenbank hinüber. Graf Joachim schüttelte den Kopf und winkte ab.

«Du wirst noch Gelegenheit haben, deine Vergehen darzustellen. Fahrt fort.»

Im Vorraum ertönte lautes Geschrei. Johannes wandte sich um und verließ den Verhandlungssaal. Einige Bürger der Stadt hatten sich Zutritt zum Gerichtsgebäude verschafft und waren mit den Wachsoldaten in einen heftigen Disput verwickelt.

«Ich habe hier eine Bittschrift, und ich will sie dem Grafen übergeben!», erklärte einer der Männer hitzig, während ein Wachsoldat ihm mit seiner Hellebarde den Weg verstellte. Johannes nahm das zusammengerollte Papier.

«Ich werde es dem Landeshauptmann geben», sagte er kurz. «Und jetzt verlasst das Gebäude, damit die Verhandlung ordentlich fortgesetzt werden kann.» Die Männer sahen ihn widerwillig an, machten dann aber doch kehrt. Johannes ordnete an, die Tür zu verschließen, und kehrte in den Gerichtssaal zurück.

Sobald sie ihre dringendsten Aufgaben am Morgen erledigt hatte und die Spitalmutter anderweitig beschäftigt war, machte sich Barbara auf den Weg. Die Menschen, die ihr begegneten, hielten die Köpfe gesenkt und antworteten nicht auf ihren Gruß. Eine unheimliche Beklemmung hatte sich auf die Stadt gelegt und machte das Atmen schwer. Barbaras Schritte, erst noch unentschlossen und wackelig, wurden immer schneller, schließlich rannte sie fast, bis sie in der Schneiderwerkstatt stand. Lorenz saß auf seinem Tisch und arbeitete an einem weinroten Brokatrock, einem kostbaren Stück offenbar, denn er hatte extra ein weißes Leinentuch daruntergelegt, um es nicht zu beschmutzen. Als er Barbara sah, faltete er das halbfertige Kleidungsstück sorgsam zusammen, legte es zur Seite und stand auf.

«Barbara, meine Liebe! Was fehlt dir? Du bist ganz blass!» Er hob die Hand, aber heute konnte sie seine Berührung nicht ertragen. Sie wich zurück.

«Lorenz, wie gut, dich zu sehen! Du musst mir helfen! Als ich gestern von dir zum Spital zurückgegangen bin, habe ich diese – diese Wiedertäufer gesehen. Sie haben sie ins Gefängnis gebracht. Überall waren Landsknechte.»

«Ich weiß, Kindchen. Du brauchst keine Angst zu haben. Sobald diese Ketzer unschädlich gemacht sind, ziehen die Bewaffneten wieder ab. Sie werden dir nichts tun.» Barbara fühlte sich, als hätte sie Fieber. Lorenz' Worte schaukelten vor ihr hin und her, ohne dass sie sie richtig fassen konnte.

«Bitte, Lorenz ... ich kenne einen von ihnen! Einen von den Männern auf dem Gefangenenwagen. Er ist aus meinem Dorf, der Bruder meines verstorbenen Mannes. Wir müssen ihm helfen!» Lorenz seufzte und zog Barbara einen Hocker heran.

«Setz dich.»

«Du verstehst mich nicht! Wir müssen –»

«Barbara, hör mir zu! Du bist ja ganz außer dir.» Er sah auf sie herunter. «Diese Täufer oder wie auch immer sie sich nennen, treiben schon seit einiger Zeit ihr Unwesen hier in der Gegend. Ich habe schon häufiger von ihnen gehört. Es sind irregeführte Ketzer, die sich dazu verstiegen haben, der Obrigkeit Widerstand zu leisten. Was jetzt passiert, haben sie sich selbst zuzuschreiben und niemandem sonst. Ich bin sicher, wenn sie bereuen, wird Graf Joachim Gnade vor Recht ergehen lassen. Es gibt nichts, was wir für sie tun könnten außer Beten.» Er wollte sich schon wegdrehen, als wäre damit alles gesagt, aber Barbara hielt ihn an seinem Ärmel zurück.

«Was jetzt passiert? Was meinst du damit?»

«Sie machen ihnen den Prozess, was sonst. Ich hörte, wie der Graf darüber sprach. Und wenn sie nicht widerrufen –» Er zuckte mit den Schultern.

«Was? Was, wenn sie nicht widerrufen?»

«Du weißt doch, was man mit halsstarrigen Ketzern macht! Da gibt es keine Gnade.» Barbara presste die feuchten Handflächen aneinander.

«Aber was wird aus Simon?», wiederholte sie verzweifelt. «Wir können ihn doch nicht einfach aufgeben! Bitte, es muss doch eine Möglichkeit geben ... wenn ich wenigstens mit ihm sprechen könnte! Du siehst Graf Joachim doch oft genug, wenn er dich zur Anprobe kommen lässt! Kannst du nicht darum bitten?»

«Ich glaube, du verstehst nicht, worum es hier geht.» Lorenz faltete die Hände. «In dieser Stadt gibt es mehr als ein Dutzend Schneider», sagte er dünn. «Es ist ein unglaublicher Glücksfall, dass Graf Joachim sich entschieden hat, ausgerechnet mir seine Garderobe anzuvertrauen. Und die seiner Gemahlin.» Er deutete auf den Brokatstoff. «Niemals würde ich sonst etwas so Kostbares in die Finger bekommen. Das ist unsere Zukunft! Das ist das Geld, von dem wir leben werden, gut leben werden! Glaubst du ernsthaft, ich würde das aufs Spiel setzen, indem ich mich für diese Ketzer verwende?»

«Aber du bist doch selbst ein Anhänger des wahren Evangeliums!», rief Barbara. «Hast du mir nicht immer erzählt, wie sehr du Luther verehrst?»

«Diese Menschen sind keine Lutheraner, sondern Aufrührer. So sieht es jedenfalls Graf Joachim.»

Barbara spürte, wie ihr Tränen in die Augen stiegen und ihre Unterlippe zitterte.

«Es geht um jemanden aus meiner Familie», wisperte sie.

«Ich – ich muss einfach mit ihm sprechen!» Lorenz stand vor ihr, und die freundliche Maisonne leuchtete auf sein sonst immer so zufriedenes Gesicht. Ein Gesicht, aus dem ihr die Angst entgegensah.

«Barbara, mein Kind. Ich – sie sind entschlossen, hart gegen die Täufer vorzugehen. Äußerst hart. Ich habe selbst gehört, wie Graf Joachim das gesagt hat. Und wen sie verdächtigen, mit ihnen gemeinsame Sache zu machen –» Er sah sie hilflos an, hob die Hände, ließ sie wieder sinken. «Ich bitte dich, Barbara. Um unseretwillen. Vergiss diesen Simon! Das ist die Vergangenheit. Bring dich nicht in Gefahr! Dich nicht und nicht das Kind.» Und nicht mich! blieb ungesagt, aber Barbara hörte es trotzdem. Sie stand auf.

«Ich verstehe», flüsterte sie. Er griff nach ihren Händen und zog sie an sich, eine Geste ungewohnter Zärtlichkeit.

«Nur noch ein paar Tage, Kind, und wir sind Mann und Weib», wisperte er in ihr Ohr. «Du wirst es gut haben bei mir, du und die Kleine! Lass die Täufer den Weg gehen, den sie sich ausgesucht haben. Du bist für dich selbst und dein Kind verantwortlich.» Seine Hände streichelten unbeholfen ihren Rücken entlang, wo andere Männer vielleicht zugeschlagen hätten, um ihren Willen durchzusetzen. Lorenz, der tatenlos zusah, wie Simon verurteilt und hingerichtet wurde, mit einem demütigen Gebet für sein Seelenheil auf den Lippen. Sie machte sich zitternd los.

«Ich muss gehen.» Sie blickte sich nicht um, aber sie wusste, dass Lorenz ihr noch lange hinterhersah.

Als Johannes von Renschach in den Gerichtssaal zurückkehrte, hatte Sattler gerade erklärt, dass er keinen Fürsprecher benötige, sondern selbst für die Beklagten sprechen wolle.

«Denn hier, ihr Diener Gottes, geht es nicht um eine

weltliche Rechtssache, sondern um Gottes Wort. Und aus Gottes Wort wollen wir uns belehren lassen.»

Graf Joachim, der mit halbgeschlossenen Augen dasaß, verzog bei diesen Worten das Gesicht und stöhnte hörbar auf. «Gottes Wort! Der Ankläger soll jetzt die Klagepunkte verlesen!»

Und Eberhart Hofmann, Stadtschreiber von Ensisheim und vom Schultheißen mit diesem ungeliebten Amt betraut, hob die Stimme.

«Zum Ersten, dass die Wiedertäufer sich nicht gehalten haben an kaiserliches Mandat und Befehl ...» Johannes von Renschachs Blick wurde unwillkürlich zu dem Mann hinübergezogen, der jetzt die Papiere entfaltete. Ein zufriedenes Lächeln spielte um dessen Lippen, und seine schnarrende Stimme schwoll an mit jedem Wort. Mochten auch alle anderen mit Bangen, echter Empörung oder Mitleid diesen Prozess durchleben: Der Ensisheimer genoss seine Rolle. Verächtlich schielte er immer wieder zu Sattler und den Täufern hinüber. Seine Mundwinkel zuckten auf und nieder, und die linke Faust ballte sich rhythmisch. Sein Gesicht, seine Stimme, sein ganzer Körper strahlten einen mörderischen Hass aus, den Johannes von Renschach nur zu genau erkannte. Wenn dieser Mann sich durchsetzen würde, dann konnte es nur ein Urteil geben. Jeder Punkt, den er verlas, schien ihm auf der Zunge zu zergehen: die Leugnung der Realpräsenz Christi im Sakrament, die Erwachsenentaufe, die Schmähung der Gottesmutter, die Verweigerung des Eides ...

«... und zum Neunten, dass du, Michael Sattler, gelehrt hast, dass ein Christ nicht dürfte kämpfen gegen den Türken. Denn, so hast du gesagt, wenn Kriegen recht wär, so wollst du lieber wider die Christen ziehen denn gegen die Türken. Das ist doch nun ein starkes Ding, uns den größten Feind unseres heiligen Glaubens vorzuziehen!» Triumphierend ließ Hofmann das Blatt sinken und funkelte Sattler an. Auf seine Worte hin waren einige der Täufer blass geworden. Im Saal erhob sich ein Tumult, und auch draußen auf der Straße wurde es laut. Renschach griff nach seinem Schwert und eilte hinaus. Ein gellender Pfiff ertönte.

Er sah, dass sich eine Traube von Menschen vor dem Gerichtsgebäude versammelt hatte, einige mit Spießen und Messern bewaffnet. Andere hielten Steine in den Händen. Ein junger Mann hockte auf den Schultern eines anderen direkt vor dem Fenster und gab fiebrig jedes Wort wieder, das er von drinnen hören konnte. Ein rohes Ei flog Johannes entgegen und traf ihn an der Brust, ein Stein verfehlte seinen Kopf nur knapp. Eine Welle aus Angst und Wut rollte auf ihn zu.

«Mörder!», schrie jemand, und in der ersten Reihe wurde drohend ein Stock gehoben. Schon wollte einer der jungen Adligen, die hinter ihm hergelaufen waren, mit dem Schwert nach vorn stürmen, aber Johannes konnte ihn gerade noch am Arm festhalten.

«Ruhig», zischte er. «Sonst liegt gleich der erste Tote auf der Straße!» Aus den Seitenstraßen konnte er schon einen Trupp Landsknechte anrücken sehen. Nicht mehr lange, und sie würden hier sein und für Ordnung sorgen, auf ihre Weise. Er legte sein Schwert auf die Erde und hob die Hände.

«Ruhig, Leute! Legt die Waffen weg, sonst gibt es ein Unglück!» Die Leute zögerten; ein junger Metzger deutete mit seinem Schlachtmesser auf das Gerichtsgebäude.

«Sollen wir etwa zusehen, wie sie Sattler umbringen? Sollen wir hier einfach nur herumstehen und abwarten? Ich sage euch: Wir holen sie da raus! Und wenn wir uns den Weg mit unseren Messern bahnen müssen! Ich sage euch: Wir –»

«In drei Teufels Namen!», brüllte Johannes und deutete auf die näher kommenden Soldaten. «Weißt du nicht, dass die ganze Stadt voll ist mit Bewaffneten? Die schlitzen dir den Bauch auf, bevor du sie überhaupt gesehen hast!» Verdutzt drehte der Bursche sich um. Die ersten Landsknechte waren vielleicht noch fünfzig Schritte entfernt.

«Bleibt ruhig, Leute, wenn ihr etwas für Sattler tun wollt!», wiederholte Renschach und zwang sich zur Besonnenheit. «Noch ist nichts entschieden. Aber wenn ihr so weitermacht, dann setzen sie die Aufwiegelung zum Aufstand noch mit auf die Anklageliste.» Die Landsknechte hatten inzwischen einen Ring um die Versammlung gebildet. Frauen zogen ihre Kinder an sich, die Männer ließen ihre Waffen sinken. Johannes schob sie zur Seite und bahnte sich einen Weg.

«Wer ist euer Leutnant?», fragte er.

Ein kräftiger Mann mit grindigem Gesicht nickte. «Ich. Was wollt Ihr von mir?»

«Lasst Eure Leute sich zurückziehen. Von den Männern hier geht keine Gefahr aus. Besser, Ihr lasst sie in Ruhe.»

«Ich bekomme meine Befehle von meinem Hauptmann, von sonst niemandem.» Der Mann grinste selbstgefällig und spuckte Johannes vor die Füße. Die Landsknechte lachten. Johannes straffte die Schultern. Ruhig, sagte er sich. Ganz ruhig.

«Gut. Wenn das so ist, werde ich dafür sorgen, dass der Truchsess davon erfährt. Euer Name?» Der Mann machte plötzlich einen Schritt zurück.

«Euer Name? Damit ich weiß, wen ich dem Truchsessen nennen kann.»

«Du verfluchter Weicharsch», flüsterte der Grindige, sodass es nur Johannes hören konnte, und wandte sich abrupt um. «Wir ziehen uns zurück, Männer!», brüllte er. «Bis ans andere Ende des Platzes!» Unter unwilligem Gemurmel gehorchten die Landsknechte und blieben schließlich in etwa zweihundert Fuß Entfernung stehen. Johannes atmete auf.

«Ihr habt gesehen, was passiert wäre», sagte er leise und deutlich zu den Leuten. «Seid vorsichtig! Sonst seid ihr Sattler keine Hilfe.»

Die Leute auf den Gassen schienen Barbara auszuweichen. Keineswegs waren die Bewaffneten verschwunden, so wie Lorenz vermutet hatte. Sie lungerten auf den schmalen Wegen herum und standen an jeder Ecke. Sie stolperte über einen losen Stein und konnte sich gerade noch in einen niedrigen Durchgang ducken, als ein ganzer Trupp Söldner plötzlich aus einer Seitenstraße heranmarschiert kam. Lorenz wird dir nicht helfen, riefen die Hausmauern ihr zu und die vorbeirollenden Karrenräder und der triefäugige Kater, der sich kurz an ihr Knie drückte. Lorenz wird dir nicht helfen! Du bist für dich selbst verantwortlich! Für dich selbst und dein Kind! Sie blieb ratlos stehen.

Lorenz würde ihr nicht helfen. Lorenz, der sie in ein paar Tagen als Eheherr in sein Haus und sein Bett führen würde, in dessen Gewalt sie sich begeben wollte, bis der Tod sie scheiden würde. Sie spürte noch seine bittende Hand auf ihrem Rücken, obwohl ihn doch niemand dafür tadeln würde, wenn er seine künftige Frau auf andere Art zur Vernunft brächte. Lorenz hatte Angst um sein Geschäft und seine Zukunft, ihre gemeinsame Zukunft. Wenn Graf Joachim weiterhin bei ihm bestellen würde, dann hätten sie auf Jahre hin keine finanziellen Sorgen mehr. Sie würden in ihrem eigenen Haus wohnen, nicht groß, aber ausreichend, würden eine Magd haben für die grobe Arbeit, einen kleinen Gemüsegarten vor der Stadt und einen festen Platz in der Kirche. Jeden Monat würde sie ein paar Münzen zur Seite legen können für Lenis Mitgift, und wenn das Kind groß war, konnte sie selbst einen Handwerksmeister heiraten, einen Schneider wie Lorenz, einen Schmied oder Schreiner. Barbara verkrampfte die Hände ineinander und versuchte an Lorenz zu denken, nur an ihn und an Leni und ihre gemeinsame Zukunft, aber es gelang ihr nicht. Simon hatte sich in ihren Kopf gedrängt und sah sie hilfesuchend an. Simon, der einmal Schreiner hatte werden sollen und dem jetzt der Prozess gemacht wurde, gnadenlos, wie Lorenz gesagt hatte.

Aber er hat dich nicht einmal erkannt!, sagte sie sich. Er hat dich gar nicht erkannt! Trotzdem spürte sie jetzt seine Gegenwart so intensiv, als stünde er hier vor ihr. Sie biss die Zähne zusammen. Willst du alles aufs Spiel setzen? Du bist für dich selbst verantwortlich! Sie schlang die Hände ineinander und berührte den Verlobungsring an ihrem Finger. Er saß so eng, dass sie ihn nur selten abnahm. Lorenz hatte wohl nicht daran gedacht, wie viel sie mit ihren Händen arbeitete. Ihre Finger waren kräftig und nicht so zart wie die einer Dame. Aber eine Dame hätte auch nicht zu ihm gepasst. Sie aber, sie passte gut zu ihm. Und Lorenz war ein zuverlässiger Mann. Sie wollte alles dafür tun, eine gute Ehe mit ihm zu führen und treu an seiner Seite zu stehen, was auch immer es sie kosten sollte. So wie sie es auch bei Andres versucht hatte.

«Außerdem kenne ich hier niemanden, den ich um Hilfe bitten könnte», sagte sie laut. Irmel und Kilian kamen nicht in Frage, obwohl bei ihnen fast jedermann von Rang und Namen ein und aus ging. Die reichen Sonderpfründner im Spital kannte sie nicht gut genug, während auf die Bewohner der Armenstube sowieso niemand hören würde.

Die Spitalmeisterin mochte eine angesehene Persönlichkeit in der Stadt sein, hing aber in unverbrüchlicher Treue dem alten Glauben an und würde sich kaum überzeugen lassen, für verdächtige Ketzer einzutreten. Es gab niemanden, sie konnte nichts tun. Sie stand auf und klopfte sich den Staub von ihrem Rock. Sie würde zum Spital zurückgehen und abwarten, was geschah, wie jeder andere vernünftige Mensch auch.

Von der Martinskirche kamen die ersten Schläge des Mittagsläutens durch die Gasse und rollten über sie hinweg. Für einen Augenblick spürte sie nur das ungeheure Dröhnen, das ihr Herz erzittern ließ, und dann wusste sie plötzlich, dass es doch jemanden gab. Er hätte ein Stadthaus am Markt, hatte Trusch gesagt. Ein Habsburger Spitzel mit enger Verbindung zu Graf Joachim. Sie sah ihn dort stehen, gleich vor dem Gerichtsgebäude, im Gespräch mit den Landsknechten.

3

«So, mein Herzchen, gleich sind wir fertig.» Barbara kämmte fahrig Lenis dunkle Locken, die sich heute besonders widerspenstig zeigten, bis die Kleine ungeduldig das Köpfchen wegdrehte.

«Ich muss es tun, mein kleiner Liebling», wisperte Barbara und streichelte dem Kind entschuldigend über die Wange. Sie setzte Leni in das Tragetuch auf ihrer Hüfte und trat durch die Hintertür auf die Straße. Das Kind gab ihr ein Gefühl von Sicherheit. Es würde schwieriger werden, ihre Bitte abzuschlagen, wenn das kleine Mädchen dabei war.

Jetzt, nach Einbruch der Dunkelheit, waren keine Landsknechte mehr auf dem Markt zu sehen. Die Verhandlung war für heute längst zu Ende, die Bewaffneten hatten sich davongemacht, füllten die Schänken und vergnügten sich bei Irmel im Frauenhaus. Ob Gesche wieder in der Stadt ist?, schoss es Barbara durch den Kopf, aber sie schob den Gedanken schnell zur Seite. Gesche war wahrscheinlich weit weg oder schon tot. Simon aber, Simon lebte. Sie hatte keine Schwierigkeiten, das schmale Haus am Markt zu finden. Barbara erkannte es an dem Wappen über dem Eingang, einem Eberkopf auf rotweißem Grund neben einem grünen Palmzweig als Zeichen dafür, dass ein Angehöriger der Familie die Pilgerfahrt ins Heilige Land unternommen hatte. Sie hob den messingnen Türklopfer und ließ ihn sofort wieder fallen, als hätte sie sich die Hand verbrannt. Der Ton hallte durch das Haus, breitete sich über den ganzen Marktplatz aus und wurde von jedem Fensterladen, jeder Tür zu ihr zurückgeworfen. Endlich näherten sich Schritte, und die Klappe wurde geöffnet.

«Ja? Was willst du?» Es war ein unbekannter Mann mit eisgrauen Augen und unrasiertem Kinn.

«Bitte, ich möchte zu Herrn von Renschach.»

«Wirst du erwartet?»

«Nein, ich – sag ihm, ich bin aus Glatt und möchte ihn sprechen. Es ist dringend.»

«Was du dringend findest! Warte hier.» Sie betrachtete die Klappe, die ein wenig schief in den Angeln hing. Nur noch abblätternde Farbreste zeigten, dass sie einmal bunt lackiert gewesen war. Auf dreihundert Gulden hatte Trusch das Haus geschätzt, aber diese Glanzzeit musste schon ein paar Jahre zurückliegen. Schließlich ging die Tür auf, und der Mann winkte sie herein.

«Komm. Der Herr ist im Arbeitszimmer. Gleich die Treppe hoch.» Er ging voran und öffnete schließlich im zweiten Stock eine niedrige Eichentür. Im Raum dahinter standen Tisch, Wandbank und ein kleiner Kachelofen, das musste die Stube sein, aber der Hausherr hatte überdies noch eine Büchertruhe und ein Schreibpult hineingequetscht. Eine dunkle Nische an der Rückwand war mit einem verschossenen Vorhang abgetrennt, wahrscheinlich befand sich eine Schlafstelle dahinter. Barbara sah sich überrascht um. Sie hatte etwas Großzügigeres erwartet.

«Danke, Vinz. Heute brauche ich dich nicht mehr. Du kannst gehen.» Johannes von Renschach trat von der Seite auf sie zu und zeigte auf die Wandbank. «Setz dich.» Sie hob Leni herunter, breitete ihr Tuch auf dem Boden aus und legte die Klötzchen darauf, die Wendelin Schlepp ihr gemacht hatte. Zufrieden ließ sich das Kind nieder und schlug die Klötze aneinander. Barbara setzte sich auf die Kante der Bank. Renschach blieb an sein Pult gelehnt stehen.

«Ich bin Barbara Breitwieserin, die Tochter von Gertrud Spaichin. Aus Glatt.»

«Ich weiß. Ich erinnere mich. Und?» Es war nicht das Äußere, was sich so sehr verändert hatte – vielleicht war er insgesamt hagerer geworden und faltiger. Eher war es die metallische Spröde der Stimme und die kaum beherrschte Spannung, die in jeder seiner Bewegungen lag, in der Art, wie er die Arme verschränkte und die Lippen sich zusammenzogen. Dunkle Bilder hingen an seiner Gestalt, so unauslöschlich wie sein Schatten. Barbara spürte, wie die Angst in ihr aufstieg und von ihr Besitz ergriff, und versuchte sich Johannes von Renschach wieder so vorzustellen, wie sie ihn von früher her in Erinnerung hatte: als einen jungen, lebensfrohen Adligen, der sich nicht scheute, mit den Fronbauern zusammen in der Schänke zu sitzen und an Kirchweih die Dorfmädchen im Kreis herumzuwirbeln. Aber das war früher gewesen.

«Ich lebe jetzt schon einige Zeit hier. Hier in Rottenburg», stammelte sie. «Ich möchte um Eure Hilfe bitten, Herr Johannes.»

Renschach zog die Augenbrauen hoch.

«Hilfe? Du siehst, dass ich selbst in äußerst beengten Verhältnissen lebe. Ich bin nicht in der Lage, irgendjemandem finanzielle Hilfe zu leisten. Selbst wenn ich es wollte.» Der letzte Halbsatz hing böse in der Luft.

«Es – es geht nicht um Geld. Ich brauche Eure Fürsprache.» Sie fasste mit schweißnassen Fingern in ihre Rocktasche und zog ein kleines Päckchen heraus: ein Stückchen Stoff, um das sie einen Wollfaden gewickelt hatte. «Hier. Das habe ich Euch mitgebracht.» Überrascht nahm Renschach das Päckchen entgegen und löste zögernd die Schleife. Etwas Goldenes kam zum Vorschein und fiel klirrend auf den Boden. Er bückte sich danach, hob es auf und hielt es in der Hand. Sein Mund öffnete sich fassungslos. Einen Augenblick lang verlor er die Kontrolle über sein Gesicht.

«Woher hast du das?», flüsterte er heiser. Noch bevor sie antworten konnte, war er vorgeschnellt und hielt ihre Schultern fest umklammert. «Woher du das hast, will ich wissen!» Seine Stimme war immer noch leise, aber sie hatte einen drohenden Unterton bekommen, und Leni fing an zu weinen. Das schien ihn zur Besinnung zu bringen, denn er lehnte sich wieder zurück. Barbara bückte sich und hob das verängstigte Kind auf ihren Schoß.

«Ist ja schon gut, mein kleines Mäuschen. Brauchst keine Angst zu haben», murmelte sie, während sie ihre eigene Angst spürte wie einen eisernen Ring um den Hals.

«Ich will wissen, wo du es herhast. Sofort.» Er war totenblass geworden, die Augenlider zuckten. Die Hand um das Medaillon war fest geschlossen, als könnte er den Anblick nicht ertragen.

«Ich habe es im Burghof gefunden, an der Stelle, wo Dorothea lag», sagte sie. «Sie muss es bei dem Sturz verloren haben.» Er antwortete nicht sofort, fuhr stattdessen mit der Stiefelspitze die Risse in den Bodendielen nach.

«Ich – ich wollte es schon vorher zurückgeben, aber ich hatte Angst, Ihr würdet mich als Diebin verhaften lassen.»

«Und jetzt? Hast du plötzlich keine Angst mehr?»

Barbara brachte kein Wort heraus.

«Ich weiß immer noch nicht, was in dieser verfluchten Nacht wirklich geschehen ist», sagte Renschach unvermittelt wie zu sich selbst. «Ob es ein Unfall war oder – oder etwas anderes. Ob ich es hätte verhindern können und wie. Manchmal träume ich noch davon. Ich sehe sie stürzen, aber immer komme ich zu spät.» Er hielt einen Augenblick inne. «Ich denke immer, dass es leichter für mich würde, wenn ich nur wüsste, was wirklich war. Kannst du es mir sagen?»

Barbara schwieg. Sie griff nach Lenis Hand und hielt sie fest.

«Ich weiß es auch nicht genau», antwortete sie schließlich.

«Aber du hast ihr Medaillon gefunden – du musst doch in der Nähe gewesen sein!» Seine Augen brannten sich in ihr Gesicht. Sie konnte den Blick nicht abwenden.

«Ich stand unten in dem Turm, als es geschah», flüsterte sie endlich. «Ich habe Stimmen gehört.»

«Was für Stimmen? Wer war es?»

«Eine Frau und ein Mann.»

«Wer war es?» Sie spürte die Verzweiflung hinter seiner Unerbittlichkeit. Die Worte kamen aus ihrem Mund, ohne dass sie sie zurückhalten konnte.

«Die Frau war Dorothea. Und der andere könnte Balthes Spaich gewesen sein. Ein Bauer aus dem Dorf. Aber ich bin mir nicht sicher.»

«Balthes Spaich», wiederholte Renschach tonlos. «Balthes

Spaich.» Er lehnte sich zurück, schloss die Augen, schaukelte den Oberkörper leicht hin und her. «Ich kann mich nicht einmal an sein Gesicht erinnern. Warum hätte er so etwas tun sollen?»

Barbara zwang sich zu antworten.

«Seine Tochter, Gunda Spaichin. Vielleicht wisst Ihr es noch?» Die Worte trafen ihn wie eine Musketenkugel.

«Das Mädchen, das sich aufgehängt hatte, weil sie die Lösegebühren nicht bezahlen und nicht heiraten konnte?» Sie nickte.

«Auge um Auge, Zahn um Zahn», flüsterte er. Die gleichen Worte, die Spaich damals benutzt hatte. Barbara wagte es nicht, Renschach anzusehen.

«Und es war so sinnlos! Sie hatte niemandem etwas Böses getan. So sinnlos.» Seine Stimme wurde wieder härter. «Was hat er euch gebracht, dieser Aufstand, außer Tausenden von Toten? Was ist Gutes dabei herausgekommen? Was? Du warst doch auch dabei! Bei dieser Abordnung der Bauern, oder?»

«Ja, zusammen mit meinem Mann.»

Johannes von Renschach sah sich in dem Zimmer um, als erwartete er jeden Augenblick, dass Andres aus einer dunklen Ecke auf ihn zukäme.

«Er ist aus Böblingen nicht zurückgekehrt», wisperte Barbara. Renschach lächelte gallig.

«Dann hat er ja auch noch erfahren, was am Ende des Weges wartet. Nur zu spät. So sinnlos das alles!» Die letzten Worte waren so laut gewesen, dass Leni erschreckt ihr Köpfchen an Barbaras Brust drückte.

«Aber wenigstens bist du nicht allein. Er hat dir etwas zurückgelassen, mehr als nur eine Erinnerung.» Seine Worte überschlugen sich jetzt fast, vorangepeitscht von Hass und Wut. Es war dumm gewesen, herzukommen, so dumm und unvorsichtig. Sie wich so weit vor Renschach zurück, wie sie konnte, aber zwischen ihr und der rettenden Tür lagen mindestens vier Schritte. Sie würde nicht vor ihm auf der sicheren Straße sein.

«Ich habe nichts mehr», zischte er. «Meine Frau trug auch ein Kind! Weißt du das?» Pechschwarze Nacht lag in seinen Augen. «Ich habe nichts mehr, aber du hast wenigstens noch sein Kind!»

«Es ist nicht sein Kind», flüsterte Barbara. Sie wusste selbst nicht, warum sie das gesagt hatte, hier, in dieser düsteren Stube, zu diesem vom Leben vergifteten Mann. Die kleinen Härchen an ihrem Körper richteten sich auf, ihre Zähne schlugen aufeinander. «Es ist nicht sein Kind.»

«Es ist nicht sein Kind?», wiederholte Renschach verständnislos, aber da hörte sie ihn schon nicht mehr. Ein Wehr hatte sich geöffnet, so wie es an der Glatt war, wenn die Flößer kamen, und nichts und niemand konnte die Kraft der Strömung mehr aufhalten, die sich zu lange schon angestaut hatte.

«Wir waren auf dem Rückweg von Böblingen», sagte ihre fremde Stimme. Die Worte rissen ungehemmt alle Schutzwälle fort, die sie vor der Erinnerung aufgetürmt hatte. «Eine andere Frau und ich. Wir waren mit dem Bauernhaufen gezogen und hatten uns während der Kämpfe in einem Dorf versteckt. Das Dorf wurde von den Bundestruppen in Brand gesteckt.»

«Wir wollten die Bauern in Angst versetzen», sagte Renschach. «Wir wollten, dass sie zurückliefen, um ihre Familien und ihren Besitz zu retten.» Sie roch wieder den Qualm, sah die dunklen Wolken.

«Als wir dann hörten, dass wir die Schlacht verloren hatten, wollten wir nur noch nach Hause. Wir waren kurz vor Horb, dann haben wir uns getrennt. Es war ja nicht mehr weit bis Glatt.» Sie atmete schwer. «Margret war gerade verschwunden, da tauchten plötzlich zwei Landsknechte vor mir auf. Die ganze Zeit vorher hatten wir uns immer versteckt, aber für einen Augenblick hatte ich nicht aufgepasst. Ich dachte schon an Glatt, an unseren Hof ...» Ihre Stimme zitterte. «Der fremde Landsknecht blieb stehen, sah mich an und grinste ...»

Er gab dem Pikenier, der neben ihm ging, einen Wink.

«He, Wulf! Sieh mal da vorn.»

Es dauerte einen Augenblick, bis sie erkannte, was das zu bedeuten hatte, und da waren sie schon auf fünfzig Fuß herangekommen, und sie konnte die Gier in ihren Gesichtern sehen. Du darfst nicht zum Weg zurück, den Margret geht, schoss es ihr durch den Kopf, als sie schon die Röcke hob und zu laufen begann, durch den Dreck der Straße, der sich an ihre Füße klebte, der die Füße schwer machte, an einer ausgebrannten Scheune vorbei und zum Wald, wo sie in Sicherheit sein würde vor den Schritten und dem heißen Atem in ihrem Nacken. Sie würde sich verstecken, sie vertraute dem Wald, nur den Wald erreichen, sie hörte schon den Schrei des Eichelhähers ... hier ein kleines Rinnsal, ein großer Sprung, sie stolperte über eine Wurzel, stolperte wieder, stürzte, und da waren sie über ihr, und es war zu spät. Hände in ihrem Haar und an ihrem Hals, Finger gierig an ihrem Mieder, zu spät für den Warnruf des Eichelhähers, zu spät.

«Zu spät», wiederholte die Stimme. Sie saß am Tisch und sah sie wieder vor sich, den Großen mit den gelben Zähnen und der Narbe, die seine Augenbraue zerschnitt, und den Pikenier, wie er den Kopf zurückgeworfen und geröhrt hatte, während er in sie eindrang.

Später hatten sie ein paar fremde Frauen gefunden, viel später.

Hexengesichter, die sich über sie beugten, Hexenfinger, die nach ihr griffen, bis sie anfing zu schreien und um sich zu schlagen. «Geht weg, hört ihr? Geht alle weg von mir! Keiner darf mich sehen, versteht ihr das nicht? Den Dreck und das Blut und den Rotz, die klebrige Feuchte zwischen meinen Schenkeln ...»

«Wir helfen dir, wenn du nicht laufen kannst ... Los, legen wir sie auf die Decke ... da hinüber, in unseren Hof, und eine läuft zum Brunnen und holt einen Eimer Wasser ...» Wasser, klares, sauberes Wasser, um den Mund rein zu spülen, wo sie noch das fremde Fleisch schmeckte, ihr ganzer Körper stank nach dem fremden Fleisch, das sich an ihrem gerieben hatte, das sich in sie hineingewühlt und sie für immer gezeichnet hatte in ihrer tiefsten Mitte. Jemand setzte einen Becher an ihre Lippen, sie trank, bis das Wasser ihr wieder aus dem Mund lief. «Das arme Kind», murmelten die Stimmen. «Sie schläft ein, Gott sei Dank ... ich bete zum Allmächtigen, dass er die Kerle verrecken lässt» ... «Aber was muss sie auch allein auf der Straße herumlaufen, wenn die Landsknechte kommen? Dummheit nenne ich das!» ... «Ach, halt doch dein Maul! Du hast kein Herz! Du hast kein Herz mehr!»

Sie sah auf. Da standen sie vor dem Vorhang, die beiden, und grinsten zu ihr herüber. Der Pikenier hob die Hand, winkte und leckte sich mit der Zunge über die Lippen, der andere Landsknecht spielte schon mit der Schnalle seines Gürtels. Ihr Herz schlug schneller. Gleich würden sie zu ihr herüberkommen, sich die Hosen aufknöpfen und ihr die Kleider herunterreißen. Sie drückte sich fest an die Wand. Plötzlich erkannte sie, dass die beiden verschwinden würden, wenn sie es nur schaffte, den Blick auf sie gerichtet zu halten. Es kostete sie all ihre Kraft, ihr ganzer Körper zitterte vor Anstrengung und Angst. Aber allmählich begannen die Gestalten zu verblassen. Das Grinsen löste sich auf, und endlich verschmolzen sie mit dem schäbigen Gewebe des Bettvorhangs. Sie wusste, dass die beiden nie mehr zurückkehren würden.

«Es tut mir leid», sagte jemand heiser. Sie schrak zusammen. Ein Mann saß ihr gegenüber, weiß und verschwommen wie der Morgennebel über der Glatt.

«Es tut mir leid», wiederholte er. «Ich selbst war damals ja in Böblingen, bei den Truppen des Truchsessen. Ich wusste nicht, dass dieses Kind –»

«Es ist mein Kind», antwortete Barbara fest. «Mein Kind.» Noch nie zuvor hatte sie Leni so geliebt wie in diesem Augenblick, den weichen Kindermund, die arglos strahlenden Augen, die ganze warme Gestalt. Sie war so lebendig, so unglaublich lebendig. Allmählich kehrte sie zurück, in diese Stadt, dieses Zimmer, zu diesem Mann.

«Was willst du, dass ich für dich tun soll?»

Sie löste ihren Blick von Leni und sah zu Johannes von Renschach hinüber. Er schien in sich zusammengefallen zu sein, als hätte ihm jemand die Knochen zerschlagen, die ihn sonst aufrecht hielten. Seine Finger strichen unablässig über das Medaillon: Gott schütze dich.

«Ich habe gehört, dass Ihr ein Vertrauter von Graf Joachim seid», sagte sie. «Heute hat doch der Prozess gegen die verhafteten Täufer begonnen. Einer von ihnen kommt aus Glatt. Simon Breitwieser. Vielleicht erinnert Ihr Euch an ihn?» Renschach zog die Augenbrauen zusammen.

«Es stimmt, einer kam mir bekannt vor ... ein junger Mann, groß, blond, hager. Ich erinnere mich. Er hatte eine gute Hand für Tiere, nicht wahr?»

Barbara nickte.

«Bitte setzt Euch beim Grafen für ihn ein, Herr Johannes. Ich bitte Euch sehr darum.» Renschach rieb sich mit den Händen das Gesicht.

«Ich kann es versuchen», antwortete er stockend. «Aber du darfst dir nicht zu viel davon versprechen. Graf Joachim selbst ist dafür, mit den Täufern kurzen Prozess zu machen.

Ich habe ihm erst vor ein paar Stunden eine Bittschrift überbracht, von ein paar einflussreichen Bürgern hier aus Rottenburg ... er hat sie nicht einmal zu Ende gelesen.» Er überlegte einen Augenblick. «Ich benachrichtige dich morgen oder übermorgen Abend, je nachdem ... wo kann ich dich finden?»

«Ich lebe im Spital. Als Spitalmagd.» Barbara bückte sich, um die Spielsachen zusammenzuräumen, dann nahm sie Leni auf den Arm. «Danke, Herr Johannes.» Sie war schon halb auf der Treppe, als sie sich noch einmal umdrehte. Renschach saß immer noch am Tisch wie vorher und hatte das Medaillon gegen seine Wange gedrückt.

«Gott schütze dich», sagte sie leise und huschte auf die Straße.

«Gott schütze dich», wiederholte Johannes kaum hörbar. Eine Ewigkeit musste vergangen sein, seit jemand das zu ihm gesagt hatte. Er wunderte sich selbst darüber, dass dieser Segenswunsch so viel stärker in ihm nachhallte als der Name des Mörders, auf den er doch so lange gewartet hatte. Vor zwei Jahren, vor einem Jahr, vielleicht sogar noch gestern hätte dieser Name sein Blut zum Kochen gebracht. Er hätte sich auf das erstbeste Pferd geschwungen, wäre nach Glatt geritten und hätte den Kerl erschlagen. Als ob er nicht genau wüsste, dass vergangenes Unrecht nicht durch neues Unrecht getilgt werden konnte! Aber jetzt spürte er nur noch ungeheure Traurigkeit und Leere. Die Begegnung mit der jungen Frau aus Glatt hatte etwas in ihm verändert.

Natürlich hatte er die Breitwieserin wiedererkannt, er würde die meisten der Leute aus Glatt wiedererkennen. Nicht vergessen zu können war der Fluch, der auf ihm lastete. Er sah Barbara wieder auf der Wandbank sitzen, mit weit aufgerissenen Augen, die nur das sahen, was vor zwei Jahren auf der Straße nach Glatt geschehen war. Er hörte die abgerissene Stimme, in der noch das Entsetzen nachklang. Schon nach den ersten Worten hatte er gewusst, was sie erzählen würde. Jeder im Tross wusste, was die Landsknechte taten, wenn ihnen eine schutzlose Frau in die Hände fiel – der Obrist wusste es, die Profosse und Hauptleute, Leutnants und Weibel, und er selbst hatte es auch gewusst. Kein Werber vergaß, ein paar zotige Bemerkungen dazu einzuflechten, wenn es galt, zögernde Burschen von den Segnungen des Söldnerdaseins zu überzeugen. Er selbst hatte oft genug gehört, wie die Landsknechte prahlten mit den Frauen, über die sie hergefallen waren. Jeder im Tross wusste es, aber niemand sagte ein Wort dagegen. Sicher traf den Hauptmann von Renschach keine persönliche Schuld an dem Schicksal, das eine junge Bäuerin erlitten hatte, als sie zur falschen Zeit am falschen Ort allein unterwegs gewesen war. So wenig wie der Jäger schuld ist, wenn er seine scharfen Hunde von der Kette lässt und sie ein unvorsichtiges Kind zerfleischen.

Auf dem Boden lag noch ein vergessener Bauklotz. Er bückte sich und hob ihn auf. Wie das kleine Mädchen sich gefürchtet hatte vor ihm, wie es sein Gesicht an der Brust seiner Mutter versteckt hatte! Und die Mutter hatte sich genauso gefürchtet, ein einziger Blick hatte ausgereicht, das zu erkennen. Noch vor gar nicht langer Zeit war es genau das gewesen, was er sich gewünscht hatte: gefürchtet zu werden. Jetzt erfüllte es ihn mit Scham. Warum wohl hatte die Breitwieserin sich ihm anvertraut, gerade ihm, vor dem sie eigentlich Angst hatte? Es musste sie all ihren Mut gekostet haben, mehr, als er jemals selbst hätte aufbringen können. Hatte sie geahnt, dass ihre bittere Geschichte ihn berühren, mehr noch: im Innersten erschüttern würde, obwohl er doch geglaubt hatte, es gäbe nichts mehr auf der Welt, was ihn noch erschüttern könnte? Ein Band fesselte sie jetzt aneinander, ein Band aus Schuld und Schmerz, Verantwortung und Versagen. In ihrem Blick hatte er es gespürt und in ihrer Stimme, ohne dass er es benennen konnte. Wie hätte er da noch ihre Bitte abschlagen können?

Johannes versuchte sich das Bild des gefangenen Breitwiesers vor Augen zu rufen, so wie er ihn heute im Gerichtssaal vor sich gesehen hatte: Von all den Täufern war Breitwieser vielleicht sogar derjenige, der am schlimmsten heruntergekommen war, ein Mann, der von seinem ganzen Aussehen her mit Sicherheit schon vor seiner Verhaftung ein Landstreicherdasein geführt haben musste. Und doch hatte selbst dieser Breitwieser bei aller Verkommenheit noch jemanden, der sich um ihn sorgte, dem sein Schicksal nicht gleichgültig war. Er selbst dagegen – Johannes wünschte, er könnte sich gegen diese erbärmliche Erkenntnis mit dem beißenden Spott wehren, den er sich angewöhnt hatte, aber er konnte es nicht.

Plötzlich wurde er gewahr, dass er mit dem Zeigefinger immer noch die Kante des vergessenen Bauklötzchens entlangfuhr. Sie war überraschend rau, und als er genauer hinsah, erkannte er die Spuren spitzer Kinderzähnchen. Ein hübsches kleines Mädchen, dachte er, mit seinen dunklen Löckchen und den strahlenden Augen. Wer auch immer ihr Vater gewesen sein mag, er hat der Kleinen nichts von seinem Aussehen mitgegeben. Und ich habe nicht einmal nach ihrem Namen gefragt.

Samstag, der 18. Mai 1527, war ein zartblauer Frühlingstag, über dem sich der Himmel plusterte wie ein duftiger Seidenrock. Die Lerchen sangen süß ihr zuversichtliches Lied, und der Duft der Lindenblüten wehte verheißungsvoll durch die morgendlichen Gassen. Johannes von Renschach beeilte sich, zum Gerichtsgebäude zu gelangen, wo heute die Verhandlung fortgesetzt werden würde. Die letzte Nacht, in der er keine Sekunde geschlafen hatte, tobte noch immer durch seinen Kopf und drohte ihm den Schädel aufzusprengen. Nach dem verstörenden Besuch der jungen Breitwieserin hatte er keine Ruhe mehr gefunden und war schließlich fast gegen seinen Willen zur erstbesten Schänke hinübergelaufen. Aber sobald er dort die Tür geöffnet hatte, war ihm schon ein betrunkener Landsknecht entgegengetorkelt, und wenn ihm der Wirt nicht in die Arme gefallen wäre, hätte er den Kerl in plötzlich aufflackernder Wut auf der Stelle zusammengeschlagen. Erst in der frischen Nachtluft war er wieder zu sich gekommen und war zum Spital hinuntergelaufen, aber als er vor der versperrten Pforte stand, wusste er nicht mehr, was er dort wollte. Trotzdem war er so lange stehen geblieben, bis eine nächtliche Patrouille ihn verscheucht hatte.

Himmel, wenn er nur ein bisschen Branntwein im Haus gehabt hätte, dann hätte er den pochenden Schmerz vielleicht zur Ruhe bringen können! Aber jetzt fühlte es sich an, als schlüge sein Kopf bei jedem Schritt gegen die Hauswand. Und ständig traten ihm irgendwelche Leute in den Weg, die ihn um etwas bitten wollten. Natürlich, es war ja bekannt, dass er Zutritt zum Gericht hatte und das Ohr des Grafen Joachim. Er lachte laut auf.

«Bitte, Herr. Nur auf ein Wort.»

«Nein.» Er schob den Bittsteller grob zur Seite.

«Herr Johannes!»

«Nein, verstehst du nicht? Lass mich in Frieden!» Da war das Haus. Heute hatten sie einen ganzen Trupp Soldaten darum herum postiert. Die Männer hockten am Boden, würfelten und tranken. Johannes drängte sich durch und betrat schließlich den Gerichtssaal.

Die Verhandlung war schon im Gange. Graf Joachim und die Beisitzer hatten sich in eine Ecke zurückgezogen und berieten sich über irgendetwas. Die Täufer auf der Anklagebank hielten sich an den Händen und beteten leise.

«Was beraten sie gerade?», fragte Johannes den Adligen, der neben ihm stand und auch zum Schutz des Gerichts herangezogen worden war. Es war Claus von Graveneck, der während der Bauernunruhen auf der Seite der Aufständischen gestanden und dann Urfehde geschworen hatte. Graf Joachim und die Innsbrucker Regierung mussten die Situation für sehr gefährlich halten, wenn sie so unsichere Bundesgenossen zu Hilfe riefen.

«Sattler hat gleich zu Anfang darum gebeten, dass sie die Anklageschrift noch einmal vorlesen», flüsterte Graveneck zurück. «Damit er gebührend darauf antworten könne. Und jetzt weiß Graf Joachim nicht so recht, was er dazu sagen soll.» Er wies mit dem Kinn auf Joachim von Zollern, der inzwischen hilflos mit beiden Händen in der Luft gestikulierte. Da stand Eberhart Hofmann auf, der Stadtschreiber von Ensisheim und Anklagevertreter, und räusperte sich.

«Hat Sattler nicht gestern erst den Heiligen Geist angeführt und behauptet, in dessen Namen zu reden?», rief er. Alle Augen wandten sich ihm zu, selbst die Täufer hoben die Köpfe. «Dann wird ihm ja wohl heute der Heilige Geist auch erklären, was verhandelt wird.» Triumphierend blickte Hofmann in die Runde. Er war ein ansehnlicher Mann, hoch gewachsen und kräftig, der offenbar viel Wert auf sein äußeres Erscheinungsbild legte, den Bart in Form rasiert, mit modisch glattem, kurzem Haar und einem schwarzen Mantel, aus dessen Stoff man gut und gern zwei hätte schneidern können. Was für ein Gegensatz zu Graf

Joachim mit seinem feisten, rotschweißigen Gesicht! Der Graf wirkte neben dem Schreiber wie ein tumber Bauer. Doch von dem Ankläger ging etwas Gehässiges, Bösartiges aus, und Johannes hätte seine Hand dafür ins Feuer gelegt, dass dieser Mann keine Ruhe geben würde, bis er nicht Blut fließen sah.

Endlich war man zu einer Einigung gekommen: Die Anklagepunkte wurden zwar nicht verlesen, aber noch einmal mündlich zusammengefasst. Die Täufer hörten aufmerksam zu. Johannes sah zu ihnen hinüber. Nach dem Gespräch der letzten Nacht suchten seine Augen den jungen Breitwieser und hielten ihn fest: ein Bote der Vergangenheit, der die Hand nach ihm ausgestreckt hatte. Mit glühenden Augen verfolgte Simon Breitwieser jede der Bewegungen Sattlers. Dieser Ausdruck in seinem fahlen Gesicht! War er hingebungsvoll, berauscht, entflammt oder alles zugleich? Für diesen Mann hatte Barbara gebeten. Es versetzte Johannes einen unerklärlichen Stich ins Herz. Er versuchte sich wieder auf die Verhandlung zu konzentrieren. Sattler hatte sich mit seinen Anhängern besprochen und war jetzt wieder vorgetreten.

«... dass wir gegen das kaiserliche Mandat verstoßen haben sollen, das gestehen wir nicht ein, denn es besagt, dass niemand der lutherischen Irrung folgen dürfe, sondern nur dem Evangelium und dem Wort Gottes. Wir aber sind keine Lutheraner, sondern berufen uns einzig auf Christus, den Herrn ...»

Der Herr bin ich! Wo hatte er das schon einmal gehört? Johannes schloss die Augen und massierte seine Schläfen, aber der Schmerz ließ sich nicht zurückdrängen.

Barbara stand im Spitalhof an der großen Bütte und wusch Decken und Laken. Einer der reichen Sonderpfründner war in der Nacht unerwartet an Bluthusten gestorben, und die Spitalmeisterin hatte sie angewiesen, gleich am Morgen die blutige Wäsche durchzusehen und zu reinigen, die er dem Spital hinterlassen hatte. Barbara hatte Leni in Annes Obhut gegeben, die Haare mit einem alten Tuch zurückgebunden und sich an die Arbeit gemacht, die Bütte hervorgeholt, Wasser in die Küche geschleppt und über dem Feuer erhitzt, Seife aufgelöst, Bleuelholz und Waschbrett zurechtgelegt. Ein Rest der Leichtigkeit, die sie gestern Abend so unerwartet gespürt hatte, war zurückgeblieben und gab ihr Zuversicht.

«Es wird alles gutgehen», murmelte sie in dem Takt, in dem sie auf die Wäsche schlug. «Es wird gutgehen, es wird gutgehen ...» Johannes von Renschach würde mit Graf Joachim reden und Simons Begnadigung erwirken. Wie hätte es anders sein können? Graf Joachim war kein grausamer Mensch, das sagten alle. Träge, bequem und luxusverliebt, aber nicht grausam. Warum sollte er einen jungen Mann verurteilen, der nichts Schlimmeres getan hatte, als seinem Propheten hinterherzulaufen? Und wenn Simon erst wieder frei war, würde sie sich um ihn kümmern. Er hatte erschreckend ausgesehen, blass, unterernährt. Er hatte eine schwere Zeit hinter sich, so wie sie auch. Aber die Schatten, die sie jahrelang begleitet hatten, waren jetzt verschwunden. Zusammen würden sie einen neuen Anfang machen, und das merkwürdige Gefühl von Fremdheit, das sie bei seinem Anblick gespürt hatte, würde verfliegen, als wäre es niemals da gewesen. Damals in Glatt hatte es für sie keine Zukunft gegeben, aber jetzt war sie frei. Einer Witwe konnte niemand mehr vorschreiben, was sie tun sollte. Sie rieb den fleckigen Stoff so heftig, dass er zerriss.

«Barbara?» Erschreckt drehte sie sich um: Lorenz stand neben ihr. Für einen kurzen Moment wusste sie nicht, was sie mit ihm zu schaffen hatte. Lorenz, das war gestern gewesen, gestern war vor hundert Jahren. Wasser tropfte von ihren Armen und Händen, und sie trocknete sie rasch an ihrem Rock ab.

«Lorenz», sagte sie schließlich und bemühte sich, ihn anzulächeln. «Was machst du hier? Ich habe dich nicht erwartet.» Er trat einen Schritt auf sie zu und fasste sie am Arm.

«Du warst so schnell weg gestern ... ich wusste nicht, was ich denken sollte!» Er sah sie bittend an. «Deshalb – ich habe Erkundigungen eingezogen, über die Täufer. Weil es dir doch so wichtig war. Du sollst nicht denken, ich könnte dich nicht verstehen.» Seine Stimme wurde eindringlicher. «Die Täufer sind keine guten Menschen, Kind. Glaub mir. Sie praktizieren widerwärtige Rituale. Sie haben keine Achtung vor dem Sakrament der Ehe!» Er schluckte erregt. Zum ersten Mal fiel ihr auf, wie spitz sein Adamsapfel war. Passend zu einem Schneider. Fast hätte sie gekichert.

«... Männer lassen ihre Familien im Elend zurück, ohne jede Versorgung, und laufen den Täufern hinterher! Und wenn die Frau den Irrglauben nicht annehmen will, so gilt die Ehe für nichts! Und dann, in diesen Versammlungen, nachts unter freiem Himmel!» Er brach ab und schien erst nicht so recht zu wissen, wie er fortfahren sollte. «Sie liegen zusammen wie die Heiden», sagte er schließlich und räusperte sich. «Männer und Frauen. Sie vereinigen sich wie Tiere! Es sind böse Menschen! Sie nennen sich Kinder Gottes, aber in Wahrheit sind sie die reinste Satansbrut. Wir müssen froh sein, wenn sie die gerechte Strafe trifft!»

Er sah sie erwartungsvoll an.

Barbara antwortete nicht. Ich wollte ihn heiraten, dachte sie fast erstaunt. Ich wollte mein Leben an seiner Seite verbringen! Dann tauchte sie die Finger noch einmal in das seifige Waschwasser, ganz ruhig, und zog den Verlobungsring ab. Sie rieb ihn an ihrer Schürze trocken und drückte ihn dem Schneider in die Hand.

«Da», sagte sie. «Er war mir sowieso zu eng.»

Es war inzwischen später Nachmittag geworden, und die stickige Luft im Gerichtssaal ließ den Zuhörern den Schweiß in Strömen den Nacken herunterrinnen. Nur Sattler schien die drückende Hitze nichts auszumachen. Einen Punkt nach dem anderen versuchte er zu widerlegen oder, wenn ihm das nicht gelingen konnte, das Gericht von seiner Ansicht zu überzeugen. Er brannte wie im Feuer. Johannes spürte zu seinem Erstaunen so etwas wie Neid auf diesen Mann, der im Angesicht des drohenden Todesurteils so furchtlos und voller Sendungsbewusstsein seine Überzeugung vertrat. Dieser Täuferführer hatte etwas gefunden, von dem er, Johannes, nicht einmal wusste, was es war, geschweige denn, wo er danach suchen sollte. Mittlerweile war Sattler beim letzten und, wie Johannes genau witterte, entscheidenden Punkt angelangt.

«... ja, ihr Diener Gottes, ich habe gelehrt: Ihr sollt den Türken keinen Widerstand leisten. Denn es steht geschrieben: Du sollst nicht töten! Wir sollen uns des Türken und anderer Verfolger nicht erwehren, sondern in strengem Gebet zu Gott bitten, dass er für uns wehre und Widerstand leiste. Dass ich aber gesagt habe: Wenn Kriegen gerecht wäre, wollt ich lieber wider die angeblichen Christen ziehen, welche die frommen Christen verfolgen, fangen und töten, als wider den Türken, das hat folgenden Grund: Der Türke ist ein rechter Türke und weiß vom christlichen Glauben nichts, er ist ein Türke nach dem Fleisch. Ihr dagegen wollt Christen sein, rühmt euch Christi, verfolgt aber die frommen Zeugen Christi. Ihr seid Türken nach dem Geist.» Für einen Augenblick herrschte absolute Stille. Johannes starrte ihn fassungslos an. Woher nahm der Mann den Mut, so zu sprechen? Wusste er nicht, was unausweichlich daraus folgen würde? Aber ein Blick auf Sattlers entschlossenes Gesicht zeigte ihm, dass er es genau wusste, ebenso wie die anderen Täufer, die bei den letzten Worten leichenblass geworden waren. Eine Frau kämpfte vergeblich mit den Tränen, eine andere legte den Arm um sie, drückte sie an sich und flüsterte ihr ins Ohr. Nur auf Breitwiesers Gesicht wetterleuchtete ein Lächeln. Aber Sattler hatte schon wieder das Wort ergriffen.

«... wenn uns mit der Heiligen Schrift ein Unrecht nachgewiesen werden kann, so werden wir gern widerrufen und die Strafe erleiden. So uns aber kein Irrtum nachgewiesen werden kann, so hoffe ich zu Gott, dass Ihr Euch bekehren lasst und unsere Lehre annehmt!» Richter und Beisitzer sahen den Angeklagten verblüfft an und brachen dann plötzlich in lautes Lachen aus. Das war der Augenblick, in dem das Leben in den Stadtschreiber von Ensisheim zurückkehrte. Er sprang auf und spuckte aus, verfehlte aber Sattlers Gesicht um mehrere Zoll.

«Ja, du ehrloser Böswichtsmönch, sollte man mit dir disputieren?», schrie er. «Der Henker wird mit dir disputieren, das glaube mir!»

Johannes spürte heftige Übelkeit in sich aufsteigen. Er wünschte, er könnte den Raum jetzt verlassen und müsste nie mehr zurückkehren. Er stand auf wie im Traum, aber Graveneck hielt ihn zurück.

«Bleibt hier, Renschach! Es könnte noch Unruhe geben!» Unruhe war jetzt schon zu spüren. Sogar Graf Joachim sah gehetzt hin und her, aber er wagte es wohl nicht, den Stadtschreiber zum Schweigen zu bringen.

«... ja, du Erzketzer! Ich sage: Wenn kein Henker hier

wäre, wollte ich dich selbst hängen und vermeinte damit Gott einen Dienst zu tun! …»

«Gott wird uns richten», sagte Sattler leise, aber es gab niemanden, der ihn nicht verstanden hätte.

Fast zwei Stunden dauerte die Beratung, bis das Gericht zu einem Urteil gelangt war. Schließlich kehrten die Richter in den Saal zurück. Graf Joachim von Zollern als Gerichtsherr ergriff das Schwert und wies den Schreiber an, das Urteil zu verlesen.

«Zwischen dem Anwalt der kaiserlichen Majestät und Michael Sattler ist zu Recht erkannt worden, dass man ihn dem Henker an die Hand geben soll. Dieser soll ihn auf den Platz führen und ihm zuallererst die Zunge abschneiden, darnach ihn auf einen Wagen schmieden, ihm allda zweimal mit einer eisernen glühenden Zange seinen Leib reißen, dann, bis man ihn auf die Walstatt bringt, noch fünf Griffe, wie vorbeschrieben, geben, darnach seinen Leib als den eines Erzketzers zu Pulver verbrennen.»

Der Gerichtssaal begann sich um Johannes von Renschach zu drehen, Gravenecks besorgtes Gesicht wurde bald größer, bald kleiner. Schließlich gab er den Widerstand auf und ließ sich fallen, tiefer und tiefer, bis er irgendwann jenen fernen Ort erreichte, wo man alles vergessen konnte: vergessen, wie Menschen zerschlagen wurden, vergewaltigt, verbrannt und in den Tod gestoßen, zerschlagen wie das reife Korn im Hagelsturm.

4

Barbara kauerte vor der Spitalpforte am Boden und lehnte ihren Rücken gegen die noch immer sonnenwarme Mauer. Stunden hockte sie schon hier und wartete, und mittlerweile war ihr ganzer Körper schmerzhaft verspannt. Aber sie durfte sich nicht bewegen. Solange sie nur hier hockte und sich nicht vom Fleck rührte, konnte nichts geschehen. Ein altersschwacher Kater strich an ihren Knien vorbei, und sie fuhr ihm gedankenlos durch das Fell. Am frühen Abend hatte sich die Nachricht von dem gnadenlosen Urteil in der Stadt verbreitet und lastete jetzt wie ein böser Traum auf den spitzen Giebeln. Eins der Spitalkinder, das sich den ganzen Tag auf den Straßen herumtrieb, hatte aufgeregt davon erzählt: Sattler wird brennen! Aber von den anderen Täufern wusste es nichts. Barbara ballte die Fäuste. Von Renschach hatte sie nichts gehört. Es war mittlerweile schon dunkel, seine Unterredung mit Graf Joachim musste sich also lange hinziehen. Das war ein gutes Zeichen. Wenn der Graf einfach abgelehnt hätte, würde er sicherlich nicht noch Stunde um Stunde diskutieren. Auf den ersten Blick würde sie erkennen, ob Renschach etwas erreicht hatte. Sie würde es von seinen Augen ablesen können. Von oben aus dem zweiten Stock ertönte das monotone Singen der verrückten Paula. Der Frau ging es nicht gut. Wahrscheinlich spürte sie irgendwo in ihrem irren Kopf die Beklemmung, die über dem Tag lag, und hatte Angst davor. Endlich hörte Barbara hastige Schritte näher kommen und stand auf.

«Herr Johannes!» Er war schon fast an ihr vorbei, als sie ihn anrief. Abrupt blieb er stehen.

«Hier bist du ... es ist stockdunkel in dieser Ecke.» Er sprach abgehackt, angestrengt, ein ruheloser Schatten.

Plötzlich war sie froh, dass sie seine Augen nicht sehen konnte.

«Wie – wie ist es ausgegangen, Herr Johannes?»

«Du hast das Urteil doch gehört, oder?» Die Stimme klang böse, bissig wie ein Frettchen. Vielleicht würde er sie schlagen, dachte sie. Vielleicht würde er sie gleich an der Kehle packen und schütteln wie ein Kaninchen.

«Ich habe von Sattler gehört», flüsterte sie. «Aber die übrigen Täufer ... Simon, Herr Johannes?»

«Sie werden geköpft, was sonst! Wie der Herr, so's Gescherr! Aber warte: Es stimmt ja gar nicht. Die Frauen werden nicht geköpft. Sie werden im Neckar ertränkt.» Er fing an zu lachen. Es klang gespenstisch.

«Aber Graf Joachim?»

«Graf Joachim! Graf Joachim! Graf Joachim ist ein Feigling. Er hat mich nicht einmal empfangen. Hat lieber mit den Schöffen und dem Ankläger gespeist.» Er schlug heftig mit der flachen Hand gegen die Mauer und fing an zu schreien. «Ich hoffe, der Fraß bleibt ihnen im Hals stecken und sie verrecken daran! Ich hoffe, sie fahren alle zum Teufel!» Paulas Singsang von oben verstummte abrupt; stattdessen erklang jetzt ein langgezogenes Heulen, wie von einem Tier, das in die Falle gegangen ist und sich nicht befreien kann. Das Geräusch schien Johannes zur Besinnung zu bringen, und er fuhr ruhiger fort: «Du kannst mir glauben, dass viele Leute sich für die Täufer verwendet haben, die halbe Stadt! Aber sie begnadigen keinen. Sie wollen sie zum Widerruf zwingen. Wer widerruft, der wird nur ausgewiesen. Nur Sattler werden sie nicht gehen lassen, und wenn der Papst selbst um Gnade für ihn bittet. Den wollen sie brennen sehen.» Seine Worte rauschten durch ihren Kopf.

«Und haben viele widerrufen?» Sie spürte, dass er sie ansah, dass er nach ihrer Hand griff und sie festhielt.

«Keiner, Barbara. Kein Einziger. Sie wollen sterben.» Sie wollen sterben. Es dauerte ein paar Sekunden, bis sie den Satz wirklich verstanden hatte. Sie wollen sterben. Die Knie knickten ihr weg. Johannes fing sie gerade noch auf und drückte ihren Kopf an seine Schulter. Sie hörte ihre eigenen Zähne klappern, aber sie konnte nichts dagegen tun.

«Es ist ein gnädiger Tod, Barbara», sagte er leise. «Gnädiger als das Feuer.»

«Nein», wisperte sie und versuchte ihm ins Gesicht zu sehen, aber sie konnte nur das Glitzern in seinen Augen erkennen. «Nein, wir dürfen das nicht zulassen! Wenn ich nur ein Mal mit ihm sprechen könnte! Er wird widerrufen, ich weiß es!» Sie musste mit Simon sprechen, musste ihn überzeugen, dass dieser Tod sinnlos war. Sie konnte es. «Du musst mir Zutritt verschaffen zum Gefängnis, Johannes. Ich muss mit Simon sprechen. Bitte! Bitte versuch es!» Er antwortete lange Zeit nicht, murmelte nur ihren Namen. Sie spürte sein Herz ebenso heftig und schnell schlagen wie ihr eigenes. Seine Hand irrte über ihr Gesicht wie ein blinder Wanderer auf der Suche nach dem richtigen Weg.

«Ich habe noch etwas Geld», sagte er endlich. «Es ist nicht besonders viel. Vielleicht – die Landsknechte tun alles für Geld. Ich kann es versuchen.»

«Ja», flüsterte Barbara. «Ja, es wird gehen! Sie werden uns vorlassen, bestimmt!» Mit jedem Wort spürte sie ihre Zuversicht wachsen. «Ich habe den ganzen Tag während der Verhandlung an unser Dorf gedacht», sagte Johannes unvermittelt. «An die Glatt, wenn die Flößer kommen, und an den Wettlauf der Mädchen zur Kirchweih.» Barbara nickte überrascht. Sie stand immer noch so dicht bei ihm, dass sie merkte, wie seine Brust sich hob und senkte beim Sprechen unter seinem Umhang.

«Du solltest jetzt besser gehen», sagte sie unsicher, aber er redete schon weiter.

«Weißt du noch, wie schön es ist, wenn im Frühling die Obstbäume blühen und die Weinstöcke austreiben? Selbst wenn sich keine zwanzig Meilen entfernt Männer gegenseitig den Bauch aufschlitzen und die Hände abhacken, blühen die Obstbäume. Es ist ihnen egal, verstehst du? Und wenn sie Sattler morgen hinrichten, weil er niemanden umbringen will, ist es immer noch Frühling in Glatt. Ich hatte es fast vergessen. Es ist gut, dass es etwas gibt, was die Menschen nicht zerstören können.»

Barbara machte sich behutsam aus seiner Umarmung los. «Bitte, Johannes. Du musst gehen und mit den Landsknechten reden.»

«Ja. Du hast recht. Warte morgen vor dem Hochamt an der Kirche auf mich. Das wird die beste Zeit sein, wenn sie alle in der Messe sind. Und beten.» Er drehte sich um und ging ohne ein weiteres Wort.

«Amen, amen!», schrie die verrückte Paula wie zur Antwort von oben. «Amen, amen, bitte für uns Sünder!», bevor jemand sie vom Fenster wegzog und die Läden schloss.

Die Stunden der Nacht krochen quälend langsam dem Morgen entgegen. Barbara hatte Leni zu sich ins Bett genommen und hielt sie fest in den Armen, aber sie selbst fand keinen Schlaf. Sie versuchte zu beten, aber die Worte kamen ihr nicht über die Lippen. Sie wünschte, sie selbst könnte zum Kriminalturm gehen, könnte sich gegen die Tür werfen und so lange dagegenhämmern, bis ihr aufgemacht würde. Sie wünschte, sie stünde Simon schon gegenüber, könnte seine Hand nehmen und festhalten. Ihn selbst festhalten, hier in diesem Leben. Sie wollen sterben, hörte sie Johannes wieder sagen, die Männer werden geköpft und die Frauen im Neckar ertränkt. Im Neckar, in dem sie selbst hatte sterben wollen vor nicht allzu langer Zeit. Aber jetzt wollte sie das nicht mehr. Jetzt wollte sie leben. Sie wollte sehen, wie Leni heranwuchs und zu einer Frau wurde; sie wollte die reifen Kornfelder des nächsten Sommers sehen, die prallsaftigen Trauben im Herbst und den Nebel, der im Winter geheimnisvoll vom Fluss aufstieg. Sie hatte die Hoffnungslosigkeit und Verzweiflung überwunden, die sie damals ins Wasser getrieben hatten. Aber Hoffnungslosigkeit und Verzweiflung waren nicht der Grund dafür, dass die Täufer sterben wollten. Es war etwas anderes, etwas, das sie nicht verstehen konnte.

Am nächsten Vormittag war Barbara noch nicht ganz bis zur Kirche gekommen, da schoss eine Gestalt aus einem Torbogen auf sie zu. Es war Johannes von Renschach. Er griff nach ihrer Hand und zog sie mit sich.

«Komm. Wir müssen zum Gefängnis. Es ist nicht viel Zeit.» Das Gefängnis befand sich in einem Turm der östlichen Stadtmauer. Aber für so viele Gefangene wie jetzt war es nicht gebaut, sodass einige Täufer auch im Keller des Rathauses auf ihre Hinrichtung warteten.

«Wir können von Glück sagen, dass Breitwieser nicht im Rathaus ist. Die halbe Stadt sieht zu, wer da aus und ein geht. Für kein Geld der Welt kommt man dort unbemerkt hinein.» Der Landsknecht, der vor dem Kriminalturm Wache hielt, erwartete sie schon.

«Und? Hast du alles dabei?», fragte er grinsend und hielt die Hand auf, die von einem rotschorfigen Ausschlag bedeckt war. Johannes zog einen Beutel unter dem Mantel hervor und legte ihn hinein.

«Das ist fein», flötete der Wachhabende. «Und wie

war doch gleich Euer werter Name, edler Herr? Ihr wisst schon! Damit ich auch weiß, wen ich melden darf!» Er zog die Oberlippe gehässig hoch und zeigte blendend weiße Zähne.

«Renschach. Johannes von Renschach. Und jetzt lass uns hinein.»

«Gern, Herr Johannes von Renschach! Werd's mir merken!» Er ging durch einen engen Gang voran und zog bedeutungsvoll seinen Schlüssel heraus.

«Ich hab ihn extra in unsere Wachkammer gebracht, damit ihr in aller Ruhe mit ihm sprechen könnt. Ein letztes Gespräch unter Freunden, rührend! Da ist einem natürlich nichts zu teuer.»

Barbara folgte dem Landsknecht, der sich unvermutet umdrehte und ihr die Hand auf die Hüfte legte.

«Festes Fleisch, wie appetitlich ... ich hab's mir überlegt. Das Mädel bleibt draußen bei mir.»

«Halt's Maul, du Hurensohn! Du hast bekommen, was du haben wolltest», zischte Johannes, und der Wachmann brach in lautes Gelächter aus.

«Willst sie wohl gern selbst flachlegen, stimmt's? Aber überleg's dir gut, Süße. Mit so 'nem Geschirr wie meinem hat dich noch keiner geritten.» Barbara wagte nicht, den Mund aufzumachen, denn noch hatten sie Simon nicht gesprochen, und für den Wachmann wäre es ein Leichtes, sie sofort wieder hinauszuwerfen. Da fiel der Blick des Burschen auf den Ring an Renschachs drohend erhobener Hand. Er verzog den Mund und sagte:

«Dass wir uns richtig verstehen: Du hast mir hier gar nichts zu sagen, Renschach. Ich brauch nur einmal zu rufen, und meine Kameraden kommen angelaufen und machen dich fertig, dass du dir wünschst, du wärst nie geboren worden. Aber ich will nicht unfreundlich sein. Das Mädchen – oder den Ring.» Mit zusammengepressten Lippen zog sich Johannes den Ring vom Finger und warf ihn dem Mann vor die Füße.

«Da!»

Der Mann hob geschmeidig das Schmuckstück auf und ließ es in seiner Tasche verschwinden.

«Leider lassen sie mich ja nicht die Frauen bewachen. Das wäre ein Spaß, was?» Damit brach der Landsknecht in meckerndes Gelächter aus und steckte endlich den Schlüssel ins Schloss. «Also, bis zum Mittagsläuten. Ich stehe gleich vor der Tür. Breitwieser? Du hast Besuch!»

Hastig trat Barbara über die Schwelle. Johannes folgte ihr und schloss die Tür.

Der Gefangene sah nicht auf. Den breitrandigen Filzhut weit ins Gesicht gezogen, kniete er auf dem Boden und kehrte ihnen den Rücken zu. Mit ein paar großen Schritten war Johannes von Renschach neben ihm und rüttelte den Mann an der Schulter.

«Du bist doch Simon Breitwieser?»

«Lass ...» Barbara drängte sich an ihm vorbei und beugte sich zu ihm hinunter. «Simon», sagte sie weich. Wie aus einem tiefen Traum erwacht, hob der Gefangene den Kopf. Es ist Simon, sagte sie sich und hielt seinem trüben Blick stand. Simon, der mit ein paar Kunststückchen immer alle zum Lachen bringen konnte. Der nichts ernst nahm, immer ein Lächeln in den Augen hatte, ein Abbild des Übermuts und des jugendlichen Leichtsinns. Von dessen Händen und Lippen sie geträumt hatte, solange sie ihn kannte, bis sie schließlich zusammengekommen waren in den wenigen Stunden, die sie dem Leben gestohlen hatten. Es war schwer, Simon wiederzuerkennen.

«Barbara», murmelte er endlich. «Was tust du hier?» Sonst sagte er nichts. Er kam ihr nicht entgegen, nahm sie nicht in den Arm, er streckte nicht einmal die Hand nach ihr aus. Sie blinzelte die Tränen weg.

«Ich habe dich gesehen, auf dem Wagen, als sie euch in die Stadt gebracht haben. Ich lebe hier mit meinem Kind. Simon, ich will nicht, dass du stirbst.»

«Wir sind Märtyrer Gottes», sagte Simon. «Zeugen des Evangeliums. Die Zeit des Dreschens ist nahe. Die auserwählten Knechte und Mägde werden bezeichnet mit seinem Kreuz und folgen ihm nach.» Er sah durch sie hindurch, irgendwo in eine Ferne, die sie nicht verstand.

«Was redest du da? Simon, ich bitte dich, sieh mich doch an! Hast du denn alles vergessen?»

Er antwortete nicht. Er griff nach einem Knopf an seiner Jacke und drehte daran.

«Simon.» Lass mich die richtigen Worte finden, lieber Gott im Himmel! «Wem soll es helfen, wenn du stirbst? Du wirfst dein Leben weg! Du bist doch noch jung! Es gibt noch so vieles, was wir gemeinsam tun könnten, jetzt, wo ich dich endlich wiedergefunden habe.» Simon sagte immer noch nichts. Draußen sprach der Wächter mit jemand Unbekanntem; eine Tür knallte. Johannes von Renschach lauschte mit wachsender Unruhe.

«Breitwieser, um Gottes willen! Wir haben nicht alle Zeit der Welt!»

Der Gefangene verzog das Gesicht zu einem Lächeln.

«Um Gottes willen, ja?», flüsterte er. «Kennt Ihr Gottes Wille so gut, Johannes von Renschach?» Barbara spürte, wie die Wut in Renschach aufstieg. Sie war wieder den Tränen nahe.

«Auf jeden Fall kenne ich den Willen des Gerichts», fauchte Johannes. «Morgen früh werden sie Sattler die Zunge herausreißen und ihn verbrennen, und dann sind die Übrigen dran. Und nach ein paar Wochen oder Monaten sind sie allesamt vergessen, und niemand erinnert sich noch daran, warum sie überhaupt gestorben sind.»

Simon wich ein wenig zurück.

«Ich folge Bruder Michael», wiederholte er. «Als Zeuge für meinen Glauben.» Aber seine Stimme klang nicht mehr so fest wie vorher. Barbara nahm seine Hand und hielt sie fest: Sie war eiskalt.

«Was glaubst du denn?», fragte sie leise. «Erklär es mir!»

«Es gibt nur Licht und Dunkel, Geist und Fleisch, Gott und Satan», antwortete Simon heftig. «Wer sich nicht bekehrt und aus wahrem Glauben wieder taufen lässt, ist ein Diener Satans und wird ewig in der Hölle schmoren.»

«Ich auch?», flüsterte Barbara. «Ich auch?» Sein Gesicht verzog sich, als hätte sie zugeschlagen.

«Du», flüsterte er. Plötzlich sah sie, dass ihm die Tränen über das Gesicht liefen.

«Mein ganzes Leben lang bin ich davongelaufen. Diesmal will ich es nicht tun.» Die Worte quälten sich über seine Lippen. «Meine Lehre habe ich abgebrochen, aus Dummheit und Übermut. Aus Glatt bin ich davongelaufen damals, weil ich nicht länger mit meinem Bruder unter einem Dach leben wollte. Ich wollte es nicht bis zum Ende durchkämpfen. Ich habe dich alleingelassen.» Barbara wollte ihm ins Wort fallen und widersprechen, aber sein brennender Blick verschloss ihr den Mund.

«Und dann bei den Landsknechten ... Von den Landsknechten bin ich desertiert, bei Böblingen. Es war nicht das Schlechteste, was ich getan habe, aber ich hab meine Kameraden im Stich gelassen. Eine Zeitlang war ich bei den Flößern, bis ich krank wurde. Aber danach habe ich nicht auf den Floßmeister gewartet, obwohl er gut zu mir war, sondern bin lieber allein weitergezogen mit meinem Hund. Du weißt ja, wie gut ich es immer konnte mit meinen Hunden.» Barbara nickte. Sie war wie betäubt. Simon lachte bitter auf.

«Ich hab ihn verspielt, meinen Hund. Kannst du dir das vorstellen? Verspielt, beim Würfeln! Aber wenigstens hab ich ihn nicht an den Abdecker verschachert. Das kam erst später, als ich selbst schon auf der Straße gelebt habe wie ein räudiger Hund, gesoffen und geklaut und mich einen Dreck gekümmert habe um Gott und die Welt.» Er hielt inne, schaukelte vor und zurück. «Wie ein räudiger Hund, so war es. Ein Stück Dreck, Ungeziefer im Pelz der Welt. Bis ich Michael Sattler getroffen habe.» Seine Augen glänzten fiebrig. «Sattler ist anders als andere Menschen. Der beste Mann, den ich je getroffen habe, ein Heiliger. Er hat mich angenommen und wieder einen Menschen aus mir gemacht. In seiner Gemeinde war ich so viel wert wie jeder andere auch.» Simons Kiefer mahlten. «Wie soll ich jetzt weiterleben, wenn ich auch Sattler verrate? Kannst du mir das sagen?»

«Du kannst mit mir weiterleben, an meiner Seite», flüsterte Barbara. «Für mich bist du nie ein Stück Dreck gewesen. Lass mich nicht noch einmal im Stich.»

«Im Stich lassen …» Er sah sie gequält an. «Aber du brauchst mich nicht. Du brauchst mich doch gar nicht. Und Michael Sattler …»

Barbaras Augen brannten. Sie wusste nichts mehr zu sagen, was ihn hätte erreichen können. «Gott segne dich», flüsterte sie endlich und stolperte aus der Wachkammer. Die Männer sahen ihr hinterher.

«Wie kannst du sie so gehen lassen?», fragte Johannes heiser. «Was kann dir der Tod an Sattlers Seite denn mehr bringen? Weißt du wirklich, was du tust, Breitwieser?» Simon machte eine unbestimmte Bewegung, die ein Nicken sein mochte.

«Wer weiß das schon.» Er schloss erneut die Augen. Johannes murmelte einen Gruß und ging.

«Na, wollt ihr euch auch noch von Sattler verabschieden?», rief der Landsknecht ihm hinterher. «Dafür musst du aber 'n bisschen mehr hinlegen!»

Barbara saß unten am Fuß des Turmes und wartete. Wie schwer war es, einfach nur die nächsten Augenblicke durchzustehen und weiterzuatmen! Die Begegnung mit Simon hatte ihr alle Kraft genommen. Es war, als hätte sie in einen Spiegel geschaut und ein fremdes Gesicht darin gesehen. Sie legte den Kopf auf die Knie und schloss die Augen.

Jemand griff nach ihrer Schulter und schüttelte sie sanft.

«Barbara. Wir sollten besser gehen, bevor wir Verdacht erregen.» Johannes half ihr auf. Sie war so unsicher auf den Beinen, dass sie sich an ihn lehnen musste.

«Komm jetzt.» Er legte ihr den Arm um die Schultern und schob sie weiter: ein großer, schlanker Mann mit frühzeitig ergrautem Haar, der selten lachte. Sie verstand, dass auch Johannes von Renschach mit diesem Schmerz vertraut war, den einem nur die Liebe zufügen kann.

«Du kannst nichts mehr tun», sagte er. «Er muss selbst über sein Leben entscheiden.»

«Ja», flüsterte Barbara. «Es ist wohl so.» Sie wischte sich mit der Hand über die Augen. Hatte Simon sie für ein paar Augenblicke da eben im Gefängnisturm nicht wieder so angesehen, wie er es früher getan hatte, voller Sehnsucht und Wärme, oder war es nur Einbildung? Würde er sich an sie erinnern, wenn er wieder bei den anderen Verurteilten in der Zelle war? Es war noch nicht zu spät. Vielleicht würde er doch noch widerrufen, heute Abend oder in der Nacht oder morgen.

Und dann, Barbara? Und dann?

Sie wanderten schweigend durch die Gassen, über den Markt, am Rathaus vorbei. Zwei kleine Jungen prügelten sich um ein Stück Wurst, das schon längst in den Dreck gefallen und zertreten worden war. Ein Kapuziner hastete vorbei, das Gesicht in seiner Kutte verborgen.

«Wenn man wenigstens weiß, wofür man sein Leben aufgibt», murmelte Johannes unvermittelt. «Oder wofür man es weiterführt ...» Er zog ein Holzklötzchen aus seiner Tasche und drückte es Barbara in die Hand. «Du weißt es, nicht wahr?»

«Ja», antwortete Barbara kaum hörbar. «Ja.»

Am Morgen des 20. Mai 1527 war der Rottenburger Marktplatz schwarz von Menschen. Dicht an dicht standen sie und konnten nur mühsam von den Landsknechten zurückgedrängt werden, sodass der Platz in der Mitte frei blieb, wo der Henker schon die Zangen im Feuer glühte. In den frühen Morgenstunden hatte das Gerücht sich ausgebreitet, Graf Joachim sei in der Nacht noch bei dem Verurteilten gewesen, um seine Vergebung und seine Fürsprache zu erbitten. Sattler selbst, wie auch seine Brüder, habe ein Wunder vorhergesagt, oder doch zumindest ein Zeichen des Himmels. Die Sonne werde sich verdunkeln, es werde Blut regnen und ein Engel Gottes den Täuferführer aus den Flammen retten. Niemand scheute sich mehr, seine Sympathien für die Täufer öffentlich zu zeigen. Viele beteten, andere fluchten und schüttelten die Fäuste in Richtung des Gerichtsherrn, als Graf Joachim jetzt als Erster das freie Feld betrat und auf dem Richterstuhl Platz nahm.

Endlich wurde Michael Sattler herausgeführt.

«Segne uns, Bruder Michael! Segne uns!», riefen ein paar Stimmen. Graf Joachim zischte den Landsknechten einen

Befehl zu, und sie richteten ihre Hellebarden drohend auf die Zuschauer. Die Rufe verstummten. Sattler hielt sich aufrecht und betete. Das Urteil wurde noch einmal verlesen, und dann machte der Henker sich ans Werk, von keiner himmlischen oder irdischen Macht daran gehindert. Die Menge sah schweigend zu, wie er dem Delinquenten die Zungenspitze abschnitt, wie er die Zange hob und sie in das wehrlose Fleisch beißen ließ, wie er den Verurteilten auf den Wagen schmiedete. Sattler betete immer noch, während der Wagen durch die Stadt geführt wurde, und die Menge folgte. Sie folgte, so wie sie der Monstranz folgte an Fronleichnam, an den festgesetzten Stationen vorbei, wo der Henker seine Zangen einsetzte, bis sie schließlich den Richtplatz vor der Stadt erreichten: eine Prozession in die Hölle. Sattler wurde auf eine Leiter gebunden und ins Feuer geworfen, und als die Stricke verbrannt waren, hob er noch einmal die Hände zum Himmel in der Geste, die so bezeichnend für ihn war.

«Wir müssen gehen.» Barbara griff nach ihrem Tuch, aber ihre Hände zitterten so sehr, dass es ihr immer wieder zu Boden glitt. Schließlich nahm Renschach es ihr ab und legte es ihr um die Schultern.

«Und keiner hat widerrufen?», fragte sie leise. Johannes schüttelte den Kopf.

«Nein. Bis jetzt nicht.» Er sah sie durchdringend an. «Bleib hier bei mir», sagte er weich. «Geh nicht hin. Du musst das nicht miterleben.»

«Vielleicht, wenn er mich sieht ...» Sie wusste, dass sie nicht hier im Spital bleiben konnte und warten. «Lass uns gehen.» Er nahm ihren Arm und führte sie auf die Straße. Viele Leute strebten dem Marktplatz zu. Barbara registrierte die Verbitterung, den Zorn, der von ihnen ausging. Konnte nicht dieser Zorn die Richter noch zum Einlenken bringen? Konnte dieser Zorn Simon retten? Sie selbst konnte keinen Zorn empfinden, nur grenzenlose Angst und Traurigkeit. Schließlich erreichten sie den Marktplatz. Johannes wollte am Rand stehen bleiben, aber Barbara zog ihn weiter mit nach vorn. Sie musste Simon sehen.

Die Gruppe der verurteilten Täufer stand bereits mit gesenkten Köpfen in der Abendsonne. Sie hielten sich an den Händen und sangen leise, während ihre Namen noch einmal verlesen wurden: Mathis Hiller. Stoffel Schumacher. Veit Veringer. Michel Lenzi. Der alte Geiger. Simon Breitwieser.

Barbara suchte Simons Augen, aber er hielt seinen Blick fest auf einen Punkt am Boden gerichtet. Sie presste Johannes' Hand, und er legte ihr den Arm um die Schultern und hielt sie fest.

«Ich lese euch hier das Zeugnis von Martin Schuchli aus Reutlingen, der der wiedertäuferischen Ketzerei abgeschworen hat», verkündete der Schultheiß. «Wenn ihr auch widerruft, könnt ihr euer Leben noch retten.» Er las den Widerruf vor und trat auf die Verurteilten zu. «Ich frage euch jetzt, im Angesicht des Todes: Wollt ihr widerrufen? Wollt ihr der Ketzerei abschwören?» Quälend lange zogen sich die nächsten Minuten hin. Ein Kind weinte leise, Füße scharrten über den Boden, irgendwo kreischten heiser die Krähen. Endlich löste sich einer aus der Gruppe der Täufer. Es war Veit Veringer.

«Ja», flüsterte er. «Ich – ich will widerrufen.»

«Lauter», befahl der Schultheiß. «Dass es alle hören können!»

«Ich will widerrufen! Ich widerrufe!», rief Veringer gequält. Zwei Landsknechte packten ihn an den Schultern und führten ihn weg.

«Und ihr? Wie ist es mit euch? Wollt ihr widerrufen und

die Gnade des Gerichts erbitten?», fragte der Schultheiß die Übrigen.

«Die Gnade Gottes ist mir lieber als die der Menschen», antwortete Schumacher. Der Schultheiß gab dem Henker einen Wink. Schumacher kniete nieder, und der Henker schlug ihm den Kopf ab.

Ein Aufschrei des Entsetzens ging durch die Zuschauer, ein Stein flog. Aber da war der Henker schon bei Lenzi, bei Geiger. Es ging so schnell jetzt, so entsetzlich, unbarmherzig schnell. Barbara sah nur Simon. Simons Gesicht hatte einen gehetzten, verzweifelten Ausdruck angenommen. Sein Blick flog von einer Seite zur anderen, von dem Henker mit seinem blutigen Schwert zu dem knienden Mathis Hiller, und endlich fand er ihre Augen, und sie hielt seinen Blick fest.

«Mathis Hiller, hartnäckiger Ketzer und Wiedertäufer ...» Die Worte drangen nur bruchstückhaft in Barbaras Bewusstsein ein. Viel lauter war das Rauschen des Blutes in ihren Ohren und die Stimme, die von weit entfernt nach ihr rief: Barbara, meine Hübsche! Warum willst du nicht mit mir tanzen? Komm! ...

Bleib hier, Simon, es ist doch so leicht, nur ein paar Worte, was haben schon Worte zu bedeuten! Sie legte alle Kraft in ihre Augen, ihre ganze Seele. Und tatsächlich, wie ein Schlafwandler wandte Simon sich dem Schultheiß zu.

«Ich – ich will –», stammelte er, brach wieder ab, sah hilflos zu Barbara hinüber. Tu es, Simon, sag es, bitte, bitte, sag es! Sie biss sich die Lippen blutig.

«Ja, Breitwieser? Du willst widerrufen?» Der Schultheiß wartete mit gefalteten Händen, Simon nickte langsam. Plötzlich bellte ein Hund.

Simon richtete sich zu seiner vollen Größe auf und sah sich um, ungläubiges Erstaunen im Gesicht. Er lauschte, als könnte er Worte verstehen, die nur an ihn gerichtet waren, eine geheime Botschaft. Ein unerklärliches Lächeln breitete sich über seine Züge.

«Nein», sagte er laut. «Ich widerrufe nicht.»

Hände hielten sie fest, zogen sie mit sich fort. Ihr Gesicht gegen ein weiches Leinenhemd gepresst. Mund an ihrem Ohr. Lass ihn gehen, Barbara. Lass ihn gehen.

5

Träge floss der Neckar dahin, das Wasser glitzerte in der Sonne. Von Westen her näherte sich eine Gruppe von Flößern, die sich in einer kehligen Sprache Scherze zuriefen. Barbara saß am Ufer, zupfte mit den Fingern Grashalme aus und legte sie ordentlich in ihren Schoß. Sie hörte die Stimmen, ohne die Worte zu verstehen. Diese wilden Männer aus dem Schwarzwald kannten jede Untiefe, jede Sandbank in diesem Fluss. Sicher sprachen sie von den großen Städten am Rhein, die sie bald sehen würden, Worms und Mainz und Köln. Ob sie wohl wussten, dass man hier an dieser Stelle, wo das Wasser so friedlich dahinströmte, morgen schon die Frauen ertränken würde, einen schweren Stein um den Hals gebunden? Aber sie selbst würde nicht mehr hier sein, um Zeuge zu werden für all das Furchtbare, das Menschen einander antun konnten. Sie hatte heute ihre Sachen gepackt und sorgfältig in dem kleinen Handwägelchen verstaut, das Wendelin für sie gebaut hatte. Leni konnte obendrauf sitzen.

«Barbara.»

Sie blickte auf. Da stand Johannes von Renschach, ein kleines Beutelchen in der Hand. Er setzte sich neben sie und legte es ihr in den Schoß.

«Im Spital haben sie mir gesagt, dass ich dich hier finden kann.»

«Ja. Ich wollte noch einmal hier sitzen und auf das Wasser schauen, zum Abschied. Das war immer meine Lieblingsstelle.»

«Du willst aus Rottenburg fortgehen?»

«Ja.» Sie spielte mit dem Beutelchen: Etwas Hartes war darin. Sie konnte sich schon denken, was es war. «Ich will nicht länger hierbleiben, wo mich alles erinnert. Ich breche morgen früh nach Reutlingen auf. Die Schwester der Spitalmeisterin wohnt dort und wird mir fürs Erste eine Unterkunft geben, bis ich etwas anderes gefunden habe.» Nie hatte Barbara damit gerechnet, dass die Spitalmeisterin, diese strenge, säuerliche Person, so viel Verständnis für sie haben würde. Tatsächlich hatten Tränen in ihren Augen geschimmert, als sie Barbara den Brief für ihre Schwester gegeben hatte. ‹Wir werden dich vermissen›, hatte sie gemurmelt, ‹dich und Leni. Aber ich verstehe, dass du nicht hierbleiben willst. Und ich bin sicher, dass du auch in Reutlingen zurechtkommen wirst.› Sie würde auch Trusch erklären, wo Barbara demnächst zu finden wäre.

«Reutlingen», wiederholte Johannes. «Eine freie Reichsstadt, in der die Habsburger nichts zu sagen haben … keine schlechte Wahl. Was willst du dort anfangen?»

«Oh, ich werde meine Puppen herstellen und verkaufen. Ich komme schon zurecht.» Du brauchst mich nicht, hatte Simon bei ihrem letzten Gespräch gesagt, und in der vergangenen Nacht war ihr klargeworden, dass er recht gehabt hatte. Sie brauchte niemanden, sie konnte allein für sich sorgen, für sich und Leni. Aber der Gedanke an Simon verursachte ihr immer noch einen heftigen Schmerz. Schmerz nicht nur darüber, dass sie ihn endgültig verloren, sondern auch, dass sie ihn niemals besessen hatte, niemals wirklich gekannt. All die Jahre hatte sie von einem Menschen geträumt, den es so gar nicht gab. Sie konnte nur hoffen, dass es mit der Zeit besser werden würde.

«Es wäre so leicht für ihn gewesen, sich zu retten», murmelte sie fast gegen ihren Willen. Sie wollte nicht darüber sprechen, nicht daran denken.

«Sich zu retten», sagte Johannes nachdenklich. «Vielleicht hat er sich ja gerettet, Barbara. Es ist schwer, weiterzuleben, wenn man alle Achtung vor sich selbst verloren hat. Manchmal ist es vielleicht unmöglich.» Er wandte sich um und blickte über das Wasser, zu einem Vogel, der nahe am gegenüberliegenden Ufer auf einem Stein gelandet war und jetzt anfing, sich das Gefieder zu putzen. «Weißt du, damals, nach der Schlacht bei Böblingen, habe ich gesehen, wie sie einen Mann verbrannt haben», fuhr er leise fort. «Es war kein guter Mann gewesen, beileibe nicht, er hatte selbst seinen Spaß daran gehabt, wie ein paar Unschuldige durch die Spieße gejagt wurden. Aber dann haben sie ihn langsam geröstet wie einen Rinderbraten, während er, halb wahnsinnig vor Schmerz und Angst, an seiner Kette um den Baum rannte, an den sie ihn gefesselt hatten … der Truchsess und seine Leute haben das getan. Meine Leute, und ich habe sie nicht daran gehindert.»

«Du hättest es wahrscheinlich gar nicht verhindern können», sagte Barbara.

«Aber ich habe es nicht einmal versucht. Ich bin einfach weggelaufen. Deshalb weiß ich –» Er brach ab, räusperte sich. «Ich kann verstehen, wie wichtig es für Simon war, Sattler bis zum Schluss zu folgen. Standhaft zu bleiben. Er war mit sich selbst im Reinen.» Er zeigte auf das Beutelchen in Barbaras Schoß. «Willst du nicht nachschauen, was es ist?» Sie zog langsam das Medaillon hervor, das sie Johannes vor wenigen Tagen erst zurückgegeben hatte.

«Ich dachte, du solltest es behalten. Du hattest es schon so lange.» Erwartungsvoll sah er sie an. Sie schüttelte den Kopf.

«Ich will es nicht. Warum behältst du es nicht selbst, als Erinnerung?» Er antwortete nicht, sondern betrachtete das Schmuckstück, das sie ihm zurückgegeben hatte. Dann hob er es kurz an seine Lippen und warf es in hohem Bogen in den Fluss.

«Manche Erinnerungen, auch gute Erinnerungen, können einen erdrücken», sagte er leise. «Ich will mich nicht jeden Tag aufs Neue nur erinnern, Barbara. Ich will auch neu anfangen. Ich werde Rottenburg auch verlassen.» Sie sah den Kreisen nach, die sich rasch um die Stelle ausbreiteten, wo das Schmuckstück die Wasseroberfläche getroffen hatte. Sie wurden größer und flacher und verloren sich schließlich in den kleinen Wellen.

«Dann willst du nach Glatt zurückkehren?», fragte sie.

«Nein.» Er lehnte sich auf seinen aufgestützten Armen zurück und sah sie an. «Mein Bruder und ich, wir haben uns überworfen. Wenn ich jetzt zu ihm zurückkehren würde, müsste ich vor ihm zu Kreuze kriechen, und es würde damit enden, dass ich alles tun muss, was er von mir verlangt. Das will ich nicht.» Er lächelte und sah plötzlich viel jünger aus. «Eigentlich wollte ich nach Italien. Ich habe immer davon geträumt.»

«Italien», wiederholte Barbara. «Das ist furchtbar weit, nicht wahr?»

«Zu weit. Für mich zu weit. Ich kann es mir einfach nicht leisten. Meine finanziellen Mittel sind fast aufgebraucht.» Die Erinnerung an den grindigen Landsknechtführer huschte wie ein Schatten über sein Gesicht. «Nein, ich denke, ich werde hier in der Gegend bleiben und versuchen, irgendeine Stellung zu finden. Allerdings habe ich nicht viel Nützliches gelernt.»

«Ich bin sicher, du wirst es schaffen», sagte Barbara warm. «Ich wünsche es dir.» Er beugte sich überraschend zu ihr herüber und küsste sie auf die Wange.

«Danke», sagte er. «Wenn ich es richtig überlege, sollte ich vielleicht auch nach Reutlingen gehen. Und dann –» Sein Blick hing sekundenlang an ihrem Gesicht, bevor er sich schließlich abwandte. «Leb wohl, Barbara.»

Als er gegangen war, legte sie sich zurück ins Gras. Die Sonne tanzte über ihr Gesicht, und sie schloss die Augen und folgte den roten Lichtpunkten, die sie durch die geschlossenen Lider hindurch sehen konnte. Vielleicht hat er sich ja gerettet, dachte sie und spürte, dass die vergangenen Tage nicht mehr so schwer auf ihren Schultern lasteten. Nach Reutlingen. Wenn sie morgen aufbrach, dann nicht aus Verzweiflung, sondern mit Hoffnung im Herzen. Sie würde einen neuen Anfang machen; alles war möglich. Und irgendwann würde sie verstehen, was dieser letzte Blick zu bedeuten gehabt hatte. Sie lächelte mit geschlossenen Augen. Es war ein ganz unvertrautes, berauschendes Gefühl, das sich plötzlich in ihrem Körper ausbreitete, von den Haarwurzeln bis zu den Zehenspitzen.

Sie fühlte sich frei.

Nachwort

Das Dorf Glatt an der Glatt gehört heute zur Stadt Sulz am oberen Neckar. Die Wasserburg, die man inzwischen besichtigen kann, ist tatsächlich im Bauernkrieg besetzt worden – wenn auch nicht ganz so dramatisch und gewaltsam, wie im Roman beschrieben. Meiner Phantasie entsprungen sind auch alle Bewohner von Glatt, die in der Geschichte vorkommen; allerdings hat der wirkliche Grundherr der damaligen Zeit, Reinhard von Neuneck zu Glatt, meinem Herrn Heinrich von Renschach einige Charakterzüge geliehen. Für die sorgfältig zusammengetragene Lebensgeschichte von Reinhard verweise ich gern auf das Buch «Reinhard von Neuneck, Ritter zu Glatt» von Johann Ottmar, Filderstadt 2005 (Markstein Verlag). Bauernkrieg und Täuferverfolgung im deutschen Südwesten habe ich so wirklichkeitsnah beschrieben, wie es mir nach den Quellen möglich und für den Roman sinnvoll war. Bei der Recherche zu den Geschehnissen in Rottenburg hat mich der Stadtarchivar Herr Dr. Peter Ehrmann freundlich und kompetent unterstützt, wofür ich mich hier bedanken möchte. Thomas Mayer, Georg Truchsess von Waldburg und Graf Joachim von Zollern sind historische Figuren, ebenso auch Michael Sattler und seine Frau Margarethe. Ein Gedenkstein in Rottenburg erinnert noch an die Stelle, an der sie hingerichtet wurden.